ATRIUM

HIDEO YOKOYAMA

64

THRILLER

Aus dem Englischen von
Sabine Roth und Nikolaus Stingl

Atrium Verlag · Zürich

Die wichtigsten Personen

Familie des Protagonisten

Mikami, Pressedirektor der Polizei
Minako, seine Ehefrau
Ayumi, ihre Tochter

Familie des 1989 entführten Mädchens

Amamiya, Vater
Toshiko, Mutter
Shoko, entführtes Mädchen

Der Polizeiapparat

Nationale Polizeibehörde (NPB), Tokio

Kozuka, Generalinspekteur

Präsidium, Präfektur D

Tsujiuchi, Präsident

Kriminaluntersuchungsamt (KUA)

Arakida, Direktor
Ashida, Kommissariatsleiter Organisierte Kriminalität
Hiyoshi, ehemaliges Mitglied der 64-Vor-Ort-Einheit
Inomata, Chef der Kriminaltechnik
Itokawa, stellvertretender Leiter von Dezernat II
Kakinuma, 64-Ermittlungsgruppe, ehemaliger stellvertretender Leiter der Vor-Ort-Einheit
Kitou, Gewaltverbrechen, Kommissariat 2
Koda, ehemaliges Mitglied der 64-Vor-Ort-Einheit
Matsuoka, Leiter von Dezernat I
Mikura, Stellvertretender Leiter von Dezernat I

Minegishi, Sonderermittlungen
Mochizuki, pensionierter Kriminalbeamter
Mizuki Murakushi, geb. Suzumoto, ehemalige Polizeibeamtin
Ochiai, Leiter von Dezernat II
Odate, ehemaliger Direktor
Ogata, Gewaltverbrechen, Kommissariat 1
Osakabe, ehemaliger Direktor
Sakaniwa, Leiter der Direktion Y
Tsuchigane, stellvertretender Leiter der 64-Ermittlungsgruppe
Urushibara, Leiter der Direktion Q, ehemaliger Leiter der 64-Vor-Ort-Einheit

Verwaltung

Akama, Direktor
Futawatari, Inspektor
Ishii, Leiter des Präsidialbüros
Kuramae, stellvertretender Teamleiter Pressestelle
Mikumo, Pressestelle
Tomoko Nanao, Gruppenleiterin
Shirota, Dezernatsleiter
Suwa, Teamleiter Pressestelle

Presseclub

Akikawa, *Toyo*
Nonomura, *Toyo*
Madoka Takagi, *Asahi*
Tejima, *Toyo*
Ushiyama, *Yomiuri*
Utsuki, *Mainichi*
Yamashina, *Zenken Times*
Yanase, *Jiji Press*

1

Schneeflocken taumelten durch das Dämmerlicht.

Der Mann stieg auf steifen Beinen aus dem Taxi. Ein Kriminaltechniker im Uniformmantel wartete schon vor dem Eingang des Polizeireviers. Er geleitete den Mann hinein, vorbei an dem Großraumbüro, in dem die diensthabenden Beamten saßen, und weiter einen spärlich beleuchteten Korridor entlang zu einer Seitentür, die auf den Personalparkplatz hinausführte.

Das Leichenschauhaus stand für sich am äußersten Rand des Geländes, ein fensterloser Bau mit Blechdach. Das leise Surren der Lüftungsanlage zeigte an, dass jemand darin lag. Der Beamte schloss die Tür auf und trat zur Seite. Mit einem achtungsvollen Blick gab er dem Mann zu verstehen, dass er draußen warten würde.

Jetzt habe ich zu beten vergessen …

Yoshinobu Mikami drückte die Tür auf. Sie quietschte in den Angeln. Seine Augen und seine Nase registrierten Lysol. Durch den Stoff seines Mantels gruben sich ihm Minakos Fingerspitzen in den Ellbogen. Grelles Licht gleißte von der Decke herab. Der hüfthohe Untersuchungstisch war mit blauem Vinyl bespannt, unter einem weißen Laken zeichnete sich ein menschlicher Körper ab. Mikami zuckte innerlich zurück bei dem Anblick: zu klein für einen Erwachsenen, aber ganz klar kein Kind mehr.

Ayumi …

Er schluckte das Wort hinunter, als könnte der bloße Klang ihres Namens den Leichnam zu dem seiner Tochter machen.

Vorsichtig zog er das Laken weg.

Haare. Stirn. Die geschlossenen Augen. Nase, Lippen … Kinn.

Das bleiche Gesicht des toten Mädchens lag vor ihnen. Im selben Moment begann die eisige Luft wieder zu zirkulieren, Minakos Stirn berührte seine Schulter. Ihr Griff um seinen Ellbogen lockerte sich.

Mikami starrte zur Decke hinauf und atmete tief aus. Es bestand keine Notwendigkeit, die Tote näher in Augenschein zu nehmen. Die Anfahrt von Präfektur D – mit Shinkansen und Taxi – hatte vier Stunden gedauert, aber die Besichtigung der Leiche war eine Sache von Sekunden. Ein junges Mädchen, ertrunken, Selbstmord. Sie hatten auf den Anruf hin keine Zeit verloren. Das Mädchen, sagte man ihnen, sei kurz nach Mittag in einem See entdeckt worden.

Ihr dunkelbraunes Haar war noch feucht. Fünfzehn oder sechzehn, viel älter konnte sie nicht sein. Sie hatte nicht lange im Wasser gelegen. Der Körper war nicht aufgedunsen, die Linie von Stirn und Wangen bis hinab zu den kindlichen Lippen ebenmäßig, so unversehrt wie bei einer Lebenden.

Welch bittere Ironie, dachte er. Was hätte Ayumi nicht darum gegeben, so anmutige Züge zu haben wie dieses Mädchen. Selbst jetzt noch, drei Monate später, konnte Mikami nicht ruhigen Bluts an den Tag zurückdenken.

Aus Ayumis Zimmer im oberen Stock war ein Krachen gekommen. Ein wilder Laut, als versuchte jemand, ein Loch in den Boden zu stampfen. Ihr Spiegel lag in Scherben. Sie selbst kauerte in der hintersten Zimmerecke, alle Lichter ausgeknipst, und schlug sich ins Gesicht, krallte sich die Nägel ins Fleisch, wie um Stücke herauszufetzen. *Ich hasse mein Gesicht. Ich will sterben.*

Mikami sah auf das tote Mädchen hinab und schlang die Hände ineinander. Auch sie hatte sicherlich Eltern. Sie würden hierherkommen, vielleicht heute Abend, vielleicht morgen, und sich mit der schrecklichen Wahrheit konfrontiert finden.

»Gehen wir.«

Seine Stimme klang heiser. Eine Rauheit saß ihm in der Kehle.

Minakos Blick war leer, sie machte nicht einmal den Versuch, zu nicken. Ihre geweiteten Pupillen glichen Perlen aus Glas, kein Gedanke, kein Gefühl spiegelte sich darin. Dies war nicht das erste Mal für sie beide – in den vergangenen drei Monaten waren sie schon zu zwei Toten in Ayumis Alter gerufen worden.

Draußen war der Schnee in Graupel übergegangen. Drei Gestalten, weißliche Atemwolken vor dem Gesicht, standen auf dem dunklen Parkplatz.

»Was für eine Erleichterung.«

Der blasse, gutmütige Revierleiter hielt ihm mit zaghaftem Lächeln seine Karte hin. Obwohl nicht im Dienst, war er voll uniformiert. Das Gleiche galt für den Chef der Kriminalabteilung und seinen Stellvertreter, die links und rechts von ihm Aufstellung genommen hatten. Mikami verstand es als Respektsbezeugung für den Fall, dass er das Mädchen als seine Tochter identifiziert hätte.

Er verbeugte sich tief vor ihnen. »Danke, dass Sie mich so rasch verständigt haben.«

»Keine Ursache.« *Wir von der Polizei müssen zusammenhalten.* Unter Auslassung sonstiger Förmlichkeiten zeigte der Revierleiter zu dem Gebäude hinüber und sagte: »Kommen Sie herein, Sie sollten sich ein wenig aufwärmen.«

Mikami spürte ein Stupsen hinten an seinem Mantel. Er drehte sich um und begegnete Minakos beschwörendem Blick. Sie wollte so schnell wie möglich von hier weg. Ihm ging es nicht anders.

»Das ist sehr freundlich von Ihnen, aber wir sollten uns auf den Weg machen. Wir müssen unseren Zug erreichen.«

»Nein, nein, Sie müssen bleiben. Wir haben Ihnen ein Hotelzimmer reserviert.«

»Wir wissen Ihre Fürsorge zu schätzen, aber wir können wirklich nicht länger bleiben. Ich muss morgen arbeiten.«

Der Blick des Revierleiters wanderte hinab zu Mikamis Karte in seinen Händen.

Hauptkommissar Yoshinobu Mikami. Pressedirektor. Polizeiverwaltung, Präsidium Präfektur D.

Mit einem Seufzer sah er wieder auf.

»Sich mit der Presse herumzuschlagen ist bestimmt nicht ganz einfach.«

»Nicht immer, nein«, sagte Mikami ausweichend. Nur zu deutlich standen ihm die erbosten Gesichter der Reporter vor Augen, die er in seinem Büro zurückgelassen hatte. Sie waren mitten in einer hitzigen Diskussion über das Format der Pressekommuniqués gewesen, als der Anruf wegen des ertrunkenen Mädchens gekommen war. Er hatte sich ohne ein Wort erhoben und den Raum verlassen und sich dadurch den Zorn der Reporter zugezogen, die über seine familiäre Situation nicht im Bilde waren: *Wir sind noch nicht fertig. Sie können hier nicht einfach abhauen, Mikami!*

»Sind Sie schon lange für die Medienarbeit zuständig?« Der Revierleiter fragte es teilnahmsvoll. In den Bezirksdirektionen nahm es der Vizepräsident oder -direktor mit der Presse auf, in den kleineren, ländlichen Inspektionen war es der Chef selbst, der sich den Reportern stellte.

»Erst seit dem Frühjahr. Wobei ich vor Jahren schon einmal kurz zur Pressestelle abgeordnet war.«

»Waren Sie denn von Anfang an in der Verwaltung?«

»Nein. Ich habe lange dem Kriminaluntersuchungsamt angehört.« Selbst in dieser Situation konnte er es nicht ganz ohne Stolz sagen.

Der Revierleiter nickte unsicher. Auch in den Regionalpräsidien kam es wahrscheinlich nicht oft vor, dass ein Kriminalbeamter zum Pressedirektor mutierte.

»Ich könnte mir vorstellen, so vertraut, wie Sie mit der Ermittlungsarbeit sein müssen, hört die Presse vielleicht sogar auf Sie.«

»Das möchte ich hoffen.«

»Hier haben wir auf dem Gebiet nämlich öfter Probleme, wissen Sie. Es gibt … gewisse Reporter, die schreiben, was sie wollen, egal, ob wahr oder nicht.«

Der Revierleiter schaute grimmig und gab dann, immer noch finster blickend, ein Signal in Richtung Garage. Bestürzt sah Mikami an dem schwarzen Dienstwagen des Mannes die Scheinwerfer aufflammen. Das Taxi, das er zu warten gebeten hatte, war nirgends zu sehen. Wieder spürte er das Stupsen in seinem Rücken, aber er wollte den bemühten Revierleiter ungern vor den Kopf stoßen, indem er ein neues Taxi bestellte.

Es war schon dunkel, als sie zum Bahnhof fuhren.

»Da, das ist der See«, sagte der Revierleiter vom Beifahrersitz her in beklommenem Ton, und auf der rechten Seite erschien ein noch tieferes Stück Schwärze. »Das Internet kann schon grauenvoll sein. Es gibt diese grässliche Website, ›Die Top Ten der Selbstmord-Orte‹ oder so ähnlich, da ist dieser See aufgeführt. Mit einem schaurigen Namen auch noch – ›See der Verheißung‹, wenn mich nicht alles täuscht.«

»See der Verheißung?«

»Weil er aus dem richtigen Blickwinkel wie ein Herz geformt ist. Die Website behauptet, wer sich hineinwirft, findet im nächsten Leben die wahre Liebe; das Mädchen heute war schon die Vierte. Eine ist den ganzen Weg von Tokio hergekommen. Die Presse musste unbedingt einen Bericht darüber bringen, und jetzt haben wir das Fernsehen am Hals.«

»Grauenhaft.«

»Allerdings. Es ist eine Schande, diese Geschäftemacherei mit dem Selbstmord. Wenn wir mehr Zeit hätten, Mikami, hätte ich mir von Ihnen gern ein paar Tipps geholt, wie man mit so etwas am besten umgeht.«

Und so sprach der Revierleiter immer weiter, wie um nur ja kein Schweigen aufkommen zu lassen. Mikami für seinen Teil fühlte sich nicht in der Stimmung für angeregte Diskussionen. So dankbar er dem Mann für sein Taktgefühl war, fielen seine Antworten doch immer knapper aus.

Sie hatten sich geirrt. Es war nicht Ayumi. Seine Gedanken waren dennoch nicht weniger düster als auf der Herfahrt. Zu beten, es möge nicht *ihre* Tochter sein. Das hieß im Klartext doch, zu beten, dass es die Tochter *anderer* Leute war.

Minako saß reglos neben ihm. Er konnte ihre Schulter an seinem Arm spüren. Sie fühlte sich unnatürlich zerbrechlich an.

Eine Kreuzung. Der Wagen bog ab. Direkt vor ihnen lag der hell erleuchtete Bahnhof. Der Vorplatz war großzügig und offen, mit einem einsamen Denkmal da und dort und nahezu menschenleer. Der Bau, so hatte Mikami sagen hören, war ein politisches Statussymbol; nach den tatsächlichen Fahrgastzahlen hatte dabei niemand gefragt.

»Sie brauchen nicht auszusteigen, da werden Sie ja nur nass«, sagte Mikami rasch. Er hatte seine Tür schon halb aufgestoßen, aber der Revierleiter kam ihm trotzdem zuvor. Er war rot geworden.

»Bitte entschuldigen Sie vielmals die Fehlinformation und die Umstände, die Sie deshalb auf sich nehmen mussten. Nur dachten wir aufgrund der Körpergröße und des Muttermals eben, es könnte … Ich kann nur hoffen, es war nicht unnötig schmerzlich für Sie.«

»Machen Sie sich bitte keine Gedanken.«

Mikami wollte abwinken, aber der Revierleiter fasste nach seiner Hand.

»Es wird alles gut werden. Ihre Tochter ist am Leben und wohlauf. Wir finden sie. Sie haben 260 000 Freunde, die Ausschau nach ihr halten, rund um die Uhr.«

Mikami verharrte in einer tiefen Verneigung, während die Hecklichter des Wagens immer kleiner wurden. Minakos Nacken war so lange dem kalten Regen ausgesetzt. Er zog ihre schmale Gestalt enger an sich und wandte sich in Richtung Bahnhofsgebäude. Die Lichter eines Polizeihäuschens – eines Kōban – stachen ihm ins Auge. Ein alter Mann, möglicherweise betrunken, saß auf dem Pflaster und wehrte sich gegen den Griff eines jungen Polizisten, der ihn hochzuziehen versuchte.

260 000 Freunde.

Der Revierleiter hatte nicht übertrieben. Bezirksdirektionen. Die Kōban. Polizeiwachen. Ayumis Foto war an Dienststellen im ganzen Land verschickt worden. Beamte, die er nicht kannte, deren Bild ihm nichts sagen würde, fahndeten Tag und Nacht nach Hinweisen auf seine Tochter, als wäre es ihre eigene. Die Polizei … eine große Familie. Es stiftete Vertrauen, es verlieh Rückhalt – er war jeden Tag dankbar dafür, Teil einer so mächtigen und weit verzweigten Organisation zu sein. Und dennoch …

Mikami zermalmte kalte Luft zwischen den Zähnen. Er hatte das nicht für möglich gehalten. Dass man sich mit seiner Hilfsbedürftigkeit eine derartige Blöße geben konnte.

Unterordnung.

Hin und wieder schien ihm sein Blut regelrecht zu kochen. Minako durfte das nie erfahren.

Ein verschwundenes Kind wiederzufinden. Es lebendig in die Arme schließen zu dürfen. Mikami bezweifelte, dass es irgendetwas gab, was Eltern für dieses Ziel unversucht lassen würden.

Eine Durchsage hallte über den Bahnsteig.

Der Zug war gähnend leer. Mikami führte Minako zu einem Fensterplatz, dann flüsterte er ihr zu: »Der Revierleiter hat recht. Ihr passiert nichts. Es geht ihr gut.«

Minako antwortete nicht.

»Sie finden sie bald. Du kannst ganz beruhigt sein.«

»… ja.«

»Denk an die Anrufe. Eigentlich möchte sie zurückkommen. Es ist nur der Stolz. Du wirst sehen, eines Tages steht sie einfach wieder vor der Tür.«

Minakos Ausdruck blieb leer wie zuvor. Ihre feinen Züge spiegelten sich schimmernd in der dunklen Scheibe. Sie sah erschöpft aus. Sie legte kein Make-up mehr auf, ging nicht mehr zum Friseur. Wie würde sie reagieren, wenn ihr klar wurde, dass dies ihre natürliche Schönheit letztlich noch hervorhob?

Mikamis Gesicht spiegelte sich ebenfalls im Fenster. Er meinte ein Phantombild Ayumis zu sehen.

Wie sie sich verflucht hatte für die Ähnlichkeit mit ihm!

Wie sie mit der Schönheit ihrer Mutter gehadert hatte!

Widerstrebend riss er den Blick vom Fenster los. Es würde vorbeigehen. Wie die Masern. Früher oder später würde sie Vernunft annehmen. Dann würde sie heimkommen, die Zunge im Mundwinkel wie als kleines Mädchen, wenn sie Schelte für etwas erwartete. Sie konnte ihnen nicht Schmerz bereiten wollen, sie nicht ernsthaft hassen, nicht ihre Ayumi.

Der Zug ruckelte. Minakos Kopf lehnte an seiner Schulter. Ihre unregelmäßigen Atemzüge machten es schwer zu erkennen, ob sie stöhnte oder eingeschlafen war.

Mikami schloss die Augen.

Die Fensterscheibe war immer noch da, an der Innenseite seiner Lider schwebend mit ihrer Spiegelung der zwei fehlgepaarten Eheleute.

2

Seit dem Morgen wehte ein starker Nordwind über die Ebene von Präfektur D.

Die Ampel weiter vorn stand auf Grün, aber der Verkehr staute sich, und Mikami kam nur im Schritttempo vorwärts. Er nahm die Hände vom Lenkrad und zündete sich eine Zigarette an. Die nächste Gruppe von Wohntürmen, die nach und nach die vom Wagenfenster gerahmte Silhouette der Berge verdrängten, war bereits im Bau.

580 000 Haushalte. 1 820 000 Bürger. Mikami erinnerte sich an die Zahlen aus einer demoskopischen Studie, von der er in der Morgenzeitung gelesen hatte. Nahezu ein Drittel dieser Bevölkerung lebte oder arbeitete innerhalb der Grenzen der Stadt D. Nach einem mühsamen, langwierigen Prozess war schließlich die Zusammenlegung mit den benachbarten Städten, Kleinstädten und Dörfern gelungen, wodurch die Zentralisierung an Dynamik gewonnen hatte. Trotzdem hatten die Arbeiten an einem umfassenden öffentlichen Verkehrssystem – eigentlich der allererste Punkt auf der Tagesordnung – noch gar nicht begonnen. Da nur wenige Züge oder Busse fuhren und die Streckenführung größtenteils höchst unpraktisch war, quollen die Straßen von Autos über.

Jetzt fahrt doch endlich, murmelte Mikami vor sich hin. Der Dezember war fünf Tage alt, und der morgendliche Stau war besonders schlimm. Das Radio schien jeden Moment acht Uhr ansagen zu wollen. Vor sich konnte er das fünfstöckige Gebäude des Präsidiums der Präfekturpolizei ausmachen. Der Anblick der abweisenden, aber vertrauten Außenwände rief ein unerwartetes

Gefühl von Nostalgie hervor, und das, obwohl er nur einen halben Tag im Norden gewesen war.

Er hätte sich die weite Fahrt sparen können. Er hatte vor vornherein gewusst, dass es Zeitverschwendung war. Jetzt, einen Tag später, war das offensichtlich. Ayumi hatte die Kälte über alle Maßen gehasst; es war lächerlich anzunehmen, dass sie sich in den Norden wagen würde. Und noch lächerlicher, dass sie beschließen würde, sich in einen eiskalten See zu stürzen.

Mikami drückte seine Zigarette aus und gab Gas. Vor ihm hatte sich eine Lücke für mehrere Autos aufgetan.

Irgendwie schaffte er es, nicht zu spät zu kommen. Nachdem er seinen Wagen abgestellt hatte, eilte er auf das Hauptgebäude zu. Dabei streifte sein Blick wie gewohnt die Parkplätze, die für die Presse reserviert waren.

Er blieb wie angewurzelt stehen. Der um diese Tageszeit normalerweise leere Bereich war mit Autos zugestellt. Drinnen würden Korrespondenten sämtlicher Zeitungen versammelt sein. Einen kurzen Moment lang fragte sich Mikami, ob etwas passiert war. Aber nein – sie waren hier, um die Diskussion von gestern fortzusetzen, das war alles. Sie waren drinnen und warteten auf sein Erscheinen.

Die hatten es ja mächtig eilig.

Mikami betrat das Gebäude durch den Haupteingang. Bis zur Pressestelle waren es keine zehn Schritte den Flur entlang. Drei nervös aussehende Gesichter blickten auf, als er die Tür öffnete. Teamleiter Suwa und sein Stellvertreter Kuramae saßen beide an ihren Schreibtischen mit Blick auf die Wand, Mikumo an ihrem Schreibtisch gleich neben der Tür.

Die beengten Verhältnisse sorgten für eine verhaltene Begrüßung.

Der Raum war ein wenig größer als noch im letzten Winter, da man die Wand zum Archiv hatte einreißen lassen, aber man bekam kaum Luft, wenn die Reporter beschlossen, alle auf einmal hereinzuplatzen. Mit einer solchen Situation hatte Mikami gerechnet, aber die Presse war nirgendwo zu sehen. Mit dem Gefühl, um Haaresbreite davongekommen zu sein, setzte er sich auf seinen Platz am Fenster. Suwa näherte sich, ehe Mikami die Möglichkeit hatte, ihn herbeizurufen. Er war ungewöhnlich gehemmt, als er sprach.

»Direktor Mikami ... Ähm ... Wegen gestern ...«

Darauf war Mikami nicht gefasst; er hatte sich gerade nach der Pressesituation erkundigen wollen. Am späten Abend hatte er seinen unmittelbaren Vorgesetzten Ishii, den Leiter des Präsidialbüros, angerufen und ihm ausführlich berichtet, wie die Identifizierung abgelaufen war. Natürlich war er davon ausgegangen, dass Ishii die Neuigkeit an seine Mitarbeiter von der Pressestelle weitergeben würde.

»Sie war es nicht. Danke der Nachfrage.«

Sofort schien sich die Stimmung aufzuhellen. Suwa und Kuramae wechselten einen erleichterten Blick, und Mikumo schien wieder zum Leben zu erwachen; sie sprang auf und nahm Mikamis Becher von seinem Platz auf dem Bord.

»Zur Sache, Suwa – die Presse ist hier?«

Mikami wies mit dem Kinn auf eine der Wände. Der Presseraum war auf der anderen Seite, er beherbergte den Presseclub, einen informellen Zusammenschluss von dreizehn Zeitungsverlagen.

Suwas Miene verdüsterte sich wieder.

»Ja, sie sind alle da drin. Sie reden davon, Sie zur Rechenschaft zu ziehen. Sie werden bald genug hier hereinplatzen.«

Ihn zur Rechenschaft ziehen? Mikami verspürte eine plötzliche Irritation.

»Ach so, und wenn Sie außerdem daran denken könnten – ich habe ihnen gesagt, dass sich jemand aus Ihrer Familie in kritischem Zustand befindet.«

Mikami hielt kurz inne, ehe er nickte.

Der fixe Strippenzieher. Genau das war Suwa. Er hatte den Rang eines Kommissars und war in der Verwaltung aufgestiegen. Mit drei Jahren Erfahrung in der Pressestelle und zwei Jahren als Hauptmeister im Vollzugsdienst hatte er bereits ein tiefes Verständnis der modernen Ökologie der Presse entwickelt. Zwar konnte einem seine Altklugheit manchmal auf die Nerven gehen, aber seine Fähigkeit, die Presse für sich zu gewinnen, sein übergangsloses Hin-und-her-Wechseln zwischen der Rolle des Diplomaten und der des Strippenziehers waren wirklich erstaunlich. Nun, da er seine Fertigkeiten während seiner zweiten Dienstzeit weiter verfeinert hatte, hielt man in der Abteilung zunehmend große Stücke auf ihn.

Mikamis zweite Dienstzeit in der Pressestelle stand unter einem weniger guten Stern. Er war sechsundvierzig, und die Versetzung war nach zwanzigjähriger Abwesenheit erfolgt. Bis zum Frühjahr hatte er als stellvertretender Chef von Dezernat II fungiert; davor hatte er als Abschnittsleiter im Kommissariat Wirtschaftskriminalität in Fällen von Korruption und Wahlbetrug ermittelt.

Mikami stand auf und wandte sich dem Whiteboard neben seinem Schreibtisch zu.

Präfektur D, Präsidium. Pressemitteilung: Donnerstag, 5. Dezember 2002.

Als Pressedirektor hatte er jeden Morgen als Erstes sämtliche an die Presse erfolgenden Mitteilungen durchzugehen.

Im Büro ging eine unaufhörliche Flut von Anrufen und Faxen ein, die Unfälle und Verbrechen im Zuständigkeitsbereich der neunzehn Direktionen von Präfektur D meldeten. Dank des in jüngerer Zeit weit verbreiteten Einsatzes von Computern galt das Gleiche mittlerweile für E-Mails. Mikamis Leute fassten die Meldungen mithilfe einer Mustervorlage zusammen. Dann hefteten sie Kopien an Whiteboards im Büro und im Presseraum.

Zugleich nahmen sie Kontakt auf zu den Nachrichtensendern innerhalb der Präfektur. Auf diese Weise trug die Polizei dazu bei, die Berichterstattung der Presse zu vereinfachen. Trotzdem waren Pressemitteilungen häufig Ursache von Spannungen.

Mikami sah auf die Uhr an der Wand. Es war kurz nach halb neun.

Was machten sie noch hier drin?

»Direktor Mikami, kann ich Sie einen Augenblick sprechen?« Kuramae war herübergekommen und stand vor Mikamis Schreibtisch. Seine gertenschlanke Gestalt kontrastierte mit seinem wuchtig klingenden Namen, dessen einer Bestandteil so viel wie »Lagerhaus« bedeutete. Sein Ton war wie üblich zurückhaltend. »Es ... geht um den Vorwurf illegaler Angebotsabsprachen.«

»Ja. Haben Sie etwas herausfinden können?«

»Äh ...« Kuramae kam ins Stocken.

»Was denn? Weigert sich der Firmenchef, auszupacken?«

»Um ehrlich zu sein, es war mir nicht möglich ...«

»Was war Ihnen nicht möglich?«

Mikamis Blick wurde unwillkürlich schärfer. Es war fünf Tage her, dass Dezernat II eine Reihe von Verhaftungen wegen illegaler Angebotsabsprachen im Zusammenhang mit dem Projekt eines Museumsneubaus in der Präfektur vorgenommen hatte. Man hatte Razzien bei sechs mittelständischen Baufirmen durchgeführt und acht leitende Angestellte in Gewahrsam genommen, aber die Ermittlungen waren noch keineswegs abgeschlossen. Ziel war die Hakkaku Hochbau, ein regionales Bauunternehmen, das im Verdacht stand, hinter der ganzen Sache zu stecken. Mikami hatte Gerüchte gehört, der Firmenchef sei diskret in eine der Direktionen vorgeladen worden und lasse sich seit einigen Tagen freiwillig befragen. Falls es der Polizei gelang, den Rädelsführer dranzukriegen, wäre das für die Regionalzeitungen eine große Nachricht.

In Dezernat II war es üblich, Verlautbarungen – und den Erlass von Haftbefehlen – bis in die Nacht aufzuschieben. Mikami hatte Kuramae geschickt, damit er sich einen Überblick über die aktuelle Lage verschaffte, um einem etwaigen Durcheinander vorzubeugen, falls der zeitliche Ablauf mit dem Redaktionsschluss kollidierte.

»Haben Sie wenigstens herausgefunden, ob der Firmenchef festgenommen worden ist?«

Kuramae wirkte niedergeschlagen. »Ich habe den stellvertretenden Leiter gefragt. Aber er …«

Es war nicht schwer zu erraten, was passiert war. Sie hatten beschlossen, Kuramae als Spion abzustempeln.

»Schon gut. Ich gehe später selbst hin.«

Mikami sah Kuramae nach, der mit hängenden Schultern davontrottete, und stieß einen bitteren Seufzer aus. Kuramae hatte zuvor einen Schreibtischposten in einer der Bezirksdirektionen von Dezernat II gehabt. Mikami hatte ihn in der Hoffnung hingeschickt, er würde vielleicht seine Kontakte dort spielen lassen können, um neue Informationen zu gewinnen, aber das war wohl zu optimistisch gewesen. Alles, was man der Pressestelle gab, ging geradewegs an die Medien, die es dann als Verhandlungsinstrument nutzten. Davon waren viele Kriminalbeamte nach wie vor felsenfest überzeugt.

Mikami war da keine Ausnahme gewesen.

In seiner Anfangszeit bei der Kriminalpolizei hatte man der Pressestelle nichts als Misstrauen entgegengebracht. *Marionetten der Presse. Wachhunde der Verwaltung. Ein Ort, wo man für Prüfungen seine Kenntnisse aufpolierte.* Er hatte diese Sprüche seiner kritteligen Vorgesetzten eins zu eins nachgeplappert. Selbst aus der Distanz hatte er die Vertrautheit dieser Leute mit der Presse widerwärtig gefunden. Nacht für Nacht gingen sie mit den Reportern einen trinken und traktierten sie mit Komplimenten. An

Tatorten hielten sie sich abseits, Zuschauer, während sie mit der Presse plauderten.

Mikami hatte sie nie als Kollegen betrachtet.

Deswegen hatte es ihn auch in große Niedergeschlagenheit gestürzt, als man ihn in seinem dritten Jahr bei der Kriminalpolizei zum ersten Mal in die Pressestelle versetzt hatte. Er fühlte sich als Versager gebrandmarkt. Er nahm die Arbeit in tiefer Verzweiflung auf, im vollen Bewusstsein seiner Unfähigkeit, der Aufgabe gerecht zu werden. Dann, nach nur einem Jahr und bevor er auch nur Gelegenheit gehabt hatte, sich einzuarbeiten, hatte man ihn zur Kripo zurückversetzt.

Er hatte sich riesig darüber gefreut, sich zugleich aber außerstande gesehen, die einjährige Lücke in seiner Karriere als Kriminalbeamter schlicht als Laune der Personalabteilung abzutun. Er entwickelte ein schwärendes Misstrauen gegen das System und, damit einhergehend, ein noch stärkeres Gefühl der Angst. Er vergrub sich mit neu entdecktem Eifer in seine Arbeit und war die ganze Zeit auf der Hut vor der nächsten Versetzungswelle. Noch fünf, ja zehn Jahre danach fühlte er sich ständig angespannt. Zwar hatte seine Angst dazu beigetragen, sein leidenschaftliches Engagement für den Beruf noch zu steigern. Er ließ sich keinerlei Faulheit durchgehen, gab keiner Form von Versuchung nach, ließ in keiner Hinsicht locker – und das zeitigte Erfolge. Während seiner Zeit in Dezernat I verlieh man ihm eine Auszeichnung nach der anderen, egal ob beim Kommissariat Diebstahl, Gewaltverbrechen oder Sonderermittlungen.

Trotzdem fand Mikami erst mit seiner Versetzung ins Dezernat II seine wahre Berufung als Kriminalbeamter. Er spezialisierte sich auf Wirtschaftskriminalität und schuf sich innerhalb der Kripo eine Nische der Unangreifbarkeit, sowohl im Bezirk als auch im Präsidium.

Er zögerte immer noch, sich als echten, in der Wolle gefärbten Kriminalbeamten zu bezeichnen. Und selbst wenn er gewollt hätte, die Leute um ihn herum ließen ihn nicht vergessen, was geschehen war. Jedes Mal, wenn sensible Informationen an die Presse durchsickerten, mieden die Kollegen und Vorgesetzten seinen Blick. Und er konnte nicht alles als Paranoia abtun. Das kalte Grauen, während die unsichtbaren Fühler der Hexenjagd näher kamen, konnten nur diejenigen nachvollziehen, die es aus erster Hand kannten. Man hatte Mikami nie aufgefordert, sich an der Suche nach der undichten Stelle zu beteiligen, ganz gleich, wie sehr er seine Vorgesetzten mit seiner Arbeit beindruckt hatte und ungeachtet seiner Beförderung vom Ober- zum Hauptkommissar. In dieser Hinsicht war seine Dienstzeit bei der Pressestelle mit einer »Vorstrafe« vergleichbar.

Sie werden unser neuer Pressechef.

In Mikamis Kopf hatte nur noch Leere geherrscht, als Akama, der Verwaltungsdirektor, ihn zu Beginn des Frühjahrs inoffiziell von seiner Versetzung unterrichtet hatte. Das einzige Wort, das ihm in den Sinn kam, war »Vorstrafe« gewesen.

Akama hatte die Hintergründe der Ernennung dargelegt:

»Ich sehe mir nicht länger untätig an, wie die Presse für jeden Fehler, den wir machen, auf uns einprügelt; es fehlt den Reportern an Integrität sowie an jedem Verständnis für soziale Gerechtigkeit. Ihr einziges Ziel scheint es, unsere Autorität zu untergraben. Wir sind zu nachgiebig gewesen, und jetzt versuchen sie, unser Vertrauen zu missbrauchen. Deswegen brauchen wir jemanden wie Sie, Mikami. Einen robusten Pressechef, einen Kämpfer, der bereit und in der Lage ist, sie in die Schranken zu weisen.«

Mikami war es schwergefallen, diesen Worten Glauben zu schenken. Die Polizei pflegte eine Machokultur, die sehr auf Stärke setzte, und das hieß, es herrschte sowohl beim Kriminaluntersuchungsamt als auch außerhalb davon kein Mangel an kämpferischen Typen. Was nützte es der Personalabteilung, einen

Beamten auf der Höhe seiner Fähigkeiten, einen, dessen Gedanken sich um die strenge Anwendung des Strafgesetzbuches drehten, abzuziehen und als Türhüter einzusetzen, in einer Rolle, die nichts mit dem ursprünglichen Auftrag der Polizei zu tun hatte?

Akama hatte die Versetzung so dargestellt, als handelte es sich um eine Karrierechance. Zwar entsprach die Gehaltsstufe der eines Direktors, und der Posten kam für Beamte von Mikamis Rang normalerweise nicht infrage, weshalb seine Beförderung zum Hauptkommissar garantiert war. Doch Mikami hatte auch für den Fall, dass er beim Kriminaluntersuchungsamt geblieben wäre, damit gerechnet, in zwei bis drei Jahren befördert zu werden, und es passte ihm nicht, dass man ihm den Köder unter die Nase hielt, wenn die Beförderung in der falschen Abteilung erfolgte.

Er war sich sicher gewesen, dass seine »Vorstrafe« die Auswahl mit beeinflusst hatte. Wenn mehrere Kandidaten für eine Stelle in Betracht kamen, verfuhr die Personalabteilung, um sich abzusichern, in aller Regel so, dass sie sich für denjenigen entschied, der auf dem betreffenden Gebiet die meiste Erfahrung hatte. Mikami hatte also nicht so sehr damit Probleme gehabt, dass man sich für ihn entschieden, sondern eher damit, dass das KUA ihn überhaupt vorgeschlagen hatte.

Mikami hatte all seinen Mut zusammengenommen und noch am selben Abend Arakida, den Direktor des Kriminaluntersuchungsamts, in dessen Privathaus aufgesucht. »Die Entscheidung ist gefallen«, war alles, was Arakida gesagt hatte. Genau wie zwanzig Jahre zuvor. Mikami war es so vorgekommen, als hätte ihm der Mann schlichtweg die Begabung für den Polizistenberuf abgesprochen. Seine Enttäuschung und seine Niedergedrücktheit waren wegen der langen Jahre, die er der Kripo-Arbeit gewidmet hatte, umso schlimmer gewesen.

In ein paar Jahren sollte er zum KUA zurückkehren. Bis dahin hatte sich Mikami die Rolle des Pressedirektors mit einem einzigen festen Vorsatz zu eigen gemacht: seine Emotionen im Zaum zu halten und sich vor innerem Verfall zu hüten. Er würde seine früheren Fehler *nicht* wiederholen, noch würde er sich irgendeine Nachlässigkeit erlauben oder die Zeit vergeuden. Seine langen Jahre harter Arbeit hatten sich vor allem in einer großen körperlichen und geistigen Disziplin niedergeschlagen, die dafür sorgte, dass er es nicht ertrug, irgendein Problem unbearbeitet zu lassen.

Die Pressestelle reformieren. Er wusste, das musste er zu seiner ersten Aufgabe machen.

Sein Eröffnungszug hatte darin bestanden, eine Offensive gegen das KUA zu starten. Er brauchte Informationen, etwas, was er als Druckmittel einsetzen konnte. Er verstand, dass im Umgang mit der Presse rohes Nachrichtenmaterial die einzig wirksame Waffe war, die ihm zur Verfügung stand. Er würde den Reportern gut gerüstet gegenübertreten. Er würde eine erwachsene Beziehung aufbauen, in der jede Seite die andere unter Kontrolle hielt. Die Verwaltung würde sich immer weniger einmischen, und man konnte diese Drei-Parteien-Hängepartie endlich beenden. So hatte sich Mikami seinen Reformplan zurechtgelegt.

Die Mauer, die das KUA – der selbst ernannte Stier unter den Einsatzabteilungen – zu seinem Schutz um sich errichtet hatte, war beachtlich gewesen. Das galt schon für Dezernat II, Mikamis langjähriges Zuhause. Am eindrucksvollsten aber war, wie er zugeben musste, die Weigerung von Dezernat I, sich auf ein Gespräch einzulassen. Er hatte sich angewöhnt, während der Mittagspause einen täglichen Pilgergang zu beiden Dezernaten zu unternehmen, seine Bahnen um Dezernat I zu ziehen, Gespräche mit leitenden Beamten anzuknüpfen, um ein Gefühl für laufende Ermittlungen zu bekommen. Außerhalb der Arbeit machte er sich sein persönliches Netzwerk zunutze, um Kontakt zu Kriminalbeamten mittleren Rangs aufzunehmen. Er wartete Ferien und freie Tage ab, dann tauchte er mit kleinen Geschenken vor ihren Wohnungen auf. Er verzichtete auf Winkelzüge und schenkte ihnen reinen Wein ein. Während er seine Runden machte, sagte er ihnen, er brauche Informationen, um der Presse Paroli bieten zu können.

Seinen zweiten Beweggrund hatte er verschwiegen. Er hatte seine Zukunft im Blick. Falls er in zwei Jahren ins KUA zurückwechselte, dann mit einer »zweiten Offensive«. Er musste während seiner Zeit als Pressechef dafür sorgen, dass niemand ihn dort irgendwann als Außenseiter ansah. Er musste sie wohl oder übel darüber auf dem Laufenden halten, was er in der Pressestelle tat; es war die notwendige Vorbereitung für seine Rückkehr.

Seine »Pilgergänge« setzten sich zwei, drei Monate lang fort. Zwar erbrachten sie wenig Substanzielles, aber nach und nach zeitigten sie eine zweite, insgeheim von ihm erhoffte Wirkung. Was er tat, war ungewöhnlich für einen Pressechef und hatte die Aufmerksamkeit der Medien erregt; die Wirkung war alles andere als unbedeutend. Sie hatten angefangen, ihn zu beachten. Die Art und Weise, wie sie ihn einschätzten, änderte sich merklich. Er war etwas noch nie Dagewesenes, ein Pressedirektor, dessen eigentliche Heimat Dezernat II war. In ein paar Jahren konnte er eine wichtige Position beim KUA bekleiden, und aus diesem Grund hatte die Presse ihn von Anfang an mit einer gewissen Ehrerbietung behandelt und sich dafür entschieden abzuwarten. Damals galt wie eh und je, dass das KUA die wichtigste Informationsquelle für die Presse war. Und Mikamis Pilgergänge unterstrichen die »Nähe« zwischen dem KUA und der Pressestelle. Immer mehr Reporter sprachen ihn an. Es war das erste Mal, dass die Presse aus freien Stücken und ohne ausdrückliche Einladung erschienen war.

Mikami hatte die Gelegenheit ergriffen und sich darangemacht, Erwartungen bei ihnen zu wecken. Die wenigen Informationen, die er hatte, verwendete er mit maximalem Effekt. Er sprach einzeln mit den Pressevertretern und bediente sich indirekter Formulierungen und eines subtilen Mienenspiels, um die Wahrnehmung aktueller Fälle zu steuern. Er zeigte Präsenz, indem er auf Tuchfühlung mit der Presse blieb, eine solide Grundlage für ihr Verhältnis schuf und so das vormals schlechte Image des Pressechefs aufbesserte. Gleichzeitig achtete er darauf, dass sich die Reporter in seiner Gegenwart nicht *zu* wohl fühlten. Wenn jemand erschien, um Zeit totzuschlagen, blieb er gelassen und kehrte seine strenge Seite hervor. Er nahm eine klare Haltung ein und brachte oberflächliche Kritik an der Polizei rasch zum Schweigen. Zugleich ließ er die Bereitschaft erkennen, sich wohlerwogene Argumente anzuhören. Wenn sie verhandeln wollten, räumte er ihnen so viel Zeit ein, wie sie brauchten. Er versuchte nie, sich bei ihnen anzubiedern, machte jedoch, falls erforderlich, gewisse Zugeständnisse. Es hatte gut geklappt. Mikami hatte das Machtgefälle beseitigt, das der Presse zum absoluten Vorteil gereicht hatte, und dennoch hatten die Journalisten keinerlei Anzeichen von Verärgerung gezeigt. Sie gierten ständig nach mehr Informationen. Die Polizei gierte nur nach guter Publicity. Es war eine Zweckbeziehung, bei der jede Seite unterschiedliche Interessen verfolgte, aber ein gemeinsamer Nenner ließ sich dennoch finden; dazu musste man bei unmittelbaren Begegnungen lediglich ein wenig Vertrauen aufbringen. Stück für Stück war Mikamis Vision für die Pressestelle wahr geworden, bis er schließlich überzeugt gewesen war, dass sein Plan funktionierte.

Als seine *bête noire* erwies sich schließlich der Direktor der Verwaltung. Mikami hatte damit gerechnet, dass verbesserte Beziehungen zur Presse weniger Einmischung zur Folge haben würden, lag mit seiner Prognose jedoch völlig falsch. Akama hatte missfallen, wie Mikami das Büro führte, und er begann, seine Vorbehalte bei jeder Gelegenheit zu äußern. Er kritisierte Mikami für dessen »defätistische« Kompromisse und beklagte seine Kontakte zum KUA als sture Weigerung, sich beruflich weiterzuentwickeln. Mikami verstand das nicht. Akama hatte einen starken Pressechef gewollt; Mikami war fest davon ausgegangen, dass Akama seine frühere Beziehung zum KUA mit einkalkuliert hatte. Er hatte diesen Einfluss bestmöglich genutzt. Und damit Ergebnisse erzielt. Was für ein Problem hatte Akama? Schließlich fasste Mikami sich ein Herz und sprach ihn direkt an. Er hob hervor, wie wichtig es sei, seinen Zugang zu Informationen dazu zu benutzen, einen diplomatischeren Austausch mit der Presse zu erreichen. Akamas Antwort war kaum zu glauben gewesen.

»Lassen Sie es einfach bleiben, Mikami. Wenn wir Ihnen Zugang zu dieser Art von Informationen gewähren, besteht immer die Möglichkeit, dass Sie sie an die Presse weitergeben. Sie können schwerlich etwas sagen, wenn Sie nichts wissen. Richtig?«

Mikami war sprachlos gewesen. Akama hatte einen Strohmann mit undurchdringlichem Gesicht gewollt. *Tun Sie nichts, denken Sie nicht. Setzen Sie einfach Ihr Kämpfer-Gesicht auf. Das* hätte Akama genauso gut gleich sagen können. Pressekontrolle, nicht Pressestelle. Ein echter Hass auf die Presse. Der Mann war noch verdrehter, als Mikami befürchtet hatte.

Mikami war nicht bereit gewesen, einfach klein beizugeben. Blinder Gehorsam gegenüber Akama würde die Pressestelle um zwanzig Jahre zurückwerfen. Seine Reformen waren endlich auf den Weg gebracht – er musste sie nur noch vorantreiben. Es war zu spät, sie einfach verpuffen zu lassen. Die Heftigkeit seiner Reaktion hatte ihn selbst verblüfft. Sie rührte zweifellos daher, dass er den Wind der Außenwelt auf seiner Haut gespürt hatte. Er hatte gelernt, Dinge zu sehen, an die er als Ermittler keinen Gedanken verschwendet hatte. Es war, als trennte eine hohe Mauer die

Polizei von der Allgemeinheit und als wäre die Presseabteilung das einzige Fenster, das sich wenigstens gelegentlich nach draußen öffnete. Wie engstirnig oder selbstgefällig die Presse war, spielte keine Rolle: Wenn dieses Fenster von innen geschlossen würde, wäre die Polizei komplett von der anderen Seite abgeschnitten.

Der Kriminalbeamte in Mikami, so weit er das noch war, hatte sich geltend gemacht. Sich zu fügen und den Strohmann für die Verwaltung zu spielen hieße, die wenigen Verbindungen zu seinem wahren Selbst zu kappen, die er noch hatte. Dennoch durfte er nicht so töricht sein, sich gegen jemanden zu stellen, der Einfluss in Personalentscheidungen hatte. Falls man ihn in irgendein Bezirksrevier in den Bergen versetzte, würde er, anstatt irgendwann wieder zum KUA zu kommen, für die Behörde sofort zu einem Niemand werden, an den man sich nur noch vage erinnerte. Aus einem anderen Blickwinkel betrachtet, war es jedoch auch eine seltene Gelegenheit gewesen. Falls die Situation sich irgendwann änderte und eine Rückkehr in seine angestammte Abteilung in Reichweite rückte, würde die Geschichte, wie er dem Chef der Verwaltung Paroli geboten hatte, ausreichen, ihn von seiner »zweiten Offensive« und noch anderem reinzuwaschen.

Mit größter Vorsicht begann er, sich Akama zu widersetzen. Er arbeitete hart daran, sich als loyalen Untergebenen zu präsentieren, und hielt seine Emotionen im Zaum, während er sich darauf konzentrierte, sich selbst treu zu bleiben. Er hörte ruhig, aber unvoreingenommen zu und äußerte nur dann taktvoll Widerspruch, wenn er sich außerstande sah, eine bestimmte Anweisung oder einen bestimmten Befehl einfach hinzunehmen. Außerdem trat er für gewisse Medienstrategien ein, die er befürwortete, während er die ganze Zeit in aller Stille sein Vorhaben fortsetzte, die Pressestelle zu reformieren.

Er hatte gewusst, dass er auf dünnem Eis ging. Er spürte Akamas Gereiztheit überdeutlich. Dennoch hatte er mit seiner Meinung nie hinterm Berg gehalten. Inzwischen war klar, dass das Risiko ihm neuen Schwung verliehen hatte. Ein halbes Jahr lang hatte er sich geweigert, sich von Akamas durchdringenden Blicken schrecken zu lassen. Er hatte den Rausch des Kampfes gespürt. Er hatte vielleicht nicht gewonnen, doch verloren hatte er auch nicht.

Aber …

Ayumis Verschwinden hatte alles geändert.

Asche fiel von seiner Zigarette ab und rieselte auf den Tisch. Er hatte schon zwei geraucht. Er sah auf die Uhr an der Wand. Kuramae war da, sein Profil ein trüber Schatten am Rand von Mikamis Blickfeld. Dezernat II hatte sich geweigert, seine Erkenntnisse preiszugeben. Hieß das, das Wollwollen für ihn hatte sich bereits erschöpft? Kuramae war als Vertreter von Mikami dort erschienen. Das wussten die Kommissariate nur zu gut.

Es musste daran liegen, dass er aufgehört hatte, die Dezernate zu besuchen, die Ermittler. Daran, dass seine Pressestrategie zu dem verkümmert war, was auch immer Akama diktierte.

Auf dem Flur brach ein plötzlicher Tumult los.

Da kommen sie. Suwa und Kuramae hatten eben noch Zeit, einen Blick zu wechseln, ehe die Tür aufsprang, ohne dass auch nur ein Klopfen vorausgegangen wäre.

3

Im Nu füllte sich der Raum mit Pressevertretern. *Asahi, Mainichi, Yomiuri, Tokyo, Sankei* und *Toyo.* Dazu die lokalen Medien: *D Daily, Zenken Times, D Television* und *FM Kenmin.* Ihre einander überlagernden Gesichter waren grimmig. Einige funkelten ihn unverhohlen an, mit aggressiv gestrafften Schultern, was darauf hindeutete, dass ihre in letzter Zeit praktizierte Kooperation mit Mikami sich ebenfalls verschlechtern würde. Die meisten waren Reporter zwischen zwanzig und dreißig. In Zeiten wie diesen verspürte Mikami eine Aversion gegen ihre Jugend, dagegen, dass sie ein derart dreistes Auftreten zuließ. Die Reporter von *Kyodo News* und *Jiji Press* drängten sich kurz nach den anderen in den Raum. Der Vertreter der *NHK* war ebenfalls da, ganz hinten, noch halb im Flur, und reckte den Hals, um besser sehen zu können.

Alle dreizehn Mitglieder des Presseclubs waren anwesend.

»Fangen wir an.« Ein Chor verärgerter Stimmen wurde laut, und die zwei Männer in der ersten Reihe, beide von der *Toyo,* traten einen Schritt näher. Als Vertreterin des Presseclubs für den laufenden Monat war es an der *Toyo,* die Veranstaltung zu eröffnen.

»Direktor Mikami. Als Erstes hätten wir gern eine plausible Erklärung für Ihr plötzliches Verschwinden gestern.« Tejima, der sich ein Jackett angezogen hatte, stellte die erste Frage.

Toyo. Stellvertretender Redaktionsleiter. Universität H. Sechsundzwanzig. Kein ideologischer Hintergrund. Todernst. Neigt zu übersteigertem Selbstbewusstsein. Der Eintrag über Tejima in Mikamis Notizbuch.

»Suwa hat uns gesagt, ein Familienangehöriger von Ihnen sei in kritischem Zustand. Das mag ja sein – aber rechtfertigt das wirklich, dass Sie ohne ein einziges Wort aufstehen und gehen? Und da wir seither nichts von Ihnen gehört haben, drängt sich mir der Gedanke auf, dass die Art, wie Sie uns behandeln ...«

»Tut mir leid«, unterbrach Mikami. Es passte ihm gar nicht, sich den Grund für seinen Weggang in Erinnerung zu rufen und von der Presse danach gefragt zu werden.

Tejima warf Akikawa, der neben ihm stand, einen Blick zu.

Toyo. Redaktionsleiter. Universität K. Neunundzwanzig. Linksgerichtet. Gibt nie auf. De-facto-Leiter des Presseclubs.

Akikawa wirkte nonchalant, die Arme verschränkt. Er spielte gern den großen Zampano und ließ die mühsame Arbeit von anderen erledigen.

»Gehe ich recht in der Annahme, dass Sie sich entschuldigen?«

»Richtig.«

Wieder sah Tejima fragend zu Akikawa, dann wandte er sich an die anderen. »Sind wir alle ...«, begann er.

Das reicht, machen wir weiter. Er nickte angesichts der stummen Gesten, mit denen sie ihm bedeuteten fortzufahren, dann entfaltete er ein fotokopiertes Blatt, das er schon die ganze Zeit über Mikamis Schreibtisch hielt.

Einzelheiten eines schweren Autounfalls in Oito.

Mikami brauchte sich das Dokument nicht näher anzusehen. Es war eine Kopie der Pressemeldung, die das Büro einen Tag zuvor herausgegeben hatte. Eine Hausfrau hatte sich am Steuer ihres Wagens ablenken lassen und einen älteren Mann angefahren, der schwere Verletzungen am ganzen Körper davongetragen hatte. An sich waren Verkehrsunfälle zwar durchaus alltäglich, in diesem speziellen Fall jedoch hatten die näheren Umstände zu einem Konflikt mit der Presse geführt.

»Ich möchte noch einmal fragen – warum haben Sie die Identität der Fahrerin verschwiegen? Sie müssen doch wissen, dass Sie die Pflicht haben, alle Angaben über sie mitzuteilen?«

Mikami verschränkte die Finger und hielt Tejimas eisigem Blick stand. »Wie ich bereits gestern erklärt habe, ist die Frau hochschwanger. Dass sie einen Unfall verursacht hat, hat ihr extrem zugesetzt. Wir wissen nicht, wie sie den Schock verkraften würde, auch noch ihren Namen in der Zeitung zu lesen. Deswegen haben wir ihre Identität nicht preisgegeben.«

»Das ist kein stichhaltiger Grund. Sie haben ja sogar ihre Adresse geheim gehalten – alles, was wir wissen, ist ›Oito‹. Frau A, Hausfrau, zweiunddreißig Jahre alt. Das ist alles, was Sie uns gegeben haben … wie können wir sicher sein, dass sie überhaupt existiert?«

»Natürlich existiert sie, und ebendeshalb müssen wir in Betracht ziehen, wie sich das Ganze auf ihr ungeborenes Kind auswirken könnte. Sagen Sie mir, was daran falsch ist.«

Sie schienen Mikamis Gegenargument als Arroganz aufzufassen. Tejimas Miene verfinsterte sich, im Raum wurde Unmut laut. »Seit wann ist das etwas, was die Polizei in Betracht ziehen muss? Das ist übertriebene Rücksichtnahme.«

»Die Frau ist nicht in Haft. Der Mann war an einer Stelle auf die Straße getreten, wo es keinen Fußgängerüberweg gibt. Und er hatte getrunken.«

»Das ändert nichts daran, dass die Fahrerin nicht auf die Straße geachtet hat. Und hier bezeichnen Sie den Zustand des Unfallopfers als ›ernst‹, wo es doch eigentlich ›kritisch‹ heißen müsste. Immerhin liegt der alte Mann, Meikawa, im Koma.«

Aus dem Augenwinkel warf Mikami einen flüchtigen Blick auf Akikawa. Wie lange gedachte er Tejima eigentlich noch weitergeifern zu lassen?

»Direktor Mikami, Sie müssen ehrlich zu uns sein. Das ist etwas, worüber wir nicht einfach hinwegsehen können; die möglichen Konsequenzen sind zu ernst. Wir haben die Pflicht, die Schuld der Fahrerin in dieser Sache zu hinterfragen.«

Mikami richtete den Blick wieder auf Tejima, der stur weitermachte. »Sie wollen sie also vorverurteilen, indem Sie ihren Namen in den Zeitungen verbreiten?«

»Ich bitte Sie, so muss man das doch nicht formulieren. Wir meinen etwas ganz anderes. Wir meinen, es ist falsch von der Polizei, einseitig zu entscheiden, den Namen und die Adresse einer Person zurückzuhalten. Ob wir den Namen der Fahrerin drucken oder nicht, sollte uns überlassen bleiben, nachdem wir die Möglichkeit erhalten haben, es gegen das Interesse der Öffentlichkeit abzuwägen.«

»Warum genau können wir diese Entscheidung nicht für Sie treffen?«

»Weil der Sachverhalt verschleiert wird. Ohne nähere Angaben zu den Beteiligten – ihre Namen und Adressen – haben wir keine Möglichkeit zu überprüfen, ob die Informationen, die Sie liefern, korrekt sind oder ob die Fälle ordnungsgemäß abgeschlossen werden. Und wenn das Präfekturpräsidium erst einmal routinemäßig anonymisierte Meldungen herausgibt, wer sagt uns dann, dass die Direktionen in ihren Verlautbarungen nicht ebenfalls Kurven schneiden? Im schlimmsten Fall könnte die Vorenthaltung solcher Informationen dazu dienen, die Wahrheit zu manipulieren, zum Beispiel bei einem Vertuschungsversuch der Polizei.«

»Einem Vertuschungsversuch der Polizei …«

»Hören Sie, wir meinen doch nur …« Von der Seite drängte sich Yamashinas schlaksige Gestalt heran. *Zenken Times. Kommissarischer Redaktionsleiter. Universität F. Achtundzwanzig. Dritter Sohn des Sekretärs eines Parlamentsabgeordneten. Charmeur. Loser.* »… dass man sich, wenn jemand unbedingt etwas verheimlichen will, nun mal so seine Gedanken macht. Vielleicht ist sie die Tochter von jemand Wichtigem. Vielleicht behandelt man sie einfach nur deshalb mit Nachsicht, weil der Alte betrunken war.«

»Das ist doch lächerlich!« Mikami war unwillkürlich laut geworden.

Yamashina zuckte bloß die Achseln, während andere sich heftig erregten. *Nein, Sie sind lächerlich! Natürlich schöpfen wir Verdacht, wenn Sie unbedingt alles verheimlichen wollen! Sind die Namen von Schwangeren jemals vorher verschwiegen worden? Na bitte. Wir verlangen eine schlüssige Erklärung!* Mikami ignorierte das Geschrei. Wenn er den Mund aufmachte, würde er am Ende auch nur brüllen.

»Um das mal festzuhalten, Mikami«, sagte Akikawa. Er ließ sich Zeit, nahm die Arme herunter. Das Ganze stank nach Drama, als wollte er zu verstehen geben, dass der Star im Begriff stand, die Bühne zu betreten. »Sie haben Angst … dass die Polizei in die öffentliche Kritik gerät, wenn der Frau oder ihrem ungeborenen Kind etwas zustößt, weil ihr Name von der Presse veröffentlicht wird.«

»Darum geht es nicht. Es gibt schlicht und einfach Umstände, unter denen ein Beteiligter das Recht auf Privatsphäre hat.«

»Das Recht auf Privatsphäre?« Akikawa schnaubte verächtlich. »Nur damit ich Sie richtig verstehe … Sie finden, es geht hier um die Rechte der Schuldigen?«

»Ja.«

Wieder geriet der Raum in Wallung.

Hören Sie schon auf! Als ob Sie davon etwas verstehen! Ist die Polizei nicht ganz groß im Missachten von Menschenrechten? Wie kommen Sie dazu, uns darüber belehren zu wollen?

»Ich verstehe nicht, warum Sie sich so aufregen. Sie wissen doch, dass der Trend im Journalismus zunehmend dahin geht, auf Namensnennung zu verzichten. Sie machen das doch ständig so – im Fernsehen, in der Presse. Warum sind Sie so dagegen, dass wir diese Entscheidung treffen?«

Das ist einfach Arroganz. Die Polizei hat gar nicht das Recht dazu. Haben Sie denn noch nie von Pressefreiheit gehört? Anonymisierte Polizeiberichte verstoßen gegen das Informationsrecht der Öffentlichkeit.

»Nun machen Sie schon, Mikami, geben Sie uns einfach ihren Namen. Wir werden ihn nicht drucken, wenn sie wirklich in schlechter Verfassung ist.« Wieder übertönte Yamashina die anderen. Diesmal war sein Ton versöhnlich. »Am Ende macht es doch auch keinen Unterschied. Wir würden trotzdem recherchieren, ihren Namen und ihre Adresse herausfinden, auch wenn Sie nähere Angaben zu ihr verschweigen. Ich könnte mir auch denken, dass es sie stärker mitnimmt – wir wissen ja, dass sie schwanger ist –, wenn wir es direkt von ihr selbst in Erfahrung bringen müssten.«

»Direktor Mikami, nur um das klarzustellen«, meldete sich Tejima zu Wort, kaum dass Akikawa die Arme wieder verschränkt hatte. Seine Stirn glänzte von Schweiß. »Sind Sie bereit zu erwägen, die Identität der Frau preiszugeben?«

»Nein.« Mikamis Antwort kam postwendend. Tejima machte große Augen.

»Warum nicht?«

»Weil sie den zuständigen Beamten unter Tränen angefleht hat, nicht mit der Presse zu reden.«

»Hey! Jetzt stellen Sie uns hier bloß nicht als die Bösewichte hin.«

»So beängstigend ist das. Seinen Namen in der Zeitung lesen zu müssen.«

»Das ist ungerecht. Sie versuchen doch nur, die Schuld anderen zuzuschieben.«

»Sie können sagen, was Sie wollen. Wir nennen Ihnen den Namen nicht. Die Entscheidung ist bereits gefallen.«

Im Raum wurde es still. Mikami machte sich auf eine wütende Gegenreaktion gefasst. Aber …

»Sie haben sich verändert, Mikami.« Akikawa hatte den Kurs gewechselt. Er stützte die Hände auf Mikamis Schreibtisch und beugte sich mit ernstem Gesicht vor. »Wir haben einiges von Ihnen erwartet. Sie waren nicht wie Ihr Vorgänger Funaki. Sie haben nie versucht, sich bei uns anzubiedern, und Sie haben sich auch nicht bei Ihren Vorgesetzten eingeschleimt. Ehrlich … wir waren von Ihnen beeindruckt, nachdem Sie hierher versetzt worden sind. Aber dann hatte man den Eindruck, Sie geben auf und werden gleichgültig. Jetzt vertreten Sie die Parteilinie. Was ist passiert?«

Mikami blieb stumm, starrte ins Leere, wollte auf keinen Fall, dass sie sein Zögern bemerkten. Akikawa fuhr fort.

»Sie waren derjenige, der die Presseabteilung als ›Fenster‹ bezeichnet hat. Es ist eine bittere Pille, wenn derselbe Pressedirektor beschließt, blind der offiziellen Politik zu folgen, genau wie alle anderen Beamten. Ohne jemanden, der bereit ist, uns in der Außenwelt anzuhören, jemanden, der den Mut hat, objektiv zu sein und Stellung zu beziehen, wird die Polizei niemals etwas anderes sein als eine geschlossene Blackbox. Freut Sie das?«

»Das Fenster gibt es immer noch. Es ist nur nicht so groß, wie Sie dachten.«

Enttäuschung huschte über Akikawas Gesicht. Mikami wurde klar, dass Akikawa ihn nicht hatte attackieren oder verurteilen, sondern vielmehr einen aufrichtigen Appell an ihn hatte richten wollen. Seine Augen waren gleichmütig, als er den Blick wieder auf Mikami richtete.

»In Ordnung. Eines möchte ich noch wissen.«

»Und das wäre?«

»Ihre *persönliche* Meinung zu anonymisierter Berichterstattung.«

»Persönlich, offiziell – die Unterscheidung ist irrelevant. Die Antwort ist die gleiche.«

»Das glauben Sie wirklich?«

Wieder blieb Mikami stumm. Akikawa sagte nichts. Jeder forschte im Blick des anderen. Fünf, zehn Sekunden. Die Zeit schien sich zu verlangsamen. Schließlich nickte Akikawa nachdrücklich.

»Ihre Haltung ist klar und deutlich.« Er blickte in die Runde der hinter ihm stehenden Reporter, ehe er sich wieder Mikami zuwandte. »Dann fordere ich Sie im Namen des gesamten Presseclubs offiziell auf, die Identität der Frau preiszugeben. Wir verlangen das nicht von Ihnen, sondern vom Präsidium der Präfekturpolizei.«

Mikamis Blick lieferte die Antwort: *Sie kennen die Entscheidung bereits.*

Wieder nickte Akikawa.

»›Gib ihnen den Namen der Frau, und sie bringen ihn in der Zeitung.‹ Heißt, Sie, die Polizei, haben keinerlei Vertrauen in uns. Richtig?«

Die Worte klangen wie ein Ultimatum. Akikawa kehrte Mikami den Rücken. Mit laut klackenden Absätzen verließen die Reporter den Raum.

Glauben Sie ja nicht, wir nehmen das hin.

Ein drückendes Unbehagen war alles, was in dem beengten Raum zurückblieb.

4

Hatten sie ihm etwa drohen wollen?

Mit einem tiefen Seufzer nahm Mikami das Exemplar der Pressemeldung vom Schreibtisch, zerknüllte es und warf es in den Papierkorb. Die Konfrontation hatte eine neue Qualität gehabt. Sie hatten ihn persönlich angegriffen. Es war das erste Mal, dass er sie so blutdürstig erlebt hatte, und das machte ihn umso gereizter. Niemand war ums Leben gekommen; es handelte sich bloß um einen Verkehrsunfall. Eine Meldung, der sie kaum Beachtung geschenkt hätten, wenn sie nicht mit der Frage der anonymisierten Berichterstattung verquickt gewesen wäre. Es war eine Bagatelle, die Art von Meldung, die es heutzutage nicht einmal mehr unbedingt in die Lokalzeitungen schaffte.

Mit dem Weggang der Reporter bot das Büro seinen Benutzern wieder genügend Platz. Suwas Augen durchforsteten die Zeitung. Er sah aus, als wollte er etwas sagen, machte aber keinen Versuch, Blickkontakt aufzunehmen. Kuramae und Mikumo waren beide damit beschäftigt, den Tagesbericht fertigzustellen, und standen unter Zeitdruck. Sie schienen darauf zu warten, dass Mikamis Laune sich besserte. Vielleicht tat er ihnen auch schlicht leid. Alle drei hatten Akikawas Worte gehört.

Sie haben sich verändert, Mikami.

Mikami zündete sich eine Zigarette an, drückte sie nach ein paar Zügen wieder aus und trank den Rest seines kalten Tees. Endlich war es ausgesprochen. Er hatte schon eine ganze Weile den starken Verdacht gehabt, dass die Presse ihn irgendwann abschreiben würde. *Zurück auf Anfang.* Die Erkenntnis machte ihn zornig. Aber vielleicht kam es einfach daher, dass er seine Beziehung zu ihnen von vornherein überschätzt hatte. Es war wie eine Fata Morgana. Weil er gar keine nennenswerte Beziehung aufgebaut hatte, konnte er nun auch nicht behaupten, sie sei zerstört. Das Vertrauen zwischen ihnen war so schwach gewesen, dass der erste kräftige Windstoß es weggeblasen hatte. Und er hätte immer noch Mühe zu antworten, wenn jemand ihn fragte, ob seine eingefleischte Animosität gegen die Medien während der Zeit, in der er mit der Reform der Pressestelle beschäftigt gewesen war, nachgelassen hatte.

Außerdem hatte er Pech gehabt. Anonymisierte Berichterstattung war eine heikle Sache. Für die Polizei war sie zum landesweiten Problem geworden. Dass er ausgerechnet jetzt damit zu tun bekam, da das Vertrauen, das die Presse in ihn setzte, zu schwinden begann, war besonders unglücklich. Eine Schublade in seinem Schreibtisch enthielt den Namen der Frau: Hanako Kikunishi. Er war in der Meldung enthalten, die das Bezirksrevier gefaxt hatte, doch eine halbe Stunde nach ihrem Eingang hatte der stellvertretende Revierleiter angerufen: *Bitte entschuldigen Sie, dass ich noch mal störe. Die Frau ist schwanger, können Sie sie diesmal anonym behandeln*?

Mikami bat Suwa zu sich herüber. »Was meinen Sie, wie ist es gelaufen?«

Suwa zog die Augenbrauen zusammen. »Ein bisschen aufgeregt haben sie sich schon.«

»Meinetwegen?«

»Das bestimmt nicht. Ich finde, Sie haben getan, was Sie konnten. Es läuft so oder so nichts nach Plan, wenn die Frage der Anonymität auf der Tagesordnung steht.«

Er sah die Arbeit ganz ähnlich wie Direktor Akama. Der einzige Unterschied, vermutete Mikami, bestand darin, dass Suwa sowohl Zuckerbrot als auch Peitsche einsetzte. Eine Süßigkeit, glasiert mit dem Sachverstand, dem Geschick und dem Stolz des geborenen Strippenziehers.

Mikami lehnte sich auf seinem Stuhl zurück. Er sah Suwa nach, der sich rasch entfernte, um einen Anruf entgegenzunehmen. *Mit neuem Elan,* so der gemeine Gedanke, bei dem sich Mikami ertappte. Vielleicht hatte Mikamis Kommen das Büro in einen Ort verwandelt, an dem es Suwa schwerfiel, seiner Arbeit nachzugehen. Seine *raison d'être* war von einem Pressechef mit einem Werdegang als Kriminalbeamter und ohne Erfahrung in der Pressearbeit bedroht worden. Mikami fragte sich, ob Suwa wohl so empfand.

Na schön, dann zeig mal, was du kannst.

Mikami beschloss, die Taktik zu ändern. Er konnte es sich nicht erlauben, sich weiter mit dem Thema Vertrauensverlust aufzuhalten und nichts zu unternehmen, was die aktuelle Situation betraf. Ganz gleich, wie sie am Ende verfuhren, wenn sie ihre Beziehungen zur Presse einstellten, wäre das genauso, wie wenn ein Kriminalbeamter sich weigerte, in einem Fall zu ermitteln.

»Alle mal herhören.«

Suwa, der sein Telefongespräch gerade beendet hatte, stand zugleich mit Kuramae auf. Mikumo rutschte auf die vordere Kante ihres Schreibtischstuhls, unsicher, ob die Aufforderung auch für sie galt. Mikami bedeutete ihr mit einer Geste, dass sie sitzen bleiben konnte, und winkte Suwa und Kuramae zu sich.

»Sehen Sie mal zu, dass Sie nebenan ein bisschen gut Wetter machen. Und versuchen Sie, dahinterzukommen, von wem das Ganze eigentlich ausgeht.«

»Kein Problem.«

Suwa war eindeutig aufgelebt. Er schnappte sich sein Jackett und verließ, ohne weitere Anweisungen abzuwarten, mit selbstbewussten Schritten den Raum. Kuramae folgte, ohne die gleiche

Selbstsicherheit auszustrahlen. Mikami lockerte seinen Nacken. Sein Optimismus hielt sein Unbehagen in Schach.

Der Presseraum war ein einzigartiges Biotop. Als Konkurrenten in derselben Branche hatten die Reporter ein wachsames Auge aufeinander; zugleich einte sie die Solidarität von Kollegen am Arbeitsplatz. Wenn es gegen die Polizei ging, konnte sich diese Solidarität zum Gefühl eines gemeinsamen Kampfes steigern. Manchmal – so wie gerade eben – bildeten sie dabei eine so geschlossene Front, dass sogar die Polizei die Waffen strecken musste. Trotzdem standen sie letzten Endes alle im Sold verschiedener Brötchengeber. Jede Zeitung hatte ihre eigenen Prinzipien und Traditionen, und das hieß, der Anschein entsprach nicht immer den Tatsachen.

Während Mikami noch grübelte, kam Yamashina in den Raum zurück. Sein Blick huschte nervös umher, ganz anders als noch vor einer Viertelstunde, als er versucht hatte, Mikamis Stimmung einzuschätzen.

»Haben Sie noch etwas auf dem Herzen?«

Angesichts von Mikamis Tonfall schien er sich zu entspannen und zeigte ein Grinsen, als er auf ihn zukam.

»Sie täten gut daran, ein bisschen sanfter mit uns umzugehen, wissen Sie. Das gerade eben? Das war verrückt.«

»Verrückt?«

»Sie sind alle wütend.«

»Sie waren doch derjenige, der die Stimmung aufgeheizt hat.«

»Wie können Sie so etwas behaupten? Ich habe lediglich versucht, ein Friedensangebot zu machen.«

Er hatte Angst davor, dass die Polizei sich abschotten könnte. Mikami wurde klar, dass sein Einfluss auf die weniger fähigen Reporter wie Yamashina im Stillen fortgewirkt hatte.

»Wie steht es denn da drin?«, bohrte Mikami vorsichtig nach.

Yamashina senkte übertrieben verschwörerisch die Stimme.

»Wie gesagt, sie drehen durch. Die *Toyo* ist wütend. Dann ist da Utsuki von der *Mainichi*. Und die *Asahi* …«

Das Telefon vor Mikami klingelte. Über die Störung verärgert, nahm er den Hörer ab.

»Sie sollen ins Büro des Direktors kommen.«

Es war Ishii, der Büroleiter. Er schien sich über irgendetwas zu freuen. Mikami konnte sich Akamas Gesichtsausdruck bereits vorstellen. Er hatte eine unangenehme Vorahnung. Eine gute Nachricht für Ishii war für ihn selbst oft eine schlechte.

»Sie werden irgendwo verlangt?«

»Richtig.« Im Aufstehen bemerkte Mikami auf dem Boden eine Haftnotiz, die sich im Schatten eines Tischbeins versteckte. Mikumos Schrift. Er passte auf, dass Yamashina nicht mitbekam, wie er sie las.

Anruf von Inspektor Futawatari. 07:45.

Shinji Futawatari. Sie waren im selben Jahr in den Polizeidienst getreten. Mikami spürte, wie sich seine Mundwinkel anspannten. Er warf einen kurzen Blick auf Mikumo, sagte jedoch nichts und nestelte an dem Zettel in seiner Hand. Weswegen konnte Futawatari angerufen haben? Normalerweise mieden sie einander. Vielleicht ging es nur um Büroangelegenheiten. Vielleicht hatte er auch von der Identifizierung am Vortag gehört und hatte das Gefühl, als Kollege irgendetwas sagen zu müssen.

Mikami erinnerte sich wieder an Yamashinas Anwesenheit.

»Wir können das Gespräch später fortsetzen.«

Anscheinend glaubte Yamashina, etwas erreicht zu haben, denn er nickte zufrieden und blieb dicht hinter Mikami, während dieser die Tür ansteuerte. Als Mikami schon auf dem Flur stand, sagte Yamashina: »Ach so, Mikami.«

»Ja?«

»Gestern – stimmte das? Dass ein Familienangehöriger von Ihnen in einem kritischen Zustand ist?«

Mikami drehte sich langsam zu Yamashina um. Der betrachtete ihn gespannt.

»Natürlich. Warum fragen Sie?«

»Ach, nur so«, sagte Yamashina zögernd. »Ich hatte nur gehört, dass es vielleicht etwas anderes ist.«

Scheißkerl.

Mikami tat so, als hätte er nichts gehört, und ging weiter den Flur entlang. Yamashina klopfte ihm übertrieben vertraulich auf die Schulter, ehe er im angrenzenden Presseraum verschwand. Durch die halb offene Tür erhaschte Mikami einen flüchtigen Blick auf die Reporter, die mit ernsten Gesichtern die Köpfe zusammensteckten.

5

Außerhalb der Mittagspause traf man auf dem Flur im ersten Stock selten jemanden. *Buchhaltung. Ausbildung. Innenrevision.* Sämtliche Türen waren gegen neugierige Blicke fest verschlossen. Es war still. Das einzige Geräusch kam von Mikamis Schritten, die auf dem gewachsten Boden des Flurs quietschten. *Verwaltung.* Das Wort auf dem verblassten Türschild schien ein gewisses Gefühl von Beklemmung zu erheischen. Mikami drückte die Tür auf. Dezernatsleiter Shirota saß ganz hinten, am anderen Ende des Raums; Mikami verbeugte sich stumm, bevor er hinüberging und dabei aus dem Augenwinkel einen Blick auf den Schreibtisch des Inspektors am Fenster warf. Futawatari war nicht da. Seine Lampe war ausgeschaltet, auf dem Schreibtisch lagen keine Papiere. Wenn er keinen freien Tag hatte, war er vermutlich in der Personalabteilung im ersten Stock des Nordgebäudes. Gerüchten zufolge waren die Planungen für die Versetzungen im kommenden Frühjahr bereits im Gange. Futawatari war dafür zuständig, einen Vorschlag für Veränderungen bei den leitenden Positionen auszuarbeiten. Dieser Umstand erfüllte Mikami mit Unbehagen, seit er von Ishii davon erfahren hatte. Was bedeutete das für seine eigene Versetzung? War seine ungeplante Rückkehr zur Pressestelle wirklich die alleinige Entscheidung von Direktor Akama gewesen?

Mikami durchquerte den Raum und klopfte an die Tür von Akamas Büro.

»Herein.« Die Aufforderung kam von Ishii. Wie schon am Telefon hatte seine Stimme eine deutlich höhere Tonlage als sonst.

»Sie wollten mich sprechen?«

Mikami ging über den dicken Teppich. Akama saß zurückgelehnt auf einer Couch und kratzte sich am Kinn. Die Goldrandbrille. Der maßgeschneiderte Anzug. Der distanzierte, indirekte Blick. Seine äußere Erscheinung war nicht anders als sonst – der Inbegriff des leitenden Beamten, das heimliche Vorbild jedes frischgebackenen Polizisten. Mit einundvierzig war er fünf Jahre jünger als Mikami. Der Mittfünfziger mit dem schütteren Haar, der auf typisch unterwürfige Weise bolzengerade neben Akama saß, war Ishii. Er bedeutete Mikami herüberzukommen. Akama wartete nicht, bis Mikami saß, ehe er den Mund aufmachte.

»Es muss … unangenehm gewesen sein.« Sein Ton war beiläufig, als wollte er andeuten, Mikami wäre von einem abendlichen Regenschauer überrascht worden.

»Nein, es ist … es tut mir leid, dass ich mich durch persönliche Probleme von meiner Arbeit ablenken lasse.«

»Keine Sorge. Bitte, nehmen Sie doch Platz. Wie waren die Leute vor Ort? Man hat Sie doch wohl gut behandelt?«

»Ja. Man hat sich gut um mich gekümmert, besonders der Revierleiter.«

»Schön zu hören. Ich werde mich persönlich bedanken.«

Sein fürsorglicher Ton war nervtötend.

Es war drei Monate her. Mikami hatte keine andere Möglichkeit gesehen, als Akama um Hilfe zu bitten. Er hatte ihm anvertraut, dass seine Tochter nur einen Tag zuvor von zu Hause weggelaufen war, und darum gebeten, dass die Suche von der zuständigen Direktion auf sämtliche anderen Direktionen in der gesamten Präfektur ausgeweitet wurde. Akama hatte auf völlig unerwartete Weise reagiert. Er hatte eine Notiz auf den Fahndungsaufruf gekritzelt, dann Ishii hereingerufen und ihn angewiesen, das Dokument an die Zentrale in Tokio zu faxen. Vielleicht hieß das: an das Sicherheitsamt. Oder an die Kriminaluntersuchungsbehörde.

Vielleicht sogar an das Büro des Generalinspekteurs. Dann hatte Akama den Stift hingelegt und gesagt: »Sie brauchen sich keine Sorgen zu machen. Ich werde bis zum Abend spezielle Maßnahmen ergreifen, von Hokkaido bis Okinawa.«

Mikami konnte den triumphierenden Ausdruck in Akamas Gesicht nicht vergessen. Er hatte sofort gewusst, dass dahinter mehr steckte als ein schlichtes Gefühl der Überlegenheit, weil er seine Autorität als Tokioter Bürokrat demonstriert hatte. Akama witterte Morgenluft, deshalb hatten seine Augen so aufgeleuchtet. Hinter der Goldrandbrille hervor hatten sie ihn fixiert, damit ihnen nur ja nicht der Augenblick entging, in dem dieser Emporkömmling von einem Provinz-Hauptkommissar, der so lange Widerstand geleistet hatte, endlich doch kapitulierte. Mikami war bis ins Mark erschüttert, als ihm klar geworden war, dass er Akama eine Schwäche gezeigt hatte, die dieser ausnutzen konnte. Wie sonst aber hätte er als Vater, der sich um die Sicherheit seiner Tochter sorgte, reagieren können?

Vielen Dank. Ich stehe in Ihrer Schuld.

Mikami hatte sich verbeugt. Er hatte den Kopf tief gesenkt, tiefer als bis zu den Knien …

»Und es war schon das zweite Mal. Ich kann mir nicht vorstellen, wie schwierig es sein muss, diese Fahrten zu unternehmen.« Wieder ritt Akama auf dem Thema Ayumi herum. »Ich weiß, ich habe das schon einmal vorgeschlagen, aber vielleicht könnten Sie erwägen, weitere Angaben über Ihre Tochter freizugeben? Mehr als nur ein Foto und eine Personenbeschreibung. Es gibt noch alle möglichen anderen Dinge – Fingerabdrücke zum Beispiel, zahnärztliche Unterlagen …«

Mikami hatte das alles natürlich schon erwogen, bevor Akama es vorschlug. Es kam jedes Mal einer Folter gleich, wenn er zu einer Identifizierung gerufen wurde und das weiße Tuch vom Gesicht eines Leichnams zurückschlagen musste. Und Minakos

Nerven waren zum Zerreißen gespannt. Dennoch zögerte er. Fingerabdrücke. Handabdrücke. Zahnabdrücke. Unterlagen über zahnärztliche Behandlungen. Das alles waren Daten von einer Art, wie sie sich höchst effektiv zur Identifizierung von Leichen einsetzen ließ. *Ich möchte, dass Sie nach der Leiche meiner Tochter suchen.* Genau darauf liefe es hinaus, und Mikami konnte den Gedanken nicht ertragen.

»Ich brauche noch etwas Zeit, um darüber nachzudenken.«

»Aber lassen Sie sich nicht zu viel Zeit. Wir wollen etwaige Verluste auf ein Minimum beschränken.«

Verluste?

Mikami rief sich zur Vernunft, um den in ihm aufsteigenden Zorn zu bezähmen. Akama versuchte, ihn zu provozieren. Probierte aus, wie weit seine Unterwerfung ging. Mikami riss sich zusammen und fragte: »Weshalb wollten Sie mich sprechen?«

Alle Neugier wich aus Akamas Blick.

»Folgendes«, sagte Ishii und beugte sich an Akamas Stelle vor – offenbar hatte er schon die ganze Zeit etwas sagen wollen –, »der Generalinspekteur wird uns einen offiziellen Besuch abstatten.«

Mikami brauchte einen Moment, um zu reagieren. Damit hatte er nicht gerechnet.

»Der Generalinspekteur?«

»Wir sind auch gerade erst verständigt worden. Der Besuch ist für heute in einer Woche geplant, Sie können sich also vorstellen, dass wir schon ein wenig aufgeregt sind. Ich weiß gar nicht, wie viele Jahre der letzte Besuch des Inspekteurs her ist …«

Vielleicht war es die Anwesenheit Akamas – eines Karrierebeamten aus Tokio –, die den Effekt noch verstärkte. Es war peinlich, Zeuge von Ishiis offensichtlicher Vorfreude zu werden. Der Generalinspekteur, die Nationale Polizeibehörde. Der Inspekteur stand an der Spitze der Pyramide, über den 260 000 Beamten der Polizei. Für die Regionalpolizei glich er einem Kaiser. Und dennoch, war ein offizieller Besuch wirklich etwas, worüber man so aus dem Häuschen geraten musste? In Augenblicken wie diesen offenbarte Ishii seine Beschränktheit. Er empfand Ehrfurcht vor der Nationalen Polizeibehörde und betrachtete sie mit unverhohlener Sehnsucht, wie etwa ein auf dem Land aufgewachsener Junge von der Großstadt träumt.

»Was ist der Zweck des Besuchs?«, fragte Mikami, mit den Gedanken schon bei der bevorstehenden Arbeit. Man hatte ihn als Pressechef gerufen, und das hieß, dass der Besuch wahrscheinlich eine starke PR-Komponente hatte.

»64.«

Diesmal war es Akama, der antwortete. Verblüfft sah Mikami ihn an. In Akamas Augen lag ein erwartungsvolles Funkeln.

64. Der Deckname für einen vierzehn Jahre alten Fall, die Entführung und Ermordung eines kleinen Mädchens namens Shoko.

Es war der erste Fall von schwerem erpresserischem Menschenraub, der sich innerhalb der Zuständigkeit von Präfektur D ereignet hatte. Nachdem sich der Entführer mit den zwanzig Millionen Yen Lösegeld aus dem Staub gemacht hatte, hatte die Polizei tragischerweise den Leichnam der entführten Siebenjährigen gefunden. Die Identität des Entführers war nach wie vor unbekannt. Der Fall war auch nach so langer Zeit noch immer ungeklärt. Damals hatte Mikami zu der Sonderkommission in Dezernat I gehört und war als Mitglied der Mobilen Einsatzgruppe Shokos Vater gefolgt, als dieser zum Ort der Geldübergabe fuhr. Dass die schmerzliche Erinnerung daran wiederbelebt wurde, reichte eigentlich schon, der größte Schock aber war, dass Akama – ein Karrierebürokrat und Außenseiter, der nichts mit den Ermittlungen zu tun gehabt hatte – den Begriff verwendete, mit dem das KUA die Entführung intern bezeichnet hatte. Hinter seinem Rücken nannte man ihn einen Daten-Freak, einen zwanghaften Rechercheur. Musste Mikami etwa annehmen, dass Akamas Netzwerk von Informanten nach nur anderthalb Jahren, die er den Posten nun innehatte, bereits die innere Struktur des KUA infiltriert hatte?

Und wenn …

Die Frage wurde durch eine andere abgelöst. 64 war zweifellos der größte Fehlschlag des Präfekturpräsidiums und galt selbst in Tokio, auf Ebene der Nationalen Polizeibehörde, als einer der schwersten noch ungelösten Fälle. Zugleich konnte niemand bestreiten, dass die Erinnerung an den Fall nach vierzehn Jahren, die seit der Entführung verstrichen waren, allmählich verblasste. Die ursprünglich zweihundert Mann starke Sonderkommission hatte sich im Lauf der Zeit verkleinert, sodass mittlerweile nur noch fünfundzwanzig Kriminalbeamte den Fall bearbeiteten. Man hatte die Sonderkommission zwar nicht aufgelöst, intern aber auf den Status einer Ermittlungsgruppe heruntergestuft. Es blieb noch etwas mehr als ein Jahr, bis die Verjährung eintrat. Soweit Mikami wusste, wurde der Fall längst nicht mehr öffentlich diskutiert. Und er hatte gehört, dass aus der Öffentlichkeit schon seit langer Zeit keine Hinweise mehr eingingen. Gleiches galt für die Presse, die nur einmal im Jahr an den Fall erinnerte, eine symbolische Geste am Jahrestag der Entführung. Der Fall setzte Staub an; warum stand er auf einmal im Mittelpunkt eines Besuchs des Generalinspekteurs? *Wir beabsichtigen, alles in unserer Macht Stehende zu unternehmen, ehe die Verjährung eintritt.* War es das, ein öffentlichkeitswirksames Spektakel?

»Was hat der Besuch zum Ziel?«, fragte Mikami, und zur Antwort wurde Akamas Lächeln breiter.

»Einen Appell an die Menschen innerhalb und außerhalb der Polizei zu richten und den Beamten, die noch immer in dem Fall ermitteln, den Rücken zu stärken. Unsere Absicht zu bekräftigen, Gewaltverbrechen niemals ungesühnt zu lassen.«

»Die Entführung hat vor vierzehn Jahren stattgefunden. Darf ich annehmen, dass der Besuch mit der Verjährung zu tun hat?«

»Was könnte größere Wirkung haben als eine Botschaft des Inspekteurs zu diesem alten Fall? Wie ich höre, war es seine eigene Idee. Allerdings glaube ich, dass sich sein Appell eher an ein internes Publikum als an die Öffentlichkeit richtet.«

Ein internes Publikum. Damit war alles klar.

Tokio. Politik.

»Jedenfalls, hier ist der detaillierte Zeitplan für den Tag.«

Ishii nahm ein Blatt Papier zur Hand. Mikami zückte rasch sein Notizbuch.

»Beachten Sie, dass das noch nicht offiziell ist. Also – der Generalinspekteur wird gegen Mittag mit dem Auto ankommen. Nach dem Mittagessen mit dem Polizeipräsidenten wird er sich direkt nach Sada-cho begeben und den Fundort der Leiche besuchen. Dort wird er ein Blumen- und Rauchopfer darbringen. Danach wird er sich zur Sonderkommission im Zentralrevier begeben und den Beamten Anerkennung zollen und Mut zusprechen. Von dort aus möchte er die trauernde Familie zu Hause besuchen, um ihr seinen Respekt zu erweisen. Dort ein weiteres Rauchopfer. Danach möchte er ein Interview im Freien, zwischen dem Haus und seinem Wagen. Das ist das Gesamtbild, wie es sich im Augenblick darstellt.«

Mikami hatte aufgehört, sich Notizen zu machen. »Er möchte ein Interview im Freien?« Ein Interview im Freien hieß, dass die Pressevertreter sich um ihn drängten und ihre Fragen stellten, während er vor dem Haus stand oder zu seinem Wagen ging.

»Genau. Das ist es, was sein Büro wünscht. Man ist dort zweifellos der Meinung, dass das dynamischer wirkt als eine förmliche Pressekonferenz, beispielsweise in einem Sitzungszimmer.«

Mikami spürte, wie sich seine Stimmung verdüsterte. Er sah

die unversöhnlichen Gesichter der Reporter schon vor sich. »Wo möchte er die Fotos gemacht haben? Am Fundort der Leiche?«

»Nein. Im Haus der Familie.«

»Er möchte, dass die Reporter ins Haus kommen?«

»Ist es dafür zu klein?«

»Nein, eigentlich nicht, aber ...«

»Der Generalinspekteur, wie er der Familie am Altar seinen Respekt erweist, im Hintergrund die trauernden Eltern. Das ist das Bild, das er fürs Fernsehen und die Presse haben will.«

Der oberste Beamte der Polizei, wie er den Hinterbliebenen versicherte, dass der Täter gefasst würde. Das wirkte ganz bestimmt.

»Es bleibt nicht viel Zeit; sehen Sie zu, dass Sie in den nächsten ein, zwei Tagen das Einverständnis der Familie einholen«, sagte Akama von der Seite. Er war wieder dazu übergegangen, wie gewohnt Befehle zu erteilen.

Mikami nickte zögernd.

»Hmm? Wollten Sie noch etwas ansprechen?«

»Nein ...« Er bezweifelte, dass die Familie es ablehnen würde, den Generalinspekteur zu empfangen. Zugleich war ihm unwohl bei dem Gedanken, sie aufzusuchen und die Bitte zu äußern. Sie hatten seit der Entführung kaum ein Wort miteinander gewechselt. Nur die Beamten der Vor-Ort-Einheit hatten ausführlicher mit den Angehörigen gesprochen. Und dann war er ins Dezernat II versetzt worden, nur drei Monate nachdem die Entführung stattgefunden hatte; er war überhaupt nicht mehr auf dem Laufenden, welche Entwicklung der Fall genommen hatte.

»In Ordnung. Dann frage ich zuerst beim 64-Ermittlungsteam nach, ob man mich auf den neuesten Stand bringen kann, was die Familie angeht.« Mikami wählte seine Worte sorgfältig.

Akama runzelte missbilligend die Stirn. »Ich glaube nicht, dass das nötig ist. Wie ich höre, sind Sie bereits mit der Familie bekannt. Nein, Sie bringen Ihre Bitte direkt vor. Das KUA einzubeziehen ist nicht notwendig.«

»Aber …«

»Das fällt in die Zuständigkeit der Verwaltung. Das KUA ins Spiel zu bringen würde die Dinge nur komplizieren, meinen Sie nicht? Sobald Sie die Vorarbeiten geleistet haben, werde ich mich persönlich mit dem Direktor in Verbindung setzen. Bis dahin werden Sie die Angelegenheit vertraulich behandeln.«

Vertraulich? Mikami konnte Akamas wahre Absichten nicht einschätzen. Den Besuch ohne Wissen des KUA organisieren? Es lag klar auf der Hand, dass *das* die Angelegenheit noch weiter komplizieren würde; immerhin war der Fall, um den es ging, 64.

»Ach ja, und was die Presse angeht …«, fuhr Akama unbeirrt fort. »Ich glaube, es ist das erste Mal, dass Sie mit so etwas zu tun haben, deshalb möchte ich Ihnen einiges erklären. Das Interview im Freien soll zwanglos wirken, aber es geht natürlich nicht, dass wir der Presse ohne entsprechende Auflagen Zugang zum Generalinspekteur gewähren. Unsere Vorbereitungen müssen denen entsprechen, die wir für einen Abgeordneten des Kokkai treffen würden. Es wäre unvertretbar, den Generalinspekteur über irgendwelche unbotmäßigen oder sonst wie verantwortungslosen Fragen stolpern zu lassen. Als Erstes müssen Sie den Presseclub dazu bringen, im Voraus eine Liste von Fragen zu formulieren und Ihnen vorzulegen. Die Presse wird an dem betreffenden Tag ungefähr zehn Minuten Zeit für Fragen haben. Außerdem wird nur die Zeitung das Interview führen dürfen, die in diesem Monat den Presseclub repräsentiert. Und Sie müssen den Reportern deutlich machen, dass sie auf gar keinen Fall unbequeme Fragen stellen dürfen. Ist das klar?«

Mikami senkte den Blick auf seine Notizen. Dass es nötig war, sich vorher mit der Presse abzusprechen, leuchtete ihm ein. Die

Frage war, ob angesichts der aktuellen Situation überhaupt ein vernünftiges Gespräch möglich war.

»Ich nehme an, die Presse hat sich heute Morgen wieder … lautstark geäußert?«

Hatte Akama sein Unbehagen bemerkt? Nein, wahrscheinlich hatte ihm bereits jemand von der Lage in der Pressestelle erzählt.

»Wie sieht es denn nun wirklich aus?«

»Eher schlechter als vorher. Ich habe mich geweigert, in der Frage der anonymisierten Berichterstattung nachzugeben.«

»Sehr gut. Wir müssen ständig auf der Hut sein. Sowie wir Zeichen von Schwäche zeigen, werden sie nur frech und nutzen es aus. Zwingen Sie sie, klein beizugeben. Wir liefern die Informationen, und die Presse hat sie gefälligst zu akzeptieren. Das müssen Sie ihnen einbläuen.«

Sein Vortrag war offenbar beendet, denn er hatte begonnen, in seinen Jacketttaschen zu wühlen, als wäre ihm gerade wieder eingefallen, dass er etwas suchte. Aus dem Augenwinkel schaute Mikami auf Ishii. Der schrieb irgendetwas mit roter Tinte nieder und wirkte nach wie vor freudetrunken. Mikamis Vorahnung hatte ihn nicht getrogen. Er fühlte sich noch niedergedrückter als beim Betreten des Büros.

»Schön – wenn das alles ist …«

Mikami klappte sein Notizbuch zu und stand auf. Vielleicht lag in seiner Haltung irgendetwas, das für Akama auf falschen Gehorsam hindeutete – gerade als Mikami den Raum verließ, schob er jedenfalls noch etwas nach.

»Sie ist Ihnen wie aus dem Gesicht geschnitten, wissen Sie. Sie müssen sie abgöttisch lieben.«

Mikami blieb stehen. Er drehte sich vorsichtig um. Akama schwenkte das Foto von Ayumi, das die Polizei für die Suche verwendete. *Wie aus dem Gesicht geschnitten.* Mikami hatte Akama nicht gesagt, warum Ayumi weggelaufen war. Trotzdem wurde er rot. In diesem Augenblick bröckelte seine Fassade von Gelassenheit. Akama schaute selbstgefällig drein.

»Fingerabdrücke, zahnärztliche Unterlagen – sprechen Sie doch noch einmal mit Ihrer Frau darüber. Ich möchte einfach, dass wir alles für Sie tun, was in unserer Macht steht.«

Mikamis Kampf dauerte nur Sekunden.

»Danke.«

Er verbeugte sich tief aus der Hüfte heraus. Dabei spürte er, wie das Blut durch seinen Körper jagte.

6

»Ich glaube, ich schaffe es nicht zum Mittagessen.«

»Schon gut, mach dir keine Gedanken.«

»Was wirst du denn essen?«

»Ich komme schon zurecht. Mir reichen die Reste von heute Morgen.«

»Warum holst du dir nicht etwas bei Shinozaki?«

Minako blieb stumm.

»Nimm den Wagen. Hin und zurück sind es nur fünfzehn Minuten.«

»Ich finde, ich sollte die Reste aufessen …«

»Dann lass dir wenigstens Soba-Nudeln von Sogetsuan kommen.«

Erneutes Schweigen.

»Das wäre doch schön.«

»… na gut.«

»Prima, mach das für heute. Aber es würde wirklich helfen, wenn du ein bisschen mehr aus dem Haus kämst.«

»Liebling …«

Sie wollte das Gespräch unbedingt beenden. Ihre Entschlossenheit drückte sich wie stets durch ihr Schweigen aus. Sie hatte schreckliche Angst davor, dass Ayumi anrufen könnte und die Leitung wäre besetzt. Sie hatten ihr altes Telefon gegen ein neues Modell mit Anklopffunktion und Anruferanzeige ausgetauscht, das im Vorjahr auf den Markt gekommen war. Doch Minako ließ sich nicht beschwichtigen, sondern malte sich weiter zwanghaft »Was wäre, wenn«-Situationen aus.

»Gut, ich lege jetzt auf. Aber bestell dir auch bestimmt noch was Gesundes zu den Soba, ja?«

»Ja.«

Mikami beendete das Gespräch und trat unter dem Holzpavillon im Joshi-Park hervor. Solche Gespräche konnte er nicht vom Büro aus führen, und er hatte keine Lust, ums Präsidiumsgebäude herumzuschleichen; stattdessen war er die paar Minuten gegangen, die man bis zum Park brauchte. Der Nordwind hatte weiter aufgefrischt. Weil er keinen Mantel trug, schlug er den Kragen seines Jacketts hoch und eilte den Weg zum Präsidium zurück. Minakos bedrückte Stimme hallte in seinen Ohren nach. Er konnte nicht zulassen, dass sie sich gegenseitig herunterzogen. In der ersten Zeit nach Ayumis Verschwinden hatte sich Minako kaum noch zu Hause aufgehalten. In ihrer Verzweiflung hatte sie, um etwas über Ayumis Verbleib zu erfahren, mit einem Foto in der Hand die Umgebung durchkämmt, Leute befragt und die wenigen Hinweise verfolgt, die es gab; sie war sogar nach Tokio und Kanagawa gefahren. Inzwischen verließ sie kaum noch das Haus. Der Wechsel war vor einem Monat eingetreten, nach dem Schweigeanruf. Dem Anruf war ein weiterer gefolgt. Insgesamt drei an einem Tag. *Ayumi, die sich nicht traute.* Der Gedanke hatte sich in ihrem Kopf breitgemacht und Wurzeln geschlagen. Seither hatte sie sich eingeschlossen und wartete jeden Tag, den ganzen Tag, auf einen weiteren Anruf. Sie hörte nicht zu, wenn Mikami ihr sagte, dass ihr das nicht guttat. Der Kauf des neuen Telefons hatte keinerlei Effekt gehabt – ihr Leben hatte sich völlig verändert. Sie begann die Dinge, die sie brauchte, im Versandhandel zu kaufen. Für die Zubereitung des Abendessens ließ sie sich Lebensmittel liefern und begnügte sich für das Frühstück und das Mittagessen am nächsten Tag mit dem, was übrig blieb. Mikami bezweifelte, dass sie überhaupt zu Mittag aß, wenn er nicht da war und ein Auge auf sie hatte.

Es war ihm zur täglichen Routine geworden, im Supermarkt in der Nähe des Präsidiums mittags zwei Bentō-Box zu kaufen und sie zum Essen mit heimzunehmen. Deshalb wenigstens war er froh, nicht mehr beim KUA zu sein. Bei der Pressestelle konnte er relativ früh nach Hause gehen. Wenn etwas Schwerwiegenderes passierte, musste er immer noch vor der Presse am Tatort sein, aber anders als zu seiner Zeit beim KUA brauchte er nicht Nacht für Nacht im Dōjō des zuständigen Reviers zu kampieren. Meistens konnte er heimgehen. Und Minako zur Seite stehen.

In Wahrheit jedoch konnte er auch dann nicht sicher sein, dass seine Anwesenheit ihr tatsächlich irgendeine Sicherheit verschaffte. Wenn er früh von der Arbeit kam oder während der Mittagszeit zu Hause war, ermutigte er sie, aus dem Haus zu gehen, vielleicht Einkäufe zu erledigen, und versprach ihr, aufs Telefon achtzugeben. Dann nickte sie, machte aber keinerlei Anstalten, das Haus zu verlassen. In ihrer Sturheit sah er ein Spiegelbild von Ayumi, der Art, wie ihre Tochter sich in den Tagen, bevor sie weggelaufen war, in ihrem Zimmer eingeschlossen hatte.

Und dennoch … er verstand die Emotionen, die sie dazu trieben, sich ans Telefon zu klammern, nur allzu gut. Nach zwei Monaten des Schweigens im Anschluss an das Verschwinden ihrer Tochter hatte der Augenblick, in dem der Anruf kam, zwei Eltern am Rande der Verzweiflung bestätigt, dass ihre Tochter noch lebte. An jenem Abend war sintflutartiger Regen über dem Norden der Präfektur niedergegangen. Im Büro waren immer neue Meldungen über Erdrutsche eingetroffen, und Mikami war spät nach Hause gekommen, weshalb Minako zwei der drei Anrufe entgegengenommen hatte. Der erste war kurz nach acht erfolgt. Sobald Minako ihren Namen genannt hatte, hatte der Anrufer aufgelegt. Der zweite war genau um halb zehn gekommen. Minako hatte Mikami später erklärt, sie habe in dem Augenblick, als es geklingelt habe, gewusst, dass es Ayumi war. Beim zweiten Mal hatte sie nichts gesagt und lediglich den Hörer ans Ohr gepresst. Ayumi neigte dazu, vor Druck zurückzuschrecken. Es war am besten, ihr Raum zu lassen. Sie würde schon reden, sie brauchte bloß Zeit. Minako hatte gewartet und gebetet. Fünf ... zehn Sekunden. Doch der Anrufer war stumm geblieben. Als Minako schließlich nicht mehr konnte und Ayumis Namen rief, war die Verbindung sofort unterbrochen worden.

Minako war außer sich gewesen, als sie Mikami auf seinem Handy anrief. Er war nach Hause geeilt. *Ruf an, bloß noch ein einziges Mal.* Er hatte gewartet und wider alle Vernunft gehofft. Kurz vor Mitternacht klingelte das Telefon. Mikami riss den Hörer hoch. Ein Moment des Schweigens. Sein Puls raste. Er rief nach ihr. *Ayumi? Ich weiß, dass du es bist, Ayumi.* Es kam keine Antwort. Die Emotionen überwältigten ihn. *Ayumi! Wo bist du? Komm nach Hause. Alles wird gut, komm einfach nur nach Hause, jetzt gleich!* An den Rest konnte er sich nicht mehr erinnern. Vermutlich hatte er weiter ihren Namen gerufen, immer wieder. Irgendwann war die Leitung tot gewesen. Er war in eine Stumpfheit verfallen. Eine Zeit lang hatte er einfach nur wie angewurzelt dagestanden. Erst später wurde ihm klar, dass er es versäumt hatte, sich auf seine Ausbildung als Polizist, als Kriminalbeamter zu besinnen – er war nur Vater gewesen, nichts sonst; er hatte das Wesentliche aus den Augen verloren; sogar vergessen, auf Hintergrundgeräusche zu achten. Sie hatten Ayumi kein Handy gekauft. Der Anruf war offenbar von einer Telefonzelle aus erfolgt. Er meinte sich an ein schwaches Geräusch zu erinnern, das während des gesamten Anrufs hörbar gewesen war. War es ein Atemgeräusch gewesen, das Hintergrundrauschen der Stadt oder etwas anderes? Verzweifelt hatte er versucht, sich zu erinnern, aber es kam nichts. Alles, was blieb, war eine vage Ahnung, nichts, was er als Erinnerung bezeichnen konnte; ein Dauergeräusch von schwankender Intensität. Seine Fantasie war mit ihm durchgegangen. Ein unaufhörlicher Verkehrsstrom, eine Großstadt bei Nacht. Eine Telefonzelle auf einem Bürgersteig. Darin Ayumi, ganz klein zusammengekauert.

Sie muss es gewesen sein, murmelte Mikami vor sich hin. Seine Schritte wurden unregelmäßig. Ohne dass es ihm bewusst wurde, hatten sich seine Hände zu Fäusten geballt. Wer sonst außer Ayumi würde dreimal anrufen, ohne etwas zu sagen? Hinzu kam, dass sie nicht im Telefonbuch standen. Sie wohnten nicht in einer offiziellen Polizeiunterkunft. Nach ihrer Heirat waren Mikami und Minako in Mikamis Elternhaus gezogen, damit sie sich um seine gebrechlichen Eltern kümmern konnten. Damals hatte die Nummer noch im Telefonbuch gestanden, unter dem Namen seines Vaters. Schließlich hatte eine Krankheit seine Mutter dahingerafft, und nicht lange nach 64 war sein Vater an einer Lungenentzündung gestorben. Mikami war zum neuen Familienoberhaupt geworden und hatte, der Polizeitradition entsprechend, ihre Privatnummer aus dem Verzeichnis löschen lassen. Seither stand sie nicht mehr im jährlich aktualisierten Telefonbuch. Aus seiner Erfahrung als Kriminalbeamter wusste Mikami, dass das Telefonbuch für die Mehrzahl von Scherz- (und obszönen) Anrufen genutzt wurde. Das hieß, die Wahrscheinlichkeit, dass sie zum Ziel solcher Anrufe wurden, war verglichen mit Haushalten, deren Nummern im Telefonbuch standen, äußerst gering.

Jemand, der aufs Geratewohl Nummern wählte, war rein zufällig bei ihnen gelandet. Nachdem der Betreffende eine Frauenstimme gehört hatte, war er übermütig geworden und hatte ein zweites, dann ein drittes Mal angerufen. Das war natürlich möglich. Und bei der Polizei gab es eine ganze Reihe von Beamten, die seine Nummer kannten – nach achtundzwanzig Dienstjahren war es nicht weiter schwer, auf zwei, drei Leute zu kommen, die vielleicht einen Groll gegen ihn hegten. Trotzdem … was hatte es für einen Sinn, mögliche Erklärungen aneinanderzureihen? *Ayumi hatte angerufen.* Das glaubte er. Darauf beharrte er. Für sie als Eltern war das die einzige greifbare Hoffnung, dass Ayumi noch am Leben war. Ayumi hatte angerufen. Sie hatte zwei Monate lang überlebt. Sie war auch jetzt, nach drei Monaten, noch am Leben. Es war alles, worauf sie hoffen konnten.

Mikami betrat das Präsidiumsgelände durch den Hintereingang. Den ganzen Monat hatte er daran denken müssen: an ihr Zögern, an die drei Anrufe. Hatte Ayumi versucht, ihnen etwas mitzuteilen? Oder hatte sie vielleicht gar nichts sagen, sondern schlicht die Stimmen ihrer Eltern hören wollen? Sie hatte zweimal angerufen, aber beide Male hatte Minako abgenommen. Also hatte sie es ein drittes Mal versucht. Weil sie auch die Stimme ihres Vaters hatte hören wollen.

Gelegentlich kam ihm dieser Gedanke. Dass Ayumi mit ihm und nicht mit Minako hatte reden wollen. Bei ihrem dritten Versuch hatte schließlich er abgehoben. Sie hatte zu sprechen versucht, aber die Worte waren ihr nicht über die Lippen gekommen. Sie hatte gewollt, dass er Bescheid wusste. Also hatte sie den Satz in ihrem Herzen geäußert. *Es tut mir leid. Ich akzeptiere mein Gesicht, wie es ist.*

Mikami spürte einen plötzlichen Schwindel. Er überfiel ihn in dem Augenblick, als er durch den Personaleingang zum Hauptgebäude trat. *Scheiße, nicht schon wieder.* Noch während er fluchte, wurde ihm schwarz vor den Augen, sein Gleichgewichtssinn verließ ihn. *Geh in die Hocke!* Sein Gehirn gab den Befehl, aber seine Hände suchten eigensinnig Halt. Er ertastete die kalte Oberfläche einer Wand. Da dies sein einziger Orientierungspunkt war, wartete er. Irgendwann gewann er nach und nach seine Sehkraft zurück. Helligkeit. Neonlicht. Graue Wände. Er schrak vor einem mannshohen Spiegel zurück, der in eine der Wände eingelassen war. Er sah sein Bild, seine sich mit jedem Atemzug hebenden

Schultern. Seine Schlitzaugen. Seine dicke Nase. Seine kantigen Wangenknochen. Er sah aus wie ein freiliegendes Stück Fels.

Hinter ihm ertönte schrilles Gelächter. Jemand machte sich über ihn lustig – das war sein erster Gedanke.

Er hielt den Atem an und starrte in den Spiegel: Zwei strahlende Gesichter passierten ihn. Das Bild zeigte zwei Beamtinnen der Verkehrspolizei, die im Vorbeigehen mit einer Trainingspuppe herumalberten.

7

Auf der Toilette wusch sich Mikami das Gesicht. Der Schweiß an seinen Händen war so ölig, dass das Wasser daran abperlte. Er trocknete sich ab, ohne in den Spiegel zu sehen, dann kehrte er in die Pressestelle zurück. Suwa und Kuramae saßen auf einem Sofa, die Köpfe im Gespräch zusammengesteckt. Er hatte erwartet, dass sie sich im Presseraum aufhielten und die Stimmung der Journalisten sondierten – warum waren sie beide schon wieder im Büro?

»Ist etwas?« Die Worte klangen schärfer, als er beabsichtigt hatte.

Suwa stand auf. Er wirkte niedergeschmettert, als wäre sein früherer Enthusiasmus bloße Einbildung gewesen. Kuramae verdrückte sich mit hängenden Schultern an seinen Schreibtisch.

Suwas Stimme war ein Flüstern. »Es tut mir leid, Direktor Mikami. Sie haben uns hinausgeworfen.«

»Sie haben Sie rausgeschmissen?«

»Ja … ich weiß auch nicht, was ich sagen soll.«

Das sah nach einem schweren Schlag aus. Mikami akzeptierte, dass der Presseraum seinen Benutzern einen gewissen Grad von Unabhängigkeit garantierte. Allerdings war es auch so, dass dieser Raum von der Polizei zur Verfügung gestellt wurde, um die Reporter bei der Berichterstattung zu unterstützen. Dass sie bereit waren, die Polizei – den Hausherrn – auszuschließen, war beunruhigend.

»So schlimm?«

»Da drin ist eindeutig irgendetwas im Gange.«

»Glauben Sie, die *Toyo* steckt dahinter?«

»Ja. Sie machen Stunk und versuchen, die anderen aufzuwiegeln.«

Mikami fiel der Ausdruck auf Akikawas Gesicht wieder ein. *Heißt, Sie, die Polizei, haben keinerlei Vertrauen in uns. Richtig?* Die Worte waren schneidend gewesen.

»Können Sie irgendetwas tun?«

»Ja, bestimmt ... Ich bin sicher, ich kann die Situation entschärfen. Ich weiß bloß nicht, ob ich das jetzt gleich schaffe.«

Suwas Antwort fehlte es an Selbstvertrauen. Und er schien die Sache auch nicht aus Effekthascherei herunterzuspielen. Vielleicht war das Problem tatsächlich so ernst, dass auch jemand Erfahrenes wie Suwa sich überfordert fühlte. Mikami setzte sich an seinen Schreibtisch. Er zündete sich eine Zigarette an und zog sein Notizbuch aus der Tasche.

»Der Generalinspekteur wird uns einen Besuch abstatten.«

»Wie bitte?«

Suwa machte große Augen. Kuramae und Mikumo unterbrachen ihre jeweilige Arbeit und blickten ebenfalls auf.

»Es handelt sich um eine Inspektion. Er wird den Tatort im Entführungsfall Shoko und außerdem die Angehörigen besuchen.«

»Wann?«

»Heute in einer Woche.«

»In einer Woche?«, rief Suwa. Gleich darauf stieß er den Atem aus und sprach weiter. »Das ist ein besonders ungünstiger Zeitpunkt.«

»Wenn Sie vorläufig einfach der Presse Bescheid geben könnten«, sagte Mikami und blätterte in seinem Notizbuch. Er beauftragte Suwa, den Zeitplan des Generalinspekteurs zu kopieren.

»Für das Interview im Freien haben wir zehn Minuten. Das reicht für drei, vielleicht vier Fragen?«

»Würde ich auch sagen.«

»Wie legt die Presse ihre Fragen fest?«

»Normalerweise lässt sich jede Zeitung eine einfallen, dann stellt der jeweils amtierende Vertreter die endgültige Liste zusammen. Meistens fragen sie sowieso alle das Gleiche.«

Mikami nickte. »Wenn Sie es ihnen jetzt sagen, wann, glauben Sie, können Sie sie dann dazu bringen, ihre Fragen vorzulegen?«

»Na ja, ich schätze …« Suwas Stimme verklang. Mikami konnte ihm keinen Vorwurf machen. Es war nur Augenblicke her, dass die Presse ihn kurzerhand vor die Tür gesetzt hatte.

»Sagen Sie ihnen einfach, dass ich die Fragen gleich Anfang nächster Woche brauche. Die Oberen wollen die Möglichkeit haben, sie zu prüfen.«

»Klar. Ich probier's.« Er sagte es mit Leidensmiene, ließ jedoch Mikami zuliebe ein mehrmaliges rasches Kopfnicken folgen.

Es wird schon klappen. Mikami zwang sich, optimistisch zu sein. Der Generalinspekteur bei der Inspektion eines ungelösten Entführungsfalls: Er war sich sicher, dass das genug Nachrichtenwert für sie alle besaß. Sie würden nicht aus der Reihe tanzen. Sie mussten sich lediglich auf einen Waffenstillstand in der Frage der anonymisierten Berichterstattung einigen. Das dürfte zu machen sein. Suwa war auf halbem Weg zu seinem Schreibtisch, als er plötzlich kehrtmachte.

»Eins frage ich mich allerdings schon … warum nimmt er 64 ausgerechnet jetzt unter die Lupe?«

64. Es verstörte Mikami, den Ausdruck erneut zu hören, wenn auch nicht so sehr wie vorhin bei Akama.

»Das ist PR, für das Kriminaluntersuchungsamt«, sagte Mikami wegwerfend und stand auf.

Vierzehn Jahre war die Entführung jetzt her. Die Bezeichnung war offenbar nicht mehr alleiniger Besitz der Kriminalbeamten, die den Fall bearbeitet hatten. Trotzdem, dass zwei nicht an der Ermittlung Beteiligte den prestigeträchtigen Codenamen so kurz hintereinander verwendeten, hatte ihn hellhörig gemacht. Er hatte den gleichen Gedanken schon in Akamas Büro gehabt: dass Informationen aus der Pressestelle zu Akama durchsickerten. Und das ständig, seit dem ersten Tag seiner Ernennung.

Er sprach, ohne Suwa anzusehen. »Schön, Sie regeln die Sache mit der Presse. Ich bin eine Zeit lang außer Haus.«

»Wohin fahren Sie?«

»Zu Shokos Eltern. Ich muss das mit dem Besuch regeln.« Mikami warf einen Blick auf Kuramae. »Können Sie mitkommen?«

Er ließ es sich nicht zur Gewohnheit werden, seine Untergebenen zu bitten, ihn herumzufahren, aber seine Schwindelanfälle machten ihm Sorgen. Es war heute nicht zum ersten Mal passiert. Er litt seit fast zwei Wochen daran.

»Also, eigentlich muss ich zu einem Gespräch mit der Eisenbahnpolizei; die haben eine Gruppe Rowdys gefasst, die in den Zügen Ärger machen.«

Während er sich noch entschuldigte, reckte Mikumo in ihrer Ecke den Kopf, wie um ihre Anwesenheit kundzutun. *Sie nicht* – Mikami schluckte die Worte hinunter, die ihm auf den Lippen lagen. Was die Begeisterung für ihre Arbeit anging, war Mikumo ihrem Kollegen Kuramae um ein Vielfaches überlegen. Außerdem kam sie von der Verkehrspolizei, was bedeutete, dass sie einen Kleinbus im Schlaf fahren konnte.

Draußen wehten Staubwolken durch die Luft. Sobald er und Mikumo aus dem Hauptgebäude traten, hob sie eine Hand an die Stirn und flitzte hinein in den Wind, Richtung Parkplatz. Binnen einer Minute fuhr der Wagen des Pressedirektors vor und hielt mit einem selbstbewussten Schlenker vor dem Eingang.

»Kennen Sie die Adresse?«, fragte Mikami, als er auf der Beifahrerseite einstieg.

»Natürlich«, sagte sie, ohne zu zögern, während sie bereits anfuhr.

Es war wohl gedankenlos von ihm gewesen zu fragen. Jeder, der im Präsidium der Präfekturpolizei arbeitete, ohne diese Adresse zu kennen, war, wie man getrost sagen konnte, ein Hochstapler. Es lag daran, dass Mikumo so jung war – gerade dreiundzwanzig geworden. Zur Zeit der Entführung war sie neun gewesen, nur zwei Jahre älter als das ermordete Mädchen. Jetzt fuhr sie ihn zum Zuhause dieses Mädchens. Man kam nicht um die Tatsache herum, dass unvorstellbar viel Zeit verstrichen war.

Nicht weit vom Präsidium hielten sie an und kauften als Gastgeschenk etwas Reisgebäck. Auf der Schnellstraße herrschte wenig Verkehr. Die Gebäudereihen verschwanden, nachdem sie an der Kreuzung auf die Präfekturstraße abgebogen waren, wo nach und nach auch die Geschäfte am Fahrbahnrand weniger wurden. Jetzt näherten sie sich dem, was vor der Ausdehnung der Stadt der alte Bezirk Morikawa gewesen war.

»Äh, Herr Direktor Mikami …«, sagte Mikumo, den Blick geradeaus gerichtet.

»Ja? Was ist denn?«

»Es war eine große Erleichterung … dass es nicht Ihre Tochter war.« Sie sprach vom Vortag. »Ich weiß, dass man sie finden wird. Ich bin mir ganz sicher.«

Ihre Stimme klang belegt. Sie sah aus, als würde sie gleich zu weinen anfangen. In solchen Augenblicken tat sich Mikami mit der Antwort jedes Mal schwer. *Lassen Sie es … einfach gut sein.* Das beschrieb wohl am ehesten, was er empfand. Zum Schutz der Privatsphäre von Polizeibeamten und ihren Familien bestanden strenge Vorschriften. Sie galten jedoch nur für Außenstehende; intern verbreiteten sich solche Geschichten im Handumdrehen. Immer wieder sprachen ihn Kollegen ohne Vorwarnung an und erkundigten sich nach Ayumi. Sie taten es aus Freundlichkeit. Weil sie sich Gedanken machten. Aber ganz gleich, wie oft sich Mikami das sagte, er war trotzdem außerstande, echte Dankbarkeit zu empfinden. Akamas Beweggründe waren eindeutig anderer Art, und es gab viele, die seine Philosophie teilten. Obwohl sie Mikami kaum kannten, setzten sie eine mitfühlende Miene auf und wieselten sich an ihn heran, sobald sie ihn zu Gesicht bekamen. Einige schienen sich regelrecht zu freuen, als ob Mikamis Kummer ihnen eine Gelegenheit böte, entweder Unstimmigkeiten auszuräumen oder im Gegenzug nach irgendetwas zu angeln. Das waren gern diejenigen, deren Anteilnahme am echtesten, am tiefsten empfunden klang. Und dann schauten sie selbstgefällig zu, wie Mikami sich verbeugte und bedankte. Er empfand eine wachsende Aversion gegen andere Menschen. Das machte ihm Angst. Er hatte genug davon.

Trotzdem …

»Danke«, sagte er.

Es verstand sich von selbst, dass die junge Beamtin, die neben ihm saß, zu den wenigen gehörte, die sein Vertrauen auch verdienten.

»Aber Sie müssen sich doch nicht …«

Sie errötete und straffte den Rücken. Sie war auf schon fast besorgniserregende Weise liebenswert. Da sie sich für den Polizistenberuf entschieden hatte, war sie wahrscheinlich von Haus aus sittenstrenger und gewissenhafter als der Durchschnitt; Mikami wusste, dass sie auch so etwas Besonderes an sich hatte. Sie war in einer Welt aufgewachsen, in der Moral, Sexualität, ja sogar die Werte grundlegender Menschenliebe im Chaos versunken waren; trotzdem deutete nichts an ihr auch nur auf die kleinste Verwahrlosung hin. Sie war schön und unschuldig. In gewisser Weise erinnerte sie ihn an Minako in jüngeren Jahren. Es verstand sich von selbst, dass die Mehrheit der alleinstehenden Polizeibeamten sie anschmachtete; sogar im Presseraum hofften so einige Reporter, sie nach Tokio mitnehmen zu können. Suwa hatte einmal erwähnt, dass Akikawa zu ihnen zählte. Das war der Hauptgrund, warum sich Mikami nach wie vor weigerte, Mikumo in unmittelbaren Kontakt zu ihnen treten zu lassen.

Die sanft gewellte Landschaft vor ihnen war ländlich, nur vereinzelt standen hier Häuser: die westliche Peripherie der Stadt D. Nach einer Weile kam die riesige Konservenfabrik in Sicht; fast so groß wie ein Freizeitzentrum, ragte sie am Ufer des Flusses auf, der die Grenze zum benachbarten Dorf markierte. Als Nächstes tauchte das Haus auf, noch auf dem Fabrikgelände, ein traditionelles japanisches Bauwerk mit Ziegeldach. »Amamiya Konserven«. Die Idee, Auberginen und Gurken in kleinen Fässchen einzulegen und zu verkaufen, war ein Erfolg gewesen, und die Firma war rasch gewachsen. Die Fabrik war regelmäßig in den Nachrichten gewesen; rückblickend war es wahrscheinlich dieser Erfolg, der die Aufmerksamkeit des Entführers erregt hatte.

Mikami bedeutete Mikumo anzuhalten und wies sie an, auf einem unbebauten Grundstück kurz vor dem Haus der Familie zu parken.

»Warten Sie hier.«

Es wäre ihm unsensibel vorgekommen, sie zu den Eltern des Mädchens mitzunehmen. Wenn die ganze Sache nicht passiert wäre, wäre Shoko Amamiya inzwischen eine junge Frau in Mikumos Alter.

Mikami stieg aus dem Wagen und ging entschlossen die schmale Straße entlang – seinerzeit noch ein nicht asphaltierter Weg –, die zu dem Gebäude führte.

Wir kriegen den Dreckskerl …

Mikami erinnerte sich an den Tag, an dem er das Haus zum ersten Mal betreten hatte, an die sengende Hitze in seiner Brust: Vierzehn Jahre waren seither vergangen. Er hatte sich gewiss nicht vorgestellt, dass sein nächster Besuch der Organisation einer PR-Veranstaltung gelten würde. Welchem Zweck der Besuch auch immer diente, er löste sehr gemischte Gefühle aus. Jedes Mal, wenn Mikami blinzelte, sah er Ayumi vor sich. Es würde ihm schwerfallen, sachlich zu bleiben, wenn er mit Eltern zusammentraf, die ihre Tochter bereits verloren hatten. Er strich die Vorderseite seines Jacketts glatt und starrte, vorerst ohne ihn zu drücken, auf den Klingelknopf mit dem Namensschild »Amamiya«.

8

Die Heizung, die gerade erst eingeschaltet worden war, begann zu klicken, während ein warmer Luftstrom ins Zimmer drang.

»Es ist lange her.«

Mikami lehnte das angebotene Bodenkissen ab und legte beide Hände auf die Tatami vor sich. Mit gesenktem Kopf schob er das Kästchen mit Reisgebäck hinüber. Yoshio Amamiya nickte nur schwach.

Die Wände waren ein wenig dunkler geworden, aber sonst schienen Gestaltung und Möblierung des Wohnzimmers, in das man ihn geführt hatte, unverändert. Amamiyas Verwandlung dagegen war dramatisch und überstieg bei Weitem das für vierzehn Jahre übliche Maß. Seine Haare waren weiß geworden, und er hatte sie wachsen lassen. Seine Haut war bleich, bleigrau. Seine Wangen waren krankhaft eingefallen, und um die Augen und auf der Stirn lag ein dichtes Gewirr von Runzeln, tief wie Messerschnitte. Es war das Gesicht eines Mannes, dessen Tochter ermordet worden war. Ein von Kummer und Leid verwüstetes Gesicht – nur so konnte Mikami es beschreiben.

Das Zimmer nebenan enthielt den buddhistischen Altar. Die Schiebetüren waren offen geblieben, sodass es unmöglich war, das eindrucksvolle Gebilde an der hinteren Wand zu ignorieren. Zwei Fotos standen darauf. Shoko, die Tochter. Und daneben Amamiyas Frau …

Das hatte er nicht gewusst.

Toshiko Amamiya. Wann war sie gestorben?

Er musste seinen Respekt bekunden. Aber es bot sich nur

schwer eine Möglichkeit, das Thema anzuschneiden. Amamiya saß auf der anderen Seite des niedrigen Tischs, der Inbegriff einer leeren Hülse. Sein Blick glitt über Mikamis Oberkörper, aber in den tief eingesunkenen Augen lag keinerlei Erkennen, so als sähe er in Wahrheit etwas ganz anderes.

Als Mikami die Last des Schweigens nicht mehr ertrug, zückte er seine Karte.

Amamiya, der ihn mit Namen begrüßte. Sich sichtlich freute, ihn zu sehen. Irgendwie hatte sich bei Mikami eine Vorstellung davon gebildet, wie die Wiederbegegnung verlaufen sollte. Also hatte er gezögert. *Pressedirektor, nicht Kriminalbeamter.* Er hatte eine wachsende Scheu davor empfunden, es einzugestehen, weshalb er die Gelegenheit verpasst hatte, seine Karte zu überreichen.

»Es tut mir leid, dass ich es Ihnen nicht schon früher gesagt habe. Das ist meine neue Stelle.«

Amamiyas Augen zeigten keinerlei Reaktion. Seine rechte Hand lag auf dem Tisch. Die Finger waren ebenso wie die Haut auf dem Handrücken runzelig und wie ausgetrocknet. Der Nagel am Zeigefinger war eingerissen und zusammen mit der Haut schwarz verfärbt wie von einer Blutblase. Ab und zu zuckte dieser Finger. Aber er griff nicht nach Mikamis Karte auf dem Tisch. *Verlust der sozialen Kompetenz. Einsiedlerisches Verhalten.* Es war, als wäre Amamiya in diese Art von Kategorie gerutscht. Vielleicht lag es daran, dass er nicht mehr arbeitete. Mikami hatte gehört, er habe die Leitung der Fabrik seit der Entführung in die Hände eines Cousins gelegt.

»Entschuldigen Sie, aber …« Er musste die Frage stellen. »Wann ist Ihre Frau …?«

Amamiya blickte vage in Richtung Altar. Eine Zeit lang verharrte er so. Irgendwann drehte sich sein Kopf wieder zurück. Mikami meinte, einen dunklen Schimmer in seinen Pupillen zu sehen.

»Sie hat vor sechs Jahren einen Schlaganfall erlitten. Und letztes Jahr ist sie dann …«

»Das tut mir leid.« Die eingefrorenen Gefühle des Mannes begannen langsam aufzutauen. Doch obwohl Mikami das bemerkte, fiel es ihm nicht ein, das Gespräch auf sein eigentliches Anliegen zu lenken. »Sie war zu jung, um von uns zu gehen.«

»Ja. Uns so zurückzulassen. Noch dazu, ohne zu erfahren …«

Sie war gestorben, ohne zu erleben, dass der Entführer zur Rechenschaft gezogen wurde. Während sich Amamiya vielleicht der bitteren Enttäuschung seiner Frau entsann, schlossen sich seine blicklosen Augen einen Moment lang. Mikami verspürte einen Stich im Herzen. Jedes Mal, wenn er von dem Fall reden hörte, empfand er ein Gefühl brennender Scham in der Brust.

Eines verhängnisvollen Tages.

Am fünften Januar, im vierundsechzigsten Jahr der Shōwa-Zeit. *Ich gehe meine Neujahrsgeschenke holen.* Mit diesen Worten hatte Shoko Amamiya kurz nach Mittag das Haus verlassen und war auf dem Weg zum nahe gelegenen Haus eines Verwandten spurlos verschwunden. Zwei Stunden später hatte ihr Entführer die Amamiyas angerufen und Lösegeld gefordert. Die Stimme eines Mannes Mitte dreißig bis Anfang vierzig, leicht heiser, ohne jedweden Akzent. Der Inhalt des Anrufs war wie aus dem Lehrbuch gewesen. *Ich habe Ihre Tochter. Besorgen Sie bis morgen Mittag zwanzig Millionen Yen, dann warten Sie auf weitere Instruktionen. Wenn Sie die Polizei einschalten, stirbt sie.* Ihr Vater hatte den Anruf entgegengenommen. Er hatte darum gefleht, die Stimme seiner Tochter hören zu dürfen, aber der Entführer hatte einfach aufgelegt.

Nach längerem Ringen hatte Amamiya die Polizei verständigt. Das war nach sechs Uhr abends. Binnen einer Dreiviertelstunde hatten die vier Beamten einer Vor-Ort-Einheit, in Marsch gesetzt vom KUA, Dezernat I, verdeckt das Haus der Amamiyas betreten.

Zugleich hatte die lokale Niederlassung der Nippon Telegraph and Telephone der Polizei mitgeteilt, dass man Leute abgestellt habe, um weitere Anrufe zurückzuverfolgen. Sie waren nur einen Schritt zu spät gekommen. Der zweite Anruf des Entführers war nur Augenblicke vorher eingegangen. *Ich will gebrauchte Scheine. Legen Sie das Geld in den größten Koffer, den Sie im Marukoshi kaufen können. Bringen Sie ihn zu dem Ort, den ich Ihnen morgen nennen werde, und kommen Sie allein.*

Wenn wir bloß die Stimme von dem Dreckskerl auf Band gekriegt hätten. Wenn bloß die verdammte Fangschaltung schon gestanden hätte. Das waren Sätze, wie sie jeder Kriminalbeamte äußerte, der jemals mit dem Fall zu tun bekam, und jedes Mal mischte sich ein Seufzer hinein.

Um acht Uhr am selben Abend wurde im Zentralrevier von Präfektur D eine Sonderkommission eingerichtet. Weitere dreißig Minuten später war Mikami auf dem Weg zum Haus der Amamiyas, nachdem man ihn zum stellvertretenden Leiter der Mobilen Einsatzgruppe ernannt und ihm Anweisung erteilt hatte, die Einzelheiten der Geldübergabe am nächsten Tag durchzuspielen. Die Beamten der Vor-Ort-Einheit waren bereits dabei, die Eltern zu befragen. *Haben Sie seine Stimme erkannt? Ist Ihnen in letzter Zeit irgendetwas Verdächtiges aufgefallen? Kennen Sie jemanden, der einen Groll gegen Sie hegen könnte? Gibt es frühere Angestellte von Ihnen, die Geldprobleme haben?* Die Eltern, kalkweiß im Gesicht, hatten auf alles nur die Stirn gerunzelt und dazu den Kopf geschüttelt.

Es wurde eine lange Nacht. Niemand tat ein Auge zu, alles starrte aufs Telefon. Amamiya hatte seine förmliche Seiza-Sitzhaltung die ganze Zeit über beibehalten. Aber der dritte Anruf kam nicht, auch als es draußen schon hell zu werden begann. Toshiko machte in der Küche Reisbällchen. Sie hatte schon mehr gemacht, als die Anwesenden essen konnten, dann kochte sie abermals Reis und fing von vorn an, eine mechanische Wiederholung der Arbeit. Ihre Haltung hatte den Anschein erweckt, als ob sie betete. Aber …

Ihre Gebete waren nicht erhört worden.

Das vierundsechzigste Jahr der Shōwa-Zeit hatte nur eine Woche gedauert. Die Fanfare, die die Heisei-Zeit willkommen hieß, hatte es hinweggefegt, als wäre es ein bloßes Phantom gewesen. Dabei war es alles andere als ein Phantom gewesen. In jenem letzten Jahr der Shōwa-Zeit hatte ein Mann ein siebenjähriges Mädchen entführt und ermordet, um dann in die Heisei-Zeit zu verschwinden. Der Deckname »64« war die feierliche Versicherung, dass der Fall nicht ins erste Jahr der Heisei-Zeit gehörte, dass man den Entführer geradewegs ins vierundsechzigste Jahr der Shōwa-Zeit zurückzerren würde …

Mikami warf einen zögernden Blick auf den Altar. Toshiko lächelte auf dem Foto. Ihre Jugend überrumpelte Mikami. Wahrscheinlich stammte das Bild aus einer Zeit, als sie noch unbeschwert gewesen war, sich nicht im Entferntesten hatte vorstellen können, dass ihre Tochter einmal entführt werden könnte. Das gelöste Lächeln war nicht das einer Mutter, die ihre Tochter verloren hatte.

Amamiya war wieder in Schweigen verfallen. Er hatte Mikami noch immer nicht gefragt, was ihn herführte. Jegliche Emotion wich aus seinen Augen.

Woanders …

Mikami räusperte sich. Ihm blieb nichts anderes übrig, als die Initiative zu ergreifen. Er konnte nicht zulassen, dass Amamiya sich wieder in sein Schneckenhaus zurückzog, nicht ehe er den Grund für seinen Besuch erläutert hatte.

»Es gibt etwas, was ich Ihnen mitteilen muss – das ist auch der Grund meines heutigen Besuchs.«

Worum ich Sie bitten, nicht, was ich Ihnen mitteilen muss. So hätte er es formulieren sollen. Er beeilte sich fortzufahren, da er einen Umschwung in Amamiyas Stimmung wahrnahm.

»Die Sache ist die, unser oberster Dienstherr hat den Wunsch geäußert, Sie nächste Woche zu besuchen. Generalinspekteur Kozuka von der Nationalen Polizeibehörde in Tokio. Uns ist bewusst, dass die Entführung schon lange her ist, aber es versteht sich trotzdem von selbst, dass wir den Täter mit allen uns zur Verfügung stehenden Mitteln vor Gericht bringen wollen. Der Generalinspekteur möchte die mit dem Fall befassten Beamten ermutigen, indem er den Tatort aufsucht; außerdem möchte er Sie gerne hier besuchen, um Ihrer Tochter seinen Respekt zu erweisen.«

Das Atmen fiel ihm schwer. Je mehr er redete, desto mehr schien sich seine Brust mit einem stechenden Gas zu füllen. Amamiyas Blick war auf den Boden gerichtet. Seine Enttäuschung war nicht zu übersehen. Das war auch kaum verwunderlich. Mikami fragte sich, ob irgendwer in seiner Lage das, was er gesagt hatte, für bare Münze nähme – sich jetzt, vierzehn Jahre später, weißmachen ließe, der Generalinspekteur wolle den Ermittlungen neues Leben einhauchen. *Polizeipolitik. PR.* Hatte er womöglich die wahren Beweggründe des Mannes durchschaut?

Da ihm keine andere Wahl blieb, fuhr Mikami fort.

»Ich will gar nicht bestreiten, dass der Fall seit geraumer Zeit in der Luft hängt. Aber genau deshalb hat sich der Generalinspekteur ja zu seinem Besuch entschlossen. Bei entsprechender Presseberichterstattung besteht die Möglichkeit, dass vielleicht neue Hinweise auftauchen.«

Kurzes Schweigen trat ein, ehe Amamiya den Kopf zu einer Verneigung senkte.

»Ich danke Ihnen.«

Seine Stimme war entspannt. Mikami atmete leise aus, doch seine Erleichterung wurde von dem Unbehagen darüber geschmälert, dass er den Mann einfach überfahren hatte. Am Ende taten sie immer das, was die Polizei sagte. Weil die Opfer anders keine Rache üben konnten, waren sie darauf angewiesen, dass die Polizei den Täter vor Gericht brachte. Mikami verstand das inzwischen. Ihm waren die Hände gebunden, weil seine Tochter von zu Hause weggelaufen war, und nun saß er hier und reihte wegen einer PR-Veranstaltung leere Worte aneinander.

Er zückte sein Notizbuch. Er schlug die Seite mit seinen Notizen aus Akamas Büro auf.

»Der Besuch des Generalinspekteurs ist geplant für Donnerstag, den zwölf...«

Ehe er den Satz beenden konnte, hörte er das gedämpfte Geräusch von Amamiyas Stimme. Mikami legte den Kopf schräg.

Aber das wird nicht nötig sein.

So hatte es geklungen.

»Amamiya-san?«

»Ich weiß das Angebot zu schätzen, aber es wird nicht nötig sein. Es besteht kein Grund für eine so hochgestellte Persönlichkeit, sich hierherzubemühen.«

Nicht nötig?

Mikami war irritiert. Amamiya hatte ihnen einen Korb gegeben. Sein Blick war so abwesend wie zuvor, aber seine Worte waren von unmissverständlicher Entschiedenheit gewesen.

»Aber ... darf ich fragen, warum?«

»Ich habe keinen besonderen Grund.«

Mikami schluckte. Irgendetwas war passiert. Das wusste er intuitiv.

»War etwas unstatthaft an unserer ...«

»Nein, das ist es nicht.«

»Warum dann?«

Amamiya hatte zu reden aufgehört. Er machte keine Anstalten, Mikami ins Gesicht zu sehen.

»Wie ich gerade gesagt habe – es besteht eine echte Möglichkeit, dass sich dadurch neue Hinweise ergeben.«

Schweigen.

»Der Generalinspekteur ist unser höchstrangiger Beamter. Ich bin mir sicher, das Medienecho wird enorm sein. Das Fernsehen wird darüber berichten. Die Botschaft wird sehr viele Menschen erreichen.«

»Ich weiß das Anerbieten zu schätzen …«

»Bitte, Amamiya-san. Sich eine Chance auf neue Informationen einfach so entgehen zu lassen …«

Mikami wurde bewusst, dass er die Stimme erhob, und er brach ab. Dies war etwas, was er nicht erzwingen konnte. Das Opfer weigerte sich. War es dann nicht seine Pflicht, Abstand von dem Vorhaben zu nehmen? Das Haus der Familie ließ sich aus dem Programm des Generalinspekteurs streichen, ohne dass die Bedeutung seines Besuchs damit zwangsläufig verwässert wurde. Der Gesamteindruck würde geschmälert, ja, aber es würde trotzdem funktionieren – intern und nach außen –, wenn der Generalinspekteur sowohl den Tatort als auch die 64-Ermittlungsgruppe besuchte.

Aber …

Vor seinem inneren Auge tauchte kurz Akamas Profil auf. Wie würde er reagieren, wenn er erfuhr, dass das Ansinnen des Generalinspekteurs abgelehnt worden war? Mikamis Puls pochte an seiner Schläfe und punktierte das Schweigen wie das Ticken einer Uhr.

»Ich habe das Gefühl, ich bin nicht zum letzten Mal hier.«

Amamiya gab keine Antwort. Er legte die Hände auf die Tatami, stand auf und nickte nur beiläufig, ehe er im hinteren Teil des Hauses verschwand.

Warum hatte er sie abgewiesen?

Mikami warf einen Blick auf die Visitenkarte, die er dagelassen hatte, und das Reisgebäck, das unberührt geblieben war; er massierte sich die taub gewordenen Beine, bevor er sich vom Boden erhob.

9

Die Situation hatte sich während Mikamis kurzer Abwesenheit zugespitzt.

Nur für Mitglieder: Besprechung.

Das Pappschild war an die Tür des Presseraums geheftet worden. Suwa war ins Büro zurückgekehrt.

»Was soll denn das?« Mikami wies mit dem Kinn in Richtung Flur. Ein verlegen dreinschauender Suwa erhob sich.

»Sie diskutieren wieder über die anonymisierte Berichterstattung. Es hört sich so an, als ob sie eine offizielle schriftliche Beschwerde erwägen würden.«

Mikami schnalzte verärgert mit der Zunge. *Eine schriftliche Beschwerde.*

Es wäre die erste in seiner Amtszeit als Pressechef.

»Und der Besuch des Generalinspekteurs? Konnten Sie sie davon in Kenntnis setzen?«

»Mmm … Sagen konnte ich es ihnen, aber sie meinten nur, sie würden bei der Besprechung darüber diskutieren. Ich vermute, sie haben vor, Sand ins Getriebe zu streuen.«

Mikami ließ sich auf seinen Stuhl fallen und riss ein frisches Päckchen Zigaretten auf. Das war schlimmer, als er befürchtet hatte. Die Aussichten, was die Presse anging, trübten sich, zumal nun, da Yoshio Amamiya den Wunsch des Generalinspekteurs, seiner Tochter Respekt zu erweisen, abgelehnt hatte.

Der Generalinspekteur persönlich. 64. Er hatte fest damit gerechnet, dass die Presse anbeißen würde. Nach der Unterredung mit Amamiya hatte er einen schweren Kopf gehabt, doch nun verspürte er eine plötzliche Klarheit. Er konzentrierte sich auf einen einzigen Punkt in seinem Kalender.

Donnerstag, der zwölfte.

Bis dahin musste er Amamiya herumkriegen und Frieden mit der Presse schließen.

»Jedenfalls habe ich vor, heute Abend mit ihnen einen trinken zu gehen«, bemerkte Suwa. Irgendwie passte sein lockerer Ton nicht, sondern verstärkte die ungute Atmosphäre nur noch. Mikami hatte erwartet, dass Suwa nun, da er von den Zwängen von Mikamis Reformen befreit war, neuen Auftrieb bekommen würde, aber er schien an einem toten Punkt angelangt zu sein. Wenn das stimmte, verhieß es nichts Gutes.

Suwa war als Beamter der Pressestelle gewachsen, aber er blieb ein Mensch, der in vorderster Front am besten gedieh. Er hatte die herkömmlichen Methoden nicht aufgegeben und brachte seine Zeit im Presseraum damit zu, mit den Reportern zu plaudern, um ein Gefühl dafür zu bekommen, was sie so trieben und was sie erwarteten. Seine Lässigkeit tat er dadurch kund, dass er Shōgi, Go und Mahjong mit ihnen spielte. Er ging regelmäßig einen mit ihnen trinken und ließ sich dabei lautstark über einige arrogante Vorgesetzte aus, um ihr Vertrauen zu gewinnen. Diese primitive, aber altehrwürdige Taktik verfeinerte er mit seinem Gesprächstalent und seinem Verhandlungsgeschick, mit dem er die Reporter einwickelte, bis er sie auf seine und damit auf die Seite der Polizei gezogen hatte. Er war in Tokio auf die Universität gegangen, konnte über die Stadt reden und sich in Erinnerungen an Kurse ergehen, die sie alle besucht hatten. Bei den jüngeren Journalisten konnte er als eine Art älterer Bruder auftreten. Diese Vorteile benutzte er als Werkzeuge, um sich im Presseraum zu positionieren, wo er aus erster Hand von etwaigen Stimmungswechseln erfuhr und sich entsprechend anpassen konnte.

Aber …

Es gab keine Garantie, dass Suwas Image als »junger Reporter« bei den Journalisten, die im Nebenraum eine Besprechung abhielten, immer noch Bestand hatte. Sie waren nicht einfach nur jung, sie waren anders. Diesen Eindruck gewann Mikami, der nach zwanzigjähriger Unterbrechung nun wieder mit der Presse zu tun hatte. Sie entsprachen, vielleicht weil es inzwischen mehr Frauen unter ihnen gab, überhaupt nicht dem Typ, den er kannte. Sie waren auf fast schon unheimliche Weise aufrecht und sittenstreng. Sie tranken lieber nicht, und wenn doch, fielen sie niemals aus der Rolle. Sie zögerten, Zeit mit Shōgi und Go zu verbringen. Er konnte sich nicht vorstellen, dass sie im Presseraum um einen Tisch saßen und sich bei einer Partie Mahjong mit Polizeibeamten amüsierten. Manche gingen sogar so weit, gegen den Presseclub zu stänkern, den sie als Brutstätte der Kumpanei mit der Polizei verurteilten; und dabei verzogen sie keine Miene, obwohl sie von den Vorteilen ihrer Mitgliedschaft profitierten.

Das hatte zur Folge gehabt, dass Suwa – der stets imstande gewesen war abzuschätzen, wie im Presseraum die Fronten verliefen – sein Selbstvertrauen verlor. Zwischen dem Image des »jungen Reporters« und der Wirklichkeit hatte sich ein Widerspruch ergeben. Die Falle war genau in dem Moment zugeschnappt, als er sich für einen erfolgreichen Mitarbeiter der Pressestelle zu halten begann. *Wir müssen mit ihnen handeln, wenn wir nicht verhandeln können.* Das hatte Suwa kürzlich zu Mikami gesagt und damit vielleicht eine Angst offenbart, die zunahm, obwohl er seine Position schon so lange innehatte.

»Direktor Mikami, ich habe sie gefunden.«

Mikumo kam mit einem großen Buch in den Händen herüber. Mikami brauchte eine Sekunde, dann nickte er. Im Auto, auf dem Rückweg, hatte er sie gebeten, die Zeitungsausschnitte zu Shokos Entführung herauszusuchen.

Er drückte seine Zigarette aus. Die Pressepolitik konnte warten, bis die Journalisten aktiv wurden; im Augenblick war es dringlicher, sich mit Amamiya zu beschäftigen. Teilweise entsprang das Mikamis Pflichtgefühl, aber er wollte auch wissen, was der Mann im Innersten empfand. Doch zunächst musste er Antworten auf einige Fragen finden, die ihn beschäftigten. Er hatte so eine Ahnung, dass er dabei auf etwas stoßen könnte, was ihm helfen würde, Amamiya umzustimmen.

Warum hatte er das Angebot des Generalinspekteurs abgelehnt?

Weil die Erinnerung an die Entführung allmählich verblasste.

Lachhaft. Keine Mutter und kein Vater, die eine Tochter verloren hatten, fanden jemals wieder Ruhe, ohne das Gesicht ihres Mörders gesehen zu haben.

Weil er von der Polizei enttäuscht war.

Zum Teil traf das sicherlich zu. Die Polizei hatte ungeheuer viel Zeit und Ressourcen aufgewendet, um den Entführer zu finden, und hatte Amamiya dennoch keine Ergebnisse präsentieren können.

Weil er einen Groll hegte?

Möglich war es. Das Präfekturpräsidium hatte annähernd siebentausend Personen, darunter auch Verwandte von Amamiya, unter die Lupe genommen. Besonders sein jüngerer Bruder – Kenji Amamiya – war zum Hauptverdächtigen geworden und tagelangen strengen Verhören unterzogen worden.

Mikami blätterte den Presseordner durch.

Shoko Amamiya. Erstklässlerin in der Morikawa-Nishi-Grundschule. Auf dem Foto sah sie fast noch wie ein Kindergartenkind aus. Sie trug das traditionelle Neujahrsgewand. Ihre Haare waren zu einem Zopf geflochten, der von einer rosa Haarspange zusammengehalten wurde; ihr Mund war gespitzt und mit hellrotem Lippenstift geschminkt. Das Bild war anderthalb Monate vor der Entführung aus Anlass des Shichi-go-san-Fests in einem örtlichen Fotostudio aufgenommen worden. Kenji Amamiya hatte nicht an der Feier teilgenommen. Nach dem Tod des Vaters hatte er sich mit seinem älteren Bruder Yoshio über das Erbe gestritten. Er hatte Geldprobleme gehabt. Seine Firma, eine Motorradvertretung, war in finanzielle Schwierigkeiten geraten, und er hatte bei einem örtlichen Kredithai Schulden von annähernd zehn Millionen Yen aufgehäuft.

Dass die Sonderkommission ihre Ermittlungen auf ihn konzentriert hatte, lag nur nahe. Am fünften Januar, dem Tag der Entführung, aß Shoko zu Mittag und verließ dann allein das Haus. Sie hatte vorgehabt, Kenji in seinem Haus zu besuchen, das nur einen halben Kilometer weiter westlich lag. Von der Auseinandersetzung zwischen ihm und seinem Bruder über das Erbe konnte sie nichts wissen. Sie hatte sich einfach einen Kinderschminkkoffer gewünscht. Onkel Kenji hatte ihr zu Neujahr stets Geld geschenkt, war in jenem Jahr jedoch nicht erschienen. Ihre Mutter Toshiko hatte ihr davon abgeraten, ihn zu besuchen, aber Shoko hatte sie mit ihrem Lächeln herumgekriegt. Sie wohnten in einem Gebiet, das von Reisfeldern umgeben war, aber Shokos Weg führte durch ein Waldstück – einen Windschutz – und war dadurch dem Blick größtenteils entzogen. Offenbar hatte einer der Jungen aus ihrer Klasse sie auf halbem Weg zwischen ihrem Elternhaus und dem Haus von Kenji gesehen. Es war das letzte Mal, dass irgendwer sie lebend sah.

Später, bei der Obduktion, hatte man das Eintopfgericht, das sie zu Mittag gegessen hatte, fast vollständig unverdaut in ihrem Magen gefunden. Das hieß, sie war nicht lange nach Verlassen des Hauses umgebracht worden. Kenji war allein gewesen, da seine Frau und seine Tochter seine Schwiegereltern besucht hatten. In seiner Aussage behauptete er, Shoko sei gar nicht aufgetaucht und er habe sie nicht gesehen. Trotzdem hatte die Polizei – hauptsächlich weil es keinerlei Berichte über verdächtige Personen oder Fahrzeuge in dem Gebiet gab – ihn noch lange Zeit danach als Hauptverdächtigen behandelt. *Das war nicht Kenji am Telefon.* Auch nach dieser Versicherung Amamiyas hatten sie ihn im Visier behalten. Die Sonderkommission hatte zu der Annahme geneigt, dass es mehrere Entführer gegeben hatte. Soweit Mikami wusste, war Kenji noch immer nicht außer Verdacht. Er vermutete, dass eine ganze Reihe der mit dem Fall befassten Kriminalbeamten immer noch der Meinung war, dass Kenji hinter der Entführung steckte.

Aber Mikami konnte nur Vermutungen anstellen.

Die Ermittlungen dauerten nun schon vierzehn Jahre; was er davon wusste, kratzte kaum an der Oberfläche. Er hatte keinen Zugang zu spezifischen Details, wie etwa, wen die Polizei genauer unter die Lupe genommen hatte oder wodurch die Betreffenden entlastet worden waren; er wusste nicht einmal, in welchem Maße Kenji noch verdächtig war. Und Spekulationen darüber, welche Meinung Amamiya von der Polizei hatte, weil sie seinen Bruder als potenziellen Verdächtigen behandelte, konnte er sich genauso gut schenken.

Er blätterte weiter durch den Presseordner.

Über Kenji würde er keine Artikel finden.

Kenjis Befragung und die Ermittlungen gegen ihn waren auf ein ausgewähltes Team aus dem Kommissariat für Gewaltverbrechen beschränkt worden. Sie hatten strikte Vertraulichkeit gewahrt, und die Information war nie an die Presse gelangt. Was an Artikeln erschienen war, behandelte lediglich die allgemeinen Umstände der Entführung; keine Informationen über potenzielle Verdächtige – oder für die Ermittlung entscheidende Hinweise – waren je veröffentlicht worden. Der Schwere des Falles entsprechend hatte die Polizei einen Maulkorberlass höchster Ordnung verhängt. Die Entführung war zeitlich mit der Flut von Artikeln und Berichten über den Tod von Kaiser Hirohito zusammengefallen; die Folge war ein vergleichsweise geringes Medieninteresse.

So oder so war es äußerst unwahrscheinlich, dass einer der Artikel den Schlüssel dafür enthielt, wie man Amamiya aus seinem Schneckenhaus holen konnte.

Mikami stand von seinem Stuhl auf. Schon eine ganze Weile hatte er das Gesicht eines früheren Kollegen vor Augen.

»Ich bin eine Zeit lang außer Haus.«

Suwa blickte von seiner Zeitung auf. »Wo gehen Sie denn hin?«

»Eine Privatangelegenheit. Rufen Sie mich an, wenn sich hier irgendetwas tut.«

Suwa neigte den Kopf. *Irgendetwas mit seiner Tochter.* Sein Blick verriet diese Vermutung.

Das KUA ins Spiel zu bringen würde die Dinge nur komplizieren, meinen Sie nicht?

Bis dahin werden Sie die Angelegenheit vertraulich behandeln.

Es käme einer Zuwiderhandlung gegen Akamas Befehle gleich. Mikami wusste, dass es Schwierigkeiten geben würde, wenn Akama Wind davon bekäme, wo er hinging.

Mikumo, die vielleicht auch an Ayumi dachte, schien nicht recht zu wissen, ob sie sich als Fahrerin anbieten sollte. Mikami bedeutete ihr mit einer Handbewegung, dass das nicht nötig war, dann verließ er mit dem Presseordner unterm Arm den Raum. Suwa kam fast unmittelbar nach ihm auf den Flur gelaufen. Das hatte etwas Unbeholfenes.

»Da war noch etwas, Direktor Mikami.«

»Ja?«

»Ich habe vor, Akikawa heute Abend auf ein paar Drinks einzuladen, und …« Seine ohnehin schon leise Stimme senkte sich noch weiter. »Hätten Sie etwas dagegen, wenn Mikumo mitkäme?«

Sein Blick war ernst. Es lag sogar eine gewisse Verzweiflung darin. Wäre sie nicht gewesen, hätte Mikami dem Mann wahrscheinlich mit der flachen Hand ins plumpe Gesicht geschlagen.

»Sie können Kuramae mitnehmen.«

Suwas Blick senkte sich abrupt. Mikami war sich nicht sicher, ob der zu einem angedeuteten Grinsen verzogene Mundwinkel des Mannes auf Widersetzlichkeit hindeutete oder ein Zeichen von Selbstverachtung war.

10

Mikami fuhr mit seinem Wagen vom Präsidiumsgelände.

Er war auf dem Weg zu Mochizuki, einem alten Kollegen von ihm. Mochizuki hatte genau wie er selbst zur Mobilen Einsatzgruppe gehört und zu Anfang der 64-Ermittlungen den zweiten Wagen gefahren. Hinterher war er bei der Sonderkommission geblieben und hatte dem Team angehört, das sich um Verdächtige mit Schulden kümmerte. Vor drei Jahren hatte sein Vater einen Kollaps erlitten, und er hatte den Dienst quittiert und war nach Hause zurückgekehrt, um den Gartenbaubetrieb seiner Familie zu übernehmen. Wie bei der regionalen Polizei üblich, waren in seiner Personalakte »persönliche Gründe« genannt. Zwar entband ihn sein Ausscheiden nicht von seiner Verschwiegenheitspflicht, aber er würde wahrscheinlich offener reden als jemand, der noch bei der Polizei war.

Mikami verspürte eine vage Beklommenheit. Vielleicht lag es an Shokos Namen; er war bei der Lektüre der Zeitungsausschnitte im Büro ständig aufgetaucht. Aber auch so erinnerte zu vieles in der Gegend an 64. Er näherte sich der Kreuzung Aoi-machi. Unwillkürlich wanderte sein Blick zu der blauen Werbetafel neben dem Buchladen. *Café Aoi.* Es sah genauso aus wie vor vierzehn Jahren. Bei der Verfolgung von Amamiyas Wagen im Zuge der Lösegeldübergabe war es der erste Halt gewesen.

Fünfter Januar. Im Haus der Amamiyas.

Mikami hatte die ganze Nacht nicht schlafen können. Nach sechzehn Uhr am folgenden Tag war endlich der dritte Anruf des Entführers gekommen. Die Polizei war überrumpelt worden: Anstatt im Haus der Amamiyas war der Anruf im Büro neben der Konservenfabrik eingegangen. Der Entführer hatte sich, nachdem er ihnen so durchs Netz geschlüpft war und die Fangschaltungs- und Aufzeichnungsapparatur umgangen hatte, als »Sato« vorgestellt und den Firmenchef verlangt. Die Empfangssekretärin, die wusste, dass Amamiya den ganzen Tag daheim sein würde, hatte dem Anrufer schlicht mitgeteilt, Amamiya sei den ganzen Tag außer Haus. Der Entführer hatte sie aufgefordert, ihm etwas auszurichten. Er werde das Lösegeld im Café Aoi in Aoimachi abholen. Er werde um 16.30 Uhr dort sein.

Die Stimme des Anrufers hatte der Beschreibung der Stimme entsprochen, die Amamiya am Vortag gehört hatte. Ein Mann Mitte dreißig oder Anfang vierzig, leicht heiser, ohne jede Andeutung eines Akzents. Weil Motoko Yoshida, Amamiyas zweiunddreißigjährige Empfangssekretärin, den Anruf an jenem Tag zufällig entgegengenommen hatte, musste sie sich später die Stimmen Hunderter Verdächtiger anhören.

Da Motoko keine Ahnung gehabt hatte, was los war, hatte sie den Firmenchef zu Hause angerufen, um ihm die Nachricht des Entführers auszurichten. Shokos Eltern, und mit ihnen die Ermittler, verfielen in Panik. Bis zur vorgesehenen Zeit blieben ihnen weniger als zwanzig Minuten. Sie hatten bereits einen großen Koffer mit zwanzig Millionen in bar vorbereitet. Um den Koffer verfolgen zu können, hatten sie einen Mikrosender darin versteckt. Außerdem hatten sie ein stecknadelkopfgroßes Mikrofon unter dem Revers von Amamiyas Jackett platziert und ihn instruiert, alles zu wiederholen, was der Entführer am Telefon sagte. Aber ihnen blieb nicht genügend Zeit. Sie wussten, dass es auch bei schnellster Fahrt mindestens eine halbe Stunde dauern würde, mit dem Wagen von Amamiyas Haus zu dem Café zu gelangen.

Amamiya war aus dem Haus gewankt, hatte den Koffer in seinen Cedric gestopft und war in halsbrecherischem Tempo in Richtung Stadt gefahren. Katsutoshi Matsuoka, der Leiter der Mobilen Einsatzgruppe, hatte sich zwischen Vorder- und Rücksitz unter einer Decke versteckt, auf alle Eventualitäten eingestellt.

Die vier übrigen Angehörigen der Mobilen Einsatzgruppe verteilten sich auf zwei Fahrzeuge und hängten sich an den Cedric, wobei sie jeweils einen Abstand von etwa zehn Metern hielten. Mikami hatte auf dem Beifahrersitz von Fahrzeug 1 gesessen. Das Signal des stecknadelkopfgroßen Mikrofons unter Amamiyas Revers war schwach gewesen, die Reichweite in dem dicht bebauten Gebiet auf wenige Dutzend Meter beschränkt. Mikami hatte die Aufgabe gehabt, eng dranzubleiben, die Anweisungen des Kidnappers mitzuhören und die Einzelheiten über das in seinem Wagen installierte Funkgerät an die Sonderkommission zu übermitteln.

Sie waren mit nur sechs Minuten Verspätung, um 16.36 Uhr, am Café Aoi eingetroffen. Amamiya war hineingestürmt. Der Besitzer, ein rosa Telefon in der Hand, ließ gerade den Blick über die Gäste wandern und rief Amamiyas Namen. *Das ist für mich!* Seine Stimme war belegt, als er den Hörer an sich riss. Minako war ebenfalls da gewesen und hatte zusammen mit einem Kriminalbeamten nur wenige Meter entfernt am Fenster gesessen. Man hatte einige der Beamtinnen, die den Dienst quittiert hatten, um innerhalb der Polizei zu heiraten, als verdeckte Ermittlerinnen für die Sonderkommission reaktiviert, und jede gab sich als eine Hälfte eines Paars aus. Minako hatte sich an jenem Morgen seit Tagesanbruch in einem Besprechungsraum im Präfekturpräsidium aufgehalten. Sobald die Meldung mit den genaueren Angaben zum Übergabeort eingegangen war, hatte sie mit dem Kriminalbeamten, der sich als ihr Mann ausgab, eilends das Revier verlassen. Sie waren nur wenige Minuten vor Amamiyas Ankunft in dem Café eingetroffen. Letztlich hatte sie ihn keine zehn

Sekunden aus dem Augenwinkel gesehen. Amamiya hatte kaum aufgelegt, als er auch schon aus dem Café gestürzt war.

Wie erwartet hatte der Entführer Amamiya von einem Ort zum nächsten gelotst. Er nannte Amamiya eine Folge von Zeiten und Orten, die ihn in Bewegung halten sollten. Zunächst wies der Entführer ihn an, die Straße nach Norden zu nehmen. Four Seasons Fruits. Atari Mahjong. Mit dem nächsten Ziel – dem Café Kirschblüte – gelangte Amamiya in den Stadtbezirk Yasugi. Von dort aus bog er einen Kilometer weiter bei einer Ampel rechts ab und folgte der Straße bis zum Friseursalon Ai'ai. Danach bog er links auf die Präfekturstraße ab und fuhr weiter in Richtung Norden.

Von Yasugi ging es in den ländlichen Distrikt Ozatomura, mit Halt beim Lebensmittelgroßhändler Furusato. Dann, nach weiteren fünf Kilometern, beim Ozato Grill. Miyasaka Kunsthandwerk.

Zu diesem Zeitpunkt befanden sie sich bereits tief in den Bergen. Amamiya fuhr immer weiter, am Ufer des Futago entlang, an dem sich eine steile Straße emporschlängelte, die fast zu schmal war, als dass man überholen konnte. Die Dämmerung nahte. Es war schon nach sechs. An dieser Stelle bekam der zweite Wagen der Mobilen Einsatzgruppe Anweisung, die Verfolgung abzubrechen. Die gleiche Anweisung erging an fünf weitere Fahrzeuge der Zugriffseinheit, die sich an verschiedenen Stellen entlang der Staats- und Präfekturstraße der Verfolgung angeschlossen hatten.

Zu diesem Zeitpunkt hatte niemand gewusst, ob Shoko noch am Leben war und ob der Entführer allein arbeitete oder Teil einer Gruppe war. Man konnte nicht riskieren, dass der Entführer auf einer Bergstraße, auf der normalerweise so gut wie kein Verkehr herrschte, eine Kette von sieben, acht Autos sah. Fahrzeug 1, mit Mikami am Funkgerät, war der einzige Wagen, der Amamiyas Cedric nun noch folgte. Er ließ sich zurückfallen; er hatte seine Rückenlehne ganz zurückgestellt, um von außen nicht sichtbar zu sein.

Sie folgten der holprigen Straße lange Zeit. Der letzte Ort, den der Entführer nannte, war das Ikkyu, eine Angler-Lodge am Berg Neyuki, der an der Präfekturgrenze lag. Amamiya war am Ende seiner Kraft. Seine Schritte waren unsicher, als er sich dem Telefon in der Lodge näherte. Der Entführer gab ihm weitere Anweisungen.

Einen halben Kilometer von hier sind Sie über eine Brücke gefahren. Um eine der Laternen dort ist eine Plastikschnur gebunden. Dort werfen Sie den Koffer in den Fluss. Und zwar in fünf Minuten, wenn Ihnen etwas am Leben Ihrer Tochter liegt.

Damit wurde klar, warum der Entführer einen Koffer in Übergröße verlangt hatte. Der Koffer sollte den Fluss hinuntertreiben. Damit das funktionierte, musste er genügend Auftrieb haben.

Den Anweisungen entsprechend hatte Amamiya auf dem Parkplatz gewendet und war zur Kotohira-Brücke zurückgefahren. Wie in wenig bevölkerten Gebieten üblich, schien die Brücke viel zu groß für ihren Standort. An einer der Bogenlampen auf der rechten, flussabwärts gerichteten Seite war eine Plastikschnur befestigt. Amamiya zögerte nicht und schleuderte den Koffer über das Brückengeländer in den Fluss, der sieben Meter tiefer lag. Der Schwung ließ den Koffer zunächst untergehen, ehe er an die Oberfläche zurückschoss und mit der Strömung zu schwimmen begann. Binnen weniger Sekunden war er aus dem Blickfeld verschwunden. Inzwischen war es nach sieben Uhr. Jenseits des Lichtkegels der Lampen machte die gleichförmige Dunkelheit es unmöglich, zwischen dem Fluss, den Felsen oder dem Himmel zu unterscheiden.

Die Übergabestelle war damit unspezifisch geworden; nun lag sie irgendwo am Flusslauf. Dieser erstreckte sich im Stockfinsteren zehn Kilometer weit bis zu dem Damm, an dem er endete. Die Sonderkommission verschwendete keine Zeit damit, eine Vielzahl von Beamten loszuschicken, um die Flussufer abzusuchen. Man wusste, der Entführer musste ganz in der Nähe versteckt sein, aber wo und in welcher Verfassung Shoko war, blieb unklar, weshalb man keine Flutlichtscheinwerfer oder Taschenlampen einsetzen konnte. Und man musste jeden Lärm vermeiden, der zwangsläufig entstünde, wenn man Fahrzeuge und Ermittler an die Straße am Fluss heranführen würde.

Die Suchtrupps beschlossen stattdessen, sich am unteren Ende des Flusses, an den Südflanken des Ozatomura, zu sammeln und sich dann möglichst leise am Flussufer in Richtung Norden hinaufzuarbeiten. Weil sie sich im Dunkeln nur instinktiv orientieren konnten, verlief die Suche erratisch.

Außerdem war man bei der Sonderkommission zu optimistisch gewesen. Man war davon ausgegangen, dass der Entführer – genau wie die Suchtrupps – keine Taschenlampe verwenden würde. Dass er nicht in der Lage sein würde, den Koffer, der im Dunkeln flussabwärts trieb, ausfindig zu machen und zu bergen.

Und man hatte der eingesetzten Technik vertraut. Der im Koffer verborgene Mikrosender funktionierte noch. Der Empfänger im Kommandofahrzeug zeigte einen konstant blinkenden Punkt, der sich allmählich südwärts bewegte.

Zu diesem Zeitpunkt war ihnen ihr Fehler noch nicht klar geworden.

Nur dreihundert Meter flussabwärts von der Stelle, wo der Koffer im Fluss gelandet war, befand sich in der Nähe des rechten Ufers eine Felsformation, die im Volksmund Drachenhöhle hieß. Sie bildete eine drei Meter tiefe Höhle unter Wasser. *Bleib weg vom rechten Ufer, sonst zieht's dich runter.* Bei den Ortsansässigen war die Stelle ebenso als gefährlich bekannt wie bei Kanusportlern und Rafting-Freunden.

Das Vorhandensein der Drachenhöhle war der Grund, warum der Entführer Amamiya angewiesen hatte, den Koffer bei der Lampe auf der rechten Seite in den Fluss zu werfen. Als die Sonderkommission ihre Theorie später unter den gleichen Bedingungen überprüfte, war der Koffer bei neun von zehn Versuchen in die Höhle gesogen worden.

Der Entführer hatte bei der Höhle gewartet, um den Koffer zu bergen. Er hatte das Geld entnommen und den Koffer ein Stückchen weiter flussabwärts wieder in den Fluss geworfen. Die Mikrosender waren damals noch nicht so präzise gewesen, dass die winzige Unterbrechung als Stehenbleiben des leuchtenden Punkts angezeigt worden wäre.

Nachdem er das Lösegeld an sich genommen hatte, hatte sich der Entführer vermutlich vom Fluss wegbewegt und in die Berge abgesetzt, ehe er in eines der Dörfer hinuntergestiegen war. Andererseits war es auch möglich, dass er den Berg hinaufgeklettert und in die nächste Präfektur entkommen war. Der leere Koffer, der immer noch flussabwärts trieb, hatte ihm alle Zeit zur Flucht verschafft, die er brauchte. Der Koffer war an Ozatomura und Yasugi vorbeigetrieben, ehe er schließlich in einem Fischwehr am Nordrand der Präfekturhauptstadt hängen blieb und kurz vor Tagesanbruch, um sieben Uhr am nächsten Morgen, zum Halten kam.

Auch dann hatte die Polizei noch nicht handeln können. Denn solange eine noch so geringe Chance bestand, dass der Entführer auftauchte, um den Koffer an sich zu nehmen, konnte man kaum etwas anderes tun, als sich in sicherer Entfernung zu halten und die Stelle mit Ferngläsern zu beobachten. Das taten sie, bis der Besitzer des Wehrs, der kurz nach Mittag aufgetaucht war, den Koffer selbst herausfischte. Das Katz-und-Maus-Spiel hatte sich über zwanzig Stunden hingezogen. *Kaiser Hirohito ist tot.* Viele von den Kriminalbeamten, darunter auch Mikami, hörten die Nachricht erst am späten Nachmittag.

Die Ermittlung endete mit dem schlimmstmöglichen Ergebnis.

Am zehnten Januar, drei Tage nachdem die Polizei den Koffer geborgen hatte, fand man Shoko Amamiyas Leiche auf einem Autoschrottplatz im Stadtviertel Satamachi. Ein Schrotthändler hatte den Kofferraum einer rostigen Limousine geöffnet, nachdem ihm ein paar streunende Hunde aufgefallen waren, die davor Lärm machten. Die Leiche war in schrecklichem Zustand. Man hatte dem Mädchen die Arme nach hinten gedreht und die Hände mit einer Wäscheleine gefesselt; Mund und Augen waren mit Klebeband zugeklebt. Ihr Hals war geschwollen und wies dunkelviolette Spuren auf, vermutlich von einem Seil.

Die Anfangstage von Heisei trugen das Schandmal der Demütigung. Neben dem Zorn, den die Polizei auf den Entführer empfand, herrschte lange Zeit das Gefühl vor, dass die Shōwa-Ära um ihre letzten Tage betrogen worden war. Sie hatten Heisei nicht unbefangen begrüßen können. Die endlosen Fernsehwiederholungen von Kaiser Shōwas Bestattungszug schienen die Niedergeschlagenheit der Beamten zu symbolisieren, die mit dem Entführungsfall 64 befasst waren.

Mikami bog rechts ab.

Ein Stück weiter die Straße entlang würde die Reklametafel für den Frisiersalon Ai'ai in Sicht kommen. Vor Mikamis geistigem Auge blitzte ein Bild auf – Amamiyas Gesicht. Die Kotohira-Brücke fahl und verschwommen im Gleißen der Bogenlampen. Amamiyas Gesicht war nicht das eines Verzweifelten gewesen. Hoffnung hatte sich darin bemerkbar gemacht. *Er hatte das Lösegeld übergeben. Seine Tochter würde nach Hause kommen.* Er hatte ausgesehen wie ein Mann, der sich das einzureden versuchte.

Heute Nachmittag hatte er anders ausgesehen.

Sein Gesichtsausdruck war bar jeder Hoffnung gewesen, er hatte an gar nichts mehr geglaubt. Amamiya war nicht eines Gefühls oder einer Idee beraubt worden. Er hatte den physischen Verlust dessen erlitten, was ihm das Liebste war. Unterscheidungen wie Shōwa oder Heisei bedeuteten ihm nichts. Sein Schicksal bestand nur noch darin, durch eine Welt zu treiben, in der seine Tochter nicht existierte.

Mikami gab Gas.

Ayumi lebt.

Amamiya trat ein wenig in den Hintergrund.

Hinter einem neu errichteten Wohngebiet und einem alten Bauerndorf sah Mikami die Ansammlung von Foliengewächshäusern in der Sonne glänzen.

11

Mikami hielt am Rand der Schotterstraße. Das Büro war ein schuppenartiges Gebäude, das zugleich als Blumenladen diente. Vier Foliengewächshäuser bildeten eine Linie dahinter. Es war Mikamis dritter Besuch. Bei den letzten beiden Malen hatte er Blumen als Geschenk mitgebracht. Damals war er in Dezernat II gewesen, sie konnten einander also knapp ein Jahr lang nicht gesehen haben.

Mikami erspähte Mochizuki. Er wollte gerade mit einer Schubkarre, in der sich Düngersäcke stapelten, in eines der Gewächshäuser gehen. Er trug immer noch den ausländischen olivgrünen Pullover, der sein Markenzeichen als Kriminalbeamter gewesen war, nun aber zu ausgebeulten Hosen und Gummistiefeln. Gut sah er damit aus.

»Mochizuki!«, rief Mikami dem Rücken des anderen zu.

Mochizuki, der Mikamis Stimme zweifellos erkannt hatte, grinste bereits, als er ihm sein rundliches Gesicht zuwandte.

»Sieh an, sieh an. Es sind schon seltsamere Dinge passiert.«

»Ja, klar. Die Arbeit hält mich auf Trab, weißt du.«

Der Wind draußen war kalt, aber im Gewächshaus hätte genauso gut Frühling sein können. Die Größe des Hauses überraschte Mikami. Es war eindrucksvoll; lange Reihen von Setzlingen wirkten wie ein Schaubild, das die Perspektivlehre illustrieren sollte. Sie trieben gerade aus, aber ohne die Blüten hatte Mikami keine Ahnung, worum es sich handelte.

»War die Wiedersehensfeier heute?«, spottete Mochizuki. Er stellte Mikami als Sitzgelegenheit eine Holzkiste vor die Füße.

»Schön wär's. Im Ernst, es ist viel los.«

»Was, in der Pressestelle?«

Er war noch genauso wie zu seiner Zeit als Kripo-Beamter. Er machte keinen Hehl aus seiner Aversion und seiner Verachtung für die Verwaltung.

»Wie hält sich Mina-chan?«, fragte Mochizuki.

»Größtenteils unverändert.«

»Verdammt – ich wette, sie sieht so gut aus wie eh und je.« Es wurmte ihn wirklich. Er bildete insofern keine Ausnahme, als er zu den vielen Beamten zählte, die noch immer eine Schwäche für Minako hatten. »Was macht Ayumi? Mittlerweile müsste sie, mal überlegen, in der Oberschule sein?«

»Stimmt.« Er hatte also noch nicht davon gehört. Mikami erwog, ihm zu erzählen, was passiert war, aber er war hierhergekommen, um seine eigenen Fragen zu stellen. Er richtete sich auf und rutschte mit der Kiste ein Stück nach vorn. »Ich bin vorhin bei Amamiya gewesen. In Sachen 64.«

Mochizuki schaute ihm fest in die Augen. »Das habe ich mir schon gedacht.«

Schon gedacht? Aber Mochizuki fuhr fort, ehe Mikami antworten konnte.

»Warum warst du bei ihm?«

»Arbeit.«

»Was für Arbeit?«

»Hat mit der Presse zu tun. Ein hoher Beamter aus Tokio will ihm seinen Respekt erweisen, ein Rauchopfer darbringen. Ich wollte Amamiya um seinen Segen bitten.«

Mochizuki bedachte ihn mit einem skeptischen Blick. »Das machst du zurzeit? Räucherwerk anzünden?«

»Mehr oder weniger. Ich diene den hohen Tieren; ich mache alles Mögliche.«

»Du hast ihn also besucht. Und was ist passiert?«

»Er hat mir sofort eine Abfuhr erteilt, auf der Stelle. Hat gesagt, ein Besuch von einem Oberen wäre nicht nötig.«

Mikami fasste rasch die Ereignisse bei Amamiya zusammen. Mochizuki hörte mit ausdruckslosem Gesicht zu.

»Er ließ sich nicht umstimmen. Es sah so aus, als erwartete er sich nichts mehr von der Polizei. Es war fast so, als wäre er über irgendetwas wütend«, sagte Mikami, um die Reaktion des anderen zu testen.

Mochizuki nickte nur.

»Wie lange ist er schon so?«

»Das kann ich dir wirklich nicht sagen. Ich weiß, dass er sich im Lauf der Jahre immer mehr zurückgezogen hat.«

»Ist irgendetwas vorgefallen – zwischen uns und ihm?«

Mochizuki schmunzelte, eine Reaktion darauf, dass Mikami von »uns« gesprochen hatte. »Ich bitte dich, Mikami«, sagte er. »Da musst du jemand anders fragen. Ich bin schon lange nicht mehr bei der Polizei.«

»Genau deswegen bin ich zu dir gekommen. Du kannst dich freier äußern.«

Dass Informationen über die laufenden Ermittlungen in Sachen 64 nach außen drangen, kam immer noch selten vor, auch nachdem die Sonderkommission auf eine Ermittlungsgruppe heruntergestuft worden war.

»Glaubst du, er nimmt uns vielleicht die Ermittlungen gegen Kenji übel?«

»Auf keinen Fall. Er mag seinen Bruder nicht.«

»Stimmt, das Erbe. Was ist da eigentlich passiert?«

»Kenji, dieser Dreckskerl, hat angefangen, Amamiya unter Druck zu setzen – hat gesagt, er würde auf sein Erbe verzichten, wenn Amamiya ihn zum Geschäftsführer seiner Firma macht. Seine Motorradvertretung war bereits am Ende.«

»Aber Amamiya hat sich geweigert …«

»Ja. Ich denke, er hat gewusst, dass ein solcher Windhund die Firma an die Wand fahren würde.«

Mikami nickte, zufriedengestellt.

»Okay, du bist also sicher, dass Amamiya nicht wegen der Geschichte mit Kenji wütend ist?«

»Ja. Dafür garantiere ich.«

»Steht er immer noch unter Verdacht?«

»Ich denke, wir müssen im Augenblick davon ausgehen, dass er unschuldig ist. Wir haben ihn ziemlich hart rangenommen ... zumal er sich mit irgendeinem kleinen Mitglied der Yakuza eingelassen hatte.« Mochizuki hatte zu reden begonnen, als wäre er immer noch mit dem Fall befasst.

Mikami seufzte. »Kaum zu glauben, dass es schon vierzehn Jahre her ist. Wie läuft die Ermittlung denn überhaupt?«

Mochizuki schnaubte. »Woher soll ich das wissen? Trotzdem, ich wette, es ist immer noch derselbe alte Sumpf. Der Fall war von Anfang an wie verhext.«

Sumpf. Mikami hatte das trostlos klingende Wort in Dezernat II gelegentlich fallen hören. Es bezog sich darauf, dass die Ermittlungsgruppe es immer noch mit einer riesigen Zahl »grauer« Verdächtiger zu tun hatte und dass sie feststeckte. Aufgeschreckt von der Schwere des Falls, hatte die Sonderkommission ihr Netz zu weit ausgeworfen. Man hatte eine Liste von siebentausend Personen erstellt. Einhundert Beamte waren damit beauftragt gewesen, sie durchzuarbeiten. Sie hatten nicht die Zeit gehabt, die sie brauchten, um jeden Einzelnen richtig zu überprüfen, und infolgedessen schon zum Nächsten übergehen müssen, ehe sie eine Entscheidung hatten treffen können. Außerdem waren die Beamten unterschiedlich kompetent. Einige der Leute von den Bezirksrevieren waren nicht fähig genug gewesen; andere, Unterstützung aus entlegeneren Gebieten, waren von der Verkehrspolizei abgestellt worden und hatten keinerlei Ermittlungserfahrungen.

Die Ermittlungen wurden mit jedem Tag schludriger geführt, die Berichte hastiger zusammengeschustert. Als die Leitung das Problem erkannte, war es bereits zu spät.

Man hatte eine riesige Zahl potenzieller Verdächtiger mit ungeklärtem Status wie einen Schlammberg hinter sich angehäuft. Je mehr Zeit verstrich, desto schwieriger wurde es, die Ermittlungen wiederaufzunehmen. Und mit jedem Jahr gab es Kürzungen bei der Anzahl der Beamten, die den Fall bearbeiteten.

»Wenn Osakabe noch da gewesen wäre, als die Entführung passierte …«, sagte Mochizuki mit einem Seufzer.

Mikami nickte unwillkürlich. »Ja.«

Michio Osakabe war ihr absoluter Leitwolf gewesen, und Mikami hatte die größte Hochachtung vor ihm gehabt. Als Führungskraft war er bodenständig und akribisch gewesen und hatte eine fast schon telepathische Fähigkeit gezeigt, dem Fußvolk seine Anweisungen zu übermitteln. Er war zwar erst vor acht Jahren als Direktor des KUA in Pension gegangen, im Jahr der Entführung jedoch fatalerweise in Tokio gewesen, wohin man ihn vorübergehend zur Kriminaluntersuchungsbehörde versetzt hatte.

Die Kriminalbeamten hatten ihren Verlust betrauert. *Wir hätten den Entführer geschnappt, wenn Osakabe noch Chef des KUA oder auch nur von Dezernat I gewesen wäre.*

Dafür sprach seine fast schon legendäre Bilanz: Er hatte noch jeden Fall abgeschlossen.

Und 64 war erst der Anfang.

Nachdem Fujimura aus der Verwaltung auf den Posten berufen worden war, kamen sofort Klagen über einen deutlichen Rückgang der Ermittlungserfolge. Das KUA hatte erst vor fünf Jahren etwas von seiner früheren Durchschlagskraft zurückgewonnen, als Shozo Odate, einer von Osakabes Favoriten, das Amt übernommen hatte, aber er war schon nach einem Jahr in Pension gegangen. Von diesem Zeitpunkt an, so konnte man mit Fug und Recht behaupten, hatte die Stelle unter einer ganzen Reihe von Fehlbesetzungen gelitten, bis hin zu Arakida, dem derzeitigen Direktor. Das nächste Stühlerücken würde erst in vier, fünf Jahren stattfinden; im Wesentlichen war es ein Geduldsspiel, bis Katsutoshi Matsuoka von seinen derzeitigen Ämtern als Chefberater und Leiter von Dezernat I nach oben befördert wurde. Der Mann, der sich während der 64-Lösegeldübergabe hinter dem Beifahrersitz von Amamiyas Wagen versteckt hatte. Damals hatte er das Kommissariat für Gewaltverbrechen in Dezernat I geleitet.

Matsuoka hätte mich behalten, wenn er Direktor wäre.

Dass ihm der Gedanke so unmittelbar in den Sinn kam, war Mikami peinlich. Es gab aktuelle Probleme, denen er sich widmen musste; es war nicht der Zeitpunkt, vier, fünf Jahre vorauszublicken.

»Wenn es nichts mit Kenji zu tun hat, was könnte ihn dann gegen uns aufgebracht haben?«

Mochizuki ließ sich Zeit mit seiner Antwort. Sein Blick schien Mikami zu taxieren, bevor er wieder etwas sagte. »Du hast doch selbst schon eine Vorstellung davon, oder?«

Die Frage überrumpelte Mikami.

»Eine Vorstellung? Wovon?«

Anstatt zu antworten, kam Mochizuki auf die Frage davor zurück. »Erinnerst du dich, dass er eine Empfangssekretärin namens Yoshida hatte? Wenn er sich wegen irgendwas aufregt, dann wegen ihr, nicht wegen Kenji.«

Motoko Yoshida. Sie hatte den dritten Anruf des Entführers in Amamiyas Büro entgegengenommen. Mochizuki hatte Mikamis Frage ignoriert, aber dessen Neugier war trotzdem geweckt.

»Wieso?«

»Sie hatte ein Verhältnis mit Kenji. Wie würden wir so etwas nennen – doppelter Ehebruch? Wir mussten die Möglichkeit in

Betracht ziehen, dass sie seine Komplizin ist, also haben wir sie ziemlich hart angefasst.«

Das hatte Mikami nicht gewusst.

Trotzdem …

»Aber woher sollte Amamiya davon wissen? Er mochte Kenji nicht; wenn sie mit ihm zusammen war …«

»Die Sache ist die, er wusste nichts von ihrer Beziehung. Motoko hat schon als junges Mädchen ihre Eltern verloren und eine Menge durchgemacht. Amamiya war ein netter Nachbar gewesen, hatte sie unter seine Fittiche genommen und ihr eine Stelle in seiner Firma angeboten. Sie ist tagelang verhört worden und hatte schließlich einen Nervenzusammenbruch. Sie hat gekündigt. Wenn Amamiya einen Grund hat, uns zu hassen, dann wäre es das.«

»Wann war das?«

»Nicht lange nachdem du Dezernat II verlassen hast.«

»Moment mal. Du sagst, Amamiya hat sich schon vor so langer Zeit gegen uns gewandt?«

Mochizuki richtete den Blick ins Leere, während er Mikamis Überraschung auf sich wirken ließ. »Na ja, ich würde nicht sagen, es ist über Nacht passiert, wegen dieser einen Sache. Sein Rückzug ging allmählich vonstatten. Du weißt doch, wie es ist, wenn Zorn oder Bitterkeit im Lauf der Zeit bei jemandem zunehmen.«

»Wahrscheinlich hast du recht.«

»Und dass wir den Täter nicht festgenommen haben, das spielt sicher auch eine ziemlich große Rolle.«

Lag es am Ende daran? War Amamiya irgendwann schlicht enttäuscht gewesen von der Polizei, weil sie keinen Erfolg hatte – war er mit seiner Geduld am Ende? Wenn es so war, befürchtete Mikami, würde er vielleicht nicht erreichen können, dass der Besuch des Generalinspekteurs zustande kam. Amamiyas Skepsis hatte sich über Jahre gesteigert; um die Situation zu bereinigen, würde die Polizei trotz all der an den Tag gelegten Ernsthaftigkeit noch einmal ebenso viel Zeit und Ressourcen einsetzen müssen. Der Generalinspekteur sollte in einer Woche kommen. Damit blieben nur wenige Tage, Amamiya umzustimmen, besonders wenn man bedachte, wie viel Zeit er, Mikami, für die Verhandlungen mit dem Presseclub würde aufbringen müssen. Er richtete den Blick wieder auf Mochizuki. Die Frage, die er hintangestellt hatte, lag ihm auf den Lippen.

»Was hast du gerade eben gemeint?«

»Hmm?«

»Nun stell dich nicht dumm. Du hast angedeutet, ich hätte selbst *eine Vorstellung davon,* warum Amamiya nichts mehr von uns wissen will.«

»Das Gleiche könnte ich von dir sagen. Wird es nicht langsam Zeit, dass du deine Karten aufdeckst, Mikami?«, erwiderte Mochizuki, und sein Ton wurde schärfer. Bis zu diesem Punkt war Mikami gar nicht aufgefallen, dass Mochizuki langsam zornig wurde.

»Was denn für Karten?«

»Hör schon auf – sag mir den wahren Grund, warum du zu mir gekommen bist. Du bist nicht der Typ, der im Dreieck springt, bloß weil irgendein hohes Tier sich angesagt hat, um Räucherwerk zu verbrennen.«

Er wird es nicht verstehen.

Mikami schnitt eine Grimasse. Ein Besuch des Generalinspekteurs. Den Stellenwert dieses Besuchs so zu erklären, dass ein ehemaliger Kriminalbeamter wie Mochizuki es verstand, käme dem Eingeständnis gleich, dass er, Mikami, Akamas Wachhund geworden war.

Mochizuki beugte sich vor. »Du bist hier, weil du mich *auch* nach dem Koda-Memo fragen willst.«

Mikami wusste nicht, was er darauf erwidern sollte. *Koda-Memo? Auch?*

Mochizuki lieferte prompt die Antwort. »Ich habe Futawatari abblitzen lassen, und jetzt bist du hier, um mich einzuwickeln. Stimmt's?«

Mikami machte nur große Augen. Er war davon ausgegangen, dass Mochizuki sich vorhin nur über ihn lustig gemacht hatte; jetzt nahmen die Worte eine andere Bedeutung an. *Es sind schon seltsamere Dinge passiert. War die Wiedersehensfeier heute? Das habe ich mir schon gedacht.*

Shinji Futawatari war auch hier gewesen. Weswegen? Und was war das Koda-Memo?

Es gab nur einen Koda, der ihm einfiel. Kazuki Koda, ein Mitglied der Vor-Ort-Einheit während 64.

»Also? Raus damit. Was soll das? Dass ihr beide in 64 herumschnüffelt? Dabei konntet ihr euch doch nicht leiden. Oder … was? Seid ihr jetzt alle eine glückliche Familie, wo ihr in der Verwaltung untergekommen seid?«

»Moment mal«, brachte Mikami schließlich heraus. »Was zum Teufel ist das Koda-Memo?«

»Woher soll ich das wissen?«

»Koda – der Koda, der gegangen ist?« Mikami entsann sich wieder. Kazuki Koda hatte den Dienst quittiert. Nur sechs Monate nach 64. Doch, jetzt wusste er es wieder. »Warum ist er aus dem Dienst ausgeschieden?«

»Offiziell aus dem gleichen Grund wie ich. Was wirklich passiert ist, weiß ich nicht.«

Persönliche Gründe. Das konnte alles Mögliche heißen; Mikami bekam allmählich ein ungutes Gefühl.

»Was macht er denn inzwischen?«

»Er ist verschwunden.«

»Verschwunden?«

»Ja. Kein Mensch weiß, wo er ist.«

»Und Futawatari auch nicht?«

»Hat ganz danach ausgesehen. Er hat mich gefragt, ob ich Kodas Adresse weiß.«

»Und dieses Koda-Memo, das ist etwas, was Kazuki Koda geschrieben hat?«

»Wie gesagt, ich hatte noch nie davon gehört.«

»Aber Futawatari schien darüber Bescheid zu wissen?«

Mochizuki war während des Wortwechsels offenbar zu einer Erkenntnis gelangt; der Blick, mit dem er Mikami anstarrte, hatte an Schärfe verloren.

»Du bist tatsächlich wegen etwas anderem hier …«

»Das versuche ich dir doch schon die ganze Zeit zu erklären«, schrie Mikami beinahe. Ihm schwirrte der Kopf. Hatte sich Akama für ein zweigleisiges Vorgehen entschieden? Vielleicht setzte er Futawatari im Tandem mit Mikami ein, um Informationen zu sammeln, mit denen man Amamiya zu einer Zusage bewegen konnte, damit die Vorbereitungen für den Besuch des Generalinspekteurs reibungslos vonstattengingen.

Nein, das war es nicht.

So weit reichten seine Vorkehrungen bestimmt nicht. Wenn doch, dann hieße das, er hatte im Voraus gewusst, dass Amamiya das Angebot des Generalinspekteurs ablehnen würde.

»Um welche Zeit war Futawatari hier?«

Mochizuki kratzte sich mit leicht verlegenem Gesicht am Kopf. »Kurz vor Mittag. Er hat sich telefonisch angekündigt und ist dann gleich vorbeigekommen.«

Kurz vor Mittag. Etwa um die Zeit also, zu der Mikami bei Amamiya gewesen war. Eindeutig zu schnell. Das schloss eine Doppelstrategie vonseiten Akamas aus.

Aber wenn das so war …

Mikami dachte einen Moment lang darüber nach, aber seine

Gedanken wurden unterbrochen, als ihm eine andere Frage in den Sinn kam.

»Und er hat dich nach etwas mit dem Namen Koda-Memo gefragt?«

»Ja. Er wollte wissen, wer es hat, und ich habe ihm gesagt, ich hätte keine Ahnung – ich hätte noch nie von dem verdammten Ding gehört und wüsste schon gar nicht, wer es jetzt hat.«

»Und das stimmt? Du weißt es wirklich nicht?«

»Nun hör schon auf, Mikami …«

»Also gut. Und er hat sich damit zufriedengegeben?«

»Ja, er ist anstandslos gegangen. Hat sogar ein bisschen entschuldigend geschaut, weil er mich bei der Arbeit gestört hatte.«

»Und du hast ihn einfach gehen lassen, ohne deinerseits etwas zu fragen?«

»Hmm?«

»Du hast ihm doch bestimmt ein bisschen auf den Zahn gefühlt, um rauszukriegen, wovon er redet?«

»Na klar. Aber er hat natürlich nichts gesagt. Die Verwaltung, die Innenrevision, die stellen die Fragen. Man weiß nicht, was sie im Schilde führen, und sagen tun sie's einem bestimmt nicht.«

Mikami nickte nachdrücklich. Er spürte so etwas wie Loyalität mit seinem Exkollegen, etwas wie Zorn, sogar Neid. Dass das Ganze mit 64 zu tun hatte, stand fest. Futawatari war mit nackten Füßen über den heiligen Boden der Ermittlungen getrampelt. Er war aus seiner angestammten Domäne, den Tiefen der Verwaltung, aufgetaucht, nur um einen flüchtigen Blick auf ein mysteriöses Dokument zu gewähren, von dessen Existenz weder Mikami noch Mochizuki gewusst hatten: das Koda-Memo.

In Mikamis Jacketttasche begann sein Handy zu vibrieren. Er fluchte, als er einen Blick auf das Display warf. *Pressestelle.*

»Direktor Mikami. Ich glaube, Sie müssten vielleicht zurückkommen.«

Suwas flüsternde Stimme verriet Mikami, dass etwas passiert war. »Was ist denn?«

»Wir haben gerade erfahren, dass die Presse beabsichtigt, sich offiziell und schriftlich beim Präsidenten zu beschweren.«

12

Mikami fuhr eilends zum Präfekturpräsidium zurück.

Nachdem er die Bürotür geöffnet hatte, blieb er abrupt stehen. Auf einem der Sofas hockte Akikawa von der *Toyo*. Er hatte Mikumo gerade etwas zugerufen, doch als er Mikami ansah, trug sein Gesicht den gleichen distanzierten Ausdruck, den es schon am Vormittag gezeigt hatte. Mikami setzte sich, dann richtete er den Blick auf den Mann, der ihm gegenübersaß.

Er hatte sich seinen Eröffnungssatz bereits zurechtgelegt.

»Sie sind offenbar entschlossen, Ärger zu machen.«

»Sie haben uns keine Wahl gelassen, Mikami.«

Er war vollkommen gefasst. Akikawa war noch nie der Typ gewesen, der sich bei jemandem anbiederte, nicht einmal unter vier Augen. Und mit Mikumo im Zimmer würde er das noch viel weniger tun. Sie arbeitete an der Gestaltung des Tagesberichts, ihre Miene war gleichmütig und puppenhaft. Sie hatte eindeutig eine Barriere errichtet und beschlossen, Akikawa vollständig zu ignorieren, damit er nicht auf falsche Gedanken kam. Suwa ging anders vor. Wie Mikumo hatte er ein lässig desinteressiertes Gesicht aufgesetzt, nur ging es ihm darum, die im Raum herrschende Spannung zu überspielen. Er tat so, als wäre Akikawas Anwesenheit vollkommen normal.

Mikamis Vorgehensweise ähnelte der von Suwa. Als er sprach, war seine Stimme gemessen und ruhig.

»Finden Sie nicht, dass Sie ein bisschen übertreiben? Aus heiterem Himmel damit zu drohen, sich schriftlich beim Präsidenten zu beschweren?«

»Wir haben vereinbart, die Beschwerde vorläufig noch zurückzuhalten. Wenn Sie uns den Namen der Frau bis morgen Abend nennen, unterbleibt die Beschwerde.«

»Für mich hört sich das nach einer Drohung an.«

»So ein negatives Wort. Wie gesagt – mit Ihrer kategorischen und unbegründeten Weigerung, auf uns zu hören, haben Sie uns keine Wahl gelassen.«

»Wir können nicht in allem Kompromisse machen.«

»Wir auch nicht. Es tut mir leid, aber das kann ich Ihnen nicht durchgehen lassen. Das ist Konsens.«

»In Ordnung – und wer soll es sein?«

»Wie bitte?«

»Wem wollen Sie die Beschwerde vorlegen?«

»Dem Präsidenten natürlich.«

Mikami spürte kalten Schweiß auf der Stirn. Sie hatten wirklich vor, in den inneren Tempel des Präsidiums vorzudringen. Er zog eine Zigarette hervor und zündete sie an.

Zeit zu verhandeln.

»Könnten Sie vielleicht gewisse Abstriche machen?«

»Was schlagen Sie vor?«

»Dass Sie die Beschwerde an mich oder an den Büroleiter richten.«

Suwa hatte es Mikami vorhin am Telefon gesagt. Noch nie in der Geschichte des Präsidiums hatte sich der Presseclub schriftlich bei jemand Höhergestelltem als einem Dezernatsleiter beschwert. *Ich glaube nicht, dass es das überhaupt schon irgendwo gegeben hat – dass eine schriftliche Beschwerde an den Chef irgendeines Präsidiums gerichtet wurde.* Seine Stimme war kurz vor dem Überkippen gewesen.

Akikawa deutete ein Grinsen an.

»Mikami, bitten Sie mich etwa um einen Gefallen?«

»Ja.«

»Eigentlich hat es sich aber gar nicht so angehört.«

»Werden Sie es tun, wenn ich mich entschuldige?«

»Leider nein. Konsens, wie ich schon sagte.«

Unterm Tisch ballte Mikami die Fäuste. »In Ordnung. Dann lassen Sie das Dokument wenigstens bei mir.«

»Bei Ihnen? Sie verlangen von mir, dass ich Ihnen ein Dokument aushändige, das an den Präsidenten gerichtet ist?«

Mikami nickte; Akikawa verkniff sich ein Lachen.

»Warum sollte ich das tun? Sie würden es nur einbehalten … Der Präsident bekäme es nie zu Gesicht.«

»Es reicht doch als Beweis, dass Sie das Schreiben übergeben haben.«

Wem sie das Dokument auch überreichten, Fakt war, dass sie eine schriftliche Beschwerde an den Präsidenten gerichtet hatten. Doch Akikawa wies den Vorschlag ohne Zögern zurück.

»Wir wollen doch nicht politisch werden, Mikami. Sie brauchen uns lediglich den Namen der Frau zu nennen. So schwer dürfte das doch nicht sein.«

Aus dem Augenwinkel sah Mikami, wie Suwa sich am Kinn kratzte. Der Mittelweg bestünde darin, dafür zu sorgen, dass das Dokument in der Pressestelle blieb. Suwas Gesichtsausdruck machte deutlich, dass er sich für diese Alternative entschieden hatte.

»Wir hätten Ihre Antwort gern bis morgen 16 Uhr. Sobald sie uns vorliegt, halten wir eine neue Besprechung ab.«

Da Akikawa Anstalten machte aufzustehen, hob Mikami eine Hand. »Da wäre außerdem noch der Besuch des Generalinspekteurs. Kann ich denn davon ausgehen, dass mit den Fragen alles klappt?«

»Das besprechen wir, sobald die Angelegenheit hier geklärt ist.«

»Wir brauchen die Fragen bald.«

Akikawa ließ ein Lächeln aufblitzen, ein Ausdruck, der deutlich machte, dass er eine weitere Schwäche entdeckt hatte.

»Was noch wichtiger ist, wollen Sie uns wirklich nicht sagen, was das heute Vormittag eigentlich sollte?«

»Was meinen Sie?«

»Was der Grund für Ihre Veränderung ist, Mikami. Wir können uns das einfach nicht erklären.«

»Haben Sie denn nichts Wichtigeres zu tun?«

Die Worte waren ihm herausgerutscht, ein Reflex.

Akikawa machte ein verdutztes Gesicht. »Wichtigeres …?«

»Sie repräsentieren diesen Monat den Presseclub, also müssen Sie sich auf die Auseinandersetzung über die anonymisierte Berichterstattung konzentrieren – schön, nur sehen Sie zu, dass Sie darüber nicht Ihre eigentliche Arbeit vernachlässigen. Da ist auch noch die Ermittlung wegen des Vorwurfs illegaler Angebotsabsprachen in Bezug auf das Kunstmuseum. Das ist noch nicht vorbei.«

Akikawas Miene hatte sich verhärtet. Die Ermittlungen von Dezernat II erreichten ihren Höhepunkt, und der Wettbewerb um die Berichterstattung verschärfte sich. Die *Asahi* und die *Yomiuri* hatten beide ausführliche Beiträge darüber gebracht. Die *Toyo* hatte die Initiative verloren und würde, wenn es so weiterging wie bisher, eine schwere Niederlage einstecken müssen.

»Daran arbeiten wir schon auch, nur keine Sorge«, sagte Akikawa, verärgert, aber keineswegs am Boden. »Ich nehme an, es ist keine Krankheit oder etwas in der Art?«

»Wovon reden Sie?«

»Sie wissen schon … vielleicht fühlen Sie sich in letzter Zeit nicht wohl, mussten etwas an Ihren Arbeitsmethoden ändern. So was in der Art.«

Mikami verspürte einen plötzlichen, starken Drang, den Mann zu schlagen.

»Mir geht es gut, wie Sie sehen.«

»Na schön. Dann glauben Sie bloß nicht, dass wir uns zurückhalten werden.«

Akikawa stolzierte hinaus, nicht ohne einen Blick für Mikumo zu erübrigen. Suwa sah Mikami kurz an, dann sprang er auf und folgte dem Reporter nach draußen. Er lud Akikawa ins Amigos ein, die Karaoke-Bar erster Wahl bei den Mitarbeitern der Verwaltung.

Es dauerte eine Weile, bis Mikami sich in der Lage fühlte, aufzustehen. Es war nicht bloß sein Zorn auf Akikawa. Er hatte auch einen bitteren Geschmack im Mund.

Du könntest ihnen den Namen doch einfach sagen, wenn sie ihn unbedingt wissen wollen.

Mikami runzelte die Stirn und beschäftigte sich eingehender mit dem feigen Gedanken, der wie Auswurf an die Oberfläche getreten war. Wenn die Sache sich zuspitzte, konnte er jederzeit einen Neustart erzwingen, indem er ihnen den Namen Hanako Kikunishi nannte. Vielleicht könnte er damit die Situation zu seinem Vorteil wenden. Ein Schaden würde nicht entstehen. Die Presse wollte lediglich, dass die Polizei die Identität der Frau preisgab. Er hatte bereits darauf geachtet hervorzuheben, dass die Frau schwanger war und unter gewaltigem Stress stand. Da die Presseleute, wenn es um die Schwachen ging, zu Hypersensibilität neigten, würden sie keinen Artikel bringen, der ihre wahre Identität enthüllte. Und selbst angenommen, sie zogen es doch in Erwägung, wäre die Geschichte schon drei Tage alt, wenn sie sie in der Ausgabe vom nächsten Tag brachten. Nein: Es war höchst unwahrscheinlich, dass irgendwer den Namen tatsächlich drucken würde.

Natürlich ging es auch noch darum, das Gesicht zu wahren. Wenn er den Grundsatz, die Identität der Frau nicht preiszugeben, kippte, gäbe er damit zu, dass das Präsidium einen Fehler gemacht hatte. Außerdem würde man sich darauf gefasst machen müssen, dass diese Kehrtwende zum Präzedenzfall wurde, der die Presse ermutigen würde, ihre Forderungen höher zu schrauben.

Aber der Gesichtsverlust wäre nichts im Vergleich zu dem, was passieren könnte, wenn er untätig blieb und zuließ, dass die Presseleute ins Büro des Präsidenten platzten. Und der Gesichtsverlust wäre seine geringste Sorge, wenn der Ärger den Besuch des Generalinspekteurs störte.

»Ich gehe für eine Weile nach oben.«

Mikumo näherte sich mit leicht angespannter Miene, als er aufstand. »Direktor Mikami.« Ihr Gesicht war gerötet. Ihr Blick scharf, ja zornig. »Bitte lassen Sie mich mit den anderen ins Amigos gehen.«

Mikami spürte, wie ihm der Kopf schwirrte. Dazu hatte Suwa sie angestiftet. Entweder das, oder sie versuchte zu helfen, wollte nicht tatenlos zusehen, wie er litt.

»Ich glaube, das ist keine gute Idee«, blaffte er und eilte aus dem Zimmer. Nach ein paar Schritten bremste er sich und drehte sich wieder zur Tür um. *Keine gute Idee?* Er kehrte ins Zimmer zurück. »Schlagen Sie sich das aus dem Kopf, und zwar endgültig«, befahl er. Mikumo zuckte erschrocken zusammen. Mikami war selbst überrascht von der Barschheit in seiner Stimme.

Aber das Gift strömte bereits durch sein Blut. Einen Moment lang hatte er erwogen, die Tatsache auszunutzen, dass Mikumo eine Frau war, und er wusste, das würde er irgendwann bedauern.

13

Vor den Fenstern war es dunkel.

Mikami war unterwegs in den ersten Stock, diesmal über ein anderes Treppenhaus als das, das zur Verwaltung führte. Hier lag bis nach oben roter Teppich, der am Haupteingang begann, auf dem Treppenabsatz des ersten Stocks rechts abbog und dann bis zum Präsidialbüro und zum Büro der Kommission für Öffentliche Sicherheit reichte. Mikami stieß die Tür zum Präsidialbüro auf. Sein Blick traf auf den von Aiko Toda, die der Tür am nächsten saß. Er konnte Ishii nicht an seinem Schreibtisch sehen.

»Ist der Chef da?«

»Ja, er ist im Besucherzimmer.«

Mikami schaute kurz auf die Tür in der Wand zur Rechten. Das Besucherzimmer war innerhalb des Präsidialbüros eine Art Annex, der hauptsächlich als Ort für vertrauliche Gespräche diente.

»Dann warte ich.«

Er ging über den Teppichboden und ließ sich in der Zimmermitte auf einem der Sofas nieder, die denen der Pressestelle in Sachen Qualität und Bequemlichkeit weit überlegen waren. Man hatte in gleichmäßigen Abständen eine Auswahl von Zimmerpflanzen aufgestellt, die zugleich als Sichtschutz dienten und einen vor den Blicken des Büros abschirmten, wenn man an der richtigen Stelle saß.

Es war vollkommen still. Obwohl sich Mikami daran gewöhnt hatte, konnte es ihn immer noch nervös machen. Sein Blick wanderte in die entfernteste Ecke zur Linken. Eine Doppeltür aus fein gemasertem Holz markierte den Eingang zum Büro des Präsidenten. Die Lampe brannte und zeigte an, dass der Raum belegt war.

Die Bürobelegschaft war emsig bei der Arbeit. Selbst wenn der Chef abwesend war, kam es selten vor, dass sie in ihrer professionellen Förmlichkeit nachließen. Ihr Auftreten war stets höflich, und sie waren stets kompetent, vom stellvertretenden Chef über die Abschnittsleiter bis hin zum einfachen Fußvolk – eindrucksvoll, auch im Vergleich mit ihren Kollegen in der Verwaltung der Präfektur.

Der Unterschied war unglaublich. Obwohl Mikamis Büro ausgelagert war, gehörte er ebenfalls dem Präsidialbüro an. Hieß den hohen Besuch aus Tokio willkommen. Beschützte ihn. Sorgte dafür, dass er unversehrt zur Nationalen Polizeibehörde zurückkehrte. Man konnte ohne Übertreibung sagen, dass dies die Hauptaufgaben des Präsidialbüros waren.

Toda kam mit einem Becher Tee zu ihm herüber.

»Wird es noch lange dauern?«, fragte Mikami mit gedämpfter Stimme.

Toda neigte leicht den Kopf. »Er ist schon eine ganze Weile da drin, also würde ich nicht …«

»Mit wem denn?«

»Inspektor Futawatari.«

Mikami hielt den Atem an, bis Toda ging. Ihm war warm, als er langsam ausatmete. *Schon das zweite Mal an einem Tag, dass er auf Futawatari traf.* Das als Zufall abzutun wurde zunehmend schwieriger. Bestimmt traf sich Futawatari mit Ishii, um über den Besuch des Generalinspekteurs zu sprechen, oder aber es ging um etwas anderes, das mit 64 zu tun hatte. Davon musste Mikami ausgehen.

Sein Blick bohrte sich in die Tür. Einen Moment lang war ihm, als könnte er durch sie hindurch Futawataris mageren Rücken sehen. Die scharfen, markanten Gesichtszüge. Die rasiermesserscharfe Intelligenz dieser stechenden Augen.

Aber …

Der Blick, der sich in Mikamis Netzhaut gebrannt hatte, war ganz anderer Art.

Ein Sommertag vor langer Zeit. Lebhaft kam sie ihm wieder in den Sinn: die unergründliche Miene, mit der Futawatari ihn ansah, während er ihm mit beiden Händen ein feuchtes Handtuch hinhielt. Sie waren in dieselbe Oberschulklasse gegangen. Beide Mitglieder des Kendō-Clubs. Es war ihr letztes Turnier auf Präfekturebene als Schüler im dritten Jahr; Mikami war Taishō – Kapitän seiner Mannschaft –, während Futawatari sich damit abgefunden hatte, nur Reservist zu sein. Ihm hatte das nötige Talent gefehlt. Außerdem hatte er das Pech gehabt, sich in einer Gruppe von Spitzenkämpfern in ihrem Jahrgang und im Jahrgang darunter wiederzufinden, lauter Mitgliedern des örtlichen Dōjō. Runde eins. Mikami hatte einen Do-uchi – einen scharfen Schlag gegen den Bauch – des Taishō eines ihrer Hauptrivalen gelandet. Er war triumphierend auf den Flur zurückgekehrt, der als Ruhezone diente. In Schweiß gebadet, hatte er sich nach einem der feuchten Handtücher umgesehen, die die Schüler im ersten Jahr bereithalten mussten, hatte aber keins finden können. Der Bus mit den Anhängern der Mannschaft war verspätet angekommen, und man hatte die jüngeren Mannschaftsmitglieder zum Ausladen geschickt. Mikami hatte wütend herumgeblafft, und sein Blick war auf Futawatari gefallen.

So sehr er sich auch bemühte, er konnte sich nicht entsinnen, was als Nächstes passiert war. Vermutlich hatten seine Augen keinen Zweifel daran gelassen, was er wollte.

Hol mir ein Scheißhandtuch.

Futawatari hatte sich prompt in Bewegung gesetzt. Er war hinter die Tribüne verschwunden und nur Augenblicke später mit einer über seiner Schulter hängenden Kühlbox wiederaufgetaucht. Er hatte ein Handtuch herausgenommen und es Mikami stumm hingehalten. Der Tradition des Clubs entsprechend, hatte er es mit beiden Händen präsentiert. Aber er hatte keinerlei Anzeichen von Unterwürfigkeit gezeigt. Seine Augen waren auf Mikami gerichtet geblieben. Aber ihr Ausdruck war seltsam gewesen. Ihnen hatte jegliches Licht gefehlt. Bewusstseins- und gefühlsleer, hatten sie wie schwarze Löcher gewirkt. Er hatte alles unterdrückt. Sich beherrscht. Mit siebzehn Jahren war Futawatari imstande gewesen, die ganze Demütigung, den Zorn und die Bitterkeit, die in ihm brodeln mussten, vollständig zu verbergen.

Ein paar Monate später hatte Mikami auf Empfehlung eines Universitätsabsolventen aus dem Kendō-Club die Aufnahmeprüfungen für die Polizei abgelegt. Als er im selben Prüfungssaal Futawatari erspähte, hatte er große Augen gemacht. *Ich dachte, der öffentliche Dienst passt vielleicht ganz gut zu mir.* Mehr hatte Mikami nicht aus ihm herausbekommen können. Noch heute war er sich nicht ganz sicher, was Futawatari bewogen hatte, sich für eine Laufbahn bei der Polizei zu entscheiden. Der Kendō-Club war eine ziemlich große Organisation. Eine raue Umgebung, wo man sich einen Platz zum Kämpfen damit verdiente, dass man seine Gefährten besiegte. Mikami hatte einen Mann wie Futawatari, der vor seinem Eintritt in den Club noch nie ein Bokutō in der Hand gehabt hatte, niemals als ebenbürtig betrachtet. Futawatari hatte sich alle Mühe gegeben, das musste man ihm lassen. Hatte kein einziges Training versäumt. Mikami hatte ihn nie jammern oder sich beklagen hören. Und er hatte auch nicht zu der Sorte Mensch gehört, die hinter dem Rücken anderer Leute intrigierten, um sie zu Fall zu bringen. Vielleicht war das aber auch bloß der Eindruck, den er nach außen vermittelte. Die Erinnerungen waren vage. *Aber sicher. Natürlich. Ganz deiner Meinung.* Außer den emotionslosen Antworten des Mannes konnte sich

Mikami an nicht viel entsinnen. Der zurückhaltende, langweilige ewige Reservist Futawatari hatte ihn, dessen Zeit an der höheren Schule physisch und emotional wild und ungezügelt gewesen war, nie interessiert, und es war nie irgendetwas Einschneidendes passiert, was den Gedanken nahegelegt hätte, dass sie einen Teil ihrer Jugend zusammen verbracht hatten. Wenn man bedachte, dass sie drei Jahre lang im selben Club derselben Schule gewesen waren, wusste er viel zu wenig über den Mann.

Die Polizeischule hatte Mikami als Drittbester seines Jahrgangs abgeschlossen. Er würde niemals seine Überraschung vergessen, als er erfuhr, dass Futawatari als Bester abgeschlossen hatte. Dabei stand ihm die größere Überraschung noch bevor. Futawatari durchlief seine Beförderungsprüfungen in rasantem Tempo und stieg rasch auf. Er konzentrierte sich auf die Verwaltung, spezialisierte sich auf Personalfragen und wurde mit vierzig Hauptkommissar – der jüngste in der Geschichte des Präsidiums. Sein Rekord hatte immer noch Bestand.

Seit sieben Jahren war er jetzt Inspektor in der Verwaltung, die Schlüsselposition bei der Personalführung, und er genoss den Ruf, das »Ass« der Abteilung zu sein. Bei den Karrieristen war er hoch angesehen, und Mikami hatte gehört, man habe ihn mit der Erstellung der Pläne für Versetzungen höherer Beamter betraut. Mehrere Direktoren hintereinander hatten ihn zu ihrer rechten Hand gemacht; er war zur inoffiziellen Autorität hinter Personalentscheidungen geworden und auf dem besten Weg, wahrhaft unangreifbar zu werden.

Du bist bloß ihr Schoßhündchen, nichts weiter, hatte Mikami jedes Mal verächtlich gemurmelt, wenn Futawatari ihm in den Sinn gekommen war. Es lag nicht daran, dass er ein schlechter Verlierer war. Seine Stelle als Kriminalbeamter hatte ihn mit einem Gefühl von Stolz und Exklusivität erfüllt. Er gehörte zu einer Welt ohne Schnickschnack, einer Familie, in der Einfluss davon abhing, wie viele Täter man zur Strecke brachte, einer Welt, fern den Abteilungen, wo man darum konkurrierte, sich Sterne an den Kragen heften zu können. Seine »Vorstrafe« hatte sich nicht verflüchtigt, aber er hatte sie mit Ergebnissen vergessen gemacht. Sie hatten ihn gebraucht, und er hatte immer geliefert. Er war Futawaris Einfluss in der Personalabteilung entzogen gewesen. Daran hatte er nie gezweifelt.

Aber …

Was, wenn Futawatari doch Macht über ihn gehabt hatte?

Mikami hatte es stets vermieden, darüber nachzudenken. Er wusste, er würde sonst zur Geisel dieses Verdachts werden. Er würde den Grund, warum er in der Pressestelle war, aus den Augen verlieren; er würde die Kontrolle verlieren. Die Angst davor, dass das passierte, hatte ihn bis jetzt gezwungen wegzuschauen.

Aber immer gelang das nicht.

War seine Ernennung wirklich auf Akama, und nur auf Akama, zurückgegangen?

Es war um diese Zeit vor einem Jahr gewesen. Es hatte sich herumgesprochen, dass Mikami möglicherweise zur Kriminaluntersuchungsbehörde nach Tokio versetzt werden würde. *Es zeichnet sich ab. Die Entscheidung ist praktisch schon gefallen.* Mikami hatte das Getuschel selbst gehört. Doch bei der offiziellen Bekanntgabe hatte die Sache ganz anders ausgesehen. Die Beförderung zum Hauptkommissar – und die damit einhergehende Versetzung nach Tokio – war Yasuo Maejima, einem von Mikamis Altersgenossen, zuteilgeworden. Versetzungen nach Tokio wurden herkömmlicherweise vorgenommen, um Kandidaten für Direktorenposten heranzuziehen. Mikami hatte plötzlich auf dem Trockenen gesessen, als hätte man ihm in dem Moment, als er den Flug antreten wollte, den Pass zu seiner künftigen Karriere weggenommen. Vielleicht hätte er das Ganze einfach wegstecken können, wenn es dabei geblieben wäre. Sich einreden können, er habe ohnehin keine Lust gehabt, in Tokio zu arbeiten. Und zunächst war er auch stolz darauf gewesen, wie gut er den Schlag weggesteckt hatte. Der eigentliche Schock war später gekommen, als er die informelle Bestätigung seiner eigenen bevorstehenden Versetzung erhalten hatte. Seine »Vorstrafe« war nicht das Einzige gewesen, was ihm in den Sinn gekommen war. Er hatte sich wieder an die Augen wie schwarze Löcher, licht- und gefühllos, von jenem Sommertag vor langer Zeit erinnert.

Er hatte irgendwelche Mauscheleien vermutet. Futawatari und Maejima waren gute Freunde gewesen. Auf der Polizeischule hatten sie sich ein Zimmer geteilt, sie standen sich – soweit Mikami wusste – immer noch nahe, und ihre Freundschaft überbrückte die professionelle Kluft, die zwischen dem KUA und der Verwaltung bestand.

Plötzlich waren Geräusche zu hören. Mikami warf einen kurzen Blick in Richtung Besucherzimmer. Und da ging auch schon die Tür auf, und Ishii und Futawatari traten Seite an Seite heraus.

»Mikami«, begrüßte ihn Futawatari als Erster.

Mehr denn je vermittelte er den Eindruck eines Menschen, der zur Elite gehörte. Verschwunden war der schwache Reservist des Kendō-Clubs, der Mann, den Mikami jederzeit mit seinem Bokutō hätte besiegen können. Mikami machte sich Sorgen, dass man seiner Stimme vielleicht etwas anmerkte.

»Futawatari. Wie ich höre, haben Sie heute Morgen angerufen?«

Futawatari nickte. »Ishii hat mich gerade auf den neuesten Stand gebracht.«

Was bedeutete, dass er sich mit dem Anruf nach Ayumi hatte erkundigen wollen. Kollegiale Anteilnahme? Oder hatte er als Inspektor der Verwaltung irgendeine Bestätigung erhalten wollen?

Es war eine Erleichterung. Ohne dass er es in Worte fasste, vermittelten Futawaris Augen diese Botschaft, während er aus dem Zimmer schritt. Man hätte meinen können, einem Geschäftsmann zuzusehen, der von einem Land ins nächste reiste.

Warum wühlst du in 64 herum? Was zum Teufel ist das Koda-Memo? Mikami verspürte den Drang, ihm nachzujagen und ihn ins Verhör zu nehmen, aber er blieb, wo er war. Zu erfahren, dass Futawataris Anruf Ayumi gegolten hatte, brachte ihn durcheinander. Aber das war nicht alles. Die faktische Zurschaustellung von Futawataris Status hatte ihn verunsichert. Dies war seine Arena. Mikami konnte nicht erwarten, mithilfe einer halbherzigen Attacke zu gewinnen.

»Na dann, Mikami.« Ishii winkte ihn heran und ging zurück ins Besucherzimmer.

»Was wollte Futawatari denn?«, fragte Mikami, nachdem er sich auf einem Sofa niedergelassen hatte.

»Ach so, ja, da ging es um die Renovierung des Präsidiums. Die steht uns nächsten Sommer bevor, deshalb kommen wir allmählich an den Punkt, wo wir uns über provisorische Büros Gedanken machen müssen. Wahrscheinlich werden wir es nicht vermeiden können, zwei verschiedene Standorte zu haben, also müssen wir als Erstes entscheiden, wo wir den Präsidenten unterbringen. Wie Sie wissen, richtet sich die offizielle Adresse des Präsidiums nach dem Büro des Präsidenten …«

Ishii fehlte die Fähigkeit, glaubhaft zu lügen. Mikami bezweifelte, dass er so flüssig hätte antworten können, wenn die beiden wirklich geheime Gespräche über 64 geführt hätten. Was vermutlich hieß, dass sich das Ganze über Ishiis Kopf hinweg abspielte. Futawatari handelte auf direkten Befehl von Akama. Das war das wahrscheinlichere Szenario, zumal wenn man seinen Status als Akamas rechte Hand berücksichtigte.

»Wie auch immer, ich wollte Sie ohnehin anrufen. Wie ist es mit Amamiya gelaufen? Konnten Sie alles regeln?«

Die Frage holte Mikamis Gedanken in die Gegenwart zurück. Er hatte schlechte Nachrichten zu überbringen. Er richtete sich auf und senkte leicht die Stimme.

»Damit will ich mich morgen beschäftigen. Wir haben allerdings ein größeres Problem – es gibt eine Komplikation mit der Presse.«

»Was für eine Komplikation?« Mikami sah einen Anflug von Angst in Ishiis Augen aufscheinen.

»Es geht um das Problem der anonymisierten Berichterstattung. Die Journalisten haben damit gedroht, eine schriftliche Beschwerde an den Präsidenten zu richten.«

»An den Präsidenten?« Alle Farbe wich aus Ishiis Gesicht. »Das … Sie machen wohl Witze?«

»Leider nein.«

»Nein. Auf gar keinen Fall – das dürfen Sie auf gar keinen Fall zulassen.«

»Das war der Konsens nach einer Besprechung.«

»Nein, das geht nicht. Das geht überhaupt nicht. Das müssen Sie ihnen ausreden.«

Er erinnerte Mikami an ein Kind, das einen Trotzanfall hat. Er schien den Tränen nahe.

»Allerdings haben sie gesagt, sie wären bereit, alles zu überdenken, unter der Bedingung, dass wir ihnen die Identität der Frau nennen.«

»Das … nein, das kommt nicht infrage. Der Direktor würde das niemals dulden.«

»Aber es ist besser, als wenn sie ins Büro des Präsidenten hineinplatzen und sich beschweren. Das könnte Folgen für den Besuch des Generalinspekteurs haben.«

»Ja, sicher, natürlich. Aber es war Akamas Entscheidung, die Identität der Frau vor der Presse geheim zu halten.«

Akamas Entscheidung? Der Unfall hatte sich im Zuständigkeitsbereich von Direktion Y ereignet. Die Entscheidung, die Identität der Frau geheim zu halten, war dort gefallen. Etwas anderes hatte Mikami nie vermutet.

»Sakaniwa hat angerufen, um darüber zu sprechen, aber es war Akamas Entscheidung.«

Gut, das war plausibel.

Sakaniwa war Ishiis Vorgänger, inzwischen Leiter von Direktion Y. Bis zum Frühjahr war er im Präsidialbüro gewesen. Im Präsidium gab es keinen einzigen Beamten, der die Geschichte nicht kannte. Sakaniwa hatte sich mit Haut und Haaren der Aufgabe verschrieben, Akama zu dienen; zur Belohnung hatte Akama ihn eine ganze Reihe von Sprossen auf der Karriereleiter überspringen lassen und zum Leiter von Direktion Y mit Befehlsgewalt über hundertdreißig Beamte befördert.

Sakaniwa hatte seine Entscheidung delegiert. Weil er zweifellos zu dem Schluss gekommen war, sich am besten dadurch schützen zu können, dass er den Vorfall nach oben meldete, hatte er bei Akama Rat gesucht. Das erschwerte die Sache, wie Mikami zugeben musste. Akama war nicht der Typ, sich von der Meinung eines Untergebenen in einer persönlichen Entscheidung umstimmen zu lassen. Schon der Vorschlag, die Sache zu überdenken, würde wahrscheinlich einen Wutanfall bei ihm auslösen. *Wenn das so ist.* Mikami beschloss, für seine nächste Idee zu werben. Diejenige, die ihm auf dem Weg zum Büro gekommen war.

»Wie wäre es, wenn wir ihnen die Identität der Frau nennen, aber inoffiziell? Ohne es schriftlich zu machen.«

Ich führe hier nur Selbstgespräche, aber …

Vor einer Weile war das der Standardausdruck für den Fall gewesen, dass ein Kriminalbeamter der Presse einen kleinen Leckerbissen zukommen ließ. Mikami konnte so tun, als führte er nur Selbstgespräche, wenn er ihnen den Namen Hanako Kikunishi mündlich bestätigte. Es war eine Notlösung, keine Frage, aber es konnte trotzdem eher als *Entgegenkommen* denn als *Kapitulation* gelten. Die Polizei käme damit durch, ohne das Gesicht zu verlieren. Es gäbe nichts Schriftliches, nichts, was einen Präzedenzfall begründen konnte – es liefe lediglich darauf hinaus, dass ein Mann etwas vor sich hin gemurmelt hatte.

»Ja, das ist vielleicht eine Idee … Ich frage mich, was Akama dazu sagen würde.« Ishii seufzte.

»Können Sie es zur Sprache bringen? Es vorschlagen?«

»In Ordnung. Aber für heute ist er schon gegangen, ein Besucher aus Tokio. Bis wann bräuchten Sie eine Antwort?«

»Bis morgen vor 16 Uhr.«

»Schön. Ich spreche es morgen früh gleich als Erstes an. Ich kann nicht vorhersagen, wie er sich entscheiden wird, Sie müssen also in jedem Fall daran arbeiten, die Presseleute auf Linie zu bringen. Wenn es zum Schlimmsten kommt und sie immer noch auf der schriftlichen Beschwerde bestehen, müssen Sie dafür sorgen, dass die Sache nicht über Sie oder mich hinausgeht.« Große Schweißperlen hatten sich auf seiner Stirn gebildet. »Ich verlasse mich auf Sie, Mikami. Machen Sie sich klar, dass der Präsident nicht irgendwer ist.«

Der Satz rief Mikami ein Bild des Präsidenten vor Augen, vage und undeutlich. Er wusste selbst, dass ihr Chef etwas Besonderes war. Kinji Tsujiuchi. Vierundvierzig, zwei Jahre jünger als Mikami. Er war ins Präsidium der Präfekturpolizei gekommen, nachdem er als Chef im Bereich Rechnungswesen der Nationalen Polizeibehörde gearbeitet hatte. Im Frühjahr sollte er dann nach Tokio zurückkehren und Chef der Personalabteilung werden. Alle Organisationen funktionierten auf die gleiche Weise, auch die Polizei. An die Spitze stieg man auf, indem man sich zunächst die Kontrolle über das Geld, dann über die Menschen verschaffte. Kinji Tsujiuchi wurde derzeit als erster Anwärter der NPB für die Nachfolge im Amt des Generalinspekteurs gehandelt.

Der nächste Kandidat für das Amt des Generalinspekteurs, umringt von Reportern frisch von der Universität, die ihm eine schriftliche Beschwerde aufnötigten. Es wäre eine Katastrophe. Man durfte es einfach nicht zulassen.

»Finden Sie irgendetwas komisch?«

Mikami hob überrascht den Kopf. Ishiis Mund bildete einen schmalen Strich.

»Was?«

»Sie haben gerade eben gegrinst.«

Mikami fand nicht, dass er gegrinst hatte.

»Hören Sie, Sie sollten die Angelegenheit ernst nehmen. Ich verlasse mich darauf, dass Sie dafür sorgen, dass die Geschichte nicht aus dem Ruder läuft.«

Mikami antwortete mit einem flüchtigen Nicken, ehe er sich aus dem Zimmer verabschiedete. Die Lampe, die die Anwesenheit des Präsidenten anzeigte, brannte immer noch.

Was ihn belustigt hatte, wurde ihm klar, sowie er auf den Flur hinaustrat. *Eine Katastrophe, die man einfach nicht zulassen durfte.* Er hatte über sich selbst lachen müssen, weil er die Sache so gesehen hatte. Im Kern war Ishii nicht anders als Direktionsleiter Sakaniwa. Er hatte Akama und Tsujiuchi seine Seele verschrieben; jetzt brachte er seine Zeit damit zu, auf Nummer sicher zu gehen, versunken in Träumen von seiner mit Beförderung verbundenen Versetzung, die wahrscheinlich in den nächsten ein, zwei Jahren stattfinden würde. Er hatte keine Angst davor, zu versagen, sondern nur davor, dass seine Vorgesetzten ihn für einen Versager halten könnten. Darüber hatte Mikami grinsen müssen – dass er mit einem solchen Mann zusammengesessen und versucht hatte, sich aus dessen Blickwinkel eine Lösung einfallen zu lassen.

Draußen umfing ihn die muffige Kühle des schlecht beleuchteten Flurs.

Er war Beamter in der Verwaltung. Gehörte zum Präsidialbüro. Er musste zugeben, dass es einen Teil von ihm gab, der so dachte. Er atmete nun schon seit über einem halben Jahr Verwaltungsluft. Es kam ihm so vor, als wäre ein unsichtbares Etwas wie durch Osmose in seine Poren eingedrungen. Die Dinge liefen nicht so, wie er gehofft hatte. Es war ihm ernst gewesen mit seinem Wunsch, die Pressestelle zu reformieren. Er hatte sich ehrlichen Herzens geschworen, in seinen zwei Jahren hier dafür zu kämpfen. Wo war dieses Gefühl von Hoffnungslosigkeit hergekommen? Die Welt, die er jetzt bewohnte, war frei von Mord und korrupten Politikern, und dennoch verschwendete er mehr Energie als damals, da sie noch zu seiner Arbeit gehört hatten; er verausgabte sich, und sein Selbstvertrauen schwand.

Nicht zum ersten Mal fröstelte Mikami. Futawatari war seit achtundzwanzig Jahren an diesem Ort. Er hatte diese selbstbezogene Welt zu seinem Zuhause gemacht, den Ball flach gehalten, nie geruht, während Mikami die ganze Zeit als Kriminalbeamter in der Außenwelt geschuftet hatte. Was machte das wohl mit einem? Was trug es zu Grabe? Welche Seiten hatte es verstärkt? Mikami verspürte ein schleichendes Unbehagen. Welche verdrehten Denkweisen hatten sich in dieser mickrigen Brust festgesetzt, im Kopf dieses Mannes, der in den Jahren an der höheren Schule kein einziges Mal die Chance bekommen hatte, sein Bokutō in einem Turnier zu führen?

Ein Monster in der Familie.

Aber vorbei war auch die Zeit, als Mikami auf der anderen Seite gestanden hatte. Fast ohne es zu merken, war er in die Uniform der Verwaltung geschlüpft. *Es ist nur vorübergehend.* Er sagte sich immer wieder, dass er sie jederzeit ablegen konnte, dabei fügte er unentwegt weitere Schichten hinzu. Und das würde so weitergehen, ganz gleich, was er sich vornahm. Es gab keine Garantie dagegen. Mit der Zeit würde die Uniform zu seiner Haut werden –

und wenn diese Denkweise sich erst verfestigt hatte, würde er nie mehr imstande sein, sie abzulegen.

Mikami kämpfte gegen den Drang an, aufzuschreien.

Er sah ein Gesicht vor sich auftauchen – Ayumi. Sie erschien jedes Mal, wenn ihm so zumute wurde. Sie strahlte ihn an. Wie ein Sicherheitsmechanismus des Herzens blieb ihm ihr sanftes Lächeln vor Augen, bis sein Gemüt sich beruhigt hatte.

14

In der Nacht war es deutlich kälter geworden.

Es war kurz nach acht gewesen, als Mikami vor seinem Haus angehalten hatte. Er hatte mit den Augen die Einfahrt abgesucht und festgestellt, dass Minako keine Schalen von Sogetsuan hinausgestellt hatte. *Für eine Person liefern sie nicht.* Wenn er ihr Vorwürfe machte, würde sie ihm nur mit einer Ausrede kommen.

Zum Abendessen hatte es gekochten Tofu mit einem Eintopf aus Rindfleisch und Kartoffeln gegeben.

Köstlich. Vielleicht sind gelieferte Lebensmittel ja doch nicht so schlecht. Obwohl es ganz bestimmt an deinen Kochkünsten liegt.

Seit Neuestem gingen ihm die Worte vergleichsweise mühelos über die Lippen. Mikami hatte sich nie für die Sorte gehalten, die Small Talk machte, einen liebevollen Ton anschlug. Wenn er darüber nachdachte, wie er seine Zeit und Energie investiert hatte, so hatte sein Privatleben gegenüber seinem Leben bei der Polizei stets an zweiter Stelle gestanden. Das hatte schon gegolten, als er noch Kriminalbeamter gewesen war, und es war nach seiner Versetzung in die Pressestelle so geblieben.

»Das Bad ist bereit.«

»Danke.«

Mikami erhaschte einen Blick auf Minakos Profil, während sie das Geschirr abräumte. Sie war gefasst. Es schien ihr gut zu gehen. Aber es war noch immer der Tag nach ihrer Reise, und Mikami bezweifelte, dass die Erinnerung an das Gesicht des toten Mädchens schon verblasst war. Wie er, so bemühte auch sie sich um einen Anschein von Normalität, damit er sich keine unnötigen Sorgen machte.

»Heute habe ich den Vater im Entführungsfall Shoko besucht.« Mikami richtete die Worte an Minakos Rücken, während sie das Geschirr abwusch.

»Du hast …?« Sie drehte den Hahn zu und schaute sich überrascht zu ihm um. »Du hast Amamiya-san besucht? Wozu?«

»Einer der Oberen in Tokio hat beschlossen, dass er ihn besuchen und ihm seinen Respekt erweisen möchte. Ich war dort, um Amamiya um seinen Segen zu bitten.«

Mikami sprach zu Hause nie über seine Arbeit, aber jetzt tat er es mit Freuden, wenn es half, das Schweigen zu durchbrechen. Und was 64 anging, so war der Entführungsfall auch für Minako mehr als nur gedruckte Nachrichten und Hörensagen. Sie hatte zur Undercover-Einheit B gehört und sich im Café Aoi als Teil eines Ehepaars ausgegeben; sie hatte Yoshio Amamiya von Angesicht zu Angesicht gesehen, als er in das Café gestürmt war.

In der Küche wurde es still. Minako nahm ihre Schürze ab und ging zurück ins Wohnzimmer; sie schlug die Beine unter den Kotatsu.

»Wie ging es ihnen, ihren Eltern?«

»Frau Amamiya ist letztes Jahr gestorben.«

»Oh … das ist schrecklich.«

»Ich weiß. Ohne je zu erfahren, wer der Entführer war …«

So schlecht geht es uns wohl doch nicht. Der Gedanke sprudelte auf wie eine Quelle.

»Das muss schwer für ihn gewesen sein«, murmelte Minako; ihr Blick war abwesend, als stellte sie sich sein Gesicht an jenem Tag vor.

»Er ist stark gealtert.«

»Ja … eigentlich nicht verwunderlich.«

»Stimmt.«

»Meinst du … der Entführer kommt davon?«, fragte Minako mit ernstem Gesicht.

Mikami gab einen unbestimmten Laut von sich. Ihm klangen noch Mochizukis Worte vom Nachmittag in den Ohren.

»Ich habe gehört, die Ermittlungen sind zum Stillstand gekommen.« Minako biss sich auf die Lippe. »War man nicht der Meinung, der Entführer sei jemand aus der Präfektur?«

»Ja, höchstwahrscheinlich.« Mikami nickte.

Die Entführung selbst, die neun Betriebe, die der Entführer genannt hatte, der Ort der Lösegeldübergabe, sogar die Stelle, wo die Leiche des Mädchens abgelegt worden war: Das war alles in Präfektur D gewesen. Der Entführer hatte eine große Vertrautheit mit den Straßen und mit den Namen und Standorten lokaler Geschäfte offenbart. *Extensive Ortskenntnisse.* Angesichts dieses Umstandes war die Theorie, dass es sich bei dem Entführer um einen Bürger der Präfektur handelte, schwer von der Hand zu weisen.

»Und er muss doch auch Komplizen gehabt haben?«

»Davon ist man ausgegangen.«

Damals waren Handys noch nicht sehr verbreitet gewesen. Der letzte Betrieb, zu dem der Entführer Amamiya gelotst hatte – die Angler-Lodge Ikkyu –, lag tief in den Bergen. Er hatte dort angerufen und Amamiya angewiesen, den Koffer von der Kotohira-Brücke zu werfen, ehe er das Lösegeld weiter flussabwärts aus der Drachenhöhle geborgen hatte. Brücke und Höhle trennten nicht mehr als dreihundert Meter. Nach seinem Anruf in der Lodge hätte der Entführer nur Minuten später bei der Höhle auf der Lauer liegen müssen. Dabei hatte es in der umliegenden Gegend keine Privathäuser oder öffentlichen Telefone gegeben. Jemand anders als der Mann, der am Telefon Anweisungen übermittelte, war erforderlich gewesen, um das Lösegeld zu holen. Darin war man sich in der Sonderkommission allgemein einig gewesen.

Obwohl Mikami das genauso sah, war es ihm schwergefallen, die Vorstellung zu akzeptieren, dass die Entführer gleichberechtigte Partner gewesen waren. An Fälle von Entführungen Erwachsener und daran, andere Erwachsene hinter Gitter zu bringen, war er gewöhnt, aber der Gedanke, dass sich mehrere Leute zusammenfanden, um ein siebenjähriges Mädchen zu entführen und zu ermorden, machte selbst einen Kriminalbeamten mit Mikamis langer Erfahrung schaudern. Wenn es mehr als einen Entführer gegeben hatte, dürfte einer der Haupttäter und der andere ein Komplize gewesen sein. Und selbst dann musste der Anführer absolute Macht über den anderen gehabt haben.

»Vielleicht ist es am besten, von der Prämisse eines einzelnen Entführers auszugehen.«

»Wieso?«

»So arbeitet der Verstand eines Kriminalbeamten nun mal. Ein Einzeltäter. Wir können uns Täter schlecht in Gruppen vorstellen.«

Minako machte ein nachdenkliches Gesicht.

Ob die Entführung nun aufs Konto eines Einzeltäters ging oder nicht, es lag auf der Hand, dass sie in allen Einzelheiten und mit großer Sorgfalt geplant worden war. Und mit brutaler Kaltblütigkeit.

Schlimmer als ein Monster …

Minako machte den Mund auf, um etwas zu sagen. »Er hat sogar über diese Felsen im Fluss, diese Höhle Bescheid gewusst. Was ist eigentlich aus den Nachforschungen bei Kanu- und Rafting-Sportlern geworden?«

»Dem wird immer noch nachgegangen, soviel ich weiß. Aber … denk daran, wie sich herausstellte, wussten Leute aus einem erstaunlich weiten Umkreis über die Höhle Bescheid.«

Das hatte man herausgefunden, als die Ermittlungen schon einige Zeit im Gang waren. Die *D Daily* hatte nur zwei Wochen vor der Entführung in ihrem Lifestyle-Teil ein großes Feature über »Das Rätsel der Drachenhöhle« gebracht.

»Aber …« Minako wirkte aufgeregt. »Selbst wenn ihm die Idee tatsächlich aufgrund der Zeitungslektüre gekommen war, bestätigt das nicht einfach nur, dass er aus der Region kam? Sie gehen der Sache jetzt schon so lange nach. Warum haben sie ihn nicht gefunden? Das frage ich mich.«

»Na ja …«

580 000 Haushalte. 1 820 000 Bürger. Mikami hatte die Bevölkerungsstatistik in der Morgenzeitung nicht vergessen. Die Gesamtbevölkerung der Präfektur hatte sich in den letzten vierzehn Jahren wenig verändert, der Zustrom in die großen Städte entsprach mehr oder weniger der Abwanderung vom Land. Die Polizei hatte den Kreis potenzieller Verdächtiger auf Männer in den Dreißigern oder Vierzigern eingegrenzt, aber damit blieben immer noch über 300 000, die man sich näher anschauen musste.

Zugleich hatte man nur wenige Anhaltspunkte. Falls Kenji tatsächlich unschuldig war, dann hieß das, Shoko war auf der einspurigen Straße zwischen ihrem Elternhaus und dem Haus von Kenji entführt worden. Die Nahbereichseinheit hatte die Gegend wiederholt durchkämmt, aber dennoch keinen einzigen Zeugen finden können, der das Vorhandensein verdächtiger Personen oder Fahrzeuge hätte bestätigen können. Und es hatten sich sowieso nicht viele Leute in der Gegend aufgehalten. Wie Mikami früher am Tag erneut festgestellt hatte, handelte es sich um eine ländliche Gegend mit sehr wenigen Wohnhäusern. Dafür, dass die Gegend menschenleer war, hatte auch das Datum, der fünfte Januar, gesorgt. Die Männer, die in Teilzeit auf den Bauernhöfen arbeiteten, waren entweder an ihrem Arbeitsplatz oder bei der örtlichen landwirtschaftlichen Kooperative gewesen, während die Frauen zu Hause geblieben waren, damit beschäftigt, nach Neujahr aufzuräumen.

Der Entführer hatte nur drei Gegenstände zurückgelassen. Die Plastikschnur um die Bogenlampe auf der Kotohira-Brücke. Das Klebeband im Gesicht des Mädchens. Die Wäscheleine um ihre Handgelenke. Es waren durchweg landesweit handelsübliche Gegenstände, sodass es effektiv unmöglich war festzustellen, wo sie gekauft worden waren. Sie hatten damit gerechnet, Fußspuren zu finden, aber auch diese Hoffnung hatte sich zerschlagen. Das Gelände um die Drachenhöhle bestand durchweg aus freiliegendem Gestein, während der Boden in den angrenzenden Wäldern mit trockenem Buchenlaub bedeckt war.

Ihnen blieb nur die Stimme des Entführers. Da es keine Aufzeichnungen von den Anrufen gab, hatte sich die Polizei auf das Gehör der wenigen Menschen verlassen müssen, die mit dem Entführer gesprochen hatten. Yoshio Amamiya, seine Empfangssekretärin Motoko Yoshida und die neun Geschäftsinhaber und Angestellten, die auf der Strecke zur Lösegeldübergabe in den jeweiligen Betrieben die Anrufe für Amamiya entgegengenommen hatten. Keiner der mit dem Fall befassten Beamten hatte die Stimme des Entführers gehört, nicht einmal die Angehörigen der Vor-Ort-Einheit. Der zweite Anruf war vor ihrer Ankunft im Haus eingegangen, während der am nächsten Tag in Amamiyas Büro erfolgt und von Motoko entgegengenommen worden war, ohne dass Polizeibeamte dabei gewesen wären.

Auch die Anrufe in den diversen Geschäften hatten sie nicht mithören können. Das Café Aoi war der einzige Ort gewesen, den sie vor Amamiya hatten erreichen können, aber die Zeit hatte dennoch nicht gereicht, um die Telefone entsprechend zu präparieren. Außerdem hatte man damit rechnen müssen, dass sich im Café ein Komplize aufhielt, und sich deshalb nicht zu mehr imstande gesehen, als die Augen offen zu halten. Mikami hatte gehört, dass die Polizei Amamiya und die anderen in den zwei Jahren nach der Entführung regelmäßig aufgefordert hatte, an »akustischen Gegenüberstellungen« teilzunehmen. *Leute, die wegen ungebührlichen Verhaltens aktenkundig waren. Leute, die schwer verschuldet waren. Bekannte Kriminelle. Kanusportler. Einwohner von Ozatomura. Ehemalige Angestellte von Amamiyas Konservenfabrik. Leute von Morikawa Nishi, Shokos Grundschule. Lieferanten und Stammkunden der neun Geschäfte. Jeder, der sich durch sein Verhalten verdächtig gemacht hatte.* Die Teams, die in dem Fall ermittelten, nahmen sich jeden vor, der ihrer Ansicht nach auch nur entfernt als Verdächtiger infrage kam, und zeichneten seine Stimme am Telefon auf. Dann baten sie Amamiya und die zehn anderen, die die Stimme des Entführers gehört hatten, sich die Aufnahmen mehrmals anzuhören. Die Aufzeichnungen waren größtenteils mit dem Einverständnis der Betreffenden erfolgt, aber Mikami wusste, dass man bei einigen auf Methoden zurückgegriffen hatte, die einem Abhören nicht unähnlich gewesen waren.

Die Stimme eines Mannes Mitte dreißig bis Anfang vierzig, leicht heiser, ohne Spur eines Akzents. *Ich erkenne sie, wenn ich sie höre.* Da war sich Amamiya sicher gewesen. Motoko und die anderen hatten ebenfalls durchaus zuversichtlich geklungen. Trotzdem hatte Mikami in vierzehn Jahren kein einziges Mal gehört, dass die Ermittler einen Treffer gelandet hätten.

»Es wird schwierig, wenn die Stimme am Telefon zu nichts führt.«

Sobald Mikami es gesagt hatte, verfluchte er sich dafür. Das Telefon zu erwähnen war tabu. Die Atmosphäre im Zimmer veränderte sich. Minako sagte: »Ich hoffe, sie fassen ihn irgendwie …« Kurze Zeit später wanderte ihr Blick zu dem Telefon auf dem niedrigen Tischchen.

Wieder ein Abend, ohne dass das Telefon klingelte.

Im Zimmer wurde es still, sobald Minako zu Bett gegangen war. Mikami schlüpfte unter den Kotatsu, bis ihm die Decke bis zur

Brust reichte. Er ließ einen langen Atemzug entweichen, dann schaltete er den Fernseher ein. In Minakos Anwesenheit fernzusehen brachte er nicht fertig. Ausreißer. Vermisste. Schweigeanrufe. Selbstmorde. Es gab so viele Wörter, die unversehens fallen konnten, und jedes Mal befürchtete er, sie würden Minako das Herz brechen.

Vielleicht war es das Fernsehen, das Ayumi so zugesetzt hatte. Der Gedanke kam ihm ab und zu. All die Spiel- und Unterhaltungsshows, all die Werbespots. Die allesamt hervorhoben, wie wichtig die äußere Erscheinung war. Nichts anderes spielte eine Rolle. Wenn man gut aussah, kam man im Leben vorwärts. Männer beteten einen an. Türen öffneten sich. Das Leben war eine einzige große Party, suggerierten sie, verhießen sie, und es klang durchaus plausibel, wenn sie behaupteten, dass einfach jeder so lebte.

Mikami ertappte sich dabei, dass er versuchte, den Leuten hinter dem Bildschirm die Schuld zu geben. Ayumi war in eine Scheinwelt hineingezogen worden. Aber die leeren Versprechungen des Boulevards hatten sie erdrückt, sie war sich selbst aus dem Blick geraten.

In der Grundschule war sie noch voller Leben gewesen. Sie hatte sich beim Schwimmen und Laufen hervorgetan, und ihre Noten waren immer gut gewesen. Sie und Mikami hatten ein enges Verhältnis gehabt. Sie hatte stets zu ihrem Vater, dem Kriminalbeamten, aufgeblickt, die Augen von liebevoller Achtung erfüllt – zweifellos die Folge der Geschichten, die Minako ihr jeden Tag erzählte.

Die Veränderung war mit dem Wechsel in die Mittelschule eingetreten. Nein, die ersten Anzeichen hatten sich schon in der sechsten Grundschulklasse gezeigt. Sie wollte sich partout nicht mehr fotografieren lassen. Sie warf eine Broschüre für den Elterntag der Schule in einem Gemischtwarenladen in die Tonne.

Sie weigerte sich zunehmend, das Haus mit Mikami zu verlassen, und vermied es, neben Minako zu sitzen. Sie hatte es vielleicht gespürt, erraten, was die anderen Schüler dachten, aber nicht sagten. Oder vielleicht hatte es ihr tatsächlich jemand gesagt.

Du siehst genauso aus wie dein Vater.

Schade, dass du nicht nach deiner Mutter kommst.

An dem Tag, an dem das Abschlussfoto gemacht wurde, war sie nicht zur Schule gegangen. Am nächsten Tag hatte man ein Foto von ihr allein gemacht und es neben demjenigen einfügt, das die lächelnden Gesichter ihrer Klassenkameraden zeigte. Auf dem Bild waren ihre Lippen fest zusammengepresst, ihr Blick zu Boden gerichtet. *Ich habe es versucht … aber ich konnte sie nicht dazu bringen aufzublicken,* hatte ihre Klassenlehrerin später in einem Telefongespräch erklärt.

Dank einer Empfehlung hatte bereits festgestanden, auf welche Oberschule sie gehen würde. *Sobald sie dort ist, wird sich das alles geben. Sie wird erwachsen werden.* Ein Teil von ihm war immer noch optimistisch gewesen. Zugleich musste er sich eingestehen, dass seine Situation es ihm erschwert hatte, ein Auge auf seine Tochter zu haben; in diese Zeit war die schockierende Nachricht von seiner ersten Versetzung in die Pressestelle gefallen.

Ayumi war etwas länger als zwei Wochen zur Schule gegangen. Dann hörte sie damit auf, weigerte sich ganz generell, das Haus zu verlassen, und zog sich schließlich irgendwann in ihr Zimmer im ersten Stock zurück. Auf ihre Fragen wollte sie ihnen nicht sagen, warum. Als sie schließlich versucht hatten, sie zum Schulbesuch zu zwingen, hatte sie wie ein kleines Kind geheult. Sie brachte den Tag im Bett zu und versteckte sich unter den Laken. Ihr Lebensrhythmus kehrte sich um, als sie anfing, die ganze Nacht aufzubleiben, und erst schlafen ging, wenn es draußen hell wurde. Sie gewöhnte sich an, allein in ihrem Zimmer zu essen.

Ihr Verhalten war zunehmend wunderlich geworden. Sie verbarg jedes Mal ihr Gesicht, wenn sie gelegentlich doch einmal nach unten kam – drehte den Kopf ganz nach rechts, zur Wand, während sie sich den Flur oder an einer Seite des Wohnzimmers entlangschob, weil sie die rechte Seite ihres Gesichts für die hässlichere hielt … obwohl Mikami erst später erfuhr, dass das der Grund für ihr Verhalten war.

Minako war vor Sorge außer sich gewesen. Anfangs hatte sie es zu verbergen versucht und Ayumi so behandelt, als wäre das alles ganz normal, doch als Ayumi sich immer weiter zurückzog, hatte Minako es nicht mehr ertragen können. Sie hatte eine widerstrebende Ayumi überredet, mit ihr zur städtischen Erziehungsberatung zu fahren. Dort wurden sie einem Therapeuten vorgestellt, den sie danach regelmäßig aufsuchten, eine Fahrt von einer Stunde pro Strecke. Minako kaufte eine Chirurgenmaske für Ayumi, die sich immer noch davor fürchtete, das Haus zu verlassen, und erlaubte ihr, während der Fahrt auf dem Rücksitz zu liegen.

Die Veränderung war bei der sechsten Sitzung eingetreten. Ayumi brach in Tränen aus und heulte sich die Seele aus dem Leib, als sie endlich ihr Schweigen brach. *Alle lachen, weil ich so hässlich bin. Zur Schule zu gehen ist mir zu peinlich. Ich kann nicht einmal ins Freie. Ich wäre lieber tot, als meine Verwandten zu besuchen. Ich will dieses Gesicht loswerden. Ich will es in Stücke reißen.* Sie hatte sich in eine immer größere Verzweiflung hineingesteigert, hatte mit den Füßen aufgestampft, die Fäuste geballt und immer wieder auf den Tisch gehämmert.

Dysmorphophobie. Körperdysmorphe Störung.

Mikami hatte sich außerstande gesehen, die düstere Diagnose des Therapeuten zu akzeptieren. So schrecklich es auch gewesen war, die Aufzeichnungen ihrer Sitzungen zu sehen, wehrte er sich dennoch gegen die Vorstellung, dass seine Tochter unter einer psychischen Störung litt. In der Pubertät machte sich doch jeder Gedanken über sein Aussehen. War es nicht einfach so, dass Ayumi stärker davon betroffen war als die meisten? Ihm wurde bewusst, dass sie nicht so hübsch war, dass die anderen ein Getue um sie machten. Sie hatte eine ganze Menge von seinen Genen geerbt. Aber sie hatte nichts an sich, was »hässlich« war. Das würde jeder bestätigen. Ayumis Aussehen unterschied sich in nichts von dem anderer normaler Mädchen, wie man sie überall traf.

Ebendiesen Umstand hatte der Therapeut angeführt, um zu belegen, dass sie eine psychische Störung hatte. Er hatte hervorgehoben, wie wichtig Akzeptanz und Anerkennung seien; dass sie als Eltern die Pflicht hätten, ihre Tochter so zu akzeptieren, wie sie sei, und sie als Individuum zu respektieren. Für Mikami hatte das banal geklungen, und er hatte sich ehrlich bemüht, auf den Rat zu hören. Aber er war auch wütend gewesen. Seine Tochter hatte ihr Herz einem Therapeuten – einem Fremden – geöffnet und ihm haarklein erzählt, wie sehr sie das Aussehen ihres Vaters hasste. Mikami hatte sich unwohl und deprimiert gefühlt, und dieses Gefühl hatte sich mit jedem verstreichenden Tag verstärkt und an seinem Willen gezehrt, mit Ayumi darüber zu sprechen.

Sich dem Therapeuten zu öffnen hatte Ayumi außerdem ermutigt, ihre Eifersucht auf Minako und ihre Animosität ihr gegenüber zu offenbaren. Vielleicht war sie einfach zu dem Schluss gekommen, dass es nicht mehr nötig war, ihre Emotionen zu unterdrücken. *Hör auf, mich mit diesem Gesicht anzuglotzen.* Nach dieser grausamen Äußerung hatte Ayumi komplett aufgehört, mit ihrer Mutter zu reden. Wenn sie gelegentlich in ihre Richtung sah, lag ein Anflug von Hass in ihrem Blick.

Minako war in Panik geraten; vor lauter Verunsicherung zog sie sich in sich selbst zurück. Man konnte kaum mitansehen, wie sie, schüchtern, ein Tablett mit Essen in der Hand, an Ayumis Tür klopfte. Sie hatte sich angewöhnt, still vor ihrem Toilettentisch zu sitzen; anstatt Make-up aufzulegen, schien es, als verfluchte sie ihr Aussehen. Mikami spürte, wie sein Blut kochte. Er bezweifelte, dass er die Art, wie Ayumi sich verhielt, so lange hingenommen hätte, wenn man ihm nicht gesagt hätte, dass sie unter einer »Störung« litt.

Der Tag war schließlich gekommen. Es war die letzte Woche im August.

Ayumi, die sich immer noch in ihrem Zimmer einschloss, war plötzlich im Wohnzimmer erschienen. Ihr Gesicht war weggedreht; sie redete zur Wand, als sie sprach.

Ich werde eine Schönheits-OP machen lassen. Bezahlen werde ich sie mit dem Geld, das ich zu Neujahr geschenkt bekommen und gespart habe. Ich brauche eine Genehmigung, also brauche ich eure Unterschrift.

Mikami hatte gefragt, was sie denn ändern lassen wolle. Er hörte das Zittern in seiner Stimme. Ayumi hatte völlig gleichmütig geantwortet.

Alles. Das Ganze. Ich möchte doppelte Lidfalten. Eine kleinere Nase. Jochbein- und Kinnreduktion.

Sie wollte nicht mehr seine Tochter sein. So hatte es geklungen. Er hatte Minako, die ihre Tochter an den Armen gefasst hatte, zur Seite gestoßen und Ayumi ins Gesicht geschlagen. Ayumi hatte die Wand angeheult. Noch nie hatte er eine Frau so schreien hören.

Du hast gut reden! Für dich ist es in Ordnung, so auszusehen, du bist ein Mann!

Mikami hatte die Beherrschung verloren. Alle Rücksicht auf ihren Zustand verschwand. Diesmal schlug er sie mit der Faust. Ayumi war die Treppe hinaufgekrabbelt, hatte Zuflucht in ihrem Zimmer gesucht und die Tür von innen abgeschlossen. *Lass sie in Ruhe!* Er hatte die Worte vom unteren Ende der Treppe hinter Minako hergebellt, die nach oben hinter ihrer Tochter herstürzte. Kurz darauf kam von oben ein Geräusch, als träte jemand ein Loch durch den Boden. Dann, als ginge etwas zu Bruch. Ein gewaltiger Krach. Mikami war die Treppe hinaufgeschossen, hatte die Tür zu ihrem Zimmer eingetreten und war hineingestürmt. Er hatte einen scharfen Schmerz in seinem Fuß verspürt. Der Spiegel war zertrümmert, die Scherben lagen überall auf dem Boden verstreut. Ayumi hockte zusammengekrümmt im Dunkeln in einer Ecke. Schlug sich ins Gesicht. Zerkratzte es mit den Nägeln. *Ich hasse es! Ich hasse es! Ich hasse es! Ich hasse dieses Gesicht. Ich will sterben! Ich will sterben! Ich will sterben!* Mikami hatte sich nicht von der Stelle rühren, hatte nichts sagen können, hatte Angst gehabt, Ayumi könnte wie der Spiegel zerbrechen, wenn er irgendetwas täte.

Er hatte die ganze Nacht damit zugebracht, die Situation mit Minako zu besprechen. Für Ayumi in ihrem derzeitigen Zustand waren sie nichts weiter als der Feind. Sie hatten ernsthaft erwogen, sie ins Krankenhaus einweisen zu lassen. Am Ende hatten sie keine andere Möglichkeit gesehen, als Ayumis Therapeuten anzurufen. *Ich kann morgen kommen. Bis dahin sollten Sie sie wahrscheinlich einfach in Ruhe lassen …*

Es passierte an dem Abend nach dem Besuch des Therapeuten. Ayumi verließ ohne ein Wort das Haus, hinterließ nicht einmal einen Zettel.

Sie ist jetzt viel ruhiger. Behalten Sie sie einfach im Auge, machen Sie nicht zu viel Aufhebens.

Da die Worte eines Fachmanns ihr zweifellos einen Schimmer Hoffnung verschafft hatten, war Minako, die die vorangegangene Nacht kein Auge zugetan hatte, im Wohnzimmer eingedöst. Ayumi hatte die Gelegenheit ergriffen, wegzulaufen. Im Papierkorb in ihrem Zimmer hatten sie einen leeren Beutel chirurgische Masken gefunden. Sie hatte nur eine Schultertasche mit ein paar Kleidern mitgenommen. Alles, was sie an Geld bei sich hatte, waren die wenigen Münzen und die einzelne Zehntausend-Yen-Note, die sie aus der kleinen Spieldose mitgenommen hatte. Das Fahrrad, auf dem sie weggefahren war, wurde laut Polizei vier Tage später auf dem Bürgersteig am Bahnhof gefunden.

Es stimmte zwar, dass die Arbeiten am öffentlichen Verkehrssystem in der Hauptstadt sich verzögert hatten, dennoch war der Bahnhof der größte in der Präfektur. Neben Japan Rail nutzten ihn zwei private Eisenbahngesellschaften, und vom Busbahnhof nebenan gab es Verbindungen in alle Richtungen.

Trotzdem müsste ein junges Mädchen, das eine Chirurgenmaske trug, auffallen. Es war ja nicht so, als hätte es eine Sommergrippewelle gegeben. Jemand musste sie gesehen haben. Zumindest die Bahnhofsangestellten müssten auf sie aufmerksam geworden sein.

Solche Hoffnungen führten zu nichts. Zur Hauptverkehrszeit waren die Leute in hohem Tempo durch die automatischen Türen geströmt, und die meisten, die auf Busse oder Züge warteten, hatten die Augen auf Handys oder Zeitschriften gerichtet. Der Polizist, der in dem Kōban vor dem Bahnhof Dienst tat, behauptete ebenfalls, sie nicht gesehen zu haben. Ayumi war vollkommen unbemerkt durch den Bahnhof entschlüpft. Entweder das, oder sie war, nachdem sie ihr Fahrrad abgestellt hatte, zu Fuß weitergegangen.

Welche Belege hatten Sie denn für Ihre Behauptung, sie hätte sich beruhigt? Mikami hatte den Therapeuten ins Verhör genommen. Er hatte nicht anders gekonnt. Nur weil der Therapeut ihm geraten hatte, möglichst wieder zur Arbeit zu gehen, hatte Mikami es für angebracht gehalten, Minako und Ayumi an jenem Nachmittag allein zu lassen. *Sie müssen vermeiden, sie zu provozieren, und sich so verhalten, als wäre alles normal.* Mikami hatte den Rat geschluckt und das Haus verlassen; und das war das Ergebnis gewesen. Der Therapeut hatte keinerlei Anzeichen von Reue gezeigt. »*Ich werde den beiden keinen Ärger mehr machen.*« *Ich dachte, das heißt, sie hat sich gefangen.* Dann hatte er Mikami gesagt, im Nachhinein betrachtet, hätte man aus den Worten auch die Absicht wegzulaufen herauslesen können.

In Mikamis Augen hatte der Satz mehr angedeutet als nur den Plan, von zu Hause wegzulaufen. Ihm war eine ganze Reihe von Interpretationen in den Sinn gekommen. Sie hatte es gesagt, damit ihre Eltern in ihrer Wachsamkeit nachließen. Um sich zu verabschieden. Hatte sie vielleicht zu verstehen gegeben, dass sie Selbstmord begehen wollte? Nein. Ayumi würde sich nie umbringen. Sie hatte es eindeutig gesagt, damit sie in ihrer Wachsamkeit nachließen. Sie hatte gewusst, sie würden die Überwachung lockern, wenn sie ihnen sagte, dass sie keinen Ärger mehr machen würde. Es war Berechnung im Spiel: Sie war nicht im Affekt aus dem Haus gerannt. Bewies das nicht der Umstand, dass sie nicht vergessen hatte, Geld und Kleider zum Wechseln mitzunehmen?

Ich will sterben! Ich will sterben! Ich will sterben!

Hochrisiko-Vermisste. Darauf liefen die »besonderen Maßnahmen«, von denen Akama gesprochen hatte, faktisch hinaus. Jemand Schutzloses, der mit hoher Wahrscheinlichkeit in einen Unfall oder sonst irgendeinen Vorfall verwickelt würde. Jemand, der vermutlich versuchen würde, sich selbst zu verletzen oder umzubringen. Mikami hatte keine Einwände gehabt, dass Ayumi so eingestuft wurde. Ihm war klar, dass die Ermittlungen oberflächlich geführt werden würden, wenn die Gefahr des Selbstmordes komplett ausgeschlossen werden konnte, ob Ayumi nun das Kind eines Polizeibeamten war oder nicht. So aber hatten die regionalen Direktionen bei der Suche keine Mühen gescheut. Neben Streifenpolizisten hatte man auch Leute von der Kripo und vom Sicherheitsamt für die Suche abgestellt. Trotzdem hatte sich kein sachdienlicher Hinweis ergeben. Er hatte höflich abgelehnt, als man ihm einen Monat später vorgeschlagen hatte, die Öffentlichkeit in die Suche einzubeziehen, was bedeuten würde, Ayumis Gesicht jedem Passanten auf der Straße zu zeigen. Mikami hatte abgelehnt, weil er wusste, dass es für Ayumi keine schrecklichere Hölle geben konnte.

Seine Augen brannten vom grellen Licht des Fernsehschirms. Fünf, sechs Mädchen, nicht viel älter als Ayumi, sangen und tanzten und wirkten in ihren Kostümen halb nackt. Jede darum bemüht hervorzustechen. In die Kamera starrend, wie um zu sagen: *Sieh mich an, nur mich.*

Wenn sie bloß vorgehabt hätte wegzulaufen …

Wenn er hundert Prozent sicher gewesen wäre, dass Ayumi nicht versuchen würde, sich das Leben zu nehmen, dass sie nur eine Schönheits-OP gewollt hatte, damit sie von Jungs wahrgenommen wurde, wenn sie ihre Eltern nur beschimpft hätte und aus dem Haus gestürmt wäre, weil sie ihre Bitte abgelehnt hatten, dann hätte, davon war er überzeugt, sein Zorn seine Sorge überwogen, auch wenn sie noch mitten in der Pubertät steckte. Mit sechzehn war sie noch nicht richtig erwachsen, aber sie war auch kein Kind mehr. Es gab keinen Grund, sie die Würde ihrer Eltern mit Füßen treten zu lassen. *Alle Töchter gehen irgendwann von zu Hause weg. Es gibt so viele Familien, die nicht miteinander auskommen. Ich habe zu oft erlebt, dass Eltern ihre Kinder und Kinder ihre Eltern umbringen.* Möglicherweise hatte er, indem er einen zornigen Satz an den anderen reihte, sich und Minako von der Vorstellung überzeugt, dass an Ayumis Verhalten nichts Unnormales war.

Wie dachte Minako eigentlich …

Darüber, dass er sich geweigert hatte, sich mit dem Zustand ihrer Tochter auseinanderzusetzen?

Darüber, dass ihr Mann die Hand gegen ihr leidendes Kind erhoben hatte?

Minako hatte dem Therapeuten keinen Vorwurf gemacht. Sie hatte auch sich selbst keinen Vorwurf gemacht, weil sie eingeschlafen war. Sie hatte wie eine Besessene nach Ayumi gesucht. Damals hatte sie sich von der Minako verabschiedet, die sich stets mit ihm besprach, ehe sie eine Entscheidung traf. Er versuchte, mit ihr zu reden, aber sie reagierte kaum. Sie schaute ihm nicht in die Augen, auch wenn er direkt vor ihr stand. Es war, als suchte sie allein nach Ayumi. Als sie alle Möglichkeiten ausgeschöpft hatte, was die Suche am Bahnhof und die Mithilfe von Ayumis Freunden anging, begann sie Frauenzeitschriften zu kaufen und bei den plastischen Chirurgen und Schönheitskliniken anzurufen, die darin inserierten. *War ein junges Mädchen mit einer Chirurgenmaske bei Ihnen? Sie hat eine rote Sporttasche bei sich. Bitte rufen Sie mich zurück, wenn Sie sie sehen.* Dann sagte sie: »Am Telefon dringe ich mit meinem Anliegen einfach nicht durch, ich muss persönlich vorsprechen«, und begann, jeden Tag irgendwo hinzufahren. Nach Tokio. Saitama. Kanagawa. Chiba. Wenn die Schweigeanrufe nicht gewesen wären, hätte sie ihre Nachforschungen wahrscheinlich auf den grauen Markt der Schönheitschirurgie ausgedehnt.

Mikami hätte Akama um Hilfe bitten können. Mit einem Zehntausend-Yen-Schein kam man nicht weit. Und ohne schriftliche Einwilligung ihrer Eltern konnte Ayumi keine schönheitschirurgische Praxis konsultieren. Dennoch war das eine der sehr wenigen Spuren, denen sie nachgehen konnten. Und wenn Fingerabdrücke und zahnärztliche Unterlagen Mittel waren, um Tote zu identifizieren, dann hätte Mikami vielleicht darauf dringen sollen, dass man den Schwerpunkt der Suche auf Unternehmen verlagerte, die mit kosmetischer Chirurgie zu tun hatten – um nach einer Ayumi zu suchen, die noch am Leben war. Aber das hatte er nicht getan. Ayumi verabscheute das Gesicht, das sie geerbt hatte. Dieser eine Umstand war es, von dem niemand etwas erfahren sollte. Die Familie würde zu sehr darunter leiden, wenn es herauskäme. Und er hatte die Würde seiner Tochter wahren wollen. Er hatte sich geschworen, dass kein Wort von Ayumis Zustand oder ihren Äußerungen jemals nach außen dringen würde.

Aber …

Was dachte Minako?

Eine Spannung war zwischen ihnen entstanden, als stünde die Luft unter Strom. Sie nahmen einander wahr, aber ihre Augen waren fest geschlossen. Ayumis Abwesenheit hatte die Seite ihrer Beziehung hervortreten lassen, auf der es an Solidität fehlte; zugleich bildete sie ein unzerreißbares Band, das sie zusammenhielt. Ayumi hatte ihnen ein Ziel verschafft, sie gezwungen, sich umeinander zu kümmern, sie genötigt, darum zu beten, dass ihre Beziehung halten würde.

Mikami fragte sich, wie lange das noch gut gehen konnte.

Mitternacht. Mit der Fernbedienung schaltete er den Fernseher aus, ehe er unter dem Kotatsu hervorkroch. Er nahm das Telefon vom Tischchen und löschte das Licht im Zimmer.

Er ging den dunklen Flur entlang.

Yoshio Amamiya, alt und runzelig. Shoko Amamiya, lieb und unschuldig, ein hübsches Band im Haar. Es war bloß einer der Fälle, die er als Kriminalbeamter hatte bearbeiten müssen. Erst als Ayumi von daheim weggelaufen war, hatte er wirklich gewusst, wie es den Eltern damit gehen musste, dass sie auf diese Weise ihr einziges Kind verloren hatten.

Auf Zehenspitzen ging Mikami leise ins Schlafzimmer. Er legte das Telefon neben sein Kissen und streckte sich auf seinem Futon aus. Mit den Zehen ertastete er den elektrischen Fußwärmer und zog ihn nach oben, bis er an seinen Waden lag.

Er meinte zu hören, wie sich Minako im Schlaf umdrehte.

Er schaute hinüber zu ihrem Futon. Es war ein Rätsel, das er nicht lösen konnte. Jedes Mal, wenn er an Ayumi dachte, daran, wie sehr sie das Aussehen ihrer Eltern hasste, entsann er sich unwillkürlich der Frage, die sich vor so langer Zeit zweifellos jeder gestellt hatte.

Warum hatte Minako sich für ihn entschieden?

Er war sich dessen, was er begriffen zu haben meinte, nicht mehr sicher. Während er dem Ticken der Uhr lauschte, spürte er tastend, als versuchte er sich im Dunkeln zu orientieren, dem Beginn ihrer Beziehung nach.

15

Mikami hatte sich beim Verlassen des Hauses auf einen arbeitsreichen Tag gefasst gemacht.

Als er ins Büro kam, sah er als Erstes zu Mikumo hinüber. Sie war praktisch allergisch gegen Alkohol. Ihr Gesicht wirkte aufgedunsen, wenn sie am Abend zuvor getrunken hatte. Er wusste sofort, dass sie sich den anderen nicht angeschlossen hatte. Das bedeutete außerdem, dass er schon ahnte, was Suwa ihm zu berichten hatte, als dieser sich seinem Schreibtisch näherte.

»Wir haben keine Chance«, sagte Suwa mit krächzender Stimme.

Wie es sich anhörte, hatte er einen Großteil des vergangenen Abends gesungen und gegen den Lärm angeschrien. Kuramae wirkte ebenfalls leidend. Seine Augen waren blutunterlaufen und halb unter geschwollenen Lidern verborgen.

»Die Sache ist also aussichtslos?«

Suwa stieß einen gereizten, alkoholgeschwängerten Seufzer aus.

»Sie bestehen immer noch darauf, die Beschwerde unmittelbar dem Präsidenten vorzulegen. Sie werden sich definitiv nicht darauf einlassen, sie bei uns einzureichen. Wie es scheint, bekommt Akikawa in dieser Sache Druck von seinem Chefredakteur Azusa, einem altmodischen Journalisten mit einer Vergangenheit als Polizeireporter.«

Letzteres hörte sich eher nach Insider-Information als nach einem einfachen Bericht an. Akikawa saß zwischen den Stühlen.

Die Identität der Frau preisgeben, indem man laut dachte. Mikami neigte dieser Lösung immer stärker zu, aber er musste erst noch abwarten, bis er von Ishii hörte, wie Akama zu der Angelegenheit stand.

»Na schön, die *Toyo* können wir vergessen. Ich möchte, dass Sie beide sich aufteilen – sehen Sie zu, dass Sie bis zum Abend einige von den anderen bearbeiten können. Fühlen Sie ihnen auf den Zahn, ob sie bereit wären, die Beschwerde bei uns einzureichen; wenn sie nicht darauf eingehen, schlagen Sie vor, dass sie sie an Ishii richten.«

Solange sie im Dunkeln tappten, was Akamas Antwort anging, mussten sie mit ihren Bemühungen fortfahren, Frieden zu stiften. Wenn einige Zeitungen ihre Haltung lockerten, ließe sich das als Mittel verwenden, die *Toyo* umzustimmen.

Der Presseclub war kein fest gefügtes Gebilde. Loyalitäten wechselten entsprechend den komplexen Interaktionen seiner Mitglieder, die sowohl auf die Strategien jedes einzelnen Reporters als auch auf das allgemeine Kräfteverhältnis zurückgingen.

Wenn Probleme wie das jetzige entstanden, wurde es noch schwieriger vorauszusagen, was bei dieser Art von chemischer Reaktion herauskommen würde. Der Radiosender *FM Kenmin,* eines der assoziierten Mitglieder des Presseclubs, war vielleicht der Einzige, dessen Standpunkt sich voraussagen ließ. Der Sender wurde vollständig von der Verwaltung der Präfektur finanziert; von daher war er nicht in der Lage, sich gegen eine Behörde zu stellen. Damit blieben noch zwölf. Wie viele würde Suwa bekehren können?

Mikami zog sein Notizbuch aus der Jacketttasche und blätterte darin.

Toyo. Redaktion D. Chefredakteur. Mikio Azusa. Universität T. Sechsundvierzig. Fröhliches Gemüt. Angeber. Der Polizei wohlgesinnt.

Mikami erinnerte sich an das dunkle Gesicht des Mannes, seine schmale Stirn. An den runden Tisch, der einmal im Monat zwischen den Führungskräften der Medien und dem Präsidium der Präfektur stattfand. Azusa hatte einmal seinen Redaktionsleiter vertreten, der erkältet gewesen war.

Ein Versuch bei ihm könnte sich lohnen.

Mikami machte sich im Geist eine Notiz, während er nach dem Hörer griff. Er wählte die Nummer von Ishiis Schreibtisch. Die Situation war zu kompliziert, als dass man sich zurücklehnen und warten konnte, bis er sich meldete. Die Frist für ihre offizielle Antwort an den Presseclub lief um 16 Uhr ab. Außerdem musste er unbedingt die Angelegenheit mit Yoshio Amamiya regeln.

Aiko Toda nahm ab. Sie sagte ihm, Ishii sei in Akamas Büro. Mikami bat sie, Ishii auszurichten, er solle ihn zurückrufen, dann legte er auf. Ruhelos erhob er sich und ging hinüber zu dem Whiteboard an der Wand. Er ließ den Blick über die Pressemeldungen wandern. Drei Verkehrsunfälle zwischen dem vorigen Abend und dem Morgen. Ein Küchenbrand. Die Festnahme eines Mannes, der versucht hatte, sich vor der Bezahlung seiner Restaurantrechnung zu drücken. Alles in allem eine ruhige Nacht für die Präfektur. Gerade als er sich umdrehte, klingelte sein Telefon. Er eilte hin und nahm ab.

»Mikami, könnten Sie zu Akama ins Büro kommen?«

Ishii legte auf, ohne eine Erklärung zu liefern. Seine Stimme hatte angespannt geklungen. Akamas Büro, nicht Ishiis Schreibtisch. Vielleicht hieß das, dass Akama ihm seine Antwort persönlich geben wollte.

Drei Minuten später klopfte Mikami an Akamas Tür. Der Direktor war allein im Büro. Er wechselte vom Schreibtisch auf eines der Sofas, ohne Mikami einen Platz anzubieten.

»Sie scheinen sich besonders schlecht darauf zu verstehen, mit der Presse fertigzuwerden, Mikami. Warum haben Sie nichts unternommen, ehe Ihnen die Sache aus der Hand geglitten ist?«

Er schlug einen barschen Ton an. Dem Präsidenten würde eine schriftliche Beschwerde vorgelegt werden. Mikami verstand, dass Akama geladen war – schließlich hatte er erst auf den letzten Drücker davon erfahren. Trotzdem …

»Ich bin auf Ihr Verlangen hin der Aufforderung der Presse nicht nachgekommen, die Identität der Frau preiszugeben; leider hat das ihre Entschlossenheit nur verstärkt, und zwar in einem Maße, mit dem wir nicht hatten rechnen können. Wir tun unser Bestes, um Abhilfe zu schaffen, aber die Verhandlungen erweisen sich als schwierig. Die Presse hat immer noch eine Menge Dampf abzulassen.« Er hatte im Stehen geantwortet. Akama hatte ihm noch immer keinen Platz angeboten. Das lag nicht etwa daran, dass es ihm entfallen wäre. Er war dabei, einen Verweis zu erteilen.

»Ausreden interessieren mich nicht. Sie verschwenden nur meine Zeit.«

Mikami stellte innerlich die Stacheln auf. *Glaubst du vielleicht, ich habe Zeit, hier herumzustehen und mir deine sarkastischen Bemerkungen anzuhören?*

»Allerdings haben sie gesagt, sie wären bereit, ihre Beschwerde zurückzuziehen, wenn wir ihnen die Identität der Frau nennen.«

»Ja, davon habe ich schon von Ishii gehört. Von Ihrem kleinen Kniff von wegen ›laut denken‹.«

Kniff?

Mikami sah Akama direkt in die Augen. »Für uns bestünde da kein Risiko. Die Preisgabe würde keine Spuren in der Presse hinterlassen, und offizielle Dokumente würde es nicht geben.«

»Abgelehnt«, sagte Akama kalt. Er hob eine Augenbraue. »Unter keinen Umständen werden wir der Öffentlichkeit ihren Namen nennen.«

Sein Ton hatte etwas Merkwürdiges. Er erinnerte Mikami an einen Trickbetrüger, gegen den er vor einigen Jahren ermittelt hatte. Obwohl der Trickbetrüger eindeutig mit etlichen seiner Verbrechen angeben wollte, hatte er sich geweigert, Informationen darüber preiszugeben, weil er es offenbar für unter seiner Würde hielt, gegenüber einer niederen Charge ein Geständnis abzulegen.

Mikami kam zu dem Schluss, dass er ein bisschen nachbohren musste.

»Wie ich höre, war es Ihre Entscheidung, ihre Identität zu verschweigen.«

»Richtig. Sakaniwa von Direktion Y hat angerufen, um die Sache zu besprechen. Die Entscheidung habe ich getroffen.«

»Dürfte ich Sie bitten, das noch einmal zu überdenken? Die Presse wird erst nachgeben, wenn sich etwas ändert. Dürfte ich Sie angesichts des Umstandes, dass der Besuch des Generalinspekteurs unmittelbar bevorsteht, dieses eine Mal bitten … als Notfallmaßnahme …«

»Jetzt gehen Sie zu weit, Mikami. Es wird Zeit, dass Sie aufhören, sich an diese alberne Idee zu klammern, und sich eine neue Strategie einfallen lassen.«

Sein Ton war weniger schneidend als die Worte selbst. Akama befand sich immer noch im gleichen Dilemma wie der Trickbetrüger. Hier ging noch irgendetwas anderes vor. Dass Sakaniwa, ein Günstling Akamas, mit der Sache zu tun hatte, verstärkte Mikamis Unbehagen noch.

»Gibt es noch etwas anderes, was uns davon abhält, ihre Identität preiszugeben, ich meine, außer dem Umstand, dass sie schwanger ist?«

»Natürlich«, antwortete Akama mit überraschender Offenheit. Mikami kam es so vor, als hätte er nur auf die Frage gewartet. »Das Thema Anonymität steht auf der Tagesordnung.«

Auf der Tagesordnung?

»Ich nehme an, Sie wissen, dass die Zentralregierung derzeit über zwei Gesetzesvorhaben berät, eines zur Privatsphäre, das andere zum Schutz des allgemeinen Persönlichkeitsrechts?«

»Ja.«

Das Thema wurde von der Presse häufig zur Sprache gebracht. Die geplanten Gesetze seien unverzeihlich und kämen einem Maulkorb für die Presse gleich. Man werde sie nicht hinnehmen.

»Die Gesetzesvorhaben sind scharfer Kritik vonseiten der Presse ausgesetzt, dabei fällt hier nur ihr eigenes Verhalten auf sie zurück – die Journalisten ernten, was sie gesät haben. Bei jedem großen Fall tauchen sie in Schwärmen auf und richten noch mehr Schaden für die Opfer an, und dabei reden sie die ganze Zeit jeden Fall klein, der ein schlechtes Licht auf sie selbst werfen würde. Was ist es anderes als Unverschämtheit, wenn solche Leute versuchen, uns an den Karren zu fahren, und sich als Wachhunde des Friedens aufspielen?«

Akama hielt inne, um etwas Lippenbalsam aufzutragen.

»Die beiden Gesetzesvorhaben werden irgendwann beschlossen werden. Dann werden wir die Frage der anonymisierten Berichterstattung anpacken. Wir planen, Einfluss auf die Regierung zu nehmen und einen Prüfungsausschuss ins Leben zu rufen, der über die offizielle Linie im Hinblick auf Verbrechensopfer berät. Wir werden uns für einen Paragrafen starkmachen, der uns die endgültige Entscheidung überlässt, ob wir deren Identität offenlegen. Das wird sich anfangs zwar auf Verbrechensopfer beschränken, aber sobald der Kabinettsbeschluss gefallen ist und wir grünes Licht bekommen, werden wir den Begriff so weit fassen, dass er unseren Bedürfnissen entspricht. Wir werden von Anfang bis Ende die Zügel in der Hand haben. Wir werden die Kontrolle über jeden Aspekt unserer Presseberichterstattung übernehmen.«

Endlich begriff Mikami … woher es kam, dass Akama so unerbittlich auf eine harte Linie gedrängt hatte.

Die Frage der Anonymität war zu einem Projekt der NPB geworden. Vielleicht auch zu einem Projekt Akamas. Nach den Anflügen von Stolz zu urteilen, mit denen er über »Kabinettsbeschlüsse« und »Prüfungsausschüsse« geredet hatte, war es durchaus möglich, dass es sich um etwas handelte, was Akama durchzudrücken hoffte, sobald er nach Tokio zurückgekehrt war.

Mikami hatte bereits vermutet, dass Akama seine Entscheidung nicht rückgängig machen würde, aber er kam nicht gegen ein zunehmendes Gefühl von Verstimmung an. Er wusste, dass seine Idee des »Laut-Denkens« Tokios Zielen nicht zuwiderlief. Bei der Polizei war es üblich, mit inoffiziellen oder verdeckten Aktionen so umzugehen, als ob sie gar nicht stattgefunden hätten.

»Wenn wir uns dann also einig sind, können Sie gehen.«

»Ist das der einzige Grund?«, fragte Mikami, ohne nachzudenken.

Das schien Akama ein wenig aus der Fassung zu bringen. Aber nur einen Augenblick später war unter seinen Brillengläsern ein Funke von Neugier wahrnehmbar. »Worauf wollen Sie hinaus, Mikami?«

»Ist das alles – der einzige Grund, warum Sie die Identität der Frau verheimlichen?«, fragte Mikami und hatte damit komplett auf die Rolle des Kriminalbeamten umgeschaltet. Das Dilemma des Trickbetrügers bestand noch immer. Das konnte er sehen. Akama hielt noch immer mit etwas hinterm Berg.

»Wo Sie schon danach fragen … werde ich es Ihnen vielleicht sagen.« Akama verzog das Gesicht zu einem Lächeln. »Die Wahrheit ist, dass es sich bei der betreffenden Frau um die Tochter von Takuzo Kato handelt.«

Mikami spüre, wie sich sein ganzer Körper anspannte.

Takuzo Kato. Amtierender Vorstandsvorsitzender von King Cement und mittlerweile im zweiten Jahr Mitglied der Kommission für Öffentliche Sicherheit in Präfektur D.

»Er hat die Entscheidung durchgesetzt?« Die Worte kamen wie Schüsse.

»Nein, wir versuchen lediglich zu helfen«, sagte Akama mit gelassener Miene.

In den Regionen war die Mitgliedschaft in der Kommission für Öffentliche Sicherheit lediglich Staffage, nichts weiter. Sie war ein Ehrenamt, bei dem die einzige Verpflichtung darin bestand, sich einmal im Monat mit dem Polizeipräsidenten zu treffen und bei einem Essen ein unverbindliches Gespräch zu führen; irgendein besonderer Einfluss auf die Verwaltung war damit nicht verbunden. Aber das Organigramm offenbarte ein anderes Bild. Offiziell stand das Präsidium unter der Leitung der drei Mitglieder des Ausschusses. War das der Grund, warum man »half«? Nein – man würde aus vorgeblicher Gefälligkeit einen anonymisierten Bericht herausgeben und damit bei einem der einflussreichsten Finanzfachleute der Präfektur eine Verpflichtung schaffen, die diesen praktisch bis an sein Lebensende auf eine »polizeifreundliche« Haltung festlegte.

»Seine Tochter ist wirklich schwanger. Sakaniwa hatte mich zunächst gebeten, die ganze Meldung zu unterdrücken, aber es war nun mal ein schwerer Unfall, und ich wusste, es würde richtig unangenehm werden, wenn die Familie des Mannes Krawall schlagen würde, deshalb habe ich mich dafür entschieden, den Bericht zu anonymisieren. Und jetzt hoffe ich, dass wir uns in dieser Sache einig sind.«

Mikami wusste nicht, was er darauf antworten sollte. Sein anfänglicher Schreck hatte sich gelegt, und nun kochte er vor Zorn und Misstrauen. Hanako Kikunishi, Tochter eines Mitglieds der Kommission für Öffentliche Sicherheit. Er war der Pressedirektor, warum hatte man ihm das nicht gesagt?

»Das habe ich Ihnen doch schon erklärt, Mikami.« Akama wirkte leicht erstaunt. »Zu Ihrer Arbeit gehört, dass Sie direkt mit der Presse verhandeln. Wenn Sie die Wahrheit wüssten, welche Garantie hätte ich dann, dass Sie nicht mit einem unbedachten Blick oder durch Ihr Verhalten etwas preisgeben? Es ist doch sicherlich leichter, bestimmt aufzutreten, wenn man nichts weiß?«

Mikami fühlte sich, als fiele er in ein klaffendes Loch, und es dauerte einen Moment, bis seine Empfindungen reagierten. *Bestimmt aufzutreten … wenn man nichts weiß …* Tatsache war, er *war* vor der Presse bestimmt aufgetreten, sogar aggressiv, und das alles, weil Akama ihn nicht eingeweiht hatte.

Ich verstehe nicht, warum Sie sich so aufregen. Sie wissen doch, dass der Trend im Journalismus zunehmend dahin geht, auf Namensnennung zu verzichten.

So beängstigend ist das. Seinen Namen in der Zeitung lesen zu müssen.

Vielleicht ist sie die Tochter von jemand Wichtigem. Er hatte Yamashina nach seiner abfälligen Bemerkung praktisch niedergebrüllt.

Er hatte sich zum Narren machen lassen.

Mikami senkte den Kopf. Er spürte, wie sein Gesicht, sein ganzer Körper rot anliefen, während mit der Hitze eines Glutofens brennende Scham in ihm aufwallte. Er hatte eine ernste Miene aufgesetzt und sich den Journalisten entgegengestellt, aber er hatte keine Ahnung gehabt. Er könnte geltend machen, dass es nicht seine Worte gewesen waren. Dass er lediglich seine Pflicht erfüllt hatte. Doch er wusste auch, dass er nicht einfach nur als Sprachrohr dort gestanden und Akamas Anweisungen übermittelt hatte. War es wirklich vertretbar, der Presse die volle Verantwortung dafür zu überlassen, wie sie mit einer schwangeren Frau umging? Mikami hatte den Standpunkt, den das Präsidium vertreten hatte, durchaus nachvollziehen können. Deshalb hatte er den Mund aufgemacht, deshalb hatte er gründlich darüber nachgedacht, wie man dem endlosen Kampf ein Ende setzen konnte.

Aber …

Der Standpunkt des Präsidiums war ein Schwindel gewesen. Ein kompletter Schwindel.

Mikami kniff die Lider zusammen. Akama hatte recht. Er hatte es Mikami tatsächlich gesagt. *Sie können schwerlich etwas sagen, wenn Sie nichts wissen. Richtig?* Es war dumm von ihm gewesen, das zu vergessen. Und so etwas war nicht zum ersten Mal vorgekommen. Hatte ihn Akama nicht schon immer, schon von Anfang an, wie eine Marionette behandelt?

»Das aber nur nebenbei. Gibt es etwas Neues zu den Vorbereitungen für den Besuch bei Amamiya?«

Mikami gab keine Antwort. Er hatte die Augen wieder geöffnet, war aber noch immer nicht imstande, den Blick des anderen zu erwidern.

»Ist irgendetwas? Machen Sie doch den Mund auf.«

Mikami wahrte resolutes Schweigen.

Akamas Oberkörper schnellte auf dem Sofa nach vorn. Seine Hände trafen zu einem kräftigen Klatschen zusammen, wie bei einem Sumō-Ringer, der sich für einen Angriff bereit macht.

»Sehen. Sie. Mich. An.«

Mikamis Augen wurden groß. Sein Panikreflex schaltete sich ein, aber das Signal war schwach. Ayumis Gesicht waberte wie eine Luftspiegelung vor seinem inneren Auge, verzerrte sich unter der Kraft seiner Empörung.

Akama musterte ihn langsam von Kopf bis Fuß, versuchte seine Reaktion zu ermessen. Seine Lippen verzogen sich zu einem verkniffenen Lächeln. »Damit Sie nicht irgendwelchen Missverständnissen unterliegen, möchte ich eines klarstellen. Es wäre unklug von Ihnen, davon auszugehen, dass Sie, wenn man Sie als Pressesprecher entlassen würde, je wieder zum KUA zurückkehren könnten.«

Das Bild eines Rücktrittsschreibens tauchte kurz in Mikamis

Gedanken auf. In diesem Augenblick spürte er, wie er die Kontrolle über seine Emotionen verlor. *Das war's. Ich bin fertig. Das ist das letzte Mal. Warum zum Teufel sollte ich diesem als Polizeibeamten verkleideten Sadisten die Stiefel lecken?* Ayumis Bild verschwand.

Ein anderes trat an seine Stelle.

Diesmal war es Minako, ihre Augen dunkel und verzweifelt, flehend. Mikamis Kopf schien heftig zu schwanken. Er sah den Tanz von Schneeflocken. Ein weißes Tuch, das aschfahle Gesicht eines Revierleiters, die bleichen, leblosen Züge eines jungen Mädchens … die Bilder rasten in rascher Folge über seine Netzhaut. Minakos ganze Hoffnung ruhte auf seinen 260 000 Kollegen. Sie verließ sich auf deren Augen und Ohren.

In der Ferne sagte jemand etwas.

»Was ist denn nun mit Amamiya?«

Keine Antwort.

»Mikami, ich habe Sie etwas gefragt. Bitte antworten Sie.«

Akamas Stimme war nahe. Zu nahe.

Mikami blickte auf. Ihm wurde bewusst, dass sein Mund zitterte. »Ich … wir sind noch in Gesprächen.« Die Worte schienen an seiner Kraft zu zehren.

»Dann beeilen Sie sich gefälligst. Ich muss Anfang nächster Woche dem Büro des Generalinspekteurs berichten. Es gibt da übrigens noch etwas, was Sie wahrscheinlich wissen sollten. Der Rentner, den die Tochter von Kommissionsmitglieds Kato angefahren hat – er ist vor einer Stunde verstorben. Ich habe Sakaniwa bereits Anweisung gegeben, dies nicht zu erwähnen, außer die Presse fragt ausdrücklich danach. Ich erwarte, dass Sie ebenfalls Diskretion wahren.«

Akama stand auf. Er war gut zehn Zentimeter kleiner als Mikami, dem es dennoch so vorkam, als schauten seine Augen aus großer Höhe auf ihn herab.

16

Die Fenster in der Pressestelle boten keine Aussicht. Der Blick wurde vom Archivgebäude verstellt, das so dicht neben dem Hauptgebäude des Präsidiums errichtet worden war, dass es dieses fast berührte. Mikami lehnte sich auf seinem Stuhl zurück, den er halb gedreht hatte, um geistesabwesend die verrostete rotbraune Wand des Archivs anzustarren. Nicht, dass er tagträumte. Er bezweifelte, dass er zu Lebzeiten je wieder Zeit haben würde, sich einem solchen Tun hinzugeben.

Ein schwerer Unfall war zu einem tödlichen Unfall geworden.

Früher hatte man nur solche Unfälle, bei denen das Opfer binnen vierundzwanzig Stunden starb, als »tödlich« geführt. Mithilfe dieses Tricks hatte die Polizei die Anzahl der Fälle mit tödlichem Ausgang drücken wollen. Die Presse hatte eine Offensive gestartet, und mittlerweile nahm die Polizei auch Todesfälle außerhalb der Vierundzwanzig-Stunden-Frist in die Statistik auf.

Den Umstand verschweigen, dass die Fahrerin die Tochter eines Kommissionsmitglieds war; den Umstand verheimlichen, dass der Rentner gestorben war. Es war ein perfektes Beispiel dafür, wie die Polizei »von Anfang bis Ende« die Kontrolle über den Vorgang übernahm. Ein Geräusch veranlasste Mikami, sich umzublicken: Mikumo hatte einen frischen Becher Tee auf seinen Schreibtisch gestellt. Flüchtig sah er hinter ihr eine schmale Gestalt, die gerade mit einer Spiegelreflexkamera in der Hand auf die Tür zusteuerte.

»Wo wollen Sie denn hin?«

Kuramae zuckte zusammen, blieb stehen und kam ein Stückchen zurück, ehe er antwortete. »Bloß in den Fureai-Park. Die Polizeikapelle gibt dort ein kleines Konzert, da dachte ich, ich könnte hingehen und ein paar Fotos machen …«

Die Antwort lag Mikami bereits auf der Zunge und erfolgte prompt. »Lassen Sie das Mikumo machen. Habe ich Ihnen nicht Anweisung gegeben, nach nebenan zu gehen? Beeilen Sie sich gefälligst und gehen Sie rüber. Ich möchte, dass Sie wenigstens ein paar von ihnen auf unsere Seite ziehen.«

Kuramae, kreidebleich, stand kerzengerade. Mikami wich seinem Blick aus. Er hatte gerade, akkurat über den anderen geblendet, ein Bild von sich selbst gesehen. Kuramae verließ den Raum. Mikumo folgte ihm, die Kamera, die er ihr gegeben hatte, am Riemen über der Schulter. Mikami führte ein Telefongespräch, nahm einen raschen Schluck von dem Tee und ging dann flotten Schritts aus dem Zimmer.

Die Welt draußen wirkte irgendwie anders.

Vielleicht lag es daran, dass er sich damit abgefunden hatte, Akamas Wachhund zu sein. Er würde sich mit Haut und Haaren seiner Rolle als Marionette der Verwaltung verschreiben. Er hatte seine Entscheidung getroffen. Nun, da er wusste, dass ihm nicht einmal mehr die Möglichkeit seiner Kündigung offenstand, kümmerte ihn der Inhalt seiner Arbeit nicht mehr.

Er würde den Mund halten und tun, was man ihm sagte. Er würde Ergebnisse erzielen und es durchziehen. Das war alles.

Es gab keinen Grund, es an sich heranzulassen. War es nicht das, was er schon immer getan hatte? Er hatte einen psychotischen Mörder, der drei Frauen aufgeschlitzt hatte, in die Hinrichtungskammer gebracht. Er hatte einen Bürgermeister, der die Hand aufgehalten hatte, um seine Affären zu finanzieren, im Verhörraum in ein winselndes Häufchen Elend verwandelt. Er hatte einen Psychokrieg mit einem Trickbetrüger geführt, der einen IQ von 160 hatte, und war siegreich daraus hervorgegangen, nachdem er dem Mann zweiundzwanzig Tage am Stück in die Augen geschaut hatte. Er hatte das Stahlbad der Kripo überstanden, Befehle befolgt, Ergebnisse geliefert und somit keinen Grund, sich für weniger befähigt zu halten als die Bürohengste, die ihre Tage in einer banaleren, geregelteren Existenz zubrachten.

Er konnte den scharfen Wachhund spielen. Er musste sich lediglich durch die derzeitige Situation hindurchkämpfen, durch die Dienststelle selbst, und Akama zuletzt die Kehle durchbeißen.

Während er den Flur entlangging, sah er auf seine Uhr. Es war kurz nach zehn. Ihnen blieben weniger als sechs Stunden bis zum Ablauf der Frist, die der Presseclub ihnen für ihre Antwort gesetzt hatte.

Er dachte mit kühlem Kopf über die Lage nach.

Er konnte die Identität der Frau nicht preisgeben. Und er konnte nicht »laut denken«. Das hieß, er würde um 16 Uhr vor den Presseclub treten und dessen Bedingungen ablehnen müssen. Die Reporter würden Amok laufen und ins Büro des Präsidenten platzen; sie würden ihn zwingen, ihre schriftliche Beschwerde entgegenzunehmen. Wenn er, Mikami, nichts unternahm, würde das Undenkbare Wirklichkeit werden.

Es gab nur eine Möglichkeit, wie er für eine weiche Landung sorgen konnte, ohne die Haltung der Abteilung zu desavouieren. Er musste die Presse dazu bringen, dass sie sich bereit erklärte, die schriftliche Beschwerde entweder bei ihm oder bei Ishii einzureichen, und das Dokument dann in einem Safe der Verwaltung zur ewigen Ruhe betten.

Akikawa hatte angedeutet, dass der Presseclub eine weitere Besprechung abhalten würde, nachdem die Mitteilung erfolgt war. In dieser Besprechung würde über das weitere Vorgehen entschieden. *Ich schlage vor, dass wir die Beschwerde für diesmal bei Mikami einreichen.* Er würde dafür sorgen müssen, dass irgendwer diesen Antrag stellte. Trotz der Unsicherheit darüber, wie die »chemische Reaktion« des Clubs ausfallen würde, vermutete er, dass Suwa in der Lage sein würde, eine kleine Liste von Reportern zusammenzustellen, die dem Gedanken nicht abgeneigt waren. Wenn sie entsprechend gründliche Vorarbeit leisteten, müssten sie wenigstens einige von denen überzeugen können, die noch unschlüssig waren.

Das Haupthindernis würden die Hardliner sein, diejenigen, die darauf bestanden, sich direkt beim Präsidenten zu beschweren. Man konnte getrost davon ausgehen, dass sie die Gemäßigten überfahren hatten. Letztlich hing es von dem zahlenmäßigen Verhältnis der beiden Seiten ab. Auch wenn die Frage per Mehrheitsbeschluss entschieden wurde, hatten sie keine Siegchance, wenn sie nicht zuerst einige der Scharfmacher bekehrten.

Ich brauche irgendeinen Köder.

Mikami stieg die Treppe in den vierten Stock hinauf. Die ganze Etage gehörte dem Kriminaluntersuchungsamt. Sie trug den Geruch seiner alten Umgebung. Die Luft war eindeutig anders als im ersten Stock. *Kriminaluntersuchungsamt, Dezernat II.* Mikami stieß die dunkle, geschwärzte Tür auf.

Kazuo Itokawas Kopf hob sich zur Begrüßung. Sein Schreibtisch, der des stellvertretenden Dezernatsleiters, war bis zum Frühjahr noch der von Mikami gewesen. Mikami hatte sich von der Pressestelle aus telefonisch vergewissert, dass Dezernatsleiter Ochiai nicht im Büro war. In den Regionen war der Chefposten Dezernat II im Wesentlichen eine Stelle, die für junge Karrierebeamte reserviert war. Über deren Netzwerk würde Akama sofort von Mikamis Besuch bei Ochiai erfahren. Mikami bedeutete Itokawa, ihm zu folgen, und ging ihm voran ins nebenan gelegene Büro der Kriminalbeamten. Er trat in den Raum für »weiche« Verhöre am anderen Ende des Büros und schloss hinter ihnen beiden die Tür.

»Für gestern haben Sie was gut bei mir«, sagte Mikami, während er einen Stuhl aufklappte.

»Aha, und wofür genau?«

»Für die freundliche Art, wie Sie einen meiner Mitarbeiter – Kuramae – willkommen geheißen haben.«

»Ach so, das. Ich hatte nicht die Absicht …«

»Keine Krümel für uns Hunde, richtig?«

Itokawas Augen verrieten einen Anflug von Panik.

Er war vier Jahre jünger als Mikami und hatte drei Jahre lang unter ihm gearbeitet, als Mikami in Dezernat I Abschnittsleiter im Kommissariat Wirtschaftskriminalität gewesen war. Er war gut. Besonders wenn es um Zahlen ging. Die Fähigkeit war ihm erhalten geblieben, nachdem er an der Berufsoberschule einen Kurs in Buchführung absolviert hatte.

Itokawa setzte sich auf den Platz ihm gegenüber; Mikami stützte beide Ellbogen auf den Metalltisch und verschränkte die Hände. Es war keine Vorrede erforderlich.

»Wo stehen Sie mit den Angebotsabsprachen im Fall des Museums?«

»Das läuft gut, denke ich.«

»Bis jetzt hat es acht Festnahmen gegeben?«

»Richtig.«

»Ist der Firmenchef heute da?«

»Also, das kann ich nicht sagen …«, sagte Itokawa, und es entsprach eindeutig nicht der Wahrheit.

Mikami legte den Kopf schräg und übertrieb die Geste noch. *Wir haben den Vorstandsvorsitzenden der Hakkaku Hochbau – der größten Firma der Präfektur – zum Verhör vorgeladen.*

Mikami hatte die durchgesickerte Information erst vor zwei Tagen erhalten, und zwar von niemand anderem als Itokawa persönlich.

Mikami ließ eine gewisse Schärfe in seinen Ton einfließen.

»Der Vorstandsvorsitzende von Hakkaku Hochbau. Er ist vorgeladen worden. Korrekt?«

»Richtig, ja. Ich glaube schon.«

Ich glaube schon?

Er weigerte sich, eindeutig Auskunft zu geben. Dass er als zweithöchster Beamter des Dezernats nicht darüber informiert worden war, ob der Vorstandsvorsitzende verhört wurde oder nicht, war höchst unwahrscheinlich. Mikami beschloss, die Taktik zu wechseln.

»Was ist mit den Zeitungen? Hat da schon jemand spitzgekriegt, dass er einbestellt worden ist?«

»Nein. Im Augenblick noch nicht.«

Wenn das so war, konnte er es als Köder verwenden. Ohne seinen Gesichtsausdruck zu ändern, fuhr Mikami fort: »Danken Sie Ihrem Glücksstern, dass das alles Trottel sind.«

»Tja, also, soviel ich weiß, haben sie immer noch Sogawa im Visier.«

»Ja, scheint so.«

Sogawa Hochbau war eine mittelgroße Firma, die vom jüngeren Bruder eines Ministers im Präfekturparlament geleitet wurde und um die es ständig Gerüchte wegen Korruption, ja sogar wegen Verbindungen zu lokalen Verbrechersyndikaten gab. Die Hakkaku Hochbau hatte irgendwann genug davon gehabt und sämtliche Verbindungen zu der Firma gekappt, weshalb Sogawa im aktuellen Fall nicht unter Verdacht stand. Trotzdem hatte Dezernat II die Firma weiter durchleuchtet. Weil Ochiai nach wie vor darauf bestand, dass die Vorgänge um Hakkaku vertraulich behandelt wurden, wusste die Presse nichts von Sogawas Unschuld und hinkte der aktuellen Entwicklung weiter hinterher.

»Was glauben Sie denn, wann Sie ihn festnehmen werden?«, fragte Mikami und wechselte damit gekonnt zum vorliegenden Fall zurück.

»Das kann ich wirklich nicht sagen.«

»Geben Sie mir einfach eine ungefähre Schätzung. Heute, morgen? Irgendwann nächste Woche?«

»Hören Sie, ich dürfte eigentlich gar nicht …«

Itokawa kam sichtlich ins Schwitzen. Das sah ihm überhaupt nicht ähnlich. Als Mikami noch seine Pilgergänge zum KUA unternommen hatte, musste er sich lediglich mit dem Mann zusammensetzen, um ihn dazu zu bringen, wenn auch widerwillig, sogar mit sensiblen Informationen herauszurücken.

»Man hat Ihnen verboten, mit der Pressestelle zu reden.«

»Es betrifft nicht bloß Sie …«

Itokawa brach mitten im Satz ab. Er machte ein Gesicht, als hätte er sich am liebsten in den Hintern gebissen.

Mikami sah zu, wie das Gesicht des Mannes rot anlief, und malte sich aus, wie das Gespräch vielleicht verlaufen wäre, wenn es zwischen zwei Kripo-Beamten stattgefunden hätte. *Nicht bloß die Pressestelle. Wir müssen dafür sorgen, dass niemand in der Verwaltung Wind davon bekommt.* Die Verwaltung. Das Präsidialbüro: unter direkter Kontrolle des Präsidenten. Die Innenrevision: zuständig für die Untersuchung von Fehlverhalten. Die Verwaltung: zuständig für sämtliche Personalentscheidungen.

Es war etwas passiert, was sie vor diesen Kernbereichen der Verwaltung verheimlichen wollten. Das ließ nur den logischen Schluss zu, dass es eine Ermittlungspanne gegeben und das KUA es für angebracht gehalten hatte, seinen Leuten einen Maulkorb zu verpassen.

»Hat sich jemand aufgehängt?«

»Nein, nein, nichts dergleichen. Mit der Ermittlung ist alles in bester Ordnung«, sagte Itokawa nervös.

»Na schön. Warum dann der Maulkorb?«

»Was fragen Sie mich? Obwohl ich mir ziemlich sicher bin, dass es nichts mit der Ermittlung zu tun hat.«

»Womit denn sonst?«

»Hören Sie, ich weiß es nicht, aber man hat uns dazu vergattert, vor euch Verwaltungsleuten den Mund zu halten. Ganz gleich, was für Fragen ihr stellt.«

Den Mund zu halten? Mikami konnte kaum glauben, was er da hörte. »Was zum Teufel geht hier vor?«

»Ich sage Ihnen doch, ich weiß es wirklich nicht.«

»Und nicht einmal mit mir dürfen Sie reden?« Mikami beugte sich noch ein Stück weiter vor, aber er hatte schon gesehen, dass in Itokawas Blick keine Unehrlichkeit oder List lag.

»Versuchen Sie es beim Direktor. Ich wüsste genauso gern wie Sie, was hier los ist.«

Der Maulkorb war also unmittelbar vom Direktor des KUA verhängt worden. Arakida hatte sämtlichen Beamten seiner Abteilung befohlen, gegenüber der Verwaltung dichtzumachen, ohne ihnen zu sagen, warum. Es war, als ob er Akamas diktatorischen Führungsstil nachzuahmen versuchte.

»Deswegen also haben Sie Kuramae die kalte Schulter gezeigt …«

»Nehmen Sie's nicht persönlich. Worauf sind Sie überhaupt aus, Mikami, dass Sie hier so hereinplatzen, bloß weil ich ihn habe abblitzen lassen? Schön, Sie kriegen da drüben nicht viele Informationen, aber ich frage mich, ob Sie wirklich so viele Fragen über den Fall stellen müssen …«

Mikami befand sich plötzlich in der Defensive.

»Ich bereite bloß die Pressekonferenz vor.«

»Und das ist alles?«

»Was für einen Grund sollte ich denn sonst haben?«

Er hatte nicht vorgehabt, mit der Wahrheit hinterm Berg zu halten, doch nun, da er von der beunruhigenden Anweisung des Direktors erfahren hatte, war er ein wenig vorsichtig, was das Aufdecken seiner Karten anging.

»Schön, wenn das alles ist … Ich habe eine Besprechung, die gleich anfängt.« Itokawa nahm Mikamis Antwort als Möglichkeit, die Zusammenkunft zu beenden. Er verließ den Raum, um einen Anruf entgegenzunehmen.

Mikami ging tief in Gedanken versunken die Treppe hinunter.

Das Gespräch war nützlich gewesen.

Er hatte zwar kein Datum für die Verhaftung des Vorstandsvorsitzenden in Erfahrung bringen können, aber er hatte immerhin herausbekommen, dass die Presse noch nichts von dessen Verwicklung in den Fall ahnte. Mikami konnte den Umstand, dass der Mann verhört worden war, als Köder bei seinen Verhandlungen verwenden.

Der Triumph war von kurzer Dauer. Seine Gedanken kehrten immer wieder zu Itokawas unerklärlicher Aussage zurück. *Hören Sie … man hat uns dazu vergattert, vor euch Verwaltungsleuten den Mund zu halten. Ganz gleich, was für Fragen ihr stellt.*

Das war etwas anderes als jeder frühere Maulkorberlass, den Mikami erlebt hatte. Ein pauschales Verbot jeglicher Kommunikation mit der Verwaltung. So hörte es sich an. Unwillkürlich fielen ihm wieder Akamas Worte vom Vortag ein.

Nein, Sie bringen Ihre Bitte direkt vor. Das KUA einzubeziehen ist nicht notwendig.

Das fällt in die Zuständigkeit der Verwaltung. Das KUA ins Spiel zu bringen würde die Dinge nur komplizieren, meinen Sie nicht? Sobald Sie die Vorarbeiten geleistet haben, werde ich mich persönlich mit dem Direktor in Verbindung setzen. Bis dahin werden Sie die Angelegenheit vertraulich behandeln.

War zwischen dem KUA und der Verwaltung irgendetwas vorgefallen? Die Beziehung, in der die beiden Abteilungen zueinander standen, war überall gleich, wohin man auch kam.

In Präfektur D war es genauso. Soweit Mikami wusste, gab es

im Augenblick keine Probleme, die einen offenen Konflikt zwischen den beiden Abteilungen hätten auslösen können.

Und doch …

Akamas und Itokawas Äußerungen. Konnte er die rätselhafte Koinzidenz – wie die beiden Seiten einer Medaille – bloßem Zufall zuschreiben? Mikami spürte ein plötzliches Frösteln. Ein Bild war vor sein inneres Auge getreten, das des einzigen Mannes, der dafür sorgen konnte, dass Zufall zur Fügung wurde: Futawatari.

Das Ass der Verwaltung verhielt sich seltsam. Wühlte in 64 herum. Versuchte, das größte und schändlichste Versagen des KUA ans Licht zu bringen. Irgendetwas musste vorgefallen sein. Der Konflikt hatte nicht mit den Angebotsabsprachen begonnen, die Dezernat II bearbeitete; er hatte bei Dezernat I begonnen, und zwar mit 64 …

Mikami blieb auf einem der Treppenabsätze stehen. Über ihm lag das KUA, unter ihm die Verwaltung. Er konnte nicht umhin, sich den Treppenabsatz als Spiegel vorzustellen, als vollkommenes Abbild der Lage, in der er sich befand.

17

Das Ende der Frist rückte nahe.

»Die *Toyo,* die *Asahi,* die *Mainichi* und die *Kyodo News* sind allesamt hoffnungslose Fälle. Sie sind wild entschlossen, die Beschwerde dem Präsidenten vorzulegen, und sie werden keinen Millimeter nachgeben.«

Die drei – Mikami, Suwa und Kuramae – saßen in vertraulichem Gespräch auf den Sofas der Pressestelle.

»Wer würde in Erwägung ziehen, das Dokument hier abzugeben?«

Mikamis Frage veranlasste Suwa, von seinen Notizen aufzublicken. »Die *Times, D Television,* außerdem *FM Kenmin.* Die können damit leben. Mit Tomino von der *D Daily* habe ich noch nicht reden können, aber ich bin mir zu neunundneunzig Prozent sicher, dass sie auch offen dafür sind.«

Die vier lokalen Medien. Vermutlich ein leichter Sieg für Suwa. Man würde einen von ihnen bitten müssen, den Antrag zu stellen, dass die Beschwerde der Pressestelle vorgelegt wurde. Noch besser, man bat sie, den Vorschlag gemeinsam einzubringen.

»Wie steht es mit der *Yomiuri* und der *Sankei*?«

»Die *Yomiuri* könnte sich so oder so entscheiden. Sie sind für die schriftliche Beschwerde, lassen aber auch erkennen, dass sie abspringen, wenn sie glauben, dass die *Toyo* die Dinge zu weit treibt. Von der *Sankei* habe ich erfahren, dass sie zu einem Kompromiss bereit sind, sofern er darin besteht, die Beschwerde dem Direktor der Verwaltung vorzulegen.«

»Und was ist mit den anderen drei?«

»Richtig, ja.« Diesmal war es Kuramae, der antwortete. Er sprach stockend, offenbar hatte Mikamis früherer Ausbruch Wirkung gezeigt. »Also ... *NHK, Jiji Press* und *Tokyo Shimbun* wollen vorerst noch abwarten. Sie sind prinzipiell gegen anonymisierte Berichterstattung, an der schriftlichen Beschwerde scheint ihnen aber nicht sonderlich zu liegen. Wahrscheinlich werden sie sich der Mehrheit anschließen, egal, wie die sich entscheidet.«

Mikami zündete sich eine Zigarette an. Im Kopf zählte er die Stimmen. Vier dafür, die Beschwerde dem Präsidenten vorzulegen. Vier dafür, sie bei Mikami abzugeben. Drei, die noch unentschlossen waren. Einer, der sie Akama vorlegen wollte, und einer »ungewiss«.

Die Zahlen sahen nicht gut aus.

»Könnten wir die *Sankei* dazu bringen zuzustimmen, dass die Beschwerde bei Ishii im Präsidialbüro eingelegt wird?«

»Nicht so ohne Weiteres. Damit würden sie vor den anderen ihr Gesicht verlieren.«

Mikami nickte einmal, bevor er sich an Kuramae wandte.

»Versuchen Sie es noch einmal bei *NHK, Jiji Press* und *Tokyo Shimbun*. Lassen Sie einfließen, dass wir den Verdacht haben, dass die Angebotsabsprachen von ganz oben veranlasst worden sind.«

»Kein Problem.«

Mikami wandte sich wieder an Suwa. »Ich möchte, dass Sie die *Mainichi* bearbeiten. Sagen Sie von mir aus ruhig, dass Dezernat II unseres Wissens die Hakkaku Hochbau ins Visier genommen hat.«

»In Ordnung. Obwohl es so, wie die Dinge stehen, vielleicht einfacher wäre, unser Glück bei der *Yomiuri* zu versuchen.«

»Die hatten schon eine Enthüllungsstory.«

Suwa nickte, als wäre es ihm selbst gerade wieder eingefallen. Die *Yomiuri* und die *Asahi* hatte beide große Sonderbeiträge zu den Angebotsabsprachen gebracht. Die Blätter, die am meisten nach einer Story hungerten, waren die *Mainichi* bzw. die *Toyo.*

»Ich soll also auch die *Asahi* in Ruhe lassen?«

»Genau. Ich glaube, sie unter Druck zu setzen könnte nach hinten losgehen.«

»Das stimmt«, räumte Suwa ein, dann runzelte er die Stirn. »Damit bleibt wohl nur die *Toyo.* Lassen wir die auch in Ruhe?«

»Nein, ich werde versuchen, ein Gespräch mit einem der Chefredakteure zu bekommen.«

Dass die *Toyo* ihre Haltung lockerte, wäre immer noch das ideale Szenario. Zum einen war Akikawas persönlicher Einfluss zu bedenken, zum anderen der Umstand, dass die Zeitung in diesem Monat die Vertreterin des Clubs war. Wenn die *Toyo* sich bereit erklärte, die Beschwerde bei der Pressestelle einzulegen, würden wahrscheinlich viele von den anderen – darunter *NHK* und die *Jiji Press* – mitziehen. Aber Mikami wusste, dass die Beziehung belastet war, dass Akikawa nicht der Typ war, der anbeißen würde, sobald man ihm eine Story unter die Nase hielt. Nein, wenn sie in der kurzen Zeit, die ihnen noch blieb, einen raschen Stimmungsumschwung erreichen wollten, dann blieb ihnen nur, sich direkt an Akikawas Chef zu wenden und auf eine Entscheidung der Geschäftsleitung zu hoffen.

»Da wäre noch etwas.« Mikami senkte die Stimme zu einem Flüstern. Er wollte nicht, dass Mikumo mithörte. »Der alte Mann, der bei dem Unfall verletzt wurde, ist gestorben. Ich möchte, dass Sie sich die Umstände genauer ansehen. Sorgen Sie dafür, dass der Presseclub nicht mitbekommt, was Sie tun, bis die Besprechung vorbei ist.«

Nach einem kurzen Moment, den sie brauchten, um die Neuigkeit zu verdauen, nickten sie. Mikami sah auf die Uhr an der Wand. Es war kurz nach elf.

»Also, auf geht's.«

Die beiden Männer neigten kurz den Kopf und standen auf. Mikami erhob sich ebenfalls. Er versetzte Kuramae einen leichten Klaps auf den Rücken, als dieser sich zum Gehen anschickte.

»Ich weiß Ihre Arbeit zu schätzen.«

Tut mir leid, dass ich Sie angepfiffen habe. Das schwang in den Worten mit. Als Kuramae sich umdrehte, war er leicht rot im Gesicht und sichtlich erleichtert. Mikumos Stimmung schien sich ebenfalls aufzuheitern. Sie stand von ihrem Schreibtisch in der Ecke auf, wo sie vorgebeugt an ihrem Computer gesessen und allein vor sich hin getippt hatte, und ging rasch zu den Fenstern hinüber; sie riss eines auf, um Luft hereinzulassen. Die vier teilten sich ein Büro, das beengt war und in dem sie dicht aufeinandersaßen, sodass man sich leicht eingepfercht fühlen konnte. Schon bei der kleinsten Auseinandersetzung oder Missstimmung kam es einem stickig vor.

Mikami kehrte an seinen Platz zurück und rief in der Niederlassung der *Toyo* an. Er hatte Glück, und Mikio Azusa – der Mann, den er zu erreichen hoffte – nahm sofort ab. Sie hatten beim letzten runden Tisch Visitenkarten ausgetauscht, aber es war das erste Mal, dass sie richtig miteinander redeten. *Es gibt da etwas, was ich gern mit Ihnen besprechen möchte. Könnten wir uns zum Mittagessen treffen?* Azusa erklärte sich offenbar gern dazu bereit. *Der Polizei wohlgesinnt* – Mikami freute sich, dass die Antwort des Mannes zu dem Eindruck passte, den er bei dem Gespräch gewonnen hatte. Als er auflegte, sah er, dass Mikumo mit den anderen hinausgegangen und er somit allein im Büro war.

Er war plötzlich ganz klar im Kopf.

Er würde sich mit dem Chefredakteur treffen, sich mit Informationen zu den illegalen Angebotsabsprachen dessen Loyalität sichern und dafür sorgen, dass die Beschwerde den Präsidenten nie erreichte. Er griff wieder zum Hörer. *Ich komme heute nicht zum Mittagessen nach Hause.* Er hatte es schon auf dem Weg zur Arbeit gesagt, beschloss aber trotzdem, sich zu melden.

»Bestell dir etwas von Sogetsuan. Du musst nur mehr als eine Portion bestellen. Wenn eine davon groß ist, können wir sie später aufwärmen. Ich kann sie heute Abend essen. In Ordnung? Gut.« Mikami bestritt das Gespräch allein und beendete es, ehe seine Frau sich Sorgen machen konnte.

Mikumo kam mit einem Wasserkessel in der Hand zurück.

»Ist alles in Ordnung, Direktor Mikami?«

Die Frage kam aus heiterem Himmel. »Wieso, warum fragen Sie?«

»Es ist nur so, dass Sie blass aussehen. Richtig blass …«

»Mir geht's gut.«

Mikumo verstummte, vielleicht als Reaktion auf die barsche Antwort; sie musterte ihn eine Zeit lang.

»Direktor Mikami, gibt es …«

»Bitte?«

»Gibt es irgendetwas, wobei ich helfen kann?« Ihre Stimme klang angespannt.

»Sie tun schon alles, was Sie können.«

»Aber ich möchte helfen … mit der Presse.«

Mikami stieß sich mit den Füßen vom Boden ab, sodass sein Stuhl einen Halbkreis beschrieb. Er konnte ihr nicht direkt in die Augen sehen. Beim Sprechen wandte er ihr den Rücken zu.

»Das wird nicht nötig sein. Bitte machen Sie das Ganze nicht noch schwieriger, als es ohnehin schon ist.«

18

Mikami verließ das Präsidium um halb zwölf, obwohl er fand, dass es noch ein bisschen früh war. Azusa hatte für ihr Treffen ein Restaurant im westlichen Stil unweit der Redaktion der *Toyo* vorgeschlagen.

»Hey, hier drüben.«

Azusa war schon da, er saß mit einer aufgeschlagenen Zeitung vor sich an einem Fensterplatz. Sechsundvierzig, genauso alt wie Mikami. Sein dunkles Gesicht, das Mikami bei ihrer letzten Begegnung einen Eindruck von Robustheit vermittelt hatte, schien ihm nun – vielleicht weil es mitten im Winter war – etwas Kränkliches zu haben.

»Tut mir leid, dass ich zu spät komme.« Mikami neigte den Kopf, ehe er sich dem Mann gegenübersetzte.

»Aber nicht doch, ich war zu früh hier. So viel Kleinkram, der im Büro zu erledigen ist. Ihr Anruf hat mir eine gute Gelegenheit verschafft, mich ein Weilchen davonzumachen.«

Aus der Nähe änderte sich der Effekt, Azusa schien geradezu der Inbegriff guter Gesundheit zu sein; er war lässiger, als Mikami ihn in Erinnerung hatte.

»Ihr Ruf eilt Ihnen voraus, Mikami. Stimmt es, dass Sie als Leiter eines Teams in Dezernat II nicht weniger als *drei* hochrangige Politiker wegen Korruptionsvorwürfen festgenommen haben?«

»Das ist schon lange her.«

»Und Sie waren auch eine Zeit lang in Dezernat I?«

»Ja. In beiden etwa gleich lang.«

»Und als Shoko entführt wurde?«

»Sonderermittlungen, Dezernat I. Wie es der Zufall wollte.«

»Also mittendrin. So eine Entführung ist ja eine Sache für sich. Wissen Sie, als ich in Tokio war, habe ich über alles Mögliche berichtet.« Damit leitete Azusa umstandslos zu einer Reihe von Geschichten aus seiner Zeit als Polizeireporter in Tokio über, wobei er seine Leistungen so darstellte, dass sie sich wie Misserfolge anhörten. Mikami bemühte sich, eine Möglichkeit zum Einhaken zu finden, aber erst als sie beide ihr Currygericht aufgegessen und ihren Kaffee serviert bekommen hatten, brachte Azusa das Thema selbst zur Sprache.

»Ich nehme an, Sie sind hier, um mich darum zu bitten, der Beschwerde einen Riegel vorzuschieben?«

Mikami stellte die Tasse, aus der er bereits getrunken hatte, auf den Tisch zurück. Azusas plötzlicher Themenwechsel hätte fast dazu geführt, dass er seinen Kaffee verschüttete.

Er zog sorgfältig die Vorderseite seine Jacketts zurecht.

»Ja, darum geht es. Können Sie irgendwie darauf hinwirken, dass die Beschwerde bei mir eingelegt wird?«

»Verstehe. Nun ja, ich bin schon auch der Meinung, dass es ein bisschen übertrieben ist, sich direkt an den Präsidenten zu wenden. Aber ich muss auch die Gefühlslage meiner Leute vor Ort berücksichtigen … und es sieht schon so aus, als wäre Ihr Büro zumindest teilweise daran schuld, dass sie sich so aufregen.«

»Das gebe ich zu. Aber das ändert nichts daran, dass die Betroffene hier eine schwangere Frau ist.«

»In dieser Hinsicht verstehe ich Ihren Standpunkt. Aber ich muss auch sagen …«

Azusa begann sich über anonymisierte Berichterstattung zu verbreiten. Er flocht zwar auch einige eigene Theorien mit ein, die allgemeine Stoßrichtung unterschied sich jedoch nicht von der Argumentation der jüngeren Reporter. Mikami warf einen verstohlenen Blick auf seine Uhr, während er nickte. Es war nach eins. Die Frist endete in weniger als drei Stunden.

»Azusa-san«, sagte Mikami, bemüht, dass Gespräch wieder auf das Thema zurückzubringen. »Bei Ihren Kenntnissen über die Polizei verstehen Sie bestimmt, wie schwerwiegend eine Beschwerde ist, die beim Präsidenten der Präfekturpolizei landet. Ich sage ja nicht, dass Sie sich überhaupt nicht beschweren sollen. Wenn man sich jedoch die Präzedenzfälle ansieht, sind Sie dann nicht auch der Meinung, dass es vielleicht angemessener ist, die Beschwerde – wenigstens zunächst – entweder beim Präsidialbüro oder beim Dezernat für Allgemeine Angelegenheiten einzulegen?«

»Hmm. Ja, da scheint was dran zu sein.«

Er konnte es durchboxen.

Akikawa bekommt in dieser Sache Druck von seinem Chefredakteur, einem altmodischen Journalisten mit einer Vergangenheit als Polizeireporter. Mikami kam der Verdacht, dass Suwas Information etwas war, was Akikawa erfunden hatte, vielleicht um sich zu rechtfertigen, nachdem die Pressestelle die Rechnung für seine Drinks übernommen hatte. Der Mann, der jetzt vor ihm saß, hatte nichts Stures oder Radikales an sich. Es sei denn, Azusa wollte ihm gegenüber bewusst diesen Eindruck erwecken und bediente sich dabei der Techniken, die er in Tokio perfektioniert hatte.

Mikami drängte erneut auf eine Antwort.

»Ich will damit nicht andeuten, das wäre keine wichtige Frage, aber es wäre doch bedauerlich, wenn wir zuließen, dass die Beziehung zwischen dem Presseclub und dem Präsidium darüber Schaden nimmt. Wenn Sie bereit wären, dieses eine Mal Ihre Hilfe anzubieten …«

Den letzten Satz hatte Mikami stärker betont.

Azusa antwortete nachdenklich: »Schön. Da Sie sich so viel

Mühe gemacht haben, werde ich zusehen, ob ich mit Akikawa reden kann. Wie ich jedoch bereits erwähnt habe, haben meine Leute emotional einiges in diese Frage investiert, und ich fürchte, ich werde für seine Reaktion nicht garantieren können. Immerhin betreiben Sie das Ganze über seinen Kopf hinweg.«

Mikami nickte, unterdrückte jede andere Reaktion. Ein Gedanke hatte Gestalt angenommen. Er wollte, dass Akikawa am eigenen Leib spürte, wie demütigend es war, übergangen zu werden. Trotzdem, Azusa schien auf ein offenes Ende des Gesprächs zuzusteuern.

»Ich kann keine Versprechungen machen. Nehmen Sie es mir nicht übel.«

Als er mit seinen ausweichenden Floskeln fertig war, griff Azusa nach der auf dem Tisch liegenden Rechnung. Mikami kam ihm zuvor. Azusa schmunzelte.

»Kein Grund zur Sorge, Herr Hauptkommissar, ich werde nicht die ganze Rechnung übernehmen. Ich wollte nur meinen Anteil bezahlen, das ist alles.«

»Azusa-san. Bitte setzen Sie sich.«

»Mmm?«

Mikami bedachte ihn mit einem Blick, der *Hören Sie einfach zu* besagte. Er senkte die Stimme zu einem Flüstern. »Sagen Sie Akikawa, es wäre von Vorteil für ihn, sich auf die Sache mit den Angebotsabsprachen zu konzentrieren.«

Azusa neigte leicht den Kopf und richtete den Blick auf Mikami. Als jemand, der es in Tokio zum Chefpolizeireporter gebracht hatte, musste er mit der Sorte Schachzug, den Mikami hier einleitete, wohl vertraut sein.

Mikami war sich jedoch sicher, dass er seine Erwartungen übertreffen konnte.

»Seit zwei Tagen haben wir den Vorstandsvorsitzenden von Hakkaku Hochbau zu freiwilligen Befragungen bei uns. Wenn alles nach Plan läuft, müssten wir in den nächsten paar Tagen so weit sein, eine Verhaftung vornehmen zu können.«

Azusa hörte zu blinzeln auf. Seine Gesichtsmuskeln arbeiteten. Verschwunden war jeder Unterschied zwischen Frischling und Veteran. Der Gesichtsausdruck eines Reporters, der eine große Story an Land zieht, war überall gleich.

Die Mittagsgäste waren größtenteils schon gegangen. In der relativen Stille des Restaurants war Mikami überzeugt, dass er die Sache unter Dach und Fach gebracht hatte.

19

16 Uhr.

Mikami drückte die Tür zum Presseraum auf. Ihm folgten Suwa, Kuramae und Mikumo. Die Reporter waren bereits versammelt und warteten. Ihre schiere Anzahl verblüffte Mikami. Über dreißig, auf den ersten Blick. Annähernd vollzählig. Sieben oder acht saßen auf den Sofas mitten im Raum. Andere hatten sich um sie herum gruppiert, auf Stühlen, die sie von überallher geholt hatten. Die Übrigen standen – für weitere Stühle wäre ohnehin kein Platz gewesen. Mit einem Bleistift in der Hand zählte Mikumo sie durch. Die feindselige Atmosphäre vom Vortag hatte sich komplett verflüchtigt. Die Reporter hatten sämtlich eine Miene aufgesetzt, die besagte: *Mal abwarten, was Sie zu sagen haben.* Yamashina von der *Zenken Times* stand, stumm und sich anbiedernd, direkt vor Mikami. Zweifellos hatte er sich nur deshalb in die erste Reihe gestellt, damit die anderen sein halbherziges Verhalten nicht bemerkten. Akikawa stand, die Arme verschränkt, mit seinem Adlatus Tejima hinter einem der Sofas. Äußerlich schien er nicht weniger gefasst als sonst. Aber wie sah es in seinem Innern aus? Was hatte sein Chef zu ihm gesagt? Was empfand er, während er da stand? Utsuki, der Chefreporter der *Mainichi,* schien besserer Stimmung zu sein, was vielleicht darauf hindeutete, dass Suwa mit seinem Versuch, ihn umzustimmen, Erfolg gehabt hatte. Hinten im Raum stand Horoiwa von der *NHK* Schulter an Schulter mit Yanase von der *Jiji Press.* Ihr Standort passte perfekt zu Kuramaes Meldung, dass die beiden noch unentschlossen waren.

»Schön, sind alle da?«, begann Suwa. »Gut. Ihrer gestrigen Bitte entsprechend wird Pressedirektor Mikami nun unsere offizielle Antwort verlesen, was die Identität der Verursacherin des schweren Verkehrsunfalls im Zuständigkeitsbereich von Direktion Y angeht.«

Ein Blitzlicht flammte auf, als Mikami das Wort ergreifen wollte. Es war Madoka Takagi von der *Asahi*.

»Takagi, Takagi. Auf derlei können wir doch wohl verzichten. Das ist hier schließlich keine Pressekonferenz«, tadelte Suwa, zugleich um einen ungezwungenen Ton bemüht.

Takagi erwiderte mit ihrer hohen Stimme: »Ich brauche ein Foto für meine Kolumne. Ich schreibe einen Beitrag über anonymisierte Berichterstattung.«

»Na schön, könnten Sie das dann vielleicht von hinten machen? Es wäre nicht richtig, unsere Gesichter zu zeigen – Sie wissen, dass wir nicht die Einzigen sind, die sich mit dieser Frage beschäftigen …«

Nachdem er so den Frieden wiederhergestellt hatte, drehte sich Suwa zu Mikami um und gab ihm grünes Licht. Mikami räusperte sich und senkte den Blick auf das Blatt in seinen Händen.

»Ich werde Ihnen nun unsere offizielle Antwort mitteilen. Nach eingehender Überlegung sind wir zu dem Entschluss gekommen, dass wir aufgrund der Schwangerschaft der Fahrerin in diesem Fall nicht in der Lage sind, ihre Identität bekannt zu geben.«

Mit dieser Antwort hatten sie zweifellos gerechnet; es erfolgte fast keinerlei Reaktion. Mikami las weiter vor.

»Wir sichern jedoch zu, dass wir weiterhin offen sind für Gespräche mit Ihnen, den geschätzten Mitgliedern des Presseclubs, falls sich künftig eine ähnliche Frage ergibt. Ich danke Ihnen.«

Den zweiten Teil hatte man zur Beschwichtigung eingefügt. Mikami hatte den Vorschlag gemacht, und Ishii hatte erst eine Viertelstunde zuvor die Erlaubnis dazu erteilt. Akikawa vollführte eine übertriebene Nickbewegung, ehe er den Mund öffnete, um etwas zu sagen.

»Die Haltung des Präsidiums der Präfekturpolizei in dieser Angelegenheit ist ganz klar. Wir werden nun eine Besprechung abhalten, in der wir über Ihre Antwort diskutieren. Wenn Sie so freundlich wären, uns allein zu lassen.«

Nach ihrer Rückkehr ins Büro schien sich die Zeit endlos zu dehnen. Bis auf Weiteres wurde der Raum von der Uhr an der Wand beherrscht. Mikami saß auf einem der Sofas; Ishii ihm gegenüber. Er war aus dem ersten Stock nach unten gekommen, deutlich nervös, was das Ergebnis anging. Suwa, Kuramae und Mikumo waren ebenfalls unruhig. Sie saßen an ihren jeweiligen Schreibtischen und beschäftigten sich damit, Notizen zu machen oder am Computer zu tippen, aber ihre Augen wanderten alle paar Minuten zu der Uhr an der Wand.

16.15 Uhr … 16.20 Uhr …

Ein Stopper aus Hartgummi hielt die Bürotür etwa fünf Zentimeter weit offen. Sie würden Schritte hören, wenn einer von den Journalisten den Flur entlangkam.

Sie hatten getan, was sie konnten.

Wenige Augenblicke bevor die Presse zu ihrer Besprechung zusammengekommen war, hatte Suwa in aller Stille die vier lokalen Medien angesprochen, um ihnen in letzter Minute den als »Gegengift« dienenden Teil der Erklärung schmackhaft zu machen. Er hatte sich ins Zeug gelegt: *Ich möchte, dass Sie alle den Antrag stellen, die Beschwerde beim Leiter des Präsidialbüros einzulegen. Seien Sie versichert, ich werde mich dafür erkenntlich zeigen.* Laut Suwa hatte sich Yamashina von der *Zenken Times* dazu bereit erklärt, und die anderen hatten sich ihm widerwillig angeschlossen. Wenn alle vier gemeinsam den Antrag stellten, kämen selbst die Hardliner nicht daran vorbei. Ihnen bliebe nichts anderes übrig, als ihn auf die Tagesordnung zu setzen.

»Das dauert ja ewig. Ich frage mich, ob alles in Ordnung ist«, sagte Ishii. Er schien sich mit dem Schweigen unwohl zu fühlen.

Mikami nickte, ohne zu antworten.

Wahrscheinlich stritten sie miteinander. Der gemeinsame Antrag würde nicht so ohne Weiteres durchgehen. *Die Beschwerde muss direkt an den Präsidenten gehen.* Die Hardliner würden bis zum Schluss bei ihrer Meinung bleiben. Bei den Gesprächen würde nichts herauskommen; es würde auf eine Abstimmung hinauslaufen. Insgesamt gab es dreizehn Medien, sodass nur sieben dafür stimmen müssten, die Beschwerde bei Ishii einzulegen.

Es bestand eine Chance, dass sie es hinkriegten.

Aber sie tagten schon ewig. Eigentlich müsste die Entscheidung längst gefallen sein.

Mikami war nicht weniger besorgt als Ishii. Diverse unerwünschte Ergebnisse gingen ihm durch den Kopf. Je mehr Zeit verstrich, desto stärker wurden seine Zweifel. War es Suwa tatsächlich gelungen, Utsuki von der *Mainichi* auf ihre Seite zu ziehen? Hatte er es wirklich geschafft, das Kräfteverhältnis zu verändern? War es Kuramae gelungen, sie mit den Angebotsabsprachen zu ködern? Vielleicht war es ja seine, Mikamis, eigene Schuld. War sein Versuch, Akikawa zu zähmen, irgendwie missglückt?

Er glaubte es nicht. Azusa hatte angebissen, als Mikami ihm die Insider-Information über die Angebotsabsprachen gegeben hatte.

Schön, Geschäfte mit Ihnen zu machen.

Akikawa müsste unter Kontrolle sein. Er mochte umherstolzieren und sich in der Rolle des perfekten Journalisten gefallen, aber er war trotzdem bloß ein Rädchen in einem größeren Getriebe. Die Anweisung eines der Chefredakteure der Zeitung konnte er nicht einfach ignorieren. Zwar war es unwahrscheinlich, dass er aktiv dafür eintreten würde, die Beschwerde woanders einzulegen – nicht vor den anderen –, aber er konnte auch nicht mehr befürworten, dass die Beschwerde dem Präsidenten vorgelegt wurde.

Alles hing an der *Asahi* und der *Kyodo News*. Vielleicht auch an Ushiyama von der *Yomiuri*, der einen persönlichen Groll gegen Akikawa hegte. Ob er Akikawas Kehrtwende mitbekommen und es sich aus bloßem Eigensinn anders überlegt hatte, um ihm eins auszuwischen?

Inzwischen war es halb fünf vorbei.

Die Stille klang ihnen in den Ohren.

16.35 Uhr … 16.40 Uhr …

Sie wandten sich alle gleichzeitig der Tür zu. *Schritte*. Und zwar nicht nur von einem oder zweien. Mikami stürzte als Erster aus dem Zimmer. Ungefähr zehn Journalisten hatten sich bereits im Flur versammelt. Weitere strömten aus dem Presseraum, sodass die Gruppe in Richtung der Treppe gedrängt wurde. Mikami erblickte flüchtig Akikawas Gesicht in der Menge. Dieser sah Mikami und kam zu ihm herüber. Wie aufs Stichwort hörten die Journalisten zu reden auf und wandten sich Mikami zu, der Akikawas Blick suchte.

Wie haben Sie sich entschieden?

Akikawa antwortete ihm rundheraus.

»Wir beabsichtigen, unsere Beschwerde dem Präsidenten vorzulegen, und zwar jetzt gleich.«

Mikami erstarrte. Er hörte, wie hinter ihm jemand scharf den Atem einzog.

Sie hatten verloren.

Er spürte, wie alle Kraft aus seinem Körper wich. Er fühlte sich, als hätten sie ihn geschlagen, als hätten sie eine Sandburg, an der er einen ganzen Tag lang geschuftet hatte, zerstört, sodass keine Spur davon übrig blieb.

Akikawas Gesicht rückte näher. Er flüsterte Mikami etwas ins Ohr.

»Azusa geht nächste Woche nach Tokio zurück; er hat eine kranke Leber. Für sein Abschiedsgeschenk ist er offensichtlich dankbar. Ich soll Ihnen Grüße bestellen.«

Sein feixendes Gesicht rückte wieder ab.

Mikamis Augen waren weit geöffnet. Man hatte ihn hereingelegt.

Schön, Geschäfte mit Ihnen zu machen.

Ein Abschiedsgeschenk. Azusa hatte nie vorgehabt, seine Gegenleistung zu erbringen.

In Wellen begannen sich die Reporter in Richtung Treppe zu bewegen. Akikawa verschwand wieder in der Menge.

Moment!

Mikami hatte brüllen wollen, aber die Stimme war ihm weggeblieben. Seine Sicht trübte sich. Die Knie knickten ihm ein, sodass er stolperte. Er spürte, wie ihn etwas um die Taille fasste. Eine seiner Hände schoss nach oben und bekam Mikumos Schulter zu fassen.

»Alles in Ordnung, Direktor Mikami?«

»Mir geht es gut.«

»Sie müssen sich setzen.«

Ihre Stimme klang meilenweit entfernt. Sein Kopf schwankte hin und her. Er rieb sich mit den Handflächen über die Augen, um seine Sehkraft wiederzugewinnen.

He … he … he!

Geschrei, wie von einer kaputten Schallplatte. Ishii. Er rannte den Reportern hinterher.

»Halt, Sie können doch nicht … nicht alle!«, schrie Suwa.

Jemand brüllte zurück. »Das Ergebnis war einstimmig – was erwarten Sie denn sonst von uns?«

Mikami schob Mikumos Hand weg. *Einstimmig? Aber das war unmöglich.* Noch immer vornübergebeugt, begann er vorwärts zu stolpern. Er strengte seine Augen an, das Licht kam langsam wieder, und er zwang sich, den Reportern auf halb tauben Beinen nachzujagen. Mikumo versuchte ihn zurückzuhalten. Wieder stieß er sie weg.

Er näherte sich der Treppe. Er griff nach der Kleidung eines der Männer vor ihm und pflügte weiter, packte erneut zu. Er blickte auf. Kuroyama. Hatten die an der Spitze schon den Flur im ersten Stock erreicht?

Ich werde euch daran hindern.

Er kam an Utsuki von der *Mainichi* vorbei. Holte Yamashina von der *Zenken Times* ein.

»M-Mikami?«

Er rempelte sich am entschuldigenden Gesicht des Mannes vorbei. Dann an noch einem und einem weiteren. *Bewegung, Bewegung, Bewegung!* Er kam auf dem Flur im ersten Stock heraus. Vorn sah er, wie einige sich durch den Eingang zum Präsidialbüro drängten. Er rannte. Er konnte rennen. Er sprintete, so schnell er konnte, brach zur Spitze durch. Er platzte ins Büro. Fünf, vielleicht sechs Journalisten waren bereits darin. Sofort sah er, dass die Lampe an der Bürotür des Präsidenten brannte. Der Präsident war noch da.

Die Büromitarbeiter reagierten rasch, ein paar eilten zur Tür hinüber, um sie zu blockieren. Es war der Moment, in dem die verbindlichen, würdevollen Anzugträger sich wieder in Gesetzeshüter verwandelten. Mikami hörte etwas zersplittern. Aiko Toda saß wie angewurzelt, sie hatte ihren Teebecher auf ihren Schreibtisch fallen lassen.

Mikami schob sich zwischen die Beamten und die Presseleute. Akikawas Gesicht war direkt vor seinen Augen. Über zwanzig Reporter drängten von hinten nach.

Alles wäre vorbei, wenn sie durchkämen.

Mikami streckte die Arme zur Seite aus und verstellte ihnen so den Weg. Zunächst konnte er nichts sagen. Er atmete schwer, sein

Mund war trocken. Er suchte einen festen Stand und starrte die Presseleute drohend an, und da bemerkte er aus dem Augenwinkel etwas Seltsames. Futawatari. Er saß zur Mitte des Raums hin auf einem der Sofas. Seine Augen hatten sich auf Mikami geheftet. *Diese Augen.* Augen wie schwarze Löcher, jedes Gefühl unterdrückt. Es dauerte nur einen Moment. Futawatari schaute abrupt weg; er stand auf und wandte sich ab. Zwischen den Reportern hindurch ging er zum Ausgang und verschwand geräuschlos auf den Flur.

Der Dreckskerl drückte sich.

»Mikami.«

Sein Kopf schnellte zu den Presseleuten herum.

»Aus dem Weg«, sagte Akikawa mit leiser Stimme. Er hatte ein einmal gefaltetes Blatt Papier in der Hand. Die schriftliche Beschwerde.

»Sie gehen allein hinein«, sagte Mikami in angestrengtem Flüsterton.

Akikawa starrte Mikami herausfordernd an. »Der Beschluss war einstimmig. Wir übergeben die Beschwerde gemeinsam.«

»Wir haben das Vertrauen in Sie verloren, Mikami«, erhob Tejima neben Akikawa die Stimme. »Wer sagt uns, dass Sie nicht eine Möglichkeit finden, ihn zu bestrafen, wenn er allein hineingeht?«

»Nicht so laut, verdammt.«

Mikami war außer sich; jeden Moment, so schien ihm, konnte sich die Tür hinter ihm öffnen.

»Der Vertreter geht hinein – das ist endgültig. Etwas anderes erlaube ich nicht.«

Unter den Reportern brach Tumult aus.

»Das ist doch absurd. Haben nicht auch unsere Steuern diesen Raum samt seinem dicken Teppich finanziert? Zutritt verboten gibt es nicht.«

»Es reicht. Das hier ist eine staatliche Behörde; ohne meine Erlaubnis geht niemand hinein«, übertönte ihn Mikami.

»Wir müssen uns das nicht anhören. Gehen wir rein!«

Auf diese Aufforderung hin setzte sich die Meute in Bewegung. Akikawa stolperte, als das Wogen ihn gegen Mikamis Brust warf.

»Was erlauben Sie sich? Ich warne Sie!«

Er benutzte beide Hände, um sie zurückzustoßen. Er spürte, wie sich von hinten Hände gegen ihn pressten. Suwa und die übrigen Mitarbeiter drückten ihn nach vorn. Akikawa war in der gleichen Lage. Kaum imstande, sich zu rühren, mühten sich die beiden Männer ab, während sie gegeneinandergeschoben wurden. Ihre Wangen berührten sich. Ihre Gesichter wurden platt gedrückt.

»Geben Sie's auf!«

»Gehen Sie aus dem Weg!«

Akikawas Zahnfleisch war zu sehen. Einer seiner Arme stand schräg nach oben, der Ellbogen drückte Mikami in den Hals. Er versuchte, den Mann am Handgelenk zu packen und die Hand wegzubiegen. Er griff vorbei, seine Hand ruderte durch die Luft, ehe sie etwas anderes zu fassen bekam. Es gab ein hässliches reißendes Geräusch. Er hielt das weiße Blatt Papier in der Hand.

Akikawa ebenfalls.

Das Dokument war entzweigerissen.

Stille senkte sich über den Raum. Mikami spürte, wie der Druck in seinem Rücken nachließ, dann komplett ausblieb. Das Gleiche galt für Akikawa. Mikamis Blick sprach die Worte: *Das war keine Absicht.* Laut sagte er es nicht. Ihm blieb nichts anderes übrig, als die Entscheidung über das weitere Vorgehen Akikawa und den etwa zwanzig Reportern zu überlassen, die mit ihm hier waren.

»Das war …«, sagte jemand mit schwacher Stimme. Es war Ishii. *Das war nicht von uns verschuldet.* Wieder Ishii.

Akikawa starrte halb benommen auf den Fetzen Papier in seiner Hand. Sein Blick wandte sich Mikami zu. Demonstrativ zerknüllte er das Papier zu einer Kugel, die er auf den Teppich warf. Seine drohende Stimme füllte den Raum.

»Mit sofortiger Wirkung kündigt der Presseclub die Zusammenarbeit mit dem Präsidium auf. Ich schlage vor, dass wir jegliche Berichterstattung über den Besuch des Generalinspekteurs nächste Woche boykottieren.«

20

Im stumm geschalteten Fernseher liefen die Nachrichten und markierten das Ende eines weiteren Tages. Mikami lag zu Hause im Wohnzimmer und starrte geistesabwesend auf den Bildschirm. Sie hatten kaum miteinander gesprochen. *Dieses Gefühl von Versagen. Demütigung. Rachedurst. Bedauern.* Außerstande, die ganze Skala seiner Gefühle während der Heimfahrt vollständig zu verarbeiten, hatte Mikami sie hierher mitgebracht.

Sein Verstand war noch immer wie betäubt.

Akikawas explosive Bemerkung war zum allgemeinen Konsens geworden. Nach dem Chaos hatten die Presseleute eine Dringlichkeitssitzung abgehalten und formell beschlossen, den Besuch des Generalinspekteurs zu boykottieren.

Ishii hatte mit dem Gesicht nach unten auf dem Boden gelegen, während Akama auf Mikami einbrüllte, sein Zorn größer, als Mikami es je erlebt hatte. *Was um alles in der Welt haben Sie denn da gemacht? Höchst bedauerlich, dass wir einen derart unfähigen Pressedirektor haben.* Aber er war nicht so weit gegangen, Mikami von seinen Aufgaben zu entbinden. Letzten Endes hatte Mikamis Handeln verhindert, dass die Journalisten sich direkt beim Präsidenten beschwerten. Akama hatte die Zerstörung des Dokuments als spontane Entscheidung, nicht als Missgeschick interpretiert. Was in den Augen der Presseleute ein barbarischer Akt gewesen war, bedeutete für ihn einen Glücksfall, und dies hatte die Schwere von Mikamis Schuld zumindest abgemildert.

Hierarchien …

Der Gedanke war ihm reichlich spät gekommen. Ihn beschäftigte nicht nur die Beschwerde. Warum war Präsident Tsujiuchi nicht aus seinem Amtszimmer gekommen? Nur eine Tür hatte sie voneinander getrennt. Er musste den Tumult gehört haben. Und Mikami bezweifelte, dass er sich aus Angst hinter seinem Schreibtisch verschanzt hatte. Wahrscheinlich hatte er beschlossen, sie zu ignorieren. Was auch immer außerhalb seines Amtszimmers geschah, betraf ihn nicht. War nur irgendein Affentheater in der Provinz. Bestimmt war er, fest in seiner Überzeugung ruhend, äußerlich völlig ungerührt gewesen. Aber wieso war er dazu imstande? Weil das Büro des Präsidenten mehr war als nur ein weiterer Raum im Präsidium der Präfekturpolizei. Es war Tokio. Es war die Nationale Polizeibehörde.

Die Polizei von Präfektur D hatte fleißig an der Kultivierung seines fast gottgleichen Status gearbeitet. Man hatte erfreuliche Nachrichten an ihn weitergegeben und alle schlechten von ihm ferngehalten. Man hatte es sich zur Aufgabe gemacht, seine Zeit im Präsidium der Präfekturpolizei so angenehm wie möglich zu gestalten. Man packte ihn in Watte, schirmte ihn vor den Problemen und Sorgen der lokalen Polizei ab und behandelte ihn stattdessen wie einen Gast in einem Spa, und wenn er nach Tokio zurückkehrte, würde er die Taschen voller teurer Geschenke von örtlichen Firmen haben. *Ich habe meine Zeit hier genossen, besonders dank der Herzlichkeit der hiesigen Bevölkerung und der Beamten, die ihr dienen.* Sie würden Erleichterung verspüren, während er in seiner Abschiedsrede die formelhaften Worte aufsagte, und dann würden sie kaum Zeit zum Atemholen haben, ehe sie beginnen mussten, Informationen zur Persönlichkeit und zu den Interessen des Nachfolgers zu sammeln.

Mikami zündete sich eine Zigarette an.

Sie hatten ihn für ihre Zwecke eingespannt. Nein, er hatte die Entscheidung selbst getroffen. Er hatte jede Möglichkeit bedacht, hatte im Umgang mit der Presse hinter den Kulissen operiert, hatte sich schließlich selbst als physische Barriere postiert, und das alles nur, um diesen Besucher aus den Wolken zu schützen. Es kam ihm vor, als hätte er sich selbst an den Punkt begeben, von dem es kein Zurück mehr gab. Er hatte zugelassen, dass er, in Wort und Tat, zum Wachhund der Verwaltung geworden war. Seiner Rolle entsprechend, hatte er die Zähne gefletscht, um den Präsidenten zu schützen. Das war Fakt; er wusste, er musste damit zurechtkommen. Zugleich wusste er, dass er als Versager abgestempelt sein würde, wenn er jetzt aufgäbe, während die Presse ihn lächerlich machte und Akama auf ihm herumtrampelte.

Futawataris Gesichtsausdruck ging ihm nicht aus dem Kopf.

Was hatte er gedacht, als er gesehen hatte, wie die jungen Journalisten um Mikami herum wüteten? Hatte er über die Blamage gelacht? Mitgefühl gehabt? Oder hatte er sich den Vorfall gemerkt, um ihn in seine Leistungsbeurteilung einfließen zu lassen?

Er hatte sich vom Schauplatz verdrückt. Hatte er befürchtet, in das Getümmel hineingezogen zu werden? Oder war er zu dem Schluss gekommen, dass ihn das Ganze nichts anging? Vielleicht bedeutete es schlicht, dass man in der Verwaltung am ehesten reüssierte, wenn man schnell schaltete – und sich schleunigst von jeder potenziellen Gefahr entfernte.

Trotzdem …

Irgendwann würden sie aufeinanderprallen. Sie bewegten sich auf demselben Spielbrett. *64. Das Koda-Memo.* Beide Stichworte bargen Gefahren. Sie würden die beiden Männer in Konflikt miteinander bringen, ob es ihnen gefiel oder nicht. Es war ein ungleicher Kampf. Das Spiel war bereits im Gang, dennoch tappte Mikami noch im Dunkeln, worum es dabei ging. Er wusste nicht einmal, ob Futawatari ein Partner oder ein Gegner war. Klar war nur, dass sie aufeinanderprallen würden. Dass es ein blutiger

Kampf werden würde. Das spürte Mikami, sein Bauchgefühl sagte es ihm.

Er sah auf den Kalender an der Wand. Akama hatte ihm eine Reihe von Anweisungen gegeben, die er zu befolgen hatte. Er sollte das Wochenende als Abkühlphase betrachten und jeden Kontakt mit der Presse vermeiden. Stattdessen sollte er an der Sache arbeiten, die er hatte aufschieben müssen: Yoshio Amamiya zu überzeugen, den Generalinspekteur zu empfangen. Anfang kommender Woche, bei einem runden Tisch, der für den Neunten angesetzt war, sollte er persönlich darlegen, wie es zu dem Krawall um die Beschwerde gekommen war.

Selbst Akama war dann zu dem Schluss gekommen, dass es nötig war, die Presse zu besänftigen. An den runden Tischen nahmen die Chefredakteure und die Geschäftsführer der dreizehn Medien teil, die den Presseclub bildeten. Diese Gespräche fanden normalerweise um die Monatsmitte herum statt, doch nun hatte man mitten in der allgemeinen Unruhe eine Dringlichkeitssitzung einberufen, um an die Führungskräfte zu appellieren, damit die Haltung einiger gekränkter Reporter nicht zum Standpunkt der Zeitungen selbst wurde.

Würde das reichen, um die Situation zu entschärfen? Man hatte Mikami lediglich die Genehmigung erteilt, die Vorkommnisse zu »erklären«, nicht aber, eine Entschuldigung anzubieten oder gar Abbitte zu leisten.

Er drückte die halb gerauchte Zigarette im Aschenbecher aus.

Er hatte sich damit abgefunden, bei der Besprechung in der Schusslinie zu stehen, aber die Last, Amamiya bearbeiten zu müssen, drückte ihm schwer aufs Gemüt. Die Aufgabe, ihm den Besuch des Generalinspekteurs schmackhaft zu machen, kam ihm unvertretbar vor, ganz gleich, wie oft er es versuchen mochte. Ihm fiel nichts Überzeugendes ein, was er zu dem Mann sagen könnte. Und den Gedanken, ihn mit einem Trick umzustimmen, konnte er nicht ertragen. Zugleich war da der Wunsch, Amamiyas Nöte zu verstehen. Er wurde nicht kleiner. Wenn überhaupt, verstärkte er sich nur.

Was war der eigentliche Grund für seine Weigerung? Warum versuchte er, die Polizei auf Abstand zu halten?

Wenn er nur die Antwort erführe, ergäbe sich Amamiyas Einwilligung von ganz allein. Da war sich Mikami sicher. Bis dahin war es jedoch das Beste, was er – noch im Rahmen des Fairplay – tun konnte, der Ermittlungsgruppe einen Besuch abzustatten und festzustellen, was man ihm dort anzubieten hatte. Die Kriminalbeamten müssten eigentlich einen gewissen Einblick in Amamiyas derzeitigen emotionalen Zustand haben und wissen, warum er sich mit der Zeit geändert hatte.

Sein Hauptproblem war der von Direktor Arakida persönlich verhängte Maulkorb. Das und was auch immer Futawatari im Schild führte …

Aber das hat alles Zeit bis morgen.

Mikami schob sich unter dem Kotatsu hervor und zog seinen Schlafanzug an. Er ging möglichst leise den Flur entlang und ins Badezimmer. Er drehte den Hahn eine Winzigkeit auf und wusch sich mit dem dünnen Wasserstrahl das Gesicht. Seinem Spiegelbild war die Erschöpfung deutlich anzusehen. Dieses unselige Gesicht. Der Gedanke war ihm schon unzählige Male gekommen. Weil er es nicht gegen ein anderes eintauschen oder wegwerfen konnte, fand er sich seit sechsundvierzig Jahren damit ab. Unter den Augen und an der Stirn waren die Falten deutlich tiefer geworden. Über seinen Wangen war die Haut weniger straff. Er brauchte nur noch ein bisschen zu altern, vielleicht drei bis fünf Jahre, und die Leute würden aufhören, Bemerkungen über seine Ähnlichkeit mit Ayumi zu machen.

Sie lebt noch, natürlich lebt sie noch.

Eben weil sie noch lebte, hatte man sie nicht gefunden. Sie

hielt sich versteckt, das war alles. Und sie hatte sich für einen Ort entschieden, den niemand kannte; deswegen war sie nicht aufgetaucht. Verstecken. Fangen. Sie hatte ihn immer bestürmt, mit ihr zu spielen, und war wie ein junger Hund um ihn herumgehüpft, wenn er von der Arbeit kam oder freihatte.

Plötzlich fuhr Mikami zusammen und drehte sich um.

Er meinte, etwas gehört zu haben.

Er drehte den Hahn zu und lauschte angestrengt.

Diesmal hörte er es deutlich. Die Türglocke.

Es war fast Mitternacht. Er stürzte aus dem Badezimmer, ehe er Zeit zum Nachdenken gehabt hatte. Sein Herz hämmerte in seiner Brust. Minako war aus dem Schlafzimmer gekommen. Er fasste sie bei den Schultern und schob sie sanft zur Seite, ehe er den Flur entlangrannte. Er schaltete die Eingangsbeleuchtung ein, trat barfuß von der Tatami und wappnete sich, als er die Tür öffnete.

Kalte Luft. Gefallenes Laub. Männerschuhe.

Vor der Tür stand Yamashina von der *Zenken Times*.

»Tut mir leid, dass ich so spät noch störe …«

Mikami schaute zurück in den Flur. Wahrscheinlich war sein Gesichtsausdruck Bestätigung genug. Minakos weißer Bademantel verschwand rasch wieder im Schlafzimmer. Er wandte sich wieder dem Reporter zu. Er fixierte den Mann mit einem frostigen Blick, merkte jedoch, dass er seltsamerweise nicht ernstlich verärgert war. Yamashinas Nase war knallrot. Er hatte seinen Kragen hochgestellt und rieb sich die Hände, um sich warm zu halten.

»Nun kommen Sie schon rein.« Mikami winkte ihn in den Vorraum, ehe er gegen den eisigen Wind die Tür schloss.

»Was passiert ist, tut mir leid.« Yamashina verbeugte sich entschuldigend vor Mikami, dann lieferte er eine Erklärung für die Ereignisse bei der Besprechung des Clubs. Hinter allem habe Akikawa gesteckt. »Es war das Erste, was er zur Sprache gebracht hat. Dass Sie schmutzige Tricks angewandt hätten, um einige von uns auf Ihre Seite zu ziehen. Wir würden Ihnen in die Karten spielen, wenn wir uns auseinanderdividieren ließen. Dann fing Utsuki … von der *Mainichi* … an, ihm beizupflichten. Danach konnten wir beim besten Willen nicht mehr vorschlagen, die Beschwerde bei jemand anders einzureichen. Fakt ist, dass sogar die Lokalzeitungen anfingen, wütend zu werden. Kann ich ihnen eigentlich auch nicht verübeln. Ich meine, sie waren zum Einlenken bereit, und dann erfahren sie, dass Sie hinter ihrem Rücken mit den Hardlinern verhandeln …«

Mikami sagte nichts, sondern hörte nur zu. Nun wurde das meiste klar. Als er gehört hatte, die Entscheidung sei einstimmig gefallen, war seine Reaktion über bloße Überraschung und Zorn hinausgegangen; er hatte sich schlicht leer gefühlt. Nun aber verstand er, wie es sich abgespielt haben könnte. Ihre Strategie war nach hinten losgegangen. Und das lag hauptsächlich an Mikamis eigener Idee, einen Handel mit der *Toyo* einzugehen. Indem er sich dafür entschieden hatte, die Sache – über Akikawas Kopf hinweg – mit Azusa zu besprechen, hatte er Akikawas Zorn hervorgerufen. Akikawa hatte die Story über die Angebotsabsprachen als etwas betrachtet, was ihm zustand, und massive Vergeltungsmaßnahmen ergriffen, um die Winkelzüge der Pressestelle zu enthüllen. Die anderen Reporter hatten sich verrückt machen lassen. Utsuki war nervös geworden, weil er sich auf die Gespräche mit Suwa eingelassen hatte. *Wenn ich nicht vorsichtig bin, bin ich am Ende noch im Club isoliert.* Diese Angst hatte zweifellos seinen Entschluss befördert, die Seiten zu wechseln.

»Jedenfalls hat er gute Arbeit geleistet.«

»Akikawa?«

»Ja. Ich bin mittlerweile so ziemlich überall verhasst.«

»Nicht, dass ich glaube, Akikawa hätte irgendwas gegen Sie

persönlich oder wäre wild entschlossen, der Pressestelle an den Karren zu fahren«, sagte Yamashina und setzte eine Miene auf, als wüsste er, wovon er redete. »Sein Ziel liegt weiter oben. Sie wissen schon, die Schlipsträger ... die Karrieristen. Er hat einen kleinen Minderwertigkeitskomplex, was Leute von der Universität Tokio angeht. Deswegen setzt er sich auch so lautstark dafür ein, sich direkt beim Präsidenten zu beschweren ... er will den hohen Tieren ans Bein pinkeln. Im Grunde geilt er sich daran auf, so zu tun, als wäre er ihnen ebenbürtig, und giert nach Aufmerksamkeit.«

»An der Universität, auf der er war, ist nichts auszusetzen.«

»Klar, das sehen die meisten Leute so. Aber er hat sich mal einen angetrunken, als wir zusammen um die Häuser gezogen sind, und da hat er mir sein Herz ausgeschüttet. Seine Eltern sind beide Absolventen der Universität Tokio. Eigentlich war er auch auf dem direkten Weg dorthin. Als er bei der Aufnahmeprüfung durchgerasselt ist, hat er, wie er mir erzählt hat, ernsthaft erwogen, sich umzubringen.«

Weil ihm klar war, von wem das kam, hörte Mikami nur mit halbem Ohr zu. Yamashinas Stimme senkte sich zu einem Flüstern.

»Stimmt das denn überhaupt?«

»Was stimmt?«

»Na ja, haben Sie wirklich ... hinter dem Rücken der anderen agiert?«

Das also war der eigentliche Grund für seinen Besuch – er war nicht gekommen, um sich zu entschuldigen. Bestimmt wusste er aus Erfahrung, dass Suwa, wenn er einzelne Journalisten hinter den Kulissen angesprochen hatte, Storys oder andere Anreize als Köder verwendet hatte; dass Mikami bestimmt etwas hatte, was er, Yamashina, verwenden konnte, und dass er es vielleicht schon gegenüber anderen Zeitungen hatte durchsickern lassen.

»Setzen wir uns.«

Die beiden Männer ließen sich auf der kalten Stufe nieder, die die Schwelle zum Flur bildete. Mikami konnte die Denkweise des Zukurzgekommenen durchaus nachempfinden. Journalisten, denen es an der Begabung fehlte, selbst irgendwelche Aufmacher an Land zu ziehen, tauchten manchmal nachts bei Angehörigen der Pressestelle auf. Nachdem es ihnen trotz wiederholter Gänge zu diversen Kriminalbeamten nicht gelungen war, eine Story aufzutun, klopften sie in der verzweifelten Hoffnung auf irgendwelche Brosamen an die Tür der Pressebeamten. Das war verpönt. Die Pressestelle war eigens zu dem Zweck gegründet worden, bei Mitteilungen an die Presse für Gleichbehandlung zu sorgen. Es bestand kein Zweifel, dass Yamashina brennende Scham empfand. Mikami aufzusuchen war gleichbedeutend mit dem Eingeständnis, dass er ein zweit- oder drittklassiger Journalist war, dass ihm die Fähigkeit abging, gegenüber den Kriminalbeamten seinen Mann zu stehen. Und trotzdem hatte er sich nicht anders zu helfen gewusst. Die Denkweise eines Journalisten, der keine Story an Land ziehen konnte, unterschied sich in nichts von der eines Gebrauchtwagenhändlers, der kein Auto verkaufen, oder der eines Versicherungsvertreters, der keine Police an den Mann bringen konnte.

Von seinem Unbehagen übermannt, vermied Yamashina die direkte Namensnennung.

»Ist die Schönheitskönigin schon zu Bett gegangen?«

»Ja.«

»Ayumi auch?«

»Ja, Ayumi auch.«

Seit Yamashina bei der *Zenken Times* angefangen hatte, war er ab und zu vorbeigekommen. Er hatte eine witzige Ader, und Minako und Ayumi, ehe sie an ihren Angststörungen litt, hatten sich oft über ihn schiefgelacht. So sehr die Sorge wegen seiner »Vorstrafe« Mikami umgetrieben hatte – bis er Minako verbot, Journalisten ins Haus zu lassen, hatte er Yamashina häufig abends in seinem Wohnzimmer vorgefunden.

Mikami kam plötzlich ein merkwürdiger Gedanke. Zwar hatte seine Rückkehr aus dem Exil dazu geführt, dass er Journalisten gegenüber allergisch war, aber er war in seinen Folgejahren als Kriminalbeamter trotzdem jedes Mal auf sie eingegangen, wenn sie abends vor seiner Tür auftauchten. Was er empfunden hatte, war weder Kameradschaft noch das Gefühl gewesen, sie am Hals zu haben. Ihre Haltung war unterschiedlich, aber sie waren an denselben Fällen dran. Sie hatten den Fanatismus gemeinsam.

Aber galt das auch für den Mann, der neben ihm saß? Er hatte sich nicht verändert. Er mochte relativ guter Stimmung sein, aber er war derselbe alte Verlierer, immer noch nicht imstande, eine Story an Land zu ziehen. Und er hatte einen schweren Stand. Zwei Monate zuvor war Otobe, einer der kompetenteren Blattmacher seiner Zeitung, von der *Yomiuri* abgeworben worden, und seine Position musste nun trotz mangelnder Erfahrung Yamashina ausfüllen.

Zweifellos würde die *Toyo* in ihrer Morgenausgabe eine Enthüllungsgeschichte über den Vorstandsvorsitzenden von Hakkaku Hochbau bringen. Das war ein Knüller, den sie nur hatten kriegen können, weil sie darauf beharrt hatten, sich direkt beim Präsidenten zu beschweren. Angesichts dieses Exklusivberichts bliebe Yamashina nichts anderes übrig, als seinen Kummer zu ertränken, obwohl er sich mit Mikamis Bedingungen einverstanden erklärt und ihm geholfen hatte, sein Gesicht zu wahren. Mikami stieß ein angewidertes Schnauben aus.

Noch war Zeit bis zum Redaktionsschluss. Die Worte lagen ihm schon auf den Lippen, als Yamashina zu sprechen begann.

»Ayumis Schuhe … ich sehe sie gar nicht.«

Mikami riss die Augen auf.

Mit immer noch gesenktem Blick fuhr Yamashina fort: »Wissen Sie, wir können auch versuchen zu helfen. Wir kennen die Gegend, wir haben überall unsere Fühler ausgestreckt …« Er sprach mit monotoner Stimme, seine Worte ließen eine Vielzahl möglicher Deutungen zu. Dann hob er den Blick und fing den von Mikami auf.

Zu sehen waren die stumpfen Fänge eines in die Ecke getriebenen Straßenköters.

21

Der Maulkorb war real.

Am frühen Vormittag hatte Mikami einen Jahrgangsgenossen angerufen, Kusano, der der 64-Ermittlungsgruppe angehört hatte. Sie standen einander zwar nicht sonderlich nahe, kannten sich aber gut genug, um einen Kaffee miteinander zu trinken, wenn sie sich begegneten. *Ich müsste Sie etwas fragen, es betrifft Yoshio Amamiya.* Kusano war nervös geworden, kaum dass Mikami es gesagt hatte; er sei gerade am Gehen, hatte er gemeint und das Gespräch beendet.

Es war Samstag – ein freier Tag für jeden, der nicht im Schichtdienst arbeitete. Mikami führte ein Telefonat nach dem anderen. Die vier Leute, die er relativ gut kannte, hatten ihm allesamt gesagt, sie hätten zu viel zu tun, um sich mit ihm zu treffen. Die Art, wie sie sich geäußert hatten, ließ eindeutig darauf schließen, dass man ihnen befohlen hatte, den Mund zu halten. Akusawa – der Fünfte auf seiner Liste – war in Entschuldigungen ausgebrochen, sowie Mikami seinen Namen genannt hatte. *Tut mir leid, aber darüber kann ich nicht reden. Nichts für ungut, ja?* Mikami hatte die Angst in der Stimme des Mannes gehört und sich schließlich eingestehen müssen, dass das KUA aus Antipathie oder vielleicht sogar aus Feindseligkeit beschlossen hatte, die Verwaltung außen vor zu lassen.

Der Eiserne Vorhang.

Der altmodische Ausdruck kam Mikami in den Sinn. Er hatte nur halb geglaubt, was Itokawa erst einen Tag zuvor in Dezernat II angedeutet hatte, aber es hatte alles gestimmt. Und der Maulkorb, der anscheinend von Direktor Arakida persönlich verhängt worden war, beschränkte sich gar nicht auf Dezernat II – er erstreckte sich auch auf das gesamte Dezernat I.

Er schüttelte den Kopf und ging nach draußen, um die Post zu holen. Normalerweise war es jeden Tag seine erste Amtshandlung, die Morgenzeitungen zu lesen, doch das hatte er bis jetzt aufgeschoben. Er überflog alle acht Blätter. Wie erwartet, stachen die Schlagzeilen im Lokalteil der *Toyo* und der *Times* hervor.

Vorstandsvorsitzender der Hakkaku Hochbau von der Polizei verhört.

Mögliche Verhaftung bei Bestätigung der Vorwürfe.

Mikami las es voller Scham. Von den dahinterstehenden Intentionen einmal abgesehen, hatte jede der beiden Sensationsmeldungen die Pressestelle geliefert, er persönlich. Er spürte eine Welle der Frustration. Akikawas triumphierendes Grinsen. Der Anblick von Yamashina, wie er davonhetzte, um den Redaktionsschluss für die Morgenausgabe noch zu schaffen. Die beiden hatten heute Morgen zweifellos Anlass zum Feiern.

Was bedeutete das für die Pressestelle?

Bestimmt knirschten die Reporter, die das Nachsehen gehabt hatten, mit den Zähnen. Über die *Toyo* sahen sie vielleicht hinweg, aber dass auch die *Times* die Story brachte, machte sie bestimmt argwöhnisch, denn sie kannten deren Schwäche, was Fälle von Dezernat II anging, und vermuteten vielleicht, dass die Pressestelle ihre Hand im Spiel gehabt hatte.

Mikami seufzte und faltete die Zeitung zusammen.

Zuerst musste Suwa ihre Stimmung ausloten. Die verordnete Abkühlphase betraf nur Akama, und er würde in Erfahrung bringen müssen, wie die anderen Zeitungen die Meldung aufgenommen hatten, ehe er sich auf eine Strategie für die kommende Woche festlegte.

»Ach, du gehst heute ins Büro?«, rief Minako von hinten, während er sich anzog.

»Ja. Zuerst besorge ich mir noch einen Happen zu essen.«

»Kannst du dir den Tag denn nicht freinehmen? Du siehst erschöpft aus.«

»Mir geht es gut. Ich habe gut geschlafen. Es wird viel los sein – vor so hohem Besuch herrscht immer ein ziemlicher Wirbel.« Mikami zeigte ein Lächeln und hoffte, seiner Frau keine unnötigen Sorgen zu bereiten. In Gedanken beschäftigte er sich schon damit, wie er die Mauer des Schweigens durchbrechen konnte. Wenn er an Amamiyas guten Willen appellieren wollte, musste er sich von der Ermittlungsgruppe Informationen über die Situation des Mannes besorgen. Dank der fünf Anrufe von vorhin wusste er bereits, dass das keine leichte Aufgabe sein würde. Seine Beziehungen und Freundschaften würden ihm nicht viel nützen. Er würde nichts machen können, wenn sie, wie Akusawa, anfingen, ihn mit Entschuldigungen abzuwimmeln. Der Versuch, eine Bresche zu finden, würde nicht funktionieren; um den Maulkorb zu umgehen, würde er zunächst herausfinden müssen, warum das KUA es überhaupt für angebracht gehalten hatte, ihn zu verhängen.

Im Flur klingelte der Dienstanschluss. Bei seiner Einrichtung hatte man ein langes Kabel verwendet, damit Mikami den Apparat ins Schlaf- oder Wohnzimmer mitnehmen konnte. Mikami hob ab; wahrscheinlich war es entweder Ishii oder Suwa.

»Tut mir leid, dass ich am Wochenende anrufe.« Es war Itokawa von Dezernat II. Seine Stimme klang gedämpft. »Der Artikel in der Zeitung heute Morgen, waren Sie das?«

Zweifellos sprach er von dem Knüller in der *Toyo* und der *Times*.

»Nein.« Mikami hörte einen gekünstelten Seufzer. »Sind sie schon vorbeigekommen?«

»Vier von den Zeitungen waren eben da; weitere fünf hatte ich am Telefon.«

»Waren sie sauer?«

»Ja, frustriert, alle miteinander.«

»Was ist mit dem Chef?«

»Hmm?«

»Arakida, hat er schon angerufen?«

»Nein, noch nicht.«

Nichts von Arakida, der gewöhnlich jedes Mal nervös wurde, wenn die Zeitungen einen Enthüllungsbericht brachten. Das hieß, ihn beschäftigen andere Dinge, davon konnte Mikami ausgehen.

»Ach übrigens, Mikami …« Itokawa klang plötzlich zögernd. »Was unser Gespräch gestern angeht, im Verhörzimmer. Von mir haben Sie nie irgendwelche …«

»Klar«, fiel Mikami ihm ins Wort. »Von Ihnen habe ich nichts erfahren. Ich weiß nichts, also kann ich auch nichts durchsickern lassen. In Ordnung?«

22

Mikami telefonierte noch rasch mit Suwa, dann fuhr er los. Er hatte beschlossen, Takeshi Tsuchigane einen unangekündigten Besuch abzustatten. Tsuchigane war ein Jahr älter als Mikami und seit dem vorigen Frühjahr stellvertretender Leiter der 64-Ermittlung. Sie hatten sich nie besonders gut verstanden, hegten aber auch keine Abneigung gegeneinander. Und Tsuchigane wohnte in einem Haus, das schon seinen Großeltern gehört hatte; solange das Verbot, mit der Verwaltung zu kommunizieren, Bestand hatte, war es riskant, Kriminalbeamte zu besuchen, die in Polizeiwohnsiedlungen lebten, wo sie von Kollegen umgeben waren.

Es herrschte wenig Verkehr. Mikami brauchte nicht lange, um sein Ziel zu erreichen, das Wohnviertel Midoriyama. Er behielt die Hausnummern im Auge und bog um einige Ecken, ehe er seine Zielperson entdeckte, die vor dem Haus das Auto wusch und Mikami den Rücken zuwandte. Als Tsuchigane sich umdrehte, war sein Gesicht das eines Menschen, der seinen freien Tag genießt, nahm aber sofort den gewohnt besorgten Ausdruck an, als ihm klar wurde, dass auf dem Fahrersitz Mikami saß.

»Lange nicht gesehen«, rief Mikami durchs Wagenfenster.

Tsuchiganes Blick wanderte zur Düse seines Schlauchs. »Es ist genauso, wie es aussieht, Mikami – ich stehe hier draußen in der Eiseskälte und wasche meinen Wagen, damit ich meine Frau zum Kaufhaus fahren und sie ein paar Neujahrsgeschenke aussuchen kann.«

Anders gesagt, er wollte in Ruhe gelassen werden. Ganz abgesehen davon, dass die Worte abwimmeln sollten, machten sie Mikami deutlich, wie sehr der Fall in den Hintergrund getreten war. Ein Wochenende mit zwei freien Tagen. Sogar für die Gruppe, die diesen Fall bearbeitete, war das nicht länger die Ausnahme.

Mikami stieg aus und hielt die Schachtel mit Udon hoch, die er unterwegs gekauft hatte. Er kannte die Tradition unter Kriminalbeamten: Sobald jemand einem ein Geschenk mitbrachte, konnte man ihn nicht abweisen.

Widerwillig bat Tsuchigane ihn in sein Empfangszimmer im westlichen Stil. Auf baumwollbezogenen Sofas saßen sie einander gegenüber. Mikami schlug einen Ton an, als spräche er von Ermittler zu Ermittler. Doch so, wie Tsuchigane weiterhin jeden Blickkontakt vermied, wurde trotz Mikamis Bemühungen deutlich, dass der Eiserne Vorhang zwischen ihnen nach wie vor bestand.

»Entschuldige, dass ich an deinem freien Tag so hereinplatze.« Mikami begann mit einer respektvollen Verneigung. Tsuchigane war Oberkommissar. Damit war Mikami nominell der Ranghöhere, aber das Verhältnis zwischen zwei Kriminalbeamten änderte sich nie, sobald es sich einmal gefestigt hatte.

»Ich bin hier, weil ich dich etwas fragen möchte. Es geht um 64.«

»Nur zu.«

»Yoshio Amamiya. Ist zwischen ihm und uns irgendetwas vorgefallen?«

Tsuchiganes Gesichtsausdruck änderte sich.

»Warst du bei ihm?«

»Richtig.«

»Wann?«

»Vor zwei Tagen. Hat mich vollkommen überrascht, muss ich sagen. Er will absolut nichts mehr mit uns zu tun haben.«

»Und …?

»Ich wollte dich fragen, woher dieser Wandel kommt.«

»Keine Ahnung.«

»Das glaube ich dir nicht. Du bist stellvertretender Leiter der 64-Ermittlungsgruppe.«

»Hör zu, ich kann dir nicht sagen, was ich nicht weiß.«

Bis jetzt hatte Mikami versucht, die Grenzen des Maulkorbs auszuloten. Er hielt kurz inne, ehe er seine erste richtige Frage stellte.

»Was zum Teufel ist beim KUA los?«

»Nichts ist los«, erwiderte Tsuchigane, zunehmend gereizt.

»In Ordnung, können wir wenigstens ehrlich zueinander sein? Sag mir einfach, wieso das KUA beschlossen hat, die gesamte Verwaltung außen vor zu lassen.«

»Und was ist mit dir? Wie kommst du eigentlich dazu, einfach so bei Amamiya hereinzuschneien?«

»Das kam von Tokio. Der Generalinspekteur will Amamiya persönlich besuchen und ihm seinen Respekt erweisen. Es ist meine Aufgabe, alles dafür vorzubereiten.«

»Was, der Generalinspekteur?«

»Tu doch nicht so, als wüsstest du das nicht. Ich wette darauf, dass das eine mit dem anderen zu tun hat.«

»Wie gesagt, ich weiß gar nichts. Geh und frag Arakida, wenn du es unbedingt wissen willst.«

»Gut. Offenbar hat er ja den Maulkorb verhängt?«

Tsuchigane nickte rasch. »Genau. Du hast also keinen Grund, uns kleine Handlanger zu piesacken. Lass mich zufrieden.«

»Willst du mir erzählen, dass du als stellvertretender Leiter ein kleiner Handlanger bist?«

Mikami hatte ihn nicht provozieren wollen, aber Tsuchigane ging trotzdem hoch.

»Und wenn? Was fragst du überhaupt? Es ist doch klar, dass Arakida einen dicken Hals hat, weil ihr in diesen Sachen herumstochert.«

Herumstochert. Wieder sah Mikami Futawatari vor sich, und es überlief ihn kalt.

»Jetzt beruhige dich erst mal. Wen meinst du mit ›ihr‹? Beziehst du mich da etwa ein?«

»Willst du es vielleicht bestreiten? *Es ist meine Aufgabe, alles dafür vorzubereiten.* Scheiße, das ist doch wohl ein Witz. Ist dir nie der Gedanke gekommen, dass du zuerst zu uns kommen solltest, wenn du mit Amamiya reden willst? Aber nein, du machst es hinter unserem Rücken …«

»Was glaubst du denn, warum ich hier bin und wissen will, was du zu sagen hast?«

»Um mir mein Wochenende zu ruinieren natürlich. Müsstest du nicht auch losziehen und Geschenke kaufen? Kommt man in der Verwaltung nicht am besten vorwärts, wenn man seinen Vorgesetzten in den Arsch kriecht?«

Tsuchigane ergriff jede Gelegenheit, darauf hinzuweisen, dass dies kein Gespräch zwischen zwei Kripo-Männern war.

»Hör auf, vom Thema abzulenken. Und ich bezweifle ernsthaft, dass der Maulkorb verhängt wurde, weil ich bei Amamiya war.«

»Vielleicht, aber du bist nicht der Einzige, der für Akama arbeitet.«

»War Futawatari auch bei dir?«

»Wieso, zum Teufel, sollte er? Du bist doch hier.«

»Hat nichts damit zu tun. Ich weiß nicht, was er vorhat.«

»Und das soll ich dir glauben?«

»Er ist also nicht bei dir gewesen?«

»Nein, bei mir nicht. Aber er fragt seit einiger Zeit bei meinen Leuten herum – sogar bei den neuen Rekruten.«

»Bei den neuen Rekruten …«

»Scheiße, tu doch nicht so überrascht. Ihr Schweinepriester von der Verwaltung, freut ihr euch wirklich so sehr darüber, dass Amamiya sämtliche Verbindungen abgebrochen hat?«

Sämtliche Verbindungen abgebrochen?

Mikami gelang es nur mit Mühe, sich seine Überraschung nicht anmerken zu lassen. Dann war es also mehr als ein bloßes Zerwürfnis. Tsuchigane hatte ihm gerade gesagt, dass die Beziehung vollkommen zerrüttet war.

»Was machst du jetzt als Nächstes? Dem Chef berichten? Klar. Nur zu. Das juckt mich nicht.«

»War es das, was Arakida dir gesagt hat?«

»Was?«

»*Akamas Lakaien schnüffeln in 64 herum. Er will, dass die Presse über den Bruch mit Amamiya berichtet. Haltet gegenüber der Verwaltung den Mund.* Ist es das? Ist es das, was er dir gesagt hat?«

»Was soll es denn sonst sein? Sag du's mir, wenn du es weißt, verdammt.«

Tsuchigane schien es ernsthaft wissen zu wollen. Er spekulierte, das war alles. Bei Itokawa in Dezernat II war es das Gleiche gewesen – man hatte ihn nicht eingeweiht, was die Hintergründe der Maulkorborder von Arakida anging.

»Das heißt, es herrscht Funkstille?«

»Wie?«

»Zwischen uns und Amamiya.«

»Jetzt tu nicht so. Deshalb warst du doch bei ihm ... um der Sache auf den Grund zu gehen.«

»Warum ist das Verhältnis so schlecht geworden?«

»Es gibt dafür keinen bestimmten Grund. Einfach eine Frage der Zeit. Natürlicher Schwund, was weiß ich. Wart's ab – falls wir den Entführer fassen, wird er ankommen und sich bedanken, mit Tränen in den Augen.«

Weil sie den Entführer nicht gefunden hatten. Mikami räumte ein, dass das einer der Gründe sein müsste. Aber war es der einzige?

»Ihr habt ganz am Anfang Motoko Yoshida zum Verhör geholt.«

»Wie bitte?«

»Ich habe gehört, dass ihr sie ziemlich hart rangenommen habt und dass Amamiya sie hinterher unter seine Fittiche genommen hat.«

Tsuchigane gab einen gereizten Laut von sich, sein Mund verzerrte sich.

»Du warst doch selber bei der Kripo, meine Güte. Du hättest sie auch als potenzielle Komplizin behandelt, wenn du erfahren hättest, dass sie im Büro einen Anruf des Entführers entgegengenommen hat.«

»Nicht nötig, so auf der Vergangenheitsform herumzureiten, wenn's recht ist.«

»Ach ja? Na schön, vielleicht wenn du aufhören würdest, einen Kollegen durch die Mangel zu drehen ...«

»Es könnte also sein, dass er wegen dieser Befragung einen Groll gegen uns hegt.«

»Siehst du, du verlierst da drüben in der Verwaltung dein Gespür.«

»Ich verliere mein Gespür? Was willst du damit ...«

»Hör einfach zu. Amamiya war nicht in Motoko Yoshida verliebt. Er liebte Shoko, seine einzige Tochter. Er vergötterte sie. Und sie wurde entführt und ermordet. Glaub mir – der einzige Mensch, den er damals nicht verdächtigt hat, war seine Frau, verdammt noch mal.«

Mikami erkannte die extrem aufgeladene Atmosphäre praktischer Ermittlungsarbeit wieder.

»Das gilt wahrscheinlich heute noch, weißt du. In Amamiyas Augen sind alle verdächtig. Jeder Einzelne – von den Fabrikangestellten bis zu seinem jüngeren Bruder.«

Mikami nickte ernst. Kein Kriminalbeamter, egal ob ein ehemaliger oder ein aktueller, konnte sich eine andere Sichtweise erlauben.

Nichts war passiert, außer dass der Entführer immer noch auf freiem Fuß war. Mit der Zeit hatte sich die Beziehung zwischen Amamiya und dem Ermittlungsteam schlicht zersetzt. So musste es sein; es kam schließlich vom stellvertretenden Leiter der Ermittlungsgruppe, einem Mann, der von der ersten Stunde an mit dem Fall zu tun gehabt hatte. Und dennoch …

Es gab keine Garantie dafür, dass Futawatari seine Meinung teilte.

»Tut mir leid, dass ich deine Zeit in Anspruch genommen habe.« Mikami stand auf und sagte dann, als wäre es ihm eben erst eingefallen: »Ach, übrigens – Koda, von der Vor-Ort-Einheit. Ich habe gehört, er hat den Dienst quittiert?«

Tsuchigane war sofort auf der Hut. »Stimmt. Das ist schon lange her.«

»Weißt du, was mit seinem Memo passiert ist?«

»Was für ein Memo?«

»Du weißt schon, das Koda-Memo.«

»Das wollte ich eigentlich *dich* fragen. Was zum Teufel hat es mit diesem Koda-Memo-Dings auf sich?« Tsuchiganes Gesichtsausdruck machte deutlich, dass er es wirklich nicht wusste. Einer der Beamten in seinem Team hatte ihm davon berichtet; dabei hatte er zum ersten Mal davon gehört.

»Das wüsste ich auch gern.«

»Verdammt, du hast mich reingelegt.«

»Die Sache ist die, niemand scheint zu wissen, wo Koda ist.«

»Das passiert gar nicht so selten, dass jemand den Halt verliert, nachdem er den Dienst quittiert hat.«

»Gibt es denn keinerlei Hinweise?«

»Nicht, dass ich wüsste.«

»Na gut. Dann bis bald.«

Mikami verbeugte sich. Tsuchigane runzelte die Stirn und trat dann einen Schritt näher. Mit so etwas hatte Mikami schon gerechnet.

»Geh zur Quelle. Finde raus, was dieses Koda-Memo-Dings ist, und dann komm und sag es mir. Dann lege ich vielleicht bei Arakida ein gutes Wort für dich ein.«

Ihre Blicke trafen sich.

»Ich tue, was in meiner Macht steht.«

»Jetzt hör aber auf, das kannst du besser. Ich bezweifle, dass du vorhast, bis zur Pensionierung den Laufburschen für die erste Etage zu spielen.«

23

Ich muss eine Stufe höher gehen.

Mikami würde Katsutoshi Matsuoka ansprechen, den Leiter von Dezernat I. Seine Hände umklammerten das Lenkrad fester. Er hatte genug erfahren, um zu wissen, dass er an etwas Großem dran war. Es passte perfekt zu allem, was Mochizuki im Gewächshaus gesagt hatte.

Es war die Verwaltung, die in die Offensive gegangen war. Auf Anweisung von Akama stocherte Futawatari an den Schwachstellen des KUA herum. Er hatte 64 im Visier. In den Händen hielt er eine Trumpfkarte namens Koda-Memo.

Aber was war das?

Aufgrund der Unterredung mit Tsuchigane vermutete Mikami, dass Amamiyas Bruch mit der 64-Ermittlungsgruppe nicht mehr streng vertraulich war. Was das KUA anging, war das fraglos alles andere als ideal, aber Tsuchigane hatte praktisch gesagt, sie hätten es schon lange aufgegeben, die Beziehung wieder zu kitten. Sie waren zu dem Schluss gekommen, dass es nichts gab, wodurch sie die Verwaltung daran hindern konnten, es herauszufinden – wenn überhaupt, schienen sie sich eher auf ein trotziges »Na und?« zurückzuziehen.

Mikami behielt eine Hand am Lenkrad und zündete sich eine Zigarette an.

Dass die Beziehung in die Brüche gegangen war, war nicht das eigentliche Problem; nein, das Grundproblem lag in dem, was den Bruch *herbeigeführt* hatte. In diesem Punkt war sich Mikami zunehmend sicher. Die Beziehung war nicht einfach zu Ende gegangen – Amamiya selbst hatte die bewusste Entscheidung getroffen, sie zu beenden. Und dennoch hatte Tsuchigane rundweg bestritten, dass es irgendein Problem gab. Mikami hatte nicht das Gefühl gehabt, dass er log oder versuchte, ihn abzuwimmeln.

Es sei denn …

Sie hatten Tsuchigane außen vor gelassen. Der Gedanke hatte in Mikamis Kopf bereits Gestalt angenommen. *Irgendetwas auf der höchsten Geheimhaltungsstufe.* Wenn das der Fall war, dann war es möglich. Wenn es etwas dermaßen Explosives gab, dass man es für angebracht hielt, es dem stellvertretenden Leiter der 64-Ermittlung zu verschweigen, und wenn das Koda-Memo den Kern dieses Etwas bildete, dann wurde die Politik des Eisernen Vorhangs – die vorher extrem erschienen war – zur schieren Notwendigkeit. Ein einziges großes Geheimnis. Etwas, in das nur eine Handvoll hochrangiger Beamter eingeweiht war. Deshalb hatte Arakida seine Gründe für die Verhängung des Maulkorbs nicht nur vor den unteren Chargen, sondern sogar vor dem 64-Team verborgen.

Vor ihm kam der Wohnblock für die höheren Beamten in Sicht.

Matsuoka würde reden. *Mit mir wird er reden.* Mikami zwang sich, daran zu glauben. Vor langer Zeit hatte er bei der Kripo in einem der Bezirksreviere zwei Jahre unter Matsuoka gearbeitet. Matsuoka respektierte sein fachliches Können und seine Qualitäten als Mensch. Er hatte Mikami für die Mobile Einsatzgruppe angefordert, die er bei der 64-Entführung geleitet hatte. Wenn es überhaupt jemanden gab, der ihn nicht für einen Handlanger der Verwaltung halten würde, dann war es Matsuoka, dessen war sich Mikami sicher.

Mikami fuhr auf den Parkplatz hinter dem Gebäude. Der Block für die höheren Beamten war über drei Stockwerke hinweg in Wohnungen aufgeteilt. Er enthielt fünfzehn Haushalte, jeder der eines Dezernatsleiters im Präsidium der Präfekturpolizei. Die Vorstellung, hier gesehen zu werden, war Mikami gar nicht recht, aber er wusste, um Matsuoka musste er sich keine Sorgen machen. Wenn Futawatari die graue Eminenz der Personalabteilung war, so war Matsuoka de facto der Leiter des KUA. Über die Abteilungen hinweg waren sich sämtliche Dezernatschefs bewusst, dass er der *eigentliche* Kopf des Kriminaluntersuchungsamts war, und seine zweite Aufgabe – als Arakidas Chefberater – bedeutete, dass er auch offiziell einen höheren Rang hatte als die anderen. Seine Dominanz in der Abteilung war überwältigend, seine Zielstrebigkeit ließ an einen Blutpakt mit der Polizei denken. Bei ihm würden die anderen auch dann ein Auge zudrücken, wenn er einen Privatbesuch von einem Beamten der Verwaltung bekam. Und Mikami spielte auch der Umstand in die Hände, dass das Spitzelsystem der Karrieristen nicht so weit reichte. Ochiai, der Chef von Dezernat II, war alleinstehend und lebte daher in einem anderen Komplex, einem mit kleineren Wohnungen. Doch Mikami war trotzdem angespannt, während er von seinem Auto zum Gebäude eilte, und er bemühte sich, seine Schritte zu dämpfen, während er die Treppe hinaufstieg.

Er wusste bereits, dass Matsuokas Wohnung im zweiten Stock lag. Nummer 302. Auf einem Schild stand der Familienname. Mikami drückte den Klingelknopf, ehe er Zeit hatte, es sich anders zu überlegen. Sofort antwortete eine Frauenstimme. Die Tür öffnete sich einen Spaltbreit, und Ikue – Matsuokas Frau – steckte den Kopf durch die Lücke. Sie schien überrascht, ihn zu sehen.

»Mikami?«

»Ikue, schön Sie zu sehen.«

»Schön, *Sie* zu sehen, Mikami.«

Sie löste die Kette und öffnete die Tür ganz. Ein Lächeln vertiefte die Fältchen an ihren Augenwinkeln. Ikue war ebenfalls Polizistin gewesen. Sie und Minako waren gut befreundet. Trotzdem hatte Mikami Mühe, sich zu erinnern, wann er das letzte Mal mit ihr gesprochen hatte.

»Entschuldigen Sie, dass ich so aus heiterem Himmel auftauche. Ich hatte gehofft, etwas mit dem Chefberater besprechen zu können. Ist er da?«

»Nein, er ist zur Arbeit gegangen, ist noch gar nicht lange her.«

»Hat sich ein Fall ergeben?«

»Nein, nein, nichts dergleichen.«

Mikami hatte ein ungutes Gefühl. Am Wochenende zur Arbeit zu gehen, wo sich noch nicht einmal ein Fall ergeben hatte?

»Aha. War schön, Sie wiederzusehen, Ikue.«

Er schickte sich an zu gehen, hörte jedoch Ikue von hinten leise rufen. Als er sich umdrehte, sah er, dass sie die Stirn runzelte und besorgt aussah.

»Haben Sie … haben Sie irgendetwas von Ayumi gehört?«

Bei ihr wühlte die Frage ihn nicht auf. Wenn überhaupt, verspürte er ein warmes Gefühl von Freundschaft, und die Spannung wich aus seinen Schultern. Matsuoka musste es zu Hause aufs Tapet gebracht haben. Die beiden machten sich Sorgen um Ayumi.

»Wir hatten einen Anruf, schon vor einer ganzen Weile.«

Die Worte wirkten besänftigend, schon während sie ihm über die Lippen kamen. Ikues Augen schienen doppelt so groß zu werden.

»Wann? Von wo?«

»Ungefähr vor einem Monat. Wir wissen allerdings nicht, von wo sie angerufen hat. Sie hat nichts gesagt.«

»Überhaupt nichts?«

»Nein. Sie hat dreimal angerufen, war aber die ganze Zeit still.«

Ikue sah aus, als suchte sie nach den passenden Worten. Die Befangenheit war ihr anzusehen. Zweifellos hatte sie das Wort »Telefonstreich« im Kopf.

»Ich schaue mal nach, ob ich Matsuoka im Büro finden kann.«

Das unbehagliche Gefühl blieb ihm den ganzen Weg zum Wagen über erhalten. Er fuhr mit ungewohnter Nachlässigkeit. Er hatte begonnen, an seinen eigenen Überzeugungen zu zweifeln. War Ikues Verlegenheit nicht einfach ein Spiegelbild dessen gewesen, was er selbst im Grunde glaubte? *Mit den Anrufen hatte sich jemand einen Scherz erlaubt.* Konnte er wirklich behaupten, dass er das nicht im Innersten vermutete? Es auch nur zu denken erschien ihm illoyal. Noch so etwas, was er der Liste mit Dingen hinzufügen musste, über die er mit Minako nicht reden konnte.

Fünfzehn Minuten später zog Mikami auf dem Parkplatz des Präsidiums die Handbremse an. Er blieb beim Büro des Diensthabenden neben dem Gebäudeeingang stehen. Durch das kleine Empfangsfenster war das Gesicht eines jungen Kriminalbeamten zu sehen. Als er Mikami erkannte, blieben seine Augen frostig, allerdings vielleicht nur als Reaktion auf dessen Miene. Mikami murmelte einen kurzen Gruß, während er die Tür öffnete und sich den Schlüssel der Pressestelle nahm. Wieder auf dem Korridor, beschleunigte er seinen Schritt, kaum dass er außer Sicht war, und stürmte die Treppe hinauf.

Die vierte Etage mit den Büros des KUA war in Stille getaucht. Dezernat I befand sich am Ende des Flurs. Kein Zweifel, das war sein Zuhause, doch die Zeit, als er hier herumlaufen konnte, ohne sich unsicher zu fühlen, war vorbei.

Mikami holte ein paarmal tief Atem, dann schob er die Tür einen Spaltbreit auf. Matsuoka saß ganz hinten an seinem Schreibtisch, mit dem Rücken zum Fenster. Er ging irgendwelche Papiere durch. Er war der Einzige im Raum.

»Kann ich hereinkommen?«

»Ah, Mikami.

Matsuoka hatte bestimmt nicht mit Mikamis Erscheinen gerechnet, aber er zeigte keinerlei Anzeichen von Überraschung. Er bedeutete Mikami, sich zu setzen; Mikami verbeugte sich und setzte sich auf die Kante eines der Sofas. Er war sich bewusst, dass es Wochenende war. Angesichts des Eisernen Vorhangs hätte er niemals an einem Werktag hier hereinspazieren und ein Vieraugengespräch mit einem Mann wie Matsuoka führen können.

»Woher wussten Sie, dass ich hier bin?«

»Ich war zuerst bei Ihnen zu Hause.«

»Ja, natürlich. Tut mir leid, dass Sie den Umweg machen mussten.«

Und …?

Matsuoka verschränkte die Hände, während seine Augen die Frage stellten. Sein Gesichtsausdruck machte deutlich, dass er sich den Grund für Mikamis Besuch bereits zusammengereimt hatte.

Mikami wusste, er konnte nicht geradewegs zur Sache kommen. Er musste sich gegen die Stärke von Matsuokas Persönlichkeit behaupten. Matsuoka war der oberste Leiter sämtlicher Ermittlungen. Der legitime Nachfolger von Michio Osakabe. Trotzdem zeigte er nicht die leiseste Andeutung von Arroganz. Seine Augen reichten, um die Breite seiner Erfahrung zu vermitteln. Und es war sein unerschütterliches Selbstbewusstsein, das ihm eine Miene von freundlichem Wohlwollen ermöglichte. Mikami wusste nicht, wie oft er sich schon gewünscht hatte, er könnte mit nichts weiter als einem Blick so viel Stärke zeigen.

»Ich glaube, es wird Zeit, dass ich meine Niederlage eingestehe. Man zeigt mir die kalte Schulter, ganz gleich, an wen ich mich wende«, sagte Mikami lächelnd. Brüder, nur durch den Altersunterschied getrennt. Erinnerungen an seine unbeschwerten Tage im Bezirksrevier kamen mit voller Gewalt zurück.

»Das will ich auch hoffen«, scherzte Matsuoka. Er hatte nicht einmal gezögert.

»Ich habe es bei Dezernat I *und* II probiert, beides ein Schlag ins Wasser.«

»Freut mich zu hören.«

»Herr Dezernatsleiter, der Maulkorberlass – hat er Ihren Segen?«

»Ja.«

Angesichts dieser beiläufigen Antwort schwand Mikamis Lächeln. Er hatte die Möglichkeit im Hinterkopf gehabt, dass der Maulkorb auf Arakidas alleiniges Betreiben hin verhängt worden war und Matsuoka sich insgeheim unwohl damit fühlte. Nun wusste er, dass dem nicht so war. Der Eiserne Vorhang genoss die volle Unterstützung des De-facto-Chefs des KUA; er war die legitime Politik der Abteilung.

»Können Sie mir sagen, was passiert ist?«, fragte Mikami mit gedämpfter Stimme.

Matsuoka starrte nur mit interessierter Miene zurück.

»Wollen Sie damit sagen, Sie wissen es nicht?«

Akama hat es Ihnen nicht gesagt?

Es war der Augenblick, in dem Mikamis Position in der Verwaltung klar wurde.

»Ich weiß es nicht.«

In Matsuokas Augen trat ein neuer Ausdruck. Mitleid? Mikami hatte keinen Grund, sich zu schämen. Er mochte zwar nur dem Namen nach Hauptkommissar und ansonsten einer von Akamas Handlangern sein, aber der Umstand, dass er nicht Bescheid wusste, bewies auch, dass er nicht wirklich zur anderen Seite gewechselt war.

»Noch habe ich meine Seele nicht verkauft.«

Es war das Beste, was er als Antwort aufbieten konnte, aber Matsuoka blinzelte nur, zum Zeichen, dass er es gehört hatte. War es wehleidig dahergekommen? Oder hatte er Mikami im Verdacht, es nur gesagt zu haben, damit er in seiner Wachsamkeit nachließ?

Mikami schob sich nach vorn, verringerte die Distanz zwischen ihnen.

»Was auch immer das Ganze ausgelöst hat, ich weiß, es hat mit 64 zu tun.«

»Aha.«

»Ich war bei Yoshio Amamiya. Ich weiß, dass er sämtliche Verbindungen zu uns abgebrochen hat.«

Matsuoka nickte stumm.

Der Chef von Dezernat I hatte es bereits zugegeben. Was als Nächstes kam, war entscheidend. Mikami beugte sich über den Tisch nach vorn.

»Was hat zu der Zerrüttung geführt?«

»Das kann ich Ihnen nicht sagen.« Seine Stimme klang fest. War dies der Punkt, an dem der Maulkorberlass in Kraft trat?

»Was ist das Koda-Memo?«

»Das kann ich Ihnen nicht sagen.«

»Hat das Koda-Memo den Maulkorberlass ausgelöst?«

»Das kann ich Ihnen nicht sagen.«

»Na schön, was ist mit dem Besuch des Generalinspekteurs? Der muss damit zu tun haben.«

Kurzes Innehalten, Schweigen. Das hieß: *Ja, der Besuch des Generalinspekteurs hat damit zu tun.*

»Fragen Sie Ihren Chef«, sagte Matsuoka im Aufstehen mit gedämpfter Stimme.

»Moment.« Mikami richtete sich wieder auf. »Ich bin nicht wie Futawatari. Und ich habe auch nicht die Absicht, je so zu werden.«

Matsuoka fixierte ihn stumm. Mikami meinte Mitleid in seinen Augen zu sehen.

»Herr Dezernatsleiter, ich bitte Sie. Sagen Sie mir einfach, was los ist.«

Keine Antwort.

»Was ist passiert – zwischen dem KUA und der Verwaltung?«

»Was gedächten Sie denn mit dieser Information anzufangen?«

Die Antwort holte Mikami auf den Boden zurück. Seine Gedanken rasten. *Auf welcher Seite stehen Sie?* War es das, was Matsuoka von ihm wissen wollte? Er spürte ein Brennen in der Brust. Das verstand sich ja wohl von selbst. *Auf der des KUA*. Die Worte drängten von tief in seinem Innern nach oben. Und doch ...

Alles, was seiner Kehle entschlüpfte, war ein trockenes Seufzen.

Er spürte, wie ein Schauder seinen Körper durchlief. Es war, als wäre er endlich aufgewacht. Den ganzen Vormittag hatte er sich bemüht, etwas zu finden, womit er Amamiya überzeugen könnte. Das war der Grund, warum er jetzt hier war: um Akamas Wünschen nachzukommen. Vielleicht ließen ihm die Umstände keine andere Wahl, aber in Wahrheit versuchte er selbst jetzt noch, Informationen für die Verwaltung zu sammeln; er war nichts weiter als ein Rädchen in deren Getriebe.

Ich bin auf Ihrer Seite. Das durfte er nicht sagen. Er *konnte* es nicht. Sowie er es täte, würde er zum Verräter an beiden Seiten – zu einer Fledermaus, einem Mittelding zwischen Vogel und Säugetier. Zu etwas Formlosem; er würde jede eigene Identität verlieren.

Mikami senkte den Blick.

Er war naiv gewesen. Matsuoka machte sich Sorgen um Ayumis Wohlergehen. Für ihn gehörte Mikami selbst jetzt noch zu seinen Leuten. Doch Mikami hatte sich von nostalgischen Erinnerungen an seine Zeit im Bezirk überwältigen lassen, hatte den Damm um den inneren Kriminalbeamten, den er eigentlich unter Kontrolle halten müsste, brechen lassen. Er hatte die räumliche Nähe zu Matsuoka für die Nähe zur Abteilung selbst gehalten.

»Denken Sie mal darüber nach, warum der Generalinspekteur kommt.«

Beim Klang seiner Stimme blickte Mikami auf.

Was …?

Matsuoka hatte sich umgedreht, sodass er Mikami den Rücken zuwandte. Er hatte die Hände in die Hosentaschen gesteckt und lockerte seinen Nacken. Mikami war verblüfft. *Natürlich.* Es war Matsuoka, der ihm die Technik des »Laut-Denkens« beigebracht hatte. Im Bezirk hatte er jedes Mal die gleiche Haltung eingenommen, wenn er einem Journalisten, der auf dem Holzweg war, auf die Sprünge helfen wollte.

Was meinte er damit? Mikami hatte keine Ahnung. Akama hatte den Grund für den Besuch des Generalinspekteurs bereits genannt. Es war PR, ein Signal an die Öffentlichkeit und zugleich dazu gedacht, die Gewissheit zu stärken, dass der Generalinspekteur das KUA nicht im Regen stehen lassen würde.

Doch Matsuoka hatte …

Ein lautes Rumpeln ertönte. Die Tür flog auf, und wiegenden Schritts kam die ansehnliche Gestalt von Direktor Arakida in den Raum stolziert. Sein Blick fiel sofort auf Mikami. Die schmalen Augen verengten sich noch mehr.

»Was hat die Pressestelle hier zu suchen?« Er brüllte beinahe. Mikami straffte den Rücken. Er hatte keine Ahnung, wie er reagieren sollte. »Das waren Sie, stimmt's?« Sein Blick, nun voller Vorwurf, bohrte sich in ihn. »Heute Morgen – die *Toyo,* die *Times.* Lassen Sie mich raten, Sie haben Informationen über den heißen Draht bekommen, den Sie mit Itokawa unterhalten.«

»Das war nicht ich …«

»Und wer hat die Story dann durchgestochen?«

»Ich habe die Absicht, das zu untersuchen.«

»Sie haben die *Absicht*?«

»Richtig.«

»Nicht, dass das eine Rolle spielt. Wir werden es bald genug wissen.«

Seine Tonhöhe war deutlich gesunken. *Glauben Sie ja nicht, Sie kommen damit durch.* Der schnelle Blick, den er in Mikamis Richtung schoss, war unmissverständlich. Dann bedeutete er Matsuoka, ihm zu folgen, und ging weiter in sein Büro.

»Wer nicht zum KUA gehört, verschwindet jetzt.«

Mit diesem bissigen Kommentar warf er die Tür zu. Die Nummer eins und die Nummer zwei des KUA verschwanden im Büro des Direktors. Sie waren in höchster Alarmbereitschaft. Es war, als rüsteten sie sich für einen Krieg.

24

Der Nordwind stach in Mikamis Wangen.

In seinen Wagen zurückgekehrt, steckte er den Schlüssel ins Zündschloss und ließ den Motor an, doch anstatt loszufahren, fischte er seine Zigaretten aus seiner Jacketttasche. Er zündete sich eine an, zog genüsslich den Rauch ein und saß reglos auf dem Fahrersitz, während er zum Fenster hinausschaute, den Blick auf das Gebäude gerichtet, aus dem er gerade gekommen war. Er hörte Matsuokas Worte als Dauerschleife in seinen Ohren.

Denken Sie mal darüber nach, warum der Generalinspekteur kommt.

Welchen Grund könnte Tokio haben, das Kriminaluntersuchungsamt von Präfektur D ins Visier zu nehmen? Was war der eigentliche Beweggrund?

Matsuoka hatte ihn aufgefordert, seinen Chef zu fragen, aber selbst wenn er das täte, Akama würde das Geheimnis nicht preisgeben. Er würde ihn hinauswerfen und sagen, das habe er doch bereits erklärt. Was den Besuch des Generalinspekteurs anging, hatte er keinerlei Anzeichen vom Dilemma des Trickbetrügers gezeigt. Akama hatte Anweisungen erteilt und keinerlei Spielraum für Kompromisse gelassen. Er traute Mikami nicht, hatte ihm noch nie getraut. Wegen Ayumis Verschwinden hielt er sich zurück, aber Akama wusste auch, dass Mikami sich den Verwaltungsanzug vom Leib reißen würde, sowie dieser Hebel entfiel.

Mikami sah auf die Uhr am Armaturenbrett. Schon eins vorbei. Sein Pflichtgefühl meldete sich, und er verspürte einen zunehmenden Handlungsdruck. Wie kam er an etwas heran, das er verwenden konnte, um Amamiya zu überzeugen? Arakidas grimmige Miene hatte deutlich gemacht, dass sich der Maulkorb nicht im Mindesten lockern würde, wenn Mikami schlicht im Nebel herumstocherte. Er hatte nicht wie ein Mann in der Defensive gewirkt. Er war kämpferisch aufgetreten, entschlossen – und darauf bedacht, die Verwaltung von jeder Einmischung abzuhalten. Das war es. Das KUA schirmte sich nicht einfach nur ab. Im Schutz des Eisernen Vorhangs traf es Vorbereitungen für einen Gegenschlag.

Du musst mit dem Koda-Memo anfangen.

Die Worte kamen ihm ganz unwillkürlich in den Sinn. Dabei konnte man sich in diesem Stadium gar nicht sicher sein, dass ein solches Dokument überhaupt existierte, geschweige denn herausfinden, was es enthielt. Futawatari schien davon auszugehen, dass es tatsächlich existierte. Auf diesen Punkt konzentriert, versuchte er, in das Territorium des KUA einzudringen. Das Koda-Memo war der Schlüssel, es musste der Schlüssel sein. Das KUA, das eine Meuterei inszenierte. Amamiya, der den Besuch des Generalinspekteurs ablehnte. Der eigentliche Grund für den Besuch des Generalinspekteurs. Mikami war mehr und mehr überzeugt, dass sich alle drei Rätsel mithilfe des Memos lösen ließen.

Es bedurfte keiner großen Fantasie, um darauf zu kommen, dass es sich bei dem Memo um etwas handelte, was Kazuki Koda geschrieben hatte. Koda war zur Zeit von 64 beim Kommissariat Gewaltverbrechen in Dezernat I gewesen, und er gehörte zu den vier Beamten, die man der Vor-Ort-Einheit zugewiesen hatte und die während der Entführung in Amamiyas Haus stationiert gewesen waren. Irgendetwas war schiefgelaufen, während er dort war. Irgendetwas, das zur Folge gehabt hatte, dass Amamiya das Vertrauen in die Polizei verlor. Das Koda-Memo enthielt detaillierte Angaben darüber, was passiert war.

Mikami hatte das Gefühl, nicht allzu falschzuliegen.

Der Umstand, dass Koda nur sechs Monate nach der Entführung den Dienst quittiert hatte, untermauerte diese Theorie nur. Als offizielle Begründung für sein Ausscheiden wurden »persönliche Gründe« genannt, doch in Wahrheit hatte man ihn unter Druck gesetzt, die Polizei zu verlassen, weil er aufgeschrieben hatte, was auch immer in Amamiyas Haus passiert war. Entweder das, oder die Existenz des Memos war erst nach seinem Ausscheiden ans Licht gekommen, und die Sache schwelte noch heute vor sich hin.

Aber …

Mikamis Gedanken sprangen vierzehn Jahre zurück. Er war auch dort gewesen. In der Nacht der Entführung war er in Amamiyas Haus gewesen, als Teil der Mobilen Einsatzgruppe. Er hatte sich bis nach 16 Uhr am Folgetag im selben Zimmer wie die Amamiyas – und die Vor-Ort-Einheit – aufgehalten. Soweit er sich erinnern konnte, hatte sich in dieser Zeit nichts ereignet, was einer Auseinandersetzung ähnelte. Konnte etwas passiert sein, was er nicht mitbekommen hatte? Oder war es passiert, nachdem er das Haus verlassen hatte?

Koda hatte das Memo geschrieben – am einfachsten wäre es, ihn direkt zu fragen. Doch Mochizuki hatte ihm erzählt, dass Koda verschwunden war. Auch im KUA kannten sie seinen derzeitigen Aufenthaltsort nicht, waren nicht imstande, den Brandherd aufzuspüren. Deshalb hatte man dort auch solche Angst vor Futawataris Herumschnüffelei.

Wie auch immer, die unmittelbarste Informationsquelle wäre die Vor-Ort-Einheit. Wenn es ihm gelang, von einem der Teammitglieder zu erfahren, was das Ganze verursacht hatte, würde er auf den Inhalt des Memos schließen können. Das Datum von Kodas Verschwinden, sein letzter bekannter Aufenthaltsort – wahrscheinlich kannten die Angehörigen der Vor-Ort-Einheit auch diese Details.

Mikami blickte zum Himmel auf.

Die vier Angehörigen der Vor-Ort-Einheit waren direkt zu Amamiyas Haus aufgebrochen. Die Leitung hatte Urushibara gehabt, mit Kakinuma als Stellvertreter. Beide waren vom Kommissariat für Sonderermittlungen in Dezernat I abgestellt worden, wo damals auch Mikami arbeitete. Koda war die Nummer drei gewesen. Er war vom Kommissariat für Gewaltverbrechen gekommen, seine Vertrautheit mit der Umgebung von Amamiyas Haus hatte den Ausschlag für seine Entsendung gegeben. Das letzte Mitglied der Einheit war ein Beamter von der Kriminaltechnik gewesen; seine Aufgabe war die Aufzeichnung und Zurückverfolgung von Anrufen gewesen. Sein Name wollte Mikami einfach nicht einfallen. Er war der exzentrische Typ, ein Analytiker mit randloser Brille, der aus der Forschungs- und Entwicklungsabteilung für Telekommunikation bei der NTT gekommen war.

Urushibara war seither befördert worden und war mittlerweile Leiter von Direktion Q. Damals hatte er das Kommissariat für Sonderermittlungen geleitet, und Mikami war sein Stellvertreter, also Urushibaras direkter Untergebener gewesen. Doch es war ihm nie so vorgekommen, als hätte er unter ihm gearbeitet. Das Kommissariat war in zwei Teams aufgeteilt gewesen, die unabhängig voneinander funktionierten; Mikami hatte eines geleitet, Urushibara das andere. Was Entführungen anging, hatte das Kommissariat wenig Erfahrung gehabt. Das einzige Instrumentarium, das man ihnen an die Hand gegeben hatte, waren das Fallhandbuch, das sie ohnehin in- und auswendig kannten, und die paar verstaubten Apparate, die sich bei einer solchen Ermittlung einsetzen ließen. Vor 64 hatten sie nur zwei Entführungsfälle gehabt – einmal war der Besitzer einer Immobilienfirma von einem Verbrechersyndikat als Geisel genommen worden; ein anderes Mal hatte ein gewalttätiger Mann seine Exfrau entführt und eingesperrt –, aber bei keinem war es um ein Kind oder um eine Lösegeldzahlung gegangen. Solche Fälle hatte man dem Kommissariat Sonderermittlungen übertragen, aber den Großteil seiner Zeit hatte Mikami im Bezirk damit verbracht, sich mit unterschiedlichsten Fällen grober Fahrlässigkeit zu befassen. Unmittelbar vor der Entführung hatte sein Team einen Brand untersucht, bei dem siebzehn Arbeiter getötet oder verletzt worden waren, während das von Urushibara nach einem Erdrutsch in einer Kiesgrube tägliche Tests durchführte, um Beweismaterial für eine Anklage zusammenzutragen.

Mikami bezweifelte, dass ihm Urushibara jemals hätte sympathisch werden können, selbst wenn sie demselben Team angehört hätten. Mehr als jeder andere hatte er Mikamis »Exil« als Vorwand benutzt, ihn abweisend zu behandeln, und er hatte sich, zweifellos um ihn zu schikanieren, angewöhnt, vulgäre Bemerkungen über Minako zu machen. *Wie sieht's aus, ist sie laut im Bett?*

Trotzdem, in seinem Verhalten als Leiter der Vor-Ort-Einheit hatte er sich keinerlei Nachlässigkeit zuschulden kommen lassen. Er hatte geholfen, Yoshio Amamiyas aufs Äußerste angespannte Nerven zu beruhigen, er hatte seiner verzweifelnden Frau Toshiko Mut zugesprochen, und er hatte in ruhigem, besonnenem Ton die für die Ermittlung notwendigen Informationen eingeholt. Am Ende hatten sie bis zum nächsten Morgen darauf gewartet, dass der Entführer anrief. Doch selbst als die Spannung im Raum ein kaum noch erträgliches Maß erreicht hatte, waren die gelegentlichen Wortwechsel zwischen den beiden Männern offen und frei von Vorwürfen geblieben.

Sie sollten versuchen, sich ein wenig auszuruhen.

Nein, danke. So kann ich mich besser entspannen.

Es wird ein langer Tag. Sie müssen ein wenig schlafen, Ihrer Tochter zuliebe.

Amamiya hatte mit einem Nicken reagiert und seine förmliche

Haltung schließlich aufgegeben. Zu diesem Zeitpunkt jedenfalls hatte eine vertrauensvolle Beziehung zwischen den beiden Parteien bestanden.

Was war als Nächstes passiert? Was war geschehen, das Amamiyas emotionalen Rückzug ausgelöst hatte?

Vermutlich würde es nahezu unmöglich sein, Urushibara dazu zu bringen, dass er darüber redete. Welche Defizite er auch immer hatte, er war ein Mann, der sich schon seit jungen Jahren unbeirrt in der Welt kriminalpolizeilicher Ermittlungen bewegte. Sein Zugehörigkeitsgefühl war eisern, durch keine Beförderung zu erschüttern.

Was war mit Kakinuma? Mikami hatte nichts davon gehört, dass er von 64 wegversetzt worden wäre. Wenn er sich recht erinnerte, war der Mann aus dem Kommissariat Sonderermittlungen zur Sonderkommission gestoßen und hatte auch nach deren Herabstufung zur »Ermittlungsgruppe« dort weitergearbeitet. Dass jemand in vierzehn Jahren kein einziges Mal versetzt wurde, erschien ungewöhnlich, könnte aber, wie Mikami vermutete, schlicht der Größenordnung des Falls geschuldet sein. Kakinuma vermittelte den Eindruck von körperlicher Schwäche, war aber erstaunlich mutig. Er war schnell auf den Beinen und konnte es, was seine Kenntnisse von Gebäuden und Bauwesen anging, mit jedem Architekten aufnehmen. Sie hatten verschiedenen Teams angehört, und Mikami konnte an einer Hand abzählen, wie oft sie zusammen etwas trinken gegangen waren, aber es gab keinen Grund zu der Annahme, dass er mauern würde. Die Sache hatte nur den Haken: Er war nicht in der Position, sich 64 als ein Ereignis vorzustellen, das in der Vergangenheit lag. Angenommen, er gehörte noch immer zur Ermittlungsgruppe, dann hätte der Maulkorberlass für ihn mehr Gewicht als für jeden anderen.

Plötzlich stand Mikami das Bild eines Mannes im blauen Overall vor Augen.

Das war es. Kakinuma hatte Amamiyas Haus in der Rolle eines Handwerkers betreten, der eine schadhafte Gasleitung reparieren sollte. Zusammen mit Koda, der die gleiche Tarnung wählte, hatte er die Kommunikation mit der Einsatzleitung organisiert: mit einem Funkgerät, das einen ununterbrochenen Strom von Befehlen und Anweisungen übermittelte, und einem Handy – damals noch nicht im allgemeinen Gebrauch –, das größer war als das Funkgerät selbst. Mit geübter Hand hatte Kakinuma beide eingesetzt, um jeden Informationsschnipsel, den Urushibara aus den Amamiyas herausbekommen hatte, in den Lageraum zu übermitteln. Bei Einbruch der Nacht waren die Angehörigen der anderen Einheiten im Haus eingetroffen; wie schon Mikami waren sie hinten um die Konservenfabrik herumgefahren, um nicht gesehen zu werden. Beamte, die Kakinuma und seine Einheit unterstützen sollten. Beamte, die nur kurz etwas von Shoko abholten – Fotos, eine Haarbürste. Matsuoka war auch da gewesen. Er hatte sich Amamiya förmlich vorgestellt, ihm gesagt, er werde sich bei ihm im Wagen verstecken, falls der Entführer verlangte, dass ein Familienmitglied das Lösegeld überbrachte. In der Morgendämmerung war eine Gruppe von Beamtinnen eingetroffen, die sich gezielt um Amamiyas Frau kümmern sollten. Sie saßen still bei Toshiko in der Küche, während diese weiter Reisbällchen zubereitete.

Eine Serie von Momentaufnahmen kam Mikami in den Sinn, alle von Mizuki Suzumoto. Sie war als Ablösung für die Gruppe zur Betreuung Toshikos gekommen. Sie war ein Jahr älter als Minako und hatte in Mikamis Revier als Kriminalpolizistin gearbeitet. Er hatte sie erst neulich wiedergesehen, vor ein paar Wochen. Weil er sich Sorgen um Minako machte, als diese nach den Schweigeanrufen das Haus nicht mehr verließ, und weil er wusste, dass Mizuki wie eine ältere Schwester für sie gewesen war, hatte Mikami sich an sie gewandt und sie um Hilfe gebeten. Immer mehr Erinnerungen an sie in Amamiyas Haus kehrten zurück. Sie war kurz nach Mittag des zweiten Tages eingetroffen. Sie hatte eine Schürze umgebunden und den Abwasch gemacht. Sie hatte Toshiko den Rücken massiert. Sie hatte Tee zubereitet und herumgereicht. Und sie war auch noch da gewesen, als Mikami gegangen war. Ihre Beobachtungsgabe war beeindruckend. Was mochte sie gesehen haben? Was mochte sie erlebt haben?

Natürlich … *Hiyoshi.*

Der Name schien aus dem Nichts zu kommen. Hiyoshi von der Kriminaltechnik. Der vierte Angehörige der Vor-Ort-Einheit. Er war so gut wie unsichtbar gewesen, durchweg still. Weil niemand wissen konnte, wann der Entführer anrufen würde, hatte er sich keinen Augenblick vom Tonbandgerät entfernen können. Er war weiß wie die Wand gewesen. Das war nicht weiter verwunderlich. Er war Zivilist, ein Ingenieur; er arbeitete zwar für die Polizei, war aber kein Polizeibeamter. Seine Arbeitszeit verbrachte er in der Abgeschiedenheit des Labors, und abgesehen von Fällen, in denen sein beruflicher Rat unverzüglich gebraucht wurde, hatte er nie einen Tatort aufsuchen, geschweige denn ganztags am Ort einer Ermittlung arbeiten müssen. Seine Berufung in das Team war bemerkenswert gewesen, weil sie dem üblichen Verfahren zuwiderlief. Jeder Beamte im Kommissariat Sonderermittlungen hatte eine Schulung in Aufbau und Bedienung der Aufzeichnungs- und Fangschaltungsgeräte absolviert. Selbst angenommen, Urushibara und Kakinuma hätten diese Aufgabe aufgrund ihrer anderen Verpflichtungen nicht übernehmen können, hätte man ohne Weiteres jemand anderen vom Kommissariat dafür abstellen können. Hiyoshi war nur wegen seiner früheren Beschäftigung bei der NTT herangezogen worden. Angesichts des ersten echten Entführungsfalls war man im Präsidium nervös geworden. Einerseits auf einen starken Eröffnungszug bedacht und andererseits besorgt, weil die Sonderkommission über die

Beschäftigung mit beruflichem Fehlverhalten hinaus kaum Erfahrungen hatte, hatte man es im Präsidium für angebracht gehalten, die Verfahrensvorschriften zu umgehen, und alle Hoffnungen auf den Sachverstand dieses einen Mannes gesetzt.

Vielleicht sollte ich mich an ihn halten ...

Mikami war sich dessen zunehmend sicher. Er hatte kaum mit dem Mann gesprochen, aber er wusste, Hiyoshi war bestimmt nicht der Typ, der sich bei Verhandlungen von Freundschaft beeinflussen ließe. Sie hatten zwar beide zur Kriminalpolizei gehört, aber Leuten von der Forensik war eine Denkweise eigen, die eher der von Akademikern entsprach, und revierinterne Machtspielchen interessierten sie nicht. Vielleicht würde er das Geheimnis preisgeben, ohne es überhaupt zu bemerken. Möglich war es. Außerdem waren die Forensiker in aller Regel nicht von Versetzungen betroffen. Hiyoshi arbeitete bestimmt nach wie vor im Labor.

Mikami versuchte, die Aufregung zu zügeln, die in ihm aufstieg.

Zuerst kam Mizuki Suzumoto. Es war zehn Jahre her, dass sie einen Banker geheiratet hatte und den Polizeidienst quittiert hatte. Ihr Familienname lautete jetzt Murakushi. Obwohl es ihm unangenehm war, sich erneut mit einer Bitte an sie zu wenden, ergab sich so doch auch eine gute Gelegenheit, sich bei ihr für das letzte Mal zu bedanken. Sie war noch am selben Tag, an dem Mikami angerufen hatte, zu Minako geeilt. Sie hatten lange zusammengesessen und über alles geredet. Das Netzwerk der Polizeibeamtinnen war klein und dicht. Mizuki war auf dieselbe Oberschule gegangen wie Mikumo.

Mikami zog sein Handy aus der Jacketttasche. Er rief seine Kontakte auf, konnte aber unter Suzumoto oder Murakushi niemanden finden. Mit einem Fluch beschloss er nach einem Moment des Zögerns, die dritte Kurzwahlnummer zu wählen, anstatt zu Hause anzurufen.

»Direktor Mikami, was gibt es?«

Mikumo wusste bereits, wer anrief, als sie sich meldete.

»Tut mir leid, Sie zu stören. Können Sie mir Murakushis Privatnummer geben?«

»Mura...?«

»Mizuki, von Ihrer ehemaligen Schule. Mizuki Murakushi. Hatten Sie nicht gesagt, Sie beide schicken einander Neujahrskarten?«

»Richtig, Entschuldigung. Bleiben Sie einen Moment dran.«

Wenn er zu Hause angerufen hätte, hätte Minako wissen wollen, was er gerade machte. Weil ihm die Zeit fehlte, ins Detail zu gehen, hätte er ihr nur weitere Sorgen bereitet.

»Tut mir leid, dass Sie warten mussten. Haben Sie etwas zum Schreiben zur Hand?«

»Ja, legen Sie los.«

Als Mikami die Nummer aufgeschrieben hatte und das Gespräch beenden wollte, sagte Mikumo noch etwas, und dabei klang ihre Stimme gehetzt. »Direktor Mikami, kann ich irgendwie helfen?«

»Das haben Sie bereits. Ruhen Sie sich etwas aus. Nächste Woche haben wir viel zu tun.«

Die kalten Blicke der Journalisten kamen ihm in den Sinn. Montag war ein weiteres entscheidendes Datum für die Beziehung des Präsidiums zur Presse.

Mikami schüttelte den Kopf und beendete das Gespräch. Er rief die Nummer an, die er notiert hatte. Es war Samstag, also rechnete er damit, dass Mizukis Mann zu Hause war. Während er dem Rufton lauschte, befand er, dass das keine Rolle spielte.

»Hallo?« Es war Mizuki, die sich schwer atmend meldete.

»Mikami hier. Äh, ist alles in Ordnung?«

»O ja, entschuldige. Ich war nur auf dem Balkon und musste rennen, um ans Telefon zu kommen.«

»Ach so. Hast du Zeit zum Reden?«

»Wieso, ist etwas mit Minako?«, fragte sie, plötzlich besorgt.

»Nein, hat nichts mit ihr zu tun. Danke übrigens. Du warst wirklich eine große Hilfe.«

»Du weißt, dass sie mich gestern angerufen hat.«

»Hmm?«

»Sie hat nichts gesagt?«

Mikami wusste nicht recht, was er sagen sollte. Damit hatte er überhaupt nicht gerechnet. Minako, die die Leitung normalerweise unter allen Umständen frei hielt, hatte tatsächlich jemanden angerufen?

»Noch nicht. Ich bin aber auch den ganzen Abend unterwegs gewesen.«

»Deswegen rufst du also nicht an?«

»Nein. Ich muss dich etwas wegen eines alten Falls fragen.«

»Hat es etwas mit 64 zu tun?«

Ihre Reaktion überraschte ihn, aber sie war eine ehemalige Präsidiumsbeamtin, und 64 war vermutlich der erste Fall, der einem bei seinen Worten in den Sinn kam.

»Ja. Du hast dein Gespür nicht verloren. Macht es dir etwas aus?«

»Ist es irgendwie heikel …«

»Möglicherweise ein klein wenig.«

»In Ordnung, dann komm doch einfach hierher. Mein Mann ist mit Yoshiki Fußball spielen gegangen. Oder bist du gar nicht in der Nähe?«

»Doch, ich bin beim Büro.«

»Dann wäre das geklärt – komm hierher. Ich habe nämlich auch etwas, worüber ich mit dir reden wollte.«

Ihr letzter Satz überzeugte ihn, dass sie sich treffen mussten. Er wollte wissen, weshalb Minako sie angerufen hatte.

»Kein Problem. In zehn Minuten bin ich da.«

Den Weg zur Wohnung der Murakushis kannte er bereits. Er wendete und fuhr vom Parkplatz. Über das Armaturenbrett hinweg erspähte er eine unscheinbare Gestalt, die gerade die Straße überquerte und ihm den Atem stocken ließ.

Futawatari.

Mikami sah nur sein Profil, und es wirkte ernst, während er ins Hauptgebäude des Präsidiums schritt. Er arbeitete am Wochenende. War er unterwegs in die Verwaltung? In die Personalabteilung? Er hatte doch nicht etwa vor, bei Arakida und Matsuoka im KUA hereinzuplatzen?

Das Licht fing sich im Glas der Eingangstür und ließ sie aufblitzen, als sie sich hinter Futawatari schloss. Mikami riss seinen Blick davon los, dann drückte er aufs Gaspedal.

25

Die einzige Möglichkeit, sich die Größe des Wohnzimmers, in das Mizuki ihn bat, vernünftig zu erklären, bestand darin, sich in Erinnerung zu rufen, dass sie mit einem Banker verheiratet war.

»Ist das auch wirklich in Ordnung, wo dein Mann nicht da ist?«

»Aber ja, sei nicht albern. Setz dich irgendwohin, ich mache Tee.«

Vielleicht lag es daran, dass sie sich auf heimischem Gelände befand, aber Mizuki wirkte insgesamt ein wenig draller als bei ihrem letzten Wiedersehen vor ein paar Wochen.

»Mach dir keine Umstände. Ich habe auch gar nicht viel Zeit«, sagte Mikami. Von der anderen Seite des Küchentresens hörte er ein Lachen.

»Also noch immer der alte Egozentriker.«

»Um das zu ändern, ist es wahrscheinlich ein bisschen zu spät.«

Mikami entspannte sich. Mizukis unkomplizierte und offene Art hatte etwas, das ihn zwang aufzutauen. Sie hatte ein großes Gesicht mit kleinen Augen. Nichts an ihr entsprach der Definition von Schönheit. *Und das ist gut so.* Der alte Gedanke kam ihm wieder, lebhaft und vielsagend.

»Wie ist es Minako ergangen, seit ich sie zuletzt gesehen habe?«, fragte Mizuki, während sie eine Teetasse samt Untertasse vor ihm abstellte. Zur eigentlichen Frage hatte sie sich immer noch nicht durchgerungen.

»Du hast mir erzählt, sie hätte dich angerufen. Wie kam sie dir denn vor?«

»Sie klang niedergedrückt.«

»Worüber habt ihr geredet?«

»Nichts Wichtiges.«

Mikami schien es, als wiche sie der Frage aus. Sie war sich immer noch nicht schlüssig, ob sie ihm vertrauen konnte.

»Wie geht es ihr denn normalerweise?«

»Meistens gar nicht so schlecht.«

»Aber nicht immer ...?«

»Es geht ihr schon viel besser.«

»Verlässt sie denn manchmal das Haus?«

»Nein, da hat sich nichts geändert.«

»Aber ihr habt seit den letzten Anrufen keine weiteren erhalten?«

»Nein.«

»Weißt du, ich kann nicht umhin, mich zu fragen ...« Mizuki brach ab. Sie schien über etwas nachzudenken.

»Dich was zu fragen?«

Sie hob rasch die Augen und fing seinen Blick auf. »Es macht dir nichts aus?«

»Sag schon.«

»Die Schweigeanrufe, die ihr bekommen habt. Ich frage mich ständig ... ob sie wirklich von Ayumi waren.«

Es war wie ein schmerzhafter Schlag. Zuerst Ikue, jetzt Mizuki.

»Es war Ayumi. Da bin ich mir ganz sicher.«

»Es gibt da etwas, was ich irgendwie zu erwähnen vergessen habe. Wir haben auch so einen Schweigeanruf erhalten. Ich glaube, es war etwa vor drei Wochen. Es war ein Sonntag, also ist mein Mann drangegangen; er sagte ständig Hallo, aber der Anrufer, wer auch immer es war, blieb einfach stumm, also wurde mein Mann laut, fragte, wer dran sei, sagte, wir seien bei der Polizei, solche Sachen, aber nach einer Weile war einfach die Leitung tot. Egal, wichtig ist, dass ...«

»Nur dieser eine Anruf?«, fiel Mikami ihr ins Wort.

»Ja, nur dieser eine. Ich weiß nicht, vielleicht hat es den Anrufer abgeschreckt, dass wir von der Polizei sind …«

»Wir haben drei Anrufe bekommen. Alle am selben Tag. Dabei stehen wir nicht mal im Telefonbuch.«

»Ich weiß. Aber wir auch nicht, und das schon seit über zehn Jahren. Mein Mann … so wie er aussieht, hat er sich immer Sorgen gemacht, dass er keine Frau abkriegt. Also hat er sich beeilt, diese Wohnung zu kaufen, obwohl er sie sich gar nicht leisten konnte. Und rate mal, wer sich genau darin verliebt hat …«

Mikami lachte schnaubend. Er hatte ihren Mann nie getroffen, und über ihn zu reden war ihm unangenehm.

»Jedenfalls, ich habe das mit dem Telefonbuch erwähnt, und er hat gesagt, er habe nur die ersten paar Jahre daringestanden und sich eine Geheimnummer geben lassen, nachdem er zu viele lästige Vertreteranrufe bekommen hatte. Ich habe im neuen Telefonbuch da drüben nachgesehen, nur um sicherzugehen, aber unsere Nummer steht definitiv nicht drin. Und trotzdem haben wir den Anruf bekommen. Heutzutage lässt sich bestimmt kaum noch jemand ins Telefonbuch eintragen … es ist nicht mehr wie früher. Man wird bloß noch belästigt, es bietet keinen Vorteil mehr.«

»Da hast du recht.«

Ein neu aussehendes Telefonbuch war in ein Regal des protzigen Bücherschranks gequetscht, auf den Mizuki gezeigt hatte. *Das Örtliche. Präfektur D, Mitte bis Osten. 2002.* Man brauchte nicht eigens nachzusehen, um zu erkennen, dass es mit jedem Jahr, das verging, dünner wurde. Trotzdem war es dicker als das des Nord- oder Westteils, die nur noch als schmale Ergänzungsbände erschienen.

»Weißt du von jemandem, der einen Brass auf euch haben könnte?«

»Mit Sicherheit verneinen kann ich das nicht. Bestimmt haben einige meinen Mann auf dem Kieker. Du weißt ja, eine Menge

Leute haben ihren Arbeitsplatz verloren, als die Bank sich gesundgeschrumpft hat. Sie hätten guten Grund, denen böse zu sein, die ihre Arbeit behalten haben.«

»Möglich ist es.«

»Aber sieh dir die Gesellschaft heutzutage an, es gibt da draußen so viele schräge Typen, da müssen auch welche dabei sein, die gern Zufallsnummern anrufen. Da fällt mir ein: Mikumo hat gesagt, ihre Eltern hätten auch einen erhalten. Da habe ich sie angerufen, um ein Treffen von uns Kripo-Beamtinnen zu organisieren, ist noch gar nicht lange her.«

»Na gut. Hör zu, was willst du mir damit sagen?« Mikami wurde allmählich die Zeit knapp.

»Was ich … damit … sagen will … ist, dass es vielleicht klug wäre, sich *nicht* auf die Anrufe zu fixieren. Wenn es so weitergeht, wird Minako nicht mehr sehr viel länger durchhalten. Psychisch und physisch.«

»Aber sie sind …«

»Ich weiß. Sie sind der einzige Anhaltspunkt, den ihr dafür habt, dass Ayumi am Leben und wohlauf ist. Sie ist natürlich noch am Leben, ganz bestimmt. Sie ist die Tochter eines Polizisten. Überall im Land halten Ermittler die Augen nach ihr offen. Sie werden sie finden. Sie wird nach Hause kommen – da bin ich ganz sicher. Und bis dahin muss Minako auf sich achtgeben. Deine Aufgabe ist es, sie zu unterstützen, ja? Dass während der Anrufe keiner etwas gesagt hat, macht ihr schwer zu schaffen; sie kann damit nicht umgehen. Sie hat gesagt, es sei ihr vorgekommen, als hätte Ayumi sich verabschiedet.«

Mikami fing Mizukis Blick auf. »Das … hat sie gesagt?«

»Ja, als sie gestern angerufen hat. Es hat mir ein bisschen Angst gemacht. Deswegen fand ich, du solltest Bescheid wissen. Du musst ein bisschen anders an die Sache herangehen. Ich glaube, es würde helfen, wenn du derjenige wärst, der es sagt – der zu bedenken gibt, dass die Anrufe vielleicht nicht von Ayumi kamen. Dass sie etwas gesagt hätte, wenn sie es gewesen wäre.«

Mikami blinzelte und sah Minakos gesenkten Kopf vor sich.

Sie, die normalerweise immer gleich auflegen wollte, hatte das Telefon tatsächlich benutzt, um Mizuki anzurufen. Auf der Herfahrt hatte sich Mikami gefragt, ob der Schmerz darüber, das tote Mädchen identifizieren zu müssen, den Anstoß dazu gegeben hatte. Vielleicht hatte er teilweise recht damit. Das stumme Mädchen unter dem Laken hatte nichts als »Abschied« vermittelt.

Mizukis Ängste berührten Mikamis größte Sorge: dass er sich nicht mehr darauf verlassen konnte, dass Minakos Verhalten nach außen wiedergab, wie es wirklich um sie stand. *Ayumi hat sich verabschiedet.* Wenn Minako je zu diesem Schluss käme, würde sie an der Verzweiflung ersticken.

»In Ordnung. Ich denke darüber nach.«

»Ja, bitte tu das. Ich versuche sie auch noch einmal anzurufen.«

»Danke.«

»Sei nicht albern. Ich bin nur um Minakos Wohlergehen besorgt. Ich bin froh, dass du mich helfen lässt.«

Das hörte sich gar nicht gut an. *Um Minakos Wohlergehen besorgt … weil ich weiß, dass sie es früher schwer hatte.* Mikami hatte schon vorher vermutet, dass Mizuki eine Seite von Minako kannte, die ihm verborgen blieb. Trotz der Umstände spürte er, eher in seinem Stolz als Mann denn als Vater oder Ehemann getroffen, seine Gefühle aufwallen.

»Du warst bei Amamiya?« Vom plötzlichen Themenwechsel überrumpelt, nickte Mikami erst nach einer Weile. Minako musste ihr bei ihrem Telefongespräch davon erzählt haben. »Wonach wolltest du mich denn fragen? Ich war doch nur einen halben Tag dabei.«

»Ich muss wissen, wann du gekommen und wann du gegangen bist.«

»Es war am Tag nach der Entführung, also am sechsten Januar. Ich bin nach zwölf gekommen. Ich glaube, du warst zu der Zeit auch da.«

»Richtig.«

»Ich war bis 21 Uhr da, dann kam Nanao und hat meine Schicht übernommen. Wie geht es ihr eigentlich mittlerweile?«

Nanao arbeitete seit Langem in der Verwaltung, als Zuständige für die Polizistinnen in der Präfektur – sie war als einzige Beamtin präfekturweit zur Oberkommissarin befördert worden.

»Kann ich nicht sagen. Bei der Arbeit sehe ich sie nie.«

»Aber ihr seid doch beide in der Verwaltung?«

»Verschiedene Büros. Allerdings habe ich gehört, dass sie jetzt, wo sie Oberkommissarin ist, nicht mehr so viel lacht.«

»Es muss anstrengend sein. Für eine Frau ist es nicht einfach, bei der Polizei Karriere zu machen. Egal, entschuldige bitte, was wolltest du sonst noch fragen?«

Mikami entschied sich für die direkteste aller Fragen, die er im Kopf hatte. »Kannst du dich an irgendwelche Auseinandersetzungen oder Probleme zwischen der Vor-Ort-Einheit und den Amamiyas erinnern, während du im Haus warst?«

»Was denn für Probleme?«

»Das zu erklären würde jetzt zu lange dauern. Als ich vor ein paar Tagen bei Amamiya war, war er nicht sehr empfänglich für das, was ich zu sagen hatte. Ich hatte den Eindruck, er ist wegen irgendetwas wütend auf uns. Ich versuche dahinterzukommen, was dieses Etwas ist.«

Mizuki sah Mikami aus schmal gewordenen Augen an. »Tja, das hört sich sonderbar an. Warst du wegen einer Pressesache bei ihm?«

»Wie gesagt, das ist eine lange Geschichte.«

Mizuki schmunzelte. »Immer noch ganz der Ermittler. Sag mir dies, sag mir das, ohne je deine Karten aufzudecken. Ich hatte immer gedacht, in der Verwaltung ginge es mehr um Tauschgeschäfte: Eine Hand wäscht die andere und so weiter …«

»Nett.« Dass sie ihn als Ermittler bezeichnete, versetzte Mikami einen Stich. »Nun sag schon, wie kamen dir die Beziehungen zur Vor-Ort-Einheit vor?«

»Die Vor-Ort-Einheit. Das waren Urushibara, Kakinuma …«

»Und Koda und Hiyoshi.«

»Mmm.« Mizuki verschränkte in einer ausgesprochen maskulinen Geste die Arme. »Ich war selbst ein bisschen mit den Nerven fertig. Du warst dort, bestimmt erinnerst du dich. Man konnte kaum atmen, so spannungsgeladen war die Atmosphäre da drin, und zwar bis zu dem Augenblick, wo Amamiya-san mit dem Lösegeld losrasen musste. Ich bezweifle, dass sich dabei wirklich jemand hätte *streiten* können …«

Das entsprach Mikamis eigenem Eindruck. »Und hinterher? Oder ist dir vor dieser Nacht irgendetwas Ungewöhnliches aufgefallen?«

»Schau mich nicht so bohrend an. Das ist hier kein Verhör.«

Mikami schnitt eine Grimasse. Falls Mizuki jemals eines Verbrechens verdächtigt würde, wäre sie auch für die besten Kriminalbeamten eine harte Nuss.

»Tut mir leid. Wenn du dich an irgendetwas erinnern kannst …«

»Nein … ich glaube nicht, dass ich etwas bemerkt habe. Denkst du an etwas Bestimmtes?«

»Hat sich jemand von der Vor-Ort-Einheit mit Amamiyas Frau gestritten? Irgendwas in der Art?«

»Sie ist gestorben, weißt du.«

»Ja. Das habe ich erfahren, als ich bei ihm war.«

»Ich war bei ihrer Beisetzung. Nanao hatte mich deswegen angerufen. Ich war ja nur einen halben Tag lang dort gewesen, aber gut, ich habe zum Betreuungsteam gehört … Weißt du, wenn ich jetzt so darüber nachdenke, kann ich mich nicht erinnern, dass jemand von der Vor-Ort-Einheit bei der Beisetzung gewesen wäre.«

Das überraschte Mikami so sehr, dass er nachfragte. »Niemand? Bist du dir sicher?«

»Ich glaube schon. Aber nein, ich bin mir ziemlich sicher, dass es damals keinerlei Probleme gab. Ich kann mir nicht denken, wieso irgendwer im Team Grund gehabt haben könnte, sich mit Toshiko zu streiten.«

»Moment mal. Was ist mit Kakinuma? Er war auch nicht auf der Beisetzung?«

»Ich habe ihn dort nicht gesehen, nein.«

»Und Urushibara, der Leiter der Vor-Ort-Einheit?«

»Den habe ich auch nicht gesehen. Und ich habe ziemlich genau darauf geachtet. Ich hatte nämlich damit gerechnet, dass er kommen würde.«

Das war schwer zu verdauen. Koda hatte den Dienst quittiert. Hiyoshi war bei der Kriminaltechnik. Dass sie nicht daran teilgenommen hatten, war durchaus nachvollziehbar. Aber es fiel schwer, sich vorzustellen, dass Kakinuma – ein Mann, der sich auch nach seiner Zeit in der Vor-Ort-Einheit weiter diesem Fall gewidmet hatte – sich dort nicht hatte blicken lassen. Das Gleiche galt für Urushibara. Er mochte seither Direktionsleiter geworden sein, aber es erschien abwegig, dass der Mann, der die Vor-Ort-Einheit geleitet hatte, eine derart gleichgültige Haltung an den Tag legte. Von den höflichen Umgangsformen einmal abgesehen, war es für einen Polizisten geradezu zwingend, solchen Zeremonien beizuwohnen.

Sie hatten es nicht vergessen … irgendetwas hatte sie daran gehindert hinzugehen. So musste es sein. Und das hieß, es stimmte – irgendetwas hielt sie davon ab, Amamiyas Territorium zu betreten.

»War sonst wer von der Polizei da?«

»Ja. Matsuoka war da und die Beamten der Ermittlungsgruppe. Und noch ein paar andere.«

»Wie war die Atmosphäre?«

»Es herrschte Trauer. Was denn auch sonst? Wir haben es nicht geschafft, den Entführer zu fassen.«

»Und Amamiya selbst?«

»Hatte die ganze Zeit den Blick gesenkt. Er sah aus wie eine leere Hülse. Als würde er die Beileidsbekundungen der Leute nicht wahrnehmen.«

»Und Blumen, Kränze?«

»Ich erinnere mich an keine. Jedenfalls an keine von uns.«

Möglich, dass Amamiya sich geweigert hatte, sie entgegenzunehmen. Es war üblich, dass ein Kranz mit dem Namen des Präsidenten übergeben wurde.

»Halt! Doch, ja«, sagte Mizuki mit plötzlich lauterer Stimme. »Da war etwas.«

»Blumen?«

»Nein, nein, etwas Ungewöhnliches. Aber es hatte nichts mit Toshiko zu tun. Es war der Mann mit der Brille … von der Forensik, glaube ich.«

»Hiyoshi.«

»Ja, genau. Er hat geweint.«

»Geweint?«

»Ja, für sich allein in einer Ecke.«

Mikami hatte Mühe, mitzukommen. Sie redete nicht von der Beisetzung. Sie war wieder in Amamiyas Haus, vor vierzehn Jahren.

»Warum?«

»Das weiß ich nicht. Mir fiel auf, dass er den Kopf auf das Aufnahmegerät sinken ließ, nicht lange nachdem Amamiya aufgebrochen war. Ich dachte, er wäre vielleicht übermüdet, vielleicht eingeschlafen, also bin ich zu ihm hin. Seine Augen waren ganz rot. Als ich ihn gefragt habe, was los sei, fing er einfach zu weinen an.«

Mikami spürte eine Spannung im Nacken. Es war der erste solide Hinweis, auf den er gestoßen war. »Was ist als Nächstes passiert?«

»Na ja, ich wusste nicht, was ich sagen sollte. Dann kam schon Koda angelaufen; er hat mich praktisch zur Seite geschubst. Er klopfte Hiyoshi unentwegt auf die Schulter und sagte ihm etwas ins Ohr.«

»Was hat er gesagt?«

»Das konnte ich nicht hören. Für mich sah es so aus, als versuchte Koda, ihn zu trösten.«

Mikami erinnerte sich an die Szene, als er Amamiyas Haus betreten hatte. Hiyoshi, weiß wie ein Laken. Vollkommen überfordert. Hieß das, es war mehr als nur Stress gewesen?

»Danke. Ich denke, ich statte ihm mal einen Besuch ab.« Mikami trank den Rest seines kalten Tees und stand auf.

»Na schön. Tut mir leid, wenn es nicht viel war ...«

»Ruf mich an, wenn dir noch etwas einfällt.« Mikami gab ihr einen Zettel mit seiner Handynummer.

»Wegen Minako?«

»Sowohl als auch.«

»Gut. Ich glaube, ich habe dir schon alles erzählt, was ich über ...«

»Hast du jemals von dem Koda-Memo gehört?«

»Von dem Koda-Memo? Ich glaube nicht. Ist das etwas, was Koda geschrieben hat?«

»Vergiss, dass ich danach gefragt habe«, sagte Mikami und wich ihrem Blick aus, während er die Tür ansteuerte.

»Sei nicht immer so ... distanziert, ja?« Mizukis Stimme verfolgte ihn von hinten. »Im Augenblick bist du alles, was Minako hat. Sie ist komplett auf dich angewiesen.«

Mikami fiel es – aus welchem Grund auch immer – schwer, für diesen Rat dankbar zu sein.

»Danke, dass du Zeit für mich hattest.«

»Ruf wieder an, ja?«

Mikami meinte, einen Anflug von Stolz in ihren kleinen Augen wahrzunehmen, und fragte sich, ob er daher rührte, dass es ihr gelungen war, ihr und Minakos Geheimnis so lange zu bewahren.

26

Totes Laub wirbelte um Mikamis Füße, während er auf den Wagen zusteuerte.

Die Sorte Mann, die vor anderen weinte. Empfindsam. Es dürfte nicht schwer sein, ihn zum Reden zu bringen. Mikami fühlte sich ermutigt, als er sich in den Fahrersitz sinken ließ. Auf seinem Handy rief er Minamikawa an. Er war zwei Jahre jünger als Mikami und arbeitete in der Forensik. Er und Mikami stammten aus derselben Stadt und gingen jedes Jahr ein paarmal zusammen einen trinken.

»Hallo?«

»Minamikawa, ich bin's, Mikami. Entschuldige, dass ich dich am Wochenende anrufe.«

»Kein Problem … Wie geht's denn so?«

Seine Stimme hatte etwas Angespanntes bekommen. Mit sinkender Zuversicht fuhr Mikami fort.

»Ich muss dich etwas fragen. Einer von euren Labormitarbeitern – Hiyoshi, Brille. Weißt du seine Adresse und Telefonnummer?«

»Nein, tut mir leid.«

»Wirklich? Du weißt sie nicht?«

»Ich arbeite nicht mit denen zusammen.«

»Red keinen Quatsch. Ich weiß, dass ihr da drüben eine große Familie seid.« Mikami versuchte, selbstbewusst zu klingen, spürte aber bereits, wie seine Schultern schlaff wurden. Sogar die Kriminaltechnik hatte Anweisung bekommen, sich von der Verwaltung fernzuhalten.

»Wenn man dir befohlen hat, nichts zu sagen, dann gib es wenigstens zu.«

»Schön – ich darf überhaupt nichts sagen.«

»Wann sind sie zu dir gekommen?«

»Gestern. Aus heiterem Himmel.«

»Und ich vermute, sie haben dir nicht gesagt, warum?«

»Weißt du, worum es bei der ganzen Sache geht, Mikami? Wenn ja, dann wüsste ich es auch gern.«

»Frag Arakida.«

Mikami klappte sein Handy zu und ließ den Motor an. Den Luxus, bis Montag zu warten, konnte er sich nicht leisten. Er würde sich an den Chef der Forensik wenden, Hiyoshis Adresse herausfinden und ihn persönlich aufsuchen, noch ehe der Tag zu Ende war. Auf die Neutralität der Abteilung konnte er sich nicht mehr verlassen, aber er konnte darauf hoffen, dass deren Leiter – als Akademiker – zugänglicher war.

Sieben Minuten später war er zurück im Präsidium. Der Beamte vom Dienst lehnte sich kurz aus seinem Fenster, überrascht, Mikami zum zweiten Mal am selben Tag zu sehen. Mikami ignorierte ihn und betrat den Raum; er öffnete den Kasten, der die Schlüssel enthielt. Der für die Pressestelle hing nicht an seinem Haken. Einer von seinen Mitarbeitern war im Gebäude. Er warf einen verstohlenen Blick auf den Haken für den Schlüssel zur Verwaltung. Nicht da. Futawatari war noch im Haus.

Mikami ging den Flur entlang, der wegen der Energiesparmaßnahmen halb dunkel war. Er betrat die Pressestelle. Wie erwartet, sah er Mikumo an dem Schreibtisch sitzen, der der Tür am nächsten stand. Sie sprang auf. Sie trug volle Uniform.

»Was machen Sie denn hier?«

»Direktor Mikami. Der Fertigstellungstermin für den Pressebericht rückt näher. Ich dachte, ich könnte herkommen und ein bisschen daran arbeiten.«

Ihr Schreibtisch war mit Korrekturfahnen und Fotos, allesamt für den Pressebericht, übersät. Mikami bezweifelte nicht, dass ihr Zeitplan unter den Problemen, die sie mit der Presse hatten, gelitten hatte, aber dass das der einzige Grund für ihren Entschluss war, am Wochenende zur Arbeit zu gehen, erschien ihm unwahrscheinlich.

»Tut mir leid, dass ich Sie vorhin anrufen musste.«

»Aber nicht doch, alles in Ordnung.«

»Rufen Sie Kuramae an, er soll kommen und Ihnen helfen.«

Mikami setzte sich an seinen Schreibtisch und schloss die unterste Schublade auf. Er zog sie heraus und entnahm ihr eine Liste mit Telefonnummern für Beamte und Mitarbeiter in höheren Positionen und überflog sie rasch. *Inomata, Chef der Kriminaltechnik.* Auf dem Blatt stand sowohl seine Privat- als auch seine Dienstnummer. Der interne Anschluss war wohl am besten. Mikami bezweifelte, dass Inomata seinen Namen würde einordnen können, wenn er seine Privatnummer anrief. Ein Anruf auf dem internen Anschluss würde Inomata vorbereiten. Mikami würde sich nur noch als Pressedirektor vorstellen müssen und könnte direkt zur Sache kommen. Er griff nach dem Telefon auf seinem Schreibtisch. Dabei nahm er Mikumos Profil wahr. *Es ist nichts, was sie nicht hören darf.* Er beruhigte sich und wählte die Nummer.

Nach mehrmaligem Klingeln nahm Inomata ab. Seiner Stimme nach zu urteilen, war er etwas älter als Mikami.

»Bitte entschuldigen Sie vielmals, dass ich Sie am Wochenende störe. Hier ist Pressedirektor Mikami.«

»Kein Problem. Was kann ich für Sie tun?«

Er machte den Eindruck eines gutmütigen älteren Herrn.

»Es gibt da etwas, wofür ich eine Bestätigung brauche, wenn möglich. Ob Sie mir wohl die Adresse eines Mitarbeiters von Ihnen geben könnten? Er heißt Hiyoshi.«

»Hmm? Ich kann mich an keinen Mitarbeiter dieses Namens erinnern.«

»Wie bitte?« Mikami wurde unwillkürlich laut. Er blickte zu Mikumo auf. Über ihren Schreibtisch gebeugt, bewegte sie eifrig ihren Stift. Mikami dämpfte die Stimme. »Sind Sie ganz sicher?«

»Wenn der Chef der Kriminaltechnik noch nie von ihm gehört hat, dann bin ich ganz sicher, dass es ihn nicht gibt. Vielleicht liegt irgendein Irrtum vor? Eine Verwechslung mit einer anderen Abteilung, irgendwas in der Art?«

Mikami lauschte auf Anzeichen des Eisernen Vorhangs, nahm aber an der Art, wie Inomata redete, nichts Ungewöhnliches wahr.

»Und es hat keine Versetzungen bei Ihnen gegeben? Jemanden, der woanders hingegangen ist?«

»Nicht, seit ich hier angefangen habe; keinen einzigen.«

In diesem Augenblick wurde Mikami etwas klar. Inomata war erst vor sieben oder acht Jahren auf seine derzeitige Position gewechselt. Das Präsidium hatte ihn vom Technologischen Institut von Präfektur D abgeworben, nachdem man die Funktion zuvor eigens geschaffen hatte.

»Verzeihen Sie die Frage, aber könnten Sie mir sagen, wann Sie zu uns gekommen sind?«

»Vor acht Jahren …«

»Und Sie sind sich absolut sicher, dass es hier keinen gab, der so hieß?«

»Noch bin ich nicht senil.«

Er klang leicht verschnupft. Mikami ignorierte das und stellte seine nächste Frage.

»Wenn das so ist, tut es mir sehr leid, Sie bemühen zu müssen, aber dürfte ich Sie bitten, im Personalverzeichnis von vor vierzehn Jahren nachzusehen?«

»Wie bitte? Personalverzeichnis … von vor vierzehn Jahren?«

»Bitte. Sie als Chef der Abteilung müssten doch eins haben.«

»Ich muss schon sagen, das kommt ein bisschen plötzlich … Haben Sie denn im Hauptgebäude keins?«

»Nein. Wir führen hier keine vollständige Liste, damit religiöse Fanatiker oder Linksextremisten sie nicht in die Hände bekommen.«

»Verstehe … natürlich.«

Das Selbstbewusstsein war aus seiner Stimme gewichen. Mikami ergriff die Gelegenheit, die Sache voranzutreiben. »Es muss schnell gehen. Wenn Sie das Verzeichnis nicht finden können, müssen Sie etwas anderes probieren. Vielleicht können Sie jemanden von Ihren Mitarbeitern fragen, der es wissen könnte. Ich wäre Ihnen sehr verbunden, wenn Sie mich anrufen würden – Mikami von der Pressestelle –, sobald Sie eine Antwort haben.«

»Ah … natürlich. Ich werde versuchen, jemanden zu erreichen.«

»Möglicherweise werden Sie feststellen, dass er gekündigt hat. Wenn ja, wäre ich Ihnen dankbar, wenn Sie das Datum seines Ausscheidens und auch die Gründe feststellen könnten, die er für seine Entscheidung genannt hat.«

Er hatte den Dienst quittiert, Hiyoshi, genau wie Koda.

Das Gewicht dieser Entdeckung lastete auch nach Beendigung des Gesprächs auf Mikami. Hiyoshi hatte ebenfalls den Dienst quittiert, und zwar schon vor mindestens acht Jahren. Möglich, dass er wie Koda gekündigt hatte, als die Erinnerung an 64 noch bei allen frisch gewesen war. Die eigentliche Frage war jedoch, *warum* er beschlossen hatte, den Dienst zu quittieren. Ob die Entscheidung mit den Tränen zusammenhing, die er in Amamiyas Haus vergossen hatte.

Mikami sah Mikumo von ihrem Stuhl aufstehen. Sie ging in Richtung Schrank. Wahrscheinlich hatte sie befunden, dass es Zeit war, Tee zu kochen. Mikami schaute auf die Wanduhr: Viertel nach drei. Inomata war kein Polizeibeamter, deshalb war es unmöglich einzuschätzen, wie lange er wohl brauchen würde, bis er zurückrief.

Kurze Zeit später kam Mikumo mit einem Tablett und einem Becher Tee zu ihm herüber.

»Wie ich höre, haben Ihre Eltern bei sich zu Hause auch einen Schweigeanruf erhalten.« Er hatte die Worte schon ausgesprochen, bevor er darüber nachdenken konnte.

Mikumo holte leise und überrascht Luft.

»Mizuki Murakushi hat es mir erzählt. Wann ist es passiert?«

»Ach, richtig. Vor etwa einem Monat, haben sie gesagt.«

»Wie viele Anrufe?«

»Zwei, haben sie gesagt.«

»Am selben Tag?«

»Ja, ich glaube, das haben sie gesagt.«

»Verstehe …«

Auf die Antwort folgte ein unbehagliches Schweigen.

Vor einem Monat. Etwa um die gleiche Zeit, zu der er und Minako die Anrufe erhalten hatten. Und wiederum mehr als einer. Mizukis Anruf war im gleichen Zeitraum erfolgt, vor knapp drei Wochen. *Sieh dir die Gesellschaft heutzutage an, es gibt da draußen so viele schräge Typen.* Möglich, dass Mizuki mit ihrer Bemerkung gar nicht so falschgelegen hatte. Das zeitliche Zusammentreffen brachte Mikami auf den Gedanken, dass es dort draußen vielleicht wirklich jemanden gegeben hatte, dem es einen Kick verschaffte, Zufallsnummern anzurufen. Er stieß einen leisen Seufzer aus, und in diesem Augenblick klingelte sein Telefon. Er sah auf die Uhr. Nur zwanzig Minuten waren vergangen. Er warf einen kurzen Blick auf Mikumo, während sie zu ihrem Schreibtisch zurückging, dann nahm er den Hörer ab.

»Mikami, hier ist Inomata. Ich habe, was Sie wollten.«

Seine Stimme klang viel munterer. *Alsdann.* Mikami machte sich innerlich bereit.

»Schießen Sie los.«

»Ich habe mich umgeschaut und das Personalverzeichnis gefunden. Mal sehen … ja, hier haben wir ihn, Koichiro Hiyoshi. Ist das der Mann, hinter dem Sie her sind?«

»Gibt es jemanden mit demselben Familiennamen?«

»Nein, nein, bloß Koichiro Hiyoshi. Er war in unserem Kriminallabor. Hier ist die Information, die Sie haben wollten. Erstens seine Adresse: Osumi-machi 1256, Stadt D. Seine Telefonnummer lautet …«

Mikami hatte das Gefühl, einen Glückstreffer gelandet zu haben, während er die Einzelheiten notierte. Adressen mit vierstelligen Hausnummern lagen normalerweise in den älteren Wohngebieten. Mit ziemlicher Sicherheit handelte es sich um die Adresse seines Elternhauses. Und der Name Hiyoshi bezeichnete herkömmlicherweise den ältesten Sohn einer Familie. Es bestand also eine hohe Wahrscheinlichkeit, dass er immer noch unter der Adresse in Osumi-machi wohnte.

»Ich habe auch einige unserer älteren Angestellten gefragt. Offenbar war der Grund für sein Ausscheiden … Erinnern Sie sich an die Entführung, die vor vierzehn Jahren passiert ist?«

Mikami hielt den Atem an. Seine Hand schloss sich fester um den Hörer.

»Ja.«

»Danach hat er sich eine Auszeit genommen, drei Monate oder so. Als er nicht wiederkam, haben wir beschlossen, von einer freiwilligen Kündigung auszugehen. Die genaue Ursache kannte man nicht, aber wie es scheint, war er im Haus bei der Familie des Opfers postiert – äh, hallo? Sind Sie noch da …?«

»Ja, fahren Sie fort.«

»Tja, der Einsatz dauerte nicht lange, aber er war offenbar sehr in sich gekehrt, als er wieder zur Arbeit kam. Er hörte auf, mit anderen Menschen zu reden. Nach einer Weile erschien er einfach nicht mehr im Labor. Das sind im Wesentlichen die Fakten. Er war … knapp zwei Jahre bei uns. Davor hatte er etwas weniger als ein Jahr bei der NTT gearbeitet. Das sind alle Informationen, die ich bekommen konnte.«

»Perfekt. Ich weiß Ihre Hilfe wirklich zu schätzen«, sagte Mikami ehrlichen Herzens, während er den Zettel, auf dem er sich die Adresse notiert hatte, in seine Jacketttasche schob.

27

Mit dem Auto brauchte Mikami fünfzehn Minuten bis Osumimachi.

Die Straßen waren von großen, alten Häusern gesäumt, die hohen Mauern, die sie umgaben, ließen an verborgene, akribisch gepflegte Gärten denken. Mikami parkte neben einem Spielplatz. Die Sonne stand bereits tief am Himmel. Er setzte seinen Weg zu Fuß fort und orientierte sich dabei anhand eines Ortsplans. Im Gehen wurde er schneller.

Das Haus von Hiyoshis Familie lag unmittelbar hinter einer Ecke; es hatte ein altes Ziegeldach und ein in eine Steinsäule eingelassenes Namensschild. Auch im Vergleich mit den anderen war es groß. Dicke Kiefernäste ragten über die Straße, und neben dem Hauptgebäude stand ein weiß gestrichener Schuppen, der als Abstellraum diente. Es gab auch eine Garage; die Tür war geschlossen, aber nach der Breite zu urteilen, beherbergte sie wahrscheinlich mehrere Autos.

Hiyoshi kam aus einer wohlhabenden Familie. Mikamis Enthusiasmus schwand, während sich eine ganze Reihe von Gefühlen, darunter auch ein nicht geringes Maß an Verachtung, geltend machten. Hiyoshi war nur zwei Jahre lang in der Kriminaltechnik gewesen; bei der NTT knapp eines. Vielleicht war er schlicht der Typ, der jedes Mal das Handtuch warf, wenn bei der Arbeit irgendetwas vorgefallen war. Mikami wusste immer noch nicht, warum Hiyoshi in Amamiyas Haus geweint hatte, maß den Tränen des Mannes jedoch bereits weniger Bedeutung bei. Er seufzte, dann ging er zum Seiteneingang und klingelte. Die Klingel war schalenförmig, ohne Kamera oder Gegensprechanlage, bloß ein einfacher Knopf, der ihn an die frühe Shōwa-, vielleicht sogar die Taishō-Zeit erinnerte.

Er wartete eine Zeit lang, was ihm angesichts der Größe des Gebäudes angemessen erschien. Irgendwann hörte er das Klacken von Holzsandalen. Die kleine Holztür öffnete sich, und eine Frau Anfang sechzig mit grauen Strähnen im Haar erschien und neigte den Kopf. Ihre äußere Erscheinung war nicht die einer Haushaltshilfe. Es musste sich um Hiyoshis Mutter handeln, und sie hatte etwas an sich, das auf eine tiefe Melancholie schließen ließ. Sie beäugte Mikami argwöhnisch, dann fragte sie kurz angebunden: »Sie wünschen …?«

Er neigte den Kopf und verbeugte sich förmlich aus der Hüfte. »Entschuldigen Sie die Störung. Mein Name ist Mikami, und ich arbeite in der Verwaltung des Polizeipräsidiums. Wie ich höre, hat Ihr Sohn früher in der Kriminaltechnik gearbeitet. Ist er vielleicht da?«

»Aha, ich verstehe.« Ihre Augen wurden groß. »Die Polizei. Was könnten Sie wohl von meinem Sohn wollen?«

»Es hat sich etwas ergeben, worüber ich mit ihm reden müsste.«

»Mit ihm *reden*? Ich kann mir nicht vorstellen, dass es jetzt noch irgendetwas zu sagen gibt. Eigentlich müssten *wir* ein Wörtchen *mit Ihnen* reden. Ihn derart grausam zu behandeln …«

»Ich verstehe Ihren Zorn …«

Mikami schaltete instinktiv um. *Hiyoshi hatte gekündigt, weil ihm jemand übel mitgespielt hatte.* Möglich auch, dass der Groll nicht gerechtfertigt war, dass Hiyoshis Mutter einfach beschlossen hatte, die Schwäche ihres Sohns zu ignorieren; so oder so, entscheidend war, dass Hiyoshi – und seine Familie – unter dem Eindruck standen, dass man ihn schlecht behandelt hatte.

»Es war ja auch wirklich unglaublich.« Die Bitterkeit verzerrte ihre Züge. »Er hat für NTT Computers gearbeitet, in der Telekommunikation. Die Polizei hat ihn zur Unterstützung bei einem neuen Fall angefordert, und als er dann gesehen hat, wie unfähig ihr in solchen Sachen seid, hat er gedacht, er könnte sich bei der Kriminaltechnik nützlich machen. Und dann ausgerechnet diese Entführung ...«

Vielleicht eingedenk der Augen und Ohren der Nachbarn bat sie Mikami plötzlich herein und zog ihn durch die Holztür, die sich hinter ihm schloss. Sie standen eingeklemmt zwischen der hohen Mauer und einer kleinen Gruppe kopfhoher Aralien, eine Nische, die trotz der kalten Jahreszeit dunstig und feucht anmutete. Mit gedämpfter Stimme fuhr Hiyoshis Mutter fort.

»Es war unverzeihlich. Meinen Sohn bei einem derart barbarischen Fall ins kalte Wasser zu werfen. Und ihn dann als unfähig zu bezeichnen ... nach einem so winzig kleinen Fehler. Habt ihr bei der Polizei denn keine Familien? War das für euch ein normales Verhalten? Versuchen Sie doch mal, sich in die Eltern hineinzuversetzen – wir haben uns bemüht, unseren Sohn in einer liebevollen Umgebung großzuziehen. Er war völlig am Boden zerstört. Die ganze Sache hat sein Leben ruiniert. Wie um alles in der Welt können Sie das verantworten?«

Mikami wusste nicht recht, wie er reagieren sollte. Die Heftigkeit ihres Zorns vermittelte den Eindruck, sie spräche von etwas, was erst vorhin oder tags zuvor passiert war.

»Ich bin hier, weil ich um Entschuldigung bitten und mit Hiyoshi reden möchte, wenn ich darf. Vieles an den Vorgängen ist uns immer noch nicht ganz klar.«

»*Noch nicht ganz klar?*« Sie straffte die Schultern und schob angriffslustig das Kinn vor. Ihr Mund zitterte. »Wollen Sie damit sagen, *Sie wissen noch nicht einmal,* was Sie meinem Sohn angetan haben?«

»Wissen Sie, wer gesagt hat, Ihr Sohn sei unfähig?«

»Sie wissen bestimmt ganz genau, wer das war.«

»Bitte, wenn Sie es mir sagen könnten. Ich habe vor, die Angelegenheit gründlich zu untersuchen.«

»Ich weiß es nicht – wer immer damals die Leitung hatte. Ich weiß noch, wie Hiyoshi mir gesagt hat: ›Ich habe einen Fehler gemacht, ich bin unfähig.‹ Und seither ist er einfach nur …«

Er hatte ihr nicht erzählt, was tatsächlich passiert war.

»Wollen Sie damit sagen, es war Hiyoshi selbst, der gesagt hat, er sei ›unfähig‹, und nicht jemand anders?«

»Was wollen Sie damit andeuten? Er würde nie so etwas sagen, außer jemand hätte ihm das zum Vorwurf gemacht. Der arme Junge war vollkommen deprimiert, er hat kaum noch gegessen. Er sah völlig verstört aus. Es war einer von Ihren Leuten. Irgendjemand hat irgendetwas zu ihm gesagt, und es hat ihm das Herz entzweigerissen.«

Mikami empfand jeden dieser Vorwürfe wie einen Nadelstich.

»Hat Hiyoshi Ihnen erklärt, worin sein Fehler bestand?«

»Er wollte überhaupt nichts erklären. Können *Sie* es mir nicht sagen? Hat er wirklich etwas falsch gemacht? Oder hat jemand anders einen Fehler gemacht und es ihm in die Schuhe geschoben?«

Mikami nickte, um ihr zu zeigen, dass er verstand, wie ihr zumute war. Er bekam den Eindruck, dass sie ihm bereits alles erzählt hatte, was sie wusste.

»Ich werde versuchen, ihn direkt zu fragen. Wenn Sie mich bitte zu ihm lassen würden.«

»Unmöglich«, fauchte sie zurück.

»Fünf Minuten, mehr brauche ich nicht.«

»Er möchte niemanden sehen. Überhaupt niemanden.«

»Überhaupt niemanden?«

»Niemanden. Nicht einmal seine Eltern …«

Sie schlug die Hand vor den Mund. Tränen traten ihr in die Augen, die sich trübten. Mikami hielt den Atem an, während er darauf wartete, dass sie fortfuhr. Er konnte sich eine ganze Reihe möglicher Szenarien vorstellen. Sie erwiderte seinen Blick mit geröteten Augen.

»Vierzehn Jahre. *Vierzehn* Jahre geht das nun schon so. Seit dem Tag, an dem er aufhörte, ins Labor zu gehen, hat er sich in seinem Zimmer eingeschlossen. Er redet nicht mehr mit mir und auch nicht mit seinem Vater. So sehr habt ihr meinen Sohn verletzt.«

Mikami blickte zum Himmel auf.

Ein Einsiedler.

Er hatte das schlimmstmögliche Szenario – Selbstmord – im Hinterkopf gehabt. Aber das hier traf ihn mit noch größerer Wucht.

»Darf ich fragen, wie alt er jetzt ist?«, fragte er, ohne an sein eigentliches Anliegen zu denken.

»Achtunddreißig. Nächsten Monat wird er neununddreißig. Ich weiß nicht, was wir tun können … Wie wir …«

Hiyoshis Mutter barg das Gesicht in den Händen. Zwischen den Fingern drang ihr Schluchzen hervor.

Die ganze Sache hat sein Leben ruiniert. Mikami hatte das für eine Übertreibung gehalten, doch nun tat er das nicht mehr. Es klang völlig plausibel.

»Wie kommunizieren Sie mit ihm?«

Sie blickte jäh auf.

»Was soll denn Reden nützen? Als ob das irgendwen von Ihnen interessiert. Nicht nach so langer …«

»Ich hatte eine ähnliche Situation mit meiner Tochter«, fiel Mikami ihr ins Wort. Ein Schmerz durchlief seine Brust, hervorgerufen von dem Wissen, dass er die Bemerkung auch mit dem Ziel einsetzte, sein eigentliches Anliegen weiterzubringen. »Meiner Frau hat das sehr zugesetzt. Sie hat jede Kommunikationsfähigkeit eingebüßt und …«

»Ist sie wieder herausgekommen?« Diesmal unterbrach Hiyoshis Mutter ihn. »Ihre Tochter. Ist sie wieder herausgekommen?«

»… ja.«

Der Schmerz in seiner Brust wurde schlimmer. Es stimmte, sie war aus ihrem Zimmer gekommen. Aber …

»Wie haben Sie sie dazu gebracht?«

Mikami erschrak vor der Not in ihren Augen. Sie rückte näher, schiere Verzweiflung im Gesicht. Er verfluchte sich selbst dafür, dass er es zur Sprache gebracht hatte, doch nun durfte er die Hoffnungen der Frau nicht zunichtemachen.

»Wir haben gestritten, einfach alles herausgelassen.«

Ich hasse dieses Gesicht. Ich will sterben.

Du hast gut reden! Für dich ist es in Ordnung, so auszusehen, du bist ein Mann!

Er spürte, wie ihm das Blut aus dem Gesicht wich. Sein Kopf fühlte sich taub an. Er machte sich auf das Schwindelgefühl gefasst. Er blieb eisern stehen. Es dauerte nur ein paar Sekunden. Er sagte sich, dass es ihm gut ging, und fuhr fort.

»Außerdem sind wir mit ihr zu einem Therapeuten gegangen. Das hat ihr geholfen, ihre Gefühle herauszulassen.«

Hiyoshis Mutter nickte zweifelnd, ihr Blick senkte sich. Die Enttäuschung war ihr deutlich anzumerken. Sie hatten vierzehn Jahre Zeit gehabt. Gespräche über das Für und Wider einer Therapie hatten sie bestimmt längst hinter sich.

»Können Sie denn überhaupt irgendwie über Ihre Gefühle sprechen?«, fragte Mikami.

Sie wirkte zerstreut. »O nein … Ich schiebe ihm jeden Tag einen Brief unter der Tür durch, aber er hat keinen einzigen beantwortet.«

»Haben Sie es mit mehr Härte versucht?«

»Sein Vater hat es zu Anfang ein paarmal versucht. Aber es hat alles nur noch schlimmer gemacht.«

Mikamis Blick verweilte auf den gebrechlich wirkenden Schultern der Frau. Er steckte in der Zwickmühle zwischen Professionalität und persönlichem Empfinden.

»Würden Sie mir erlauben, es mit einem Brief zu versuchen?«

»Natürlich … danke«, antwortete sie, ohne ihm recht zugehört zu haben. Ihr Blick verharrte teilnahmslos auf einem der Fenster im ersten Stock, einem Zimmer – zweifellos das ihres Sohnes –, dessen Vorhänge zugezogen waren.

28

Der übliche Wochenendbetrieb in dem Familienrestaurant war vorbei. Draußen war es bereits dunkel.

Auf einem Hocker am Ende des Tresens sitzend, warf Mikami einen Blick auf seine Uhr. Genau halb sechs. Die Kellnerin hatte den Reispilaw und den Kaffee, die er bestellt hatte, schon gebracht, aber er ignorierte beides, saß weiter mit verschränkten Armen da und starrte auf das Blatt Papier. Er hatte unterwegs in einem Minimarkt einen Schreibblock gekauft und von dem Päckchen Zigaretten, das er sich ebenfalls besorgt hatte, schon fünf geraucht. *Ich werfe ihn heute Abend in Ihren Briefkasten ein. Ich wäre Ihnen sehr dankbar, wenn Sie ihn an Ihren Sohn weiterleiten könnten.* Mit diesen Worten hatte er sich von Hiyoshis Mutter verabschiedet, aber ihm wollte einfach nichts einfallen, was er schreiben konnte.

Er stieß den Rauch aus und lehnte sich zurück.

Er wollte helfen. Von diesem einen Gedanken angetrieben, hatte Hiyoshi den Schritt in die Welt der Polizei getan. *Er wollte Gutes tun.* Mikami hätte die Worte von Hiyoshis Mutter gern für bare Münze genommen, aber es schien einfach zu gut zu passen. Hiyoshi musste aus anderen Gründen erwogen haben, nach nur einem Jahr die Stelle zu wechseln. Möglich, dass er in der Ahnungslosigkeit der Polizei, was Computersysteme anging, zwar nicht unbedingt ein Geschenk des Himmels, aber doch den perfekten Vorwand gesehen hatte, seiner Stelle bei der NTT ohne Weiteres den Rücken zu kehren.

Aber in Amamiyas Haus hatte sein Selbstbewusstsein einen vernichtenden Schlag erhalten.

Ich habe einen Fehler gemacht, ich bin unfähig.

Was für ein Fehler könnte Hiyoshi unterlaufen sein?

Angesichts der Aufgabe, die er bei Amamiya gehabt hatte, musste es mit dem Aufnahmegerät zu tun haben. Als Erstes fiel einem ein, dass er einen Aufnahmefehler gemacht haben könnte. Dass er es irgendwie versäumt hatte, die Stimme des Entführers während eines Anrufs aufzunehmen. Das wäre fraglos eine Katastrophe gewesen. Es würde außerdem bedeuten, dass der unorthodoxe Schachzug, das Team durch jemanden wie Hiyoshi zu verstärken, nach hinten losgegangen war. Aber so konnte es nicht gewesen sein. Hiyoshi hatte schlichtweg keine Gelegenheit gehabt, einen solchen Fehler zu begehen. Die Vor-Ort-Einheit war noch gar nicht da gewesen, als der Anruf des Entführers kam. Und nach ihrem Eintreffen waren keine Anrufe mehr gekommen – für eine Aufnahme hatte sich gar keine Möglichkeit mehr ergeben.

Trotzdem …

Mikamis Gedanken gingen abrupt in eine andere Richtung.

Worin bestand Kodas Beteiligung an der ganzen Sache? Sie war einer der Schlüsselfaktoren, blieb aber vollkommen im Dunkeln. Was könnte Koda veranlasst haben, das Memo zu verfassen, immer vorausgesetzt, es schilderte im Einzelnen, worin Hiyoshis Fehler bestanden hatte?

Von Koda als Person wusste Mikami nichts. In was für einer Beziehung hatte er zu Hiyoshi gestanden? Hiyoshis Mutter hatte vermutet, dass jemand versucht hatte, die Schuld für einen Fehler auf ihren Sohn abzuwälzen. Ein unschöner Gedanke kam Mikami in den Sinn. Hiyoshis Versagen war auf etwas zurückzuführen, was Koda von ihm verlangt hatte. Koda hatte nur so getan, als tröstete er den Mann, während er ihn in Wirklichkeit einschüchterte, damit er den Mund hielt. Die Möglichkeit bestand. Nur eines sprach dagegen, dass Koda die Ursache des Tränenausbruchs gewesen war, nämlich der Eindruck, den Mizuki nach ihrer Erinnerung von dem Mann vermittelt hatte.

Hiyoshi war der Schlüssel, um es herauszufinden. Mikami musste ihn nur überzeugen, sich zu öffnen, und er würde alles erfahren. Er musste über den Hintergrund des Koda-Memos Bescheid wissen.

Mikami zündete sich seine sechste Zigarette an. Er nahm einen Schluck von seinem Kaffee und konzentrierte sich, den Stift in der Hand, auf das Blatt Papier.

Der Stift rührte sich nicht. Mikamis Herz und Hirn wollten sich einfach nicht einschalten. Zehn, zwanzig Minuten verstrichen, während er untätig dasaß. Auf seiner Stirn stand der Schweiß. Je mehr seine Ungeduld wuchs, desto stärker spürte er, wie sich in seinem Geist eine Leere breitmachte.

Zum Teufel damit …

Er musste sich geschlagen geben. Es war ihm nicht gelungen, auch nur ein Wort zu Papier zu bringen, und er verspürte ein überwältigendes Gefühl der Machtlosigkeit. Er war überzeugt gewesen, es sei ein Leichtes, jemanden dazu zu bringen, dass er sich öffnete. Er konnte nicht mehr zählen, wie viele Kriminelle er im Verhörzimmer geknackt hatte. Er hatte sie dazu gebracht, jeden ihrer Gedanken zu offenbaren, sämtliche Lügen, sämtliche Wahrheiten zu bekennen, auf jeden äußeren Anschein zu pfeifen und ihr Innerstes zu enthüllen. Er hatte Macht eingesetzt: die unübertroffene, überwältigende Macht der Dienstmarke.

Mikami konzentrierte sich wieder auf das Blatt Papier.

Was er jetzt brauchte, waren Worte, keine Macht. Etwas Aufrichtiges. Etwas, womit er das Herz eines Menschen erreichen konnte.

Ich habe keine Worte.

Wenn er auch nur den Anflug einer solchen Fähigkeit besessen hätte, hätte Ayumi sich nie so weit von ihnen entfernt. Worte waren Waffen; die rasiermesserscharfen Werkzeuge psychologischer Kriegsführung, die das Herz eines Menschen zerreißen konnten. Mikami hatte sich nie geändert, auch außerhalb der Arbeit nicht. Er fragte sich, ob er jemals ehrlich versucht hatte, etwas mit dem Ziel zu sagen, tatsächlich in Beziehung zu einem anderen Menschen zu treten.

»Möchten Sie einen frischen Kaffee?«

Überrascht blickte Mikami auf. Er drehte sich um und sah eine Kellnerin, wahrscheinlich eine Studentin, die mit schräg gelegtem Kopf vor ihm stand. Die Geste und ihr Lächeln hatten etwas, was in dieser Art von Lokal leicht deplatziert wirkte – wahrscheinlich war sie neu.

»Das wäre sehr nett, danke.«

Mikami stocherte mit seinem Löffel in dem kalten Reis. Die Kellnerin hatte angesichts des unberührten Tellers leicht verschnupft ausgesehen. Es gab einen Satz, den sich Mikami jedes Mal in Erinnerung rief, wenn er keinen Appetit aufbringen konnte. Einer von den alten Kriegskameraden seines Vaters hatte ihn vor langer Zeit bei einem seiner Besuche gesagt. *Jedes Mal, wenn ich etwas gegessen habe, war es wie ein Neuanfang.* Mikami begann zu essen, und erst in diesem Moment wurde ihm bewusst, dass er das Mittagessen vergessen hatte. *Na dann.* Das plötzliche Schwindelgefühl in Hiyoshis Elternhaus, befand er, musste darauf zurückzuführen sein. Er aß etwa die Hälfte des Reises, dann legte er den Löffel hin, um Platz für das Abendessen zu Hause zu lassen.

Er zündete sich eine Zigarette an. Es war nicht der Neuanfang, auf den er gehofft hatte, aber seine innere Unruhe hatte sich etwas gelegt. Er atmete Rauch aus. Seine objektive Seite stellte sich der Wahrheit. Er würde Hiyoshi nicht erreichen können. Er musste ihn vergessen, sich stattdessen an Urushibara und Kakinuma halten und die Ohren offen halten, was Kodas Aufenthaltsort anging. Das weiße Blatt, das er zur Seite geschoben hatte, starrte ihn an, aber er wusste, er hatte keine Zeit mehr. Wenn auch nur die geringste Erfolgsaussicht bestanden hätte, dann vielleicht, aber er konnte sich nicht den Luxus erlauben, an einer Aufgabe festzuhalten, die er für unlösbar hielt. Das konnte er nicht als Arbeit bezeichnen.

Er verstaute Papier und Stift in seiner Tasche und griff nach der Rechnung.

»Soll ich Ihnen nachgießen?«

Die Standardfrage klang ihm in den Ohren.

»Nein danke.« Mikami sagte es, ohne sich umzublicken; er hörte ein leises Lachen. Er erstarrte, weil er einen Moment lang glaubte, sie lachte wegen seines Äußeren. Er blickte sich um. Er sah die Kellnerin von vorhin neben sich stehen.

»Kein Problem. Sagen Sie einfach Bescheid, wenn Sie es sich anders überlegen, ja?«

Diesmal sprach sie im Plauderton. Mikami drehte den Kopf und schaute ihr ins Gesicht. Sie war nicht das, was er als hübsch bezeichnen würde. Sie hatte schmale Augen und eine Himmelfahrtsnase.

»Oh, Entschuldigung, war das aufdringlich? Ich habe mich einfach gefreut. Wissen Sie, das war das erste Mal, dass sich jemand hier für etwas bedankt hat.«

Erneut lachte sie leise. Mikami war immer noch außerstande zu reagieren. Sein Blick folgte ihr, während sie sich entfernte. Ein seltsamer Gedanke hatte ihn erfasst. Die junge Frau war so etwas wie ein Zeichen gewesen. Ihm fiel keine andere Erklärung für das ein, was gerade geschehen war.

Mikami blieb die nächste Stunde auf seinem Platz sitzen.

Er saß da und fixierte das Blatt Papier. Der Stift blieb auf dem Tresen liegen. Manchmal schloss er für einige Zeit die Augen. Sein Verstand kam ihm nutzlos vor, wie etwas Geborgtes. Schläfrigkeit umfing ihn. Ein einzelnes Bild flackerte auf seiner Netzhaut: Hiyoshi, wie er durch einen riesigen, dämmrigen Wald wanderte. Ab und zu erhaschte er einen flüchtigen Blick auf Ayumi, die sich zwischen den Bäumen hindurch ihren Weg suchte. Sie hatte sich verirrt. Beide hatten sie das. Obwohl … vielleicht war ja er derjenige, der sich verirrt hatte.

Am Ende war der Überzeugungsbrief eine kurze Mitteilung.

Ich möchte wissen, wo Sie sind. Wenn es ein Ort ist, wo ich hingelangen kann, komme ich zu Ihnen.

Mikami hatte zu viel Zeit damit vergeudet, sich etwas vorzumachen. Er fügte die Nummer seines Handys und die seines Privatanschlusses hinzu, schnappte sich die Rechnung und eilte zur Kasse hinüber.

Auf der Suche nach der Kellnerin ließ er den Blick schweifen. Vielleicht war sie nach hinten gegangen, oder ihre Schicht war zu Ende. Sie war nirgends zu sehen.

29

Im Radio kamen die Sieben-Uhr-Nachrichten.

Die Ampeln schienen gar nicht mehr grün werden zu wollen. Aus dem Fenster eines Gebäudes – offenbar eine Paukschule – drang starker Lichtschein. Wellen von Menschen kamen heraus. Marineblaue Dufflecoats. Schals mit Schottenkaro. Rosa Wollhandschuhe. Zwei Oberschülerinnen radelten vorbei, eine nach der anderen, beide in Winterkleidung, die sich in nichts von dem unterschied, was Ayumi tragen würde.

Sie hat gesagt, es sei ihr vorgekommen, als hätte Ayumi sich verabschiedet.

Mikami war auf dem Weg nach Hause. Er hatte seine Mitteilung bei Hiyoshis Mutter eingeworfen; inzwischen hatte er sich vorgenommen, den Rest seiner Arbeit telefonisch von zu Hause aus zu erledigen.

Minako hatte gekochten Fisch mit eingelegtem Gemüse aufgetischt. *Das ging ja rasch. Ja, schneller, als ich erwartet hatte. Ich mache dir etwas warm.*

Sie wirkte energiegeladen und sprach mehr als sonst. Sie gab sich erkennbar Mühe. Eigentlich hatte Mikami keinen großen Appetit. Der gebratene Reis war nicht das Einzige, was ihm unverdaut im Magen lag. Aber er ertappte sich trotzdem dabei, dass er begeistert bemerkte, wie gut das Essen rieche. Minako in guter Stimmung zu erleben war so, als sähe man durch einen wolkenverhangenen Himmel die Sonne. Den Grund erfuhr er bald darauf.

»Mizuki hat gesagt, du hast sie besucht?« Sie schnitt das Thema an, kurz nachdem er zu essen begonnen hatte.

»Du hast sie angerufen?«

»Nein, sie mich, heute Abend erst.«

Mikami war drauf und dran, laut zu fluchen. *Verdammtes Getratsche.* »Ich habe nur rasch vorbeigeschaut, musste sie was fragen.«

»Sie hat gesagt, du hättest überreizt gewirkt.«

Mikami lachte. »Sie reagiert immer über. Ich habe mich immer noch nicht ganz an die Pressestelle gewöhnt, das ist alles.«

»Meinst du, es wäre besser gewesen, wenn du Kriminalbeamter geblieben wärst?«

»Schwer zu sagen. Körperlich ist die jetzige Arbeit weniger anstrengend.«

»Psychisch allerdings ...«

»Genau, das ist das Schwierige daran. Trotzdem, ein Zuckerschlecken wird es nie, nicht, solange ich bei der Polizei bleibe.« Mikami lächelte weiter, doch Minako seufzte leise.

»Aber du musst dich mit der Entführung von Shoko befassen, obwohl du in der Verwaltung bist.«

»Das hat Mizuki dir erzählt?«

»Sei nicht albern, Liebling. Du selbst hast es mir erzählt. Du hast gesagt, ein wichtiger Besucher aus Tokio habe sich angekündigt und deswegen müsstet du zu Amamiya.«

Mikami senkte den Blick auf seine Essstäbchen. Er redete schon so lange nur um des Redens willen, dass er leicht vergaß, was er gesagt hatte.

»Läuft es nicht gut?«

»Es läuft definitiv nicht nach Plan. Es ist gar nicht so einfach, Amamiyas Einverständnis für den Besuch des Generalinspekteurs zu bekommen.«

»Der Besucher ist ... der Generalinspekteur?« Minakos Blick zeigte schiere Verblüffung, was Mikami in leichte Panik versetzte.

»Nur so eine Laune. Für ihn ist das wie Sightseeing.«

»Aber wieso sollte …?«

»Hmm?«

»Amamiya, wieso sollte er sein Einverständnis verweigern?«

»Wahrscheinlich, weil wir den Entführer nicht gefunden haben. Das würde jeden gegen uns aufbringen.«

»Und du musst ihn umstimmen?«

Minakos Miene hatte sich verhärtet. Der Generalinspekteur der Nationalen Polizeibehörde. Sie war selbst Polizeibeamtin gewesen und verstand, welches Gewicht der Titel hatte.

»Ich versuche, ihn umzustimmen, das ist alles. Wenn ich es nicht schaffe, dann schaffe ich es eben nicht. Der Generalinspekteur kann immer noch den Tatort aufsuchen, das ist kein Beinbruch.«

»Aber …«

»Alles ist gut, du brauchst dir keine Sorgen zu machen.«

»Mizuki hat es gesagt, weißt du.« Es klang wie ein Geständnis.

»Was gesagt?«

»Dass sie dir angemerkt hat, dass du erschöpft bist. Aber dass nur ich merken würde, ob es halb so wild ist oder es wirklich ein Problem gibt.«

»Neugierige Kuh … glaubt, sie weiß alles.«

Mikami drückte sich so derb aus, um seine Verärgerung zu verbergen. Allerdings meinte er, Mizukis Absichten zu durchschauen. Minako war an einem dunklen Ort gewesen, auf eine einzige Sache fixiert, also hatte Mizuki sie an der Schulter gepackt und aufzurütteln versucht. Fraglos war sie zu dem Schluss gekommen, dass es Minako helfen würde, sich um ihren Mann zu sorgen. Dass sich jemand in ihre Ehe einmischte, war ein unschönes Gefühl, doch Mikami empfand auch Dankbarkeit, denn Minakos Blick blieb konzentriert und irrte nicht ständig auf den Boden ab.

Es war der Hauptgrund für seinen Entschluss, das Thema anzuschneiden.

»Was ich dir jetzt sage, habe ich erst heute erfahren. Wie es scheint, hat es auch bei Mizuki zu Hause einen Anruf gegeben.«

»Was für einen Anruf?«

»Du weißt schon, einen Schweigeanruf.«

Minakos Wangen zuckten leicht. »Haben sie …«

»Ja. Ungefähr zur gleichen Zeit wie bei uns.«

Mikami bemühte sich um einen gelassenen Ton, aber seine Stimme schien die Spannung im Zimmer noch zu verschärfen.

»Wie viele?«

»Nur den einen.«

»Aha.«

Minako verstummte. Ihr Verhalten war schwer zu deuten. Hatte sie es als etwas abgetan, was nichts mit ihnen zu tun hatte? Oder machte sie sich über irgendeinen möglichen Zusammenhang Gedanken? Mikami hatte erwogen, ihr auch von den beiden Anrufen zu erzählen, die bei Mikumos Eltern eingegangen waren, aber angesichts ihrer Reaktion erschien ihm das nun zu grausam.

»Die Anrufe, die wir bekommen haben, das war Ayumi. Es muss so sein: Sie hat drei Mal angerufen.«

Außerstande, sich zu bremsen, versuchte Mikami, sie zu trösten. Sofort verfluchte er sich dafür. Hätte er es nicht einfach genug sein lassen können? Welchen Sinn hatte der Versuch zu reden, wenn sich das Gespräch nur immer im Kreis drehte?

»Trotzdem …«

Man weiß nie, es könnte auch einfach jemand gewesen sein, der sich einen Scherz erlaubt.

Die Worte lagen ihm auf der Zunge. Aber er brachte sie nicht über die Lippen. Es wurde in dem Moment unmöglich, als er sich Minakos Reaktion, ihren Gesichtsausdruck vorstellte. Außerdem fiel es ihm selbst schwer, sie zu akzeptieren. Einige andere Leute hatten Schweigeanrufe bekommen. Das war alles. Darüber gab es nichts zu grübeln. Sich zu fragen, ob die Anrufe von Ayumi oder von irgendeinem Witzbold gekommen waren, war reine Spekulation. Wenn überhaupt, dann mussten sie an das bessere Szenario glauben. Der klare Blick ginge ihnen verloren, sowie sie zu glauben aufhörten.

Dennoch …

Damit Minakos Fantasie nicht mit ihr durchging, musste er etwas zu Ayumis Schweigen während der Anrufe sagen. Er musste sich eine Begründung dafür einfallen lassen, dass es kein »Abschied« gewesen war. *Ein stummes Lebewohl.* Er brauchte eine Geschichte, irgendetwas, das Minako begreifen half, dass ihre Angst unbegründet war.

»Sie muss Sorge gehabt haben, dass ich sie anschreie. Deswegen hat sie aufgelegt, ohne zu sagen, was sie sagen wollte.«

Die Worte klangen gezwungen. Minako bedachte ihn mit einem prüfenden Blick. Zweifellos überlegte sie nicht nur, welchen Grund Ayumi für ihr Schweigen gehabt hatte, sondern auch, warum Mikami beschlossen hatte, das Thema anzusprechen.

»Allerdings hat sie halbwegs erreicht, was sie wollte. Sie wollte unsere Stimmen hören. Deine, dann meine. Ich glaube, deswegen hat sie angerufen.«

»Was dich betrifft, vielleicht schon«, sagte Minako traurig.

»Warum denkst du denn so etwas?«

»Ich habe die ersten beiden Anrufe entgegengenommen, aber sie hat noch ein drittes Mal angerufen. Es war deine Stimme, die sie hören wollte.«

»Unsinn. Ich wette, sie hat sich gefreut, dass sie deine zweimal gehört hat.«

»Nein, du irrst dich.« Ihr Mund hatte zu zittern begonnen. »Dass sie meine Stimme gehört hat, war ihr egal, und sie hatte auch nichts zu sagen. Denn wenn sie …«

»Das reicht jetzt.« Mikami hob die Stimme, dann beeilte er sich fortzufahren. »Hör zu … Tu das nicht. Es hat keinen Sinn, wenn wir die Hoffnung aufgeben. Richtig?«

Minako senkte den Kopf. Einen Moment lang sah es aus, als würde sie so verharren, mit auf den Boden gerichtetem Blick.

»Es *war* Ayumi – die Anrufe kamen von ihr. Manchmal zweifle ich auch daran, aber das ist nicht weiter schlimm. Sie ist da draußen, und es geht ihr gut. Und wenn es ihr gut geht, wenn sie zurechtkommt, dann spielen die Anrufe eigentlich überhaupt keine Rolle.« Er gab sich alle Mühe, zuversichtlich zu klingen.

»Wahrscheinlich.« Minako blickte auf. Sie versuchte zu lächeln.

»Alles wird gut.«

Kaum hatte er das gesagt, um sie zu beruhigen, da klingelte das Telefon. Minako war aufgeschreckt und hielt mitten in der Bewegung inne. Wenn es sich um etwas Dienstliches gehandelt hätte, hätte der interne Anschluss im Flur geklingelt.

»Bleib sitzen. Ich gehe dran«, sagte Mikami sanft.

Er beugte sich über das niedrige Tischchen und schaute auf das Display. Es war eine örtliche Nummer, aber keine, die er kannte. Er nahm ohne Hast den Hörer ab, um seine Furcht vor Minako zu verbergen. Als er ihn sich ans Ohr hielt, hörte er eine vertraute Stimme, die ihn begrüßte.

»Hallo. Sind Sie das, Mikami?«

Es war Büroleiter Ishii. Mikami unterdrückte den Drang, ihn anzuschreien. Warum zum Teufel hatte er nicht auf Mikamis Dienstanschluss angerufen?

»Was ist denn?«, sagte Mikami, ohne groß auf Förmlichkeit zu achten.

»Äh, ich habe mich gerade gefragt, wie es so läuft. Mit Amamiya.«

»Daran arbeite ich gerade.«

»Was, zu Hause?«

Der höhnische Ton ging über Sarkasmus weit hinaus. Nachdem Ishii am Vortag vor Akama auf dem Bauch gekrochen war, hatte er Mikami heftig angeschnauzt, bevor er gegangen war. *Glauben Sie ja nicht, dass ich mit Ihnen untergehe, Mikami.*

»Bleiben Sie einen Moment dran.«

Er flüsterte Minako zu, dass es Ishii war, dann verließ er mit dem Telefon das Zimmer. Es kostete ihn alle Kraft, die er aufbringen konnte. Was ging Minako wohl durch den Kopf? Hatten seine Worte sie wenigstens ein bisschen zu trösten vermocht?

Im Schlafzimmer war es eiskalt.

»Tut mir leid. Ich glaube, ich bin auf etwas gestoßen, was ich als Hebel verwenden kann, um Amamiya umzustimmen. Ich werde ihn noch einmal besuchen, wahrscheinlich morgen.«

»Das heißt also, Sie haben es noch nicht geschafft.«

Habe ich das nicht gerade gesagt?

»Das ist nicht akzeptabel, Mikami.«

»Ich tue mein Bestes.«

Mikami schaltete das Elektroheizgerät ein. Er hielt es für besser, eine Zeit lang zu warten, ehe er ins Wohnzimmer zurückkehrte, und machte es sich bequem. Er hatte so oder so vorgehabt, bei Urushibara zu Hause anzurufen, bevor es Nacht wurde. Er wollte das Gespräch mit Ishii unbedingt rasch beenden, aber wie es schien, hatte dieser nicht nur angerufen, um zu sticheln.

»Der runde Tisch am Montag. Sie haben vor, sich für den Ärger im Zusammenhang mit dieser Anonymitätsfrage zu entschuldigen, ja?«

»Man hat mir gesagt, ich solle die Ereignisse schildern, aber nicht um Entschuldigung bitten.«

»Das ist das Gleiche.« Die Art, wie Ishii das sagte, hatte etwas untypisch Forsches. »Jedenfalls, ich werde demnächst herumtelefonieren, die notwendigen Einladungen aussprechen, aber ich werde den Gedanken nicht los, dass eine Entschuldigung allein vielleicht nicht reicht ... dass wir wahrscheinlich noch was drauflegen müssen. Ganz gleich, wie es läuft, wir müssen die Presse unter allen Umständen dazu bewegen, den Besuch des Generalinspekteurs nicht zu boykottieren.«

»In Ordnung. Was meinen Sie mit ›noch was drauflegen‹?«

»Kurz gesagt, dass Sie in der Pressestelle zusätzliche Dienstleistungen erbringen. Dass Sie der Presse Informationen über Ermittlungserfolge schicken, auch wenn diese spätnachts oder an Feiertagen eingehen. Reportern individuell E-Mails senden, wenn sie damit einverstanden sind. Solche Sachen.«

Mikami schnaubte laut. Er hatte erfahren, dass einige Präsidien in anderen Präfekturen einen Eilmeldungsservice ins Leben gerufen hatten, aber nur solche, wo die Pressestelle personell gut ausgestattet war; ein solches System überstieg die Kapazitäten eines Vier-Mann-Büros bei Weitem.

Außerdem ...

»Und das ist Ihre Idee?«

Akama würde niemals einen solchen Vorschlag machen. Solche Zusatzdienste anzubieten hieße nichts anderes, als sich beim Presseclub zu entschuldigen.

»Eigentlich die von Shirota.«

»Shirota von der Verwaltung?«

Der Name war eine ziemliche Überraschung. Offiziell war Shirota unter den Dezernatsleitern der Verwaltung der ranghöchste, aber seine Autorität erstreckte sich nicht auf Angelegenheiten des Präsidialbüros.

»Er wird am runden Tisch teilnehmen, und er hat seine Befürchtungen geäußert. Er weiß von den Problemen, die wir mit dieser Geschichte haben.«

»Trotzdem bezweifle ich, dass die Presse einen Rückzieher machen würde, selbst wenn wir ihnen derart offensichtlich entgegenkommen.«

»Vielleicht nicht die Reporter, zugegeben, aber die höheren Chargen sind nicht so in Rage wie das Fußvolk. Diese Art von Handel funktioniert. Es schmeichelt ihrem Ego.«

»Wie wäre es, wenn wir den runden Tisch zeitlich vorziehen? Würde das nicht reichen, um ihnen zu zeigen, dass wir die Angelegenheit ernst nehmen?«

»Sie begreifen es nicht, wie? Wenn wir den runden Tisch vorverlegen, wird das nur ihre Erwartungen steigern. Sie werden auf einer Entschuldigung bestehen – oder allermindestens irgendeinen Kompromiss verlangen. Im Grunde machen wir ihnen ein Geschenk, das sie stattdessen mit nach Hause nehmen können.«

Mikami musste einen Seufzer unterdrücken.

»Was Sie vorschlagen, ist zu viel. Die Reporter werden nur noch fauler werden, als sie es jetzt schon sind, wenn wir anfangen, sie einzeln zu kontaktieren. Dann müssen sie uns nämlich nicht mehr anrufen, um an Storys zu kommen, geschweige denn, sich höchstpersönlich ins Präsidium bemühen.«

»Vielleicht, aber was kümmert es uns, wenn sie faul werden?«

»Ich würde mehr Leute brauchen, wenn wir auch noch Feiertage und Nachtschichten abdecken sollen. Mit den Kapazitäten, die ich jetzt habe, geht das auf gar keinen Fall.«

Mikami hatte gehofft, dem Gespräch damit ein Ende zu machen, rief aber nur weitere Sticheleien von Ishii hervor.

»Das klingt aber gar nicht nach knallhartem Kripo-Mann. Ich dachte, ihr kämpft gern bis zum bitteren Ende, auch wenn ihr wisst, dass etwas unmöglich zu knacken ist?«

Als hättest du davon auch nur die blasseste Ahnung.

»Haben Sie in dieser Sache Akamas Genehmigung?« Am anderen Ende blieb Ishii stumm. Er hatte seinem Chef nichts davon gesagt. »Nein, das haben Sie wohl nicht. Er würde eine derart schwache Haltung niemals dulden«, sagte Mikami und bediente sich damit Akamas, um den letzten Schlag zu führen. Er empfand es als heimtückisch, wie wenn man im Verhörzimmer von Familie sprach.

Trotzdem …

»Das geht schon in Ordnung. Deswegen werde ich zuerst bei den Zeitungen anrufen. Ich werde ihnen von den neuen Dienstleistungen erzählen, und beim runden Tisch brauchen Sie sich ja nicht festlegen zu lassen. Sagen Sie einfach so was wie: ›Wir werden die Arbeit, die wir leisten, weiter verbessern.‹ Dagegen dürfte Akama eigentlich nichts einzuwenden haben. Falls er zufällig doch an die Decke geht, sagen Sie ihm einfach, das sei ein leeres Versprechen gewesen.«

»Ein leeres Versprechen?«

Wollte er damit sagen, sie sollten die entsprechende Aussage machen, ihr jedoch keine Taten folgen lassen?

»Shirota hat mir gesagt, seiner Meinung nach würde Akama es durchgehen lassen.«

Er war so schlau gewesen, Shirota auf seine Seite zu ziehen. Sich vor Akama niederwerfen zu müssen hatte seinen Tribut gefordert. Weil er befürchtete, Akamas Vertrauen verloren zu haben, hatte er eine Versicherung abgeschlossen. Entweder das, oder er plante schlicht voraus. Akama würde früher oder später nach Tokio zurückkehren, aber Shirota war hier geboren und aufgewachsen und würde bis zum Tag seiner Pensionierung eine Schlüsselfigur in Präfektur D bleiben.

»Wir müssen nur den runden Tisch überstehen. Irgendwas müssen wir anbieten, aber wir lassen uns nur auf mündliche Zusagen ein, und was die neuen Dienstleistungen angeht, die können wir ja langsam einführen, nach und nach.«

Mikami hielt es für sinnlos zu antworten. Wieder ein Abend, an dem er mit Ishii an einem Tisch saß. Er verspürte eine Flut der Selbstverachtung, die durch Schichten von Zorn an die Oberfläche drang.

»So machen wir das also. Ich verlasse mich auf Sie, Mikami.«

Wieder antwortete er nicht.

»Mikami, sind Sie noch da?«

Schweigen.

»Hören Sie, Ihnen ist doch sicher klar, dass wir im Hinblick auf diese Anonymitätsfrage Gefahr laufen, aus dem Ring gedrängt zu werden. Wenn wir das bis zum Besuch des Generalinspekteurs nicht geregelt kriegen, werden wir beide …«

»Ich muss Sie etwas fragen«, sagte Mikami; er war zu einer Entscheidung gekommen. Das Kernproblem, das er lösen musste, hatte nichts mit dem runden Tisch zu tun.

»Das kommt jetzt aber sehr plötzlich.«

»Futawatari, von der Verwaltung; er verhält sich in letzter Zeit merkwürdig. Wissen Sie etwas darüber, was er gerade macht?«

»Er verhält sich merkwürdig? Mir ist nichts aufgefallen … Wie denn merkwürdig?«

»Er stochert in der Shoko-Entführung herum.«

»Er tut was? Ich verstehe nicht, was ihn das angeht.«

Deswegen frage ich dich ja.

»Sie wissen nicht, ob er auf unseren Befehl handelt?«

»Unseren Befehl?«

»Ich möchte wissen, ob er auf Anweisung von Akama handelt oder nicht.«

»Ich kann mir nicht vorstellen, dass er irgendwas in diese Richtung unternimmt. Er hat alle Hände voll zu tun mit dem Neubau des Präsidiums.«

»Auf irgendwas ist er aus, so viel steht fest. Warum, glauben Sie, schottet das KUA sich ab? Weil unser Ass in 64 herumwühlt.«

»Davon höre ich zum ersten Mal. Mir hat keiner was gesagt.«

Er traf offenbar Vorkehrungen zur Flucht.

»Was ist mit Shirota? Hat er irgendetwas getan, was Ihnen seltsam vorkam?«

»Mir ist nichts aufgefallen … Meinen Sie, dass Futawatari vielleicht für ihn arbeitet?«

»Das kommt darauf an, ob Sie eine Linie ziehen können, die ihn mit Akama und Futawatari verbindet.«

»Wenn Shirota es für gefährlich hielte, könnte ich mir vorstellen, dass er einfach die Augen davor verschließt. Er hat eine besondere Abneigung dagegen, für irgendetwas die Verantwortung zu übernehmen.«

Das sagt ja der Richtige.

»Wenn Sie das beschäftigt, warum fragen Sie dann Futawatari nicht direkt? Sie sind zusammen zur Polizei gekommen, und haben Sie auf der Oberschule nicht beide Kendō betrieben? Seither haben Sie ihn wahrscheinlich nicht oft zu Gesicht bekommen, schließlich waren Sie beim KUA und er bei der Verwaltung, aber jetzt sind Sie ja hier, also sollten Sie einfach zu ihm gehen und ihn persönlich fragen.«

»Genau das habe ich auch vor.«

Mikami legte auf. Es dauerte eine Weile, bis seine Gereiztheit sich gelegt hatte. Die Flut von Ishiis leeren, unaufrichtigen Worten war ihm auf die Nerven gegangen. *Ich habe mich einfach gefreut. Wissen Sie, das war das erste Mal, dass sich jemand hier für etwas bedankt hat.* Die Stimme des Mädchens hallte nach wie etwas aus einer anderen Zeit. *Mit Worten erreicht man Menschen.* Es war wohl dumm von ihm gewesen, auch nur einen Moment lang daran zu glauben. Dumm, dass er Hiyoshi eine Nachricht hinterlassen hatte. Mit welchen Worten sollte man denn jemanden erreichen können, der sich die letzten vierzehn Jahre eingeschlossen und isoliert, jemanden, der wirklich jeden Kanal zur Außenwelt geschlossen hatte?

Mikami sprang auf und ging in den Flur. Er schnappte sich den Apparat des Dienstanschlusses, kehrte zurück ins Schlafzimmer und zog dabei mit seiner freien Hand das Kabel hinter sich her.

Direktion Q, Urushibaras Zuhause. Die Nummer kannte er bereits. Anstatt einfach mit dem Telefonieren aufzuhören, hatte er sich vorgenommen, mit einer Arbeit weiterzumachen, die er nur telefonisch erledigen konnte. Er würde einen Überraschungsangriff starten. Er würde agitieren; Urushibara mit einem Trick dazu bringen, die Wahrheit zu offenbaren. Der Mann mochte sich daran gewöhnt haben, auf dem Stuhl des Direktionsleiters zu sitzen, aber er war ein fähiger Kriminalbeamter mit ausgezeichneter Intuition gewesen. Wenn Mikami sich für einen Frontalangriff entschied, würde Urushibara ziemlich sicher spitzkriegen, dass Mikami nichts in der Hand hatte.

Aber vielleicht am Telefon …

Mikami schaute auf den Wecker: 20.15 Uhr. Die perfekte Zeit. Bestimmt entspannte sich Urushibara gerade, hatte schon gegessen und sein Bad genommen. Mikami griff nach dem Hörer und wählte Urushibaras Privatnummer. Er schluckte.

Nach dem dritten Klingeln nahm jemand ab: Urushibara. Seine Stimme schoss um eine Oktave nach oben, sobald Mikami sich gemeldet hatte.

»Mikami. Ist lange her.«

»Ja, das stimmt.«

»Und, was treiben Sie so? Lassen es immer noch mit Minako krachen, nehme ich an?«

Ein erstes Abtasten. Er tat so, als wäre er immer noch derselbe alte Urushibara, während seine Gedanken rasten, um dahinterzukommen, warum Mikami ihn anrief.

»Wie geht es Ihnen?«

»Nicht schlecht, nicht schlecht. Hier unten geht es ziemlich entspannt zu. Alle anderen machen die Arbeit für mich.«

»Hört sich prima an. Rufen Sie mich an. Ich würde mich über eine Stelle als leitender Kriminalbeamter freuen.«

»Haha. Wenn ich dächte, dass Sie das ernst meinen, würde ich es wahrscheinlich sogar erwägen. Egal, wem oder was habe ich den plötzlichen Anruf zu verdanken? Hat jemand einen Pressebericht verbockt oder so was?«

»Nein, nichts dergleichen. Eigentlich wollte ich Sie etwas fragen.«

»Aha. Na dann … raus mit der Sprache.«

»Ich habe mich heute mit Hiyoshi getroffen«, sagte er bewusst knapp und lauschte auf Urushibaras Reaktion.

»Hiyoshi …?«

»Koichiro Hiyoshi, der bei der Kriminaltechnik gearbeitet hat. Der bei 64 Mist gebaut und schließlich den Dienst quittiert hat.«

Am anderen Ende blieb es einen Moment lang still, doch als Urushibara wieder sprach, wirkte er völlig unbeeindruckt. »Stimmt, ich erinnere mich, dass da jemand war, der so hieß. Helfen Sie mir auf die Sprünge, was hat er so Schlimmes getan?«

Nun verstummte Mikami einen Moment lang. Seine Lüge, er habe Hiyoshi getroffen, hatte Urushibara nicht im Geringsten erschüttert. Er hatte sogar mit einer Rückfrage gekontert. Offenbar hatte Urushibaras Rüstung kein bisschen Rost angesetzt.

Mikami machte trotzdem weiter.

»Es passierte, nachdem Ihre Einheit in Amamiyas Haus eingetroffen war. Er war dafür zuständig, die Anrufe aufzunehmen.«

»Und?«

»Er hat einen fatalen Fehler gemacht.«

»Aha … und?«

»Sie haben ihn angeschnauzt, ihn als unfähig bezeichnet. Dann hat er den Dienst quittiert.«

»Und?«

Urushibara versuchte, das Tempo des Gesprächs zu diktieren. Keine Reaktion zeigen, den Gesprächsfluss aufrechterhalten … eine bei Kriminalbeamten beliebte Technik.

»Es hat ihn schwer getroffen. Nach seinem Ausscheiden aus der Kriminaltechnik hat er sich die nächsten vierzehn Jahre in seinem Zimmer zu Hause eingeschlossen. Aber ich vermute, das wissen Sie alles.«

»Aha … und?«

»Ich habe ihm gesagt, ich würde mir alles anhören, was er zu sagen hat, ob er sich nun beschweren oder gestehen wollte.«

»Schön … und?«

Er bohrte nach, um dahinterzukommen, wie viel Mikami tatsächlich wusste. Allmählich wurde es schwierig. Wenn Mikami zu weit ging, wenn er den Unwahrheiten nicht genügend Wahrheit beimischte, hätte er am Ende nur Urushibaras schrilles Kichern im Ohr.

»Er war in Tränen aufgelöst, hat sich am Aufnahmegerät festgeklammert. Obwohl die Amamiyas auch da waren.«

Inzwischen war es zu spät, den Kurs zu wechseln. Er hörte ein leises Einatmen, und Urushibaras Stimme schien plötzlich näher zu sein.

»Und? Hat Hiyoshi irgendetwas gestanden?«

Mikami presste die Lippen aufeinander. *Konnte er es riskieren, es zu sagen?* Er entschloss sich, durch Schweigen zu bluffen, aber Urushibara durchschaute das Manöver.

»Hören Sie zu, Mikami, ich habe keine Ahnung, worauf Sie hinauswollen. Was war das denn nun für ein Schnitzer, auf den Sie da anspielen? Und ich soll ihn als unfähig bezeichnet haben? Erinnern kann ich mich jedenfalls nicht daran.« Sein Ton ließ erkennen, dass er wusste, er hatte die Oberhand. »Wo haben Sie denn diese ganzen falschen Anschuldigungen ausgegraben? Und was soll diese Innenrevisionsshow? Ist die Pressestelle nicht dazu da, der Presse ein unverfälschtes und unparteiisches Bild von uns zu vermitteln?«

»Ich glaube nicht, dass die Anschuldigungen falsch sind.«

»Natürlich sind sie das. Das garantiere ich Ihnen. Wer hat Ihnen denn diesen ganzen Quatsch eingeflüstert?«

»Das stand im Koda-Memo«, sagte Mikami und ging damit aufs Ganze.

»Im was …?«

Seine Stimme war plötzlich belegt. Mikami vermutete, dass er dem Mann die erste echte Reaktion entlockt hatte.

Aber …

»Ich verstehe. Sie und Futawatari, ihr seid in dieser Sache ein Team.«

Es fühlte sich an wie ein Nasenstüber.

»Er ist gestern in der Direktion aufgetaucht, hatte noch nicht mal einen Termin gemacht. Hat gesagt, er wollte alles, was ich über dieses Ding namens Koda-Memo wüsste.«

Futawatari war ihm schon wieder zuvorgekommen.

Mikami erschauerte am ganzen Körper. Er hatte vorgehabt, einen Überraschungsangriff zu führen, den entscheidenden Schlag zu landen, aber sein Scheitern hatte schon festgestanden, ehe er auch nur den Hörer zur Hand genommen hatte. Futawataris direkte Ansprache hatte Urushibara die Zeit verschafft, die er brauchte, um sich zu wappnen. Urushibara hatte in dem Moment das Visier heruntergeklappt, in dem er Mikamis Anruf entgegengenommen hatte. Er hatte Mikamis Fragen ausweichen können, während er selbst den Verlauf des Gesprächs diktierte. Er hatte sogar schon seinen eigenen finalen Gegenangriff vorbereitet.

Sie und Futawatari …

»Die haben es geschafft, Sie zu zähmen, wie? Wirklich, dass ihr beide, Sie und dieser Hund, euch zusammentut …«

»Wir haben nichts miteinander zu tun.«

»Mit Akama habt ihr denselben Herrn und Meister. Also sind Sie Fido, und er ist Benji: Das ist so ungefähr der einzige Unterschied zwischen euch.«

Er schien es zu genießen, ihn zu reizen. Aber Mikami fragte sich, ob das echt war. Konnte er wirklich so entspannt sein, nachdem Futawatari in sein Territorium vorgedrungen war?

»Folgendes weiß ich: Das Koda-Memo enthält Einzelheiten über einen Fehler, den die Vor-Ort-Einheit begangen hat, einen so schweren Fehler, dass es Sie Ihren Job kosten könnte.«

»Und Sie haben es gelesen?«

Die Reaktion kam so rasch, dass Mikami nur Zeit schinden konnte.

Gelächter dröhnte ihm in den Ohren.

»Nein, haben Sie nicht. Man kann nichts lesen, was es gar nicht gibt.«

Seine Stimme klang triumphierend. Mikami fragte sich, ob das stimmen konnte. Das Koda-Memo gab es nicht. Es hatte einmal existiert, aber jetzt war es verschwunden. Konnte Urushibaras Selbstvertrauen daher rühren?

»Es war eine unterhaltsame Geschichte, das muss ich Ihnen lassen. Rufen Sie wieder an, wenn Sie die nächste auf Lager haben.«

Mikami durfte nicht einfach aufgeben.

»Ich habe die Information von jemandem, der das Memo tatsächlich gelesen hat.«

»Wer soll das sein … Futawatari?«

»Es ist mir nicht gestattet, das zu sagen.«

»Na, na. Nun rücken Sie schon raus damit. Was war dieser fatale Fehler, der mich angeblich meinen Job gekostet hätte?«

Mikami bohrte die Zähne in die Unterlippe. Er hätte nie zulassen dürfen, dass Urushibara die Frage stellte.

»Na? Sagen Sie schon.«

»Zu diesem Zeitpunkt ist es mir nicht gestattet, deutlicher zu werden.«

Wieder kicherte Urushibara.

»Wie wär's, wenn wir langsam Schluss machen mit diesem

Kreuzverhör? Ich lege jetzt auf. Ich habe mir Ihre Geschichte angehört, weil Sie ein alter Freund sind, aber ich habe direkte Anweisung von Arakida, nichts mit der Verwaltung zu besprechen.«

Mikami griff die Worte auf. »Dann sind Sie also auch nur ein Fido.«

»Wie bitte?«

»Sie halten sich an den Maulkorberlass, obwohl Sie gar nicht wissen, worum es dabei geht …«

Nach kurzem Schweigen hörte er Urushibara leise fluchen. »Sagen Sie mal, Mikami, wollen Sie hier meine Geduld auf die Probe stellen?«

»Nein, ich will herausfinden, ob Sie wissen, was hinter dem Maulkorberlass steckt. Wenn ja, dann erklären Sie's mir.«

»Erklären Sie's mir. Was muss ich sagen, damit Sie zufrieden sind?«

Es hörte sich so an, als versuchte Urushibara, der Frage auszuweichen.

Er war dabei gewesen, als es passiert war, kannte das Geheimnis des KUA also aus erster Hand. Aber trotz dieses Wissens hatte man ihn nicht davon in Kenntnis gesetzt, was der Grund für die aktuelle, umfassende Geheimhaltung war, die so plötzlich praktiziert wurde. Man hatte ihn ausgeschlossen …

Wenn das so war …

»Was würde passieren, wenn das Memo zum Generalinspekteur gelangte?«

»Zum Generalinspekteur …? Was wollen Sie damit sagen?«

Er hatte den Köder geschluckt.

»Aber vom Besuch des Generalinspekteurs nächste Woche wissen Sie schon?«

»Ja. Was ist damit?«

»Nur deshalb ist der Maulkorberlass doch in Kraft. Das KUA will sämtliche Spuren des Memos verwischen.«

»Hören Sie zu, ich habe keine Ahnung, wovon Sie reden. Worauf wollen Sie hinaus?«

»Ich bin mir sicher, Sie wissen es sehr wohl. Wir reden hier von Tokio. Arakida wird Sie nicht beschützen, wenn es hart auf hart kommt.«

»Sie bringen hier doch die Härte …«

»Er wird die ganze Schuld auf die Vor-Ort-Einheit abwälzen. Genauso arbeitet er nämlich. Glauben Sie mir, ich habe es auf die harte Tour gelernt.«

Es kam keine Antwort.

Das Schweigen machte Mikami Hoffnung.

Aber …

»Sie sind immer noch sauer auf den Direktor, ist es das?«

Was …?

»Nicht jeder kriegt die Versetzung, die er gern möchte; so funktioniert das System nicht. Sie sollten es gut sein lassen. Tanzen Sie zwei, drei Jahre lang nicht aus der Reihe, und irgendwann kriegen Sie dann, was Sie verdienen.«

Urushibara provozierte ihn nun seinerseits. Das war ganz offensichtlich, aber Mikami beschloss, es zu ignorieren.

»Darum geht es hier überhaupt nicht.«

»Hass auf Arakida, Hass auf die ganze Abteilung. Ist es das? Und jetzt ziehen Sie mich mit diesem Scheißverhör in Ihren Privatkrieg rein. Das nervt.«

»Nein, darum geht es …«

»Ach ja? Wozu dann dieser verlogene Telefonanruf?«

»Ich mache bloß …«

»… Sie machen bloß Ihre Arbeit, richtig. Ich frage mich, ob das stimmt. Sind Sie sicher, dass das hier nicht bloß ein Vorwand dafür ist, sich an Arakida und der ganzen Abteilung zu rächen? Sind Sie sicher, dass es nicht eigentlich darum geht?«

»Bin ich.«

Die Entschiedenheit in seiner Stimme dröhnte in seinem Schädel.

»In Ordnung. Dann verhalten Sie sich auch so. Klar, Arakida ist nur ein Schwätzer, der nichts kann, außer Befehle geben. Aber solche Leute haben nun mal das Sagen. Wenn Sie wirklich wieder bei uns arbeiten wollen, sollten Sie ihm – und der Abteilung – ein bisschen mehr Respekt erweisen. Danach können wir uns unterhalten.«

Urushibaras Schuss war danebengegangen. Er hatte die lebenswichtigen Organe verfehlt. Damit bot sich Mikami die Möglichkeit, in eine neue Richtung weiterzufragen.

»Sind Sie der Beisetzung auf Anweisung von oben ferngeblieben?«

»Beisetzung? Was für einer Beisetzung?«

»Der von Toshiko Amamiya. Dass sie gestorben ist, wissen Sie ja wohl.«

»Doch, sicher, das habe ich gehört.«

»Warum waren Sie nicht dort? Als Leiter der Vor-Ort-Einheit?«

»An dem Tag war ich …«

»Ein Kripo-Mann hätte sich das nicht nehmen lassen.«

Urushibara fing an, etwas zu sagen, hielt aber mittendrin inne, vielleicht weil eine Welle bitterer Übelkeit in ihm aufstieg. Der Mann hatte bei Amamiya sein Bestes gegeben. Bestimmt hatte niemand etwas anderes wahrgenommen.

»Sie sind auf Anweisung von oben weggeblieben. Um Amamiya nicht zu provozieren. Und erzählen Sie mir nicht, dass ich falschliege.« Urushibaras Atem war ein abweisendes Grummeln in der Leitung. »Wo ist das Koda-Memo?«

»Das reicht jetzt.«

»Wollen Sie einem unfähigen Phrasendrescher zuliebe Ihre Stelle riskieren?«

»Sie haben sich verrannt. Hören Sie auf, sich in diesen Mist hineinzusteigern – und schauen Sie zu, dass Sie heute Nacht ein bisschen Spaß haben.«

Die Verbindung brach ab.

Mikamis Hand schoss sofort zur Wahlwiederholungstaste, doch er verkniff es sich, noch einmal anzurufen. Dieser Druck ließ sich kein zweites Mal aufbauen. Urushibaras Dominanz war mit der Stille in den Hintergrund getreten, und nun schien er so fern wie die Toten.

Mikami wurde von plötzlicher Erschöpfung gepackt. Sie wurde allmählich von einem Gefühl der Sinnlosigkeit überlagert. Er hatte versucht, Urushibara aus dem Gleichgewicht zu bringen, aber der Mann hatte sich auf den Beinen gehalten. Damit war eigentlich zu rechnen gewesen. Es wäre so ziemlich das Gleiche dabei herausgekommen, ob er nun Zeit gehabt hatte, sich zu wappnen, oder nicht. Trotzdem, Futawataris Mangel an Subtilität war zum Verrücktwerden. Mikami hätte nie damit gerechnet, einen erfahrenen Kriminalbeamten wie Urushibara austricksen zu können, nicht in einem solchen direkten Aufeinandertreffen. Er hatte eine Reaktion herauskitzeln wollen. Hatte ein Gefühl für die Dinge bekommen wollen. Aber er übernahm sich. Sein Erfolg in der Verwaltung hatte ihm vorgegaukelt, er könne sich am Kreuzverhör eines Kriminalbeamten versuchen. Und was war dabei herausgekommen? Urushibara hatte ihn durchschaut. Und das war nicht das erste Mal. Er war mit dem Koda-Memo hausieren gegangen und hatte es immer nur geschafft, das KUA zu verärgern und gegen sich aufzubringen. Wie ein schlechter Schütze hatte er wild drauflosgeballert, um seine fehlende Zielsicherheit wettzumachen. Mikami kam nicht gegen das Gefühl der Entmutigung an. Er war sich sicher, dass er Urushibara durch den Verweis auf den Generalinspekteur verunsichert hatte, aber er wusste auch, das allein würde nicht reichen, um einen solchen Mann einknicken zu lassen.

Damit blieb Kakinuma. Mikamis Gedanken bewegten sich bereits weiter. Er rechnete nicht damit, dass Kakinuma Licht in die Sache bringen konnte. Er gehörte immer noch zur Ermittlungsgruppe. Er war jünger als Mikami und rangniedriger, und damit wäre es ihm ein Leichtes, mit der Begründung aufzulegen, er wolle sich heraushalten. Mikamis einzige Hoffnung war, an Kakinumas Gerechtigkeitssinn zu appellieren. Um den richtigen Ton zu treffen, würde er ihn persönlich aufsuchen müssen.

Morgen.

Mikami fühlte sich niedergedrückt, als er aufstand. Er trug den Apparat in den Flur zurück und versuchte, normal zu wirken, während er ins Wohnzimmer trat. Minako sah fern. Der Anblick erinnerte ihn daran, wie es früher gewesen war. Ging es ihr besser? Oder gab sie sich bloß Mühe?

»Irgendetwas nicht in Ordnung?«

»Nein, alles bestens.«

»Ich habe das Bad einlaufen lassen.«

»Geh du zuerst.«

»Ich glaube, bei mir könnte eine Erkältung im Anzug sein …«

»Dann solltest du vielleicht zu Bett gehen. Keine Sorge, ich werde heute Abend nicht noch einmal telefonieren.«

Mikami stellte sie sich beide in fünf oder zehn Jahren vor, wie sie das gleiche Gespräch wie heute führten. Es war ihnen zur Gewohnheit geworden, sich umeinander zu sorgen und zugleich so zu tun, als wäre alles normal.

Er badete ausgiebig. Danach setzte er sich ins Wohnzimmer und trank etwas, dann ging er ins Schlafzimmer. Minako lag schon auf ihrem Futon, das kabellose Telefon an seiner üblichen Stelle neben ihrem Kissen. Ihr schlanker Nacken schimmerte im Licht der Lampe orange.

Noch wach. Das war der Eindruck, den Mikami hatte.

Schauen Sie zu, dass Sie heute Nacht ein bisschen Spaß haben …

Im Bad und während er im Wohnzimmer etwas getrunken hatte war ihm Urushibaras herzlose Grobheit nicht aus dem Kopf gegangen. Er hatte schon lange nicht mehr mit Minako geschlafen. Zusammen hatten sie Ayumi in die Welt gesetzt. Zusammen hatten sie mitangesehen, wie sie sich selbst zerfleischte. Seither hatten sie nicht mehr miteinander schlafen können, weder aus Verlangen noch aus dem Bedürfnis heraus, neues Leben zu schaffen.

Mikami atmete leise, während er auf seinem Futon unter die Decke schlüpfte.

Sie würden zwei Kinder haben. Obwohl sie nie ausdrücklich darüber geredet hatten, hatten sie dieselbe Auffassung geteilt. Aber der Wunsch nach einem zweiten Kind hatte sich nach Ayumis Geburt verflüchtigt. Obwohl Minako nie etwas gesagt hatte, war klar geworden, dass sie kein zweites Kind mehr wollte. Ayumi war nach ihrem Vater geraten. Hatte Minako insgeheim befürchtet, ihr nächstes Kind würde vielleicht ebenfalls ein Mädchen, das aber nach ihr geriet?

Mikami schloss die Augen.

Er war jung gewesen. Hatte als Sonderermittler in Dezernat I Diebstahlsfälle bearbeitet. Minako hatte ihren Arbeitsplatz im Anbau gehabt, wo sie einer Bürotätigkeit für die Verkehrspolizei nachging. Auf dem am Flussufer gelegenen Parkplatz des Präsidiums waren eine Reihe von Autos aufgebrochen worden, und da der Ruf der Polizei auf dem Spiel stand, hatte man das Dezernat Sonderermittlungen eingeschaltet, damit es sich um die Angelegenheit kümmerte. Einer der Wagen war der von Minako gewesen, und man hatte ihn beauftragt, sie zu befragen. Er konnte sich nur an ihre Stimme erinnern. Er war nicht imstande gewesen, ihr richtig ins Gesicht zu sehen. Im Jahr darauf hatten sie im selben Bezirksrevier gearbeitet. Sie grüßten sich jedes Mal, wenn sie einander sahen. Weiter ging ihre Beziehung nicht. Sie überwältigte ihn, und er war bereits zu dem Schluss gekommen, dass er einer solchen Frau nicht würdig war. Dann hatte sie ihm eines Tages aus heiterem Himmel ein Amulett fürs Auto geschenkt. *Es ist ein bisschen albern, aber trotzdem …* Sie hatte verlegen gewirkt. Er war so verblüfft gewesen, dass er sich nicht einmal hatte bedanken können.

Er konnte ihre sanften Atemzüge hören. Sie war so nahe.

Bereust du das alles?

Wieder ertappte er sich dabei, dass er die Frage stumm formulierte, ohne es über sich zu bringen, sie laut auszusprechen.

30

Am nächsten Morgen fuhr Mikami vor neun Uhr von zu Hause los. Es war Sonntag.

Kakinuma war zur Zeit der 64-Entführung gerade frisch verheiratet gewesen und hatte in einer Polizeiwohnsiedlung in Chuo-machi gewohnt, in der es Familienapartments gab. Er hatte Amamiyas Zuhause als Angehöriger der Vor-Ort-Einheit betreten und war hinterher als Mitglied der Sonderkommission mit dem Fall befasst geblieben. Er war seither nicht versetzt worden, weshalb davon auszugehen war, dass er noch immer in derselben Wohnung wohnte.

Von außen konnte man das Gebäude leicht für ein mittelgroßes städtisches Mehrfamilienhaus halten. Der Komplex bestand aus sechs Einzelblocks, und von einem früheren Besuch hatte Mikami in Erinnerung, dass Kakinuma irgendwo im Erdgeschoss des Gebäudes ganz rechts wohnte. Er setzte sich eine Baseballmütze und eine Brille auf, ehe er aus seinem Wagen stieg. Die Briefkästen waren verschwunden, zweifellos eine Vorsichtsmaßnahme wegen der Aktivitäten der diversen religiösen Sekten.

Seine Erinnerung war bestenfalls vage. Nachdem er eine Zeit lang orientierungslos herumgeirrt war, fand er endlich im ersten Stock des zweiten Gebäudes von rechts das Namensschild »Kakinuma«. Darauf standen außerdem der Name von Kakinumas Frau Meiko sowie die Namen ihrer drei Kinder.

Vermutlich hatte Urushibara am Abend zuvor angerufen, um dafür zu sorgen, dass Kakinuma den Mund hielt. Das hatte Mikami im Kopf, als er die Klingel drückte. Fast unmittelbar darauf rief eine hohe Frauenstimme: »Ich komme schon«, und die Tür öffnete sich mit vorgelegter Kette.

»Ja, was kann ich für Sie tun?«

Von drinnen lugte Meiko hervor. Mikami traute kaum seinen Augen. Sie sah so jung aus wie an dem Tag vor so vielen Jahren, an dem er sie kennengelernt hatte.

»Mein Name ist Mikami. Ich war beim Kommissariat Sonderermittlungen, damals, als …«

Meiko machte den Mund auf, ehe er seinen Satz zu Ende bringen konnte. »Aber ja, natürlich! Ich erinnere mich. Sie haben mit meinem Mann zusammengearbeitet.«

Sie schlüpfte in ein Paar Sandalen und kam heraus.

Irgendetwas an ihr erinnerte ihn an Mizuki Murakushi. Sie sah nicht besonders gut aus, hatte aber ein ungezwungenes, entwaffnendes Lächeln. Ihre Heirat mit Kakinuma war zeitlich mit dem Tod von Mikamis Mutter zusammengefallen, sodass er nicht am Empfang des Paars hatte teilnehmen können; deshalb war er Meiko nur zweimal begegnet, das erste Mal auf einer Feier, die Dezernat I zu Ehren von Kakinuma gab, das zweite Mal, als er das verheiratete Paar mit ein paar Kollegen im neuen Zuhause besuchte. Seither waren fast fünfzehn Jahre vergangen. Und dennoch war Meiko so voller Energie, dass sie, so konnte man ohne Übertreibung sagen, wie eine Frau Mitte zwanzig aussah; wie eine dreifache Mutter sah sie jedenfalls nicht aus.

»Mein Mann redet ständig von Ihnen. Es würde mich nicht wundern, wenn Ihnen ab und zu die Ohren klingen?«

Mikami reagierte mit verlegenem Lächeln. Wahrscheinlich handelte es sich um Geschichten der Sorte *Die Schöne und das Biest.*

»Er sagt es jedes Mal, wenn er ein bisschen was getrunken hat. ›Dieser Mikami, der ist das einzig Wahre. Ein echter Kriminalbeamter.‹«

Mikami versuchte, ihre Worte als Schmeichelei abzutun, aber Meiko blieb dabei.

»Nein, er meint es wirklich so. Er sagt, Sie seien der einzige Kriminalbeamte, den er kennt, der sich sowohl in Dezernat I *als auch* II einen Namen gemacht hat. Er hört sich wirklich stolz an, wenn er über Ihre Erfolge spricht.«

»Er übertreibt.«

Eingedenk der Augen und Ohren um sie herum trat Mikami in den Eingangsbereich. Er hörte das Trippeln von Schritten, dann erschien ein kleines Mädchen im frühen Grundschulalter zusammen mit einem noch jüngeren Kind, das vielleicht gerade in den Kindergarten ging – ob Junge oder Mädchen, war nicht zu erkennen. Am Ende des Flurs stand noch ein Junge, wahrscheinlich im Mittelschulalter, der leicht zur Seite gebeugt zusah.

»Ist Kakinuma zu Hause?«, fragte Mikami, der bereits ahnte, dass er nicht da war.

Meiko schürzte die Lippen, während sie das jüngste ihrer Kinder auf den Arm nahm. »Sie haben ihn knapp verpasst. Er ist vor ungefähr zehn Minuten gegangen.«

»Ins Zentralrevier?«

Die 64-Ermittlungsgruppe war zwar sowohl von der Größe als auch vom Status her heruntergestuft worden, hatte ihren Sitz aber immer noch im Zentralrevier.

»Ich glaube nicht. Allerdings hatte es mit der Arbeit zu tun.«

»Wie ich höre, hat er in letzter Zeit auch mal am Wochenende frei?«

»Das stimmt. Obwohl ich mir nicht so sicher bin, dass das gut ist. Ach, ich hoffe wirklich, dass der Entführer gefasst wird. Er hat dem armen kleinen Mädchen so Schreckliches angetan.«

Meiko blinzelte dem Kind in ihren Armen ins Gesicht. Das Kind kreischte vor Lachen und verriet Mikami damit, dass es ein Mädchen war.

»Seit unserer Heirat arbeitet er ununterbrochen. Manchmal frage ich mich, ob ich nicht in Wirklichkeit mit dem Fall verheiratet bin. Ich bin sicher, Kakinuma wird darunter leiden, wenn der Entführer nicht gefasst wird. Wissen Sie, ich bezweifle, dass er je darüber hinwegkommt, wenn die Verjährung eintritt und er versetzt wird.«

Mikami nickte nachdrücklich.

»Er sagt, er wünschte, Sie wären wieder mit dem Fall befasst. Er ist sich sicher, dass Sie ihn knacken könnten.«

Mikami spürte einen Stich in der Brust. Ein Teil von ihm schien sich die Szene von oben anzusehen.

»Bestimmt wird Ihr Mann den Entführer fassen. Keiner kennt den Fall besser.«

»Ich hoffe so, dass Sie recht haben. Und wenn er dann dreimal hintereinander befördert wird, bin ich auch still.«

Sie brach in Gelächter aus, wodurch sich Mikami Gelegenheit zum Einhaken bot.

»Gehe ich recht in der Annahme, dass Sie gestern Abend einen Anruf von Urushibara bekommen haben?«

»O ja, das stimmt. Und dann noch einen, von jemandem namens Futawatari.«

Diesmal gelang es Mikami, sich nichts anmerken zu lassen. Er hatte sich bereits gefragt, ob Futawatari ebenfalls anrufen würde.

»War das das erste Mal, dass er angerufen hat?«

»O nein, er ruft immer mal wieder an. Manchmal ist es allerdings auch Kakinuma, der ihn anruft.«

»Entschuldigung, ich meinte Futawatari.«

»Ach so. Ja, das erste Mal. Und er hat nicht bloß angerufen; er ist spätabends noch vorbeigekommen.«

Mikami war unwillkürlich beeindruckt vom Laufpensum des Mannes. Wieder einmal war Futawatari ihm zuvorgekommen.

Meikos Lächeln trübte sich ein wenig. »Kakinuma hat nur gesagt, es wäre jemand Wichtiges von der Verwaltung. Wie ist er so?«

»Wie meinen Sie das?«

»Ich habe ihn nicht zu Gesicht bekommen. Wir haben so getan, als wäre ich nicht da, als er eintraf.«

»Aha.«

»Ist er von der Innenrevision, so was in der Art?«

Mikami lächelte instinktiv. »Nein, nichts dergleichen. Er ist im selben Jahr wie ich zur Polizei gekommen und arbeitet in der Personalabteilung. Ich bin sicher, es hatte damit zu tun. Kakinuma hat seit vierzehn Jahren nicht den Posten gewechselt; möglich, dass Futawatari nachfragen wollte, ob er mal was anderes probieren will.«

Das schien Meiko zu schlucken. »Ich verstehe. Wie albern von mir, ich hätte mich vorstellen sollen.«

»Hat Ihr Mann denn vor … woanders hinzugehen?«

»Ja, ich glaube schon. Aber jedes Mal, wenn er etwas getrunken hat, sagt er, ihm seien die Hände gebunden, bis die Verjährung eintritt.«

Die Hände … gebunden. Das hörte sich so an, als ob ihn jemand zurückhielte.

Das Mädchen in Meikos Armen begann an ihren Haaren zu ziehen. Mikami machte sich die Ablenkung zunutze.

»Hat Kakinuma eine Handynummer?«

»Oh, das tut mir leid.« Sie blickte auf und machte eine Geste des Bedauerns. »Ich habe strikte Anweisung, die Nummer niemandem zu geben.«

»Ich verstehe.«

Sag sie keinem, auch keinem von der Polizei. Etwas, was jeder Kriminalbeamte zu seinen Angehörigen sagte. Mikami beschloss, es später noch einmal zu versuchen. Er wollte sich gerade verbeugen und gehen, als Meiko zu reden anfing.

»Obwohl, vielleicht ist er ja dorthin gegangen?«

»Verzeihung?«

»Es gibt einen Supermarkt, in Matsukawa-machi. Tokumatsu. Kennen Sie ihn?«

»Ich glaube schon. Neben der Pachinko-Spielhalle?«

»Das ist er. Wissen Sie, es besteht die Möglichkeit, dass er dort ist und in der Nähe der Einfahrt zum Parkplatz steht. Ich gehe alle paar Tage dort einkaufen; ich habe seinen Wagen schon ein paarmal dort gesehen.«

Beschattung?

»Auf der Straße geparkt?«

»Ja, genau. Er stellt sich in eine der Nebenstraßen, die von der Hauptstraße abgehen. Sie ist natürlich so breit, dass er niemanden behindert«, sagte Meiko, die ihren Mann in Schutz nahm, weil sie die Frage missverstanden hatte.

»Und er sitzt allein im Auto?«

»Ja. Ich frage mich, ob er jemanden observiert. Einmal habe ich mich bemerkbar gemacht und ihm etwas zugerufen, aber er ist richtig wütend geworden. Hat mir sogar gesagt, ich soll wegbleiben.«

Er würde wieder wütend auf sie sein. Sie hatte sich geweigert, die Handynummer ihres Mannes herauszugeben, aber das spielte nun, da sie Mikami gesagt hatte, wo er vielleicht zu finden war, keine Rolle mehr. Obwohl sie ihm die Information aus freien Stücken gegeben hatte, kam sich Mikami schäbig vor, als hätte er ihre Gutmütigkeit ausgenützt.

»Ich versuche, ihn dort zu erwischen, danke.«

»Ja, bitte tun Sie das. Tut mir leid, dass Sie den ganzen Weg hierherkommen mussten.«

»Kein Problem. Ich bin derjenige, der sich entschuldigen müsste, weil ich so bei Ihnen hereingeplatzt bin. Wenn ich Ihren Mann sehe, werde ich ihm sagen, dass ich zufällig vorbeigekommen bin.«

Meiko gab einen Laut der Erleichterung von sich. »Das wäre sehr nett von Ihnen. Wahrscheinlich wäre er sonst wütend auf mich.«

Sie wirkte nicht übermäßig beunruhigt, als sie das sagte. *Eine glückliche Familie.* Er wandte sich zum Gehen, blickte sich aber noch einmal um.

»Sein Wagen …«

»Es ist ein dunkelgrüner Skyline. Eine richtige alte Rostlaube.«

»Danke. Das nächste Mal sehe ich zu, dass ich es nicht so eilig habe.«

Mikami blickte ein letztes Mal zurück, als er ein zartes Stimmchen hörte.

»Auf Wiedersehen.«

Das kleine Mädchen barg das Gesicht, eine hübsche Mischung aus den Zügen beider Elternteile, an der Brust seiner Mutter.

31

Mikami bog rechts ab, als die Ampel an der Kreuzung auf Gelb sprang.

Er hatte nicht alles, was Meiko gesagt hatte, für bare Münze genommen. Wenn Kakinuma tatsächlich allein unterwegs war, konnte es sich nicht um eine offizielle Observierung handeln. Was machte er dann? Über diese Frage dachte Mikami nach, während er die Umgehung entlangraste.

Er passierte die Stadtgrenze von Matsukawa-machi, einem Gewerbegebiet voller Megamärkte. Da es Dezember war, herrschte auf den Straßen Hochbetrieb. Autos und Kunden jagten mit konzentrierter Zielstrebigkeit hin und her. Das gigantische Logo des Tokumatsu-Supermarkts war nicht zu übersehen. Mikami bog links ab und fuhr seitlich daran vorbei, ehe er an der nächsten Kreuzung rechts abbog, um hintenherum zu fahren.

Sein Fuß trat heftig auf die Bremse.

Der Teufel soll mich holen …

Auf der linken Straßenseite, an der Spitze von fünf, sechs Wagen, die an einem Geschäft für Unterhaltungselektronik aufgereiht waren, stand Kakinumas dunkelgrüner Skyline. Mikami trat aufs Gaspedal, um sich von hinten zu nähern. Er warf einen raschen Blick auf den Auspuff. Eine schwache weiße Rauchfahne. Er schob sich ein wenig näher heran. Durch das Rückfenster kam das Wageninnere in Sicht. Über der nach hinten gekippten Rückenlehne des Fahrersitzes ein Kopf mit kurz geschnittenem Haar. Mikami fuhr weiter und warf dabei einen kurzen Blick zur Seite. Das Profil eines Mannes. Kakinuma. Er schaute geradeaus.

Knapp zehn Meter weiter befand sich die Einfahrt zum Parkplatz des Tokumatsu. Ein paar uniformierte Parkwächter waren mit der Regelung des dichten Verkehrs beschäftigt und winkten mit roten Stäben Kunden hinein und hinaus. *Kakinuma beobachtet die Autos oder die Kunden.* Aber Mikami verwarf den Gedanken sofort wieder. Der Skyline stand zu nahe an der Einfahrt. Außerdem parkte er an der Spitze der Wagenreihe, sodass er für jeden, der den Parkplatz verließ, deutlich zu sehen war. Die Regeln der Observierung legten nahe, dass sich sein Ziel fünfzehn Meter weiter befand – der Hintereingang der Pachinko-Spielhalle. Entweder das oder der Eingang zu dem Mehrzweckgebäude auf der anderen Straßenseite.

Mikami bog links, dann wieder links ab und steuerte den Wagen durch die Nebenstraßen, bis er sich hinter der Reihe geparkter Wagen befand. Er hielt hinter dem letzten Fahrzeug und schaltete den Motor aus; er stieg aus und trat auf die Straße. *Ein echter Kriminalbeamter.* Die Worte, die Meiko ihm gesagt hatte, lagen ihm schwer im Magen. Er näherte sich dem Skyline, als wäre es ein Verhörzimmer. Dort angekommen, klopfte er mit den Knöcheln leicht gegen das Fenster an der Fahrerseite. Er sah, wie Kakinuma zusammenzuckte und die Augen aufriss, als er den Kopf drehte und ihn da stehen sah. *Machen Sie auf.* Mikami formte die Worte mit dem Mund. Kakinuma beeilte sich, die Türverriegelung zu öffnen. Der Wagen stand dicht an der Mauer, weshalb die Beifahrerseite nicht zugänglich war. Mikami zog die hintere Tür auf und schob sich auf die Rückbank. Er packte die Lehne des Beifahrersitzes und zog sich nach vorn, sodass er Kakinuma von der Seite sehen konnte. Der Mann war kreidebleich geworden.

»Was machen Sie hier?«

Mikami ließ ihm keine Zeit, sich einen Vorwand auszudenken. Kakinuma brachte zur Antwort wenig mehr als ein Ächzen zustande.

»Warten Sie auf jemanden? Oder behalten Sie jemanden im Auge?«

Observierung. Routinebeobachtung. Mikami war sich sicher, dass Kakinuma entweder mit dem einen oder mit dem anderen befasst war, obwohl der Blick durch die Windschutzscheibe nun, da er im Wagen saß, nicht dazu passte. Der Parkplatz lag, wie schon vermutet, zu nahe. Das Wageninnere war deutlich einsehbar und lud regelrecht dazu ein hineinzuschauen. Zugleich waren die beiden Eingänge – der der Pachinko-Spielhalle und der des Mehrzweckgebäudes – zu weit weg, sodass es mühsam war, jemanden mit bloßem Auge zu überwachen.

»Wir fahren jetzt«, stieß Kakinuma hervor und löste die Handbremse. Er stellte den Hebel auf Drive und trat aufs Gaspedal. Fast gleichzeitig griff Mikami nach vorn und zog die Handbremse wieder an, sodass der Wagen vorwärtsruckte, abrupt wieder zum Stehen kam und die beiden nach vorn geschleudert wurden. Einer der Männer, die den Verkehr regelten, drehte sich überrascht um, zweifellos weil er das Quietschen der Reifen gehört hatte.

Mikami lehnte sich zurück und sagte: »Ich bin nicht hier, um Ihnen in die Quere zu kommen. Machen Sie einfach weiter, als wäre ich gar nicht da.«

»Ich bin für heute fertig.«

Für heute fertig? Was sollte das heißen, *für heute fertig*?

»Alles in Ordnung, machen Sie einfach weiter wie bisher. Ich will auch, dass der Entführer zur Rechenschaft gezogen wird; genauso sehr wie Sie.« Mikami hörte Kakinuma schlucken. »Ich bin wegen etwas anderem hier. Sie können weiter geradeausschauen, das ist in Ordnung. Hören sie mich einfach an.«

»Was wollen Sie?«

Mikami schaute in den Rückspiegel. Er konnte Kakinumas Augen sehen. Sie wichen seinen aus.

»Ich bin gestern bei Hiyoshi gewesen, der früher bei der Kriminaltechnik war.« Er sagte wohlweislich nicht, er habe ihn getroffen, sondern ließ nur durchblicken, er sei bei ihm zu Hause gewesen. Kakinuma blinzelte jetzt rascher. Bestimmt hatte ihn Urushibara telefonisch vor Mikamis Überrumpelungsversuch gewarnt, aber körperliche Reaktionen ließen sich nicht komplett unterdrücken. »Seine Mutter hat mir erzählt, was passiert ist. Dass ihr Sohn in Amamiyas Haus einen schwerwiegenden Fehler gemacht hat. Dass der Direktionsleiter – dass Urushibara – ihn deswegen angeschrien hat, er sei unfähig. Das stimmt doch alles?«

»Ich weiß … ich weiß nicht.«

Seine Stimme kippte ins Falsett, als er antwortete.

»Dass Hiyoshi danach den Dienst quittierte und sich die nächsten vierzehn Jahre weigerte, das Haus zu verlassen. Wussten Sie davon?«

»Nein …«

»Er hat geweint, nicht wahr? Am zweiten Tag, als Sie bei den Amamiyas waren.«

Kakinumas Augen im Rückspiegel huschten ruhelos umher.

»Das wusste ich nicht.«

»Jemand hat es gesehen. Koda hat versucht, ihn zu trösten. Was haben Sie währenddessen gemacht?«

»Ich kann mich nicht erinnern. Ich … wahrscheinlich war ich damit beschäftigt, mit der Einsatzleitung zu reden.«

Wieder beugte sich Mikami vor und schob das Gesicht direkt neben das von Kakinuma. Die Ohren des Mannes waren hellrot angelaufen.

»Wissen Sie vom Koda-Memo?«

»Nein.«

Die Antwort war zu rasch erfolgt. Kakinumas halb offener Mund zitterte leicht.

»Koda hat einen Bericht über Hiyoshis Fehler geschrieben. Ja?«

»Ich habe Ihnen doch gerade gesagt ...«

»Aber Urushibara hat sowohl den Fehler als auch das Memo vertuscht. Weil er Angst hatte, seine Stelle zu verlieren.«

»Mikami, ich weiß überhaupt nicht ...«

»Sind Sie der Typ Mensch, der seine Teamkameraden hängen lässt, bloß um seinen Chef zu schützen?«

Mikami legte alles in diese Worte. Kakinumas Hals versteifte sich. Seine Adern pochten.

Mikami wartete auf Kakinumas Reaktion.

Kakinuma machte schließlich den Mund auf. »Ich weiß nicht, wovon Sie reden.«

Mikami stieß einen tiefen Seufzer aus. Sämtliche körperlichen Reaktionen Kakinumas waren positiv gewesen. Nicht aber seine Worte. Mikami hatte vermutet, dass es so laufen könnte. Kakinuma befand sich am anderen Ufer eines dunklen Flusses; allein an seine Moral zu appellieren würde ihm nicht herüberhelfen.

»Haben Sie etwas dagegen, wenn ich jetzt wegfahre?« Seine Stimme hatte eine gewisse Festigkeit. Seine Hand lag schon auf der Handbremse.

»Sie machen mit dem weiter, was Sie hier tun.«

»Ich habe Ihnen doch schon gesagt, ich bin fertig.«

»*Womit* fertig?«

»Mit meiner Aufgabe. Mit dem, was ich hier tue.«

Sie sprachen beide in aufgebrachtem Ton. Die Stimmung im Wagen wurde zunehmend gereizter.

»Ich fahre jetzt.«

»Unterstehen Sie sich«, drohte Mikami. Es kam ihm so vor, als stünde er kurz vor einem Durchbruch.

»Hier kann uns jeder sehen. Wenn Sie reden wollen, können wir das dann bitte woanders machen?«

»Sie sind doch derjenige, der hier geparkt hat … wo uns jeder sehen kann.«

Etwas machte klick, als er es in Worte fasste. Kakinuma hatte das absichtlich so gemacht: Es gab keine andere Erklärung. Kakinuma hatte die Regeln der Observierung bewusst missachtet: Er hatte irgendwo parken *wollen,* wo er auffiel. Im Rückspiegel warf er einen kurzen Blick auf Mikami.

»Ich kann Sie zu Ihrem Wagen zurückfahren.«

»Ich stehe da hinten. Ich steige aus, sobald wir mit Reden fertig sind.«

»Wir sind noch nicht fertig?«

»Nein.«

Mikami hatte sich festgefahren. Und es tat ihm weh, Kakinuma weiter unter Druck zu setzen. Das Bild von Meiko stand ihm vor Augen. Er hatte ihre drei Kinder gesehen. Kakinuma war in der gleichen Lage wie er. Er war außerstande, das Richtige zu tun, selbst wenn er wollte. Er beschützte seine Familie.

Mikami spürte seinen Kampfeswillen schwinden. Eine Welle der Resignation überschwemmte ihn. Dennoch ertappte er sich dabei, dass die merkwürdige Unstimmigkeit in ihrem Gespräch ihn zunehmend neugierig machte. Kakinuma hatte standgehalten und sich nicht mürbe machen lassen, aber anstatt sein Visier herunterzuklappen, schien er mit jeder Sekunde aufgeregter zu werden. Er sah aus, als wäre er am Ersticken. Er hatte die Handbremse halb gelöst, wollte unbedingt weg.

Nein, das war es nicht.

Er versuchte nicht wegzukommen. Er versuchte, *Mikami* wegzuschaffen.

Wieso?

Mikami hob den Blick und studierte das Bild, das sich ihm jenseits der Windschutzscheibe bot.

»Wenn Sie noch etwas zu sagen haben, könnten Sie sich dann

bitte beeilen?«, flehte Kakinuma. Es war die Stimme eines Menschen, der sich in einer ganz speziellen Notlage befindet. »Mikami, bitte!«

Mikami blieb stumm.

»Wenn nicht, muss ich Sie jetzt bitten zu gehen.«

Kakinuma drehte sich auf seinem Sitz um und verstellte den Blick durch die Frontscheibe. Mikami stieß ihn zur Seite und starrte weiter geradeaus.

»Mikami, Sie haben doch, was Sie wollten!«

Kakinuma schrie beinahe, doch Mikamis Konzentration war unerschütterlich. Sein Blick wurde von einem bestimmten Punkt angezogen. Er hatte das Gefühl, das sich einstellt, wenn mitten in einer riesigen Menschenmenge plötzlich ein Gesicht auftaucht, auf das man gewartet hat.

Kazuki Koda.

Die Parkplatzeinfahrt. Einer der beiden Parkplatzwächter, die den Verkehr regelten, war Koda. Seine Augen waren halb unter seiner Mütze verborgen, und wie es aussah, hatte er sich in den vergangenen vierzehn Jahren deutlich verändert; trotzdem, Mikami war sich sicher, dass er es war. Die schmalen Augen, die große Nase, die kompakten Lippen. Alles stimmte mit Mikamis Erinnerung überein.

Kakinuma hatte den Kopf auf die Brust sinken lassen. Mitanzusehen, wie verzweifelt der Mann war, verstärkte nur Mikamis Verblüffung. Als wäre ein Vorhang weggerissen worden, lag plötzlich alles offen zutage. Kakinuma hatte keine Observierung durchgeführt. Er hatte auch nicht jemandes Tagesablauf ermittelt. Er war hier, um eine bestimmte Absicht zu demonstrieren. Seine Nähe zum Objekt seiner Observierung war gewollt: Er sollte sein Gesicht zeigen und Koda einschüchtern. *Rede mit niemandem über die Vorgänge bei Amamiya. Wir können dir jederzeit Schwierigkeiten machen.*

Wahrscheinlich sorgte Kakinuma dafür, dass Koda ihn regelmäßig bemerkte. Er war hier, um Koda einzubläuen, dass sie vorhatten, ihn langfristig unter Beobachtung zu halten. Das war die Aufgabe, die man Kakinuma zugewiesen hatte.

Mikami schauderte, während er den Blick auf Kakinumas gekrümmten Rücken richtete.

»Diese ganze Zeit?«

Keine Antwort.

»Wirklich? Sie machen das jetzt … seit vierzehn Jahren?«

Kakinuma gab ein Stöhnen von sich und hielt sich mit beiden Händen den Kopf. Er hatte Befehle befolgt. Urushibaras Selbstvertrauen, das wurde Mikami jetzt klar, rührte von diesem System der Einschüchterung her.

»Tut mir leid, dass ich Ihnen in die Quere gekommen bin. Den Rest erfahre ich von Koda.«

Mikami legte die Hand auf den Griff, um die Tür zu öffnen und auszusteigen. Kakinuma stieß einen unterdrückten Schrei aus, dann drehte er sich ganz herum. In seinen blutunterlaufenen Augen standen Tränen.

»Nein … lassen Sie ihn zufrieden.«

»Sie sind nicht in der Position, das zu verlangen.«

»Ja, da haben Sie recht. Sie haben absolut recht. Aber es ist nicht so, wie Sie denken. Es geht hier nicht um Einschüchterung oder Observierung – jedenfalls nicht mehr. Inzwischen ist es nur noch Gewohnheit. Für mich. Und auch für Koda.«

»Gewohnheit?«

»Das passiert, wenn man so etwas vierzehn Jahre lang macht. *Ah, heute ist er da* – inzwischen ist es wirklich nur noch das. Abgesehen davon sehen wir einander nicht. Es ist zu einer stillschweigenden Vereinbarung geworden. Nur deshalb habe ich es so lange geschafft – und Koda auch.« Abrupt neigte Kakinuma tief den Kopf. »Ich bitte Sie, Mikami. Machen Sie keinen Ärger. Wenn Sie ihn sich vornehmen, mit Ihrem Charisma … dann könnte er durchaus etwas sagen. Und wenn, bleibt mir keine Wahl, als es zu melden.«

Mikami verkniff sich ein Nicken.

»Ich habe ihn von Anfang an beobachtet. Er hat nur gelitten, seit er den Dienst quittiert hat. Findet einfach keine anständige Arbeit. Mag sein, dass er aus freien Stücken gegangen ist, aber gegen einen, der bei der Polizei gekündigt hat, hat jeder Vorurteile. Und er ist so plötzlich gegangen, dass er noch nicht einmal ein Empfehlungsschreiben bekommen konnte. Bei keiner Arbeit konnte er sich lange halten. Es war immer körperlich schwere Arbeit. Jetzt ist er endlich verheiratet, hat eine Familie. Er hat sich in ein neues Leben eingewöhnt. Deswegen …«

»Sagen Sie mir, was passiert ist.«

»Hmm?«

»In Amamiyas Haus. Wenn Sie nicht wollen, dass ich es aus Koda heraushole, dann sagen Sie es mir.«

»Aber ich …« Kakinuma brach ab, in seinem Gesicht machte sich ein Ausdruck von Hoffnungslosigkeit breit.

»Mir geht es genauso wie Ihnen. Ich bin auch hier, um meine Arbeit zu machen.«

Wieder keine Antwort.

»Ich habe Sie nicht gesehen. Wir haben uns nicht unterhalten. In Ordnung? Jetzt reden Sie.«

Kakinuma schloss die Augen. Schließlich schüttelte er zögernd den Kopf.

Mikami machte Anstalten, die Tür zu öffnen. Etwas hielt ihn am Handgelenk fest. Der Griff war kräftig. »Es geht hier nicht nur um Koda. Ich habe auch eine Familie.«

»Genau wie ich.« Mikami packte Kakinuma. »Hören Sie zu. Aus meinem Mund wird niemals jemand Ihren Namen hören. Sie, ich, Koda – wir alle werden das überstehen. Unseren Familien wird nichts passieren. Wenn es eine bessere Möglichkeit gibt, wie sich das machen lässt, dann sagen Sie es mir.«

Langes Schweigen trat ein.

Kakinuma hob den Kopf. Er fixierte Koda auf dem Parkplatz mit bedauerndem Blick, dann schließlich drehte er sich langsam wieder um. Er hatte die Lippen zusammengepresst, jetzt öffnete er den Mund. Er hob eine Hand und massierte seinen Hals. Erneut hielt er lange inne, ehe er imstande war, Worte herauszubringen.

»Wir haben unsere einzige Chance verpasst, die Stimme des Entführers aufzunehmen.«

Mikami hielt den Atem an. *Wie?*

»Das Aufnahmegerät … es hat nicht funktioniert.«

Seine Gedanken rasten.

Unsere Chance verpasst, die Stimme des Entführers aufzunehmen … Aufnahmegerät …

Er verstand nicht, was Kakinuma damit sagen wollte.

»Was soll das heißen? Dieser Anruf kam, bevor überhaupt einer von euch …«

»Es kam noch ein Anruf.«

Mikami verschlug es den Atem.

Unmöglich …

»Es ist wahr. Es kam noch ein Anruf außer den beiden, über die öffentlich berichtet wurde. Und wir haben unsere Chancen vermasselt, ihn aufzunehmen.«

Die Worte klangen ihm in den Ohren.

»Es war kurz bevor Ihre Einheit eingetroffen ist. Wir bekamen einen dritten Anruf von dem Entführer. Wir waren bereit. Alles war installiert, um den Anruf aufzunehmen und zurückzuverfolgen. Dann …« Kakinuma schluckte, sichtlich gequält. »In dem Moment, in dem das Telefon klingelte, drehte Amamiya beinahe durch … er wollte abnehmen, hatte völlig vergessen, was wir ihm gesagt hatten. Wir konnten ihn davon abhalten und nahmen Verbindung mit der NTT auf. Gleichzeitig schaltete Hiyoshi das Aufnahmegerät ein. Aber das Gerät streikte. Die Spulen drehten sich nicht. Er geriet in Panik, versuchte es mit Aus- und Wiedereinschalten, aber die Spulen drehten sich einfach nicht. Das Telefon klingelte die ganze Zeit weiter. Amamiya muss fürchterliche Angst gehabt haben, dass es aufhören würde – jedenfalls nahm er mitten in dem Chaos ab.«

Er nahm ab? Der Kriminalbeamte in Mikami reagierte sofort.

»Hat der Entführer mit ihm geredet?«

»Ja.«

»Was hat er gesagt?«

»Er hat Amamiya davor gewarnt, die Polizei einzuschalten. Er beobachte ihn. Amamiya hat geschworen, dass er keinen Kontakt zu uns aufgenommen habe, und darum gebeten, die Stimme seiner Tochter hören zu dürfen, aber die Verbindung wurde unterbrochen. Das Gespräch war zu kurz, um den Anruf zurückverfolgen zu können.«

»War es dieselbe Stimme wie bei den anderen Malen?«

»Laut Amamiya ja.«

»Haben Sie sie auch gehört?«

Kakinuma schüttelte bedauernd den Kopf. »Außer Amamiya hat niemand sie gehört.«

»Was war mit Headsets?«

»Ich hatte meins zunächst aufgesetzt. Koda auch. Aber wir hatten sie abgenommen, um Hiyoshi zu helfen, weil er so in Panik war. Wir waren noch dabei, die Stromversorgung zu überprüfen und ob das Band richtig eingelegt war, als Amamiya … jedenfalls, das ist passiert.«

Im Wagen wurde es still. Der Pressesprecher in Mikami zog mit einiger Verspätung nach. Die Polizei hatte ihren Fehler vertuscht. Sie hatte die Öffentlichkeit getäuscht und einen Anruf von dem

Mann, der hinter einer Entführung und einem Mord steckte, verschwiegen.

Es war unvorstellbar. Es hätte niemals passieren dürfen. An dieser Stelle spürte Mikami schließlich, wie ihn ein Schauer durchlief.

»Wer hat die Entscheidung getroffen, die Sache zu vertuschen?«

Schweigen.

»Sie vergeuden meine Zeit. Spucken Sie's aus.«

»Der Chef.«

»Urushibara? Was genau hat er gesagt?«

»Dass wir das nicht melden müssten. Dass Amamiya es verstehe. Dass wir niemals mit irgendwem darüber sprechen dürften, ganz gleich, was passiert.«

»Hat er Amamiya überredet, dabei mitzuspielen?«

»Ich glaube nicht. Amamiya hat sich sogar bei uns entschuldigt, jedenfalls unmittelbar nach dem Anruf. Er hat immer wieder gesagt, es tue ihm leid, dass er abgenommen habe, ohne zuerst nachzufragen.«

Jedenfalls unmittelbar nach dem Anruf …

»Aber das hat sich mit der Zeit geändert. Amamiya ist zu dem Schluss gekommen, dass er uns den Fehler nicht verzeihen kann.«

»War das der Grund, warum die Beziehung in die Brüche ging?«

»Das kann ich wirklich nicht sagen; ich habe Befehl bekommen, mich von ihm fernzuhalten. Alles, was ich weiß, ist, dass die Presse ausführlich und detailliert über den Fall berichtet hat, nachdem die Nachrichtensperre aufgehoben war. Er dürfte sicher mitbekommen haben, dass wir den dritten Anruf verschwiegen haben.«

War es das? Hatte sich Amamiya wegen der Vertuschung und nicht wegen des Fehlers selbst von der Polizei abgewandt?

»Um welche Zeit ist der Anruf gekommen?«

»Um Punkt halb acht.«

Also nur eine Stunde vor Mikamis Eintreffen. Er hatte nichts Ungewöhnliches wahrgenommen. Obwohl ... was auch immer er gesehen hätte, er hätte es wahrscheinlich der Situation zugeschrieben, dem Umstand, dass er sich im Haus einer Familie befand, deren Tochter entführt worden war, so wie er ja auch Hiyoshis Blässe auf Stress zurückgeführt hatte.

»Was habt ihr zur NTT gesagt?«

Einen Fehler zu begehen war eine Sache, aber sie hatten um eine Rückverfolgung gebeten und diese weiterbearbeiten müssen.

»Wir haben ihnen gesagt, der Anrufer hätte sich verwählt.«

»Urushibara hat euch angewiesen, das zu sagen?«

»Ja.«

»Hat irgendwer ihm während all dieser Vorgänge Anweisungen gegeben?«

»Nein. So wie die Dinge liefen, musste er blitzschnell Entscheidungen treffen, an Ort und Stelle.«

Das hieß, die Verantwortung beschränkte sich auf die Vor-Ort-Einheit. Aber wenn das so war ...

»Was ist das Koda-Memo?«

Mikami hatte damit gerechnet, dass Kakinuma ihm ein letztes, verzweifeltes Rückzugsgefecht liefern würde, aber er hielt nicht einmal inne.

»Das weiß ich nicht, jedenfalls nicht genau, aber ich weiß, dass Koda krank vor Zorn war. Er ging auf Urushibara los, als er erfuhr, dass der Entführer mit dem Lösegeld entwischt war. *Das ganze Team ist dafür verantwortlich. Wir müssen es der Einsatzleitung melden. Wir vier müssen den Kopf dafür hinhalten.* Urushibara schrie bloß zurück: *Warum wollen Sie die Öffentlichkeit verprellen? Verschonen Sie mich mit Ihrer Amateurpolitik, bis wir den verdammten Entführer gefasst haben.* Ich habe das Gleiche zu Koda gesagt, ihn angefleht. Er müsse sich damit abfinden, es nicht an die große Glocke hängen.

Glauben Sie mir, ich wusste genau, wie es ihm ging, aber ich glaubte wirklich nicht, dass es der Ermittlung nützen würde, wegen eines einzigen Fehlers einen Wirbel zu machen. Und irgendwie fand ich auch, dass Urushibara nicht ganz unrecht hatte. Danach hielt Koda den Mund. Später dann schien er sich ungeheuer zu quälen, als alles schiefging und Shoko tot aufgefunden wurde. Am Ende konnte Urushibara ihn nicht bremsen. Nachdem wir aus Amamiyas Haus abgezogen worden waren, schrieb Koda einen ausführlichen Bericht über den Fehler und steckte ihn ins Postfach des Direktors.«

Mikami schwirrte der Kopf.

Der Fehler war gemeldet worden, und zwar schon vor vierzehn Jahren. Man hatte den Direktor des KUA von der Vertuschung unterrichtet. Das Geheimnis, das die Vor-Ort-Einheit hatte wahren wollen, war also nicht erst jetzt ans Licht gekommen. Der Mann an der Spitze des KUA hatte ebenfalls davon gewusst, und das schon zur Zeit der Entführung. Doch die Fakten waren niemals an die Öffentlichkeit gelangt. Man hatte das Koda-Memo aus der Welt geschafft. Man hatte beschlossen, Urushibaras Vorgehensweise zu billigen. Koda hatte sie darauf aufmerksam gemacht und den Dienst quittiert, doch niemand hatte versucht, ihn davon abzuhalten. Auf der anderen Seite hatte man Urushibara, der hinter der Vertuschungsaktion steckte, zum Direktionsleiter befördert.

Eine systematische Vertuschung. Inszeniert vom Präsidium. Das war die Wahrheit hinter dem Koda-Memo.

»Koda hat ein starkes moralisches Empfinden. Außerdem ist er ein guter Mensch, und er kommt seinen Verpflichtungen nach. Jedes Jahr an Shokos Todestag bringt er an ihrem Grab ein Rauchopfer dar. Nach Toshikos Tod vergangenes Jahr hat er sogar in aller Stille ihr Grab besucht, um ihr seinen Respekt zu erweisen.«

»Deswegen sind Ihnen die Hände gebunden.«

»Wie bitte …?«

»Sie wissen, wovon ich rede. Sie sind der Einzige, der Koda beobachten kann. Darum geht es hier.«

»Ja … vermutlich schon. Das Geheimnis wurde jeweils von Direktor zu Direktor weitergegeben.«

»Natürlich«, sagte Mikami angewidert.

Er sah einen Mann in der Uniform eines Parkplatzwächters, seine Hose, die im schneidenden Wind flatterte. Vierzehn ganze Jahre. Und alles nur, weil er seinem Gewissen treu geblieben war.

»Er muss uns wirklich hassen.« Er hatte nur seufzen wollen, aber die Worte waren mit herausgekommen.

»Eigentlich nicht«, murmelte Kakinuma. »Wissen Sie, ich glaube, mittlerweile empfindet er Dankbarkeit.«

»Dankbarkeit?«

»Das ist das erste Mal, dass er sich in einer richtigen Stellung halten kann. Urushibara hat ein gutes Wort für ihn eingelegt.«

Mikami knurrte, als er das hörte. Wahrscheinlich stimmte das; die Sicherheitsfirmen bildeten im Grunde einen Klüngel mit der Polizei. Unter normalen Umständen würde ein angeblich ungefestigter Charakter wie Koda dort niemals Arbeit finden.

»Koda kam betteln, hat den Chef angefleht, ihm zu verzeihen.« Kakinuma tupfte sich die Augen. »Er hat Urushibara gebeten, es gut sein zu lassen, ihm zu helfen, er wolle doch nur ein normales Leben mit seiner Frau und seinem Kind führen.«

Unterwerfung. Mikami spürte es in der Brust. Ein tiefes Mitgefühl. *Ein Polizeibeamter. Ein Wachmann.* Der einzige Unterschied war die Uniform. In der Entfernung lachte Koda gerade. Er trug Handschuhe, hielt einen roten Stab in der Hand. Plauderte durch Wagenfenster hindurch mit den Kunden. Nickte fröhlich vor sich hin. Man hatte ihm die Fangzähne gezogen. Er stellte für die Polizei keine Bedrohung mehr dar. Dennoch war er noch immer Gegenstand von Kakinumas regelmäßiger Überwachung.

Dieselbe Maßnahme hielt auch bei Kakinuma die Erinnerung an die Geschehnisse wach. Sie waren zwei Seiten einer Medaille, die Strategie diente auch dazu, Kakinuma, der sich über die Vertuschung im Klaren war, unter Kontrolle zu halten. *Das passiert mit dir, wenn du das Maul aufreißt.* Obwohl Kakinuma derjenige war, der seit vierzehn Jahren Wache hielt, hatte man bestimmt auch ihm eine Furcht eingeflößt, die der von Koda ganz ähnlich war.

Mikami verspürte den plötzlichen Drang, sie zu befreien, sie beide.

»Gut, ich werde jetzt gehen. Sagen Sie mir nur noch eines. Warum hat Hiyoshi in Amamiyas Haus zu weinen angefangen?«

»Weil … weil er sich verantwortlich fühlte.«

»Das ist alles?« Kakinuma verzog das Gesicht. »Urushibara hat etwas zu ihm gesagt. Ja?«

»… ja.«

»Was hat er gesagt?«

»Es ging um Shoko.«

»Sagen Sie mir genau, was er gesagt hat.«

»Er hat zu Hiyoshi gesagt, wenn es zum Schlimmsten käme … dann wäre das seine Schuld.«

32

Mikamis Fuß drückte leicht aufs Gaspedal.

Er fuhr auf der Präfekturstraße in Richtung Osten, nachdem er sich von Kakinuma verabschiedet hatte. Er würde Amamiya aufsuchen. Er wusste nicht, ob die neuen Informationen ausreichen würden, um ihn umzustimmen, aber er fand, dass sie einen zweiten Versuch rechtfertigten. In Wahrheit wäre er am liebsten zu Urushibara in der Stadt Q gefahren, um die Wahrheit aus ihm herauszuprügeln. Er spürte, wie ihm die Galle hochkam. Das war etwas, um das er nicht einfach eine Mauer errichten, das er nicht von seinen Gefühlen getrennt halten konnte. Er empfand Zorn, aber das war nicht alles. Er war auch entsetzt. Sie hatten die Chance gehabt, die Stimme des Entführers aufzunehmen. Wenn es ihnen gelungen wäre, hätten sie sie landesweit ausstrahlen können. Sie hätten mittels Stimmerkennung den Kreis der Verdächtigen eingrenzen können.

Er hieb den Handballen gegen das Lenkrad. Eine nach der anderen kochten die negativen Empfindungen in ihm hoch.

Die Polizei hatte ihre einzige Chance vermasselt, die Stimme des Entführers aufzuzeichnen. Was wäre passiert, wenn das öffentlich bekannt geworden wäre? Der Fall hatte auf die denkbar schlimmste Weise geendet: Der Entführer hatte sich mit dem Lösegeld davongemacht, dann hatte man Shoko Amamiyas Leiche entdeckt. Die Polizei hatte es im Zuge ihrer Ermittlungen versäumt, Beweise zu sichern, die sie direkt zum Täter hätten führen können. *Die Spulen hatten sich nicht gedreht.* Es hätte einen öffentlichen Aufschrei gegeben. Bei der Polizeiführung wären

Köpfe gerollt. Und selbst das, glaubte Mikami, hätte nicht ausgereicht, das Feuer zu ersticken. Denn solange der Fall ungeklärt blieb, hätte die Presse jede Gelegenheit ergriffen, den Fehler aufs Tapet zu bringen, und weiter Salz in alte Wunden gestreut, ganz gleich, wie viel Zeit verstrichen wäre. Die Polizei hätte sich einer nie endenden Verurteilung ausgesetzt gesehen: *Wenn ihr nur damals die Stimme des Entführers aufgenommen hättet.*

Und dennoch …

Das Verbrechen, das sie begangen hatten, war größer.

Die Wunde war längst nicht verheilt. Sie eiterte noch und wurde nur von einem Verband kaschiert, das war die Wahrheit, der man ins Auge sehen musste. Die Polizei hatte während eines ausgewachsenen Entführungsfalls einen unverzeihlichen Fehler begangen, diesen dann vierzehn Jahre lang systematisch vertuscht und die Öffentlichkeit belogen. Wenn so etwas der Presse bekannt würde und in sämtlichen Nachrichten käme …

Schon allein der Gedanke war entsetzlich. So fatal es auch war, dass sie die Stimme nicht aufgenommen hatten, es war trotzdem nichts weiter als ein Fehler. Ihn zu vertuschen war eine vorsätzliche Tat gewesen. Und man war so weit gegangen, einen Anruf des Entführers geheim zu halten, und hatte damit eine Information unterdrückt, die wesentlich zur Aufklärung des Falls hätte beitragen können. Das war eine kriminelle Handlung, einer Ermittlungsbehörde unwürdig. Das Präsidium hätte keinerlei Möglichkeiten, sich zu verteidigen, wenn die Wahrheit herauskäme. Der Beschuss, unter den es dann geriete, wäre sehr viel massiver als die Kritik, die es hätte hinnehmen müssen, wenn man den Fehler gleich eingestanden hätte.

Das war jedoch nicht alles. Entführungen unterschieden sich von anderen Fällen. Mikami hatte sich seit seiner Ernennung zum Pressechef in die Dokumentation zur nationalen Pressepolitik eingelesen und wusste, welche Gefahren hier lauerten.

Entführungen berührten die überaus heikle Frage der Stillhaltevereinbarung. Die Presse war die Vereinbarung eingegangen als Abbitte für eine Reihe ungeregelter und verantwortungsloser Berichterstattungen über Entführungen. Die Polizei hat keine Möglichkeit, ein Opfer zu schützen, sobald ein Entführer, der seine Zielperson davor gewarnt hat, die Polizei zu verständigen, entweder aus der Presse oder aus dem Fernsehen erfährt, dass die Polizei eingeschaltet worden ist. Deshalb wird die Presse jedes Mal, wenn es zu einer Entführung kommt, aufgefordert, eine Vereinbarung zu unterzeichnen, in der sie sich verpflichtet, von jeder Berichterstattung über den Fall abzusehen, bis entweder der Entführer festgenommen oder das Opfer wohlbehalten nach Hause zurückgekehrt ist. Der Polizei fällt es zu, das daraus resultierende Informationsvakuum zu füllen. Sie ist gehalten, laufend aktuelle Berichte über den Fortgang der Ermittlungen zu liefern. Hier beginnt die Schwierigkeit.

Realiter ist die Stillhaltevereinbarung ein von verschiedenen Presseorganen unterzeichnetes Stück Papier, aber *keine* zwischen den Medien und der Polizei geschlossene Übereinkunft. Trotzdem hat die Polizei bei der amtlichen Aufgabe, diese Vereinbarung zu treffen, eine führende Rolle inne; das liegt daran, dass sie normalerweise als Erste von einer Entführung erfährt und außerdem einschätzen kann, ob das Leben des Opfers gefährdet ist. Sie legt den Mitgliedern des Presseclubs allgemeine Informationen zu dem Fall vor und fordert sie dann auf, eine Stillhaltevereinbarung zu unterzeichnen. In den meisten Fällen akzeptiert die Presse die Bedingungen, sodass von außen der Eindruck entsteht, die Vereinbarung sei zwischen der Polizei und der Presse geschlossen worden.

Endergebnis ist, dass die Pressevertreter das Dokument unterzeichnen, während sie ein »Gentlemen's Agreement« mit der Polizei eingehen.

Oberflächlich gesehen gleicht das einer Zusage, mit dem Ziel, unschuldiges Leben zu schützen, in Wirklichkeit jedoch handelt es sich eher um einen ausgehandelten Vertrag. Einerseits will die Polizei, dass die Presse zustimmt; dann kann sie sich auf die Ermittlungen konzentrieren, ohne die Schritte der Reporter im Auge behalten zu müssen. Andererseits sieht sich die Presse genötigt, ihre Freiheiten und das Recht der Öffentlichkeit auf Information hintanzustellen, gewinnt damit jedoch zugleich ein Druckmittel, das ihr hilft, sich für bessere Kontrollmechanismen einzusetzen. Dass sie die Seite ist, die Konzessionen gemacht hat, verschafft ihr außerdem eine starke Position, aus der heraus sie die Polizei zwingen kann, sämtliche Informationen über den Fall vollständig und lückenlos offenzulegen. Objektiv betrachtet, bedeutet die Stillhaltevereinbarung, dass die Presse sich zurücklehnen und zusehen kann, wie ihr eine riesige Menge einschlägiger Informationen – mehr, als sie sich selbst verschaffen könnte – in den Schoß fällt. Aber so sieht das niemand. Jedes Mal, wenn es zu einer Entführung kommt, drängen sich ein- bis zweihundert Reporter und Kameraleute in die zuständige Polizeidirektion. Mögen sie bei ihrem Erscheinen noch bester Stimmung sein, lässt der Umstand, dass sie keine richtigen Interviews führen können, in Verbindung mit den beengten Verhältnissen in einer Pressestelle bald Frustration aufkommen; schließlich verdächtigen die Pressevertreter die Polizei, sie kontrollieren zu wollen. *Wir haben unsere Freiheiten eingeschränkt, um Ihnen bei Ihren Ermittlungen zu helfen.* Im Raum verbreitet sich das Gefühl, der Polizei einen Gefallen getan zu haben, und wenn die Polizei versucht, irgendetwas zurückzuhalten, während die Vereinbarung noch in Kraft ist, werden die Pressevertreter tendenziell zur hysterischen Meute und gehen rücksichtslos zum Angriff über.

Wie war es bei 64 gewesen? Es verstand sich von selbst, dass es eine Vereinbarung über die Berichterstattung gegeben hatte.

Aber das Präsidium hatte den dritten Anruf des Entführers verschwiegen und damit seine Verpflichtung verletzt, einschlägige Informationen weiterzugeben. Man hatte die Zusage an die Presse nicht eingehalten, und das auf die denkbar schlimmste Weise. Das Vertrauensverhältnis zwischen der Polizei und den Medien war vor vierzehn Jahren zerstört worden; mit der derzeitigen Frage der Anonymisierung hatte das nichts zu tun.

Die Presse wäre über die Polizei hergefallen und hätte jedes Vertrauen in deren Autorität restlos zerstört. Und das wäre nur ein leiser Windhauch gewesen im Vergleich zu künftigen Stürmen. Wie viele Reporter mochten dort im 64-Presseraum zusammengepfercht gewesen sein? Selbst die Frischlinge wären mittlerweile alte Hasen. Viele wären Redakteure, Redaktionsleiter; viele weitere hätten Schlüsselpositionen in ihrer jeweiligen Hauptredaktion inne. Alle waren dabei gewesen. Alle wären angesichts der Täuschung entsetzt, dann aufgebracht gewesen. Sie hätten die Polizei lautstark kritisiert. Ihre Stimmen, die Stimmen der Massenmedien, wären zu einem Chor der Empörung gegen die NPB angeschwollen. Die Opposition hätte an politischer Zugkraft gewonnen. Vielleicht hätte die leidenschaftliche Lobbyarbeit der Medien sogar Debatten über Gesetzesentwürfe zur Privatsphäre und zu den Rechten des Einzelnen beeinflusst.

Verdammter Idiot …

Mikami stieß ein unwirsches Knurren aus.

Urushibaras Verbrechen verdiente die härteste Bestrafung. Der Versuch eines einzelnen Oberkommissars, sich vor der Verantwortung zu drücken, hätte die gesamte Behörde ins Verderben reißen können. Aber … nein, der eigentliche Schuldige war Direktor Seitaro Kyuma, der damals das KUA geleitet hatte. Er hatte vor dem Täuschungsmanöver eines Einzelnen die Augen verschlossen und es damit zu einem Verbrechen der gesamten Behörde gemacht. Der Brief, den Koda ihm hatte zukommen lassen, war ein verzweifelter Aufschrei gewesen. Aber Kyuma hatte ihn mit Füßen getreten. Der Mann hatte sich für einen Intellektuellen gehalten, sich stets schick gekleidet, war aber eine völlige Niete gewesen, was richtige Polizeiarbeit anging: Er hatte beschlossen, Urushibara für seine Entscheidung zu belohnen.

Nun gut, er hatte die Polizei schützen wollen. Angesichts der Größenordnung des Falls und der Tragweite des Fehlers war die Information zu gefährlich, als dass man sie nach außen dringen lassen durfte. Auch der zeitliche Ablauf war ungünstig gewesen. Der Fehler war schon einige Tage her gewesen, man hatte Shoko tot aufgefunden, und die Polizei hatte ohnehin schon im Zentrum wachsender Kritik gestanden. Mikami verstand, wie schwer es gewesen wäre, sich vor die Phalanx von Kameras zu stellen und zuzugeben, dass es einen weiteren Anruf gegeben hatte.

Trotzdem …

Es dürfte auf Selbstschutz hinausgelaufen sein. Kyuma hatte kurz vor der Pensionierung gestanden, und man hatte ihm bereits einen goldenen Händedruck und einen Managerposten in der Privatwirtschaft versprochen. Wie auch immer seine persönlichen Verhältnisse ausgesehen hatten, er war ein leitender Beamter, der seine eigenen Interessen wahrgenommen hatte; im Zuge dessen hatte er sich entschlossen, seinen Nachfolgern als Abschiedsgeschenk eine scharfe Granate zu hinterlassen. *Wir können sie entschärfen, wenn wir uns intern damit befassen.* Vielleicht war Kyuma zu diesem Schluss gekommen, aber das bewies nur, dass er so beschränkt war, wie die Gerüchte besagt hatten. In Wirklichkeit hatte es in Gestalt von Koda bereits einen Whistleblower gegeben, und auch der Vater des Mädchens kannte die Wahrheit. Es handelte sich um einen kaum mehr schlafenden Riesen, der jeden Moment zufällig entdeckt oder endgültig aufgeweckt werden könnte.

Auf diesem Vermächtnis lag wirklich ein Fluch. *Das Geheim-*

nis wurde jeweils von Direktor zu Direktor weitergegeben. Kakinumas Worte. Kurz vor seiner Pensionierung hatte Kyuma seinem Nachfolger Tadahiko Muroi die Wahrheit anvertraut. Die nicht erfolgte Aufnahme. Die Vertuschung. Das Koda-Memo. Muroi war ohne Zweifel fassungslos gewesen, aber ihm dürfte auch klar geworden sein, dass er zum Mitwisser geworden war, sowie er die Worte gehört hatte. Hätte er die Fakten ans Licht kommen lassen, hätte die Pressekonferenz aus Anlass seiner Beförderung durchaus seinen Rücktritt zum Thema haben können. Also hatte Muroi getan, was man ihm sagte, und die bittere Pille geschluckt. Wahrscheinlich wurde während seiner Amtszeit das System zur Wahrung des Geheimnisses – die Überwachung und Einschüchterung von Koda nach seinem Ausscheiden aus dem Dienst – installiert. Muroi hatte Kakinuma für die Rolle ausersehen und Urushibara zum Leiter der Operation bestimmt. Um etwaige Lecks zu verhindern, war es entscheidend, die Vor-Ort-Einheit unter strikter Kontrolle zu halten, also hatte man dem Vermächtnis ein pauschales Versetzungsverbot für Kakinuma hinzugefügt. Das größte Geheimnis des KUA. Weitergegeben von acht aufeinanderfolgenden Leitern, bis hin zum heutigen Tag – zu Arakida.

Mikamis Stimmung verdüsterte sich.

Michio Osakabe gehörte zu den acht. Genau wie der gefeierte Kommandeur Shozo Odate. Er hatte Mikami als Brautwerber gedient und war für die gesamte Abteilung eine Vaterfigur gewesen. Trotzdem, sie hätten gar nichts machen können. Die mit der Aufdeckung der Vertuschung verbundene potenzielle Gefahr dürfte mit der Zeit noch zugenommen haben. Man hatte ihnen eine scharfe Granate übergeben, und sie hatte mehr zerstörerische Energie denn je besessen. Es dürfte längst nicht mehr nur um Selbstschutz gegangen sein; ihnen war gar nichts anderes übrig geblieben, als die Granate so tief wie möglich zu vergraben.

Mikami öffnete das Seitenfenster einen Spaltbreit. Kühle Luft strich ihm über die Wange. Der Nordwind ließ das restliche Laub der Winterbäume rascheln, die vereinzelt am Straßenrand standen.

Er musste in eine neue Richtung denken.

Er meinte die Denkweise von Arakida zu durchschauen. Vielleicht hatte er sich Sorgen gemacht, weil er hinter dem Besuch des Generalinspekteurs irgendein verborgenes Motiv vermutete. Kurz darauf hatte er erfahren, dass Futawatari nach Informationen über das Koda-Memo grub. Es musste ihm so vorgekommen sein, als schnüffelte jemand um das Loch herum, in dem er die Granate versenkt hatte. Weil er die Gefahr witterte, war er wie ein in die Enge getriebenes Tier in Panik geraten und hatte noch am selben Tag den Maulkorberlass verhängt. *Bestand tatsächlich die Möglichkeit, dass er um sich schlagen würde, wenn er in Bedrängnis geriet?* Was auch immer Arakida tat, Matsuoka würde es bestimmt nicht stillschweigend hinnehmen. Er wäre bereit, es auch mit Tokio aufzunehmen, wenn er die Abteilung bedroht sah.

Mikami hatte den Eindruck, dass er allmählich begriff, welchen Grund Futawatari für sein Vorgehen hatte, und auch, welches Ziel die Verwaltung verfolgte. Sie arbeiteten darauf hin, sämtliche Hindernisse für Tokios Agenda aus dem Weg zu räumen. Förderte es diese Agenda, die 64-Ermittlungen zu diskreditieren? Sie würden die Defizite der Abteilung enthüllen, ihre Schwächen, und ihr dann das Messer an die Kehle setzen, in der Hoffnung, die Festung ohne Blutvergießen einzunehmen.

War das der Plan?

Trotzdem, eben weil er wusste, dass die in 64 verborgene Bombe mit einer Vertuschung zusammenhing, dass sie das Potenzial hatte, nicht nur die Abteilung, sondern das gesamte Präsidium hochgehen zu lassen, war ihm umso unverständlicher, was Futawatari zu erreichen versuchte. Das Ganze konnte sich ohne Weiteres in ein Hornissennest verwandeln. Dennoch war Futawatari von einem Ort zum nächsten gegangen und hatte ganz offen nach dem Koda-Memo gefragt. Das hieß nichts anderes, als die Existenz der Bombe öffentlich kundzutun. Überprüfungen durch die Verwaltung – ob sie nun mit Personalfragen oder der Innenrevision zu tun hatten – zeichneten sich gewöhnlich dadurch aus, dass sie in aller Stille erfolgten, im Schatten. Wichtiger noch, die Inspektoren der Verwaltung waren Experten in Risikoabschätzung, sich stets der öffentlichen Stimmung bewusst und vor etwaigen juristischen Auseinandersetzungen auf der Hut. Dennoch würde die Verwaltung die Polizei einer Gefahr aussetzen, obwohl sie doch eigentlich die Pflicht hatte, sie zu schützen. War man dort zu so etwas imstande? Wenn die Wahrheit herauskäme, sähe sich das Präsidium der Kritik sämtlicher 260 000 Polizeibeamten des Landes sowie der Verurteilung durch die NPB ausgesetzt. Es wäre ein katastrophaler Gesichtsverlust. Man würde dem Präsidium die Autonomie aberkennen und es zwingen, nach einer gründlichen Säuberungsaktion einen langen Winter unter dem Dach von Tokios Kontrolle zu verbringen. Es würde zum zahnlosen Tiger werden. Wäre das nicht die Konsequenz, die Futawatari am meisten fürchtete?

Obwohl …

Deutete denn irgendetwas darauf hin, dass Futawatari Fortschritte gemacht hatte? Mikami war bis zum Frühjahr beim KUA gewesen, hatte aber erst vor einer Viertelstunde endlich die Wahrheit über das Koda-Memo erfahren. Futawataris Versuch, an Kakinuma heranzukommen, war fehlgeschlagen. Urushibara würde mit Sicherheit den Mund halten. Und die mittleren Chargen unterlagen sämtlich dem Maulkorberlass, der es ihnen verbot, mit der Verwaltung zu reden. Sie würden sich vor dem besten Mann des Feindes keine Blöße geben. Das Fußvolk kannte die

Fakten gar nicht. Die Wahrscheinlichkeit sprach gegen Futawatari. Man konnte davon ausgehen, dass er die Wahrheit noch nicht herausgefunden hatte. Er hatte zufällig jemanden von etwas reden hören, das Koda-Memo hieß; mehr wusste er nicht. Er hatte keine Ahnung, was darin stand. Er war sich der Gefahr nicht bewusst, und deswegen fragte er sogar die frischgebackenen Kriminalbeamten danach.

Hier endete Mikamis Gedankengang.

Futawatari musste zufällig gehört haben, wie das Memo erwähnt wurde. Aber wo?

An dieser Stelle geriet Mikamis nur halb durchdachte Theorie ins Wanken. Immerhin handelte es sich um das dunkle Geheimnis des KUA, das von Direktor zu Direktor weitergegeben wurde. Von so etwas konnte man nicht einfach zufällig reden hören. Wo zum Teufel konnte Futawatari Wind davon bekommen haben? War es Akama, unter dessen Befehl er arbeitete? Er hatte den Codenamen des Falles gekannt. Mikami musste einräumen, dass jemand, der eine ganze Abteilung leitete, Zugang zu Informationsströmen hatte, die niedrigeren Rängen vollkommen verschlossen blieben. Dennoch erschien ihm das nicht schlüssig. Akamas Autorität hatte zur Folge, dass alle möglichen Leute sich bei ihm anzubiedern versuchten, aber es war trotzdem nicht plausibel, dass er einen Codenamen gehört hatte, der gar nicht im gesamten Präsidium gebräuchlich gewesen war.

Wieder war Mikami ratlos. Das Rätsel Futawatari nahm sein Denken immer mehr gefangen. Futawatari wusste etwas, wovon er eigentlich nicht hätte erfahren dürfen. Er redete über etwas, wovon zu sprechen tabu war. Immer wieder sah Mikami die dunklen, gefühlsleeren Augen des Mannes vor sich.

Futawatari tat etwas, ohne sich über das Risiko im Klaren zu sein. Nein. Das war undenkbar. Dessen war sich Mikami zunehmend sicher. Futawatari hatte stets die Risiken seines Handelns abgewogen – deswegen hatte er sich ja auch einen Namen als Ass der Abteilung gemacht.

Warum tat er es dann, obwohl er wusste, dass es falsch war?

Futawatari verstand vollkommen, welche Gefahren das Koda-Memo barg. Er kannte vielleicht nicht den Inhalt, aber er war bereits dahintergekommen, dass es explosiv war. Zweifellos hatte er sich sofort darangemacht, die zugrunde liegenden Ereignisse in Erfahrung zu bringen. Zwei Beamte der Vor-Ort-Einheit hatten den Dienst quittiert. Kodas Aufenthaltsort war unbekannt. Hiyoshi war zum Einsiedler geworden. Und die Beziehungen zu Amamiya waren zerrüttet. Schon allein diese Fakten dürften darauf hingedeutet haben, dass das Memo – das an sich schon als geheim eingestuft war und Kodas Namen trug – mehr war als bloß ein Stück Papier. Er hatte Lunte gerochen. Aber es ging um 64, und er hatte gewusst, er musste vorsichtig vorgehen, damit darüber nicht das Präsidium zu Fall kam. Dennoch hatte er seine Nachforschungen weiter beschleunigt.

Warum?

Weil seine Position ihm keine Wahl ließ. Was Futawatari anging, so war »die Polizei« inzwischen mehr als bloß das Präfekturpräsidium. Die Verwaltung war mehr als bloß eine Abteilung zur Aufrechterhaltung der öffentlichen Sicherheit, sondern in vielerlei Hinsicht ein regionaler Ableger der Nationalen Polizeibehörde. Futawatari war Inspektor im Präfekturpräsidium, aber er war auch ein loyaler Diener Tokios. Er war rasch aufgestiegen und bevorzugt worden, hatte sich das Vertrauen und die Aufmerksamkeit vieler Karriereführungskräfte erworben, konnte sich jedoch eben deshalb nicht mehr unabhängig von ihren diversen Machenschaften bewegen. Der Besuch des Generalinspekteurs fand in vier Tagen statt. Bestimmt hatte man Futawatari angewiesen, das KUA auf Linie zu bringen und für dessen Wohlverhalten zu sorgen. Ihm lief die Zeit davon. Und das Koda-

Memo war die einzige Waffe, die er besaß. Er hatte beschlossen, es als Eröffnungszug zu verwenden, und dabei die ganze Zeit die Augen davor verschlossen, welche Gefahr es für das Präsidium als Ganzes darstellte.

Diesmal erschien ihm die Theorie plausibel, und alles fügte sich zu einem schlüssigen Bild. Futawatari saß im selben Boot wie er selbst. Sie standen beide unter Druck, mit dem Rücken zur Wand. Hinter seinem Pokerface waren Futawataris Augen blutunterlaufen, fixiert auf die Uhr und den Kalender. Der Besuch des Generalinspekteurs in vier Tagen war der Wendepunkt. Der Stichtag.

Natürlich.

Alles wurde klar. Der Besuch des Generalinspekteurs würde die Fehde zwischen der Tokio-Fraktion und dem KUA verschärfen. Sie hatte schon länger geschwelt. Aber jetzt würde es ganz anders kommen. Die Schlacht würde kurz und der Ausgang entscheidend sein. Und der Countdown lief bereits. Die Angelegenheit würde geregelt werden, noch bevor der Besuch zu Ende war. Der Besuch war mehr als eine bloße Formalität, mehr als eine bloße zeremonielle oder symbolische Handlung – bei diesem Besuch würde das Urteil fallen. Generalinspekteur Kozuka würde persönlich offenbaren, worum es Tokio wirklich ging. Er würde irgendeine wichtige Ankündigung machen. Davon durfte man ausgehen.

Mikamis Herz setzte einen Schlag aus. Er wusste nicht, *was* der Generalinspekteur sagen würde. Aber er wusste, *wo* und *wann* er es zu sagen gedachte. *Vor Amamiyas Haus.* Während des dort geplanten Interviews.

Mikami hielt den Atem an. Sein Unterbewusstsein nahm plötzlich eine auf Rot stehende Ampel weiter vorn wahr, die ihn zwang, heftig auf die Bremse zu treten. Er kam erst ein ganzes Stück hinter der Linie zum Stehen. Er blickte sich um, aber es waren keine anderen Fahrzeuge oder Fußgänger zu sehen. Er befand sich auf einer kleinen Kreuzung mitten in einem landwirtschaftlichen Gebiet, bereits im ehemaligen Bezirk Morikawa, der irgendwann von der Stadt geschluckt worden war. Nur wenige Fahrminuten von Amamiyas Haus entfernt.

Er verspürte einen starken Drang, umzukehren. Seine Aufgabe war schmerzhaft klar. *Amamiya umstimmen. Ihn von seiner Meinung abbringen.* Aber das war viel mehr als bloße Zuarbeit für den Besuch. Der Generalinspekteur hatte die Absicht, das Interview im Freien für eine öffentliche Mitteilung an das KUA zu nutzen. Und dank der Macht der Medien – im Druck wie über den Äther – wäre das, was er sagte, in Stein gehauen. Wenn das das eigentliche Ziel der Tokio-Fraktion war, dann hieß das, Mikami würde beim Aufbau des Galgens helfen, an dem man das KUA hängen würde. Er würde als Produzent fungieren, der dafür sorgte, dass die Schlussszene den größtmöglichen Effekt hatte. Es wäre seine Aufgabe als Pressedirektor, die gesamten Vorgänge zu beaufsichtigen.

Die Ampel sprang um, und Mikami fuhr weiter, aber er bog ab, sobald die Konservenfabrik in Sicht kam. Ein Stück weiter, erinnerte er sich, gab es am Fluss einen kleinen Park. Reihen von Pappeln und Kampferbäumen. Fitnessgeräte. Ein altes, verfallenes Telefonhäuschen. Die Bäume waren beeindruckend groß geworden, aber sonst war alles so, wie er es von vor vierzehn Jahren in Erinnerung hatte. Sogar das Telefonhäuschen war noch da. Mit der Verbreitung der Handys waren die meisten außer Betrieb genommen worden; vielleicht hatten die Familien im Gefolge von 64 aufgehört, mit ihren Kindern hierherzukommen, sodass der Park und seine Umgebung in Vergessenheit geraten waren.

Mikami hielt neben dem Telefonhäuschen.

Er würde nie mehr zum KUA zurückkehren können. Er war unmittelbar mit seiner größten Angst konfrontiert. Er hatte die

Liebe, die er für den Beruf des Kriminalbeamten empfand, unterdrückt, doch nun, da er sich klarmachte, dass er vielleicht nie wieder einer sein würde, drängte sie mit Macht an die Oberfläche.

Weil ihm keine andere Wahl geblieben war, hatte er sich Akamas Willen gefügt. Er hatte alles akzeptiert und die Uniform des Gehorsams angelegt. Das hieß nicht, dass er seine Hoffnungen begraben hatte. Dass Ayumi nach Hause kommen würde. Dass Akama nach Tokio zurückversetzt werden würde. Dass sich mit der Zeit alles zum Besseren wenden würde. Dass er imstande sein würde, seine falsche Rolle abzuschütteln, seine Reform der Pressestelle abzuschließen und hoch erhobenen Hauptes zum KUA zurückzukehren. Wie oft hatte er sich das gewünscht?

Aber sie würden ihm nicht verzeihen. Intrige. Konspiration. Verrat. Wenn er seine Verkleidung ablegte, würde er nur als Verräter dastehen. Eindringlich kamen ihm Tsuchiganes Worte in den Sinn: *Ich bezweifle, dass du vorhast, bis zur Pensionierung den Laufburschen für die erste Etage zu spielen.*

Nimm einfach den Galgen auseinander.

Er nickte langsam, die Stimme in seinem Innern eine geflüsterte Aufforderung. Wenn er seine Aufgabe, Amamiya umzustimmen, nicht erledigte, würde niemand mehr vom Besuch des Generalinspekteurs bei Amamiya reden. So wie die Lage sich darstellte, bestand ohnehin nur eine minimale Chance, dass er es sich anders überlegte, selbst wenn Mikami tatsächlich versuchte, ihn umzustimmen.

Mikami beschloss, Amamiya erneut aufzusuchen; er brauchte das Alibi für seine Unterredung mit Akama. Aber er würde sich nicht wirklich bemühen, den Mann zu überreden. Somit würde der Besuch in seinem Haus – und damit auch das Interview – sicherlich abgesagt. Mikami bezweifelte nicht, dass der Generalinspekteur seine Ankündigung trotzdem machen würde. Vielleicht am Tatort. Vielleicht vor der 64-Ermittlungsgruppe. Aber das würde ihre Wirkung abschwächen. Verglichen mit der Abgabe einer Erklärung vor dem Haus des Opfers würde der Effekt zur Bedeutungslosigkeit verblassen. *Wir sind nur davongekommen, weil Mikami Pressedirektor ist.* Es war ein bisschen banal, aber wenn Leute innerhalb des KUA sich so zu seinem Vorgehen äußern würden, bestünde immer noch Hoffnung. Akama würde wütend sein, aber sein Zorn würde sich gegen Mikamis Unfähigkeit richten, weil es ihm nicht gelungen war, Amamiya zu überzeugen; er würde Mikami nicht verdächtigen, Amamiya von einer Beteiligung abgeraten zu haben. Selbst wenn ihm irgendwie klar würde, dass Mikami das Unternehmen sabotiert hatte, waren seinen Möglichkeiten, ihn zu bestrafen, Grenzen gesetzt, gab es auch für ihn eine Linie, die er nicht überschreiten konnte. Er mochte Ayumi als Hebel zur Kontrolle von Mikami eingesetzt haben, aber er würde nicht völlig außer Acht lassen können, dass sie – was die Kollegen anging – zur Familie gehörte. Er selbst hatte die Suche autorisiert, und das konnte er nicht ändern, ganz gleich, was zwischen ihm und Mikami vorfiel.

Mit dieser Entscheidung ändert sich alles.

Obwohl Akama eindeutig gezeigt hatte, dass es ihm nur darum gegangen war, ihn zu seiner Marionette zu machen, hatte Mikami, als Akama den Fahndungsaufruf nach Tokio gefaxt hatte, Dankbarkeit empfunden, das Gefühl, in seiner Schuld zu stehen, und das hatte seinen Kampfeswillen bis jetzt geschwächt. Wenn er imstande wäre, diese Gefühle zu überwinden, zumal jetzt, da seine Reformen zum Stillstand gekommen waren, gäbe es keinen Grund mehr, sich Akamas Willen zu beugen. Die Angst, woandershin versetzt zu werden, bestand natürlich fort. Wenn Akama zu dem Schluss kam, dass er den Besuch des Generalinspekteurs sabotiert hatte, würde man ihn auf irgendeinen Posten in den Bergen abschieben. Aber wenn seine Karriere als Kriminalbeamter mit einer Degradierung endete, war das immer noch besser als eine unehrenhafte Entlassung. Wenn die Alternative darin bestünde, als der Mann, der das KUA attackiert hatte, in der Verwaltung zu bleiben, würde er lieber mitten im Nirgendwo ganz von vorn anfangen. Die schmalsten Wege sind trotzdem noch Wege. Solange er nicht den Dienst quittierte, würde sich Ayumis Status als Familienmitglied nicht ändern. Die 260 000 Beamten, die die Polizei bildeten, würden dafür sorgen, dass …

Sein Handy in seiner Jacketttasche begann zu vibrieren.

Er schaute aufs Display. Seine Festnetznummer. *Minako?* Er drückte die Rufannahmetaste, wagte kaum zu hoffen.

»Was ist?«

»Entschuldige, ich weiß, dass du bei der Arbeit bist.« Sie sprach rasch. Aufgeregt.

»Ist was passiert?«

»Da ist nur etwas, was ich schon die ganze Zeit sagen will. Ayumi hat uns am vierten November angerufen, richtig?«

Mikami konnte sich nicht auf Anhieb an das Datum erinnern. Aber wenn es das Datum war, das Minako ihm nannte, musste es wohl richtig sein. »Ja, genau.«

»Mizuki hat mir gesagt, sie hätten ihren Schweigeanruf am Sonntag den siebzehnten bekommen.«

»Du hast sie angerufen?«

»Ja. Ich musste unentwegt daran denken, also habe ich einfach angerufen und nachgefragt. Jedenfalls, das bedeutet, dass du dich geirrt hast.«

»Geirrt? Wie meinst du das?«

»Ayumi hat uns vor vierunddreißig Tagen angerufen. Mizukis Anruf ist vor drei Wochen eingegangen.«

»Und ich habe etwas anderes gesagt?«

»Du hast gesagt, sie hätten beide ungefähr zur gleichen Zeit angerufen.«

Jetzt klang ihr Ton kritisch.

»Na schön, also, einer war vor einem Monat und der andere vor drei Wochen. Sie liegen nicht allzu weit …«

»Das ist etwas völlig anderes. Sie lagen fast *zwei Wochen* auseinander. Sie haben überhaupt nichts miteinander zu tun, da bin ich mir vollkommen sicher.«

Mikami wusste nicht, was er sagen sollte, zumal ihm nun klar wurde, dass dies der einzige Grund für ihren Anruf war. Das hieß, sie beschäftigte sich seit vergangener Nacht damit.

»Du hast recht. Sie können nichts miteinander zu tun haben.«

Endlich hatte er es gesagt. Etwas wie ein Seufzer kam aus dem Hörer. Dann sagte ihm Minako, sie müsse die Leitung freimachen.

Stille kehrte in seine Ohren zurück.

Er kurbelte das Fenster auf der Fahrerseite ganz herunter. Frische Luft drang in den Wagen. Er hörte das Rauschen des Flusses. Trotzdem fiel ihm das Atmen schwer, blieb das Gefühl bestehen, seine Luftröhre wäre verengt. Er öffnete den Mund und versuchte, tief Atem zu holen, musste letztlich aber nur heftig husten. Ähnlich heftig waren seine Gefühle, als ihm gleich darauf klar wurde, was er alles nicht bedacht hatte.

Wie konnte er von Minako erwarten, dass sie mit ihm auf irgendeinen Posten in den Bergen mitkam? Sie würde beschließen zu bleiben, auf den Anruf zu warten. Zu warten und darauf zu hoffen, dass Ayumi eines Tages einfach auftauchte. Würde er auch allein gehen? Würde er sie allein lassen, während er versuchte, seine Karriere an einem derart entlegenen Ort wieder in Gang zu bringen?

Bis zuletzt Optimist, höhnte Mikami innerlich. Er suchte noch immer seinen Platz innerhalb der Polizei. Träumte von einem Ort, wo er als heldenhafter Kriminalbeamter seine Knochen zur Ruhe betten konnte, und benutzte dabei Ayumis Leiden als Vorwand. Warum hatte er nicht daran gedacht? Wenn er fortgeschickt wurde, wenn er und Minako getrennt wurden, wäre ihre Familie für immer zerbrochen. Er hieb sich mit der Faust aufs Knie.

Hatte er es schon vergessen? Er würde ein Wachhund der Verwaltung bleiben. Hatte er das nicht schon beschlossen?

»Überrede Amamiya.« Mikami gab sich selbst den Befehl.

33

Amamiya war nicht da.

Mikami hatte den Mann nur drei Tage zuvor als Inbegriff tiefen Kummers erlebt und deshalb die Möglichkeit, dass er nicht zu Hause sein könnte, erst gar nicht in Erwägung gezogen. Amamiya lebte nun, da seine Frau Toshiko verstorben war, allein. Einkaufen und Kochen erledigte er wahrscheinlich selbst. Mikami ging seitlich um das Gebäude herum und schaute nach dem Wagen. Da stand nur ein Fahrrad. Amamiya war mit dem Wagen unterwegs, was allerdings nicht unbedingt hieß, dass er eine größere Strecke zurückgelegt hatte. In der Gegend gab es keine richtigen Einkaufsmöglichkeiten, und das öffentliche Verkehrssystem von Präfektur D war schlecht, wohin man auch wollte, sodass man auch als Stadtbewohner für Besorgungen ein Auto brauchte.

Mikami fuhr eine Viertelstunde, ehe er sich in einem Familienrestaurant in der Nähe der Präfekturstraße niederließ. Es glich dem, in dem er am Vortag gewesen war. Innen bot es etwas mehr Platz, und wie es aussah, war es erst kürzlich renoviert worden; trotzdem waren über die Hälfte der Tische leer, obwohl es Sonntagmittag war.

»Sind Sie so weit?«

Eine mittelalte Kellnerin kam, um seine Bestellung aufzunehmen, wahrscheinlich eine Hausfrau, die in Teilzeit hier arbeitete; ihr vage aggressiver Ton ließ darauf schließen, dass sie einen schlechten Tag hatte. Mikami fiel der Kontrast zu der Kellnerin vom Vortag auf. In dieser Art von Familienrestaurant gleich zwei

Kellnerinnen über den Weg zu laufen, die bei der Arbeit ihre persönlichen Gefühle durchschimmern ließen, erschien ihm wie ein seltener Zufall.

Was hätte Amamiya gegessen?

Damit sollte er anfangen. Er musste näher an die Gefühlswelt des Mannes heran, musste versuchen, sich in den Verdächtigen hineinzuversetzen, wie Kriminalbeamte gern sagten. Hinter sein emotionales Narrativ kommen. Dann würde er zielen und genau den Satz sagen, der ihn umstimmen würde.

Er zündete sich eine Zigarette an.

Amamiya hatte unmittelbar miterlebt, wie der Fehler passierte. Dennoch hatte er sich, anstatt an die Decke zu gehen, sogar noch dafür entschuldigt, dass er den Anruf entgegengenommen hatte, ohne dafür die Erlaubnis erhalten zu haben.

Seine Reaktion war nicht besonders ungewöhnlich. Er war vollkommen abhängig von der Polizei gewesen. Dazu aufgefordert, mit der Vor-Ort-Einheit zusammenzuarbeiten, hatte er sich einverstanden erklärt, aus dem verzweifelten Wunsch heraus, Shoko, seine einzige Tochter, zu retten. Die Konzentration und Entschlossenheit der Beamten mussten deutlich erkennbar gewesen sein. Er hatte bei ihnen gesessen, und ihre Herzen waren eins gewesen, während sie auf den Anruf des Entführers warteten. Das Telefon hatte geklingelt. Amamiya hatte gesehen, dass die Spulen sich nicht in Gang setzten, und war in Panik geraten, aber er hatte keine Zeit gehabt, wütend zu werden. Er hatte befürchtet, dass es den Entführer ärgern würde, wenn man ihn warten ließ. Er hatte die Stimme seiner Tochter hören wollen. Vor allem hatte er schreckliche Angst davor gehabt, dass das Telefon aufhören würde zu klingeln. Er hatte das Gefühl gehabt, etwas tun zu müssen, und hatte abgehoben.

Bestimmt hatten sie das Aufnahmegerät vorher getestet. Es hatte sicherlich funktioniert, nachdem sie es aufgebaut hatten. Möglich, dass das Versagen einem fehlerhaften Anschluss zuzuschreiben war, nicht einem Problem mit dem Gerät selbst. Vielleicht hätten sie den Entführer aufnehmen können, wenn nur Amamiya das Telefon noch ein paarmal hätte klingeln lassen. Vielleicht war er nach dem Ende des Gesprächs zu dem gleichen Schluss gekommen. Er hatte sein Versprechen nicht gehalten und die Polizei damit um eine wertvolle Spur gebracht. Er sah sich selbst als denjenigen, der gegen die Solidarität des Teams verstoßen hatte. Er hatte sich unwillkürlich entschuldigt. Das hatte zweifellos seiner Gefühlslage entsprochen.

Trotzdem …

Damals hatte er noch geglaubt, seine Tochter würde nach Hause kommen.

Etwas Asche rieselte auf sein Knie. Er schnippte sie weg, zog einen Aschenbecher heran und drückte seine Zigarette aus. Dabei grübelte er über einen bestimmten Gedanken nach. Vierzehn volle Jahre war das jetzt her. Bestimmt hatte Amamiya nicht die ganze Zeit damit zugebracht, in Kummer zu baden. Er hatte ein halbes Leben lang Gelegenheit gehabt, noch mal auf die Ereignisse zurückzukommen, nachzudenken, Fragen zu stellen, den Fall in allen Einzelheiten zu überprüfen.

Zu welchem Schluss war er wohl im tiefsten Innern gelangt, was den Fehler anging? Über den Anruf war nie etwas ans Licht gekommen, auch nachdem Presse und Fernsehen bis ins kleinste Detail über den Fall berichtet hatten, sobald die Nachrichtensperre aufgehoben worden war. Wahrscheinlich hatte Kakinuma recht gehabt mit der Vermutung, Amamiya sei klar geworden, dass das Motiv für die Vertuschung die Angst vor öffentlicher Kritik gewesen war.

Nachdem man Shokos Leiche gefunden hatte, war der Vor-Ort-Einheit nichts mehr zu tun geblieben. Die Beamten hatten mit Amamiya zusammengearbeitet, alle miteinander als eine Einheit, und dann waren sie weitergezogen. *Davongelaufen.* Möglich, dass Amamiya es so interpretiert hatte. Danach hatte sich niemand mehr bei ihm blicken lassen. Nicht einmal im vergangenen Jahr, nach Toshikos Tod.

Mikami war an der 64-Ermittlung beteiligt gewesen, wenn auch nur am Anfang. Das berechtigte ihn dazu, im Namen des Präsidiums sein Bedauern auszusprechen. Er würde sich in aller Form bei Amamiya und dann, vor dem Hausaltar, bei seiner Frau und seiner Tochter entschuldigen. Er würde gar nicht deutlich werden müssen – Amamiya würde wissen, wofür er sich entschuldigte.

Würde seine Entschuldigung ausreichen, um Amamiya dazu zu bringen, dass er sich öffnete? Möglich war es. Früher hatte er der Polizei vertraut; vielleicht wartete er schon die ganze Zeit auf ein winziges Zeichen von Anstand in Form einer Entschuldigung. Die Frage war, ob Mikami es richtig hinbekam. Er musste einfach. Er musste Amamiya auf ihre Seite ziehen. Um Ayumis willen. Damit seine Familie wieder komplett sein konnte.

Aber er würde sich bei einem Mann entschuldigen, der seine Familie endgültig verloren hatte.

Alles wird gut …

Als Mikami nach der Rechnung griff, begann sein Handy zu vibrieren. *Schon wieder?* Ganz kurz hatte er ein Bild von Minako vor Augen, aber es war jemand anders – allerdings hatte er gut daran getan, auf der Hut zu sein.

»Ich brauche den aktuellen Stand in Sachen Amamiya.« Es war Ishii, der noch aufgeregter klang als am vergangenen Abend.

Mikami blickte sich rasch um, ehe er mit leiser Stimme antwortete: »Ich arbeite daran.«

»Waren Sie noch nicht bei ihm?«

»Er war nicht da.«

»Wo sind Sie jetzt?«

»Ganz in der Nähe.«

»Akama hat mich gerade angerufen. Und das Gleiche gefragt.«

Akama war sich des Stichtags bewusst. Er hatte geplant, mit dem Aufbau des Galgens nicht lange zu fackeln und dem KUA immer eine Nasenlänge voraus zu sein. Dass Amamiya sich zur Wehr setzen würde, hatte er nicht vorausgesehen.

»Sie wissen, was das heißt, ja? Er sitzt uns im Nacken.«

»Ja, natürlich.«

»Und? Halten Sie sein Haus unter Beobachtung. Wir können schlecht Akama gegenübertreten und sagen, er war nicht da, oder?« Mikami antwortete nicht; Ishii stieß einen Seufzer aus. »Für Sie ist das gut und schön, Sie müssen sich ja nicht direkt damit befassen.«

Die Verbindung wurde unterbrochen, offenbar hatte er keinen Empfang mehr. Ishii versuchte nicht zurückzurufen. Wenn er von »direkt« sprach, war Amamiya unerheblich, genauso wie sonst wer, der mit dem Fall zu tun gehabt hatte. Er wusste nichts darüber, und er *wollte* auch nichts darüber wissen. Aber dennoch wurde auch er von den Wellen erfasst, die 64 schlug. Mikami sah Koda vor sich, wie er einen roten Stab schwenkte. Er sah den gequälten Ausdruck auf Kakinumas Gesicht; Hiyoshis Mutter, das Gesicht in den Händen vergraben.

Wenn es zum Schlimmsten kommt, ist das Ihre Schuld.

Mikami zog seine Tüte zu sich heran und öffnete sie; er nahm den Schreibblock heraus, den er tags zuvor gekauft hatte.

Es ist nicht Ihre Schuld.

Das war alles, was er schrieb. Er hatte gar nicht ernsthaft versucht, Hiyoshi zu retten.

Tu eine gute Tat, und sie findet den Weg zu dir zurück. Das hatte sein Vater immer gesagt. *Eine Hand wäscht die andere.* Das hatte er gemeint, aber es hatte ihm an Bildung gefehlt, und er hatte sich stets auf seine ganz eigene Art ausgedrückt.

Mikami trank seinen lauwarmen Kaffee aus, dann stand er auf. Er war sich nicht einmal mehr sicher, was es eigentlich hieß, *gut* zu sein. Weil er meinte, die Kellnerin brächte ihm vielleicht Glück, schaute er sich um, in der Hoffnung, einen Blick auf sie zu erhaschen, aber sie war nirgendwo zu sehen.

34

Es war kurz nach 14 Uhr, doch dank der Wolken, die sich gebildet hatten, schien es draußen schon dunkel zu sein.

Amamiyas Wagen stand wieder auf seinem Stellplatz. Im Vorbeigehen fasste Mikami die Kühlerhaube an. Schon kalt. Er konnte nicht weit gefahren sein, es sei denn, der Wind hatte den Motor abgekühlt.

Mikami drückte den Klingelknopf und strich mit den Händen die Falten in seinem Anzug glatt. Eine ganze Weile tat sich nichts, als wäre niemand zu Hause. Schließlich ging die Tür auf, und von drinnen erschien Amamiya. Er wirkte wie leer. Die kreideweiße Haut. Die abgezehrten Wangen. Allerdings sah er ein klein wenig gesünder aus als drei Tage zuvor; das lag, wie Mikami klar wurde, daran, dass er sich die verwilderten weißen Haare hatte schneiden lassen.

»Bitte entschuldigen Sie, dass ich Sie noch einmal störe.« Mit einer tiefen Verbeugung trat Mikami vor. Amamiya reagierte nicht. Die tief in der faltigen Haut liegenden Augen fragten stumm nach dem Grund für seinen Besuch. »Darf ich Sie bitten, mich noch ein weiteres Mal anzuhören? Ich verspreche, dass es das letzte Mal sein wird.«

Amamiya blieb stumm.

»Bitte. Es wird nicht lange dauern.«

Wieder trat Schweigen ein, ehe Amamiya einen schwachen Seufzer ausstieß.

»Dann kommen Sie herein.«

»Danke.«

Mikami folgte der mageren Gestalt ins Haus. Wie zuvor ging ihm Amamiya voran ins Wohnzimmer. Diesmal fragte Mikami, ehe er sich setzte.

»Haben Sie etwas dagegen, wenn ich den beiden meinen Respekt erweise?«

Er war darauf gefasst, auf Ablehnung zu stoßen, aber Amamiya nickte still und ging in den Altarraum. Es passierte, während Mikami noch die Erleichterung ins Bewusstsein drang – sein Blick fiel auf einen Namen, mit dem er nicht gerechnet hatte. *Koda.* Er stand als Absender auf einem Umschlag, der aus einer an der Wohnzimmerwand befestigten Briefablage hervorschaute. *Das Koda-Memo.* Mikami wusste es augenblicklich. Koda musste Amamiya ein Exemplar des Memos geschickt haben, das er ins Postfach des Direktors geschoben hatte und in dem zweifellos sämtliche Ereignisse niedergelegt waren, die zu der Vertuschung geführt hatten.

Das war der Grund für Amamiyas …

Aber es spielte keine Rolle, jedenfalls nicht mehr. Amamiya hätte auch dann von der Täuschung erfahren, wenn Koda ihn nicht davon unterrichtet hätte. Mikami musste sich entschuldigen. Er konnte sich glücklich schätzen, dass er diese Gelegenheit bekam, ein Rauchopfer darzubringen. Amamiya hatte sich ihm zugewandt, in der Hand die brennende Kerze.

Mikami verneigte sich tief, dann trat er in das Zimmer. Die Tatami unter seinen Füßen war kalt. Er schob das purpurrote Bodenkissen zur Seite, dann kniete er vor dem Altar nieder. Die Entschuldigung lag ihm auf den Lippen. Er faltete die Hände. Er hob den Blick zum Altar. Auf dem Sims standen zwei Fotos, eins von Shoko, das andere von Toshiko, beide vor den Ahnentafeln platziert. Beide lächelten offen.

Ihre Gesichter schienen zu verschwimmen.

Mikami war verwirrt, seine plötzlich auftretenden Empfindungen überrumpelten ihn. Als er die Hitze in seinen Augen wahrnahm, flossen die Tränen bereits. Er wusste nicht, was er davon halten sollte, warum er in Tränen ausgebrochen war.

Er zückte ein Papiertaschentuch und betupfte sich damit das Gesicht. Seine Finger zitterten, als er nach den Räucherstäbchen griff. Erst nach zwei, drei Versuchen gelang es ihm, sie um eines der Stäbchen zu schließen. Er war sich Amamiyas Anwesenheit bewusst, der schräg hinter ihm stand. Ihm musste klar sein, dass kein Mensch so überzeugend schauspielern konnte.

Mikami hielt das Räucherstäbchen über die brennende Kerze. Weil seine Hände immer noch zitterten, fiel es ihm schwer, die Flamme zu treffen. Amamiyas Frau und Tochter lächelten weiter. Neue Tränen kamen. Sie liefen ihm über die Wangen und tropften auf die Tatami. Er wollte nur weg. Es erschien ihm wie eine Beleidigung ihrer Geister, vor ihnen zu weinen und nicht einmal zu wissen, warum.

Es gelang ihm, das Räucherstäbchen so zu platzieren, dass es senkrecht stand. Er führte die Hände zusammen, doch dann drückte er sie sich an die Stirn, um nicht laut aufzuschluchzen.

Er brachte kein Gebet zustande. Nicht einmal den einfachsten Segenswunsch.

Auf den Knien drehte er sich Amamiya zu. Mit gebeugtem Kopf legte er beide Hände auf die Tatami. Durch den Tränenschleier sah er Amamiyas Hände und Knie. Sein Blick fiel auf die Spitze von Amamiyas Zeigefinger. Der Nagel war schwarz von geronnenem Blut; einen Moment lang erschien es ihm wie eine Manifestation von Amamiyas Abscheu.

Die Tränen flossen weiter. Er hatte alles vergessen, was er hatte sagen wollen. Er senkte die Stirn auf den mit Matten belegten Boden.

»Verzeihen Sie mir. Ich komme ein andermal wieder.«

Seine Stimme klang belegt und erstickt. Er stemmte sich vom

Boden hoch und verneigte sich rasch vor Amamiya, ehe er den Flur entlang zur Tür eilte. Er hatte seine Schuhe schon wieder an, als er die Stimme von hinten hörte.

»Wollten Sie nicht … etwas mit mir besprechen?«

»Schon gut. Ich kann ein andermal wiederkommen.« Ohne sich umzudrehen, steuerte er die Tür an.

»Geht es um den Besuch, von dem Sie gesprochen haben? Und den Mann, der aus Tokio kommt?«

Mikami blieb stehen, wo er war.

»Das … das geht in Ordnung. Ich würde mich freuen, wenn er mich besuchen käme.«

Mikami drehte sich langsam um. Amamiya stand mitten im Flur, die Augen zwar noch halb geschlossen, aber direkt auf ihn gerichtet.

»Sind Sie sicher?«

»Donnerstag wäre das, sagten Sie? Ich sehe zu, dass ich da bin.«

35

Mikamis Augen fühlten sich trocken an.

Er fuhr in Richtung Stadt. Zu Akama nach Hause. Sein Verstand war auf sein Ziel gerichtet; seine Gefühlswelt noch immer erschüttert. Seine Tränen hatten Amamiya umgestimmt. Er hatte nicht mit ihnen gerechnet. *Das ist für Ayumi. Für Minako. Tu, was auch immer erforderlich ist.* Hatte ein Teil von ihm so gedacht? Amamiya war berührt gewesen. Er hatte die Tränen als Entschuldigung angesehen und seine Haltung überdacht. Es war entsetzlich. Mikami hatte es zustande gebracht, ohne bewusst etwas zu tun. Er hatte Amamiya überzeugt, es sich anders zu überlegen …

Seine Gemütslage entspannte sich allmählich, während er sich vom Haus des Mannes entfernte. Von den Mitteln einmal abgesehen, hatte er erreicht, was er sich vorgenommen hatte. Er hatte sich den Sieg, an den er schon nicht mehr geglaubt hatte, zurückerkämpft, und als der Stadtteil in Sicht kam, in dem die Direktoren wohnten, meinte er, ein wenig Licht durch die Wolken dringen zu sehen. Ein Teil von ihm fühlte sich angesichts seiner Schamlosigkeit erleichtert. Irgendetwas war in ihn gefahren. Vor einem anderen Mann plötzlich in Tränen auszubrechen. Das hatte er noch nie getan; er gedachte es ganz bestimmt nicht noch einmal zu tun.

Dass er es so eilig hatte, Akama Bericht zu erstatten, war auch von Kalkül bestimmt. *Ein unfähiger Pressedirektor.* Seit Akamas Ausbruch von vor zwei Tagen schien die Zeit zwischen ihnen zum Stillstand gekommen zu sein. Und es gab keine Garantie dafür, dass er den Konflikt mit dem Presseclub vor dem Besuch des

Generalinspekteurs beilegen konnte. Er war froh, Amamiyas Segen zu haben, aber das hieß gar nichts, wenn die Presse das Interview boykottierte. Deswegen musste er sich über Akamas Reaktion vergewissern, solange der Erfolg bei Amamiya noch frisch war. Andernfalls würde sich sein Pflichtgefühl gegenüber dem KUA wieder geltend machen. Nun, da er den Galgen aufgebaut hatte, würde er sich von Akama nicht mehr abspeisen lassen und zu erfahren verlangen, warum der Generalinspekteur sich angesagt hatte. Das Verbrechen des KUA und seine Sühne. Nur wenn er Akama aufsuchte, würde er die Wahrheit erfahren.

Die Gegend, in der die Häuser sämtlicher Direktoren lagen, war in Wochenendstille getaucht. Mikami parkte auf der Straße und ging die zehn Meter bis zu der Gegensprechanlage von Akamas Haus. Er drückte den Knopf.

»Mikami? Was um alles in der Welt fällt Ihnen ein?«, antwortete Akama, offenkundig verärgert. Er glaubte anscheinend nicht mehr daran, dass Mikami ein positives Ergebnis zustande brachte. Führungsbeamte mochten Besuche in ihrer Freizeit nicht, aber Mikami wusste, Akama hatte Ishii angerufen, um sich nach ihren Fortschritten bei Amamiya zu erkundigen.

»Ich habe Neuigkeiten, es geht um Amamiya.«

»Hmm? Was?«

Vielleicht war die Verbindung schlecht; Akama schien ihn nicht zu verstehen. Kurze Zeit später ging die Eingangstür auf. Im ersten Moment erkannte Mikami ihn nicht. Er trug einen legeren Pullover und weite Hosen, und er hatte seine Brille nicht auf. Mikamis Blick wurde unwillkürlich auf die krummen Schultern des Mannes gelenkt, seine magere Brust, die deutlich machten, welchen Anteil die teuren, maßgeschneiderten Anzüge und die Goldrandbrille an seiner Demonstration von Autorität hatten. Doch als er sprach, bestand keinerlei Zweifel, um wen es sich handelte.

»Was fällt Ihnen ein, hierherzukommen? Sie berichten über Büroleiter Ishii.«

»Amamiya hat uns sein Einverständnis gegeben«, sagte Mikami rasch.

Überrascht sah Akama ihn an. Er bedeutete Mikami, in den Eingangsbereich zu treten, blieb jedoch auf der Stufe darüber stehen, schlüpfte in ein Paar Pantoffeln und machte keine Anstalten, ihn weiter ins Haus zu bitten.

»Der Generalinspekteur darf ihn besuchen. Am Altar ein Rauchopfer darbringen. Richtig?«

»Er hat mir sein Wort gegeben.«

Irgendwo drinnen lachte eine Frau. Wahrscheinlich hatte Akama übers Wochenende seine Familie aus Tokio eingeladen. Er wirkte immer noch verärgert. Es war, da war sich Mikami sicher, eine Reaktion darauf, dass ein Untergebener in seine Privatsphäre eindrang.

»In Ordnung. Werden wir genug Platz für sämtliche Autos haben?«

»Vor dem Haus ist reichlich Platz.«

»Das ist zu nahe. Können Sie es so einrichten, dass der Generalinspekteur das Haus verlassen und ein paar Schritte gehen kann, ehe die Reporter dran sind?«

»Wenn sie auf der Straße parken, müsste genug Platz dafür sein.«

»Wird das Haus im Hintergrund sichtbar sein, wenn wir es so machen?«

Akamas Detailversessenheit bestärkte Mikami in seiner Überzeugung. Tokio wollte unbedingt sicherstellen, dass die Ankündigung vor Amamiyas Haus erfolgte.

»Wichtig ist das Bild für die Kameras. Sobald der Generalinspekteur vor dem Altar seinen Respekt bezeigt hat, wird er – in würdevoller Haltung – aus dem Haus treten und draußen die

Fragen der Reporter entgegennehmen. Können Sie dafür sorgen, dass es so abläuft?«

»Das dürfte kein Problem sein. Wenn wir es so einrichten, dass die Kameras auf der Straße sind, müsste das Haus im Hintergrund zu sehen sein.«

»*Müsste* reicht aber nicht, Mikami. Sehen Sie zu, dass Sie es am Tag davor proben. Wir müssen absolut sicher sein, ehe wir grünes Licht geben.«

Ein Wort des Dankes war ihm noch nicht über die Lippen gekommen. Trotzdem, sein Stirnrunzeln hatte nachgelassen, und es wurde deutlich, dass er sich etwas entspannt hatte. Außerdem hatte es nicht den Anschein, als wollte er die Frage des geplanten Boykotts anschneiden. Vielleicht war er zuversichtlich, dass das Problem beim runden Tisch am nächsten Tag geregelt würde, wo man Gelegenheit hatte, es mit den Redaktionsleitern *angemessen* zu besprechen. Es sei denn … er hatte noch ein Ass im Ärmel.

Im Haus ertönte erneut Gelächter.

»Sie können dann gehen, wenn das alles war, was Sie zu berichten hatten. Ich soll …«

»Herr Direktor«, fiel ihm Mikami ins Wort. Er konnte sich die Gelegenheit, nachzufragen, nicht entgehen lassen. »Bitte entschuldigen Sie, aber eines wollte ich noch fragen.«

»Was denn?« Akama warf einen kurzen Blick ins Haus. Er wurde unruhig.

»Worauf zielt der Generalinspekteur mit seiner Ankündigung ab?«

Akamas Augen verrieten Unentschlossenheit. Aber nur für einen Moment. »Was wollen Sie damit sagen? Wissen Sie, Sie täten gut daran nachzudenken, bevor Sie den Mund aufmachen, Mikami. Der Generalinspekteur ist dort, um die Fragen der Presse zu beantworten.«

»Ja, natürlich.« Mikami wusste, er würde nichts erreichen, wenn er Akama wütend machte. Und dennoch ... »Beim KUA ist man nervös.«

»So, ist man das?«

»Die Lage könnte außer Kontrolle geraten. Wenn wir sie weiter mit dem Koda-Memo unter Druck setzen ...«

»Mit dem was?« Überraschenderweise warf ihm Akama einen verwirrten Blick zu. Tat er nur so, als wüsste er nicht Bescheid? Oder hatte er wirklich noch nie davon gehört? »Ich weiß nicht, wovon Sie reden. Es wäre sehr hilfreich, Mikami, wenn Sie sich verständlich ausdrücken würden.«

»Aber ...«

An dieser Stelle bremste sich Mikami. Wenn Akama wirklich nicht Bescheid wusste, würde das die Sache nur komplizieren. Was Mikami herausfinden wollte, war der Grund für den Besuch des Generalinspekteurs.

»Ich möchte als Pressedirektor einfach nur das Gesamtbild verstehen. Wenn Sie mir sagen könnten, welches Ziel Tokio damit verfolgt, würde mir das sehr helfen.«

»Das reicht jetzt. Meinen Sie nicht, es wird langsam Zeit, dass Sie klüger werden, Mikami?«, sagte Akama, der den Eindruck machte, als hätte er nun endgültig genug. »Wozu soll es gut sein, dass Sie Bescheid wissen, hmm? Die Pressestelle ist bloß ein Lautsprecher an einer Wand. Der Senderaum ist ganz woanders. Ein Mikrofon kriegen nur wenige Auserwählte in die Hand.«

Ein Lautsprecher an einer Wand. Wenige Auserwählte. Um eine Antwort verlegen, senkte Mikami den Blick. Als er das tat, kam ein weißes Sockenpaar in den Vorraum geschliddert.

»Papa, hast du immer noch zu tun?«, ertönte eine Stimme.

Die Socken gehörten zu einem großäugigen kleinen Mädchen im ersten oder zweiten Jahr der Mittelschule. Ihr Blick fiel auf Mikami, und sie flitzte hinter ein Geländer, wo sie sich spielerisch im Schatten versteckte. Akamas strenge Fassade brach zusammen.

»Tut mir leid, Liebes. Papa braucht jetzt nicht mehr lange.«

»Wir verpassen den Anfang, wenn wir jetzt nicht gehen.«

»Keine Sorge, es wird nicht ganz pünktlich anfangen.«

»Mama macht sich Sorgen, dass auf den Straßen viel los ist.«

»In Ordnung, Achan, geh schon mal voraus und setz dich mit Yoshi in den Wagen.«

Mikami hätte längst gehen müssen. Er hatte genug getan. Deshalb verbeugte er sich, um sich zu verabschieden.

»Entschuldigen Sie noch einmal die Störung.«

Als er sich umdrehte, hörte er ein unterdrücktes Kichern. Er machte kehrt und sah das Mädchen, das ihn, noch immer halb versteckt, beäugte. Sie hatte eine Hand vor den Mund geschlagen und versuchte, sich das Lachen zu verkneifen. Ein unbeschreibliches Gefühl überschwemmte ihn. Er spürte, wie er erschauerte. Es war, als hätte er durch die Augen des Mädchens einen Blick auf sich selbst erhascht. Wie er für andere Menschen, nicht, wie er für sich selbst im Spiegel oder auf einem Foto aussah.

Ayumi schien ihm plötzlich ganz nah. Er verspürte das Bedürfnis, sich mit etwas zu bedecken. Die mondsichelförmigen Augen des Mädchens, zweifellos voller kindlichem Charme, schienen in diesem Augenblick die eines Schurken oder Dämons zu sein.

36

Draußen drohte der Himmel jeden Moment seine Schleusen zu öffnen. Mikami konnte nicht sagen, ob es regnen oder schneien würde; die dichten Wolken waren für beides gut.

Während er zu seinem Wagen zurückging, begann sein Handy in der Jacketttasche zu vibrieren. Irgendetwas sagte ihm, dass das auch schon der Fall gewesen war, als er vor Akamas Haus gestanden hatte. Er schaute aufs Display. Mizuki Murakushi.

Er hörte ein Geräusch und blickte auf. Akamas Garagentor glitt nach oben. Von drinnen schob sich langsam eine silbermetallicfarbene Limousine heraus. Am Steuer saß Akama. Auf dem Beifahrersitz seine Frau, zum Ausgehen angezogen. Hinten hüpften zwei Köpfe auf und ab. Der Wagen kam näher. Fuhr vorbei. Mikami hielt den Kopf gesenkt.

Er blickte auf, sah in Innen- und Außenspiegel. Der Wagen entfernte sich weiter. Die Bremslichter leuchteten auf. Der Wagen bog um eine Ecke. Noch immer fiel es Mikami schwer, den Eindruck dieser Augen abzuschütteln, die ihn lachend beobachtet hatten.

Wieder vibrierte etwas in seiner Tasche. Er riss sich aus seinen Überlegungen und drückte die Annahmetaste.

»Ich weiß, du bist bei der Arbeit. Soll ich später anrufen?«

Trotz des Vorschlags war klar, dass sie nicht die Absicht hatte, wieder aufzulegen.

»Nein, das geht schon. Ich mache gerade Pause. Was gibt es denn?«

»Minako hat mich noch einmal angerufen, vor ungefähr einer Stunde.«

»Aha.«

Mikami, der schon mit so etwas gerechnet hatte, verspürte eine Mischung aus Erleichterung und Verärgerung.

»Sie hat noch mal nach dem Schweigeanruf gefragt, den wir bekommen haben. Ich glaube, sie wollte sich selbst davon überzeugen, dass er nichts mit denen zu tun hatte, die ihr erhalten habt, dass eure eben doch von Ayumi waren.«

»M-hm.«

»Und? Hast du mit ihr ein richtiges Gespräch darüber geführt?«

»Ja. Kann allerdings nicht sagen, ob es gut lief oder nicht.«

»Du meinst, es ist vielleicht nach hinten losgegangen? Sie hat tatsächlich so geklungen, als wäre sie ein bisschen sauer auf mich.«

»Kann sein.«

»Hmm?«

Das hatte vielleicht ein bisschen gleichgültig geklungen. »Ich bin mir ziemlich sicher, dass es nicht nach hinten losgegangen ist. Mach dir deswegen keine Gedanken.«

»Meinst du? Du weißt doch, wie ich mich aufrege, wenn ich daran denke, dass Minako allein damit fertigwerden muss. Ich habe noch einen Anruf bekommen, und zwar von den Matsuokas.«

Der Name brachte ihn einen Moment lang aus dem Konzept.

»Nein, nein, nicht von *Dezernatsleiter Matsuoka.* Von seiner Frau Ikue. Sie sagt, du seist bei ihnen in der Wohnung gewesen?«

»Stimmt.«

»Schön. Jedenfalls, sie glaubt offenbar auch nicht, dass die Anrufe von Ayumi kamen. Sie sagt, sie sei sich nicht ganz sicher gewesen, was du ihr eigentlich sagen wolltest.«

Es hatte sich in Windeseile über das Netzwerk der Polizeibeamtinnen herumgesprochen. Mikami spürte einen Anflug von Verärgerung. Wenn die Leute zu reden anfingen, ohne ihn oder Minako einzubeziehen, konnte er nicht umhin, an ihren guten

Absichten zu zweifeln, und wenn sie sich noch so aufrichtig gaben.

»Ich habe ein bisschen herumgefragt ... und wie sich herausstellt, hat fast jeder irgendwann einmal einen solchen Anruf bekommen. Im Elternhaus des Dezernatsleiters hat es auch einen gegeben, erst vor ein paar Monaten.«

»Ach.«

»Würdest du noch einmal versuchen, mit ihr zu reden?«

»Klar.«

»Wenn du mit ihr darüber gesprochen hast und sie immer noch darauf beharrt, dass die Anrufe von Ayumi kamen, dann ist es wahrscheinlich am besten mitzuziehen. Das Schlimmste für sie wäre, sich isoliert zu fühlen. Sag ihr einfach, es wäre meine Idee gewesen – sag ihr, ich bin eine aufdringliche Klatschtante, so was in der Art. Ganz gleich, was passiert, sie muss dich auf ihrer Seite wissen.«

Mikami überdachte seinen Missmut, aber es fiel ihm trotzdem schwer, einfach Ja zu sagen. Mizuki war hilfsbereiter, als es die meisten Schwestern wären.

»Mikami? Bist du noch dran?«

»Ja.«

»Bist du wütend?«

»Wieso sollte ich wütend sein?«

»Ganz bestimmt nicht? Vielleicht hätte ich mich erst einmal zurückhalten sollen ...«

»Mach dir deswegen keine Gedanken. Minako trifft ihre Entscheidungen selbst.«

»Was willst du damit sagen?«

Er schnalzte missmutig mit der Zunge, weil er ihr noch eine weitere Frage beantworten musste. »Bloß, dass sie nicht der Typ ist, der sich von irgendetwas beeinflussen lässt, was einer von uns sagt.«

»Ich denke nicht, dass das für dich gilt. Sie glaubt aus tiefstem Herzen an dich. Du solltest etwas selbstbewusster sein.«

Was sie da sagte, gefiel ihm nicht. Hatte sie vor, über eine Minako zu reden, die er nicht kannte, während er hier draußen im Wohnviertel der Direktoren stand?

»Gut, danke, dass du mir Bescheid gesagt hast. Ich muss jetzt ...«

»Warte. O nein, so geht das nicht. Du hörst dich an, als hättest du es komplett aufgegeben. Streitet ihr beiden auch wirklich nicht? Liegt es an mir?«

»Wie gesagt, damit hat das nichts zu tun.«

»Aber ...«

»Wir sind einfach nicht auf der gleichen Ebene. Die Wahrheit ist, ich weiß nie, was sie denkt.«

»Seit Ayumi weggelaufen ist, meinst du?«

»Nein. Schon von Anfang an.«

Mikami fragte sich, ob ihm versehentlich etwas herausgerutscht war, was er lieber für sich behalten hätte. Mizuki verstummte und seufzte, bevor sie wieder etwas sagte.

»Wenn das so ist, sage ich dir, wie es ihr geht.«

»Das ist nicht nötig.«

»Ich sage es dir. Ich könnte es nicht ertragen, dass ihr euch einander entfremdet, wenn ihr am meisten füreinander da sein müsstet. Dazu dürft ihr es nicht kommen lassen, nicht einmal ein bisschen. Besonders, wenn ihr schon früher nicht richtig miteinander kommuniziert habt.«

»Hör zu, ich war bei der Kripo. Ich hatte nicht die Zeit ...«

»Davon rede ich nicht, und das weißt du auch. Du brauchst keine Nebelkerzen zu zünden, Mikami, ich weiß, worüber du dir Sorgen machst. Wir wissen, dass alle überrascht waren, als ihr beide geheiratet habt. Es hieß, das wäre eines der sieben Weltwunder der Präfektur. Ich meine, ihr wart zwar im selben Revier, aber nicht für lange, und es war nicht so, dass ihr zusammengearbeitet hättet – sie war bei der Verkehrspolizei, du bei der Kripo. Die anderen Männer waren ehrlich überrascht. Alle haben sich gefragt, wie du es angestellt hast, so ein Mädchen abzukriegen. Aber die Sache ist die, *du* weißt es auch nicht. Da habe ich doch recht, oder?«

Mikami spürte, wie ihm die Brust eng wurde.

»Ich werde dir sagen, wie du es angestellt hast. Als ihr zusammen dort in diesem Revier wart …«

»Du brauchst dir nicht die Mühe zu machen.«

»Hör mir einfach zu, ja? Eines Tages hat sie etwas Schlimmes erlebt und die ganze Nacht geweint. Aber sie hat ihr Problem nicht mit zur Arbeit gebracht – du weißt, wie ernst sie den Polizistenberuf genommen hat. Sie hat ihre Gefühle zur Seite geschoben, hat sich geschminkt und hat sich mit einem Lächeln auf dem Gesicht zur Arbeit geschleppt. Sie hat alle ganz normal begrüßt und ihre Arbeit gemacht, als wäre nichts geschehen. Sie hat mit ihren Kollegen zu Mittag gegessen und geplaudert, ohne sich anmerken zu lassen, dass es ihr schlecht ging. Also hat es auch niemand bemerkt. Dann, auf dem Nachhauseweg, ist sie vor dem Nebeneingang zufällig dir begegnet. Du hast sie komisch angesehen und gesagt: ›Kann ich irgendetwas tun?‹ Mehr hast du nicht gesagt. Das war der Moment, ab dem sie dich wahrgenommen hat. Sie hat gesagt, sie habe dir nicht lange danach ein Amulett fürs Auto geschenkt.«

Mikami konnte sich nur an Bruchstücke erinnern. »Das war doch bloß …«, sagte er, ohne nachzudenken. »Das war doch bloß ein Schuss ins Blaue. Wahrscheinlich habe ich das nur gesagt, um sie auf mich aufmerksam zu machen, entweder das, oder ich bin so was wie ein Hellseher.«

»Darüber reißt man keine Witze. Sondern du fragst mich, warum sie die ganze Nacht geweint hat, richtig?«

Mikami begann zu husten. »Das reicht jetzt, hör einfach auf«, brachte er schließlich heraus.

»Nein, es reicht nicht. Ich kann jetzt nicht aufhören, wo ich schon so viel gesagt und mein Versprechen ohnehin gebrochen habe. Welchen Sinn hätte es sonst? Und hör zu, es ist nicht das, was du denkst. Aber es ist auch nichts, was man in einer Hochzeitsrede erwähnen würde. Eine ihrer Freundinnen hat Selbstmord begangen. Eine Schulfreundin, aus demselben Jahrgang; sie waren zusammen in der Kalligrafie-AG. Die Leute von der AG standen sich nahe und trafen sich weiterhin, auch nachdem sie von der Schule abgegangen waren. Jedenfalls, das Mädchen, das sich umbrachte, hat auf seinem Schreibtisch eine kurze Mitteilung hinterlassen. ›Sagt es Minako nicht.‹ Mehr stand da nicht.«

»Sagt es Minako nicht? Dass sie tot war?«

»Minako hat sich gefragt, ob die Mitteilung sie davon abhalten sollte, zur Beisetzung zu gehen. Den Eltern des Mädchens hat der Satz richtig Angst gemacht. Sie haben Minako angerufen und gefragt, ob irgendetwas zwischen ihnen vorgefallen sei. Aber da war nichts gewesen, überhaupt nichts. Minako hatte viel zu tun gehabt, deswegen hatten sie sich eine ganze Weile nicht gesehen. Und trotzdem stand da ihr Name. Ihre Freundin war gestorben und hatte verlangt, sie im Dunkeln zu lassen – und sie erfuhr erst am Tag der Totenwache davon. Sie ging trotzdem hin, weißt du. Es muss eine Qual gewesen sein. Sie hat mir erzählt, sie sei sich die ganze Zeit wie ein Eindringling vorgekommen. Als hätte man ihr die Erlaubnis zu trauern verweigert, obwohl sie darunter litt, dass sie eine Freundin verloren hatte. Sie ist noch vor den letzten Riten gegangen und in ihr Zimmer im Wohnheim zurückgekehrt; dort hat sie dann endlich zu weinen angefangen.«

Mizukis Schnellfeuer-Stimme brach ab.

»Ist man dahintergekommen, warum sie Selbstmord begangen hat? Hatte sie noch etwas hinterlassen?«

»Nein, nichts. Sie war von ihrem Mann getrennt und lebte allein. Sie waren drei Jahre verheiratet, hatten aber keine Kinder. Ich weiß nicht, warum sie letztlich getrennt lebten, aber ihr Selbstmord muss etwas damit zu tun gehabt haben. Ihr Mann war in der Kalligrafie-AG einer nahe gelegenen Knabenschule gewesen. Ursprünglich kennengelernt hatten sie sich bei einem Sommerausflug, den die beiden AGs gemeinsam veranstalteten. Sie haben sich ineinander verliebt und irgendwann geheiratet. Nach allem, was ich weiß, sah ihr Mann gut aus, war klug und beliebt bei den Mädchen.

Was ich dir jetzt sage, ist von meiner Seite reine Spekulation, ja? Er hatte Minako bei ebendiesem Ausflug gesehen und sich auf den ersten Blick in sie verliebt, sodass ihre Freundin sich kräftig ins Zeug legen musste, um ihn für sich zu gewinnen. Als sie heirateten, hatte sie das Gefühl, im siebten Himmel zu sein. Aber dann begann es zu kriseln, und schließlich war sie allein und dachte an Selbstmord, und da sah sie Minako vor sich. Sie wollte etwas hinterlassen, um sich zu revanchieren. Also beschloss sie, diese Mitteilung zu hinterlassen.«

Das klang nach mehr als leerer Spekulation. »Du glaubst, Minako … hatte etwas mit der Trennung der beiden zu tun?«

»Ich bitte dich, Mikami! Ich versuche dir klarzumachen, dass es die anderen Mädchen bestimmt verunsichert hat, die ganze Zeit jemanden so Schönes wie Minako um sich zu haben. Auch wenn man unterstellt, dass sich der künftige Mann des Mädchens auf dem Ausflug *nicht* in Minako verguckt hatte, hat sie bestimmt trotzdem Angst davor gehabt, dass das passieren würde. Sie war sicher ganz krank vor Angst. Glaub mir, die meisten normalen Frauen haben dergleichen schon erlebt. Also, verstehst du? Sie hat *mit sich selbst* gekämpft. Aber sie hat sich nie klargemacht, dass das Ganze sich nur in ihrem Kopf abspielte. Sie hat mit Minako konkurriert, dann hat sie ihren Mann für sich gewonnen, ihren Triumph besiegelt und ein Hochgefühl erlebt, das zehnmal, hundertmal stärker war als normal. Dann ging alles in die Brüche … in bloß drei Jahren. Ich weiß nicht, ob es etwas mit ihm zu tun hatte oder an etwas ganz anderem lag, aber ich weiß, sie hat bestimmt sehr vieles bedauert; dann hat sie sich vermutlich der Verzweiflung hingegeben und feindselige Gefühle gegen eine unbekümmerte, glücklich aussehende Minako entwickelt. Also hat sie vielleicht beschlossen, Minako etwas von dem Leid spüren zu lassen, das sie selbst erlebt hatte.«

Unbekümmert? Glücklich?

»Warum sollte sie annehmen, dass Minako …«

»Minako hatte bestimmt keine Ahnung von dem, was da vor sich ging, weder am Anfang noch am Ende. Ebendeshalb. Sie wäre nie auf den Gedanken gekommen, dass sie miteinander konkurrierten oder dass sie ausgestochen worden war. Bestimmt hat sie sich wegen der Heirat ehrlich für ihre Freundin gefreut und hätte nie im Leben gedacht, dass ihr etwas entgangen sei. Ich bin mir sicher, ihre Freundin hatte keinen Grund, so zu empfinden, wie sie empfand. Aber ich glaube nicht, dass sie eine derart herzlose Mitteilung hätte hinterlassen können, wenn sie sich nicht irgendwann eingebildet hätte, Minako habe sie irgendwie in diese Ehe gedrängt und sei an dem Fiasko schuld, das dann folgte. Bestimmt wollte sie, dass ihr Mann bei der Bestattung unter Tränen zusammenbricht, dass er Schuldgefühle empfindet, all die Reue und den Schmerz. Sie wollte nicht, dass Minako an ihrer letzten Begegnung teilhatte. Sie wollte nicht, dass ihn irgendwer von ihr ablenkte, auch nicht für einen Moment. Ich weiß nicht, ob irgendetwas davon stimmt, aber es war trotzdem schrecklich von ihr, so etwas zu tun …«

Schrecklich, aber verständlich. Mikami war klar, was Mizuki andeuten wollte. Nach kurzem Schweigen begann Mizuki zu lachen.

»Jedenfalls, das Letzte, was ich gesagt habe, solltest du nicht ganz so ernst nehmen. Da ist nur meine Fantasie mit mir durchgegangen. Reine Spekulation. Ich will damit nur sagen, Minako ist als Mensch so ungewöhnlich, dass es durchaus stimmen könnte. Glaub mir, ich hatte es auch nicht leicht. Es war ein Albtraum, als sie von der Polizeischule kam und mir zugeteilt wurde. Ich dachte: *Ernsthaft? Warum will jemand wie du Polizistin werden? Willst du dich beweisen, auch noch aus deiner Arbeit Stolz beziehen? Findest du nicht, dass du ein bisschen gierig bist?* Damals, als sie zur Polizei kam, wurden Frauen dort immer noch wie Püppchen behandelt, deshalb kämpften wir alle für ein bisschen mehr Anerkennung. Und da kommt Minako, geradezu der Inbegriff eines Püppchens, und wir alle schrien, dass wir keine solchen Frauen mehr brauchten.

In Wirklichkeit hatten wir es natürlich genossen, dass man ein bisschen Getue um uns machte. Aber das hörte ganz schnell auf. Die jüngeren Beamten konnten die Augen nicht von ihr losreißen, und ihre Chefs waren eindeutig hingerissen, ganz gleich, ob sie sie rüffelten oder für eine gute Arbeit lobten. Um ehrlich zu sein, wir waren über Eifersucht weit hinaus; meistens kam es uns einfach nur so vor, als hätte man uns den Wind aus den Segeln genommen.«

Wieder stieß Mizuki ein leises Lachen aus. Ihr war bewusst geworden, dass sie vom Thema abkam.

»Ich sage dir das nur wegen der Umstände – tatsächlich wurde sie bei der Arbeit schikaniert. Ich war da selbst nicht ganz unschuldig. Aber sie war stark. Steckte den Unsinn mühelos weg. Sie lebte für ihre Arbeit. Im Grunde mehr als die meisten Männer dort. Es war so eindrucksvoll, jemand so Schönen zu sehen, der sich dessen überhaupt nicht bewusst war. Mir wurde klar, dass sie ein hart arbeitender, anständiger Mensch ist. Schon damals fiel es einem schwer, sich ihr nahe zu fühlen.

Von außen betrachtet, war leicht zu erkennen, dass sie eine Sonderstellung einnahm. Wenn ich weniger freundlich gestimmt war, hatte ich den Verdacht, das alles sei nur gespielt, sie tue in Wirklichkeit nur so, als bemerkte sie nicht, welche Wirkung sie auf andere Menschen hatte. Erst als ich hörte, dass ihr beiden heiraten wolltet, war ich imstande, echte Zuneigung zu ihr zu empfinden. Als sie es mir sagte, konnte ich es erst nicht glauben. Fragte sie sogar, ob sie mich auf den Arm nehmen wolle. Ach, nun krieg das nicht in den falschen Hals, ich will damit nicht andeuten, sie hätte sich unter Wert verkauft oder so etwas. Du warst ein junger Kriminalbeamter mit einer strahlenden Zukunft, und vergiss nicht, ich wusste auch, warum sie dir das Amulett gegeben hatte. So war das jedenfalls. Es war ein entscheidender Moment. Als bekannt wurde, dass sie vergeben war, und zwar an dich, entspannten sich alle in ihrer Gegenwart. Und die allgemeine Meinung, was *dich* anging – tja, die ging den Bach runter. *Nun seht euch den an,* hieß es, *verliebt sich Hals über Kopf – dabei hatte er nie für etwas anderes Augen als für Fallakten.*«

Mikami schnaubte.

Im Laufe der Geschichte hatte er sich entspannt. Er hatte aufgehört, sich nach dem Grund für Mizukis Abschweifung zu fragen, hatte sich ihre Beschreibung von Minakos schwieriger Situation und ihre Spekulation über deren Gründe angehört, wie er als Kind eine unschöne Stelle in einer seiner Lieblingsgeschichten überflogen hatte. Er spürte eine angenehme Müdigkeit und Wärme in seiner Brust. Mizukis Überlegungen zur Vergangenheit hatten seine Stimmung besänftigt. Wenn er aufgeblickt und jemand anders gesehen hätte, jemand anders als den Mann, der sich nun näherte, wäre er am Telefon geblieben und hätte weiter seiner Freundin zugehört.

»Entschuldige«, sagte er. »Wir müssen später weiterreden.«

Er klappte das Handy zu, zog den Schlüssel aus dem Zündschloss und öffnete die Wagentür, wobei er den Blick die ganze Zeit auf Futawatari gerichtet hielt.

37

Zwei Figuren auf demselben Brett. Das Zusammentreffen überraschte ihn nicht mehr.

Für Futawatari schien das Gleiche zu gelten. Er ging weiter die von Häusern gesäumte Straße entlang und kam auf Mikami zu, ohne dass sich sein Gesichtsausdruck oder sein Schritttempo im Mindesten änderte. Er trug wie üblich einen Anzug. Hatte er etwas mit Akama zu besprechen? Oder war er gerade aus einem anderen Gebäude gekommen? Er war in der Nähe der Häuser gewesen, in denen Präsident Tsujiuchi und Direktor Arakida wohnten, als Mikami ihn bemerkt hatte. Dass er hier gewesen war, um Tsujiuchi aufzusuchen, war plausibel. Akama hatte noch nichts vom Koda-Memo gehört. Das hieß, es bestand eine gewisse Wahrscheinlichkeit, dass Futawatari auf direkten Befehl des Präsidenten operierte.

Mikami stand wartend neben seinem Auto. Als Futawatari nahe genug war, rief er dessen Namen.

»Akama ist nicht da, falls Sie zu ihm wollen.«

Futawatari näherte sich weiter schweigend. Inzwischen konnte Mikami seinen ernsten Gesichtsausdruck erkennen. Er schien den Blickkontakt zu vermeiden und behielt sein Schritttempo bei.

»Eifrig bei der Arbeit, wie ich sehe«, sagte Mikami und schaute ihm direkt ins Gesicht.

»Sie ja auch«, erwiderte Futawatari, ging schnurstracks vorbei und hielt den Blick geradeaus gerichtet.

Du Schwein …

Mikami wirbelte herum und setzte ihm nach. Er folgte Futawataris zierlicher Gestalt, scherte leicht zur Seite aus und schloss am anderen Ende der Mauer vor Akamas Haus zu ihm auf. An der Kreuzung bog Futawatari in eine kleinere Straße ein. Ein Stück weiter weg, an einer breiteren Stelle, war seine blaue Limousine zu sehen.

»Vertrauliche Gespräche mit dem Präsidenten?« Futawatari gab keine Antwort. »Aha, die Schweigemasche. Die ist sogar für Sie ein alter Hut.«

»Ich habe für so was keine Zeit.«

Mikami erkannte, dass er tatsächlich meinte, was er sagte.

»Ich habe herausgefunden, was im Koda-Memo steht.«

Er hatte das gesagt, damit Futawatari wie angewurzelt stehen blieb. Es funktionierte nicht. Seine Schritte verkürzten sich, während er den Zündschlüssel aus der Tasche zog und den Entriegelungsknopf drückte.

»Was sind Ihre Absichten in Bezug auf das KUA?«

Immer noch stumm, streckte Futawatari die Hand nach dem Griff der Fahrertür aus.

»Jetzt warten Sie doch mal.« Mikami senkte die Stimme und schob sich zwischen Futawatari und den Wagen.

»Habe ich Ihnen nicht gerade gesagt, dass ich für so was keine Zeit habe?«

Futawatari funkelte ihn an. Mikami starrte finster zurück.

»Ich auch nicht.«

»Dann gehen Sie und machen Sie Ihre Arbeit.«

»Was will der Generalinspekteur in seiner Ankündigung sagen?«

»Das geht Sie nichts an.«

»Ich denke doch. Glauben Sie ja nicht, ich helfe dabei mit, das KUA kaputt zu machen, ohne zuerst zu erfahren, warum.«

»Als ob das eine Rolle spielt.«

Mikami war sprachlos. *Als ob das eine Rolle spielt.* Hatte er richtig gehört? Er senkte die Stimme zu einem Flüstern.

»Hören Sie zu. Das Koda-Memo ist eine regelrechte Büchse der Pandora. Das Ding ist imstande, das gesamte Präsidium zu zerstören, nicht bloß das KUA.«

»Und wenn?«

»Wie bitte?«

»Gehen Sie mir aus dem Weg«, fauchte Futawatari und griff erneut nach der Tür.

Mikami erwischte sein Handgelenk.

»Haben Sie vor, uns an Tokio zu verkaufen?«

Seine Hand wurde mit überraschender Heftigkeit weggeschlagen.

»Seien Sie nicht so beschränkt. Diese Unterschiede existieren nicht, Präsidium hier, Tokio da. Die Polizei ist ein Monolith.«

Futawatari nutzte die Gelegenheit. Er stieß Mikami zur Seite. Seine schlanke Gestalt schob sich auf den Fahrersitz; er drehte den Zündschlüssel. *Halt.* Mikamis Schrei ging im Lärm des plötzlich beschleunigenden Wagens unter. Er setzte sich in Marsch, dann verfiel er in Laufschritt. Er stieg in seinen Wagen und fuhr los. An der Straße, auf die Futawatari zugehalten hatte, standen viele Ampeln. Er konnte ihn immer noch einholen.

Er konnte nicht ignorieren, was Futawatari gerade gesagt hatte. *Die Polizei ist ein Monolith.*

Mikami bog ab, um wieder auf die Hauptstraße zu gelangen. Sein Blick war nach vorn gerichtet. *Da.* Futawataris dunkelblaue Limousine hing zwei Ampeln weiter vorn bei Rot fest.

Mikami hatte bereits vermutet, dass seine Interessen sich nicht mit denen Futawataris decken würden. Aber er hatte trotzdem gehofft. Er hatte gehofft, dass sie beide hin- und hergerissen waren zwischen ihren jeweiligen Loyalitäten, Menschen mit zwei Seelen in der Brust, in einer Welt, in der Hierarchie alles war;

dass die Zerrissenheit des Mannes an die Oberfläche kommen würde, wenn er ihn direkt zur Rede stellte; dass Futawatari seine Maske der Gleichgültigkeit am Ende vielleicht doch fallen lassen würde.

Aber er hatte sich geirrt.

Mikami trat aufs Gaspedal, sowie die Ampel auf Grün sprang. Er zog an einem kleinen gelben Wagen vorbei und wechselte auf die rechte Spur; er überholte einen Lastwagen und fädelte sich wieder in die linke Spur ein. Die dunkelblaue Limousine war zehn Autos vor ihm. Der Himmel verdunkelte sich bereits. *Perfekt.* Mikami klappte die Sonnenblende herunter, dann löste er mit einer Hand seine Krawatte. Als er eine Lücke erspähte, überholte er den nächsten Wagen vor sich. Die Straße war voller Sonntagsfahrer. Sie fuhren entweder viel zu langsam oder wechselten kopflos die Spuren, sodass er gezwungen war, sich zu konzentrieren. Er wiederholte den Zyklus von Beschleunigen und Abbremsen. Die Limousine war jetzt nur noch vier Wagen vor ihm. Er ging zum Standardverfahren für Nahverfolgung über.

Was ist das für ein Polizeibeamter, der sich beschatten lässt?

Mit einer kurzen Bewegung am Lenkrad wechselte Mikami abrupt die Spur. Durch das Heckfenster der Limousine war Futawataris Hinterkopf zu sehen. *Etwas Dringendes.* Wo wollte er hin? Wen hoffte er zu sehen? Mikami würde ihm folgen, bis er anhielt, würde ihn in die Enge treiben und ihn zwingen, seine wahren Absichten zu offenbaren.

Bei der nächsten Kreuzung bog die Limousine links ab, auf eine ältere Straße, die dem Fluss folgte. Die Straße verengte sich auf zwei Fahrspuren. Mikami blieb weiter dran und achtete darauf, dass immer zwei Wagen zwischen ihnen waren. Vor dem Fenster waren keine Gebäude mehr zu sehen, nur eine Flussniederung erstreckte sich auf der linken Seite. Dem Flussverlauf folgend, beschrieb die Straße eine sanfte Kurve. Bei jeder Biegung glitten die beiden Autos vor Mikami kurz zur Seite, sodass er ganz deutlich die Rücklichter der Limousine sah.

Der Kombi unmittelbar vor ihm bremste. Vorn wurde Futawatari langsamer. Er setzte den rechten Blinker. Er rollte aus, um einen entgegenkommenden Wagen passieren zu lassen, dann bog er ab.

Mikami folgte ihm langsam, um sich nicht zu verraten. Er sah die Limousine bei der nächsten Kreuzung links abbiegen, in ein ruhiges, altmodisches Wohnviertel. Mit einem Mal wurde Mikami klar, wohin Futawatari wollte. Anstelle eines Ortes kam ihm der Name eines Mannes in den Sinn, der, wie er wusste, ganz in der Nähe wohnte.

Aber das …

Mikami schob sich im Schritttempo vorwärts, wagte kaum zu atmen. Er blickte die Straße entlang, die die Limousine genommen hatte. Was er sah, versetzte ihm einen Schock. Der Wagen stand an einer roten Glanzmispelhecke. Vor dem Haus von Michio Osakabe.

Futawataris schmale Silhouette verschwand durch die Tür.

38

Die diesige Wintersonne war kurz davor unterzugehen.

Mikami hatte beschlossen zu warten und umrundete den Block, um bei einem Sportgelände zu parken, das in Richtung der Flussniederung lag. Sein Blick war auf die Straße gerichtet. Er hatte vor, Wache zu halten, bis Futawatari wieder fort war.

Er versuchte, Futawataris Schritte im Kopf nachzuvollziehen. Als er ihn bei Akamas Haus gesehen hatte, war er überzeugt gewesen, dass er bei Tsujiuchi gewesen war, aber vielleicht war er in Wirklichkeit aus Arakidas Haus auf der anderen Straßenseite gekommen. Das würde bedeuten, dass er dort gewesen war, um einen Angriff auf das feindliche Lager zu führen. Dann hatte Arakida ihn abgewiesen, und er hatte beschlossen, den Kreis der zu Befragenden um die Ehemaligen der Abteilung zu erweitern – es sei denn, er hatte irgendwie Wind davon bekommen, dass Osakabe mit der Vertuschung zu tun gehabt hatte, und beschlossen, sich an den Gipfel zu wagen.

Es passte alles zusammen. Trotzdem, Osakabe stand sehr viel höher als selbst die anderen Direktoren. Wie die höchsten Führungsbeamten war er – wenn auch auf völlig andere Weise – für die Leute im Präsidium jemand, der über den Wolken existierte. Bei ihm zu Hause hereinzuplatzen, um Informationen zu erhalten, war unter normalen Umständen undenkbar. Futawatari lief Amok. Nur jemand, der von sich glaubte, über den anderen Dezernaten zu stehen, zur Elite zu gehören, wäre zu so etwas imstande. Was auch immer in ihm vorging, man durfte annehmen, dass die Nähe des Stichtags Futawatari zwang, unverschämter aufzutreten.

Es spielt keine Rolle; Osakabe wird nicht zuhören.

Mikami warf einen kurzen Blick auf das Display am Armaturenbrett. 16.40 Uhr. Fünfzehn Minuten, seit Futawatari Osakabes Haus betreten hatte. Gerade als er das dachte, sah er die Limousine vorbeifahren. *Da.* Mikami entging das Gesicht nicht, das kurz vom Licht der Straßenlaternen eingefangen wurde. Futawataris Miene war ernst. Er dürfte weniger als zehn Minuten zum Reden gehabt haben. Überraschend war das nicht. Ein Mann wie Osakabe würde niemals lange den Gastgeber für die Verwaltung spielen.

Mikami machte sich auf den Weg zum Haus des ehemaligen Direktors. Er würde herausfinden, was hinter Futawataris undurchsichtigen Manövern steckte. Osakabe würde ihm den eigentlichen Grund für den Besuch des Generalinspekteurs nennen. Dass er ihn kannte, lag nahe. Er war in alles eingeweiht, was geschehen war, nicht nur in den Inhalt des Koda-Memos. Das musste Futawatari klar geworden sein; wahrscheinlich hatte er deshalb beschlossen, ihn persönlich aufzusuchen.

Mikami war gerade dabei, an der Kreuzung rechts abzubiegen, als das Handy in seiner Jacketttasche sich meldete. Er hielt am Straßenrand. Es war Ishii. Mikami fluchte leise, dann drückte er die Annahmetaste.

»Für wen halten Sie sich eigentlich, Mikami?« Mikami hatte ihn noch nie so aufgebracht erlebt.

»Wie bitte?«

»Spielen Sie doch nicht den Ahnungslosen. Ich habe gerade einen Anruf von Direktor Akama erhalten. Er sagte, Sie hätten mit Amamiya alles geregelt?«

Mikami wurde klar, dass er nach seiner Begegnung mit Futawatari vergessen hatte, Bericht zu erstatten.

»Tut mir leid, ich hatte viel um die Ohren.«

»Aber Akama zu berichten, das haben Sie geschafft? Was ist

nur in Sie gefahren, mich in dieser Sache zu übergehen? Sie hätten zuerst mich anrufen sollen … Was glauben Sie denn, wie ich jetzt dastehe, nachdem ich zugeben musste, dass ich nicht Bescheid weiß?«

»Ich werde künftig achtsamer sein«, sagte Mikami und machte damit deutlich, dass er das Gespräch beenden wollte, aber er schien damit nicht durchzudringen.

»Sie wollten selbst die Lorbeeren dafür einheimsen, nehme ich an? Ich weiß ja nicht, wie Sie das beim KUA handhaben, aber hier ist ein solches Verhalten nicht akzeptabel.«

Die Worte prallten an ihm ab. Ishii spielte gar nicht am selben Brett.

»Es gibt kein KUA, keine Verwaltung.«

»Wie bitte?«

»Ich sehe zu, dass ich künftig achtsamer bin«, sagte Mikami und beendete das Gespräch.

Als ob das eine Rolle spielt, murmelte er vor sich hin. Er schaltete die Scheinwerfer ein und fuhr wieder los. An der ersten Ecke bog er ab, und das Licht der Schweinwerfer fiel auf das lebhafte Rot der Glanzmispel. Er parkte, wo Futawataris Wagen gestanden hatte, und ging forschen Schritts zur Eingangstür. Er spürte, wie sein Körper sich anspannte, als er den Namen auf dem Schild sah. *Osakabe.* Er bekam einen trockenen Hals. Er hatte sich nicht telefonisch angekündigt. Er hatte noch nicht einmal für Osakabe gearbeitet, jedenfalls nicht direkt. An jedem anderen Tag wäre er nicht imstande gewesen, den Klingelknopf zu drücken. Aber das war nicht jeder andere Tag, jedenfalls nicht für das Präsidium. Und Osakabe hatte jemanden eingelassen, der über keinerlei Wissen außerhalb der Verwaltung verfügte – er würde nicht jemanden abweisen, der jahrelange Erfahrung als Kriminalbeamter besaß. Mikami nahm all seinen Mut zusammen, dann drückte er den Knopf.

Es kam ihm vor, als müsste er lange warten. Schließlich ging die Tür auf, und zum Vorschein kam das Gesicht einer eleganten älteren Frau mit ordentlich geflochtenem weißem Haar. Es war das erste Mal, dass Mikami Osakabes Frau sah.

Er verbeugte sich aus der Hüfte, ließ sie mit dieser Form der Geste wissen, dass er von der Polizei war.

»Bitte verzeihen Sie die plötzliche Störung. Mein Name ist Mikami. Ich bin vom Präsidium.«

Er hielt ihr seine Karte hin, und sie nahm sie mit beiden Händen entgegen. Sie ließ keinerlei Überraschung über seinen Besuch so kurz nach dem von Futawatari erkennen.

»Pressedirektor Mikami?«

»Richtig.«

»Darf ich Sie nach dem Grund für Ihren Besuch fragen?«

»Es gibt da eine Angelegenheit, die ich mit Direktor Osakabe besprechen wollte, wenn möglich.« Direktor, sogar noch nach der Pensionierung. Das würde sich nie ändern.

»Selbstverständlich. Wenn Sie mir einen Moment Zeit lassen könnten, während ich Ihr Anliegen weitergebe.« Sie verschwand kurz, dann erschien sie wieder. »Bitte folgen Sie mir.« Sie bedeutete ihm einzutreten, dann führte sie ihn einen langen, kühlen Flur entlang, ehe sie ihn ins Empfangszimmer bat.

Mikamis Beine waren steif wie Pfosten.

»Herr Direktor. Danke, dass Sie bereit sind, mich zu empfangen«, sagte er mit deutlicher Intonation. Er fühlte sich wieder wie ein frisch rekrutierter Polizeibeamter.

Osakabe saß neben einem niedrigen Tisch auf dem Boden. Seit acht Jahren im Ruhestand. Achtundsechzig Jahre alt. Er hatte an Hals und Wangen abgenommen, was ihm ein sehniges Aussehen verlieh, das zu seinem Alter passte, aber seine Augen waren scharf, während sie Mikami betrachteten, und verfügten über nicht weniger Autorität als zu seiner Zeit im aktiven Dienst.

»Setzen Sie sich.«

Mikami gehorchte und ließ sich auf die Knie nieder. Er lehnte das von Osakabe angebotene Kissen ab und saß steif da, in förmlicher Seiza-Haltung. Osakabe verschränkte die Arme. Von Angesicht zu Angesicht war seine Präsenz überwältigend.

»Bitte entschuldigen Sie, dass ich so hereinplatze. Mein Name ist Mikami, ich leite die Pressestelle. Bis zum Frühjahr war ich stellvertretender Leiter von Dezernat II, dann …«

»Sagen Sie mir einfach, weshalb Sie hier sind.«

»Natürlich.« Mikami zwang sich fortzufahren. »Inspektor Shinji Futawatari war gerade hier. Ich wollte den Grund für seinen Besuch wissen«, sagte er ohne Umschweife.

Osakabes Gesichtsausdruck gebot ihm fortzufahren.

»Bestimmt wissen Sie das schon, aber das Präsidium ist dabei, aus den Fugen zu gehen. Das KUA und die Verwaltung sind zerstritten, was die geplante Inspektion der 64-Ermittlungsgruppe durch den Generalinspekteur angeht. Der Besuch des Generalinspekteurs soll in vier Tagen stattfinden, aber die Beziehungen sind bis zum Zerreißen angespannt.«

Osakabes Miene blieb undurchschaubar. Er sah aus wie jemand, der eine Fallbesprechung leitet und darauf wartet, dass seine Untergebenen mit ihren Berichten fertig werden.

»Ich glaube, Generalinspekteur Kozuka hat vor, eine Ankündigung zu machen, die ernsthafte Auswirkungen auf das KUA haben wird. Futawatari hilft, die Voraussetzungen dafür zu schaffen, und befragt Beamte der Abteilung.«

Osakabe sagte nichts.

»Ich habe mich gefragt, ob er vielleicht in der gleichen Absicht hierhergekommen ist.«

»Ich habe ihm gesagt, ich hätte keine Ahnung, wovon er redet«, sagte Osakabe rundheraus.

Mikamis Gedanken begannen zu rasen, und er spürte ein überwältigendes Gefühl der Verwandtschaft. Osakabe hatte ihm gerade gesagt, dass er Futawatari im Dunkeln gelassen hatte. Er sprach mit ihm, als wäre er noch beim KUA.

»Was wollte er von Ihnen wissen?« Mikami versuchte, ein wenig nachzubohren, aber Osakabe sagte nichts weiter. »Wenn ich ehrlich sein darf … Ich weiß immer noch nicht, was Tokio vorhat. Wenn ich wüsste, was man dort plant, wäre mir das eine große Hilfe.«

Das Schweigen schien sich zu vertiefen. Was würde passieren, wenn er das Thema Koda-Memo aufs Tapet brachte? Würde Osakabes Verwicklung in die Vertuschung ihn zum Ausweichen zwingen? Ihm blieb keine Wahl. Futawatari hatte das Thema bestimmt angesprochen.

»Ich glaube, Futawatari dürfte etwas erwähnt haben, was das ›Koda-Memo‹ genannt wird. Gehe ich recht in dieser Annahme?«

»Welches Interesse haben Sie als Pressedirektor daran?«

Das brachte Mikami aus dem Konzept. Diente die Frage der Selbstverteidigung? Oder wollte Osakabe zuerst Mikamis Position kennen, ehe er über die eigentliche Sache sprach? *Ich habe ihm gesagt, ich hätte keine Ahnung, wovon er redet.* Verblüfft von Osakabes Worten und gepackt von der düsteren, verhörraumartigen Atmosphäre des Zimmers, hatte Mikami – obwohl die Frage nahelag – vergessen, seinen eigenen Standpunkt zu klären.

»Ich …«

Er spürte den Schweiß auf seinen Handflächen. Welche Gründe auch immer Osakabe für seine Frage hatte, nun, da sie gestellt war, wusste Mikami, das Gespräch war vorbei, wenn er sie nicht beantwortete.

»Es ist wahr, dass ich derzeit der Verwaltung zugeteilt bin. Und dass ich deshalb die Pflicht habe, die Anweisungen meines Vorgesetzten zu befolgen. Und obwohl ich nicht weiß, welche Ziele

Tokio in dieser Sache verfolgt, ist mir klar, dass ich Teil des Plans bin. Aber ...«

Noch habe ich meine Seele nicht verkauft.

»Ich möchte nur wissen, was erforderlich ist, damit ich meine Aufgabe als Pressedirektor erfüllen kann, als derjenige, der für die Abläufe an den Orten zuständig ist, die der Generalinspekteur aufsuchen wird. Deswegen bin ich hier.«

»Wie würden Sie die Informationen verwenden?«

»Ich würde sie für mich behalten und meine Befehle ausführen.«

»Das heißt, Sie würden sich für die Verwaltung ins Zeug legen, aber Kriminalbeamter bleiben?«

»Nein, ich ...«

Mikami hielt inne und überlegte. Es wäre albern, so zu tun, als gehörte er zur Verwaltung, nicht nachdem er, getrieben von seiner Abneigung gegen Futawatari, hierhergekommen war. Osakabe hatte recht. Mikami konnte den Teil von ihm, der noch Kriminalbeamter war, nicht einfach löschen. Selbst wenn er seine Seele tatsächlich verkauft hätte, er war noch immer durch und durch Kriminalbeamter. Er brauchte etwas, das ihn grundsätzlich von Futawatari unterschied. Osakabe hatte Futawatari abgewiesen, aber Mikami war zuversichtlich gewesen, dass er ihn nicht abweisen würde.

»Ja, ich glaube, Sie haben recht. Das ist nun mal ein Teil von mir, das kann ich nicht ändern. Ich werde nicht vergessen, dass ich Kriminalbeamter bin, ganz gleich, was letzten Endes meine Aufgabe ist.«

»Wollen Sie zurück zum KUA?«

»Das kann ich nicht leugnen. Aber ...«

»Das heißt also, Sie wollen es sich leicht machen?«

»Leicht?«

»Na sicher. Die Arbeit ist leicht. Kinderleicht.«

Mikami verstand nicht, was er da hörte. Was meinte er? Dass die Arbeit leicht war? Oder dass er es dort leicht hatte? Als Teil des KUA, wo er er selbst sein konnte. Wo er seinen Schreibtisch zurückgelassen hatte, seinen Stolz, seine Leistungen …

Osakabe ließ die Arme sinken.

»Kehren Sie auf Ihren Posten zurück. Es gibt nichts Alberneres, als die Gegenwart für die Zukunft zu verschleudern.«

Was?

»Heute ist heute. Morgen ist morgen.«

Mikami war verblüfft.

Osakabe stand bereits. Mikami musste eine Entscheidung treffen.

»Bitte warten Sie.«

Er musste es sagen: Es war das Einzige, was das Gespräch verlängern würde.

»Ich glaube, Sie kennen die Wahrheit über das Koda-Memo. Wenn die Informationen herauskommen, schadet das auch Ihrem Ruf.«

Osakabe schaute auf ihn herab. Seine Augen waren ruhig, gleichmütig, als hätte er schon vor Jahren alles hinter sich gelassen.

»Kehren Sie auf Ihren Posten zurück. Der Zufall kann ein ganzes Leben bestimmen.«

»Es könnte der Abteilung den Garaus machen.«

Osakabe ignorierte die Frage bis zum Schluss.

Sie wollen also weglaufen?

Osakabe ging aus dem Zimmer, zurück blieb nur ein Lufthauch, der Mikamis Wangen streifte. Das Geräusch seiner Schritte verklang im Flur. Als wäre es in diesem Haus so Sitte, kam leise seine Frau herein, um seinen Platz einzunehmen, in der Hand eine Tasse mit Untertasse.

»Einen Tee, bevor Sie gehen?«

Ihre Stimme hatte etwas Beruhigendes. Mikami spürte, wie die Spannung aus seinem Rücken und seinen Knien wich. *Zehn Minuten, auf die Sekunde genau.* Er bezweifelte nicht, das Futawatari der gleiche bittere Nachgeschmack geblieben war, während er Tee trank, nachdem Osakabe das Zimmer verlassen hatte.

39

In der Kälte draußen nahm Mikami die Hitze in seinem Gesicht wahr.

In ihrem Kampf um Informationen hatten sowohl er als auch Futawatari eine schmerzhafte Niederlage erlitten. Das galt zwar nur für diese spezielle Runde, dennoch blieb die Tatsache bestehen, dass Futawatari Tokios Absichten kannte, er dagegen nicht. Mikami seinerseits hatte das Geheimnis des Koda-Memos aufgedeckt. Doch so sehr er sich auch bemüht hatte, er hatte Futawatari nicht zum Reden bringen können, und Osakabe hatte sich als unüberwindliche Wand erwiesen.

Aber das war nicht alles.

Kehren Sie auf Ihren Posten zurück.

Der Zufall kann ein ganzes Leben bestimmen.

Erschöpfung überzeugte ihn, nach Hause zu fahren. Er fuhr einen Umweg über das Haus von Hiyoshis Familie und ließ den Brief, den er geschrieben hatte, bei dessen Mutter:

Es ist nicht Ihre Schuld.

Nun, da Kakinuma die Wahrheit bekannt hatte, war es nicht mehr so dringend, Hiyoshi zu erreichen, aber er wusste, er hätte ein schlechtes Gewissen, wenn er ihn jetzt im Stich ließe, ohne zuvor seine Worte zu übermitteln.

Zu Hause hatte Minako Makrele und eine Gemüsepfanne zubereitet. Obwohl sie nicht lächelte, wirkte ihr Gesicht etwas sanfter. Mikami hatte damit gerechnet, dass sie wieder auf die Anrufe zu sprechen kommen würde, aber vielleicht war sie nach ihrem Gespräch vorhin zufrieden, jedenfalls machte sie, mit umgebundener Schürze, keine Anstalten, das Thema wieder aufzubringen.

Als sie zu essen begannen, sagte sie: »Ist heute bei der Arbeit etwas Gutes passiert?«

Angesichts der plötzlichen Frage blinzelte Mikami überrascht. »Wieso, sehe ich anders aus?«

»Ein bisschen.«

Vermutlich sah man ihm die Erleichterung darüber an, dass Minako bei guter Stimmung war. Möglicherweise war es aber auch genau umgekehrt. Er war gut gelaunt nach Hause gekommen, und sie hatte sich davon anstecken lassen. Das würde es erklären. Es lag an der Wirkung, die das Gespräch mit Mizuki Murakushi auf ihn gehabt hatte. Sie hatte ihm geholfen, eine der vielen Lücken im Puzzle seiner Ehe zu schließen. Es wäre vielleicht unter seiner inneren Unsicherheit, unter seinen anderen Sorgen verborgen geblieben, aber die Wärme, die er verspürt hatte, während er zuhörte, wie sich Mizuki in Erinnerungen an Minako erging, hatte sich schon tief in sein Gedächtnis eingeprägt, an einer Stelle festgesetzt, wo sie nicht überschrieben werden konnte. Es war nicht bloß Erschöpfung, die ihn gedrängt hatte, nach Hause zu fahren. Da war er sich sicher.

»Allerdings siehst du müde aus. Stimmt irgendwas nicht?«

»Nein, im Gegenteil, ich habe ein größeres Hindernis überwunden. Amamiya hat sich bereit erklärt, den Generalinspekteur zu empfangen.«

Mikami hatte erwartet, dass sie das als gute Nachricht auffassen würde; stattdessen legte sie den Kopf schräg.

»Ach ja? Hatte er dir gegenüber nicht schon abgelehnt?«

»Ja, beim ersten Mal.«

»Aha. Ich frage mich, warum er dann …«

Mikami wollte ihr nicht erzählen, dass er vor dem Hausaltar geweint hatte.

»Wahrscheinlich ist ihm aufgegangen, dass ich es aufrichtig meine.«

»So muss es sein«, pflichtete Minako bei, behielt aber trotz des ermutigenden Tons den überraschten Ausdruck bei.

Mikami war sich sicher, dass seine Reaktion Amamiya bewegt hatte. Wahrscheinlich waren die Tränen geflossen, weil er auf den Fotos Ayumi gesehen hatte; so musste es gewesen sein. Amamiya hatte seine Tochter verloren; bestimmt hatte er gespürt, dass irgendetwas an Mikamis Verhalten nicht stimmte.

Trotzdem …

Lag es wirklich daran, dass er Ayumi gesehen hatte? Auf der Heimfahrt hatte er sich die Frage mehrmals gestellt, aber keine zufriedenstellende Antwort finden können.

»Ich muss noch kurz für die Arbeit telefonieren«, rief er Minako zu, die gerade mit dem Abwasch angefangen hatte. Er griff nach dem Telefon und steuerte das Schlafzimmer an.

Von Amamiyas Empfindungen in der Sache einmal abgesehen, war das Hindernis für den Besuch des Generalinspekteurs beiseitegeräumt. Von morgen an konnte Mikami wieder die Presse bearbeiten – bis unmittelbar zum Besuch selbst würde er harte Verhandlungen führen müssen.

Er würde auf seinen Posten zurückkehren.

Er schaltete den Heizkörper ein, ließ sich schwer auf den Boden sinken und schlug die Beine übereinander. Er schaute auf den Wecker. Genau halb acht. Ishii schäumte wahrscheinlich immer noch, er hatte seither nicht noch einmal angerufen. Mikami würde lügen, wenn er sagte, der Gedanke an den runden Tisch am nächsten Tag laste nicht schwer auf ihm, aber der erste Anruf galt dem Privatanschluss von Suwa.

Bei Suwa war besetzt.

Mikami, der sich ausgebremst fühlte, legte sich rücklings auf den Boden und streckte sich, das Telefon noch immer in der

Hand. Er stellte sich Suwa vor, wie er die verschiedenen Reporter umwarb. Suwa füllte seinen »Posten« perfekt aus. Er beklagte sich zwar ständig, aber es war klar, dass er seine Arbeit liebte.

Mikami wurde unruhig, setzte sich wieder auf und drückte die Wahlwiederholung. Diesmal klingelte das Telefon am anderen Ende. Suwas Frau nahm ab und sagte ihm, ihr Mann sei beruflich außer Haus. Mikami beschloss, Suwa auf seinem Handy anzurufen. Während er dem Klingelton lauschte, verspürte er eine zunehmend gespannte Erwartung.

»Suwa am Apparat.«

Seine Stimme, im Hintergrund untermalt von Karaoke-Geplärre.

»Mikami hier. Wo sind Sie?«

»Direktor Mikami. Ich bin im Amigos, mit ein paar Reportern.«

Er war natürlich auf seinem Posten. Sogar am Wochenende. *Anonymisierte Berichterstattung. Die schriftliche Beschwerde. Der Boykott.* Wieder rückte jedes dieser Probleme ins Blickfeld.

»Ist Kuramae auch dort bei Ihnen?«

»Ja, der ist auch da.« Es hörte sich an, als hätte Suwa schon einiges intus.

»Wer ist von der Presse da?«

»Einen Moment bitte.« Offenbar verließ Suwa die Bar. Das Karaoke-Geplärre im Hintergrund wurde vom Geräusch vorbeifahrender Autos abgelöst. »Entschuldigung. Ich habe vergessen zu fragen, wie ist es bei Amamiya gelaufen?«

»Gut. Er hat uns sein Einverständnis gegeben.«

»Mann, das ist ja großartig! Fantastisch.«

»Wie läuft es bei Ihnen?«

»Ja, also, ich habe alle aufgefordert, hierherzukommen und den Geburtstag des Besitzers mitzufeiern, obwohl der erst nächsten Monat ist – tut mir leid, gehört nicht zur Sache –, jedenfalls, herausgekommen ist dabei eher so was wie eine ›Stärkung unserer Abwehrmaßnahmen‹.«

Stärkung unserer Abwehrmaßnahmen? Er wollte damit sagen, die Einzigen, die sich eingefunden hatten, waren die Gemäßigten, diejenigen, die sich noch nicht entschieden hatten.

»Wen haben Sie denn da?«

»Mal sehen. Da ist die *Kyodo News,* die *Jiji Press, NHK, Tokyo.* Was die Lokalpresse angeht, habe ich die *D Daily,* die *Zenken Times, D Television* und *FM Kenmin.*«

»Also niemanden von der *Asahi,* der *Mainichi* oder der *Yomiuri …*?«

»Tut mir leid, das sagen zu müssen, aber ja, so ist es.«

»Was ist mit der *Sankei* und der *Toyo …*?«

»Die *Sankei* hat rundheraus abgelehnt. Dort hieß es, man könne keinen mit uns trinken gehen, bis die ganze Sache ausgestanden sei. Was die *Toyo* angeht … na ja, Akikawa machte eigentlich den Eindruck, als hätte er vor zu kommen. Er klang definitiv interessiert, als ich ihm sagte, Mikumo würde auch dort sein.«

Mikami hätte beinahe gebrüllt. Es gelang ihm nur mit Mühe, sich zu zügeln, und er stellte die Frage im Flüsterton.

»Ist Mikumo jetzt dort bei Ihnen?«

»Ja, aber aus freien Stücken. Ich habe sie nur mitgenommen, weil sie darauf bestanden hat«, sagte er trotzig.

»Darüber reden wir später. Was haben Sie sonst noch zu berichten?«

»Ja – also, Akikawa klang ganz so, als würde er kommen, aber bis jetzt ist er nicht aufgetaucht. Ich habe es gerade noch einmal bei ihm im Büro probiert, aber dort hieß es, er sei unterwegs und recherchiere für einen Artikel. Ich habe das Gefühl, er wird etwas in der Morgenausgabe bringen. Ich frage mich, ob es mit den Angebotsabsprachen zu tun hat.«

Es kam regelmäßig vor, dass eine der Zeitungen an dem Morgen, nachdem die Reporter der anderen einen trinken gegangen waren, eine Story veröffentlichte.

»Wie ist die Atmosphäre?«

»Hmm? Wie meinen Sie das?«

»Sieht es so aus, als würden sie den Boykott durchziehen? Was sagen die Unentschlossenen?«

»Ach so, ja. Tja ... das ist ... das Problem.« Suwas Fähigkeit, ganze Sätze zu bilden, schien zusammen mit seinem logischen Denkvermögen gelitten zu haben. »Im Grunde finden sie alle, dass der Boykott zu weit geht. Dass der Generalinspekteur die 64-Ermittlungsgruppe inspiziert, ist eine wichtige Nachricht, also wollen sie natürlich darüber berichten. Wie es scheint, war der ursprüngliche Gedanke – bei ihrer letzten Versammlung –, den ganzen Besuch zu boykottieren, aber inzwischen heißt es, der Boykott gelte nur für das Interview vor Amamiyas Haus.«

»Sie wollen also von beidem das Beste ...«

»Ja. Es läuft darauf hinaus, dass sie vorhaben, als eine Art Sanktion das Interview im Freien zu boykottieren, zugleich aber über den Rest des Besuches zu berichten. Ich glaube, das ist nur Getue. Das Interview ist eindeutig das Highlight der Inspektion – alle wollen sie dabei sein, alle wollen sie ausführlich darüber berichten. Ich bin mir sicher, dass sie sich alle darauf geeinigt haben. Es ist nur so ...« Seine Stimme verklang. »Sie sind einfach nicht bereit zu kooperieren, bis sich etwas verändert.«

»Was würde es brauchen, um sie umzustimmen?«

»Na ja ...« Suwa zögerte.

Mikami vermutete, dass die Stimmung im Amigos sich gegen ihn richtete.

»Schon in Ordnung – sagen Sie's ruhig.«

»Erstens wollen sie, dass Sie sich offiziell entschuldigen. Mündlich und schriftlich ... Außerdem – und sie haben nichts dagegen, wenn das inoffiziell bleibt – verlangen sie eine mündliche Entschuldigung von Präsident Tsujiuchi oder Direktor Akama. Ich glaube, wenn wir diese Forderungen erfüllen … Außerdem ist da …«

»Sie wollen noch mehr?«

»Offenbar drängt jemand anstelle einer Entschuldigung auf Ihre Ablösung. Ich weiß nicht, wer es ist, aber es ist jemand von den Hardlinern. Ich vermute, es ist die *Toyo*.« Trotz seines früheren Schwankens äußerte er seine Schlussfolgerung ohne Zögern.

»Jemand ist auf meinen Kopf aus?«

»Nur eine kleine Fraktion unter den Hardlinern.«

»Und was meinen Sie?« Mikami wollte Suwas ehrliche Meinung wissen.

»Wenn Sie mich fragen, die verrennen sich. Wenn wir ihren Forderungen in diesem Stadium nachgeben, wer weiß, wo sie dann künftig die Grenze ziehen? Aber um ehrlich zu sein, ich finde ihr Verhalten auch nicht ganz und gar unvernünftig. Sie brauchen vielleicht nicht Ihren Kopf, aber eine offizielle Entschuldigung brauchen sie wahrscheinlich schon, damit sie nicht ihr Gesicht verlieren. Und ihre Chefs sitzen ihnen im Nacken. Worauf es ankommt, ist, wie sich das Ganze nach außen darstellt. Wenn es zumindest so aussieht, als bekämen sie ihren Willen, werden die Gemäßigten sich zusammentun und den Boykott beenden.«

Mikami fühlte sich, als wäre er an die Leine gelegt worden. Und zwar von seinen eigenen Leuten, nicht einmal nur von den Reportern. »Glauben Sie, die würden den Boykott tatsächlich abblasen, wenn ich mich entschuldige? Vergessen Sie nicht, wir haben auch zu wissen geglaubt, wie die Abstimmung über die schriftliche Beschwerde ausgehen würde.«

»Na ja, Garantien kann ich keine geben. Aber wir müssen dafür sorgen, dass sie den Boykott nicht durchziehen, ganz gleich, was passiert; wir müssen mit den Karten auskommen, die wir auf der Hand haben.«

Mikami starrte ins Leere.

»Wenn wir uns offiziell entschuldigen, was, glauben Sie, hätte das für Auswirkungen auf unseren Einfluss im Presseclub?«

»Da dürfte eigentlich kein Anlass zur Sorge bestehen. Ich habe schon eine ganze Reihe ähnlicher Fälle erlebt, und ich würde sagen, dass wir nach einer Entschuldigung nie an Boden verloren haben. Normalerweise scheint es eher zu helfen … wenn überhaupt, verbessert sich die Beziehung zur Presse hinterher in aller Regel.«

Es hatte den Anschein, als machte er sich dafür stark. Offenbar glaubte er nicht, dass eine Entschuldigung sie sehr teuer zu stehen käme.

»Glauben Sie, wir können es auf unsere Etage beschränken?«

»Hmm?«

»Akama wird die Entschuldigung nicht abnicken. Wenn das der ersten Etage zu Ohren kommt, wird er uns daran hindern.«

Er hatte den Ball in Suwas Feld gespielt. *Kriegen Sie das hin?*

Suwa schien zu verstehen. »Wir müssten es eigentlich eingrenzen können. Ja, kein Problem.«

»Gut. Lassen Sie mich noch darüber nachdenken.« Mikami seufzte, dann holte er tief Luft. »Ist Mikumo noch bei Ihnen?«

»Äh …«

»Sie ist nicht dazu da, ins Schaufenster gestellt zu werden. Ich habe Ihnen gesagt, dass wir nicht auf derartige Taktiken zurückgreifen. Sagen Sie ihr, sie soll nach Hause gehen, und zwar sofort.«

»Aber sie ist doch nur hergekommen, weil sie …«

»Ich sage es nicht noch einmal – schicken Sie sie nach Hause, sofort.« Mikami hob die Stimme, und Suwa verstummte. Sein Unmut war über die Leitung spürbar. »Hören Sie, wenn Sie etwas zu sagen haben, dann sagen Sie es einfach.«

Suwa schlug einen geduldigen Ton an. »Es besteht kein Grund zur Sorge. Ich übernehme die Verantwortung für sie. Sie ist bloß hier, um die Stimmung ein bisschen aufzuheitern. Ich passe auf, dass niemand sie abschleppt.«

Mikami sah rot. »Reden Sie doch nicht so einen Scheiß. Wir sind von der Polizei; wir benutzen Frauen nicht auf diese Weise. Ich schlitze mir vor denen eigenhändig den Bauch auf, wenn es sein muss – aber Sie schicken Mikumo augenblicklich nach Hause. Verstanden?«

Suwa gab nicht klein bei.

»Sie müssen berücksichtigen, wie Mikumo selbst das sieht. Sie will unbedingt helfen. Wenn Sie sie am Umgang mit der Presse hindern, dann bleibt ihr nur noch Verwaltungsarbeit. Ich habe ihr gesagt: *Sie müssen nicht herkommen.* Ich habe ihr gesagt, sie müsse sich mit dem Status quo abfinden, weil es nun mal das sei, was Sie wollten. Wissen Sie, was sie gesagt hat? Dass Sie sie diskriminieren. *Ich will das Gleiche tun wie ihr anderen auch.* Das hat sie gesagt.«

Diskriminieren. Es hörte sich nicht nach etwas an, was Mikumo sagen würde.

»Holen Sie sie ans Telefon.«

»In Ordnung, aber sie hat schon einiges intus.«

»Das ist mir egal. Holen Sie sie.«

Er musste ein paar Minuten warten. Er ließ sich Dutzende möglicher Ansatzpunkte durch den Kopf gehen.

»Ja? Direktor Mikami?« Mikumos Stimme war ruhig, klang aber nicht eingeschüchtert.

»Ich dachte, ich hätte mich klar ausgedrückt. Warum haben Sie meine Anweisungen missachtet?«

Sie gab keine Antwort.

»Das gehört nicht zu Ihren Aufgaben.«

»Ich bin auch in der Pressestelle …«

»In Dezernat I hatte ich auch Schreibtischarbeiter. Glauben Sie, die sind hinter Mördern hergejagt?«

»Ich möchte mich nützlich machen.«

»Sie machen sich auch ohne das schon mehr als nützlich.«

»Das finde ich nicht. Überhaupt nicht.«

Mikami stieß einen Seufzer aus. Er nahm Anlauf für das, was er als Nächstes zu sagen hatte. »Ich gebe zu, ich habe es mir dieses eine Mal tatsächlich überlegt. Ich dachte, wir könnten vielleicht jemanden einsetzen, der uns hilft, die Situation mit den Reportern zu entspannen. Aber ich habe nie daran gedacht, Sie einzusetzen. Bloß ein Mädchen im Allgemeinen.«

Mikumo ließ nicht locker. »Ich bin ausgebildete Polizistin. Ich bin hier, weil ich finde, dass es zu meiner Arbeit gehört.«

»Die Reporter werden es nicht so sehen.«

»Ich kann nicht ändern, was ich bin. Und wenn Sie glauben wollen, dass ich mir das zunutze mache – nur zu. Aber ich kann den Ärger, den wir mit der Presse haben, nicht weiter ignorieren. Ich weiß, was wir zu erreichen versuchen. Wir sind das Fenster, das das Präsidium mit der Außenwelt verbindet. Ich habe mich auch über die Medien schlaugemacht. Ich kann mich durchaus behaupten, wenn es um Pressefragen geht. Und ich kann einen beruhigenden Einfluss ausüben, wenn alle anderen in Wallung geraten. Außerdem hören die Reporter auf das, was ich zu sagen habe.«

»Sie sind naiv.«

»Verzeihen Sie, Direktor Mikami, aber ich glaube, hier sind Sie derjenige, der naiv ist.«

Was …?

Mikamis Griff schloss sich fester um das Telefon.

»Was habe ich denn gesagt, das naiv war?«

»Erklären Sie mir einfach, was ich tun soll. Ich kann Ihnen die Information beschaffen. Ich habe keine Angst davor, mir die Hände ein bisschen schmutzig zu machen.«

»Sie sind betrunken.«

»Bin ich nicht.«

»Wenn Sie wirklich etwas aus sich machen wollen, dann sollten Sie den Dienst quittieren. Jemand mit Ihrer Entschlossenheit und Ihrer Begabung – Sie könnten werden, was Sie wollen.«

»Ich bin zur Polizei gegangen, weil ich Polizeibeamtin werden wollte. Ich bin stolz auf das, was ich tue. Mich motiviert das.«

»Aber mittlerweile muss es Ihnen doch klar geworden sein – die Polizei ist nicht nett zu Frauen. Auch viele Männer schaffen es dort nicht.«

»Das ist nicht fair.«

Mikamis Augen öffneten sich weit. »Nicht fair …?«

»Ich sehe doch, wie schwer Sie es im Büro haben. Es ist klar, dass Sie nicht glücklich damit sind, wie die Dinge dort gehandhabt werden, damit, dass Sie Ihre Ideale hintanstellen müssen, schmutzige Tricks anwenden müssen, und dass Sie sich einzureden versuchen, Sie hätten keine andere Wahl. Sie halten Suwa und Kuramae dazu an, zu tun, was sie können, obwohl es Ihnen offensichtlich zuwider ist. Und deshalb sind Sie wütend auf sich selbst. Das sieht jeder. Aber …« Ihre angespannte Stimme begann zu schwanken. »Es ist nicht fair, das an mir auszulassen. Es ist grausam. Sie versuchen, mich rein zu halten, mich von der schmutzigen Arbeit fernzuhalten, damit Sie sich selbst besser fühlen. Ich kann das nicht ertragen. Es ist schrecklich. Ich will einen Beitrag leisten, mithelfen bei der Aufgabe, die wir zu erfüllen haben.«

Mikami starrte zur Decke auf. Sämtliches Feuer schien aus ihm gewichen.

Auch als Mikumo ihm sagte, der Akku sei gleich leer, wusste er zur Antwort nichts zu sagen.

40

Es war nach 22 Uhr, als Mikami endlich in sein Bad sank.

Immer noch so früh, dachte er bei sich.

Es war ein langer Tag gewesen.

Mikamis Gedanken verloren ihre Klarheit. Er spürte, wie ihm die Unterscheidung zwischen dem, was er wusste, und dem, was er nicht wusste, entglitt. Seine Erschöpfung verteilte sich in das warme Badewasser. Jedes Mal, wenn er die Augen schloss, spürte er seine Schläfrigkeit schwerer werden.

Der Wind wehte.

Das Mattglas im Fensterrahmen klapperte. Das Haus war schon immer alt gewesen, schon in Mikamis frühester Erinnerung.

Wir sollten es auf Vordermann bringen, hatte sein Vater immer gesagt.

Eines Tages, hatte seine Mutter darauf geantwortet.

Die Nachmittagssonne, wie sie das Zimmer durchströmte. Die verblasste Tatami. Der runde Esstisch. Darauf sah er eine Kuchenschachtel und ein paar Bierflaschen. Der Kriegskamerad seines Vaters war zu Besuch. Kurz geschorenes Haar. Bronzenes Profil. Wenn er lachte, wackelte er am ganzen Körper. Er wandte sich Mikami zu und sah ihn an. Seine Augen leuchteten auf.

Du schlägst wirklich nach deinem alten Herrn, mein Junge.

Seine Mutter lächelte, als wollte sie sagen: *Ja, das stimmt.* Sein Vater entblößte gelbe Zähne zu einem Lächeln, das halb stolz, halb gequält wirkte.

Halte einfach durch. Tu eine gute Tat, und sie findet den Weg zu dir zurück.

Jetzt fiel es Mikami wieder ein. Der Freund hatte zu weinen begonnen, als Mikamis Vater seinen Lieblingssatz gesagt hatte. Er wollte gerade gehen, hatte sich bereits die Schuhe geschnürt; er hatte sich wieder aufgerichtet und umgedreht, das Gesicht verzerrt.

Zweifellos hatte er viele gute Freunde verloren.

Zahllose Leben genommen.

Danach tauchte er nicht mehr auf. Er war Mikami mit der Hand durchs Haar gefahren, als wäre Mikami sein eigener Sohn gewesen. Er hatte Schokolade und Eis als Geschenke mitgebracht … hatte die gute Tat je den Weg zu ihm zurückgefunden?

Vater …

Sein Vater hatte eine Schattenexistenz geführt. In jeder Erinnerung von Mikami stand er stets hinter seiner Mutter. Es war nicht so, dass er ein einschüchternder Mensch gewesen wäre oder dass er Mikamis Mutter die Zuständigkeit für seine Erziehung überlassen hätte; er war nur einfach still gewesen, als hätte er sich davor gefürchtet, aus der Sicherheit ihres Schattens herauszutreten. Mikami seinerseits hatte ebenfalls darauf geachtet, dass seine Mutter sich stets zwischen ihnen befand. Er hatte sich nie entspannen können, wenn sie nicht im Zimmer und er mit seinem Vater allein war. Mit der Melancholie in seinen Augen, der Grobheit seines Gesichts, seiner Hände und Finger hatte er sich immer schwergetan. Er hatte keine Erinnerung daran, dass sein Vater ihn je in den Armen gehalten hätte. Seine DNS hatte sich durchgesetzt, Mikami war nach ihm geschlagen, doch als er im Jahr der 64-Entführung starb, tat er es, ohne sich seinem Sohn je geöffnet zu haben.

»Hau rein, hau rein. Er schmilzt, wenn du dich nicht beeilst!«

Mikami hatte den Kuchen aufgegessen, aber er hatte nicht gelächelt. Während der Freund seines Vaters an der Tür weinte, hatte Mikami einen verstohlenen Blick auf ihn geworfen und irgendwie das Gefühl gehabt, der Mann habe es verdient.

Keine Sorge, das liegt nur daran, dass du ein Junge bist. Seine Mutter war immer so entspannt gewesen, gelassen. Trotzdem war sie vollkommen außer Fassung geraten – viel mehr als sein Vater –, als Mikami ihnen Minako vorgestellt hatte. Ihr Blick war abgedriftet, ihre Augen hatten in Tränen geschwommen, und sie hatte geblinzelt, ehe sie ihn wieder ansah. Er erinnerte sich noch heute daran. Den gleichen Blick hatte sie gezeigt, als sie ihn viele Jahre zuvor verdächtigt hatte, ihr das Wechselgeld nicht zurückgegeben zu haben. *Warst du ein böser Junge?*

Mikami lächelte.

Sie hatte eindeutig überreagiert.

Jetzt fiel es ihm wieder ein: Sie hatte ihm vorgeschlagen, zum Kendō in den örtlichen Club zu gehen. Dass er stark und ehrenhaft wurde, war ihr wichtiger gewesen, als dass er mit dem Abakus zu rechnen lernte oder sich in Kalligrafie hervortat. Das Training war anstrengend gewesen. Er bezweifelte, dass er lange durchgehalten hätte, wenn die Erregung nicht gewesen wäre, die er jedes Mal verspürte, wenn er die Maske aufsetzte. Im Metallgehäuse der Maske, mit eingeschränkter Sicht und lautem Atemgeräusch, kam er sich vor wie an einem hochgeheimen Ort, einem Versteck aus alten Kisten. Ihm war nie bewusst gewesen, dass er das Bedürfnis hatte, sich zu verkleiden, aber das hatte dabei zweifellos auch eine Rolle gespielt. Die dreizehn waagerechten Stäbe verdeckten sein Gesicht. Der eine senkrechte Stab verbarg die Form seiner Nase. Abgesehen von den beiden Augen, die durch die Lücke des Monomi spähten, war er in Schatten getaucht. Er hatte kein Gesicht mehr. Er brauchte kein Gesicht mehr. Für kurze Zeit war er imstande gewesen, sich in etwas Besonderes zu verwandeln. Und als er angefangen hatte, Mädchen wahrzunehmen, und Pickel im Gesicht bekam, hatte er sich in der verschwitzten Kapsel seiner Kendō-Maske am wohlsten gefühlt.

Die Wünsche einer Mutter, sein Aussehen, Kendō. Es war ihm

ganz natürlich erschienen, dieser Linie zu folgen und Polizeibeamter zu werden.

Mikami drückte das Handtuch aus und rieb sich damit übers Gesicht. Durch den Stoff hindurch spürte er seine kantigen Züge.

Die Arbeit ist leicht. Kinderleicht.

Sie kann dir die Möglichkeit bieten, dich vor der Welt zu verstecken – vielleicht war es das, was Osakabe hatte sagen wollen. Es war allgemein bekannt, dass die Arbeit nicht leicht war. Ein endloser Nachschub an Krimis, Dokumentarfilmen und Fernsehdramen hatte die Allgemeinheit auf die Vorstellung konditioniert, dass sie die Schwierigkeiten, die Qual und die Nöte dieser Arbeit kannte. Die Leute hatten jedes Mal einen Schalter umgelegt, wenn Mikami sich vorgestellt hatte. Das bedeutete, er musste kaum etwas sagen – in diesem Sinne des Wortes war es tatsächlich leicht. Es war für einen Kriminalbeamten auch leicht, die verschiedenen Schwierigkeiten, die Qual und die Nöte des Alltagslebens zu ignorieren. Es gab immer neue Beute zu jagen. Matsuoka hatte es in einer Motivationsrede vor den Beamten des Bezirks treffend zusammengefasst: *Ich dulde keine Klagen. Ihr seid alle hier, weil ihr Spaß daran habt. Wir werden dafür bezahlt, da rauszugehen und zu jagen.*

Kriminalbeamte verstehen das Konzept der Gerechtigkeit, aber ihnen fehlt ein instinktiver Abscheu vor dem Verbrechen. Ihr einziger Instinkt ist der Jagdinstinkt.

Mikami war in dieser Hinsicht nicht anders gewesen. *Den Täter identifizieren. Ihn in die Enge treiben. Ihn zur Strecke bringen.* Der tägliche Trott trug dazu bei, die Denkweise des Kriminalbeamten einzuschleifen und dabei jegliche Überreste von Individualität aufzulösen. Niemand versuchte, sich gegen den Vorgang zu wehren. Wenn überhaupt, hießen sie ihn willkommen, gierten nach mehr. Für diese Menschen ging das Verlangen, auf der Jagd zu bleiben, weit über irgendwelche finanziellen Überlegungen hinaus. Es war ihr einziges Hobby, ihr größtes Vergnügen.

Mikami musste nur Koda fragen. Einen Mann, dem man den Dienstausweis abgenommen hatte und der stattdessen zu einem der Gejagten geworden war. Jemanden, dessen einzige Arbeitsmotivation darin bestand, Frau und Kind zu ernähren. *Frag ihn doch mal, ob es schwer oder leicht war, Kriminalbeamter zu sein.*

Mikami atmete kräftig aus.

In vier Tagen würde der Generalinspekteur kommen. Das Wichtigste war, einen kühlen Kopf zu bewahren. Er würde sich auf die Seite der Verwaltung schlagen, um seiner Familie willen. Der Teil von ihm, der immer noch Kriminalbeamter war, würde protestieren.

Er spürte einen plötzlichen Adrenalinschub.

Moment – jetzt ist nicht die Zeit, sich zurückzulehnen …

Was für eine Ankündigung gedachte der Generalinspekteur zu machen? Was würde daraufhin geschehen? Das musste Mikami erst noch herausbekommen.

Ein Gesicht kam ihm in den Sinn – der Mann, der freundlicherweise als Brautwerber für ihn fungiert hatte. Osakabe hatte seine Hilfe verweigert, aber Mikami konnte es immer noch bei Odate versuchen. Er war einer der an der Vertuschung beteiligten Direktoren gewesen. Er war eine hoch geachtete Persönlichkeit und stand in der allgemeinen Wertschätzung nur Osakabe selbst nach. Dass er Informationen zu den Plänen des Generalinspekteurs haben könnte, erschien durchaus plausibel. Er hatte Anfang des Jahres einen Schlaganfall erlitten; als Mikami ihm im Sommer ein Geschenk gebracht hatte, war er zu Hause gewesen, noch rekonvaleszent. Von Mikamis Versetzung zur Pressestelle zu hören hatte ihm leidgetan, und er hatte, mit leicht starrem Mund, versprochen, ein Wörtchen mit Arakida zu reden.

Odate würde den Mund aufmachen. Wenn Mikami ihn darum bat …

Seine Erregung schwand, die Begeisterung verließ ihn ganz plötzlich, wie weggesogen.

Es wäre zu grausam. Odate war erst seit vier Jahren im Ruhestand. Bestimmt war die Wunde noch keineswegs verheilt. Es würde ihn schwer treffen, wenn einer seiner Beamten – einer, den er immerhin so sehr mochte, dass er sein Brautwerber gewesen war – bei ihm auftauchte und die erst teilweise verschorfte Verletzung wieder aufriss. Konnte er das vor sich verantworten, wo er doch wusste, dass Odate noch immer angeschlagen war?

Futawatari würde es tun. Er würde nicht einmal zögern, bevor er den Klingelknopf drückte.

Wahrscheinlich hatte er es bereits getan.

Wenn das Ass der Verwaltung schon dort gewesen war, würde Odate ihn, Mikami, nicht nach dem Grund für seinen Besuch fragen müssen. Mikami würde einfach nur schweigend dasitzen und Odate in die Augen schauen müssen. Darauf warten, dass der Mann mit seiner letzten Aussage herausrückte.

Mikami schüttelte den Kopf.

Er blickte zu dem Dampf auf, der unter der Decke wallte. Eine Zeit lang tat er nichts anderes.

Was machte Mikumo wohl gerade? Wahrscheinlich war sie immer noch im Amigos.

Grausam …

Es ist nicht fair, es an mir auszulassen …

Mikami versuchte, sich ihren Gesichtsausdruck vorzustellen, als sie die Worte gesagt hatte.

So kannst du nur reden, weil du eine Frau bist, hatte Mikami in seiner Gereiztheit während der ersten Hälfte ihres Gesprächs gedacht. Dann hatte Mikumo das Tabu gebrochen. Der letzte Mensch, von dem er diese Worte hatte hören wollen, hatte ihm genau die Worte gesagt, die er nie hatte hören wollen. Es hatte ihn schockiert und traurig gemacht, aber das Gefühl ging weit über den Umstand hinaus, dass sie einen Treffer bei ihm gelandet hatte. Er hatte zugleich eine Welle von Selbstekel und Erstaunen empfunden, als ihm klar geworden war, dass er ebendas, wonach er suchte, die ganze Zeit genau vor der Nase gehabt hatte. Mikumo war die ganze Zeit da gewesen. Sie war still, aber er wusste mehr als jeder andere, dass sie schnell denken konnte, dass sie scharfe Augen und Ohren hatte.

Aber …

Es lag daran, dass sie eine Frau war. Das war ihm klar geworden, als sie ihn grausam genannt hatte. Er hatte nie die Absicht gehabt, sie als eine Art Vorzeigefrau einzusetzen. Er hatte aber auch nie daran gedacht, sie davor zu bewahren, dass seinetwegen ihr Ruf ruiniert wurde. Er hatte sie schützen wollen, das war alles. Nachdem ihm das bei seiner Frau und seiner Tochter nicht gelungen war, hatte er beschlossen, ein Auge auf Mikumo zu haben, weil er glaubte, sie vielleicht ein, zwei Jahre – so lange, wie er ihr Chef blieb – beschützen zu können.

Er hatte es eben doch an ihr ausgelassen. Ein unfaires Spiel gespielt. Vielleicht war er tatsächlich grausam zu ihr gewesen.

Amigos. Gelächter. Alkoholdunst …

Er fragte sich, ob seine Versuche, ihre Unschuld zu bewahren, nicht vielleicht den gegenteiligen Effekt gehabt hatten. War es möglich, dass ihre Leidenschaft für den Beruf nichts mit ihrer Entscheidung zu tun hatte, auf ihre weiblichen Tugenden zu pfeifen? Mikami begann sich Sorgen zu machen. Sie hatte ihm gesagt, sie habe keine Angst davor, sich die Hände schmutzig zu machen. Wie weit hatte sie zu gehen beschlossen?

Ich will einen Beitrag leisten, mithelfen bei der Aufgabe, die wir zu erfüllen haben.

»Liebling?«

Mikami fuhr zusammen, weil er meinte, er wäre eingedöst und hörte Minakos Stimme im Traum.

»Alles in Ordnung bei dir?«

Sie rief vom Raum nebenan, wo sich die Spüle befand, nach ihm. Sie machte sich Sorgen, weil er schon so lange im Bad war.

»Ja, alles bestens. Ich komme jetzt raus«, antwortete er, blieb jedoch, wo er war.

Er hatte das Gefühl, noch gar nicht richtig warm geworden zu sein. War er wirklich schon so lange im Bad, dass ihre Sorge berechtigt war? Ihre täglichen Verrichtungen – sich waschen, baden, auf die Toilette gehen – waren aus dem Rhythmus geraten, seit ihre Tochter weggelaufen war. Er pflegte sich völlig ins Zähneputzen zu vertiefen. Nicht weil seine Gedanken bei Ayumi waren, sondern bloß weil er sich darauf konzentrierte, die Zahnbürste in Bewegung zu halten. Damit er nicht denken musste. *Abkehr von der Realität.* Manchmal war er überzeugt, dass er genau das tat.

Aber er hatte sich Ayumi nie tot vorgestellt. Er achtete darauf, dass er nichts Negatives im Kopf hatte.

Sie war am Leben.

Und dennoch …

Darüber hinaus sah er nichts Konkretes vor sich.

Wenn sie am Leben war, dann folgte daraus, dass sie irgendwo da draußen sein musste. Auf den Beinen war … umherzog … aß … schlief. Aber er konnte sie sich bei keiner dieser Tätigkeiten vorstellen.

In ihren Augen lachte die ganze Welt über sie. Sie hasste es, wenn Menschen sie ansahen. Er konnte sich nicht vorstellen, wie sie außerhalb ihres Zuhauses einem normalen Leben nachging, nicht in diesem Gemütszustand. Was würde sie tun, um an Geld zu kommen? An einen Schlafplatz? Die meisten Oberschülerinnen liefen weg, um sich Arbeit zu besorgen, manche auch zu einem Freund oder sogar in die Rotlichtbezirke – aber keine dieser Verhaltensweisen passte zu Ayumi. Wovon würde sie sich ernähren? Lebte sie auf der Straße? Dass ein junges, obdachloses Mädchen durch das von 260 000 Polizeibeamten ausgeworfene Netz schlüpfte, war unwahrscheinlich. Konnte jemand sie aufgenommen haben? Und wenn ja, wer? Nach seinem Empfinden war es kriminell, eine Sechzehnjährige bei sich aufzunehmen, ohne ihre Eltern oder die Behörden zu verständigen. Sie war irgendwo eingesperrt. War das der einzig mögliche Schluss? Würde er den Rest seines Lebens von diesem Gedanken verfolgt werden?

Es war besser, überhaupt nicht zu denken und dafür zu sorgen, dass Minako keinen Grund hatte, sich eingehender damit zu beschäftigen. *Ayumi ist heil und gesund.* Er achtete darauf, alle anderen Gedanken erst gar nicht zuzulassen. Minako ihrerseits versuchte gar nicht, über irgendetwas anderes zu reden. Sie sprach über die Anrufe, aber alles Weitere war tabu. Ayumi, wie sie in einer öffentlichen Telefonzelle den Hörer hielt. Es war das einzige Bild von ihr in der Außenwelt, das sie besaßen, das einzige, das sie zuließen.

»Sie wird zu uns zurückkehren.«

Mikami sagte die Worte, die er immer sagte. Er lauschte ihnen nach. Was auch immer geschah, während Ayumi fort war, es war unerheblich. Sie musste einfach nach Hause kommen. Sie würden dafür sorgen, dass es funktionierte.

»Komm einfach zurück.«

Ein Tropfen Kondenswasser glitt über die dunkle Fensterscheibe. Mikamis Lider fühlten sich schwer an. Diesmal war die Schläfrigkeit erbarmungslos. Er fragte sich, wo er Minakos Amulett hingetan hatte.

Dunkelheit senkte sich herab.

Er sah eine Hand.

Minako in ihrem weißen Kimono, sanft lächelnd, wie sie sich mit ausgestreckten Händen zu ihm herunterbeugte.

41

Erwartungsgemäß begann auch der Montag holprig. Noch ehe um sechs Mikamis Wecker klingelte, wurde er durch einen Anruf von Akama geweckt.

»Haben Sie die Morgenausgabe der *Toyo* gesehen?«

»Noch nicht.«

»Dann machen Sie, lesen Sie.« Akama klang fuchsteufelswild. Mikami, noch im Bett, sagte Akama, er werde ihn zurückrufen. Er legte auf, zog den Bademantel über und eilte hinaus zum Briefkasten. Die *Toyo* musste einen Exklusivbericht gelandet haben. Als Erstes fielen ihm die illegalen Angebotsabsprachen ein, aber den Gedanken verwarf er gleich wieder; wegen so etwas hätte Akama ihn nicht aus dem Bett geholt.

Nein, dachte er.

Die Kommission für Öffentliche Sicherheit. Die schwangere Frau. Der alte Mann, der gestorben war.

»Ist etwas in der Zeitung?«

Minako war bereits unten, als er mit dem Stoß Zeitungen ins Wohnzimmer trat. Sie hatte gerade die Heizung angeschaltet. Sie runzelte die Stirn, nervös.

»Sieht ganz so aus. Kannst du mir einen Kaffee machen?«

Nachdem er sie so in die Küche gelotst hatte, schlug er die *Toyo* auf und blätterte vor zum Lokalteil.

Zwei fett gedruckte Überschriften sprangen ihn an.

MIT GESCHENKGUTSCHEINEN SCHWEIGEN ERKAUFT

UNTERSUCHUNGSGEFÄNGNISSE IN DER KRITIK

Ihm trat der Schweiß auf die Stirn. Gleich die ersten Zeilen zeigten, dass der Artikel die ausführlichere Version eines Berichts im überregionalen Teil war. Hastig überflog er die vermischten Nachrichten. *Da.* Die Meldung war weniger detailliert als die im Lokalteil, aber die Überschrift stach trotzdem heraus.

POLIZEIPRÄSIDIUM PRÄFEKTUR D: FRAU IN U-HAFT SEXUELL MISSBRAUCHT

Er musste sich zum Weiterlesen zwingen.

Der Artikel berichtete über ein schweres Dienstvergehen, das sich im August in Direktion F im Norden der Präfektur ereignet haben sollte.

Einem fünfzigjährigen Aufseher im Untersuchungsgefängnis wird vorgeworfen, eine wegen Verdacht auf Diebstahl inhaftierte Frau zu sexuellen Handlungen genötigt zu haben. Der Wachtmeister soll die Mittdreißigerin über mehrere Tage hinweg dazu gezwungen haben, sich von ihm an der Brust und im Genitalbereich berühren zu lassen.

Ungeduldig blätterte Mikami zurück zum Lokalteil.

»Sei brav, dann kommst du schneller hier raus.« So erpresste der Beamte die Inhaftierte, die daraufhin seine Annäherungen zuließ. Die Frau wurde später zu einer Bewährungsstrafe verurteilt und forderte nach ihrer Haftentlassung eine Entschuldigung von dem Wachtmeister, der sich ihre Wehrlosigkeit zunutze gemacht habe; sie bezeichnete seine Handlungsweise als »unentschuldbar«. Als sie ihm mit einer offiziellen Beschwerde bei der Direktionsleitung drohte, bot ihr der Wachtmeister 100 000 Yen in Geschenkgutscheinen und flehte sie an, sein Fehlverhalten nicht seinen Vorgesetzten zu melden.

Mikami hieb mit der Faust aufs Papier. Sie hätten sich nie so weit aus dem Fenster gelehnt, wenn sie nicht einen Beweis in der Hinterhand hätten. Er spürte, wie ihm die Galle hochstieg. Auch wenn es mit dem polizeilichen Anstand oft nicht weit her schien – dass so ein Perversling die Stirn hatte, als Hüter von Recht und Gesetz aufzutreten …

Er sah kurz die restlichen Zeitungen durch. In keiner tauchte die Meldung auf. Der *Toyo* war ein echter Scoop gelungen. Suwa hatte den richtigen Riecher gehabt. Akikawa war nicht im Amigos erschienen; alles sprach dafür, dass er eifrig bei der Arbeit gewesen war.

Trotzdem schien es merkwürdig. Warum hatte er nicht vorab von dem Artikel gewusst, ehe er ihn in der Zeitung las? Normalerweise versäumten es die Reporter nie, dem Pressedirektor einen obligatorischen Besuch abzustatten, bevor sie etwas von dieser Größenordnung brachten – die Etikette erforderte es, sich die Fakten nochmals von offizieller Seite bestätigen zu lassen. Hatte die Zeit nicht gereicht, weil die Information zu kurz vor Redaktionsschluss eingegangen war? Oder waren sie sich ihrer Sache sicher genug gewesen, um auf die amtliche Bestätigung zu verzichten? Mikami hielt es nicht für ausgeschlossen. Aber selbst in so einem Fall schauten sie in der Regel am Vorabend bei ihm vorbei, um ihn schonend darauf vorzubereiten, was in der Morgenausgabe stehen würde; ein Überraschungsangriff erschwerte es ihnen nur, die Polizei im weiteren Verlauf um neue Erkenntnisse anzugehen.

Und noch etwas machte ihn stutzig …

Minako hatte ihm seinen Kaffee schon gebracht. Er setzte den Becher an die Lippen, hielt dann aber inne, griff nach dem Diensttelefon und wählte Akamas Privatnummer. Es klingelte nur einmal.

»So, jetzt hab ich's gesehen.«

»Der Artikel stammt von einem unserer Reporter«, sagte Akama. Es war eine Tatsachenfeststellung.

Die *Toyo* hatte einen eigenen Korrespondenten für die Gegend um Direktion F. Der Mann, ein freier Mitarbeiter und schon über sechzig, so Akama, habe ganz zerknirscht bei Kobogata, dem Leiter von Direktion F, angerufen: *Ich habe den Artikel gerade erst in unserer Morgenausgabe gelesen. Ist das wirklich wahr?*

»Offenbar ist Kobogata selbst aus allen Wolken gefallen.«

Der Direktionsleiter habe den Wachtmeister einbestellt. Der Wachtmeister habe alles gestanden. Kobogata habe die Kollegen von der Kriminalpolizei verständigt und die sofortige Festnahme angeordnet, wegen unsittlicher Übergriffe seitens eines Staatsbeamten. Aus Tokio sei ein interner Ermittler der NPB unterwegs, und für neun Uhr sei in der Direktion eine Pressekonferenz angesetzt.

So weit der derzeitige Stand der Dinge.

»Ich begreife das nicht. Wir haben keinen einzigen Anruf erhalten – sie haben weder mich vorab informiert noch Shirota noch die Innenrevision. Nach allem, was ich höre, ist das eine unerhörte Vorgehensweise. Haben Sie eine Erklärung dafür?«

Das Haupt befragte die Glieder nach ihrer Meinung, das hatte es noch nie gegeben. Akama musste zutiefst erschüttert sein. Die Meldung war landesweit erschienen. Mikami fragte sich, ob ein Anruf aus Tokio den Mann aus dem Schlaf gerissen hatte.

»Ich halte es für wahrscheinlich, dass der Reporter einen Hinweis von jemandem bekommen hat, der nah an der Quelle sitzt.«

»Das ist nicht meine Frage. Ich möchte von Ihnen eine Einschätzung, warum eine solche Breitseite gegen uns genau zum jetzigen Zeitpunkt abgefeuert wird.«

Natürlich.

Es war ein Angriff auf die Verwaltung. Der Gedanke war ihm schon vorhin beim Lesen gekommen: dass die Quelle der *Toyo* das KUA selbst war, dass sie ihre defensive Haltung aufgegeben hatten und in die Offensive gegangen waren.

Allein schon die Tatsache, dass der Skandal die Untersuchungsgefängnisse betraf, war verdächtig. Sie unterstanden offiziell der Verwaltungsabteilung, de facto aber war das KUA für sie zuständig. *Die Arrestzellen sind eine Brutstätte fälschlicher Verurteilungen. Die Polizei benutzt sie als Ersatz für den Strafvollzug:* Das KUA hatte sich auf organisatorischer Ebene von den Untersuchungsgefängnissen distanziert, um so besser Beschwerden von Menschenrechtsgruppierungen abwehren zu können, aber in der ganzen Präfektur gab es nicht eine Direktion, in der im Untersuchungsgefängnis ausschließlich Verwaltungsbeamte Dienst taten. Viele gehörten der Abteilung nur auf dem Papier an und hatten die meiste Zeit bei der Kripo gearbeitet; andere leisteten hier eine Art Praktikum ab mit dem Ziel, Gefängniswärter oder -direktor zu werden; sie versahen ihren Dienst in den Arrestzellen oft nach einem langen Tag der Ermittlungsarbeit und fassten, während sie ein Auge auf die Häftlinge hatten, ihre umfangreichen Einsatzberichte ab.

Unterm Strich hieß das, dass das KUA zwar uneingeschränkten Zugriff auf die Gefängnisse hatte, aber die Verantwortung, sobald Probleme im Ablauf auftraten, mühelos auf die Verwaltung abwälzen konnte. Dem Kriminaluntersuchungsamt mochten Mittel und Wege fehlen, um Dienstvergehen in den abgeschirmteren Bereichen im Herzen der Abteilung anzuprangern, im Falle der Untersuchungsgefängnisse jedoch hatte es freien Zugang zu einer Fülle von Material.

Dennoch …

Würden sie wirklich so weit gehen?

Es schien schwer zu glauben; die Überzeugung, mit der Akama sprach, bedeutete, dass Mikami seine Antwort sehr vorsichtig formulieren musste.

»Sie meinen, wir haben es mit einem Versuch des Kriminaluntersuchungsamts zu tun, uns eine Botschaft zukommen zu lassen?«

»Eine Botschaft? Das hier ist eine dreiste, unmissverständliche Drohung. Und dass sie sich die Untersuchungsgefängnisse ausgesucht haben, zeigt, dass sie auch bereit sind, sich selbst zu demontieren, wenn sie dadurch uns schaden können.«

Sich selbst zu demontieren?

Der Artikel demontierte sie nicht im Mindesten. Ein Beamter, der mit fünfzig noch Wachtmeister war, war entweder hoffnungslos einfältig oder ganz einfach operativer Ausschuss. Es lag auf der Hand, dass er keinerlei Erfahrung im aktiven Dienst oder in sonst einer verantwortlicheren Position der Abteilung besaß. Sie hatten einen Außenseiter zum Opfer gewählt, sodass der Skandal einzig auf die Verwaltung zurückfallen würde.

Doch, es kam ihm immer wahrscheinlicher vor, dass das KUA dahintersteckte.

»Haben wir das möglicherweise Ihnen zu verdanken, Mikami?«

Die Frage überrumpelte ihn. *Ihm zu verdanken? Was?* »Ich verstehe nicht recht.«

»Sie erinnern sich nicht daran, hintenrum Strippen gezogen und damit vielleicht ungewollt mehr Staub aufgewirbelt zu haben als nötig?«

Machen Sie sich nicht lächerlich. Fast wäre es ihm herausgerutscht. Wenn der Vorwurf auf jemanden zutraf, dann auf Futawatari.

»Ich erinnere mich an nichts dergleichen, nein.«

»Ach? Heißt das, Sie haben sie *absichtlich* gegen uns aufgebracht?«

»Wie bitte?«

»Sie scheinen diversen Beamten des Kriminaluntersuchungsamts Besuche abgestattet zu haben. Ich dachte, das hätte ich Ihnen ausdrücklich untersagt.«

Mikami knirschte mit den Zähnen. Daher wehte also der Wind. Akama hatte ihm zwar nicht den Grund für den Besuch des Generalinspekteurs enthüllt, witterte aber dennoch sofort Verrat.

»Ich habe mir nichts vorzuwerfen. Ich habe mir die Informationen verschafft, die ich brauche, um meine Arbeit tun zu können, weiter nichts.«

»So, so. Dann reißen Sie sich jetzt noch mal richtig am Riemen, schon im Interesse Ihrer Familie. Ich schicke Ishii allein zum runden Tisch, und Sie finden derweil heraus, wie dieser Artikel zustande kommen konnte, und glätten die Wogen. Direktionsleiter Kobogata kann sicher auch Beistand gebrauchen, schicken Sie also jemanden von Ihrem Team zu der Pressekonferenz in Direktion F. Und ich erwarte, gleich im Anschluss über alles ins Bild gesetzt zu werden – die Fragen, die gestellt wurden, die Antworten darauf. Nur, dass das klar ist.«

Er beendete das Gespräch, ehe Mikami antworten konnte. Mikami legte den Hörer auf, bewusst ruhig, weil er Minako hinter sich spürte.

Schon im Interesse Ihrer Familie.

Akama hatte die Gelegenheit beim Schopf gepackt, um die Zügel noch einmal anzuziehen.

Mikami starrte noch immer grimmig auf das Telefon, als es erneut klingelte.

Es war Suwa. Er klang außer Atem.

»Haben Sie heute Morgen schon die *Toyo* gesehen?«

»Ja.«

»Dieser Mistkerl Akikawa. Ich hab's doch geahnt.«

»Er macht vor nichts halt, ich weiß.«

»Es ist meine Schuld. Ich hätte ihn nicht aus den Augen lassen dürfen.«

Die Entschuldigung rief Mikami das Telefonat vom Vorabend ins Gedächtnis, ihre Auseinandersetzung wegen Mikumo; zum Glück half das neue Problem ihnen nun über jede Restbefangenheit hinweg.

»Die *Times* hat angerufen und ein paar von den anderen auch – sie wollen alle wissen, was an dem Bericht dran ist.«

»Verstehe. Sie können ihnen sagen, dass er im Großen und Ganzen den Tatsachen entspricht. Und dass Sie glauben, dass der Wachtmeister bereits verhaftet wurde.«

»Wirklich? Er ist schon verhaftet?«

»Ja.«

»Dann stimmt es also, was in dem Artikel steht?«

»Davon können wir wohl ausgehen, ja.«

Suwa stieß einen langen Seufzer aus. Und er stand im Zweifel nicht allein mit seiner Reaktion. Jeder Beamte würde die gleiche Frustration empfinden. *Um Gottes willen, nicht schon wieder jemand, der unseren Namen in den Schmutz zieht.*

»Was machen die anderen, jetzt, wo sie leer ausgegangen sind?«

»Ein paar fordern bereits eine Pressekonferenz.«

»Es ist eine für neun Uhr anberaumt, in Direktion F. Meinen Sie, die können Sie übernehmen?«

»Natürlich. Und vorher gehe ich ins Büro und schaue, was da so alles anfällt.«

Damit schien er auflegen zu wollen. Mikami hielt ihn zurück.

»Haben Sie irgendeine Vermutung, wer Akikawas Quelle sein könnte?«

Glauben Sie, es war das Kriminaluntersuchungsamt? Das war die Frage, die in seinen Worten mitschwang. Er wollte wissen, ob Suwa irgendwie mit Akama in Verbindung stand – ob der Nachrichtenfluss in beide Richtungen ging. War Suwa im Bild über den Ärger rund um den Besuch des Generalinspekteurs?

»Oh …« Suwa schwieg, ehe er eine Spur verlegen fortfuhr: »Nein. Noch nicht jedenfalls. Ich höre mich um.«

»Das wäre sehr nett von Ihnen«, sagte Mikami und hängte ein. Im Grunde genommen war es grausam, die eigenen Mitarbeiter so auf die Probe zu stellen. Suwa wusste nichts von den Problemen. Mikami hätte sich sein eigenes Verhältnis zu dem Mann bewusst machen sollen, ehe er über etwaige Verbindungen zwischen ihm und Akama spekulierte. Er hatte Suwa über die wahren Zusammenhänge im Dunkeln gelassen, genau wie Akama ihn. Kuramae und Mikumo ebenso.

Eisig durchfuhr ihn die Erkenntnis.

Er hatte nie vorgehabt, echte Bindungen aufzubauen, nicht hier in der Verwaltung. In zwei Jahren würde er zum Kriminaluntersuchungsamt zurückkehren. Die verkappte Entscheidung, die er vor acht Monaten getroffen hatte, kam ihm nun verheerend kurzsichtig vor.

42

Als Mikami im Präsidium ankam, war es halb acht.

Suwa war schon im Büro, wenn auch offensichtlich noch nicht lange. Mikumo saß an ihrem Schreibtisch und telefonierte. Von der Seite wirkte ihr Gesicht eine Spur verquollen. Sie sah in seine Richtung. Nickte zum Gruß. Sie hatte nur einen Hauch Make-up aufgelegt, fast gar keins – vielleicht um damit ihre neue Entschlossenheit zu bekräftigen, dachte Mikami.

Suwa trat vor ihn, wie um ihm den Blick zu verstellen.

»Ich habe Kuramae nach nebenan geschickt, damit er sich ein bisschen umtut. Vielleicht lässt sich die Lage ja zu unserem Vorteil wenden.«

Mikami verstand, worauf er abzielte. Die *Toyo* hatte eine Reihe von Exklusivberichten gebracht. Und der heutige Artikel enthielt Einzelheiten über ein schweres Dienstvergehen – Material, nach dem man sich als Reporter die Finger leckte. Die übrigen Zeitungen mussten am Verzweifeln sein. Sie hatten sich zum Protest gegen die anonymisierte Berichterstattung vereint, aber die *Toyo* – die dabei die treibende Kraft gewesen war – stand als der alleinige Sieger da; die anderen fanden sicher, dass die *Toyo* sich das Chaos zunutze gemacht und sie verraten hatte; sie würden sich gezwungen sehen, ihren Zusammenhalt zu hinterfragen.

»Ihr Verhältnis untereinander muss derzeit sehr angespannt sein. Da müssten wir es relativ leicht schaffen, die Gemäßigten auf unsere Seite zu ziehen. Wenn alles gut läuft, können wir sie vielleicht sogar von ihrem Boykott gegen das Interview mit dem Generalinspekteur abbringen.«

Mikami beließ es bei einem vorsichtigen Nicken.

Durch den unerwarteten Coup der *Toyo* hatte sich die Sachlage verändert, keine Frage, aber Suwas Gesichtsausdruck strafte seine zuversichtlichen Worte Lügen. Erst gestern Abend hatte er darauf bestanden, dass eine Entschuldigung ihre einzige Hoffnung war, wenn sie Boden gutmachen wollten. Hatte er über Nacht den Mut verloren? Ein Alleingang der Pressestelle ohne vorherige Absprache mit Akama – Mikami war klar, dass ein aufstrebender Beamter wie Suwa, einer der Hoffnungsträger der Abteilung, mit einem solchen Vorschlag ein großes Risiko einging. Er konnte ihm keinen Vorwurf machen, dennoch enttäuschte es ihn. Suwa war und blieb Akamas loyaler Diener.

»Guten Morgen, Direktor Mikami.«

Mikumo erhob sich und neigte den Kopf. Mikami hatte schon bemerkt, dass sie ihr Telefonat beendet hatte. Das Kinn an den Hals gedrückt, stand sie da, unnatürlich förmlich und steif. Sie würde sich für den Ton entschuldigen, den sie am Telefon angeschlagen hatte. Aber sie würde sich nicht dafür entschuldigen, dass sie mit ins Amigos gegangen war. Das sah er an der kaum wahrnehmbaren Verengung ihrer Lider.

»Ich habe mich ein wenig über den Gefängniswärter schlaugemacht.« Zum zweiten Mal trat Suwa zwischen sie. Er hatte Papiere in den Händen, Faxe und etwas, das wie eine Personalakte aussah. »Sein Name ist Yoshitake Kuriyama. Fünfzig Jahre alt. Ist er Ihnen zufällig ein Begriff?«

Mikami verneinte. Vage kam ihm der Name bekannt vor – sie waren beide schon so lange dabei –, aber zumindest war er sich sicher, dass es niemand vom Kriminaluntersuchungsamt war.

»Nach der Polizeischule scheint er den Großteil seiner Laufbahn in Kōban und kleinen Revieren auf dem Land verbracht zu haben. Ins Untersuchungsgefängnis ist er versetzt worden, weil er bei seinem Vorgesetzten über wachsende Rückenprobleme geklagt hat.«

Er gehörte nicht der Verwaltung an. Das war Suwas Art, diese Tatsache klarzustellen.

»Wie steht es mit Auszeichnungen, Disziplinarverfahren?«

»Nichts Nennenswertes. Er hat einen Eintrag, weil er bei irgendeiner Verlustanzeige eine Akte verlegt hat, aber das ist schon ewig her.«

»Und konnten Sie herausfinden, was die Kollegen von ihm halten?«

»Nicht allzu viel, wie es scheint. Ich habe gerade jemanden in Direktion F gefragt. Er war anscheinend leicht depressiv und verdruckst. Aber dabei wichtigtuerisch. Eine eher verkrachte Existenz offenbar. Wobei er angeblich relativ gut aussieht und deshalb in den Bars entsprechend ankam.«

Ein flaues Gefühl bemächtigte sich Mikamis.

»Aha. Und die Frau – wie sieht's da aus?«

»Auch nicht viel erfreulicher.«

Ihr Name war Natsuko Hayashi. Siebenunddreißig Jahre alt. Sie hatte in einem Massagesalon gearbeitet und war derzeit mit einem bekannten Straftäter liiert, dessen Spezialgebiet Einbrüche waren. Ihr Ehemann verbüßte eine Haftstrafe wegen wiederholter Gelegenheitsdiebstähle.

Mikami konnte ein verächtliches Lachen nicht zurückhalten.

»Klingt wie das ideale Paar. Oder war sie nicht auch wegen Diebstahl in Haft?«

»Doch. Diebstahl einer Tasche. Von einer Schülerin, die sich am Bahnhof eine Fahrkarte kaufen wollte.«

Mikami ließ den Kopf kreisen, während er das Gehörte verarbeitete.

»Seltsam eigentlich, dass er es zugegeben hat.«

»Was meinen Sie?«

»Kuriyama. Auf den Gutscheinen wird ja wohl kaum sein Name gestanden haben. Warum hat er nicht einfach behauptet, sie hätte sich die Geschichte nur ausgedacht?«

»Ach, das, ja. Anscheinend hat sie eine schriftliche Aussage gemacht. Ihm muss klar gewesen sein, dass ihm Ärger blüht, wenn sein Chef – oder seine Familie – dahinterkommt; offenbar hat sie es geschafft, ihm einen Entschuldigungsbrief abzuluchsen.«

Handfeste, schlüssige Beweise. Hatte die *Toyo* davon gewusst? Dann war es kein Wunder, dass sie sich ihrer Sache sicher genug gewesen waren, um den Artikel ohne vorherige Rücksprache mit der Polizei zu bringen.

»Das heißt, die Quelle könnte Hayashi selbst sein?«

Suwas Blick verlor einen Moment lang jede Ausrichtung; er blinzelte mehrmals, sah dann wieder Mikami an.

»Wäre das logisch? Ich meine, die Gutscheine hatte sie ja schon. Und nur die waren ja wahrscheinlich ihr Motiv für die Erpressung. Sie hätte nichts davon gehabt, die Geschichte der Presse zuzutragen.«

»Gut, und von wem hat Akikawa sie dann?«

Anders als am Telefon kam Suwas Antwort prompt: »Einen Namen habe ich nicht, aber ich bin mir ziemlich sicher, dass die Quelle ein Kriminalbeamter war.«

»Wieso denken Sie das?« Mikami verzog keine Miene.

»Wegen etwas, das meine Kontaktperson in Direktion F gesagt hat, ein Mann aus der Verwaltungsabteilung. Er meinte, bei ihnen wusste niemand von Kuriyamas Vergehen, und selbst wenn, hätten sie sich eher die Zunge abgebissen, als damit an die Presse zu gehen. Er sagte, es würde schlicht keinen Sinn ergeben, wenn jemand aus der Verwaltung die Quelle wäre.«

»Aber gilt das für die Kriminalbeamten nicht ganz genauso? Schließlich sieht das KUA die Untersuchungsgefängnisse ja als sein Hoheitsgebiet.«

»Natürlich, aber offiziell liegt die Verantwortung bei der Verwaltung. Und die nehmen die Verschwiegenheitspflicht bitter ernst, das wird allen vom ersten Tag an eingebläut.«

Anders als die Kripo-Leute, die den Mund nicht halten können. Suwa machte stark den Eindruck, als wäre das der eigentliche Sinn seiner Worte. Er drückte es höflicher aus, aber sein Blick war umso beredter.

»Hayashi könnte es rein zufällig gegenüber einem der Kriminalbeamten erwähnt haben ... was Kuriyama mit ihr gemacht hat.«

»Und der Beamte hat es ebenso zufällig gegenüber der Presse erwähnt?«

Suwa, dem Mikamis Irritation nicht entging, beugte sich vor. »Meine Kontaktperson fand, dass die Kriminalbeamten etwas merkwürdig reagiert haben.«

»Merkwürdig? In welcher Hinsicht?«

»Nun ja, im Prinzip muss der Artikel in der Morgenausgabe ja ein ziemlicher Schock für sie gewesen sein. Der Direktionsleiter hat die ganze Belegschaft zusammengerufen, sodass sie alle in der Dienststelle waren, aber ... ja, irgendwie wirkte keiner von den Kriminalbeamten besonders überrascht, meinte er. Es schien eher so, als hätten sie schon gewusst, was kommt, und nur erstaunt getan.«

»Sie werden keinen Kripo-Mann finden, der seine Überraschung offen zeigt.«

Aber noch während er es sagte, musste Mikami sich eingestehen, dass Suwa vermutlich recht hatte. Sie sprachen hier über eine halbseidene Masseurin mit einem notorischen Einbrecher als Freund. Das Pärchen war auf dem Revier sicher bestens bekannt. Die Atmosphäre im Vernehmungsraum musste vergleichsweise entspannt gewesen sein, viel entspannter als im Fall einer Ersttäterin. Da konnte sie durchaus einem Beamten anvertraut haben, dass es einen Wärter gab, der zudringlich wurde. Wobei ja zur Zeit der Übergriffe alles ruhig geblieben war, was dafür sprach, dass es eher Andeutungen gewesen waren als konkrete Anschuldigungen. So oder so musste die Geschichte unter den Ermittlern die Runde gemacht haben, als ein offenes Geheimnis, das von Dienststelle zu Dienststelle weitererzählt wurde, womöglich sogar bis ins Präsidium.

Das ließ nur den Schluss zu, dass die undichte Stelle im KUA zu vermuten war. Das Gerücht hatte den Weg bis in Arakidas Büro gefunden. Er hatte einen der Beamten in Direktion F damit beauftragt, der Sache nachzugehen. Und dann zu dem wirksamsten Mittel gegriffen, um die Verwaltung unter Druck zu setzen – der *Toyo* mit ihrer Auflage von acht Millionen.

Mikami sah Suwa an.

»Ihrer Meinung nach haben also die Kriminalbeamten in Direktion F die Nachricht durchsickern lassen. Sehe ich das richtig?«

»Ja.«

»Und Akikawa hat den weiten Weg zu irgendeinem obskuren Provinzrevier auf sich genommen, um an die Geschichte zu kommen?«

»Ich glaube nicht, dass er irgendwelche Wege auf sich nehmen musste. Die Geschichte ist ihm zugespielt worden. Er ist ziemlich bekannt. Jeder, der hier einmal gearbeitet hat, kennt seinen Namen.«

»Warum sollte ihm jemand die Geschichte zuspielen?«

»Da es so eine große Sache ist, würde ich sagen, dass der Betreffende es auf den Direktionsleiter selbst abgesehen hatte. Kobogata steht in dem Ruf, schwierig zu sein, krankhaft schwierig schon fast. Nicht wenige würden aufatmen, wenn sie ihn los wären.«

Also das war die Überlegung, die seiner »Kripo-Theorie« zugrunde lag. Ganz unplausibel klang es nicht. Dennoch wäre Suwas Schlussfolgerung sicher anders ausgefallen, hätte er von den Querelen rund um den Besuch des Generalinspekteurs Kenntnis gehabt. Wenn Mikami ihn ins Vertrauen ziehen wollte, musste es jetzt sein. Das schien der einzige Weg, sich seine Loyalität zu sichern: Suwa aktiv einzubinden, zu verhindern, dass Akama ihn als Erster einweihte. Aber wie wollte er das Thema anschneiden? Bei zu vielem tappte er selbst noch im Dunkeln. Es wäre ihm unstatthaft vorgekommen, Suwa nur einen groben Abriss zu geben – nur die Unstimmigkeiten anzusprechen, aber nichts sonst; das war, als händigte man jemandem einen Leichensack aus, ohne dazuzusagen, was er enthielt.

»Ich sollte mich langsam auf den Weg machen.« Suwa warf einen raschen Blick auf seine Uhr. »Eines wollte ich vorher aber noch fragen.«

»Fragen Sie.«

»Für Kobogata ist es die erste Pressekonferenz dieser Art. Möglich, dass wir ihn ein bisschen bei der Hand nehmen müssen.« Er senkte die Stimme zu einem Flüstern. »Ich könnte anregen, dass er etwas über Hayashis … Vorgeschichte einfließen lässt. Entweder gegen Ende der Konferenz selbst oder gleich danach, wenn alle sich unterhalten, quasi als eine Art inoffizieller Kommentar. Ein paar von den Zeitungen verlieren vielleicht das Interesse, wenn sie erfahren, dass sie ›Masseuse‹ war und mit einem verurteilten Straftäter liiert ist. Und selbst wenn nicht, werden sie sich in ihren Abendausgaben auf jeden Fall mehr zurückhalten.«

Mikami seufzte kurz auf.

»Weil sie dann denken, die Sache könnte von ihr ausgegangen sein, meinen Sie?«

»Wenn wir so einen Verdacht schüren könnten … das wäre optimal für uns. Kobogata braucht gar nichts zu sagen, sondern die Reporter nur ihre eigenen Schlüsse ziehen zu lassen.«

Kein schlechter Plan. Trotzdem hatte Mikami noch Bedenken.

»Nichts zu sagen könnte funktionieren. Aber wir dürfen auf gar keinen Fall versuchen, die Presse in die andere Richtung zu steuern. Selbst wenn Hayashi Kuriyamas Übergriffe tatsächlich provoziert hätte, ändert das nichts daran, dass er ein verkommenes Schwein ist. Es darf unter keinen Umständen so aussehen, als würden wir ihn in Schutz nehmen. Die Berichterstattung wird noch viel übler ausfallen, wenn die Reporter denken, wir ergreifen für ihn Partei.«

Mikami vollendete den letzten Satz überstürzt; das Telefon auf seinem Schreibtisch hatte zu klingeln begonnen.

»Was tut sich im Presseraum?«

Es war Ishii. Suwa schien sich für weitere Anweisungen bereitzuhalten; Mikami bedeutete ihm mit dem Kinn, dass er gehen konnte.

»Im Augenblick ist noch alles ruhig.«

»Ich weiß gar nicht mehr, wo mir der Kopf steht. Jetzt darf ich auch noch die Entschuldigung beim runden Tisch übernehmen.«

Mikami hatte mit einem wutschnaubenden Ishii gerechnet, aber der Mann klang erstaunlich aufgekratzt. »Sie machen das sicher ausgezeichnet. Denken Sie einfach dran: Wir entschuldigen uns nicht, wir erklären lediglich, was passiert ist.«

»Ja, ja. Ich kriege das schon hin.«

»Es könnte eventuell etwas hitzig werden, jetzt, wo auch noch der Ärger in Direktion F dazukommt.«

»Keine Sorge. Präsident Tsujiuchi hat sich entschlossen, dieses Mal fernzubleiben.«

Das hatte Mikami schon erwartet. Wenn der Präsident bei der Konferenz erschiene, müsste er sich den Fragen zu Kuriyamas Dienstvergehen stellen – in all seiner Schändlichkeit. Er müsste sich entschuldigen. Um ihn vor dieser Blöße zu bewahren, würden Shirota oder Akama an seiner statt das Haupt beugen. Die Frage war, ob die alten Hasen unter den Reportern, denen solche Tricks nur zu geläufig waren, seine Abwesenheit einfach so hinnehmen würden.

Mikami winkte dem hinausgehenden Suwa zu. Mikumo reagierte, indem sie den Kopf hob.

»Wie gedenken Sie das Fehlen des Präsidenten zu erklären?«, fragte Mikami.

»Die Konferenz beginnt um ein Uhr, richtig? Wir haben Kuriyamas Anhörung so gelegt, dass die beiden Termine kollidieren. Dann sieht die Presse, dass er mit der Situation alle Hände voll zu tun hat, und kann nicht den Eindruck bekommen, er würde die Sache nicht ernst nehmen.«

Ishii sagte es mit einem Anflug von Stolz. Wahrscheinlich war es seine Idee gewesen.

»Was hat Akama gesagt?«

»Er fand es einen guten Plan.«

»Nicht dazu. Über die *Toyo*-Geschichte.«

»Was erwarten Sie? Er war natürlich extrem schlechter Laune.«

Mikami beendete das Gespräch ohne weitere Fragen. Ishii gehörte nicht zum Kreis der Eingeweihten. Er war aufgeregt, weil ein hohes Tier aus Tokio zu Besuch kam, aber über die Hintergründe wusste er nichts. Mikami griff nach dem externen Apparat, der an der Ecke seines Schreibtisches stand.

Ich würde gern vorbeikommen, wenn möglich gleich heute Abend. Mikami wählte Shozo Odates Privatnummer. Mehr als das wollte er nicht sagen. Er fürchtete immer noch, seinen Wohltäter in etwas hineinzuziehen, das diesem möglicherweise schadete, aber er konnte nicht einfach dasitzen und nichts tun. Bis zum Besuch des Generalinspekteurs blieben nur noch drei Tage.

Während es am anderen Ende klingelte, warf er einen verstohlenen Blick zu Mikumo hinüber, ganz unauffällig mit Umweg über die Wand hinter ihr. Sie saß an ihrem Tisch in der Ecke, ihre Finger glitten wie von selbst über die Tasten. Aber er konnte spüren, dass ihre Aufmerksamkeit ihm galt. Sie wartete darauf, dass er zu telefonieren aufhörte. Mikami wurde es eng in der Brust. Er sah weg. Sie wollte von ihm Aufgaben zugewiesen bekommen, als wäre sie ein Mann. Er begann gerade erst einzusehen, wie schwer ihm das fiel. Sie war immer so willig und loyal gewesen, bis gestern Abend. Er spürte ein stechendes Gefühl des Verlusts. Offenbar war Akama nicht der Einzige, dem eigenständiges Handeln bei seinen Mitarbeitern ein Dorn im Auge war.

Niemand hob ab. Vielleicht machte Odate einen Morgenspaziergang mit seiner Frau, als Teil seines Reha-Programms. In der Zwischenzeit war Kuramae ins Zimmer zurückgekehrt. Sobald Mikami auflegte, kam er zu ihm. Sein Gesicht wirkte aufgedunsen, anscheinend waren die nächtlichen Aktivitäten mit beträchtlichem Alkoholkonsum verbunden gewesen.

»Wie sieht's drüben aus?«

»Sie sind jetzt alle unterwegs zur Pressekonferenz in Direktion F. Aber die Stimmung war die ganze Zeit ziemlich angespannt. Bis auf die *Toyo* haben sie alle die Köpfe zusammengesteckt und in Zweier- und Dreiergruppen miteinander getuschelt.«

»Sodass man das Gefühl hat, es braut sich etwas zusammen?«

»Irgendwie ja«, sagte Kuramae, sichtlich bedrückt. Es war ihm immer noch nicht gelungen, die Mauer des Misstrauens zu durchbrechen.

»War Akikawa da?«

»Nein, den habe ich nicht gesehen. Sein Stellvertreter war bis eben hier – Tejima.«

»Verstehe. Wenn Sie ihn sehen, sagen Sie ihm, ich möchte ihn sprechen.«

»Ist gut.«

Aus Mikamis Sicht war die Unterhaltung beendet, aber Kuramae blieb vor seinem Tisch stehen, als hätte er noch etwas auf dem Herzen.

»Ja?«

»Äh ... ich ... ich wollte nur sagen, dass ich jetzt alle Informationen über Ryoji Meikawa beisammenhabe.«

»Meikawa?«

»Der Rentner, der bei dem Autounfall ums Leben gekommen ist?«

Ach, richtig. Er hatte Kuramae angewiesen, sich um die Sache zu kümmern, aber er hatte es nur nebenbei gesagt und nicht mit einem Bericht gerechnet.

»Haben Sie etwas in Erfahrung gebracht?«

»Ja, es hat sich herausgestellt, dass er aus Hokkaido war.« Kuramae schien eine überraschte Reaktion zu erwarten. »Genauer gesagt, aus Tomakomai. Seine Familie war arm, und er konnte gerade mal die Grundschule beenden. Mit unter zwanzig kam er dann hierher und arbeitete die nächsten vierzig Jahre seines Lebens in einer Fabrik, die Pasten herstellt. Er war ... Moment ... zur Zeit des Unfalls war er zweiundsiebzig, das heißt, er war seit zwölf Jahren in Pension. Seine Frau ist vor acht Jahren gestorben, und Verwandte hier in der Nähe hatte er nicht, deshalb lebte er ganz allein in einer heruntergekommenen Wohnung und schlug sich mit seiner Pension durch. Die Wohnung gehörte ihm, aber nicht das Grundstück dazu.«

Mikami wusste nicht, was er sagen sollte. War das Kuramaes Vorstellung von einem Faktencheck?

»Was haben Sie über den Unfall herausgebracht?«

»Ach so, ja. Die Todesursache waren innere Blutungen. Für den Unfall als solchen gab es keine Zeugen, deshalb lässt sich die Aussage der Fahrerin, dass der Mann einfach auf die Fahrbahn getreten sei, ohne nach links oder rechts zu schauen, weder bestätigen noch widerlegen. Der Mann war aus einer Bar in der Nähe des

Unfallorts gekommen, die nicht weit entfernt von seiner Wohnung liegt. Dem Barbesitzer zufolge war das etwas, das sich der alte Mann einmal im Monat gönnte – in die Bar zu gehen und ein paar Gläschen Shōchū zu trinken. Er war richtig traurig, als er von dem Unfall erfuhr, hat er mir erzählt. Er sagte, der Mann hätte seinen Branntwein so genossen, und wenn er fünf Minuten früher oder später aufgebrochen wäre, dann …«

»Moment!«

Mikami schnitt ihm das Wort ab, denn eben kam Akikawa zur Tür herein.

»Tut mir leid, dass ich gestern Abend nicht da war. Ich hatte fest vor zu kommen, aber dann hab ich's einfach nicht geschafft …«

Seine Stimme war honigsüß, die Worte an Mikumo in ihrer Ecke gerichtet. Über Mikumos sonst so unbewegte Züge huschte ein Lächeln, als wollte sie sagen: *Vielleicht ja nächstes Mal*, was Mikamis Unbehagen noch verstärkte.

»Akikawa. Auf Sie habe ich gewartet.«

»Ich bin gerührt, Mikami«, witzelte Akikawa und ließ sich unaufgefordert auf eins der Sofas fallen.

Reporter strahlten unweigerlich etwas Postkoitales aus, wenn man sie am Tag nach einem Enthüllungsbericht traf. Es war immer dieselbe Mischung aus Abgespanntheit und Befriedigung, und Mikami vermutete, dass es tatsächlich eine Art Lust sein musste, was die Presseleute bei ihrer Jagd nach einer Story antrieb.

Mikami setzte sich neben ihn.

»Sie haben uns ja einen schönen Start in die Woche beschert.«

»Ich mach nur meinen Job. Wie haben es die anderen aufgenommen?«

»Das können Sie Tejima fragen.«

»Auch wieder wahr. Worüber wollten Sie mit mir sprechen?«

Akikawa fand allmählich zu seinem üblichen Gleichmut zurück. Mikami wurde klar, dass dies ihr erstes Aufeinandertreffen seit dem Zusammenprall im Präsidialbüro war.

»Warum haben Sie nicht angerufen und die Meldung bestätigen lassen, bevor Sie sie rausgebracht haben?«

»Das ist mein gutes Recht.«

»Wer war Ihre Quelle?«

»Sie denken, ich lege Ihnen meine Quelle offen? Kommen Sie, Mikami, das ist Ihrer nicht würdig.«

»Sie haben einen Tipp von Direktion F bekommen.«

»Mikami. Sparen Sie sich die Puste. Sie wissen doch, dass Sie von mir nichts erfahren.«

»Nein, Sie haben es direkt von Arakida.«

Mikami hatte seinen Pfeil abgeschossen. Die Pause, die folgte, verriet den Treffer. Aber Akikawas einzige Reaktion war ein langsames Blinzeln.

»Sehr riskant, so etwas.«

»Ich kann nicht ganz folgen.«

»Nichts im Leben ist gratis«, sagte Mikami drohend.

Ein Muskel an Akikawas Wange zuckte. In seinem Blick blitzte etwas wie Furcht auf. Ein Mann wie Akikawa wusste es bestimmt nur zu gut. Nach einem Köder zu schnappen war immer gefährlich. Man ging Verbindlichkeiten ein, man stand in jemandes Schuld; wenn man nicht aufpasste, wurde man zu einem Werkzeug der Polizei, einem Instrument zur Manipulation und Infiltration.

Akikawa seufzte ostentativ.

»Ach. Dann wollten Sie mich also nicht sprechen, um mit mir über die Entschuldigung zu reden.«

»Wie bitte?«

»Ihre Entschuldigung beim Presseclub wegen der Sache im Präsidialbüro. Und ich hätte geschworen, Sie wollten mit mir die vorbereitenden Schritte durchgehen.«

Akikawa war nicht im Amigos gewesen, aber die Nachricht von Suwas Vorarbeit hatte ihn anscheinend trotzdem erreicht.

»Wenn ich mich entschuldige, würden Sie den Boykott dann abblasen?«

»Deshalb bin ich hier – um Ihnen meine Antwort darauf zu geben. Und die Antwort lautet Nein.«

»Wie sehen die anderen das?«

Akikawa runzelte die Stirn, seufzte ungeduldig. »Sie kapieren es einfach nicht. Wenn der Presseclub auseinanderbrechen würde, sooft einer von uns eine Exklusivstory bringt, hätte er schon längst das Zeitliche gesegnet.«

Es konnte Chuzpe sein. Es konnte ein Bluff sein.

Akikawa stand auf. »Ich bin in unserer Redaktion. Sollte sich etwas ergeben, erreichen Sie mich dort.«

»Sie wollen nicht zur Direktion F?«

»Da habe ich Tejima hingeschickt. Ich gehe zu der Konferenz hier bei uns, im Präsidium.«

»Hier?«

Mikami sah rasch zu Kuramae hinüber und fing in derselben Bewegung Mikumos Blick ein. Beide wussten ganz offenkundig von nichts.

»Wir halten hier keine Pressekonferenz ab.«

»Ah ja, sicher.« Akikawa schlenderte gelassen aus dem Zimmer, ohne sich von der Antwort überrascht zu zeigen.

Etwas war im Busch. Er hatte noch ein Eisen im Feuer.

Heckte er etwas aus? Oder war es die *Toyo* – planten sie irgendeine Enthüllung beim runden Tisch? Oder konnte es …

Er dachte noch einen Moment länger darüber nach.

Die *Toyo* hatte ihre Informationen von Arakida bekommen. Davon war Mikami nach dem Gespräch mit Akikawa fest überzeugt. Vielleicht lag es an dieser plötzlichen Gewissheit, dass er in Akikawas Dreistigkeit die Handschrift des KUA erkannte.

43

Ein Uhr. Der runde Tisch hatte planmäßig begonnen. Kuramae war hinübergegangen, um zu protokollieren, Mikumo half, den Tee auszuschenken, sodass Mikami allein im Büro war.

Die Reporter, die zu Direktion F gefahren waren, waren noch nicht zurück. Suwa hatte angerufen, um zu melden, dass die Hintergrundinformationen, die er Kobogata über die Frau, Hayashi, zugeschanzt hatte, erste Früchte trugen: Die Presse war ihrer Geschichte schon auf der Spur und fahndete nach Schwachstellen in der Berichterstattung der *Toyo*. Mikami zweifelte nicht an ihrer Motiviertheit, aber er wusste, dass ihre Anstrengungen vergebens sein würden, solange Hayashi den schriftlichen Beweis in Händen hatte. Immerhin hatten sie die Reporter dank Suwa davon abhalten können, die Geschichte eins zu eins für ihre Abendausgaben zu übernehmen. Ihre Folgeberichte würden sich, gemessen an den Dimensionen des Skandals, harmlos ausnehmen.

Mikami legte den Hörer auf. Shozo Odate hatte er immer noch nicht erreicht. Vielleicht war er ja nicht spazieren, sondern in der Klinik oder zu einer Anwendung im Reha-Zentrum.

Mikami wollte gerade nach einer Zigarette greifen, als sein Blick auf eine Klarsichthülle auf seinem Schreibtisch fiel. Sie gehörte Kuramae. Er hatte sie bei seinem Aufbruch vergessen. Sie enthielt eine Anzahl loser Seiten, alle mit seiner sauberen Handschrift bedeckt. Sein Bericht über Meikawa, hatte er gesagt – sie waren nur bis zur Hälfte gekommen. Mikami verspürte kein sonderliches Verlangen, auch den Rest zu lesen, aber Kuramaes Art der Schwerpunktsetzung hatte ihn doch seltsam berührt.

Kuramae war der typische Schreibtischbeamte, der sich hauptsächlich durch Pflichtbewusstsein hervortat. Er hatte auf Regionalebene eine längere Krankheitsvertretung in Dezernat II übernommen, aber er war auch bei der Verkehrspolizei und bei Ordnungs- und Schutzaufgaben eingesetzt gewesen sowie im Präfekturpräsidium in der Versorgungsstelle. Durch seine vielen Wechsel zwischen den Abteilungen fehlte ihm ein eigenes Fachgebiet. Beamte, die es nicht schafften, sich zu spezialisieren, kamen bei der Polizei unter die Räder, und Kuramae war das beste Beispiel dafür. Der Eifer, mit dem er sich in die Ausarbeitung dieses speziellen Berichts gestürzt hatte, schien schwer vereinbar mit seiner sonstigen Abhängigkeit von den Anweisungen, die Suwa ihm gab.

Vielleicht hatte ihn etwas an dem Fall persönlich angesprochen, ihn an seinen Vater erinnert oder an jemanden aus der Generation seines Vaters. Was immer der Grund war – dass er sich derartig ablenken ließ zu einer Zeit, da das Büro solchen Turbulenzen ausgesetzt war …

»Ich komme herein.«

Die Tür ging auf, und ins Zimmer trat Mikumo. In der Regel kam sie nie zurück, bevor die Konferenz endete, aber Mikami hatte schon damit gerechnet, dass sie sich diesmal früher davonstehlen würde, und war wenig erstaunt, sie zu sehen.

»Wie läuft es drüben?«, fragte er.

Sie nahm vor ihrem Tisch Haltung an.

»Büroleiter Ishii ist noch bei seiner Ansprache.«

»Worüber spricht er?«

»Anonymisierte Berichterstattung und die Bereitstellung neuer Dienstleistungen.«

»Wie nehmen die Reporter es auf?«

»Er hat gerade erst angefangen, deshalb hören sie noch alle zu. Es ist ziemlich ruhig.« Sowohl die Lokalblätter als auch die großen Zeitungen seien alle durch ihre jeweiligen Redaktionsleiter oder Chefredakteure vertreten, sagte sie; nicht einer habe einen Untergebenen geschickt.

»Der Presseclub nennt sich gern die ›Vier Jahreszeiten‹, wussten Sie das?«

»Ja, das habe ich gehört.«

»Aber warum, wissen Sie nicht?«

»Nein.«

»Der Name kommt daher, dass es ursprünglich zwölf Mitgliedsagenturen waren – da lag die Analogie zu den zwölf Monaten des Jahres nahe. Es hat ihnen gar nicht gepasst, als *FM Kenmin* dazukam; letztlich haben sie den Namen aber beibehalten, weil die Mitgliedschaft nur vorläufig war.«

Er hatte gehofft, die Stimmung damit aufzulockern, aber Mikumos Haltung wurde nur noch steifer. Wahrscheinlich, weil er selbst so angespannt war. Es war nichts Rationales. Sie hatte ihm die Stirn geboten. Sich seinem Befehl widersetzt. Er begriff, dass er sie durch sein Verhalten dazu getrieben hatte, zumindest verstandesmäßig begriff er es, aber dieser Tatsache hier im Büro ins Gesicht zu sehen war nicht leicht.

Vor allem, wenn …

Wie er schon befürchtet hatte, ließ Mikumo die Gelegenheit zu einer Entschuldigung nicht ungenutzt.

»Direktor Mikami, wegen gestern Abend …«

Lassen Sie's gut sein. Mikami schnitt ihr das Wort ab. Es gab nichts Schlimmeres, als sich von jemandem, der nichts Unrechtes getan hatte, um Verzeihung bitten zu lassen. »Reden wir nicht länger davon, ja? Wie lief es denn nach unserem Telefonat noch?«

Sie schaute verunsichert.

»Ich frage Sie das ganz ernsthaft. Ich möchte gern wissen, was Sie daraus mitgenommen haben – aus dem persönlichen Kontakt mit den Reportern.«

»Nun ja … Ich glaube, ich habe viel gelernt.«

»Worüber?«

»Wir haben sehr viel geredet. Ich würde sagen, ich habe jetzt ein besseres Gefühl für ihre Sicht der Dinge.«

»Für ihre Sicht der Dinge?«

Sie nickte befangen.

»Was mich mit am meisten erschreckt hat, als ich hier angefangen habe, war die Feindseligkeit der Reporter. Es hat mich an die Zeit erinnert, als ich bei der Verkehrspolizei war. Sooft wir jemanden erwischt hatten, der falsch parkte oder zu schnell fuhr, reagierten die Leute mit Wut; sie beschimpften uns oder behandelten uns herablassend oder warfen uns höhnische Bemerkungen an den Kopf. Teils wurden sie auch aggressiv, und sie drohten uns und behaupteten, wir wollten nur unsere Quoten erfüllen, wir würden eine persönliche Befriedigung daraus ziehen. Also habe ich immer mehr angefangen, unsere Arbeit – zumindest in der allgemeinen Wahrnehmung – als eine Art notwendiges Übel zu betrachten. Mit den Reportern schien es das Gleiche. Sie waren so wenig bereit, Verständnis zu zeigen. Für sie waren wir die Bösen. Oder wenigstens fühlte es sich so an, diese tagtägliche Aggression von ihrer Seite. Aber dann …«

»Moment mal«, unterbrach Mikami sie, außerstande, sich zu bremsen. Entrüstet wiederholte er die Formulierung, die sie gebraucht hatte: »Sie haben uns als *notwendiges Übel* betrachtet?«

Mikumo sah ihn ängstlich an, hielt aber die Stellung. »Ich wollte damit nur sagen, dass das mit in unsere Arbeit hineinspielt, aus der Sicht der Öffentlichkeit zumindest.«

»Diese Leute haben sich geärgert, dass sie einen Strafzettel bekommen sollten. Und sie hatten eine Frau vor sich, also dachten sie, die können sie ruhig anschreien. Das ist alles.«

»Möglich. Aber sie hatten recht damit, dass ich eine Quote zu erfüllen hatte.«

»Es ist nun mal eine Tatsache, dass Falschparker Feuerwehrautos und Krankenwagen behindern.«

»Das habe ich mir auch zu sagen versucht, um mein Vorgehen zu rechtfertigen. Aber es war nicht mehr wie vorher im Kōban. Ich konnte nicht stolz sein auf meine Arbeit. Ich habe viel Zeit damit verbracht, mich zu fragen, ob wir nicht tatsächlich ein notwendiges Übel sind.«

Sie würde sich nicht halten. Selbst wenn sie ihre Zeit in der Pressestelle überstand, würde sie auf irgendeinem anderen Posten zerrieben werden.

»Hören Sie, wir können hier keine privaten Befindlichkeiten durchdiskutieren. Wir sind nicht bei Ihnen zu Hause, und ich bin nicht Ihr Vater. Die Polizei ist alles andere als eine Mutterfigur.«

Mikumo hielt seinem Blick stand. Eine kurze Stille trat ein, dann stieß sie einen kaum wahrnehmbaren, flattrigen Atemzug aus. Sie drückte die Hand an die Brust. Sie wollte nicht die Herrschaft über ihre Gefühle verlieren.

»Wir waren bei Ihrem Bericht über das Amigos.«

»Richtig.«

»Die Reporter sehen uns als notwendiges Übel. Wollen Sie darauf hinaus?«

Mikumo schüttelte rasch den Kopf. »Den Eindruck hatte ich vorher – aber das stimmt nicht. Sie sind skeptisch, das ja. Und sie sehen es sehr stark als ihre Aufgabe, uns auf die Finger zu schauen. Aber sie zweifeln keine Sekunde daran, dass wir ein wichtiger Teil der Gesellschaft sind. Ganz im Gegenteil, sie sind aus so großer Nähe mit so vielen Gewaltverbrechen befasst, dass ich sogar glaube, bei dem Gedanken, unsere Autorität könnte zu bröckeln beginnen, fürchten sie ernsthaft um die Gesellschaft als Ganzes. Wenn mich nicht alles täuscht, besteht noch Hoffnung.«

»Hoffnung?«

»Dafür, die Pressestelle zu einem offenen Fenster zu machen.«

Es fühlte sich an wie ein Stoß vor die Brust.

»Gut, aber Sie haben nun ja gesehen, wie es real um uns steht. Wir sind nichts dergleichen.«

Mikumo wollte schon nicken, unterließ es dann aber. Er hatte den Eindruck, dass sie mit etwas hinterm Berg hielt.

»Sie haben mir einmal gesagt, Ihrer Meinung nach erfüllen die Kōban diese Funktion.«

»Ja, Direktor Mikami.«

»Immer zur Außenwelt hin offen. Mit einem direkteren Draht zu den Menschen. Haben Sie das gemeint?«

»Ja. Aber auch, dass die Kōban durch ihre Arbeit täglich aufs Neue demonstrieren, dass wir es gut meinen. Alle, die zur Polizei wollen, tun das mit dem gleichen Ziel. Alle wollen sie anderen helfen, alle wollen sie ihren Teil dazu beitragen, die Welt ein Stückchen besser zu machen. Wer neu bei der Polizei anfängt, der versucht nicht, seine Motivation zu verschleiern, seinen Wunsch, Gutes zu tun. Und diese Art von Offenherzigkeit hat eine positive Wirkung auf die Presse.«

Mikami hatte sie unterschätzt – er hatte angenommen, dass sie nur ihrem Frust über ihre Zeit bei der Verkehrspolizei hatte Luft machen wollen, dabei war es ihr die ganze Zeit um die Presse gegangen.

»Inwiefern?«

»Gegenüber den Beamten in den Kōban geben sich die Reporter nie feindselig oder aggressiv. Etwas an der Atmosphäre dort lässt den Konflikt anscheinend in den Hintergrund treten, sodass sie für eine Weile aufwachen. Ich glaube, bei den Kōban steht die dienende Funktion so im Vordergrund, dass auch ihnen wieder bewusst wird, warum sie ursprünglich Journalisten geworden sind – nämlich deshalb, weil sie sich der Wahrheit verpflichtet fühlen.«

Einen Augenblick lang wurde es still im Zimmer.

»Und wir hier besitzen diese Eigenschaft nicht?«

Mikumo biss sich auf die Lippe. Ihre Unterarme und Hände waren fest aneinandergepresst.

»Wenn Sie etwas zu sagen haben, sagen Sie es.«

Nichts.

»Noch mehr persönliche Befindlichkeiten?«

»Nein«, antwortete sie prompt mit belegter Stimme. Sie holte Atem, sah dann auf. »Ich glaube nicht, dass wir zu einem Fenster werden können, wenn wir weiter in erster Linie *taktieren*. Je kalkulierter wir vorgehen, desto mehr schüren wir die Feindseligkeit.«

Mikami verbannte jeden Ausdruck aus seinem Gesicht und verschränkte die Arme.

»Fahren Sie fort.«

»Ja. Die Verantwortung für den Umgang mit der Presse liegt allein bei uns. Soweit es die Reporter angeht, sind wir mehr als nur ein Tor ins Innere, in vielen Fällen betrachten sie uns als die Verkörperung des gesamten Apparats. Wenn sie von uns ausschließlich kalkulierte Schachzüge sehen, die darauf abzielen, die Presse unter Kontrolle zu halten … dann fürchte ich, dass sie diesen Eindruck auf den gesamten Polizeiapparat übertragen. Ich frage mich, ob unser ganzer Ansatz nicht ein bisschen lockerer sein könnte, weniger strukturiert, aufgeschlossener. Mir ist natürlich klar, dass es oft nicht ohne Taktik geht, aber wenn wir wirklich eine Schaltstelle in beide Richtungen sein wollen, wäre dann nicht die beste Strategie, nur so viel zu taktieren wie unbedingt nötig?«

Mikami hatte die Augen geschlossen.

Was sie sagte, fühlte sich an, als predigte ihm jemand, dass Töten ein Unrecht war, während er am Schauplatz eines Blutbades stand. Die Grundregeln des Kōban auf die Pressearbeit anzuwenden würde nicht das kleinste Löchlein in ihre dicken Mauern piken, von einem Fenster ganz zu schweigen.

Seine Unfähigkeit, sich von ihrem Enthusiasmus anstecken zu lassen, löste eine Welle der Lethargie aus.

Sie hatte so leidenschaftlich gesprochen – und, ja, Mikumos Bild der Pressestelle war eines, das Freiraum für neue Ansätze schuf; traurigerweise passte das einfach nicht zur Realität ihrer Arbeit, die an die politischen Vorgaben der Leitung gebunden war.

Und trotzdem …

Wenn jemand imstande war, ein Fenster zur Außenwelt hin aufzustoßen, dann Mikumo. So kraftlos er sich angesichts ihres missionarischen Eifers fühlte, so willkommen war ihm doch in einem Winkel seines Innern die Hoffnung, die hier so flüchtig aufblitzte, wie ein Sonnenstrahl inmitten eines Eissturms. Und nicht nur, weil sie so unverbraucht war oder weil sie eine Frau war. In einer einzigen Nacht waren ihr Flügel gewachsen, und damit tat sich ein grenzenloses Potenzial auf. Das Unmögliche war nicht länger unmöglich. *Sie* konnte eine Verbindung zu den Reportern aufbauen. *Sie* konnte den Morast des Karrieredenkens und der Rivalitäten durchwaten und einer reineren, unschuldigeren Ernsthaftigkeit den Weg bahnen.

Sie hatte recht, er wusste es. Mit Taktik erreichte man sein Gegenüber nicht wirklich. Er wollte glauben können, dass sie beide denselben fernen Gipfel im Blick hatten, auch wenn sie auf unterschiedlichen Pfaden dorthin zu gelangen hofften und ein Erdrutsch ihnen beiden den Weg abschnitt. Er hatte es nicht vergessen: Zu einem Händedruck gehörten immer zwei.

Sie gingen es alles zu verstandesmäßig an.

»Direktor Mikami«, begann Mikumo sehr förmlich. »Bitte lassen Sie mich mit den Reportern arbeiten.«

Mikami schnaubte kurz, lächelte abwiegelnd. Er hatte nicht erwartet, dass sie überhaupt noch fragen würde.

Ich habe keine Angst, mir die Hände ein bisschen schmutzig zu machen.

Ihre Worte von gestern Abend klangen ihm noch in den Ohren, aber jetzt machte er sich keine Sorgen mehr, dass sie sich zu etwas Unbedachtem hinreißen ließ. Sie hatte ihm zu verstehen gegeben, dass die beste Taktik darin bestand, so wenig wie möglich zu taktieren.

»Melden Sie sich für ein wöchentliches Training an – Sie sollten lernen, wie man jemanden festnimmt.«

»Äh …?«

»Hat irgendjemand versucht, Sie anzufassen, oder ist in sonst einer Weise zudringlich geworden?«

Schockiert starrte sie ihn an. Im nächsten Moment wich der bestürzte Ausdruck einem Lächeln.

»Nichts dergleichen, nein. Ich glaube, ich habe sie eher verschreckt.«

»Ich kann mir lebhaft vorstellen, wie den Herren zumute sein muss.« Mikami atmete aus und warf einen Blick zu der Uhr an der Wand.

Es war fünf vor zwei.

Eigentlich hätte die Konferenz inzwischen zu Ende sein müssen, aber Kuramae war noch nicht wieder erschienen. Mikumo, die seine Gedanken erriet, wurde ernst und verneigte sich. Sie wolle hinübergehen und beim Aufräumen helfen, sagte sie und verließ den Raum.

Mikami lehnte sich in seinem Stuhl zurück. Er zündete sich eine Zigarette an. Dann atmete er durch, zum ersten Mal seit Langem, schien ihm. Nach einer Weile lachte er leise in sich hinein.

Er sah wieder ihren Gesichtsausdruck vor sich, als sie sich an der Tür noch einmal umgedreht hatte. Alle Förmlichkeit war daraus verschwunden. Er hatte einen Anteil von Dankbarkeit herausgelesen, Zuneigung, wie man sie einem Elternteil entgegenbringt, aber auch Spuren jener ganz eigenen Intimität im

Kielwasser einer romantischen Begegnung, ja sogar die Entdeckerfreude in den Augen von Akamas kleiner Tochter, als sie gemerkt hatte, dass sie mit einem einzigen Blick kommunizieren konnte. In jedem steckte ein unbegrenztes Potenzial. Ein Mensch mochte einem anderen unterstellt sein, aber seinen Emotionen nahm das nichts von ihrer Gültigkeit.

Mikami konnte davon ein Lied singen – schließlich war er selbst seit achtundzwanzig Jahren anderen unterstellt. Er wusste, dass niemand blind war in seinem Gehorsam, ebenso wie er wusste, dass kein Vorgesetzter sich einbilden durfte, das Seelenleben seiner Untergebenen zu kennen. Und dennoch erhoben sie sich alle zu Göttern. Sobald ein neuer Mitarbeiter kam, wurde er als dieser oder jener Typ Mensch eingestuft, mit dem Etikett in der entsprechenden Farbe versehen und in die Schublade gezwängt, in der man ihn gern haben wollte.

Daheim war Mikami genauso verfahren.

Selbst daheim.

Eine sanfte Ehefrau, die wenig von sich preisgab. Eine Tochter, verwöhnt, aber lieb.

Er war schnell bei der Hand gewesen mit seiner Etikettierung, und er hatte es dabei belassen, ungeprüft, unhinterfragt, während erst fünf Jahre vergingen, dann zehn.

Hatte er Ayumi überhaupt gekannt?

Die Anspannung kehrte zurück, er erkannte den einsetzenden Schwindel. Eine Dunkelheit zog um ihn auf, kreiselte. Vor seinen Augen verschwamm alles. Er spreizte die Ellbogen und legte das Gesicht flach auf die Tischplatte.

Ayumi stand mit ihm im Raum, nicht zu greifen, während der Taumel durch seinen Kopf schwappte.

44

Das einzige Geräusch war das Ticken der Wanduhr.

Wie zuvor klang der Anfall nach fünf Minuten ab. Zurück blieb nur ein schwacher Nachhall, wie von einem Krampf im Bein, sodass Mikami alle Gedanken an Vorsorgeuntersuchungen und Krankenhaustermine wieder verbannte.

Obwohl es halb drei vorbei war, ließen sich weder Kuramae noch Mikumo blicken oder riefen an, um ihm das Ende der Konferenz zu melden. Da es um die anonymisierte Berichterstattung ging, hatte er sich schon darauf eingestellt, dass die Redebeiträge der Presse wortreich sein würden, breit ausgewalzt, aber selbst dafür dauerte es zu lang.

Immerhin hatte er endlich Odate erreicht. Seine Frau hatte erfreut geklungen, als sie seinen Namen hörte, ihre Stimme jugendlich hell.

»Mikami. Wie schön, von Ihnen zu hören.«

»Ja, tut mir leid, dass ich mich so lange nicht bei Ihnen gerührt habe.«

»Keine Sorge, wir wissen ja, wie beschäftigt Sie sind. Wie geht es Minako und Ayumi? Gut, hoffe ich doch?«

»Ja, vielen Dank.«

Mikami hatte sich dagegen entschieden, sie aufzuklären, er wollte den ehemaligen Direktor nicht noch zusätzlich belasten. Trotzdem, es waren nun schon drei Monate. Er war davon ausgegangen, dass sich die Nachricht mittlerweile bis zu ihnen herumgesprochen hatte. Dass dem nicht so war, zeigte nur, wie einsam man als Pensionär lebte, wie abgeschnitten von der Truppe, selbst ein Mann wie Odate, der sich bis an die Spitze des Kriminaluntersuchungsamts hochgearbeitet hatte.

»Darf ich fragen, weshalb Sie anrufen? Mein Mann schläft gerade. Das sind die Reha-Übungen, die laugen ihn jedes Mal aus. Ich frage mich manchmal, ob sie nicht mehr schaden als nutzen …«

Sie lachte. Während die Pensionierung einerseits eine wachsende Entfernung von den alten Kollegen bedeutete, ermöglichte sie Odate andererseits ein friedliches Leben zu Hause. Früher hatte seine Frau immer reserviert gewirkt, sich stets ein paar Schritte hinter ihrem Mann gehalten, jetzt war sie fröhlich und offen, wie befreit von der unsichtbaren Last ihrer Rolle.

»Wie kommt der Direktor voran?«

»Recht gut, muss man sagen. Der Mund ist natürlich immer noch ein Problem. Soll er Sie anrufen, wenn er aufgestanden ist? Wobei er sicher mich vorschicken wird.« Wieder lachte sie über den kleinen Scherz.

»Ich wollte eigentlich fragen, ob ich heute Abend vielleicht vorbeikommen dürfte – natürlich nur, wenn das Befinden des Direktors es zulässt.«

»Oh! Da würde er sich bestimmt sehr freuen.«

Das interne Telefon begann zu klingeln. Odates Frau hörte es offenbar auch.

»Schön, ich richte es ihm gleich nachher aus.«

»Danke. Ich werde Sie nicht lange behelligen. Ich rufe an, bevor ich im Büro aufbreche.«

Bei Odate zumindest war ihm Futawatari allem Anschein nach nicht zuvorgekommen. Mit einem Gefühl der Erleichterung legte Mikami auf. Er hob auf der anderen Leitung ab, in der Annahme, dass es Suwa oder Kuramae sein würden.

»Mikami. Urushibara hier.«

Das warf ihn für einen Moment aus der Bahn. Was zum Henker konnte Urushibara wollen? Zwei Tage waren seit Mikamis Anruf bei ihm vergangen. Urushibara war es nicht schwergefallen, ihn abzuwimmeln, aber zu dem Zeitpunkt hatte er die Wahrheit über das Koda-Memo noch nicht gekannt.

»Was gibt's?«

Mikamis Argwohn war geweckt, aber es war nicht nur das. Jäh aufschießende Abneigung drosselte ihm die Stimme zu einem Flüstern. Urushibara war der Mann, der einen Anruf des 64-Entführers aus den Akten gelöscht hatte, um eine technische Panne zu vertuschen. Der Mann, der Hiyoshi die Schuld an Shokos Tod gegeben und so sein Leben zerstört hatte. Der Mann, der zum Direktionsleiter befördert worden war, der Mann, der ungeschoren davongekommen war, auch nachdem er Koda und Kakinuma einen Überwachungszyklus aufgezwungen hatte, der nun schon vierzehn Jahre andauerte.

»Habe ich einen schlechten Zeitpunkt erwischt? Sie klingen so komisch.«

»Kommen Sie einfach zur Sache. Ich kann keine so ruhige Kugel schieben wie Sie als Direktionsleiter.«

»Ach je, hat Minako Sie heute Nacht wieder nicht rangelassen?«

Mikami, der keine Nerven für Urushibaras Anzüglichkeiten hatte, wollte schon auflegen, da wechselte der Mann plötzlich in einen anderen Tonfall, angespannt, dringlich.

»Was haben Sie mit Koda gemacht?«

Mikami erstarrte. »Koda … der Koda vom Koda-Memo?«

Er spielte auf Zeit, aber Urushibara ging nicht darauf ein.

»Ich weiß, dass Sie ihn getroffen haben.«

Mikami erwiderte sicherheitshalber nichts. Er versuchte zu begreifen, was hier ablief. *Unmöglich.* Konnte Kakinuma seinem Chef Meldung gemacht haben?

»Leugnen hat gar keinen Zweck, Mikami. Antworten Sie mir.«

Was immer er sagte, er musste vorsichtig sein; es konnte alles auf ihn zurückfallen, und nicht nur auf ihn. Vor seinem inneren

Auge sah er Kakinuma, Kakinumas Frau, das Gesicht des kleinen Kindes in ihren Armen.

»Sie Mistkerl … stellen Sie sich jetzt dumm, oder was?«

Mikami schwieg noch immer.

»Was Sie mit Koda gemacht haben, will ich wissen.«

Ganz ruhig bleiben.

Urushibara ist derjenige auf hundertachtzig, nicht ich.

»Ich habe überhaupt nichts gemacht.«

»Sparen Sie sich die Lügen. Kakinuma hat mir gesagt, dass er Sie gesehen hat.«

Langsam wurde das Bild klarer. *Kakinuma hatte ihn gesehen.* Mehr als das hatte er Urushibara nicht gesagt.

»Mich gesehen? Wo?«

»Irgendwo, wo auch immer. Geben Sie's schon zu. Sie waren bei ihm – Sie waren bei Koda.«

»Und wenn es so wäre?«, fragte Mikami bewusst vage. Er war jetzt wieder Herr der Lage.

»Was haben Sie mit ihm besprochen?«

»Nichts, was ich Ihnen sagen müsste.«

»Verdammt, Sie …«

Urushibara brach ab, sein Atem ging schwer. Als er erneut ansetzte, war sein Ton deutlich professioneller.

»Sie haben ihm gesagt, er soll untertauchen. Stimmt's?«

Mikami blinzelte bedächtig.

Genau, was ich vermutet habe. Er hatte Koda verloren. Nur Tage vor dem angekündigten Besuch des Generalinspekteurs fehlte von Koda – dem Mann, der alles über die Vertuschung wusste – jede Spur. Mikami machte sich bewusst, in welche Bedrängnis das Kakinuma gebracht haben musste. Er hatte Koda verloren, auf den er angesetzt gewesen war, und sich das Hirn darüber zermartert, wie er es beichten sollte – weshalb er in seiner Not nun Mikami vorschob. Er hatte Urushibara erzählt, er habe

Mikami beobachtet, wie dieser sich auf dem Parkplatz vor dem Supermarkt Koda genähert hatte.

»Ich habe ihm nichts dergleichen gesagt und, nein, ich verstecke ihn auch nicht bei mir.«

»Aber Sie wissen, wo er ist.«

»Nein.«

»Sagen Sie mir, was Sie mit ihm geredet haben.«

»Wir sind uns lediglich über den Weg gelaufen, auf dem Parkplatz vor einem Supermarkt. Ich habe ihn gefragt, wie es ihm geht, aber er hatte zu tun, deshalb habe ich nichts weiter zu ihm gesagt.«

»Ihre Lügen nützen Ihnen gar nichts, Mikami. Irgendwas *müssen* Sie gesagt haben, warum hätte er sonst davonlaufen sollen?«

»Sie sagen, er ist davongelaufen, aber sind Sie da überhaupt sicher? Er hat eine Frau, eine Familie.«

»Ich stelle hier die Fragen.«

»Für mich ergibt das keinen Sinn. Was um alles in der Welt könnte ich denn gesagt haben, das ihm einen Grund zum Weglaufen geben würde?«

»Das, na ja, das …« Urushibara geriet ins Stocken. »Dieses Zeug, von dem Sie da am Telefon gefaselt haben. Dieser Unsinn über – wie hieß das gleich – das Koda-Memo?«

»Wenn es Unsinn war, warum sollte Koda dann fliehen?«

»Sie Dreckskerl …«

Mikami hätte schwören können, dass da Futawatari seine Hand im Spiel gehabt hatte. Er hatte Koda aufgespürt und ihm die Wahrheit über das Memo abzupressen versucht. Aber genügte das? Koda hätte sich schließlich nur dumm zu stellen brauchen. Was mochte ihn veranlasst haben, so Hals über Kopf abzutauchen? Er litt schon seit so vielen Jahren – trug nun doch die Angst den Sieg davon? Er wollte das normale Leben beschützen, das er sich so mühsam aufgebaut hatte. Futawataris Stochern in seiner

Vergangenheit musste ihm einen solchen Schrecken versetzt haben, dass er es vorzog, bis auf Weiteres von der Bildfläche zu verschwinden. Denkbar war es – aber letztlich schützte er mit dieser Art der Selbstverteidigung auch das Kriminaluntersuchungsamt. Mikami hätte nicht gewusst, inwiefern sein Untertauchen Urushibara oder Kakinuma gefährlich werden sollte.

»Reden Sie mit dem Direktor weiter.«

»Was?«

Während er es noch sagte, ging die Tür auf, und Kuramae kam herein. Seiner starren Miene nach zu urteilen, musste irgendetwas Unangenehmes vorgefallen sein. Mikami machte ihm mit der Hand ein Zeichen, wölbte sie dann um den Hörer.

»Ich fürchte, ich habe Sie nicht ganz richtig verstanden«, sagte er halblaut.

»Sie sollen sich beim Direktor melden, habe ich gesagt.«

Dann hatte er sich also doch nicht verhört: Mikamis Vernehmung sollte durch Arakida fortgesetzt werden.

»Sind Sie taub, Mikami?«

»Bei welchem Direktor?«

Mikami wollte seine Reaktion testen. Als Urushibara antwortete, war seine Stimme unnatürlich leise.

»Ich glaube, diese Frage stellt sich nicht. Nicht für Leute wie Sie und mich. Oder?«

»Und *warum* soll ich mich bei ihm melden?«

»Das erfahren Sie dann schon. Machen Sie einfach, dass Sie in den vierten Stock kommen, und zwar jetzt.«

»Das trifft sich schlecht, alle Direktoren sind im Moment noch bei einem Meeting mit der Presse.«

Urushibara knallte den Hörer auf die Gabel. Mikami legte seinerseits auf, mit einem Gefühl, als zwänge er einen Geist in seine Flasche zurück. Er warf einen Blick zur Uhr, ehe er sich Kuramae zuwandte. Es war fünf vor drei.

»Was ist passiert?«

»Nun ja …« Kuramae furchte unglücklich die Stirn. »Die Zeitungsleute bestehen auf einer Pressekonferenz zu der Meldung von heute Morgen und verlangen, dass sich Akama in aller Form bei ihnen entschuldigt.«

Was?

»Wer hat das angestoßen?«

»Nonomura. Der die hiesige Redaktion der *Toyo* leitet.«

Toshikazu Nonomura. Ein selbstherrlicher Bursche, hielt sich für den Star unter den Hochkarätern.

»Wie haben die anderen reagiert?«

»Sie haben sich der Forderung angeschlossen, aber ich glaube, nur deshalb, weil sie kein gutes Gegenargument hatten. Jedenfalls sollen Sie zu einer Dringlichkeitssitzung in Akamas Büro kommen, um die Vorbereitungen auf den Weg zu bringen.«

Mikami stockte der Atem. Es war, als sähe er zu, wie die ablaufende Flut einen Stein nach dem anderen freigab.

Akikawas Worte.

Ich gehe zu der Konferenz hier bei uns, im Präsidium.

45

Mikami kam zu spät zur Sitzung.

Beim Verlassen des Büros war er auf Suwa getroffen, und sie hatten einander an der Tür noch schnell auf den neuesten Stand gebracht. Auch die Reporter kehrten jetzt nach und nach von Direktion F zurück. Mikami schenkte ihnen kaum mehr als einen flüchtigen Blick, als er die Treppe hinaufeilte, aber dennoch saßen, als er in Akamas Büro ankam, bereits alle mit düsteren Mienen auf den Sofas: Akama. Shirota. Ishii. Und Ikoma von der Innenrevision. Mikami hatte fast erwartet, dass auch Futawatari da sein würde, doch der war nirgends zu sehen. Damit gab es keinen Zweifel mehr: Er handelte auf direkten Befehl von Präsident Tsujiuchi.

Akamas Augen waren zwei Pfeile, die Shirota durchbohrten.

»Was hat Sie geritten, dass Sie so eine Zusage machen? *Wir werden es intern besprechen.* Das hätte doch völlig ausgereicht.«

»Verzeihen Sie.« Shirota war blass geworden. »Ich hatte es als unsere oberste Priorität verstanden, sicherzustellen, dass der Besuch des Generalinspekteurs glattläuft, da schien es mir nicht klug, in einer Pressekonferenz herumzuargumentieren.«

»Und darum haben Sie beschlossen, mich ihnen zum Fraß vorzuwerfen?«

»Ich würde doch niemals ...«

Mikami hatte ein Notizbuch auf dem Schoß liegen. Es enthielt Kuramaes Aufzeichnungen vom runden Tisch. Er hatte sie vor dem Eintreten kurz überflogen.

Nonomura: Ohne jetzt zu sehr auf die Pauke hauen zu wollen – dürfte ich Direktor Akama wohl zu seiner Meinung zu den Vorgängen in Direktion F befragen?
Akama: Es ist eine äußerst bedauerliche Situation, und ich versichere Ihnen allen, dass wir der Sache mit der größten …
Nonomura: Verzeihung, ich meinte nicht jetzt sofort. Wenn wir Sie bitten dürften, zu dem Thema eine Pressekonferenz anzuberaumen … wenn mich nicht alles täuscht, hat es in einem anderen Ihrer Untersuchungsgefängnisse erst vor wenigen Jahren einen Suizid gegeben. Im Licht dieser neuen Entwicklungen erscheint es mir zwingend notwendig, von Direktor Akama eine umfängliche und öffentliche Erklärung zu erbitten, in der er auch die Haftbedingungen für Untersuchungsgefangene im Einzelnen darlegt.

»Was sagen die Reporter dazu? Wissen sie schon davon?«

Akama sprach jetzt Mikami an. Seine goldumrandeten Brillengläser schienen sich nach oben zu wölben, wie ein Abbild seiner prüfenden Augen und hochgezogenen Augenbrauen.

»Die meisten von ihnen kommen gerade erst von Direktion F zurück. Ihre Chefs haben sie bereits über den Ausgang des Meetings informiert; derzeit beraten sie offenbar darüber, wo die Konferenz stattfinden soll.«

»Ich fasse es nicht, dass da niemand einen Riegel vorschiebt!«

Eine krachende Niederlage. Nach nichts anderem klang es.

»Ich habe Suwa gesagt, er soll dranbleiben.«

»Klingeln Sie bei ihm durch.«

Mikami nickte. »Wenn Sie erlauben«, sagte er und klappte sein Handy auf. Suwa hob augenblicklich ab.

»Wie steht's bei Ihnen unten?«

»Sie wollen, dass die Konferenz um vier Uhr stattfindet.«

»Haben sie schon einen Ort genannt?«

»Der Presseraum müsste genügen.«

»Vier Uhr im Presseraum.« Mikami wiederholte die Angaben für alle anderen im Zimmer.

Er sah auf die Uhr: fünf vor halb vier.

»Stellen sie eine Liste mit Fragen zusammen?«, fragte er Suwa.

»Ich glaube nicht. Die einzige Zeitung, die wirklich hinter der Sache steht, ist die *Toyo*, deshalb denke ich, in erster Linie geht es ihnen um ein Foto von Akama, der sich in den Staub wirft und um Entschuldigung winselt.«

Mikami drückte das Telefon fester ans Ohr, damit außer ihm auch ja keiner mithören konnte.

»Das heißt, es ist unwahrscheinlich, dass sie eine offizielle Fragenliste vorlegen.« Mikami fasste den Kern von Suwas Aussage laut für die anderen im Raum zusammen.

Akama reckte ungeduldig den Kopf. »Was ist mit dem Fernsehen?«

»Werden sie Fernsehkameras dahaben?«

»Ja. Der Club hat das Gesuch gerade eingereicht«, erwiderte Suwa.

Mikami bestätigte mit einem Nicken. Akama, der sich offenkundig schon in den Nachrichten sah, legte die Faust an die Stirn und warf den Kopf zurück.

»Das ist doch ein Witz! Damit spielen wir ihnen direkt in die Hände.«

Dem *Kriminaluntersuchungsamt* in die Hände.

Akamas Seufzer schien Unwillen und Resignation in einem auszudrücken.

»Wir haben keine Zeit für so was. Also, bereiten wir uns vor. Ikoma, der Selbstmord hat vor meiner Amtszeit stattgefunden. Laut meinem Vorgänger haben wir uns bei der Sache nichts vorzuwerfen. Darf ich davon ausgehen, dass das den Tatsachen entspricht?«

»Ja.« Ikoma sah auf. Für den Leiter der Innenrevision war sein Blick bemerkenswert gelassen. »Angesichts der höchst ungewöhnlichen Umstände sind wir damals zu dem Schluss gekommen, dass die Anstalt selbst oder ihre Leitung keine Schuld trifft. Es wurde niemand suspendiert. Die Presse war weitgehend zufrieden mit der Entscheidung, und es gab keine kritischen Stimmen zu unserer Art der Handhabung.«

Was Ikoma sagte, war nicht falsch. Mikami hatte den Artikel an seinem Schreibtisch in Dezernat II gelesen. Ein Mann mittleren Alters, der wegen versuchter Zechprellerei in U-Haft saß, hatte sich nachts in einer der Zellen von Direktion T das Leben genommen. Die Methode war beispiellos: Er hatte mit dem Rücken zu dem wachhabenden Wärter gelegen und sich mit seinem Unterhemd erstickt, das er durch den Hemdsärmel zog und sich dann – mitsamt seiner Faust – in den Hals rammte. Der Wärter hatte gedacht, der Mann schlafe, und erst nach über drei Stunden gemerkt, dass etwas nicht stimmte. Eine Fahrlässigkeitsklage war unvermeidbar erschienen, aber der Schwerpunkt der Ermittlungen verlagerte sich, als mehrere Mithäftlinge, die mit dem Mann die Zelle geteilt hatten, aussagten, dass auch sie nichts mitbekommen hätten, nicht einmal das kleinste Stöhnen. Die Innenrevision hatte sich in ihrer Presseerklärung überzeugt gezeigt, dass die Umstände es extrem schwierig gemacht hatten, den Selbstmord des Mannes zu entdecken. Außerdem wurde bekannt, dass der Mann Gelder seiner Firma veruntreut und sie in Animierlokalen ausgegeben hatte. Als seine Verfehlungen ans Licht kamen, hatte er sich davongemacht und seine Familie im Stich gelassen, sodass sein Tod wie ein egoistischer Schlusspunkt erschien. Einige der Reporter hatten sogar Verständnis für die missliche Lage der Polizei bekundet.

Aber …

Kurze Zeit später kamen Mikami erste Gerüchte zu Ohren.

Dass der Wärter es versäumt habe, die Monitore mit den Bildern aus den Zellen im Blick zu behalten. Dass der Wärter geschlafen habe, als der Mann das Bewusstsein verlor und seine Beine im Todeskampf zuckten. Fast alles, was er hörte, ging in diese Richtung. Steckte Direktion T hinter der Vertuschung, oder war es die Innenrevision, die die Polizei als Ganzes hatte schützen wollen? Es ließ sich unschwer erraten, mit welchen Mitteln sie sich die Aussagen der Mithäftlinge gesichert hatten. Offenen Druck hatten sie wohl kaum auszuüben gewagt, um an die Falschaussagen zu gelangen, aber sie konnten Andeutungen in den Raum gestellt haben, aus denen die Häftlinge ihre eigenen Schlüsse ziehen durften. Wer einen guten Eindruck machte, kam schneller aus der U-Haft. Wahrscheinlich war es weniger eine überlegte Strategie gewesen als ein verzweifeltes Hoffen. Und die Häftlinge hatten die Signale verstanden und aus freien Stücken kooperiert, und Direktion T und die Innenrevision hatten bei dem »harmlosen« Schwindel ein Auge zugedrückt.

Mikami beobachtete Ikoma von der Seite.

Er hatte mit keiner Wimper gezuckt, als er bestätigt hatte, dass es keine Probleme gab, aber Mikami war sich nicht sicher, ob der Mann im Innern dieselbe Gewissheit empfand. Er war erst im letzten Frühjahr von der Schutzpolizei herversetzt worden, insofern bestand die Möglichkeit, dass er tatsächlich nichts wusste. Entweder das, oder er vermied es einfach, die Gerüchte zu erwähnen, um sich später gefahrlos auf Unwissenheit berufen zu können.

Akama warf einen Blick in die Runde.

»Also gut. Die *Toyo* wird versuchen, den Vorwurf der Fahrlässigkeit und der wiederholten Dienstvergehen aufzubauschen, um die Sache an die große Glocke hängen zu können. Wenn es ganz unglücklich läuft, bringen sie es morgen früh als Aufmacher.«

Mikami lief es kalt über den Rücken. Ihm fiel noch eine deutlich schlimmere Möglichkeit ein: Was, wenn die *Toyo* Beweise dafür hatte, dass der Wärter weggedöst war?

»Wir werden eine Erklärung abgeben, in der wir uns im Namen von Präsident Tsujiuchi zu einem strengeren Vorgehen verpflichten«, kündigte Akama an. »Eine solche Erklärung wird die Zeitungen zufriedenstellen, sie wird auf den Titelseiten gebracht werden und der *Toyo* einen Strich durch die Rechnung machen. So. Der Selbstmord wäre damit abgehakt, immer vorausgesetzt, es gibt keine anderweitigen Probleme. Bleibt noch das Dienstvergehen in Direktion F. Ich werde der Presse bekannt geben, dass wir disziplinarische Maßnahmen ergreifen und dass der fragliche Beamte suspendiert worden ist. Ishii, ich gehe davon aus, dass das geschehen ist?«

»Ja, gleich heute Morgen.«

»Gut. Im Anschluss werde ich mich in aller Form bei den Bürgern der Präfektur entschuldigen. Als Nächstes folgt dann meine zweite Erklärung – dass der Präsident sämtliche Dienststellen in der Präfektur angewiesen hat, in den Arrestzellen auf eine strengere Einhaltung der Vorschriften zu achten. Danach werde ich Fragen zulassen. Die *Toyo* wird zweifelsohne Direktion T thematisieren. Ich werde betonen, dass der Selbstmord nicht durch Fahrlässigkeit verschuldet war, und alle Vorwürfe von Fehlverhalten zurückweisen.«

War das nicht Wasser auf die Mühlen der *Toyo* – nein, des Kriminaluntersuchungsamts? Sie hatten ihren dritten Pfeil eingelegt. Sie würden nur darauf warten, dass Akama jegliche Versäumnisse leugnete, und dann auf sein Herz zielen. Sie würden die Gerüchte ins Feld führen, laut denen der Wärter geschlafen hatte, und eine neuerliche Untersuchung beantragen. Akama würde ins Schwimmen kommen. Seine Panik würde in den Abendnachrichten sämtlicher Sender zu sehen sein. Selbst die Kommissionsmitglieder würden davon Kenntnis erlangen.

Oder aber …

Ein ganz neues Szenario kam ihm in den Sinn.

Sie würden gar nichts sagen. Wie die Panne bei 64 würde auch die Fahrlässigkeit in Direktion T nie ans Licht kommen und gerade dadurch zu einem unbezahlbaren Manipulationsinstrument werden. Welche Veranlassung hatte das KUA denn, offen zu drohen oder gar die Öffentlichkeit mit hineinzuziehen? Nein, was sie wollten, war ein Tisch im Hinterzimmer, an dem sie ihre Verhandlungen führen konnten – und eine scharfe Klinge, die sich der Verwaltungsfraktion an den Hals drücken ließ. So war es. Sie würden Akama in der Konferenz dazu bringen, Stellung zu beziehen. Und dann hatten sie leichtes Spiel. Sobald er einmal öffentlich versichert hatte, dass es zu keinerlei Unregelmäßigkeiten gekommen sei, würden sie ihm ins Ohr wispern, dass der Wärter sehr wohl geschlafen hatte. Dass sie diesen unbedeutenden kleinen Umstand jederzeit an die Presse durchsickern lassen konnten.

Der dritte Pfeil war ein Brandpfeil.

Würden sie ihn wirklich abschießen? Vielleicht würde es auf ein Patt hinauslaufen. Beim Kriminaluntersuchungsamt fürchteten sie ihrerseits die Pfeile der Verwaltung – die um nichts weniger gefährlich waren. Schon jetzt vermuteten sie Kazuki Koda ja in der Gewalt der Verwaltungsabteilung.

Reden Sie mit dem Direktor weiter.

Das erfahren Sie dann schon.

Urushibaras Worte spulten sich in seinem Ohr aufs Neue ab. Wie viel von der Wahrheit würde er von Arakida erfahren?

»Wir haben noch fünfzehn Minuten«, meldete Ishii. Selbst in dieser Situation versuchte er, mit seiner Detailversessenheit zu punkten.

Akama entließ alle, nur Mikami befahl er zu bleiben. Mikami hatte es nicht anders erwartet.

»Also? Wie sieht es aus?«

Die Tür hatte sich kaum geschlossen, da winkte ihn Akama schon näher. Mikami rutschte auf Shirotas Platz, sodass er dem Direktor direkt gegenübersaß. Erst jetzt bemerkte er Akamas blau hervortretende Adern und blutunterlaufene Augen.

»Haben Sie herausgebracht, wo die undichte Stelle war?«

Mikami nickte – warum sollte er es ihm nicht sagen? Er bestätigte ihm ja nur den eigenen Verdacht.

»Die Information kam von Direktor Arakida. Ich glaube, Akikawa hat die Geschichte direkt von ihm.«

»Dieser Hundsfott! *Ich wusste es!*«

Mikamis Körper schaltete unwillkürlich auf Abwehr. So wie Akama die Zähne fletschte, erschien er ihm sekundenlang kaum mehr als Mensch. Nach einer Weile sprach er weiter, mit beherrschterer Stimme jetzt, aber immer noch laut.

»Nonomuras kleine Rede habe ich dann wohl auch Arakida zu verdanken?«

»Höchstwahrscheinlich ja.«

»Wofür zum Teufel halten die sich? Schämen sollten sie sich!«

Er bellte die Worte hervor. Dann brach er ab, hob den Fuß und trat gegen den Tisch. Seine Rage schien in Wellen zu kommen, anschwellend und wieder verebbend. Er beugte sich vornüber. Starrte auf einen Punkt am Boden. Ballte die Hand zur Faust, bog sie langsam wieder auf.

»Auf mich warten Berge von Arbeit in Tokio. Ich kann meine Energie nicht verpulvern, kein Jota davon darf ich verpulvern auf diesem Provinzposten hier. Auf mich warten Aufgaben zum Wohl der Nation. Wozu soll der ganze Zirkus denn sonst gut sein? Dass das keiner begreift!«

Seine Wut schaukelte sich neuerlich hoch. Er lief dunkelrot an.

»Das ist doch alles ein schlechter Witz. Die denken, sie haben mich in der Zange, aber diese Entschuldigung ist eine Farce. Nichts bedeutet sie, gar nichts.«

Den Eindruck hatte Mikami nicht. Für Akama war dies die denkbar ungünstigste Entwicklung. Tokios Absicht war es gewesen, den wahren Grund für den Besuch des Generalinspekteurs bis zur letzten Minute zu verschleiern, um dann das »Machtwort von oben« wie einen Blitz auf das Präsidium niederfahren zu lassen. Nur deshalb hatte Akama die Information so sorgsam unter Verschluss gehalten. Statt Shirota oder Futawatari einzuweihen, hatte er Mikami zu seinem Werkzeug erkoren, sich in dem Gefühl gesonnt, ihn auf Kurs gebracht zu haben. Aber die Taktik war nicht aufgegangen. Als Erstes war das Kriminaluntersuchungsamt hinter den Plan der NPB gekommen. Und statt sich beschwichtigen zu lassen, hatte es nun zum Gegenschlag ausgeholt. Akama war Zug um Zug in diese Zwangslage hineinmanövriert worden. Ein drohender Artikel war im Vorfeld des Besuchs erschienen und hatte den Zorn Tokios geweckt; Akama hatte es nicht geschafft, den Riss zu kitten, und musste sich nun öffentlich entschuldigen. Sein Image als einer der Topvertreter Tokios war zumindest angekratzt. Und mit diesem Gesichtsverlust würde es nicht getan sein. Dafür würde der Hinterhalt sorgen, den das KUA ihm im Presseraum bereitet hatte.

Soll ich ihn warnen?

Diese Frage trieb Mikami um, seit sich die Tür hinter den anderen geschlossen hatte. Es war reine Spekulation. Dennoch ergab seine Theorie vom Komplott des Kriminaluntersuchungsamts zu viel Sinn, fügte sich in seinem Kopf zu glatt zu einem Ganzen zusammen, um sie einfach abzutun. Sollte er die Hände in den Schoß legen und zusehen, wie sein Vorgesetzter zu einer Pressekonferenz ging, die fast mit Sicherheit eine Falle war?

Akamas Telefon klingelte. Es war Ishii.

»Also gut«, sagte Akama. Er hängte ein und erhob sich. »Bringen wir es hinter uns.«

Mikami stand auf, immer noch unschlüssig. Er folgte Akama

aus dem Zimmer und den Gang entlang. Der Mann hatte sich durch nichts Anspruch auf seine Loyalität erworben. Dennoch fühlte es sich für Mikami wie ein Verrat an. Die eigene Unaufrichtigkeit legte sich ihm wie ein Ring um die Brust.

Er sah sich außerstande, Partei für das Kriminaluntersuchungsamt zu ergreifen. Er hätte keinen einzigen Grund nennen können, warum er sich zu seinem Beschützer machen sollte. Lag das daran, dass man ihn im KUA als Verbannten behandelte? Dass er einen Blick in die Abgründe von 64 geworfen hatte? Nein. Es lag daran, dass er noch immer nicht wusste, was genau Tokio bezweckte. Er mochte sich im Herzen noch so sehr als Kripo-Mann fühlen, solange er keine Vorstellung von den Gefahren hatte, die seiner alten Abteilung drohten, konnte er die Dinge nicht von ihrer Warte aus sehen.

Und dann gab es seine eigene Warte. Ihm schien, dass auch er ein Opfer war, dass das KUA ihn in seiner jetzigen Arbeit behinderte, in sein Terrain eindrang. Die Grube war direkt vor der Schwelle der Pressestelle gegraben worden. Arakida versuchte, die Reporter zu seiner Waffe zu machen, und als Schlachtfeld hatte er Mikamis Büro gewählt.

Und trotzdem …

Mikami empfand keinen Zorn. Auch die anderen Gefühle – sein Schuldbewusstsein gegenüber Akama, der Groll gegen das KUA – schienen nichts als bloße Fußnoten. An der Treppe angekommen, war Mikami nur noch von einer Idee beherrscht.

Wenn er Akama vor der Falle warnte …

Wenn er ihm die Hand hinhielt, diesen geschwächten, panikgebeutelten Touristen rettete …

Akama würde ihn mit anderen Augen sehen.

Jemand, dem ich vertrauen kann.

Wenn das geschah, dann müsste Mikami nie mehr fürchten, ins Hinterland versetzt zu werden.

Herr Direktor …

Mikami war drauf und dran zu sprechen, als Akama sich unvermittelt zu ihm umdrehte. »Sie sollten die Gelegenheit wahrnehmen und Ihre Entschuldigung gleich mit loswerden.«

Es klang spontan.

Schlagartig wich Mikamis Anspannung.

Entschuldigung? Wofür … bei wem?

»Beim Presseclub. Dieses Zerwürfnis wegen der anonymisierten Berichterstattung. Fallen Sie auf die Knie, wenn nötig – Hauptsache, Sie bekommen die Presse dazu, ihren Boykott des Interviews aufzugeben.«

Mikami wusste nicht, was er sagen sollte. Er würde der Presse gegenüber nicht einknicken. Akama hatte soeben die rote Linie überschritten, die Mikami für sich selbst gezogen hatte.

»Falls das nicht ausreicht, sichern Sie ihnen zu, dass bei allen zukünftigen Verlautbarungen die Identität sämtlicher Beteiligter genannt wird. Der Besuch des Generalinspekteurs muss ein Erfolg werden. Wenn die Inspektion erst über die Bühne ist, nehmen Sie Ihre Zusagen von mir aus wieder zurück, machen Sie so viel Ärger, wie Sie wollen.«

Er musste sich verhört haben.

Ein leeres Versprechen … aber das war etwas völlig anderes als Shirotas Vorschlag, die Presse mit zusätzlichen Leistungen zu ködern. Akama befahl ihm zu lügen, und das beim Thema anonymisierte Berichterstattung, wohl das heißeste Eisen, das die Pressestelle anpacken musste.

»Sie sollten sich sehen«, spöttelte Akama mit einem dünnen Lächeln. »Drei Tage müssen wir noch gute Miene zum bösen Spiel machen. Aber keine Bange. Sollen die vom KUA nur die Muskeln spielen lassen. Ab Donnerstag ist es aus mit ihnen.«

46

Bisher war die Pressekonferenz reibungslos verlaufen.

»... was eingangs erwähnte Umstände angeht, kann ich Ihnen berichten, dass im Präsidium bereits ein Disziplinarausschuss einberufen wurde, der nach eingehender Prüfung entschieden hat, dass die Handlungen des Wachtmeisters Yoshitake Kuriyama, fünfzig Jahre alt, unstreitig gegen den polizeilichen Verhaltenskodex verstoßen. Dementsprechend wurde Wachtmeister Kuriyama umgehend festgenommen und ist mit sofortiger Wirkung vom Dienst suspendiert ...«

Dreiundzwanzig Reporter. Fünf Fernsehkameras.

Akama an seinem Platz in der Mitte des Konferenztisches sprach mit monotoner Stimme. Da für eine ausgearbeitete Stellungnahme nicht die Zeit gewesen war, hatte er nur ein paar eilig hingeworfene Notizen vor sich. Der neben ihm sitzende Shirota schob ihm in regelmäßigen Abständen ein Blatt mit neuen Anmerkungen zu.

Mikami beobachtete die Reporter aus seiner Ecke heraus. Bis auf die zwei Vertreter der *Toyo* schienen sie alle mehr oder weniger gedrückter Stimmung. Keinem von ihnen war bei Mikamis Eintreten Unmut anzumerken gewesen. Die Atmosphäre hatte sich seit letzter Woche deutlich gewandelt. Vielleicht hatte Suwa ja recht, und sie konnten sich die Ressentiments der anderen Reporter gegen die *Toyo* tatsächlich zunutze machen, um den Boykott abzuwenden. Dazu kam, dass man Mikami die Verantwortung von den Schultern genommen hatte. Wie die Entschuldigung genau ausfallen würde, lag nun in Shirotas Ermessen.

Mikami zweifelte nicht daran, dass die Aussicht auf vollständige Offenlegung den Boykott verhindern würde, aber eigentlich, so dachte er, müsste dieses Ziel auch ohne Lügen zu erreichen sein – etwa indem er bei seiner Entschuldigung das Handgemenge rund um das Beschwerdeschreiben in den Mittelpunkt stellte.

Aber derlei Überlegungen beschäftigten ihn nur am Rand. Sie jagten an der Oberfläche seines Bewusstseins dahin, ohne in tiefere emotionale Schichten vorzudringen.

Ab Donnerstag ist es aus mit ihnen ...

Rote Alarmsignale blinkten wild in seinem Innern. Letzten Endes hatte er Akama seinen Platz am Tisch ohne jede noch so verhüllte Warnung einnehmen lassen. *Aus.* Die Wucht dieser einen Silbe war schlicht zu viel gewesen.

Deutete Mikami zu viel in sie hinein? Akama hatte den Satz in aufgebrachtem Zustand gesagt. Sein Stolz war verletzt, sein Ansehen in Tokio stand auf dem Spiel. Vielleicht war es pure Gehässigkeit gewesen, eine Überspitzung der Probleme, die zweifellos auf das KUA zukamen – ein Schlachtruf und sonst nichts. Aber die Alarmsignale blinkten immer hektischer und greller. Angenommen, es war keine Übertreibung – was konnte dann mit »aus« gemeint sein? Das Wort ließ Kategorien wie Einschüchterung, Schwächung oder Entmachtung weit hinter sich. Was es vielmehr in den Raum stellte, war »Ende«, war »Auslöschung«.

»... wir gehen in dieser Sache mit der äußersten Härte vor. Damit sich nichts dergleichen jemals wiederholen kann, hat Präsident Tsujiuchi alle neunzehn Regionaldirektionen angewiesen, die Einhaltung der Vorschriften in den Untersuchungsgefängnissen verstärkt zu überwachen.«

Akama machte Shirota ein Zeichen. Beide erhoben sich; das war Teil des Rituals. Blitzlichter zuckten.

»Wir entschuldigen uns aufrichtig bei den Bürgern unserer Präfektur sowie der ganzen Nation, bei dem Opfer dieses schändlichen Verbrechens und allen sonstigen Betroffenen. Ich darf wohl sagen, dass ich jedem im Präsidium aus der Seele spreche, wenn ich hinzufüge, dass wir alles in unserer Macht Stehende zu tun beabsichtigen, um das Wohlwollen und das Vertrauen zurückzugewinnen, das wir uns durch unsere Versäumnisse bei der Handhabung dieses Falles verscherzt haben.«

Die beiden Männer verneigten sich tief.

Von allen Seiten klickte und blitzte es, unwirkliche Helle flutete die vordere Raumhälfte. Nach einigen Sekunden hob Akama den Kopf wieder, wenig später gefolgt von Shirota. Sie setzten sich.

»Sie dürfen jetzt Fragen stellen.«

Mikamis Augen richteten sich auf Akikawa. Doch es war Tejima neben ihm, der als Erster die Hand hob.

»Ich meine mich zu erinnern, dass sich ein Untersuchungshäftling in einer Ihrer Arrestzellen umgebracht hat, vor einigen Jahren schon. Im Lichte der heutigen Enthüllungen – zeichnet sich da nicht vielleicht ein grundsätzliches Problem bei der Führung der Haftanstalten in der Präfektur ab?«

Die Frage.

Akikawa benutzte also Tejima als Sprachrohr, um seinen Teil der Abmachung mit Arakida einzuhalten.

»Was meinen Sie mit *grundsätzliches Problem …?*«, fragte Shirota zurück und legte sich die Hand ans Ohr. Über Tejimas Gesicht glitt ein wissendes Grinsen.

»Nun ja, dass die Untersuchungsgefängnisse für Sie möglicherweise nicht oberste Priorität haben und Sie deshalb keine Ihrer qualifizierten Beamten dorthin abstellen, solche Dinge.«

Akama bedeutete Shirota, dass er die Antwort übernehmen solle.

»Ich kann Ihnen versichern, dass das nicht der Fall ist. Für uns ist das ein Thema von höchster Wichtigkeit, weshalb einige unserer besten Leute dort tätig sind. Was den Fall von vor zwei Jahren betrifft, auf den Sie anspielen, so ergaben die Nachforschungen, dass der Suizid unter ungewöhnlichen Umständen vor sich gegangen war, da der Mann eine höchst unorthodoxe Methode gewählt hatte, und nichts auf irgendwelche Versäumnisse seitens der Haftanstalt oder ihrer Betreiber hindeutete.«

Die Antwort.

Mikami nahm wieder die beiden Reporter der *Toyo* ins Visier. Sie schienen keine weiteren Fragen zu haben. Tejima kritzelte etwas auf seinen Block, während Akikawa mit vor der Brust verschränkten Armen dasaß, die Ruhe in Person.

Mikami stieß lautlos die Luft aus.

Akikawa hatte beschlossen, das Schläfchen des Wärters vorerst nicht zur Sprache zu bringen. Nein – wahrscheinlicher war, dass Arakida ihm noch nichts davon gesagt hatte. Es wäre unklug von ihm gewesen, alles auf einmal preiszugeben; wenn er die Geschichte als Druckmittel zu verwenden hoffte, tat er besser daran, dieses Detail bis auf Weiteres für sich zu behalten. Er mochte einen Lokalreporter auf seine Seite gezogen haben, aber das hieß nicht, dass er den Wirkungskreis einer der großen Tokioter Zeitungen unterschätzte. Wenn er dem Blatt zwei Geschichten auf einmal zuspielte – beide mit der gleichen Stoßrichtung –, gab es keine Garantie, dass die *Toyo* Akikawa nicht überging und stattdessen jemanden aus Tokio herschickte, um den im Präsidium schwelenden Konflikt aufzudecken.

»Sonst noch Fragen?« Shirotas Ton ließ wenig Zweifel daran, dass er die Konferenz beenden wollte.

Keine Hand hob sich, niemand sprach. Die ganze Veranstaltung hatte niemandem gedient außer der *Toyo*. Die Atmosphäre war phlegmatisch, die Mehrzahl der Gesichter gelangweilt.

»Dann ist die Konferenz hiermit beendet.«

Akama und Shirota standen auf; sie verneigten sich und wandten sich Richtung Ausgang. Ihr Gang und die entspannten Schultern verrieten deutlich, was sie dachten: *Das wäre geschafft.* Ihnen würde nicht vor dem Abend dämmern, dass sie in eine Falle getappt waren.

Mikami verließ den Presseraum.

Reden Sie mit dem Direktor weiter.

Erst waren die Reporter an der Reihe. Zu Arakida konnte er später hinaufgehen. Er würde in seiner Eigenschaft als Pressedirektor um ein Treffen ansuchen, das war besser, als sich einbestellen zu lassen. Ohne die Rüstung, mit der sein Amt ihn umgab, fühlte er sich der Begegnung momentan nicht gewachsen.

Das KUA … *ab Donnerstag ist es aus mit ihnen.* Er konnte nur hoffen, dass etwas in Arakidas Miene ihm den Sinn dieser Worte entschlüsseln half.

47

Mikami versammelte das Team um seinen Schreibtisch, Mikumo diesmal eingeschlossen.

Er wünschte bis zum Ende des Tages Klarheit darüber, was jedes der dreizehn Medien – alle außer der *Toyo* – wollte. Die derzeitige Stimmung war stark anti-*Toyo*. Wie viele würden von dem Boykott abspringen, wenn er die Entschuldigung des Pressedirektors wieder aufs Tapet brachte?

»Sehen Sie zu, dass sich alle, die noch unentschlossen sind, auf unsere Seite schlagen. Stellen Sie sicher, dass wir die Mehrheit haben, dann bringen Sie sie dazu, für morgen eine Generalversammlung einzuberufen.« Mikami merkte, dass er die Stimme hob. Er begegnete Suwas Blick und fügte hinzu: »Alles gut, Akama will, dass ich mich entschuldige.«

Suwa schien erlöst aufzuatmen. Er klapste sich auf beide Wangen, warf den Motor gleichsam neu an. Als er sich Kuramae und Mikumo zuwandte, war er schon wieder der Inbegriff der Effizienz.

»Also dann – schaffen wir diesen verdammten Boykott aus der Welt.«

Vom Korridor her ertönten Schritte.

Suwa, ganz in seinem Element, wandte sich zackig von Mikamis Schreibtisch ab und ging den beiden durch die Tür tretenden Reportern entgegen. Yamashina von der *Times* und Yanase von der *Jiji Press*.

»Suwa, wie viel schulden wir Ihnen?«

»Fünftausend.«

Sie waren gekommen, um ihre Getränkeschulden vom Vorabend zu begleichen. Yamashina nickte, während er seine Brieftasche zückte, zu Mikami hinüber, als Dank für den Tipp mit den Angebotsabsprachen.

»Sie haben eine richtig gute Stimme, Yamashina«, sagte Mikumo zu ihm. Sie errötete leicht dabei; wahrscheinlich hatte es sie einige Überwindung gekostet, ungefragt zu sprechen.

»Ich? Haha.« Yamashina lächelte verlegen und tippte sich geschmeichelt auf die Brust. »Überhaupt nicht, längst nicht so gut wie …«

»Yanase, hätten Sie einen Moment Zeit?«, mischte Suwa sich ein. Er zeigte auf die Sofas, mit einem Mal ganz geschäftsmäßig.

Yanase legte den Kopf schief. Das Lächeln auf Yamashinas Gesicht schwand; zweifellos fragte er sich, warum er von Suwa nicht auch aufgefordert worden war. Yanase nahm Platz und sah Suwa fragend an. Suwa setzte sich so dicht neben Yanase, dass dieser wegrücken musste.

»Knüpfen wir da wieder an, wo wir gestern Abend unterbrochen wurden. Alles kommt wieder ins Lot, wenn wir uns nur angemessen entschuldigen. Das war Ihre Meinung, oder?«

Er sagte es gedämpft, sein Gesichtsausdruck neutral. Yanase, der Anführer der gemäßigten Fraktion, setzte eine gequälte Miene auf.

»Nun ja, mehr oder weniger …«

»Sehr gut. Denn wenn das Interview mit dem Generalinspekteur den Bach runtergeht, dann dürfen wir uns alle nach neuen Stellen umsehen. Wenn es ganz dumm läuft, könnten wir sogar vom Polizeidienst ausgeschlossen werden.«

Yamashina, immer noch stehend, linste zum Sofa hinüber. Suwa ignorierte ihn; er hatte nur Augen für Yanase.

»Schauen Sie doch, ob Sie die anderen nicht dafür gewinnen können. Wir wissen, dass allen an guter Berichterstattung gelegen ist. So ein Interview im Freien – das bietet beste Gelegenheiten für ein zugkräftiges Foto.«

»Schon … ja, aber wir haben es nun mal bei der Versammlung so beschlossen. Wir können das Votum für den Boykott nicht einfach über den Haufen werfen.«

»Aber auf Generalversammlungen kann man Beschlüsse auch ändern, stimmt's? Setzen Sie für morgen eine neue an.«

»Ich weiß nicht …«

»Und die letzte hat ja wohl nicht unter normalen Bedingungen stattgefunden, oder? Da wird es doch zugegangen sein wie in einem Hornissennest nach dem Aufruhr im Präsidialbüro.«

»Das ist schon richtig. Aber der Beschluss war einstimmig, dadurch hat er viel Gewicht.«

»Sie werden doch Kuramae und mich nicht im Regen stehen lassen! Und was ist mit Mikumo? Sie wird wieder im Kōban landen.«

»Das möchte ich natürlich nicht. Wobei einigen von uns auch noch die Redaktion im Nacken sitzt. Und angefangen hat schließlich alles mit der anonymisierten Berichterstattung – ein paar von den Zeitungen haben Sie auf ihre schwarze Liste gesetzt, zumindest bis sie ein paar handfeste Zugeständnisse von Ihnen bekommen.«

»Wir wollen unsere Leistungen aufstocken, das haben wir ja schon gesagt. Und wir haben vor, uns zu entschuldigen. Wir nehmen das alles sehr ernst.«

»Sicher, das merke ich ja auch. Aber …«

»He«, warf Yamashina von der Seite ein. »Ich könnte es ja vorschlagen. Das mit der Generalversammlung.«

Suwa spielte den Entnervten.

»Yamashina, ich versuche hier mit Yanase zu reden.«

»Ich wollte nur sagen, dass der Vorschlag gern von mir kommen kann, Suwa. Sie möchten, dass wir eine Versammlung einberufen? Kein Problem. Auch wenn ich mich für den Ausgang natürlich nicht verbürgen kann.«

Suwa schwieg und wandte den Blick nicht von Yanase. Eine Pause trat ein, dann seufzte Yanase, und die Sache war entschieden.

»Also gut. Yamashina, wenn Sie die Versammlung vorschlagen wollen, dann sekundiere ich.«

Wieder einmal hatte Mikami das Gefühl, einem Künstler bei der Arbeit zuzusehen. Wenn zwei Zeitungen den Antrag unterstützten, würde die Generalversammlung mit Sicherheit stattfinden.

Die beiden Reporter verschwanden wieder nach draußen; Suwa begann mit den anderen die Strategie für die restlichen Zeitungen abzustimmen. Die Weichen waren gestellt, der Boykott schon so gut wie gekippt. Mikami stand auf.

»Ich schaue kurz hoch in den ersten Stock.«

Das entsprach den Tatsachen – er wollte Shirota etwas fragen. Aber er schien der Einzige, den seine Pläne interessierten. Die anderen nickten nur, als wären sie auf Autopilot geschaltet, und Mikami fühlte sich plötzlich allein.

48

Mikami hielt sich keine fünf Minuten in der Verwaltung auf, wo er sich von Shirota Futawataris Handynummer besorgt hatte. *Haben Sie die gar nicht? Ist er nicht aus Ihrem Jahrgang?* Weiter ging Shirota mit seinen Nachfragen nicht. Er warf einen Blick zum Schreibtisch des Inspektors hinüber, legte dann den Kopf schräg und begann, in seinem Kalender zu blättern, getreu seinem Motto zum Thema Büropolitik: *Nie zu viele Fragen stellen.*

Durch die Stahltür trat Mikami hinaus ins Treppenhaus. Er zog das Handy aus der Tasche und wählte die Nummer, die er eben bekommen hatte. Bevor er sich mit Direktor Arakida traf, wollte er mehr über Koda herausfinden. War es Futawatari gelungen, Kontakt mit ihm aufzunehmen? Wusste er, wo Koda jetzt war? Sein Anruf wurde direkt auf die Mailbox umgeleitet. Wahrscheinlich war Futawatari in einer Besprechung. Oder er ging bei unbekannten Nummern grundsätzlich nicht an den Apparat. Mikami hinterließ keine Nachricht. Als Anrufer war man ohne Ausnahme in der stärkeren Position. Diesen Vorteil wollte er nicht aus der Hand geben, indem er sich von Futawatari nach dessen Belieben zurückrufen ließ.

Na schön. Dann improvisieren wir eben.

Mikami ging zurück in den Korridor und machte sich auf den Weg zu Arakidas Büro. So ganz hatte er sich immer noch nicht in seine Rolle als Pressedirektor gefunden; von Gelassenheit konnte keine Rede sein. Er beschloss, statt dem Lift lieber die Treppe zu nehmen und zu Fuß in den vierten Stock hinaufzusteigen, aber statt innerlich zur Ruhe zu kommen, fühlte er sich immer zerrissener. So sehr er Arakida einerseits misstraute, so tief nistete ihm andererseits die alte Verbundenheit mit dem Kriminaluntersuchungsamt im Herzen. Dazu kam die Unklarheit seiner eigenen Position. *Ab Donnerstag ist es aus mit ihnen.* Mikamis Gedanken drehten sich um sich selbst, während er den Korridor im vierten Stock entlangging. Draußen wurde es schon dunkel, dicke Wolken verfinsterten den Himmel vor den Fenstern, mehr schwarz als grau.

Kriminaluntersuchungsamt, Dezernat I.

Mikami drückte mit Schwung die Tür auf.

Wenn nur Matsuoka da war ... aber der Tisch vor der Tür am Ende des Raums war leer. Am Schreibtisch daneben reckte sein Stellvertreter Mikura den Kopf. Mikura war mehrere Jahre nach Mikami zur Polizei gekommen. Das Unbehagen, das sich auf seinen Zügen ausbreitete, war selbst auf diese Entfernung klar zu erkennen. *Ich würde nicht sagen, dass er den Schneid eines Flohs hat. Aber den einer Ameise? Das könnte hinkommen.* Mit diesen Worten hatte einmal jemand Mikura beschrieben.

Mikami zeigte mit dem Daumen auf Arakidas Tür.

»Er wollte mich sprechen.«

Mikura erhob sich wortlos von seinem Stuhl, huschte zur Tür des Amtszimmers und klopfte. Geduckt lauschte er auf eine Antwort, öffnete die Tür dann behutsam und streckte den Kopf durch den Spalt. Als er sich wieder aufrichtete, sagte er: »Sie können reingehen«, und vermied dabei jeden Blickkontakt.

Das letzte Mal hatte Mikami das Amtszimmer des Direktors im Frühjahr betreten. Damals hatte er es wenigstens noch in seiner Funktion als Kriminalbeamter getan.

»Herr Direktor.«

Mikami verbeugte sich aus der Hüfte. Er war so stehen geblieben, dass seine Fußspitzen gerade noch nicht den Teppich berührten.

»Ah, Mikami. Schön, dass Sie vorbeischauen«, sagte Arakida leutselig.

Er nahm die Lesebrille ab und schob seine massige Gestalt um den Tisch herum zu einem der Sofas. Sein Gesichtsausdruck verriet nichts, aber Mikami wusste, dass das nur Fassade war, dass er sich dahinter, wie Urushibara, im Alarmzustand befand, bereit für den Kampf.

»Kommen Sie, nicht so förmlich. Setzen Sie sich doch.«

Mikami gehorchte. Arakida klappte den Glasdeckel seines Zigarettenkästchens auf und bot Mikami eine an.

»Nein danke.«

»Haben Sie etwa aufgehört?«

»Nein.«

»Und, wie ist die Lage?«, wollte Arakida wissen. Statt einer Antwort legte Mikami den Kopf schief. »Im ersten Stock, meine ich. Alle in heller Aufregung?«

»Ich … ich weiß nicht.«

»Ach ja? Und ich dachte, wir hätten Sie eigens für Zeiten wie diese ausgeliehen …«

Mikami verstand die Botschaft, die zwischen den Zeilen mitschwang, nur zu gut.

Halte zu uns, sonst kommst du nicht mehr zurück.

»Urushibara sagte, Sie wollten mich sprechen. Darf ich fragen, weshalb?«

»Ach, damit eilt es nicht. Das erfahren Sie früh genug.«

Mikamis Missbehagen war beträchtlich. Versuchte Arakida auszuloten, wie sehr er sich in den acht Monaten Exil verändert hatte?

»In der Pressestelle soll ja dicke Luft herrschen. Sie haben sich mit den Reportern angelegt, höre ich?«

»Offen gestanden ist das größte Problem, dass wir nicht wissen, wer der Informant der *Toyo* ist.«

Arakida quittierte Mikamis kleinen Gegenangriff mit einem Verengen der Augen.

»Wollen Sie damit andeuten, ich könnte es sein, Mikami?«

»Sind Sie auf einen *Plausch* mit Akama aus?«

»Schickt er Sie vor, um das zu erfahren?«

»Nein.«

»Nein, ich habe nicht die Absicht, mich mit ihm zu treffen. Was sollte mir ein Tête-à-Tête mit diesem verdammten Grashüpfer nützen? Aus Sicht der NPB ist er sowieso nur ein kleines Rädchen. Ich könnte auf ihn noch so viel Druck ausüben, es würde nichts ändern.«

Der dritte Pfeil würde in Richtung Tokio abgeschossen werden. Das klang deutlich durch. Vor Mikamis innerem Auge erschien Maejima, der von hier bereits in die Tokioter Zentrale des Kriminaluntersuchungsamts abgestellt war. Würden sie ihn einsetzen? Oder jemanden in Präfektur D?

»Wo ist Matsuoka?«

»Warum fragen Sie?«

»Weil er nicht an seinem Tisch war.«

»Politik liegt ihm nicht so, wie Sie ja sicher wissen. Er hat nur seine Fälle im Kopf. Im Moment ist er gerade beim 64-Team und macht da ein bisschen Dampf.«

Politik.

Hatte er das gesagt?

»Matsuoka hatte vor, Sie zum Einsatzleiter zu machen, das wissen Sie, oder?«

Mikami verbot sich reflexartig jegliche Emotion. Dennoch verunsicherte ihn Arakidas selbstgefällige Miene. Der Mann neigte den mächtigen Oberkörper langsam nach vorn. Er faltete die Hände und schlug einen Flüsterton an.

»Wenn Sie mich fragen, wäre sogar Direktor im Zentralrevier nicht unrealistisch. Der Posten wird nächstes Frühjahr frei.«

Mikami spürte ein Schlingern in seinem Innern.

Arakida sprach schon weiter, seine Stimme nun wieder volltönend.

»Zwei Anliegen habe ich.« Er hatte sein Visier geöffnet. Sein Gesicht spiegelte die nackte Gier eines Mannes, der nur seinem Kampf lebt. »Erstens – wo ist Koda?«

»Das weiß ich nicht.«

»Möglich. Aber Futawatari weiß es.«

»Dazu kann ich nichts sagen.«

Der Direktor ließ nicht locker. »Haben die von der Verwaltung Koda, ja oder nein?«

»Ich weiß es nicht.«

»Dann sehen Sie zu, dass Sie es herausfinden!«

Mikami erwiderte nichts. Es war mehr als eine bloße Drohung: Arakida stellte Mikamis Loyalität auf die Probe.

»Wer hat Sie angewiesen, nach Koda zu suchen?«

»Ich habe ihn zufällig getroffen.«

»Was haben Sie zu ihm gesagt?«

»Wir haben uns gegrüßt, weiter nichts.«

»Was haben Sie aus ihm rausgeholt?«

»Wie schon gesagt, wir haben uns nur gegrüßt.«

»Warum sind Sie heute zu mir gekommen?«

Wie bitte?

»Warum Sie zu mir gekommen sind, habe ich gefragt.«

»Weil Sie mich sprechen wollten.«

»Nur deshalb?«

»Nein, auch in meiner Eigenschaft als Pressedirektor. Wenn es so weitergeht, wird sich der Ärger auf die Presse ausweiten, und …«

»Aber Sie versprechen sich doch bestimmt etwas von diesem Treffen.«

»Was sollte ich mir versprechen?«

Arakida blieb stumm. Sein Blick forderte Mikami heraus, die Antwort bei sich selbst zu suchen.

Das erübrigte sich.

»Hören Sie auf meinen Rat. Legen Sie diese schlecht sitzende Verkleidung ab. Auch auf die Gefahr hin, dass Sie mit Akama aneinandergeraten. Ich sorge schon dafür, dass Sie hierher zurückkommen.«

Mikami hielt Arakidas Blick stand. Die Stille zwischen ihnen lud sich immer mehr auf.

Die Antwort lautet Nein.

Das Schweigen dauerte an, bis Arakida erbittert aufseufzte.

»Wenn Sie Tokios wahre Motive kennen würden, wären Sie nicht so störrisch …«

Mikami zuckte innerlich zusammen. Das wäre seine abschließende Frage gewesen, und er hatte es als sicher angenommen, dass Arakida die Antwort verweigern würde.

Würde er es ihm verraten?

»Zu meinem zweiten Anliegen.« Als würde er eine Seite umblättern, lenkte Arakida das Gespräch zurück zum Ausgangspunkt. »Sie haben ganz offenkundig ein ausgemachtes Talent zum Aufrührer.«

»Zum Aufrührer?«

»Zum Aufrührer, ja. Der Unruhe stiftet und so den Ball ins Rollen bringt. Manche machen so was sogar professionell – schüren auf friedlichen Demonstrationen Hass und Gewalt und kassieren dafür Geld. Kommt Ihnen das irgendwie bekannt vor? Richtig: die Rangelei um das Beschwerdeschreiben, die Sie mit der Presse im Präsidialbüro aufgeführt haben. Dieser Beschluss, das Interview mit dem Generalinspekteur zu boykottieren – das ist allein Ihr Werk.«

»Ich konnte es nicht verhindern. Es war ganz bestimmt nicht mein Plan.«

»Dann machen Sie es zu Ihrem Plan. Zündeln Sie noch mehr. Wiegeln Sie sie auf, sorgen Sie dafür, dass sie den Boykott durchziehen.«

Wie jetzt?

Mikami kniff die Augen zusammen.

»Dazu sehe ich keinerlei Grund.«

»Weil Sie davon ausgehen, dass sie ohnehin nicht ernst machen?«

»Nein, weil das gegen meine Pflichten verstoßen würde.«

»Wie schätzen Sie die Chancen ein? Sieht es eher danach aus, dass sie die Sache durchziehen, oder blasen sie sie ab?«

»Den Boykott vom Tisch zu kriegen wird auf keinen Fall leicht. Aber ein paar Strippen können wir noch ziehen.«

»Dann ziehen Sie sie nicht. Lassen Sie den Dingen ihren Lauf. Das wird mit Ihrem Gewissen doch wohl vereinbar sein?«

»Ganz sicherlich nicht.«

»Dann ist es Ihnen egal, was aus Ihrer beruflichen Heimat wird?«

»Das sind doch alles nur Nebelkerzen. Ich weiß ja nicht einmal, was diesen ganzen Irrsinn ausgelöst hat.«

Wieder trat Schweigen ein. Ein längeres, unheilvolleres Schweigen diesmal. Arakidas massige Gestalt schien leicht in sich zusammenzusinken. Dann seufzte er und lehnte sich auf seinem Sofa zurück.

»Dann hören Sie jetzt zu.« Er betonte jede Silbe. »Und wenn Sie erst wissen, was Tokio beabsichtigt, werden Sie Ihre Haltung hoffentlich überdenken.«

Mikami nickte vorsichtig. Seine Hände krampften sich um die Knie.

»Das hier ist eine Beschlagnahme.« Arakida starrte grimmig ins Leere. »Die Bürokraten fordern den Posten des Direktors für sich. Die NPB will das Kriminaluntersuchungsamt zu einem Lehen Tokios machen.«

49

Mikami spürte kaum den Boden unter seinen Füßen.

Er hatte die Stahltür am Ende des Korridors aufgestoßen und stand draußen auf der Fluchttreppe. Es erschien ihm als der einzig mögliche Ort. Die Sonne war längst untergegangen. Ein starker Wind wehte, aber ihm war nicht kalt. Sein Körper erzeugte immer neue Hitze, ganz gleich, wie viel der Wind ihm entzog.

Tokio fordert den Posten des Direktors für sich.

Erst war der Beschluss gefasst worden, dann hatten sie das Szenario mit der 64-Inspektion entworfen. Generalinspekteur Kozuka würde ins Präsidium marschiert kommen. Er würde Amamiya in dessen Haus sein Beileid bekunden und feierlich geloben, Shokos Entführer und Mörder festzunehmen. Es würde nicht wie ein bloßes Lippenbekenntnis wirken. Gleich hinterher würde er bei dem Interview die Strategie erläutern, mittels derer er seinen Worten Taten folgen lassen wollte. Er würde einen von Tokios fähigsten Karrierebeamten an die Spitze des Kriminaluntersuchungsamts setzen, um so die Verbindung mit Tokio zu festigen und dem Präsidium dazu zu verhelfen, bei den mit neuem Schwung aufgenommenen Ermittlungen zu 64 sein volles Potenzial zu realisieren.

Es war nichts als heiße Luft. Der Fall steckte fest, sie würden keinen Millimeter vorankommen, und wenn Tokio noch so viele Koryphäen schickte. Es würde darauf hinauslaufen, dass der neue Direktor Befehle ausgab, nur um seine Existenz zu rechtfertigen; er würde die Ermittlungen durcheinanderbringen und Zeit und Ressourcen verschwenden, indem er Bericht um Bericht einforderte. In Tokio wussten sie nur zu gut, dass sich der Fall so nicht aufklären ließ, aber sie hatten beschlossen, 64 als Deckmantel für ihre feindliche Übernahme des Direktorenpostens zu verwenden. *Wartet's nur ab.* Es spielte keine Rolle, ob sie den Fall aufklärten oder ob Verjährung eintrat – was immer geschah, die Bürokraten würden den Chefsessel nicht mehr hergeben.

Mikami sah in die Höhe. Der pechschwarze, sternlose Himmel schluckte allen Wind.

Ab Donnerstag ist es aus mit ihnen.

Es wunderte ihn nicht, dass es gerade Präfektur D traf. Die derzeitige Praxis, den Posten des Direktors intern zu besetzen, hatte zu einer Reihe schwacher Kandidaten geführt, und es bestand kein Grund zu der Annahme, das würde sich in absehbarer Zeit ändern. 64 lag fast vierzehn Jahre zurück. Von allen Entführungsfällen mit Todesfolge, die es seitdem gegeben hatte, war dies der einzige, bei dem sich der Täter noch auf freiem Fuß befand.

Mikami fragte sich eher, warum die Herren in Tokio ihre Fühler nicht schon viel eher ausgestreckt hatten. Sie hatten nicht gezögert, sich eine Position in Dezernat II zu sichern, gleich unter Arakida. Unter Berufung auf eine Null-Toleranz-Politik, wo immer Unregelmäßigkeiten bei der Aufdeckung von Korruptions- und Wahlbetrugsfällen bekannt wurden, hatten sie landesweit junge Karrierebeamte zu Dezernats- und Referatsleitern gemacht. Sie hätten sich den Direktorenposten schon vor langer Zeit unter den Nagel reißen können, ohne zu solchen Tricks zu greifen, einfach indem sie kraft ihrer staatlich verliehenen Autorität einen »Je größer, desto besser«-Ansatz geltend machten. Aber das hatten sie nicht.

Warum jetzt an das Gleichgewicht rühren?

Sie mussten mit Widerstand gerechnet haben, damit, dass das Kriminaluntersuchungsamt sich mit Zähnen und Klauen wehren würde. Das 64-Debakel mochte eine noch so geeignete Zielscheibe abgeben – was hatte Tokio davon, den Posten an sich zu reißen, wenn dafür das stillschweigende Einverständnis geopfert würde, von dem beide Seiten bislang so sehr profitiert hatten?

Es musste etwas anderes dahinterstecken. Er konnte es logisch angehen, aber keine der Erklärungen, auf die er kam, würde zutreffen.

Hegemoniestreben. Die eigene Macht auszuweiten war einer der Urinstinkte jeder Zentralautorität. Irgendwo in Tokio hatte sich ein Räderwerk in Gang gesetzt. Sie würden die Autonomie der regionalen Polizei systematisch untergraben. Den Vorhang herunterreißen, ihre Ambitionen auf ein zentralisiertes Polizeikommando durchschimmern lassen. War ihre Ankündigung als Eröffnungsschachzug gedacht? Als Testlauf? So oder so würde jedes mittlere bis kleine Regionalpräsidium mit eigenem Kriminaluntersuchungsamt zittern müssen. Ein einziger unaufgeklärter Fall, und sie konnten den Posten des Direktors los sein. Die Furcht, die dieses Präjudiz auslöste, würde sich verbreiten und verstärken, bis sie sich zu einer lähmenden Angst vor der NPB ausgewachsen hatte.

War das das eigentliche Ziel? Bestrafung als warnendes Beispiel? Arakidas abgeschlagenes Haupt, für alle sichtbar, als Sinnbild für die wahre Macht der Zentralautorität?

Ein Windstoß traf Mikami von der Seite.

Die NPB will uns zu einem Lehen Tokios machen.

Mikami presste die Hände ineinander, dass sie schmerzten. Er spürte das Blut in seinen Adern pochen. Das Blut eines Kripo-Mannes. Es war der einzige Weg, die überbordenden Emotionen unter Kontrolle zu bringen: zuzudrücken, bis sich sein ganzer Körper anfühlte wie eine geballte Faust.

50

Das Lämpchen vor Präsident Tsujiuchis Amtszimmer brannte noch.

Mikami betrat das Präsidialbüro und ging geradewegs hinüber zu Büroleiter Ishiis Tisch. Seine Hände waren noch immer zu Fäusten geballt. Die Temperatur im Zimmer war vermutlich genau richtig, aber er fühlte sich wie in einer Sauna, die Hitze erstickte ihn fast.

Ishii hatte seinen Stuhl zur Seite gedreht und hantierte mit einer Fernbedienung herum. Er wirkte nervös. Die Abendnachrichten begannen gerade, mit Bildern von Akamas Pressekonferenz.

»Ach, Mikami. Was gibt's denn?«

»Ich möchte zum Präsidenten. Ich habe etwas Dringendes mit ihm zu besprechen«, sagte Mikami.

Ishiis Augen wurden kreisrund. »Was kann so dringend sein?«

»Das würde ich ihm lieber selbst sagen.«

»Lachhaft. Also, was ist es? Waren Sie damit schon bei Akama?«

»Der ist nicht da.«

Mikami hatte bereits in der Verwaltung vorbeigeschaut. *Er will die Nachrichten wahrscheinlich lieber nicht sehen.* Das hatte Shirota gesagt, auch er mit der Fernbedienung in der Hand.

»Gut, dann sagen Sie mir, worum es geht. Wenn es wichtig ist, sage ich dem Präsidenten Bescheid.«

Mikamis Geduld war schon jetzt erschöpft. Mit einer knappen Verbeugung vor Ishii wandte er sich zur Tür am Ende des Raums.

»He … was soll … *Halt!*«

Ishiis Stimme kippte. Mikami kümmerte sich nicht um ihn und ging weiter. Er klopfte an die schwere Holztür.

»Herein.«

Mikami konnte die gedämpfte Aufforderung gerade so ausmachen.

»Mikami!«

Ishii kam kreischend hinter seinem Tisch hervorgestürzt.

»Mikami, das reicht!«

Mikami spürte eine Hand an seinem Arm. Er schüttelte sie ab und stieß den Mann vor die magere Brust. Ishii stolperte zwei, drei Schritte rückwärts, bevor er auf seinem Hinterteil landete. Seine Augen starrten schockiert zu Mikami empor. Mikami wandte sich ab und drehte den Knauf.

»Danke.«

Alle im Büro waren aufgesprungen, aber zu spät. Mikami trat schon durch die Tür des Amtszimmers. Er schloss sie hinter sich. Das satte Klicken sperrte die Außenwelt aus.

Selbst die Luft hier drin atmete sich anders. Vornehme indirekte Beleuchtung. Platz genug, um eine Cocktailparty zu veranstalten. Ledersofas mit einem guten Dutzend Armsesseln. Dicker, weicher Teppichboden mit verschlungenen Mustern. Tokios Ableger im Präfekturpräsidium. Die NPB. Deshalb war Mikami hier.

Kinji Tsujiuchi saß an seinem Schreibtisch.

Seine Augen taxierten Mikami, eine kalte Musterung von Kopf bis Fuß. Mikami war in der Vergangenheit zweimal in diesem Amtszimmer gewesen, hatte aber nie mehr als einen Gruß mit dem Mann gewechselt.

»Mikami, richtig? Pressedirektor.«

Seine leise Stimme verriet keinerlei Irritation über die ungehörige Art, auf die sich Mikami an Ishii vorbeigedrängt hatte.

»Richtig«, bestätigte Mikami, während es hinter ihm auch schon klopfte.

Die Tür öffnete sich, schob ihn weiter ins Zimmer. Ishiis Gesicht war so purpurrot wie das eines Äffchens.

»Herr Präsident, bitte verzeihen Sie diese Störung. Ich sorge dafür, dass er auf der Stelle …«

Mikami schnitt ihm das Wort ab. »Ich muss etwas sehr Dringendes mit Ihnen bereden. Wäre es möglich, Sie unter vier Augen zu sprechen?«

»Mikami, Sie …«, zischte Ishii, bebend vor Entrüstung.

Aus dem Blick, mit dem Tsujiuchi von einem zum anderen sah, sprach unverhüllte Neugier. »Ishii, Sie können uns allein lassen.«

»Aber …«

»Es ist in Ordnung. Aus der Praxis zu hören kann gelegentlich ganz erfrischend sein.«

»Aber Sie haben doch jetzt gleich …«

»Ich möchte mich ungern wiederholen, Ishii.« Tsujiuchis Tadel ließ den Mann zurücktaumeln wie von einem Peitschenhieb.

»Selbstverständlich, vergeben Sie mir. Fünf Minuten wären noch drin. Ich rufe durch, wenn die Zeit um ist.«

»Ich drücke den Summer, wenn wir so weit sind.«

Ishii hatte sein Pulver verschossen. Er verneigte sich so tief, dass es ans Groteske grenzte, und verschwand mit einem beschwörenden Blick auf Mikami durch die Tür.

»Kommen Sie her und setzen Sie sich.«

»Danke.«

Mikami durchquerte den Raum mit leichten Schritten. Das durch seinen Körper jagende Blut trug ihn vorwärts. In aufrechter Haltung nahm er auf dem Sofa Platz. Tsujiuchi saß ihm direkt gegenüber. Eine breite Stirn, die auf einen scharfen Verstand hindeutete. Dichte Augenbrauen. Kühle Augen, schmal und länglich.

»Worüber möchten Sie mit mir sprechen?«

»Es gibt da etwas, das ich Sie fragen wollte.«

»Eine Frage also, keine Aussprache.« Die Neugier ließ sichtlich nach. Vermutlich hatte er sich darauf gefreut, dem Seufzen und Klagen eines kleinen Beamten zu lauschen. »Auch gut. Fragen Sie. Ich antworte, wenn ich kann.«

Mikami nickte einen kurzen Dank. Er heftete den Blick auf Tsujiuchis Nasenrücken. Er konnte nicht sicher davon ausgehen, dass Arakida ihm die Wahrheit gesagt hatte. Und Akama war nicht am Platz, was blieb ihm also übrig, als beim Präsidenten selbst nachzufragen?

»Es geht um Ihre Anweisungen an Futawatari.«

»Futawatari? Ich wüsste nicht, wann ich ihn in letzter Zeit gesehen hätte … Hat er gesagt, ich hätte ihm etwas aufgetragen?«

Spielte er jetzt den Ahnungslosen?

»Für Donnerstag ist der Besuch des Generalinspekteurs angekündigt.«

»Allerdings.«

»Er plant einen Beamten aus Tokio als neuen Direktor des Kriminaluntersuchungsamts einzusetzen. Jedenfalls habe ich gehört, dass er das bekannt geben wird.«

»Ganz richtig.«

Mikami spürte einen Stich in der Brust. Tsujiuchi hatte die Hürde lässig genommen.

»Und was ist damit?«

»Ich wüsste gern den Grund für die Entscheidung.«

»Den Grund? Die Entführung, was sonst? Es ist ein öffentlicher Appell, eine Geste, um zu zeigen, dass wir unsere Bemühungen nicht einstellen.«

»Das heißt, es ist eine vorübergehende Maßnahme?«

»Mir ist nicht klar, worauf Sie hinauswollen.«

»Wenn der Fall beispielsweise aufgeklärt würde. Verstehe ich Sie richtig, dass der Posten dann an uns zurückgeht?«

»Das weiß ich nicht. Meine Vermutung wäre, darüber wird

entschieden, wenn es so weit ist. Fragen Sie besser den Generalinspekteur, wenn er kommt.«

»Der Wechsel könnte also auch dauerhaft sein?«

»Wie gesagt, ich weiß es nicht. Ich glaube, in manchen Bezirkspräsidien alternieren die Zuständigkeiten. Meistens wird aber von Fall zu Fall entschieden.«

»Sprich, abhängig davon, wer wo verfügbar ist.«

»So ist es. Alles eine Sache der Personalpolitik. Unser Kriminaluntersuchungsamt hier hat darunter ja nicht wenig zu leiden gehabt.«

Mikamis Hoffnung schwand endgültig. Der vormalige Lückentext vervollständigte sich rapide, aus Hypothese wurde Fakt. Der Wahrheitsgehalt von Arakidas Worten war zur Genüge überprüft.

Die NPB will uns zu einem Lehen Tokios machen.

Mikami rückte bis zur Sofakante vor.

»Das Kriminaluntersuchungsamt ist vehement gegen einen solchen Wechsel.«

»So sieht es aus«, erwiderte Tsujiuchi seelenruhig.

»Gewisse Leute fahren deshalb schwere Geschütze auf.«

»Darum ist Akama auch auf dem Weg nach Tokio. Wir haben gerade Nachricht erhalten, dass jemand ein gefährliches Memorandum in der Zentrale herumschickt.«

Mikami war sprachlos.

»Es enthält Details über eine Reihe von Dienstvergehen in Präfektur D, von denen bisher keines öffentlich geworden ist. Es ist eine regelrechte Briefbombe. Wer immer dahintersteckt, meint es zweifelsohne als Warnschuss an die Adresse des Generalinspekteurs.«

Sie hatten ihren dritten Pfeil abgeschossen. War es Maejima gewesen? Hatte Arakida die Rolle des Aufrührers ihm übertragen?

»Sprich, man darf jetzt gespannt sein, wie der Stab des Generalinspekteurs reagiert«, fügte Tsujiuchi hinzu, als ginge ihn die ganze Geschichte nichts an. »Haben Sie schon einmal die Wendung gehört: ›Kennedy nach Dallas schicken‹?«

»Dallas …?«

»Das beschreibt das Bauchgefühl der Berater. Ihr Ziel muss es sein, ihre Schutzbefohlenen möglichst aus der Gefahrenzone herauszuhalten. Nur sagt sich der Schützling in vielen Fällen, ohne Wagnis kein Gewinn, und sucht die Gefahr trotzdem. Das stellt die Entscheidungsfähigkeit der Berater auf die Probe, zwingt sie, die Gefahr neu zu bewerten – im Fall des Generalinspekteurs die Gefahr eines Imageverlustes.«

Tsujiuchi entließ Mikami nicht aus seinem Blick und zwang ihn so zu einer Antwort.

»Soll das heißen, wir sind Dallas?«

»Wir wollen hoffen, dass dem nicht so sein wird. Wenn die Gefahr akut genug erscheint, wird der Generalinspekteur möglicherweise von seinem Besuch absehen. Wobei es seiner Ankündigung natürlich an Autorität fehlen würde, wenn er sie von Tokio aus machen müsste. Und der PR-Wert wäre gleich null.«

Der Generalinspekteur, der wacker in die Provinz auszog, nur um sich seines Podiums beraubt zu finden. Die Presse als Steigbügelhalter des KUA. Wenn die Berater des Generalinspekteurs zu einem solchen Schluss kamen, sähen sie sich dann genötigt, Präfektur D als ein zweites Dallas einzustufen?

»Wir sind so weit durch, oder?«, sagte Tsujiuchi. »Der Gouverneur erwartet mich zum Essen. Dem alten Fuchs muss man ein bisschen um den Bart gehen, wenn man sich einen anständigen Batzen vom Haushaltsbudget sichern will.«

Die Unterhaltung war für ihn offenbar beendet. Es war, als hätte er ein Buch zugeschlagen; von einem Augenblick auf den anderen wirkte er in Gedanken weit weg.

In Mikami brodelte es. Der Mann war völlig unbekümmert. Er

scherte sich einen Dreck darum, was Tokio der Regionalpolizei mit seiner Entscheidung antat.

»Haben Sie das mit dem Kriminaluntersuchungsamt besprochen?«, fragte Mikami. »Solche Posten sind in jeder Organisation von Bedeutung. Die Leute werden sie verteidigen, wenn sie sie bedroht sehen. Besonders, wenn der Wechsel plötzlich und ohne Vorwarnung kommt.«

Tsujiuchi betrachtete ihn verständnislos.

»Warum echauffieren Sie sich so? Ich hätte gedacht, die Ermittler wären Ihrem Referat ein Dorn im Auge. Zu eingenommen von sich, immer darauf aus, alles halbwegs Berichtenswerte unter Verschluss zu halten. Glauben Sie mir, durch nichts lassen sich Veränderungen so effizient herbeiführen wie durch einen Wechsel an der Spitze. Sie werden sofort eine gewaltige Verbesserung in der Kommunikation mit der Verwaltung feststellen. Beide Seiten werden sich leichter tun, ihre Aufgaben wahrzunehmen.«

Mikami fühlte sich ernsthaft versucht, Akama für das kleinere Übel zu halten. Dem Mann war immerhin bewusst, wie sehr er andere quälte; das war ein menschlicher Zug.

Warum echauffieren Sie sich so?

»Ich war bis zum Frühjahr beim KUA. Ich habe vierundzwanzig Jahre als Kriminalbeamter gearbeitet. Und meine Erfahrung ist …«

»Ah! Ich habe mich schon gefragt …«

… ob das der Grund für Ihr Engagement ist.

Mikami glaubte den Satz für ihn vollenden zu können, aber er lag daneben.

»Die Schuhe waren es! Ihre Schuhe. Ich habe mich gleich über ihren Zustand gewundert, als Sie vorhin hier reinkamen.«

Seine *Schuhe*? Der Zustand seiner *Schuhe*?

Der jähe Kurswechsel brachte Mikami aus der Fassung. Er sah

an sich hinab und inspizierte seine Lederschuhe, erst den rechten, dann den linken. Sie schienen ihm tadellos. Blitzsauber. Was hatte der Präsident gesehen, das ihn zu einer solchen Äußerung veranlasste? Sicher, sie waren nicht neu, aber Minako polierte sie jeden einzelnen Tag. Jegliche Schrammen waren unter schwarzer Schuhcreme verborgen. Was sollte das heißen, ihr *Zustand*? Ihr Glanz mochte nach diesem langen Tag eine Spur abgestumpft sein, aber das war auch alles.

»Wie lange hält so ein Paar Schuhe bei Ihnen?«

Tsujiuchi machte jetzt Small Talk.

»Wenn ich Schuhe sehe, die mir gefallen, kaufe ich immer gleich zwei Paar. Aber ich brauche so lang, um sie abzutragen, und ehe ich mich versehe, hat das zweite Paar Staub angesetzt …«

Mikami fixierte nach wie vor seine Füße. Er hatte nicht einmal geblinzelt. Er sah Minako vor sich, wie sie im Hauseingang kauerte. Auf Mikami hatte immer ein blank poliertes Paar schwarze Schuhe gewartet – schon als er noch in den kunstledernen Polizeischuhen herumgelaufen war. Und auch später, als er begonnen hatte, bequemere Schuhe zu kaufen. Und sogar noch nach Ayumis Verschwinden. Minakos zusammengepresste Lippen verloren jedes Mal etwas von ihrer Angespanntheit, wenn sie seine Schuhe poliert und sauber aufgereiht hatte.

Was habe ich get…

Das Zittern breitete sich von innen aus und griff auf die Gliedmaßen über. Er fühlte sich, als erwachte er aus einer Trance. Sein Vorgehen war unentschuldbar. Er hatte über Akamas Kopf hinweg gehandelt, sich mit Tokio direkt ins Benehmen zu setzen versucht. Er hatte Ishii zu Boden gestoßen und ein Vier-Augen-Gespräch mit dem Präsidenten des Präfekturpräsidiums erzwungen, ihn mit Fragen über Fragen bombardiert. Den zukünftigen Generalinspekteur.

Einen der Unberührbaren.

Eine Taubheit machte sich in seinem Kopf breit. Sein Sichtfeld verengte sich. Es hatte nichts Unangenehmes an sich. Wenn überhaupt, war die Empfindung fast wohlig.

»Heutzutage tragen die Kriminalbeamten Turnschuhe. Aber sie laufen trotzdem mehrere Paare im Jahr durch.«

Die Worte sprudelten immer weiter aus Mikami hervor.

»Ach, ist das so?«

»Das tun sie, weil sie besessen sind von dem Drang, Verbrecher vor Gericht zu bringen. Rational lässt sich das nicht erklären. Ermittler sind ausschließlich vom Instinkt gesteuert.«

Tsujiuchi neigte den Kopf.

»Versuchen Sie, es aus ihrer Perspektive zu sehen. Sie sind nomadische Jäger. Immer von einem Fall unterwegs zum nächsten. Es ist die einzige Sprache, die sie verstehen.«

»*Nomadische Jäger*. Klingt eindrucksvoll.«

»Der Direktor des Kriminaluntersuchungsamts ist der Leitstern ihrer Gemeinschaft. Wenn sie niemanden mehr haben, zu dem sie aufschauen können, verlieren sie jeden Halt.«

Tsujiuchi lachte laut auf. »Dieser Gauner ihr Leitstern? Der Kerl hat sich im Personenschutz hochgearbeitet!«

»Ich spreche von dem Amt als Symbol, etwas, das weit hinausgeht über die Person, die es innehat. Je tiefer Sie in die Provinz kommen, desto unentbehrlicher wird diese Art von Symbolik.«

»Sagen Sie …«, Tsujiuchis Ton war umgeschlagen, »kann es sein, dass Sie bei den Personalentscheidungen mitmischen wollen?«

Das Taubheitsgefühl hielt die Angst nach wie vor in Schach, aber Mikamis Respekt vor der Polizeihierarchie saß zu tief. Alles in ihm wurde starr, die unausbleibliche Reaktion auf den Unmut eines Vorgesetzten.

»Das war hochinteressant. Vielleicht ergibt sich wieder einmal die Gelegenheit.«

Tsujiuchi drehte sich um und machte den Arm lang, um den Summer auf seinem Schreibtisch zu betätigen.

»Herr Präsident, wären Sie bereit, es wenigstens vorzuschlagen? Dass Tokio seine Entscheidung noch einmal überdenkt?«

Bevor Mikami zu Ende sprechen konnte, stürzte Ishii herein. Ihm folgte mit steinernen Mienen der Rest seiner Mitarbeiter. Tsujiuchi lächelte ihnen entgegen.

Mikami stand auf und salutierte.

»Wenn Sie es zumindest in Erwägung …«

Schafft ihn raus! Gleich mehrere Händepaare packten ihn auf Ishiis Kommando und zerrten ihn mit überraschender Kraft rückwärts.

Durch den Tumult schnitt Tsujiuchis Stimme.

Und lassen Sie es nicht noch mal so weit kommen!

Sie eskortierten Mikami durch das Vorzimmer und in den angrenzenden Annex. Aus dem Fernseher auf dem Schreibtisch blickte Akamas Gesicht – vielleicht mit ein Grund, warum sich Ishii auf seine Umgebung besann und Mikami nur halblaut anfuhr.

»Sind Sie verrückt geworden, Mikami? Was um alles in der Welt haben Sie zum Präsidenten gesagt?«

»Lasst mich los, sofort!« Mikami schüttelte die Hände ab, die ihn noch hielten. Ihm war, als stünde er in Flammen.

»Ich muss es wissen, Mikami. Was haben Sie zu …«

»Gar nichts müssen Sie wissen!« Der Bildschirm flackerte. Akama verneigte sich, gleißend im Blitzlichtgewitter. »Was kapiert euereins denn schon? Ständig den Hals nach oben verrenkt … und kriegt nicht mit, dass der Boden unter euren Füßen aufbricht!«

»Wer hier nichts kapiert, das sind Sie, Mikami. Was glauben Sie, was passiert, wenn Sie den Präsidenten reizen? Das fällt auf *uns* zurück – auf das ganze Präsidium. Wir werden alle büßen für Ihre Unbedachtheit.«

»Sie Vollidiot! Genau deshalb führen sie uns doch immer wieder vor. Das Präsidium gehört uns. Und ich werde nicht untätig zuschauen, wie diese Dreckskerle mit uns Schlitten fahren.«

Mikami drosch die Faust in den Bildschirm.

Akamas Gesicht verzerrte sich, bevor es zurück in die Schwärze gesogen wurde und zu tausend Splittern zersprang.

51

Und noch jemand verdiente eine Abreibung.

Mikami stürmte aus dem Präsidialbüro. Lief mit langen Schritten den Korridor entlang und riss die Tür zur Verwaltung auf. Es polterte so, dass fast alle im Raum verwundert aufblickten.

Futawatari ...

Er war nicht da; sein Schreibtisch war nach wie vor unbesetzt. Auch von Shirota keine Spur. Gruppenleiterin Tomoko Nanao, die für die weiblichen Polizeikräfte zuständig war, drehte sich auf ihrem Stuhl um und sprang dann auf.

»Was haben Sie mit Ihrer Hand gemacht?«

Er merkte es erst, als sie darauf zeigte. Seine Rechte war blutverschmiert, am Ansatz des Zeigefingers klaffte ein langer Schnitt quer über dem Handrücken. Einzelne Tropfen fielen auf den Boden.

»Ist Futawatari im Haus?«

»Nein, er musste zu einem Termin.«

Nanao eilte schon zu einem Spind an der Wand hinüber.

»Kommt er noch mal zurück?«

»Heute nicht mehr. Er meinte, er würde danach direkt heimfahren.«

Wenn das so ist ... Mikami ging durch das Vorzimmer und in Akamas Büro, ohne auch nur anzuklopfen. Der Duft von Akamas Rasierwasser hing noch in der Luft; offenbar war der Direktor bis eben noch hier gewesen. Nanao kam hinter ihm hergetrabt, einen Verbandskasten in der Hand. Sie suchte Desinfektionsmittel und Mullbinden hervor und streckte dann die Hände aus.

»Lassen Sie mich das verbinden.«

»Das kann ich schon selbst.«

»Nein, bitte, lassen Sie mich das machen.«

»Ich kann das. Geben Sie's mir einfach.«

Er schob sie aus dem Zimmer und nahm einen Wattebausch aus dem Kasten, den er auf die Wunde drückte, öffnete dann mit den Zähnen die Packung mit der Mullbinde und begann, sie sich um die Hand zu wickeln. Dabei ging er zu Akamas verwaistem Schreibtisch und schwang sich ohne viel Federlesens auf die Kante. Er zog sein Handy aus der Tasche, suchte Futawataris Nummer und rief von Akamas Telefon aus an.

Auf dem Display würde Akamas Nummer erscheinen. Futawatari würde unter Garantie rangehen.

Er meldete sich nach dem zweiten Klingeln.

»Wie können Sie sagen, es spielt keine Rolle?« Mikami verschwendete keine Zeit. »Ich weiß jetzt, was Tokio im Schilde führt. Wenn das keine Rolle spielt, was zum Teufel spielt dann eine?«

»Wie sind Sie da rangekommen?«

»Ich habe die Information von Präsident Tsujiuchi.«

»Ich rede von meiner Nummer.«

»Sie verdammter Trottel. Merken Sie denn nicht, was hier gespielt wird? Das ist kein Komplott zur Übernahme des KUA, es ist ein Komplott, um das gesamte Präsidium auszuschalten. Begreifen Sie jetzt endlich, wofür Sie sich da hergegeben haben?«

Keine Antwort. Schritte. Im Hintergrund undeutliche Geräusche. Eine Autotür klappte zu.

»Futawatari ...«

»Ich habe Ihnen das neulich schon gesagt. Diese Unterschiede existieren nicht, Präsidium hier, Tokio da. Die Polizei ist ein Monolith.«

»Das ist genau die Augenwischerei, in der Tokio ganz groß ist. Wozu nennen wir uns Regionalpolizei, wenn wir nicht einmal den Direktor des Kriminaluntersuchungsamts selbst stellen können?«

»Regen Sie sich ab. Niemand hat irgendwelche Nachteile zu befürchten. Im Gegenteil, die Folge wird eine Effizienzsteigerung sein.«

Effizienzsteigerung? Es klang wie ein Echo auf Tsujiuchis Worte.

Durch nichts lassen sich Veränderungen so effizient herbeiführen wie durch einen Wechsel an der Spitze. Sie werden sofort eine gewaltige Verbesserung in der Kommunikation mit der Verwaltung feststellen. Beide Seiten werden sich leichter tun, ihre Aufgaben wahrzunehmen.

Er hatte das Gefühl, endlich klar zu sehen. Zum ersten Mal verstanden zu haben, was Futawatari antrieb. Der Mann hatte alles darangesetzt, das Kriminaluntersuchungsamt zu schwächen und die Verwaltungsabteilung zu einem uneinnehmbaren Bollwerk zu machen. Das hatte Mikami schon immer gewusst, aber sein Verdacht war in die falsche Richtung gegangen. Seine Tokio-Hörigkeit. Seine Anweisungen von Tsujiuchi. Das wahre Motiv hinter seinen Handlungen war ein anderes.

»Macht er Ihnen sehr große Angst?«

»Wie bitte?«

»Der Chefsessel. Direktor des Kriminaluntersuchungsamts.«

Futawatari blieb stumm. Er unternahm keinen Versuch zu fragen, wovon Mikami da sprach.

Bingo.

Futawatari wusste es im Zweifel besser als irgendjemand sonst. An der hierarchischen Ordnung war nicht zu rütteln. Für einen Mann, der es mit vierzig bereits zum Hauptkommissar gebracht hatte, führte der Aufstiegsweg nur zu einem möglichen Ziel: dem Posten des KUA-Direktors. Die graue Eminenz hinter allen Personalentscheidungen würde zum Gesicht des Kriminaluntersuchungsamts werden. Ironisch, aber wahr: Das erwartete ihn in gerade einmal zehn Jahren, und er fürchtete sich davor. So begnadet er als Verwaltungsbeamter auch sein mochte – als jemandem, der von der Kripo-Arbeit völlig unbeleckt war, musste ihm alles vor ihm Liegende wie heimlicher Verrat erscheinen, wie eine Prozession, bei der der Schrein leer war. Er würde in Ungnade fallen, ein weiterer gescheiterter Kandidat in einer Reihe von vielen. Für einen Mann, der so lange de facto die Geschicke des gesamten Polizeiapparats gelenkt hatte, war das ein nicht hinnehmbarer Ausgang. So betrachtet, mussten ihm die Gerüchte von einer »Übernahme« hochwillkommen gewesen sein.

»Was ist? Ich habe Sie etwas gefragt.«

»Sie reden wirres Zeug.«

»Sie wissen genau, wovon ich spreche. Von Ihrem Plan, sich Ihr eigenes kleines Utopia zu schaffen.«

Tokio vertraute Futawatari blind.

Jeder der Karrierebeamten, die von Tokio in die Präfektur abgeordnet worden waren, hatte ihn als absoluten Überflieger erlebt, als einen Mann, der in Sachen Personalverwaltung und Organisation Großes leistete. Daran würde sich nichts ändern, nur weil einer dieser Funktionäre den Titel des Direktors trug. Einmal Bürokrat, immer Bürokrat. Bei dem hohen Ansehen, das er in Tokio genoss, durfte Futawatari davon ausgehen, dass sein Wort mehr Gewicht haben würde als das anderer Beamter im KUA. Also würde er sich für eine Rolle im Hintergrund anbieten, Direktor für öffentliche Sicherheit etwa, nur eine Leitersprosse tiefer, und seinen Einfluss verdeckt ausüben. Den Nutzen über den Ruhm stellen. Das war das, was ihn vor allem anderen antrieb. In der Personalabteilung hatte er über die Laufbahnen so vieler bestimmt, aber dabei fortwährend auf Wege gesonnen, seine eigene Laufbahn abzurunden.

»Ich verlange eine Antwort. Wollen Sie uns verraten und verkaufen, nur um sich Ihr Privatparadies zurechtschustern zu können?«

»Sie reden immer noch wirr.«

»Wollen Sie die Marionette Tokios sein, das im Verborgenen die Fäden zieht? Ist das der lang gehegte Traum der regionalen Elite?«

»Ich lege jetzt auf.«

»Wenn Sie wirklich einer von den Topleuten sind, dann hören Sie auf, sich zu verstecken. Glauben Sie mir, da würde ich noch lieber Sie im Chefsessel sehen, wenn die Alternative so ein Anzugträger von der NPB ist.«

Futawatari stieß einen überraschten Laut aus, dann sagte er, gedämpfter jetzt als vorhin: »Sind Sie da sicher?«

Mikami richtete den Blick ins Leere. Fast meinte er die dunklen Augen des Mannes auf sich zu spüren. Das seltsame Gefühl, als Futawatari ihm damals das Handtuch hingestreckt hatte, schien plötzlich wieder gegenwärtig.

»Sie nehmen das alles zu ernst. Es ist ein Symbol. Wer tatsächlich da sitzt, ist zweitrangig.«

Mikami begriff gar nichts mehr. Ein Symbol? Sprachen sie noch vom Posten des Direktors? »Sind Sie überhaupt einer von uns, Futawatari?«

»Die Kriminalbeamten tun ihre Arbeit, egal, wer das Amt leitet. Oder?«

»Blut ist dicker als Wasser, da kann der alte Herr ein Sklaventreiber sein oder eine Niete. Ein Außenseiter auf Durchlaufstation wird auf dem Posten immer fehl am Platz sein.«

»Nach einem Monat werden sich alle daran gewöhnt haben. Und nach zweien haben sie sich dann komplett umgestellt. So funktioniert das in der Personalarbeit – ohne Ausnahme.«

»Wie selbstgerecht Sie sind. Obwohl Sie nichts tun, als Leute willkürlich von einem Zimmer ins andere zu schieben.«

»Sie sind das beste Beispiel, Mikami.«

»Wie bitte?«

»Sie haben der Presse die Stirn geboten. Sie von der Schwelle des Präsidenten zurückgetrieben.«

Mikami meinte nicht recht gehört zu haben.

»Das Präsidialbüro kann stolz auf Sie sein. Das finden alle.«

Mikami biss die Zähne zusammen. Frisches Blut sickerte in seinen Verband.

»Sagen Sie das noch einmal, und …«

»Fassen Sie das nicht falsch auf. Es war als Kompliment gemeint.«

»Sagen Sie's mir ins Gesicht! Kommen Sie her, in Akamas Büro, jetzt gleich!«

»Was das angeht, werden Sie sich wohl nie ändern, Mikami.«

War das ein Lachen?

»Irgendwann werden Sie sich der Realität stellen müssen. Wir sind nicht mehr im Dōjō des Kendō-Clubs.«

52

Verdünnt schmeckte der Whisky wässrig. Selbst *on the rocks* schmeckte er wässrig. Der Rausch wollte sich nicht einstellen.

Das Tsukinami: eine kleine Bar im vorderen Teil eines Wohngebäudes, betrieben von einem Ehepaar in den Sechzigern. Für Mikami war es einer seiner wenigen echten Rückzugsorte; weder vom KUA noch von der Verwaltung verirrte sich jemals jemand hierher. Kennengelernt hatte er es, als der Besitzer einen streunenden Hund in Mikamis Kōban abgegeben hatte. Er kam jetzt seit fünfundzwanzig Jahren her. Die Mama-san war so dickschädelig wie ein Keiler, während ihr Mann herausplapperte, was immer ihm in den Sinn kam. Die Folge war, dass die beiden hinter ihrem Tresen unaufhörlich zankten, damals wie heute. In Mikami, der seinen Stammplatz am Ende des Tresens hatte, löste ihr Hickhack Verdruss und Neid gleichermaßen aus.

Er hatte seine Stellung außer Acht gelassen, er hatte seine Familie außer Acht gelassen. Er hatte Akamas Abwesenheit genutzt, um Einlass ins Amtszimmer des Präsidenten zu erzwingen. Das allein reichte aus für eine Strafversetzung. Er hatte Büroleiter Ishii zu Boden gestoßen, Präsidiumseigentum beschädigt. Wenn er sich nicht verletzt hätte, wenn er nicht geblutet hätte und Ishii kein solcher Feigling wäre, würde dieser jetzt unter Garantie in irgendeinem Kellerraum der Innenrevision sitzen und einen endlos langen Bericht abfassen. Wenn er im Entferntesten an seine Familie gedacht hätte, dann hätte er Akama vor der Falle des Kriminaluntersuchungsamts gewarnt. Er hätte sogar zweigleisig fahren und zum Schein auf Arakidas Vorschlag eingehen können.

So unwahrscheinlich ein Sieg des KUA auch war, prophylaktisch hätte er sich die Option auf einen Posten im Zentralrevier doch sichern sollen. Dort hätte keine Gefahr bestanden, dass er umziehen musste. Er hätte bei Minako sein und zusammen mit ihr auf die Rückkehr ihrer Tochter warten können.

Die Eiswürfel in seinem Glas klimperten.

Bisher hatte er sich alles gefallen lassen. Immer aus Rücksicht auf die Familie …

Nein. Das stimmte nicht. Er hatte seine Familie als Schutzschild benutzt. Er war Kompromisse eingegangen, sooft seine Stellung bei der Polizei gefährdet schien, und jedes Mal hatte er es auf seine Familie geschoben. Dabei lag die Wahrheit auf der Hand. Er konnte ohne seine Familie zurechtkommen, aber er würde zerbrechen, wenn er seinen Platz bei der Polizei verlor. Bevor er sich das nicht eingestand, sich nicht zu dem bekannte, was er war, würde er auch seinen wahren Platz in der Welt nicht finden.

In seiner Jacketttasche vibrierte das Handy. Vielleicht klingelte es schon die ganze Zeit.

Eine Reihe von Gesichtern blitzte vor ihm auf, aber es war Itokawa, Shirotas Stellvertreter aus Dezernat II, und er klang gestresst. Ohne lange Vorrede fing er von den illegalen Angebotsabsprachen an. Der Verdacht gegen den Hauptgeschäftsführer der Hakkaku Hochbau – der zu einer freiwilligen Vernehmung da gewesen war – habe sich erhärtet, berichtete er Mikami; es sei Haftbefehl gegen ihn ergangen, doch ehe sie den Mann hatten festnehmen können, habe er plötzlich Blut gespuckt und sei in eine Klinik eingeliefert worden. Im ersten Moment wunderte sich Mikami, weshalb ihm Itokawa diese Interna erzählte, aber der Grund folgte auf dem Fuß. Die *Yomiuri* und die *Sankei* hatten offenbar Wind von dem Haftbefehl bekommen und angekündigt, Artikel darüber zu bringen. Itokawa hatte sie angefleht, noch zu warten, aber davon wollten sie nichts hören.

»Ich dachte, ich warne Sie besser schon mal vor. Morgen früh wird es drunter und drüber gehen.«

Durch Mikamis Hirn zuckte das Bild Arakidas. Er sah auf die Uhr, wählte dann Suwas Handynummer. Es war Viertel vor neun. Suwa war im Wan Wan Tei, einer Transvestiten-Bar, die er erst kürzlich entdeckt hatte. Nachdem sie den Reportern im Präsidium nichts hätten entlocken können, so Suwa, hätten sie improvisiert: eine »soziologische Studie« unter Mikumos Leitung. Zunächst klang er angespannt – immerhin war Mikami mit seiner verbundenen Hand ohne ein Wort der Erklärung aus dem Büro geeilt –, fand aber zu seinem normalen Ton zurück, als er von dem Haftbefehl erfuhr.

»Also deshalb«, sagte er. »Ushiyama von der *Yomiuri* und Sudou von der *Sankei* fehlen beide.« Er senkte die Stimme. »Der nächste Sensationsbericht. Das wird es nicht gerade leichter machen, den Boykott zu verhindern.«

»Ich erwarte gleich morgen früh einen Bericht von Ihnen«, sagte Mikami.

Er klappte das Handy zu. Der Krach aus dem Hörer wurde von Karaoke-Lärm abgelöst. Eine Gruppe von etwa zehn Männern und Frauen unterschiedlichen Alters – allem Anschein nach Arbeitskollegen – war um den mit Teppich ausgelegten Zashiki-Bereich versammelt. Eine verfrühte Jahresabschlussparty, so der Ehemann hinter der Bar.

Mikami war unruhig. Suwa, Mikumo, sogar Kuramae – sie würden alle auf die gleiche Art reagieren. Für sie gab es nichts Wichtigeres, als den Boykott abzuwenden. Und kein Wunder. In drei Tagen kam der Generalinspekteur. Sich um die Presse zu kümmern war ihre Aufgabe. Was erwartete er also von ihnen?

Unverhofft erschien vor seinem inneren Auge das Bild Amamiyas, so jäh, dass es fast einer Offenbarung gleichkam, der Erkenntnis, die ihm bisher noch gefehlt hatte, um die Mauer seines Dilemmas einreißen zu können. Mikami fühlte seine Wangen eiskalt werden.

Der Generalinspekteur ist unser höchstrangiger Beamter. Ich bin mir sicher, das Medienecho wird enorm sein. Das Fernsehen wird darüber berichten. Die Botschaft wird sehr viele Menschen erreichen.

Seine eigenen Worte. Er hatte versucht, Amamiya zu ködern, ihm den Besuch des Generalinspekteurs schmackhaft zu machen. Aber er war gescheitert. Amamiya erhoffte sich schon lange nichts mehr von der Polizei. Er war bitter geworden, nachdem er von der Vertuschung im Nachgang von 64 erfahren hatte. Er hatte den Besuch als das angesehen, was er war, eine PR-Veranstaltung. Deshalb hatte er ein Ja gar nicht in Erwägung gezogen. Mikami hatte keine neuen Erwartungen in ihm zu wecken vermocht. Amamiyas Sinneswandel war durch keines seiner Argumente herbeigeführt worden. Mikamis plötzlicher Tränenstrom hatte ihn erschreckt, ja berührt – das war alles.

Trotzdem …

Er hatte die Worte gesagt.

… besteht eine echte Möglichkeit, dass sich dadurch neue Hinweise ergeben.

Mikami trank sein Glas leer.

Doch, es war eine Offenbarung. Inmitten des lokalen Kleinkriegs, in den er verwickelt war, hatte er den Blick zum Himmel gehoben und eine Sternschnuppe gesehen. *Ein Versprechen.* Eines, das er in der wirklichen Welt gegeben hatte, jenseits aller Spannungen zwischen Kriminaluntersuchungsamt und Verwaltungsabteilung.

Unmerklich hatte sich das Gleichgewicht verschoben. Der Generalinspekteur würde ihnen einen Boykott nie verzeihen. Was immer geschah, Mikami musste dafür sorgen, dass seine Stimme den Weg in die Zeitungen und in den Äther fand. Um Amamiyas willen. Und um zu seinem Wort stehen zu können.

Sein Entschluss war gefasst, das wurde ihm jetzt klar. Es hatte nie ein echtes »Versprechen« gegeben. Und wenn sich der Boykott nur dadurch stoppen ließ, dass sie die Reporter belogen – einen »dritten Weg« beschritten sie damit nicht. Sie verfielen lediglich ins andere Extrem, gemäß der althergebrachten Polarität von KUA und Verwaltung. *Egal. Es ist genug.* Er würde Amamiya als Vorwand nehmen, um den Richtungswechsel zu erzwingen.

Welch Mikami-typische Art der Konfliktbeilegung.

»Jetzt grinst er ganz verklärt«, neckte die Mama-san.

»Lass ihn doch. Hat ihm wahrscheinlich gutgetan, diesem Arschloch von Chef eine zu langen«, sagte ihr Mann an der Bar. »Er will seine Ruhe haben und trinken. Siehst du das nicht?«

Gleich würde es wieder losgehen. Mikami drehte sich auf seinem Hocker um, sodass er mit dem Rücken zum Tresen saß. Das Getöse vom Zashiki-Bereich hatte seinen Höhepunkt erreicht. Der offensichtliche Anführer der Gruppe, ein Mann in den Fünfzigern, jaulte schauerlich falsch eine Ballade mit. Die Übrigen klatschten im Takt; nach dem Ausdruck auf ihren Gesichtern zu schließen, war das hier mehr Pflichtübung denn Feierabendvergnügen. Die Frauen zeigten Anzeichen von Unruhe, sie wollten heim.

Mikami zählte auf Suwa. Auf Mikumo. Sogar auf Kuramae. Alles würde gut, wenn nur der Presseclub eine Generalversammlung einberief und den Boykott kippte. Seine haltlosen Zusicherungen würden wahr werden. Die Pressestelle würde überleben.

Mikami fing den Blick einer Frau aus der Gruppe auf. Sie kicherte leise und flüsterte ihrer Nachbarin etwas zu.

Er sah weg und steckte sich eine Zigarette zwischen die Lippen. Ohne das Gezänk mit ihrem Mann zu unterbrechen, hielt die Mama-san ein Feuerzeug in seine Richtung; aus der Öffnung schoss eine gewaltige Flammenzunge. Diesen Moment suchte sich der Mann neben ihm aus, um eine Unterhaltung zu beginnen. Mikami hatte ihn schon einmal hier gesehen – ein Arzt, glaubte er sich zu erinnern, erfuhr im Folgenden aber, dass der Mann, nachdem er drei Jahre hintereinander keine Zulassung zum Medizinstudium bekommen hatte, Verwaltungschef in einer Klinik geworden war, die seine Familie schon in der dritten Generation leitete. Mikami behauptete, die Verletzung an seiner Hand rühre von einem Ohnmachtsanfall her, und kam daraufhin – trotz seiner ungeselligen Stimmung – um eine Schilderung seiner Symptome nicht herum. Der Mann nickte bedeutsam. »Klingt nach Morbus Menière«, sagte er und erkundigte sich, ob der Schwindel vom rechten oder vom linken Ohr ausgehe. *Du bist nicht mal Arzt*, dachte Mikami ungnädig, während seine Hand schon unwillkürlich zum linken Ohr wanderte.

Er bestellte ein Taxi.

Die Mama-san lächelte ihm zu, als er ging, ihr Mann schaute besorgt, und aus der Gruppe von Frauen folgten ihm kurze, verdeckte Blicke. Im Wagen merkte er, dass er sich noch immer das linke Ohr hielt. Er meinte wieder die glatte Kühle des Telefonhörers zu spüren. Ayumi hatte kein Wort gesagt. Ihr Schweigen blieb im Raum stehen wie eine stumme Aufforderung. Ging es darum?, fragte Mikami sich. Hatte sie angerufen, damit er sich die Fragen selbst stellte? *Was hast du jemals geleistet als Vater? Hast du mich je wirklich zu verstehen versucht?*

Als Mikami aus dem Taxi stieg, stand neben seiner Haustür Yamashina, und schlagartig wurde ihm bewusst, wie betrunken er war und wie rasend schlecht gelaunt.

Du Scheißkerl.

Er war mit den anderen im Wan Wan Tei gewesen, aber nervös geworden, als ihm auffiel, dass die Chefreporter der *Yomiuri* und der *Sankei* fehlten, und so hatte er sich zu einem Besuch bei Mikami entschlossen, vermutlich in der Hoffnung, auf diese Weise auch ein Stück von dem Kuchen abzubekommen. *Ayumis Schuhe … ich sehe sie gar nicht.* Er rechnete sich Chancen aus – daran ließ sein Gesichtsausdruck keinen Zweifel. Mit devotem Lächeln kam er auf Mikami zu, demonstrativ bibbernd. Mikami erwartete ihn breitbeinig, streckte dann die verbundene Hand aus. Er packte Yamashina beim Schal und zog ihn zu sich heran, bis er direkt in das kältegerötete Ohr des Mannes atmete.

»Damit wir uns richtig verstehen, Yamashina. Ich habe Ihnen den Tipp mit den Angebotsabsprachen nicht gegeben, weil ich Sie mag. Ich hab's aus Mitleid gemacht. Weil Sie rumschleichen wie ein Hund, den jemand im Regen vor die Tür gejagt hat.«

Er schob den anderen, der jetzt erstarrt und kerzengerade dastand, aus dem Weg und ging mit langen Schritten zur Tür. Minako kam ihm entgegen. Sie setzte gerade an zu sagen, dass Yamashina draußen warte, unterbrach sich aber, als ihr Blick auf seine verbundene Hand fiel.

»Nur ein kleiner Unfall. Hab mich geschnitten«, sagte Mikami, während er sich die Schuhe von den Füßen zog.

Minako war sichtlich im Zweifel, hielt sich aber mit Fragen zurück. Nach einer kurzen Pause teilte sie ihm mit, die Frau von Direktor Odate habe angerufen, gegen acht.

Mikami blieb fast das Herz stehen. Er sah auf die Uhr. Es war schon nach zehn.

Ich rufe an, bevor ich im Büro aufbreche.

Er zuckte zusammen. Es war, als würde er aus einem Traum aufwachen. Die Wirklichkeit flutete herein, konfrontierte ihn mit all der Zeit, die er in seinem Kokon von Alkohol und Lärm vertan hatte. Gähnende Leere im Kopf, hastete er den Gang entlang ins Wohnzimmer, griff nach dem Telefon und begann die Nummer des Direktors zu wählen. Hielt dann inne. Wie ging es nach der Vorwahl weiter? Er schlug sich die Faust an die Stirn. Immer noch nichts. Er musste sein Adressbuch aufschlagen.

In der förmlichen Haltung, Knie geschlossen, saß er auf der Tatami und lauschte dem Klingeln am anderen Ende. Er hatte sein Versprechen gegenüber seinem Förderer gebrochen, und das, nachdem er aktiv den Kontakt gesucht hatte. In der Sekunde, in der er von Arakida über Tokios Absichten aufgeklärt worden war, hatte er Odate als nutzlos abgeschrieben. Nicht, dass er sich vorher viel von ihm erwartet hätte. Odate wusste nichts von Ayumis Verschwinden; seine Zeit war die Vergangenheit. Wie sollte er da an Insider-Informationen über den Besuch des Generalinspekteurs gelangen? Im Grunde war ihm das klar gewesen, aber er hatte dennoch seinen Besuch angekündigt. Um seine Angst niederzukämpfen. Um nicht gar nichts zu tun.

Odates Frau hob ab.

»Mikami. Wie nett, dass Sie sich melden.« Sie klang genauso verbindlich wie am Mittag, wenn auch nicht mehr ganz so erfreut.

»Es tut mir so leid. Ich weiß gar nicht, wie ich mich entschuldigen …«

»Ach was, denken Sie sich nichts, wir wissen ja, wie beschäftigt Sie sind. Moment, ich gebe Ihnen meinen Mann. Er ist noch auf und wartet auf Sie.«

Ihre Stimme entfernte sich; die Pause danach schien sich endlos hinzuziehen. Was er schließlich hörte, war mehr ein Atmen als eine Stimme, fast wie eine Störung in der Leitung. Vielleicht war er schon halb eingeschlafen gewesen. Oder es ging ihm nicht gut, aber er hatte sich zum Aufbleiben gezwungen.

»Herr Direktor …«

»Ah … ja, hier Odate …«

Mikami entschuldigte sich in jeder nur erdenklichen Form. Er wies jedwedes dienstliche Anliegen weit von sich. »Ich wollte nur sehen, wie es Ihnen geht. Ich besuche Sie bald … natürlich kann ich es einrichten.« Und die ganze Zeit drang ihm Odates Atmen ins Ohr. Zwischenzeitlich schien es fast mehr ein Keuchen. Mikami nötigte ihn, doch zu Bett zu gehen, und wollte gerade auflegen, als Odate sich ein paar Worte abquälte.

»Danke Ihnen … für … den Anruf.«

Er klang aufrichtig dankbar. Mikami grub die Finger in die Stirn. Auch als er schon eingehängt hatte, behielt er die förmliche Sitzhaltung bei. *Shozo Odate, Direktor des Kriminaluntersuchungsamts, Präfektur D.* War er stolz auf das, was er erreicht hatte? Oder schien es ihm längst weit weg, zerronnen wie ein Traum? Was hatte ein Leben im Polizeidienst ihm gebracht? Was hatte es ihm geraubt?

Der Aufruhr in Mikamis Innerem hatte sich gelegt. Das Präfekturpräsidium würde seinen Anspruch auf den Posten des KUA-Direktors verlieren.

Sein Versprechen an Amamiya einhalten … die Idee verflüchtigte sich wie Rauch. Seine Entscheidung durfte nicht auf einer Notlüge fußen, zu der er gegriffen hatte, weil er sich nicht anders zu helfen wusste. Was er brauchte, war die Wahrheit. Ein Licht, das bis auf den Grund seines Dilemmas schien.

Er brauchte etwas anderes.

Einen echten dritten Weg.

53

»Sieben von den dreizehn meinten, sie wären bereit, den Boykott abzublasen. Aber …«

Suwas Anruf hatte Mikami noch am Küchentisch erreicht. An Schlaf war nicht zu denken gewesen, deshalb war er bis zum Morgen dort sitzen geblieben. Die meiste Zeit über hatte er sich Fragen gestellt. Und sie alle liefen auf ein- und dieselbe Antwort hinaus. Aber würde er es wirklich durchziehen können? Er war in Gedanken versunken gewesen, als das Telefon klingelte.

»… das war gestern Abend. Nach der Bescherung heute Morgen fangen wir wahrscheinlich wieder bei null an. Ich kann mir nicht vorstellen, dass wir jetzt noch jemanden dazu kriegen, eine Versammlung einzuberufen.«

Es klang, als hätte er aufgegeben.

Der Aufschrei in den Morgenzeitungen war ohnegleichen gewesen. Wie angedroht hatten sowohl die *Yomiuri* als auch die *Sankei* ausführlich über die Verhaftung des Hauptgeschäftsführers der Hakkaku Hochbau berichtet. Doch damit noch nicht genug – die *Asahi* und die *Mainichi* warteten ebenfalls mit Überraschungen auf. Der Artikel in der *Asahi* handelte von einem Verkehrspolizisten in Direktion S, der einen Strafzettel seiner Nichte aus dem System gelöscht hatte. Schon das war bitter, aber den größten Schlag stellte die Meldung der *Mainichi* dar: »Häftlingssuizid vor zwei Jahren – schlief der Wärter?«

Mikami war um sieben Uhr im Präsidium angekommen, Suwa, Kuramae und Mikumo kurz nach ihm. Sie hatten sich mit den Reportern angelegt, die eine Pressekonferenz forderten. Akama war noch nicht in seinem Büro. Ishii hatte einmal kurz den Kopf zur Tür hereingesteckt, allerdings ohne einen einzigen Befehl oder Ratschlag zu erteilen – verschreckt entweder von dem Hass der Reporter oder vom Anblick von Mikamis verbundener Hand. Also hatte Mikami nach eigenem Gutdünken die Vorbereitungen für eine Pressekonferenz in die Wege geleitet. Bis er die betroffenen Referate alle verständigt, sich mit ihnen über den Inhalt der jeweiligen Artikel und die beste Reaktion darauf beraten und den Zeitplan aufgestellt hatte – je dreißig Minuten, angefangen mit Dezernat II, dann Verkehr, dann Verwaltung –, war es nach halb neun.

Im Geist hörte er Arakida kichern. Erst hatte er Akama dazu gebracht, jedes fahrlässige Verschulden auszuschließen, und dann der Presse gesteckt, dass der Wärter geschlafen hatte. Die *Toyo* mochte die erste Salve abgefeuert haben, aber das hieß nicht, dass sie auch den Todesschuss abgeben musste. Arakida hatte sich offenbar gesagt, dass das Ergebnis das gleiche blieb, egal, welche Zeitung es brachte. Und es war allemal der sicherere Weg. Wenn er seine Informationen über verschiedene Zeitungen lancierte, war er weniger leicht als der Drahtzieher zu erkennen.

Dass die Nachricht von der Verhaftung durchgesickert war, war bestimmt auch Kalkül. Und ein Kriminalbeamter in Direktion S konnte unschwer Wind von dem verschwundenen Strafzettel bekommen haben. *Arakida* – er war der Hauptaufrührer. Und dass er die Geschichte von dem schlafenden Wärter nicht aufgespart, sondern sie zusammen mit dem übrigen Zündstoff auf die Öffentlichkeit losgelassen hatte, sprach dafür, dass die in der Tokioter »Briefbombe« aufgelisteten Dienstvergehen nicht nur zahlreich sein mussten, sondern auch hochexplosiv.

Der Vormittag zog sich. Die Gemüter waren und blieben erhitzt, im Büro wie im Presseclub. Alle drei Pressekonferenzen hatten in vollständigem Chaos geendet. Die Reporter hatten reihenweise bissige Fragen gestellt und waren ausfällig geworden, sooft ihnen eine Antwort ausweichend vorkam; als der Redaktionsschluss für die Abendausgaben näher rückte, gingen sie zunehmend auch aufeinander los. Es war nicht abzusehen, was noch alles passieren würde. Alle Reporter telefonierten und schrieben wie die Besessenen, sodass sich keine Gelegenheit ergab, die Idee einer Generalversammlung aufzubringen. Mikami konnte nicht einmal feststellen, ob Yamashina und Yanase ihr Versprechen an Suwa gehalten hatten.

Mikami aß sein verspätetes Mittagessen am Schreibtisch.

Das hektische Kommen und Gehen der Reporter hatte sich endlich gelegt, der Rest der Belegschaft war als Spähtrupp unterwegs und Mikami somit allein. Das einzige Geräusch im Zimmer war das Schlürfen, mit dem er seinen Tee trank. Seit der Wirbel um den Besuch des Generalinspekteurs ausgebrochen war, hatte er nicht mehr zu Hause mittaggegessen, nicht ein einziges Mal. Was aß Minako? Aß sie überhaupt etwas?

»Hat sich die Lage beruhigt?«

Akamas Anruf kam um kurz nach zwei. Er sei noch in Tokio, sagte er Mikami, und würde bis in die Nacht dort bleiben – was erahnen ließ, wie ernst die Lage war.

»Wie haben Sie das Problem mit dem Wärter gehandhabt?«

»Ishii hat eine Pressekonferenz abgehalten, er ist konsequent dabei geblieben, dass wir mit Hochdruck dabei sind, der Sache nachzugehen.«

Akama schien schlagartig freier zu atmen. Nicht lange allerdings.

»Und die *andere* Sache?«

»Wie bitte?«

»Der Boykott. Haben Sie ihn abwenden können?«

Er murmelte es so leise, dass man ihn kaum verstehen konnte. Offenbar war jemand in der Nähe.

»Ich hatte noch keine Möglichkeit, es zur Sprache zu bringen.«

»Wie das?«

»Die Presse steht nach heute Morgen immer noch kopf.«

»Was ist mit der Entschuldigung?«

»Auch noch nicht.«

»Aber Sie haben ihnen gesagt, dass wir das Anonymitätsprinzip fallen lassen?«

»Sie sind nach wie vor …«

»Worauf warten Sie, sagen Sie's ihnen, Sie Schwachkopf!«

Mikami schloss kurz die Augen. Im Geist sah er sich in einem Büro in Tokio mit Blick auf die dicht gedrängten Wolkenkratzer von Kasumigaseki …

»Sehr wohl, das werde ich.«

Die Verbindung wurde gekappt, kaum dass er den Satz vollendet hatte. Er zündete sich eine Zigarette an. Eine große Ruhe hatte von ihm Besitz ergriffen. Der Rauch brannte ihm in den Augen. Durch den Schleier hindurch sah er Suwa hereinkommen.

»Wie steht's nebenan?«

»Sie haben sich ein bisschen abgeregt, aber sie reden auch nicht miteinander.«

»Und die Versammlung?«

»Sieht nicht gut aus. Yamashina sagt, er hätte das Thema anzuschneiden versucht, aber ob es stimmt, weiß ich natürlich nicht.«

»Selbst wenn die Versammlung zustande kommt, werden sie sich wohl kaum mit einer Entschuldigung von mir zufriedengeben.«

Suwa nickte nur.

»Holen Sie Kuramae und Mikumo herein.«

»Direktor Mikami?«

»Ich habe Ihnen allen etwas mitzuteilen.«

Während er noch sprach, betrat Kuramae das Zimmer. Er ging

zu seinem Schreibtisch und kam dann mit einem Blatt Papier zu Mikami herüber.

»Und?«

»Ja. Also, Yanase sagt, Yamashina hätte nicht mal …«

»Nicht das. Was steht auf dem Blatt da?«

»Äh, ja, das wären noch ein paar Hintergründe zu Meikawa. Zusatzmaterial.«

Genau, wie Mikami geargwöhnt hatte. Suwa schien völlig perplex.

»Irgendwas von Bedeutung?«, fragte Mikami.

Kuramae senkte verwirrt den Kopf, Konzentrationsfalten auf der Stirn. »Na ja, vielleicht nicht im engeren Sinn. Es ist nur, dass …«

»Nur was?«

»Ich dachte nur, möglicherweise ist es von Bedeutung für … für *ihn.*«

Das versetzte Mikami einen leisen Stich. Etwas Ähnliches hatte er heute Morgen selbst gedacht, als der Himmel draußen langsam hell wurde. *Amamiyas Verwandlung.* Mit dem gestutzten Bart und den sauber geschnittenen Haaren hätte Mikami ihn bei seinem zweiten Besuch fast nicht erkannt. Konnte es sein, dass er bereits mit dem Gedanken gespielt hatte, Ja zu sagen, bevor Mikami in Tränen ausgebrochen war? Er hatte das Haus verlassen. Er war zum Friseur gegangen. Das waren möglicherweise bedeutsame Schritte für einen Mann wie Amamiya.

Das Versprechen stand im Raum. Mikami hatte die Idee im Kopf behalten, den Gedanken zugelassen.

Aber sein Versprechen an Amamiya hin oder her: Mikamis Entschluss war gefasst. Er würde das tun, was für ihn von Bedeutung war.

»Rufen Sie Mikumo.«

54

Mikami hängte ein Schild auf, um anzuzeigen, dass eine Besprechung im Gange war, und schloss erstmals in seiner Zeit als Pressedirektor die Tür – normalerweise hatte zur Pressestelle jeder Zutritt. Suwa und Kuramae saßen auf den Stühlen gegenüber dem Sofa. Mikumo hatte sich einen Klappstuhl herangezogen. Sie war außer Atem, weil sie so schnell zurückgeeilt war.

»Es wird Zeit, dass wir die Anonymitätsdebatte beenden.« Der Zweck ihrer Zusammenkunft war benannt, Mikami sah von einem zum anderen. »Das Zerwürfnis mit der Presse, der Boykott – letztendlich hat das alles mit dem Dissens über die anonymisierte Berichterstattung begonnen. Sie hat sich zu einem regelrechten Fluch ausgewachsen. Also werden wir sie einstellen.«

Sie einstellen? Suwa runzelte fragend die Stirn.

»Wir unterdrücken in unseren Presseberichten keine Informationen mehr. Ab sofort arbeiten wir nach dem Prinzip der vollständigen Offenlegung.«

Der Ausdruck auf allen drei Gesichtern veränderte sich. Suwas Blick schoss zur Decke doch.

»Aber das wird Akama niemals …«

»Es war seine Idee.«

»Wirklich? Akama hat das abgesegnet?«

»Er meinte, wir könnten der Presse leere Versprechungen machen, solange wir nur den Boykott abwenden.«

Suwa kippelte mit seinem Stuhl, einmal zurück, einmal wieder vor. »Heißt das, wir sollen sie anlügen?«, fragte er mit einem Hüsteln.

»Nein. Wir werden prinzipiell mit offenen Karten spielen. Es sollte sich bewähren.«

»Dann … machen wir also ernst?«

»Genau. Wir stellen Akamas Plan einfach auf den Kopf und ebnen damit den Weg zur vollständigen Offenlegung.«

Suwas Mundwinkel zuckten. Kuramae wirkte völlig verdattert. Mikumo starrte ihn gebannt an.

»Sprich, wir lügen statt der Presse Akama an.« Suwa zeigte seinen Unmut ganz offen.

»Wir greifen seine Anregung auf, um einen Durchbruch zu erzielen.«

»Durchbruch? Einen Durchbruch mit möglicherweise fatalen Folgen. Was soll das bringen? Wozu unsere Vorgesetzten belügen und etwas dermaßen Leichtfertiges tun? Vollständige Offenlegung in allen Belangen ist schlicht unverantwortlich. Sollen wir den Namen der Fahrerin einfach so herausgeben, obwohl sie schwanger ist? Was ist mit Minderjährigen? Sollen wir die Gesetzeslage bei Straftaten Minderjähriger ignorieren? Und was ist mit Fällen, in die die Yakuza verwickelt sind? Wenn da die Namen der Beteiligten in die Zeitung gelangen, wie schützen wir sie dann vor eventuellen Vergeltungsmaßnahmen? Oder mit Selbstmorden. Und Doppelselbstmorden. Menschen mit einer Vorgeschichte psychischer Erkrankungen. Solche Entscheidungen können wir nicht der Presse überlassen.«

»Da kommt die Medienarbeit ins Spiel. Das ist unsere Aufgabe. Wir legen alles offen, aber wenn ein Fall Diskretion erfordert, setzen wir uns mit den Reportern zusammen und erklären ihnen, warum sie die Namen nicht nennen dürfen. Überlegen Sie doch. Meinen Sie, die Presse legt so andere Maßstäbe an als wir? Solange wir gute Arbeit leisten, werden sie nicht allzu weit vom Kurs abweichen – denken Sie nur daran, wie sehr sie auf Wahrung der Privatsphäre oder der Rechte des Einzelnen pochen.«

»Aber ist das nicht Wunschdenken? Sie haben doch selbst miterlebt, was für Probleme sie verursachen können. Die Reporter sind ein Mob unter einem hübschen Deckmäntelchen. Wer garantiert, dass sie nicht plötzlich aus der Reihe tanzen oder uns in den Rücken fallen?«

Suwa verkörperte die Vergangenheit der Medienarbeit und ihre Gegenwart. Nichts würde sich verändern, wenn es Mikami nicht gelang, ihn ins Boot zu holen. Er beugte sich vor und schlang die Finger ineinander.

»Ich setze auf Vertrauen.«

Suwa schaute entsetzt. »Vertrauen? Zu dieser Bande?«

»Ganz genau. Bei der Frage der Anonymität zumindest sollten wir das Taktieren aufgeben und es mit Vertrauen versuchen. Sehen Sie's als Test, um auszuloten, wie weit sie zur Kooperation bereit sind.«

»Ohne mich. Vertrauensbeweise sind schön und gut, aber das hier ist nicht der Ort dafür. Unsere Aufgabe als Polizeibeamte ist es, die Presse im Zaum zu halten. Und das können wir nur – ob beim Thema Anonymität oder irgendeinem anderen Thema –, solange wir mehr wissen als sie.«

»Glauben Sie das im Ernst?«

»Ich weiß nicht, was Sie damit sagen wollen.« Suwa reckte trotzig das Kinn. »Ich arbeite seit sechs Jahren mit dem Presseclub. Ich weiß, was für beängstigende Situationen entstehen können, wenn wir es nicht schaffen, sie unter Kontrolle zu halten.«

»Beängstigend? Ich bitte Sie. Haben Sie jemals echten Schaden erlitten? Sie sprechen von beängstigenden Situationen. Sind Sie sicher, Sie sorgen sich nicht vor allem darum, wie die Polizei als Ganzes dastehen könnte?«

Suwa antwortete mit einem kurzen Nicken. »Das versteht sich doch von selbst, oder? Ich gehöre dem Präfekturpräsidium an. Es ist meine Aufgabe, mich um die Organisation als Ganzes zu sorgen, und es ist meine Pflicht, mich an die beschlossenen Richtlinien zu halten.«

»Das hier ist nicht unsere Richtlinie. Hinter dieser Sache steckt Tokio.«

»Das ist mir klar. Ein Grund mehr, sich nicht darüber hinwegzusetzen. Wir sind Individuen, aber wir sind auch Teil von etwas Größerem.«

Mikami holte tief Atem. Suwa hatte ihm geholfen, sich über den Kurs, den er einschlagen musste, vollständig klar zu werden. »Führungskräfte wechseln, aber unsere Schuldigkeit gegenüber der Polizei bleibt immer die gleiche. Wir in der Pressestelle sollten darüber entscheiden, wie wir mit den Medien umgehen. Wir vier sollten unsere eigenen Entscheidungen treffen.«

Suwa schüttelte den Kopf. »Nein. Die Organisation als Ganzes hängt von ihrer Führung ab. Wenn wir die Anweisungen von oben ignorieren, mit welchem Recht nennen wir uns dann Pressestelle?«

»Eine Organisation besteht aus Individuen. Ich wüsste nicht, warum sie nicht den Willen der Individuen widerspiegeln sollte, aus denen sie sich zusammensetzt.«

»Das ist doch die reine Flucht nach vorn.« Suwas Ton wurde hart. Er warf einen verächtlichen Blick auf Mikamis verbundene Hand. »Vergessen Sie nicht, welche Position Sie bekleiden. Sowie Sie – als Pressedirektor – vollständige Offenlegung ankündigen, wird das unsere offizielle Praxis.«

»Natürlich.«

»Wenn wir so eine Zusage einmal gemacht haben, wird es nahezu unmöglich, sie wieder zurückzunehmen. Die Presse würde sich wehren, und zwar viel erbitterter, als wenn es diese Zugeständnisse nie gegeben hätte.«

»Wir wollen sie ja auch gar nicht zurücknehmen. Wir bleiben dabei.«

»Das ist für Sie gut und schön. Sie können sich dann damit brüsten, eine Neuerung eingeführt zu haben. Aber was kommt danach? Im Frühjahr werden wir immer noch an Ihr Wort gebunden sein und dafür leiden müssen.«

»Ach – gehe ich im Frühjahr weg?«

»Jetzt tun Sie doch nicht so. Sie wissen genau, was es geschlagen hat, sonst kämen Sie nicht plötzlich mit vollständiger Offenlegung daher. Sie haben ausdrücklichen Befehlen zuwidergehandelt. Sie sind ins Amtszimmer des Präsidenten gerumpelt und danach vor dem versammelten Präsidialbüro ausgerastet. Spätestens im Frühjahr werden Sie wegversetzt. Und deshalb ...«

Kuramae saß völlig erstarrt da. Mikumos Ohren glühten feuerrot. Sie sah aus, als würde sie selbst angegriffen.

»Ich sage ja nur, dass wir ein bisschen realistischer an die Sache herangehen sollten.« Suwa schlug einen versöhnlicheren Ton an. »Wir finden einen anderen Weg, den Boykott abzuwenden, einen, bei dem wir ohne Lügen auskommen. Als Allererstes müssen wir uns entschuldigen. Und zwar egal, was passiert. Wenn sie uns nicht anhören wollen, verschaffen wir uns Einlass und entschuldigen uns trotzdem. Wir werfen uns platt auf den Bauch vor ihnen. Ich helfe. Kuramae und Mikumo auch. Wir können uns beim Thema Anonymität bedeckt halten, aber trotzdem zeigen, dass wir um Entgegenkommen bemüht sind. ›Wir werden alles in unserer Macht Stehende tun, um in unseren Berichten möglichst vollständige Informationen zu liefern. Wir bemühen uns nach Kräften, die Forderungen des Presseclubs zu erfüllen.‹ Sie können ihnen etwas in der Richtung sagen. Die Reporter wollen den Generalinspekteur interviewen. Ich halte es durchaus für möglich, dass sie sich auf einen derartigen Kompromiss einlassen, selbst wenn ihnen klar ist, dass er uns auf nichts festlegt.«

»Sind Sie Polizeibeamter geworden, um solche Empfehlungen abzugeben?«

»Wie bitte?«

»Was passiert beim nächsten Mal? Wollen Sie es dann wieder genauso machen – sich vor der Entscheidung drücken, bis Sie in Pension gehen?«

Suwa bleckte kurz die Zähne. »Sich bedeckt halten ist auch eine Entscheidung. Ich kann jedweden Vorschlag, den ich mache, bestens verantworten.«

»Sie schieben die eigentliche Entscheidung vor sich her. *Das* sorgt dafür, dass die Leute leiden müssen.«

»Unter bestimmten Umständen kann die Entscheidung, eine Sache hinauszuschieben, nun einmal die angemessenste sein. Aber auch unabhängig davon kann ich Ihnen nicht beipflichten, dass vollständige Offenlegung die Lösung ist. Was ist mit der Frau, um die es hier geht? Haben Sie nicht selbst gesagt, dass es die richtige Entscheidung ist, ihren Namen vor der Presse geheim zu halten?«

»Das war meine ursprüngliche Position, ja. Dann habe ich erfahren, dass der Vater von Hanako Kikunishi der Vorstand von King Cement ist.«

Drei entgeisterte Mienen sahen ihn an.

»Aber heißt das nicht …?«

»Doch. Sie wussten, dass sie die Tochter eines Mitglieds der Kommission für Öffentliche Sicherheit ist. Deshalb wollten sie ihren Namen heraushalten.«

Ein langes Schweigen trat ein.

Suwas Lippen verzerrten sich leicht, während er die neue Information zu verdauen versuchte.

»Es könnte sein, dass … dass die Entscheidung trotz allem gerechtfertigt war. Wenn der Ruf der Kommission Schaden nähme, würde das auch auf uns zurückfallen.«

»Ist das Ihr Ernst?« Mikamis Augen bohrten sich in die von Suwa.

Suwa lächelte gequält. »Sie sind und bleiben eben ein Kripo-Mensch.«

»Soll heißen?«

»Euch Kripo-Leuten kann der restliche Polizeiapparat den Buckel runterrutschen. Wir können unser Gesicht verlieren, wir können vor die Hunde gehen, dem KUA ist es egal. Sie blicken auf alle anderen Tätigkeiten herab. Erheben sich über sie, verspotten sie. Da sind Sie nicht anders als die Führungsetage.«

»So sehen Sie mich?«

»Sehen Sie sich denn anders? Schauen Sie – Sie sind hier nur vorübergehend. Für Sie ist das eine Zwischenstation, bevor Sie ins KUA zurückkehren. Sie finden unsere Arbeit unwichtig, Sie erledigen sie nur, weil Sie müssen. Aber auch hier versuchen Menschen, Karriere zu machen. Eine riesige Prozentzahl von Polizeibeamten verrichtet ihre Arbeit, ohne je mit Kriminalfällen zu tun zu bekommen. Hier wegversetzt zu werden würde Ihnen nicht das Geringste ausmachen, Sie sind ja ohnehin schon auf dem Sprung. Und das erlaubt es Ihnen, ohne Rücksicht auf Verluste zu handeln, genau wie die Bürokraten in Tokio.«

Mikamis Zorn war verraucht. Er fühlte sich nur noch tief deprimiert. Auch Untergebene sperrten ihre Vorgesetzten in Schubladen. Und in der Pressestelle war er genauso vorbelastet wie im KUA – nur mit umgekehrten Vorzeichen: Hier war seine »Vorstrafe« seine Vergangenheit als Kriminalbeamter. Was bedeutete, dass Suwa nie daran gedacht hatte, sein anfängliches Urteil über Mikami zu revidieren, in all den acht Monaten nicht.

Mikami atmete tief durch.

»Eines sollten Sie noch wissen. Tokio beabsichtigt, den Posten des KUA-Direktors neu zu besetzen. Der Inspektionsbesuch ist reine Tarnung. In Wirklichkeit kommt der Generalinspekteur, um den Wechsel bekannt zu geben.«

Suwa klappte die Kinnlade herunter. Mit einer langsamen Bewegung legte er den Kopf in den Nacken und starrte zur Decke empor.

»Ich werde nicht ins KUA zurückkehren. Ich habe mich einem Befehl widersetzt, der sicherstellen sollte, dass der Boykott stattfindet.«

Es klopfte an der Tür. Niemand stand auf, um zu öffnen. Es klopfte wieder. Keiner im Zimmer rührte sich. Eine Pause, dann hörte man sich entfernende Schritte.

»Ich schließe mich Suwas Empfehlung an«, meldete sich plötzlich Mikumo zu Wort. »Ich glaube, es ist die richtige Entscheidung, sich vorerst bedeckt zu halten.«

»Ich auch«, sekundierte Kuramae ihr. »Ich habe kein Problem damit, mich vor ihnen auf die Knie zu werfen. Wenn wir das tun, sollte die Frage nach dem Boykott zumindest …«

Noch gab es einen Weg zurück. Mikami ließ sich nicht beirren.

»Keine taktischen Erwägungen mehr, bitte. Wenn alle anderen Routen versperrt sind, tut sich manchmal ein neuer Weg auf. Wir hören auf zu taktieren. Wir müssen versuchen, Vertrauen in die Welt außerhalb zu entwickeln.«

Kein Nicken von Kuramae. Auch nicht von Mikumo; er hatte fest mit ihrer Zustimmung gerechnet.

»Verstehen Sie nicht? Der Polizeiapparat funktioniert nicht mehr, wie er sollte – nicht aus eigener Kraft. Er fault von innen heraus, ohne dass jemand es merkt. Völlig gleich, dass den Reportern vielleicht nicht zu trauen ist und Korruption die Welt regiert, es ist immer noch besser, in Kontakt mit dem Draußen zu treten, als in unserer bisherigen Isolation zu verharren.«

Mikami fühlte einen stechenden Schmerz in der Hand. Er hatte sie unwillkürlich zur Faust geballt. Mikumos Fingerknöchel waren weiß, so fest umklammerte sie ihre Knie; Finger wie Knie zitterten. Kuramae stieß einen langen, unsteten Atemzug aus. Er warf dem neben ihm sitzenden Suwa einen hilflosen Blick zu.

Mikami öffnete die Faust und lockerte seine Finger.

»Suwa …«

Suwa reagierte nicht. Von ihm war nur der Nacken zu sehen. Er saß vornübergekrümmt und starrte zu Boden. Mikami wartete mehrere Sekunden. Suwa machte keine Anstalten, sich aufzurichten.

»… ich möchte, dass Sie so tun, als hätte dieses Gespräch nie stattgefunden.«

Mikami stand auf.

»Das gilt auch für Sie beide. Ich gehe jetzt nach nebenan. Sie bleiben bitte alle hier und halten sich bereit, bis ich zurückkomme.«

»Sie lassen das KUA im Stich?«

Ein Flüstern. Suwa blickte zu Mikami empor.

»Also gut. Sie haben uns bewiesen, dass es Ihnen ernst ist. Aber sind Sie auch ganz sicher, dass Sie das wollen? Das KUA ist schließlich mehr oder weniger Ihr Zuhause. Haben Sie wirklich vor, untätig danebenzustehen und die Bürokraten mit so etwas durchkommen zu lassen?«

Mikami ging zur Tür.

»Das hier ist jetzt mein Zuhause. Und nein, ich habe nicht vor, jemanden mit irgendetwas durchkommen zu lassen, weder die Bürokraten noch das KUA.«

55

Mikami hatte sich oft gewünscht, der Weg wäre länger. Ein Schritt aus dem Büro, und man war im Presseraum, ohne auch nur einen Augenblick zur Besinnung zu haben.

Heute spielte es keine Rolle.

Er zögerte keine Sekunde, bevor er die Tür aufstieß. Der Raum war voller Reporter. Einige sahen auf, zogen es aber vor, ihn zu ignorieren. Sie bildeten Grüppchen nach Zeitungszugehörigkeit. Mikami sah Ushiyama, Kasai und Ami Kiso von der *Yomiuri*. Sudou und Kamata von der *Sankei*, Horoiwa und Hayashiba von der *NHK* und von der *Asahi* Kakei und Madoka Takagi. Von der *Toyo* waren sowohl Tejima da als auch Akikawa; Zweiterer flüsterte Ersterem etwas zu. Utsuki von der *Mainichi* schien zu schmollen und hatte die Füße auf dem Tisch, Kadoike von den *Kyodo News* lag auf einem der Sofas ausgestreckt. Die Stille im Raum war bemerkenswert – umso mehr, als auch von den übrigen Zeitungen kaum jemand fehlte. Selbst wer eine Story hatte landen können, hatte zwei andere verpasst. Es war schwer, die Stimmung einzuschätzen; ohne klaren Sieger war von dem Jagdfieber, das üblicherweise im Presseraum herrschte, wenig zu spüren. Niemand sprach Mikami an, obwohl sie ihn alle hatten hereinkommen sehen. Es war, als wollten sie ihm zu verstehen geben, dass sie die Pressestelle jetzt, nachdem die drei Konferenzen gelaufen waren, nicht mehr brauchten.

Mikami ergriff ohne Umschweife das Wort.

»Ich habe Ihnen etwas mitzuteilen. Es wäre mir lieb, wenn dafür alle da wären.«

Er hatte es in Richtung des *Toyo*-Tisches gesagt. Noch ehe er ausgesprochen hatte, stand Ushiyama, der direkt vor Mikami saß, seufzend auf, ein Blatt Papier in der Hand. Er warf Mikami einen Blick zu, der deutlich sagte: *Mach doch, was du willst*, und ging an ihm vorbei aus dem Zimmer. Sudou murmelte ein barsches »'tschuldigung« und folgte ihm zur Tür. Eine Anzahl weiterer Reporter schoben sich rechts und links an Mikami vorbei, ihre Gesichter ungerührt, maskenhaft. »Warten Sie einen Moment ...« Er setzte gerade zum Sprechen an, da hörte er hinter sich auf dem Gang eine Stimme.

»Ushi, Ushi, das muss doch nicht sein. Haben Sie nicht gehört, der Pressedirektor möchte Ihnen etwas mitteilen.«

Es war Suwa. Jetzt antwortete Ushiyama.

Er wird uns nur wieder auffordern, den Boykott abzublasen. Für so was ist mir meine Zeit zu schade.

Ich weiß, ich weiß. Gelassen, beschwichtigend. *Aber explodieren Sie nicht gleich, es dauert nicht lang. Sie auch, Sudou. Warten Sie ab, es lohnt sich.*

Einige Augenblicke später trotteten die beiden Männer ins Zimmer zurück, von Suwa mit Schulterklopfen vorwärts genötigt. Die anderen Reporter schlurften mürrisch hinterdrein. Als Nächster kam Kuramae, gefolgt von Mikumo. Sie schloss die Tür hinter sich und stellte sich mit Suwa und Kuramae so hin, dass sie den Ausgang versperrten.

Mikami wandte sich neuerlich an die Reporter. Seine innere Verfassung war schon anders als noch vor einer Minute. Das machte die Rückendeckung.

»Können Sie uns vielleicht erklären, was das soll?«

Das war Tejima. Akikawa neben ihm starrte Mikami finster an. Auch die anderen Reporter machten kein Hehl aus ihrer Verärgerung. *Setzen Sie uns in Haft, oder wie? Was für ein Recht haben Sie, uns hier festzuhalten?*

»Wenn alle da sind, fahre ich jetzt mit meiner Mitteilung fort.«

»Wir wollen keine Entschuldigung mehr, wenn es das ist. Sie können gleich wieder gehen.«

Tejimas Ton war kalt. Er hatte es gesagt, als bestünde in der Frage bereits Konsens. Niemand widersprach ihm, also war das wohl der Fall. Am hinteren Ende des Raums saßen Yamashina und auch Yanase von der *Jiji Press*, aber er konnte kaum erwarten, dass sie sich in der jetzigen Situation für ihn starkmachten.

»Ich bin nicht hier, um mich zu entschuldigen.«

»Wozu dann?«

»Ich will Ihnen eine neue Praxis in Sachen anonymisierte Berichterstattung ankündigen.«

»Eine neue Praxis?« Tejima sah zu Akikawa hinüber. Er schickte einen raschen Blick durch den Presseraum, ehe er sich wieder an Mikami wandte. »Na schön, alle sind da. Dann lassen Sie von mir aus hören.«

Mikami nickte. Er spürte die Anspannung hinter ihm wie eine Druckwelle.

»Ab sofort arbeiten wir nach dem Grundprinzip vollständiger Offenlegung.«

Einen Moment lang schien alles zu erstarren. Dann brach um ihn der Aufruhr los. Akikawa hob die Stimme, um sich Gehör zu verschaffen.

»Wie lautet die Bedingung?«

»Keine Bedingung.«

»Sie wollen, dass wir den Boykott abblasen.«

»Keine Bedingung heißt, keine Bedingung. Wir hoffen natürlich, dass Sie einen solchen Schritt in Erwägung ziehen, aber ich mache es nicht zur Voraussetzung.«

Wieder riefen alle durcheinander. Diesmal übertönte Ushiyamas Stimme die anderen.

»Wie kommt es zu dieser Kehrtwende?«

»Die Entscheidung ist das Resultat reiflicher Überlegung. Wir haben uns entschlossen, es zu wagen und Ihnen einen Vertrauensvorschuss zu geben.«

»Ist das auf Akamas Mist gewachsen?«

»Das ist auf meinem Mist gewachsen.«

»Dann könnte es also noch einen Rückzieher geben? Wenn Ihr Boss dagegen ist?«

»Nein.«

Eine Pause. Dann hob Ami Kiso, der neben Ushiyama saß, die Hand. »Das heißt, Sie haben nichts dagegen, wenn wir bei Direktor Akama um Bestätigung anfragen?«

»Gar nichts. Heute ist er allerdings nicht da.«

»Mikami«, meldete sich Akikawa wieder zu Wort. »Wieso nur das *Grundprinzip* vollständiger Offenlegung?«

Mikami zuckte nicht mit der Wimper.

»Weil es Fälle geben wird, in denen sich beide Seiten einig sind, dass eine anonymisierte Berichterstattung das Beste ist.«

»Warum sollten wir einer solchen Regelung zustimmen? Das sehe ich nicht ein. Nennen Sie uns ein Beispiel.«

»Ich würde niemandem den Namen eines Vergewaltigungsopfers nennen. Und erst recht würde ich ihn nicht mitsamt Adresse am Schwarzen Brett anschlagen. Wenn Sie das von mir verlangen würden, sähe ich mich gezwungen, mein Amt als Pressedirektor niederzulegen.«

»Ja gut, aber …« Akikawa geriet für einen Moment aus dem Konzept. »Das ist ein sehr extremes Szenario. Was mir Sorgen macht, ist, wie weit Sie die Interpretation fassen wollen. Wenn Sie uns diktieren können, welche Fälle *Ihrer* Meinung nach wichtig oder Ausnahmen sind, dann sind wir ganz schnell wieder bei null.«

»Muss die Presse Namen und Adresse eines Vergewaltigungsopfers kennen?«

»Deshalb habe ich ja …«

»Wenn wir vollständige Offenlegung zur Norm machen, müssen Sie nicht jedes Mal wieder auf die Barrikaden gehen – Sie können kühle, überlegte Entscheidungen treffen. Meine Hoffnung ist, dass wir Ihnen unsere Meinung dann nicht mehr aufzwingen müssen, sondern dass wir uns gemeinsam hinsetzen und diese Dinge durchdenken können: ob Sie einen bestimmten Namen tatsächlich wissen müssen oder nicht, ob eine bestimmte Information wichtig ist oder vielleicht doch nicht so wichtig.«

»Das ist Bevormundung. Unterm Strich läuft es auf eine Gehirnwäsche hinaus. Wir nehmen den Vorschlag nur an, wenn Sie das mit dem ›Grundprinzip‹ streichen.«

»Dann betrachten Sie ihn als vom Tisch. Es ist so, wie ich es sage. Ich komme auf Sie zu, weil ich auf Ihr Urteilsvermögen vertraue. Wenn Sie weiter durchblicken lassen, dass Sie dem unseren nicht trauen, dann ist der Vorschlag nichtig.«

»Drohen Sie uns jetzt auch noch?«

»Augenblick mal«, sagte jemand. Es war Horoiwa, Chefreporter der *NHK*. »Wir sollten das nicht gleich abtun.«

Yamashina und Yanase schlossen sich an.

»Horoiwa hat recht. Wir tun uns keinen Gefallen, wenn wir vorschnell ablehnen.«

»Vollständige Offenlegung als Grundprinzip. Das ist ein gewaltiger Fortschritt. Damit hätten wir zumindest eine Diskussionsgrundlage.«

Kadoike von den *Kyodo News* reihte sich ebenfalls unter die Fürsprecher ein.

»Wenn er uns schon ein solches Angebot macht, sollten wir wenigstens darüber beraten.«

Das stimmt. Die Gemäßigten schwenkten um. *Beraten wir uns. Wir sollten eine Generalversammlung einberufen. Auf jeden Fall – entscheiden wir in der Generalversammlung darüber.*

Akikawa war sichtlich getroffen. Seine Lippen bewegten sich, doch nichts kam heraus. Die anderen Hardliner blieben stumm, aber es sah aus, als wäre sich die Mehrzahl einig.

Mikami dachte schon, die Sache sei entschieden, da geschah es.

»Geben Sie uns einen Beweis!«

Alle Augen wandten sich der Sprecherin zu. Es war Madoka Takagi von der *Asahi*.

»Einen Beweis …?«

»Sie reden von vollständiger Offenlegung, aber was heißt das schon? Wir brauchen Beweise. Der Verkehrsunfall in Oito. Die Fahrerin war eine schwangere Frau. Können Sie uns jetzt ihren Namen und ihre Adresse nennen?«

Die Worte kamen wie aus dem Mund einer Göttin – einer Rachegöttin.

»Ich bitte Sie, Takagi!« Suwas Stimme war ein Aufschrei. »Kommen Sie nicht wieder damit! Die Sache ist doch durch! Was wollen Sie darüber so spät denn noch bringen?«

»Wir haben das Thema nie zu Ende diskutiert. Es ist immer noch relevant. Nur deshalb ist die Situation doch so eskaliert – weil wir ihren Namen wollten und Sie ihn uns verweigert haben. Ich sehe nicht, wie Sie ernsthaft von einem Schritt nach vorn sprechen können, ehe diese Angelegenheit nicht geklärt ist.«

»Aber …«

Suwa brach ab. Er schickte ziellose Blicke umher. Mit seinen Einwänden hatte er die Stichhaltigkeit von Takagis Argumenten nur unterstrichen. Die Stimmung schlug bereits um. Immer mehr Reporter unterstützten die Forderung, Gemäßigte wie Hardliner. *Sie hat recht. Das muss erst geklärt werden. Die Generalversammlung können wir auch danach noch abhalten.* Auch Akikawa bekam wieder Oberwasser. Er ließ die Augen über die Versammelten schweifen und sprang dann auf.

»Also gut. Wir erneuern unsere Forderung an die Pressestelle, uns den Namen der Fahrerin zu nennen. Irgendwelche Gegenstimmen?«

Nein. Die Antwort schallte durch den Raum. Akikawa wandte sich zu Mikami um. Es sah aus, als würde er grinsen.

»Dann ist es beschlossene Sache. Mikami, Worte allein reichen nicht. Wir hätten gern eine Geste des Entgegenkommens, als Beweis für Ihre guten Absichten.«

Mikami schloss die Augen. Seine Lider zuckten. Suwa. Kuramae. Mikumo. Fast glaubte er ihren Herzschlag hinter sich zu hören. Er hatte damit gerechnet, dass es zu so etwas kommen würde. Einzelheiten hatte er sich lieber keine ausgemalt, aber ihm war klar gewesen, dass er sich, um das Fenster wirksam aufzustoßen, tief ins eigene Fleisch würde schneiden müssen.

Er schlug die Augen wieder auf.

»In Ordnung. Wir geben dem Gesuch statt.«

Direktor Mikami! Von hinten zupfte jemand an seinem Jackett.

»Ich muss erst die Unterlagen holen«, sagte er und verließ den Presseraum.

Seine Mitarbeiter drängten hinter ihm her. Suwa wartete kaum, bis sie in ihrem Büro waren.

»Wollen Sie den Namen ernsthaft herausgeben?«

»Wir müssen zu unserem Wort stehen.«

»Es ist eine miserable Idee. Fatal. Wenn ihnen die Verbindung zu King Cement klar wird, dann war's das.«

»Sie hat jetzt einen anderen Nachnamen. Wenn wir Glück haben …«, setzte Kuramae an, nur um von Suwa überschrien zu werden.

»Die sind doch nicht vollkommen hirnlos!«

Mikami zog eine Schreibtischschublade auf und entnahm ihr das Blatt mit den Angaben. Dann griff er nach Kuramaes Klarsichthülle.

»Bitte, tun Sie das nicht.« Suwa vertrat ihm den Weg. Sein Blick war verzweifelt. »Das ist gleichbedeutend mit einem Vergewaltigungsfall. *Ich kann Ihnen den Namen nicht nennen.* Etwas anderes dürfen Sie ihnen nicht sagen.«

»Wenn wir so denken, wird es nie enden.«

»Direktor Mikami.« Mikumo sprach in flehendem Ton, mit gefalteten Händen. »Was ich neulich zu Ihnen gesagt habe – dass wir nicht so strukturiert vorgehen dürfen, dass wir weniger taktieren sollten –, das war naiv von mir, es war dumm.«

Mit hängendem Kopf stand sie da, als Mikami antwortete.

»Es ist mir klar geworden, als ich Takagi zugehört habe. Es reicht nicht, das Fenster zu öffnen und selbst drinzubleiben. Damit das hier funktioniert, müssen wir uns ins Freie wagen.«

Mikami ging zwischen ihnen hindurch, hinaus auf den Korridor. Suwa hielt ihn am Arm fest.

»Bitte, ich warne Sie zum letzten Mal. *Tun Sie es nicht.* Wenn Sie das durchziehen, sind Sie Ihren Posten los.«

»Ich werde mir Mühe geben, das zu verhindern.«

»Das wird nichts helfen. Dann ist alles aus.« Suwas Griff lockerte sich nicht. »Ich … wenn das ginge … würde ich gern weiter für Sie arbeiten.«

Es war totenstill auf dem Gang.

Mikami fasste nach Suwas Hand. Er schob sie langsam weg.

»Wenn Sie das wirklich wollen, müssen Sie mich da jetzt hineingehen lassen.«

Suwa senkte den Kopf. Er gab sich geschlagen. Mikumo hatte das Gesicht in den Händen vergraben. Kuramae stand stumm wie ein Geist. Mikami schloss eine Hand um den Türknauf des Presseraums. Die andere legte er an Suwas Brust.

»Ich gehe allein.«

»Aber …«

»Diesmal kommen Sie mir nicht nach. Wenn Sie an meiner Stelle wären, würden Sie mich um das Gleiche bitten.«

56

Die Reporter erwarteten ihn in formeller Sitzordnung, wie ein Orchester, das darauf wartet, dass der Dirigent den Taktstock hebt.

»Ich verlese jetzt die Angaben.«

Daraufhin klappten die Reporter ihre Blöcke auf.

»Der Name der Fahrerin bei dem Unfall in Oito ist Hanako Kikunishi. ›Hana‹ wie das Schriftzeichen für ›schimmernd‹, ›Ko‹ wie in ›Kind‹. ›Kiku‹ wie ›täglich‹ und ›Nishi‹ wie ›Westen‹. Sie ist zweiunddreißig Jahre alt. Ihre Adresse lautet 1-15-3, Sayamamachi, Oito.«

Während er noch sprach, begannen Kugelschreiber über Papier zu schaben. Nur Sekunden nach ihm waren sie fertig und blickten auf.

Es war ihre große Stunde, ihr Sieg über die anonymisierte Berichterstattung. Die Identität der Fahrerin war enthüllt. Dennoch trumpften sie nicht auf. Ihre Wut war verraucht. Die Verbissenheit war weg. Sogar für Akikawa galt das.

»Ich habe noch mehr Informationen für Sie«, fuhr Mikami fort. *Sich ins Freie wagen.* »Hanako Kikunishi ist die Tochter von Takuzo Kato, dem Vorstand von King Cement.«

Die Reporter nahmen es schweigend auf. Dann dämmerte es einem nach dem anderen. *Kato von King Cement … Aber das ist … Sitzt der nicht in der Kommission für Öffentliche Sicherheit?* Abrupt wurde der Ton wieder scharf.

»Haben Sie ihre Identität deshalb geheim gehalten?«

»Das müssen Sie selbst entscheiden.«

»Was?«

Einige Reporter sprangen auf. *Das kann nicht Ihr Ernst sein! Geht's noch korrupter?* Utsuki, Ushiyama und Sudou riefen aufgebracht durcheinander.

»Dass sie die Tochter eines Kommissionsmitglieds ist, ändert nichts an den Tatsachen.« Mikami ließ sich nicht irremachen. »Fakt bleibt, dass sie hochschwanger ist. Dass sie durch den von ihr verursachten Unfall einen Schock erlitten hat. Aus diesem Grund möchte ich Sie erneut bitten, in Ihrer Berichterstattung keine Details über sie zu veröffentlichen.«

Seine Stimme ging unter in einem Sturm der Entrüstung. Er fing Akikawas Blick auf und hielt ihn fest, ungewiss, ob das, was er herauslas, Zorn oder Genugtuung war.

»Es kommt noch mehr.«

Das Geschrei verstummte, die Reporter starrten ihn raubgierig an.

»Das Unfallopfer, Ryoji Meikawa, ist verstorben. Er starb im Krankenhaus, am sechsten, zwei Tage nach dem Unfall.«

»Das haben Sie uns *auch* verschwiegen?«

»Entscheiden Sie selbst.«

Diesmal folgte kein Aufschrei. Die Spannung im Raum schien verpufft. »Das ist ja wohl ein schlechter Witz«, murrte einer. Innerhalb von Sekunden hatte sich die Empörung in ungläubiges Staunen verwandelt. Alle nahmen geräuschvoll wieder Platz. *Also das war's, das steckt dahinter. Scheißpolizei.*

Akikawa erhob sich von seinem Stuhl, träge. Er schien ein Abbild der Stimmung im Raum.

»Das zeigt doch nur wieder, dass Ihnen nicht zu trauen ist. Sie sind es nicht wert, dass man sich mit Ihnen an einen Tisch setzt. Tut mir leid, das so sagen zu müssen, aber das ist der einzige Schluss, den wir ziehen können.«

»Sie klingen wie eine Schallplatte mit einem Knacks.« Die Worte waren heraus, ehe Mikami sie zurückhalten konnte. »Ich spreche nicht von der Polizei als Ganzem. Und ich verlange von Ihnen nicht, Ihr Vertrauen in etwas so Abstraktes zu setzen. Ich stehe vor Ihnen als jemand, der diese Rolle abgelegt hat. Worum ich Sie bitte, das ist, sich klar zu werden, ob Sie *mir* trauen können oder nicht.«

»Mikami, wir sind nicht …«

»Auch Sie müssen Ihre Spruchbänder einrollen. Wie kann ich auf einen echten Meinungsaustausch hoffen, wenn ich Apparate vor mir habe, körperlose Institutionen – die *Toyo*, die *Yomiuri*, die *Mainichi*, die *Asahi*?«

»Für heute haben wir Sie lange genug angehört.«

»Ich riskiere hier meinen Posten. Da können Sie mich wenigstens ausreden lassen.«

Akikawa murrte als Einziger noch. Die anderen hatten ihren Widerstand aufgegeben und hörten zu, wenn auch mit abgewandtem Blick.

»Diese Haltung passt doch gar nicht zu Ihnen. Sie haben gewonnen, Sie haben sich durchgesetzt, Sie haben Ihre vollständige Offenlegung. Warum nutzen Sie sie nicht? Warum wollen Sie sie partout ausschlagen? Vielleicht, weil Sie lieber streiten wollen? Liegt es daran? Ich habe Ihnen einen Vertrauensvorschuss gegeben. Ich habe Ihnen alles gesagt, was es zu sagen gibt. Wollen Sie mir jetzt erzählen, das reicht nicht? Sie werfen der Polizei vor, dass sie korrupt und nicht vertrauenswürdig ist. Heißt das, dass Sie mir nicht einmal die Hand geben können? Sind Sie so wild darauf, auf Start zurückzukehren und Ihren sinnlosen Kampf von vorn zu beginnen? Wenn das Ihr Ziel ist, nur zu. Machen Sie einen Krieg zwischen zwei Apparaten daraus. Gehen Sie hin und schwärzen Sie mich bei Ihren Chefs an. Beschweren Sie sich bei meinen Vorgesetzten über mich. Dann haben Sie im Handumdrehen einen neuen Pressedirektor und können wieder bei null anfangen.«

Der Raum fühlte sich leer an, so still war es. Alle saßen wie erstarrt. Manche schauten weg. Andere hatten die Augen geschlossen. Ein paar stützten die Stirn auf die Faust. Viele starrten auf irgendetwas. Den Boden, einen Block, ihre Hände.

»Das ist alles, was ich zu dem Unfall in Oito zu sagen habe.« *Obwohl*, murmelte er vor sich hin und beschloss dann fortzufahren. »Das heißt, ein paar Ergänzungen hätte ich noch.« Mikami zog Kuramaes Seiten aus der Klarsichthülle. »Einige weiterführende Informationen über das Unfallopfer, Ryoji Meikawa. Die Todesursache waren innere Blutungen. Er war auf dem Heimweg, nachdem er in einer nahe gelegenen Bar ein paar Gläser Shōchū getrunken hatte.« Mikami überflog den Rest der Seite. Ihn hatte ein überwältigendes Verlangen gepackt, alles vorzulesen. »Geboren wurde er in Tomakomai in Hokkaido. Er stammte aus armen Verhältnissen und schaffte es gerade einmal, die Grundschule abzuschließen. Er verließ seine Heimatstadt, um Arbeit zu finden, noch bevor er zwanzig war. Er arbeitete bis zu seiner Pensionierung in einer Fabrik, die Essenspasten herstellt, vierzig Jahre lang. Ab da lebte er von seiner Rente. Er hat vor acht Jahren seine Frau verloren. Sie waren kinderlos. Verwandte hatte er keine in der Nähe. Er bewohnte ein kleines Apartment in einem Wohnblock …« Mikami hatte keine Ahnung, ob die Reporter überhaupt noch zuhörten. Dessen ungeachtet fuhr er fort: »Die Wohnung lautete auf seinen Namen, das Land dazu nicht. Sein Hobby war es, in Pflanztrögen Gemüse anzubauen. Er spielte keine Glücksspiele und kein Pachinko, sein einziger Luxus bestand darin, einmal im Monat in die Bar zu gehen, ins Musashi, und sich dort ein paar Gläschen Shōchū zu genehmigen.«

Mikami blätterte zur nächsten Seite. Sie enthielt das Zusatzmaterial, das Kuramae ihm vorhin gebracht hatte.

»Dem Barbesitzer zufolge kam Meikawa schon seit fünf Jahren zu ihm in die Bar. Meistens trank er nur still vor sich hin, aber da ihm der Alkohol mit den Jahren schneller zu Kopf stieg, gab er ab und zu doch etwas aus seinem Leben preis. Seine Mutter war immer lieb zu ihm gewesen, aber sie war einer Krankheit erlegen, als er acht war. Über seinen Vater redete er nie. Er hatte eine ältere Schwester, zu der er aber den Kontakt verloren hatte. Er sagte, er sei ursprünglich nach Tokio gegangen, aber darüber, wie es ihn in die Präfektur D verschlagen hatte, erzählte er nichts. Er ist in den ganzen fünfzig Jahren nie nach Tomakomai zurückgekehrt. Er war farbenblind, was er in der Arbeit aber verschwieg. Deshalb hat er dort auch keine Freundschaften geknüpft. Rot konnte er so gut wie gar nicht erkennen, dafür sprach er überdurchschnittlich stark auf die Farbe Blau an. Sein Traum war es gewesen, Fotograf zu werden und den Himmel und das Meer zu fotografieren.«

Mikami spürte einen Druck hinter den Augen.

»Er sagte immer, das größte Glück, das ihm je widerfahren sei, war es, seine Frau kennenzulernen. Er sei mehrmals schwer krank gewesen, habe nie viel Geld mit nach Hause gebracht und ihr nichts als Sorgen bereitet, aber sie habe immer zu ihm gehalten und sich nie beklagt. Er war einmal mit ihr in den Ferien, eine Rundtour zu verschiedenen Thermalquellen, aber im Ausland waren sie nie. Er hatte ihr einen prachtvollen Grabstein gekauft, seine zweitgrößte Investition nach der Wohnung. Nach ihrem Tod verbrachte er den Großteil seiner Zeit vor dem Fernseher. Hauptsächlich sah er Varietéshows, nicht weil sie ihn sonderlich interessierten, sondern weil es ihm gefiel, dass alle darin so fröhlich wirkten.«

In Mikamis Stimme trat ein harscher Ton. Kuramaes Zusammenstellung brachte die bittere Kehrseite der Anonymität an den Tag. Mit ihrer Berichterstattung hatten sie nicht nur die Identität von Hanako Kikunishi verschleiert, sie hatten auch dazu beigetragen, jede Spur von Ryoji Meikawas Existenz auf dieser Welt auszulöschen. Mit dem Mann hatte es ein trauriges Ende genommen, aber durch den Streit um die anonymisierte Berichterstattung hatte sein Name nicht einmal in der Zeitung gestanden, sodass die wenigen, die ihn geliebt hatten, nicht von seinem Ende hatten lesen und um ihn trauern können.

Mikami fuhr fort.

»Der Barbesitzer sagte, Meikawa sei am Tag des Unfalls blendend gelaunt gewesen. Er habe erzählt, dass sein Anrufbeantworter geblinkt habe, als er ein paar Tage vorher vom Einkaufen zurückgekommen sei. Eine Nachricht war nicht hinterlassen worden, aber offenbar erhielt er nie Anrufe von Vertretern oder von Leuten, die sich verwählt hatten; sein Telefon klingle ohnehin fast nie, sagte er. Es war ein altes Telefon, deshalb bestand keine Möglichkeit, herauszufinden, wer angerufen hatte. *Wer das wohl war? Wer das wohl war?*, fragte er immer wieder und legte den Kopf schief. Der Barbesitzer sagte, er hätte ihn noch nie so vergnügt erlebt.«

Von Bedeutung … für ihn.

Alles auf der Seite war von Bedeutung. Die beiden letzten Zeilen fassten die Ergebnisse der amtlichen Nachforschungen zusammen. Es bereitete ihm Mühe, sie laut vorzulesen.

»Eine Anfrage bei der Polizei in Hokkaido ergab, dass auch Meikawas Schwester nicht mehr lebt. Darauf wurden entfernte Verwandte kontaktiert, die jedoch jede Zuständigkeit für seine Asche ablehnten.«

Mikami ließ die Hand mit dem Blatt darin sinken. Die Reporter hatten ihre Erstarrung noch immer nicht ganz abgeschüttelt, aber sie saßen jetzt alle ihm zugewandt. Sie schauten ihm ins Gesicht. Ihn überkam der Drang, noch etwas zu sagen – etwas, das er eigentlich nicht hatte sagen wollen. Etwas, das ihm nie über die Lippen gekommen wäre, wenn es sich in irgendeiner Weise nach Kalkül angefühlt hätte.

»Ich möchte, dass Sie über den Besuch des Generalinspekteurs berichten. Ich weiß nicht, ob Amamiya noch hofft, dass sich daraus neue Hinweise ergeben könnten. Aber er hat sein Einverständnis zu dem Besuch und zu den Medienberichten darüber gegeben. Ich appelliere an Sie – helfen Sie uns, seinen Wünschen Folge zu leisten.«

57

Mikami fühlte eine jähe Welle der Erschöpfung über sich zusammenschlagen.

Er ließ sich in seinen Sessel fallen. Die Atmosphäre im Büro glich der vor einer Urteilsverkündung. Suwa, der nach ihm hereinkam, sah Mikami ehrfürchtig an. Zweifellos hatte er an der Tür gelauscht und alles gehört. »Respekt«, sagte er nur. Mikumos Augen waren verschwollen, als hätte sie geweint. Sie sagte etwas, aber Mikami verstand es nicht.

Kuramae …

… saß an seinem Schreibtisch in der Ecke und starrte auf seinen Bildschirm. Sein Ausdruck war ernst, ja sorgenvoll, passend zu der allgemeinen Stimmung im Raum. Es hatte fast etwas Mimikryhaftes. Keine bewusste Reaktion, nichts Defensives, einfach der natürliche Habitus aller Schreibtischbeamten, die den Unterbau des Polizeiapparats ausmachten.

Eigentlich war es pure Ironie. Einzig Kuramae, dem von ihnen allen am wenigsten an der PR-Arbeit Interessierten, war es gelungen, zwischen dem Drinnen und dem Draußen zu unterscheiden. Das Verhältnis war das gleiche wie zwischen Kriminaluntersuchungsamt und Verwaltung, zwischen Pressestelle und Presseclub. Lauter separate Einheiten, sicher, aber wer von oben auf sie herabschaute, sah, dass sie alle im selben Brunnenschacht hausten. Nicht nur Suwa, nein, auch Mikami und sogar Mikumo, alle hatten sie sich tiefer in den Schacht hineingebeugt, um ihre Antworten dort unten zu suchen, und darüber den Blick in die Höhe vergessen. Die wahren Bindeglieder zur Außenwelt waren

Meikawa und Amamiya. So offensichtlich – aber sie waren blind gewesen dafür.

Was würden die Reporter denken? Würden sie begreifen, dass sie Mittäter waren, Bewohner desselben Brunnenschachts? Beide Seiten hatten den Leichnam eines alten Mannes im Freien liegen lassen, schutzlos den Elementen ausgesetzt. Wären sie imstande, der Wahrheit ins Auge zu sehen? Sie hatten sich so auf die Person der Fahrerin eingeschossen, dass darüber der ganze Artikel auf der Strecke geblieben war; ihnen war der Tod eines Rentners entgangen, eines Mannes, dessen Namen sie mit einem einzigen Anruf im Krankenhaus oder auf der Gemeinde hätten erfragen können. *Wenn sie auch nur einen Funken Reue empfinden, geht es für uns alle voran.* Ihre einzige Chance, ein Fenster nach draußen aufzustoßen, lag in der Zusammenarbeit.

Suwa kam zu ihm herüber.

»Keiner ist nach oben gegangen, um Beschwerde einzulegen.«

Recht so.

»Und sie haben gerade ihre Versammlung eröffnet.«

Gut. Dann funktionierte es also.

Mikami merkte, dass ihm die Augen zufielen. *Kein Wunder, ich war ja die ganze Nacht wach.* Die Erschöpfung spülte seine Gedanken in Richtung Schlaf.

Noch nicht, Papa!

Du darfst deine Augen noch nicht aufmachen.

Noch nicht. Noch nicht, noch nicht, noch nicht.

Papa, du hast geschummelt!

Ich hab dir doch gesagt, dass du deine Augen noch zulassen musst!

Jemand schüttelte ihn. Er schlug die Augen auf.

Darf ich jetzt …?

»Direktor Mikami?« Suwas Gesicht war dicht vor seinem. »Es ist die Presse. Sie sind da.«

Als er sich aufsetzte, glitt eine rosa Decke von seinen Schultern. Vor seinem Schreibtisch hatte sich eine Gruppe versammelt. *Ein Menschenauflauf*, signalisierte sein Hirn. Er warf einen Blick zur Wanduhr hinüber. Er hatte dreißig, vielleicht vierzig Minuten geschlafen. Wieder sah er die Reporter an, diesmal richtig. Akikawa, Utsuki, Ushiyama, Sudou, Yanase, Horoiwa, Yamashina, Kadoike, Namie … Vor ihm standen die Vertreter aller dreizehn Agenturen, die dem Presseclub angehörten. Er schlug sich auf die Wangen und schob seinen Stuhl zurück, um die ganze Gruppe im Blick zu haben. Akikawa hielt ihm schweigend ein Blatt Papier hin. Mikami nahm es, ebenfalls schweigend.

Fragen: Interview mit dem Generalinspekteur, Polizeipräsidium Präfektur D, Presseclub

Sie hatten den Boykott abgeblasen.

Mikami hörte den erleichterten Seufzer, den Suwa neben ihm ausstieß. Auf dem Blatt waren fünf Fragen aufgelistet. Mikami überflog sie. Alles Standardfragen, zu den Eindrücken des Generalinspekteurs von seinem Besuch, den Plänen für die Ermittlungen zu 64; an keiner Stelle klang Gehässigkeit oder Feindseligkeit durch.

»Wir wollen keinen neuen Pressedirektor. Das ist Konsens«, sagte Yamashina. Seine übliche Trotteligkeit war wie weggeblasen; stattdessen strahlte er eine Entschlossenheit aus, die Mikami überraschte.

Ein Blick in die Runde zeigte ihm den gleichen Ernst in allen Mienen. Selbst von Akikawas gewohnheitsmäßiger Häme war nichts zu merken; er schien einfach ein junger Mann, der in seiner Arbeit aufging. Mikami meinte einen Luftzug an der Wange zu spüren. Er sah zu den Fenstern, aber sie waren alle zu.

»Ach ja, und das noch.«

Akikawa legte ein zweiseitiges Dokument vor ihn hin. Kuramaes Notizen zu Ryoji Meikawa. Mikami hatte sie auf dem Weg aus dem Presseraum an das Whiteboard gehängt, zusammen mit seinen übrigen Bekanntmachungen.

»Sagen wir einfach, wir hätten das nie zu Gesicht bekommen. Schließlich ist das eigentlich unser Job.«

Gut. Mikami nickte nachdrücklich und hielt dabei Blickkontakt. Es war wie ein Händedruck. Akikawa erwiderte die Geste zwar nicht, aber eine winzige Verengung seiner Lider verriet Mikami, dass er sie auch nicht abtat. Er wandte sich zum Gehen. Die übrigen Reporter verbeugten sich vor Mikami, bevor sie Akikawa nach draußen folgten. Mikami suchte den Blick eines jeden von ihnen. Keine Sieger. Keine Verlierer. Wie lange war es her, dass er sie zum letzten Mal so hatte abziehen sehen?

Kaum hatte sich die Tür hinter ihnen geschlossen, stieß Suwa mit einem stummen Triumphgeheul die Faust in die Luft. Mikumo, unter Tränen lächelnd, stand auf und applaudierte geräuschlos. Kuramae machte seine krumme Gestalt noch krummer und ließ einen gewaltigen Erleichterungsseufzer hören, bevor er mit Schwung an der Hand vorbeischlug, die Suwa ihm zum Abklatschen hinhielt.

Mikami rollte seinen Stuhl nach hinten und hob die Decke vom Boden auf. Er streckte den Arm aus. *Hier.* Mikumo eilte herbei. Als sie ihm die Decke abnahm, sagte er: »Sie können stolz auf sich sein. Das ist alles nur dadurch möglich geworden, dass wir aufgehört haben zu taktieren.«

»Direktor Mikami …«

Mikami reckte den Hals, um an ihrem tief bewegten Gesicht vorbeizusehen; er rief zu Kuramae hinüber:

»Von Ihnen kann sich die Presse beim Recherchieren eine Scheibe abschneiden!«

Sein Blick streifte Suwas lächelnde Züge. Er ließ die Chance nicht verstreichen.

»Suwa, danke.«

Damit schwang er seinen Drehstuhl zum Fenster herum. Suwa mochte das als Versuch verstehen, seine Verlegenheit zu bemänteln; sollte er ruhig. Er schaute hinab auf das Blatt auf seinen Knien.

Standardfragen.

Bis zur Verjährung ist es nur noch ein Jahr – welche Maßnahmen beabsichtigen Sie zu ergreifen, um sicherzustellen, dass der Fall noch aufgeklärt wird?

Die Vorbereitungen waren getroffen, blieb nur noch die Ausführung.

Die Gefahr eines Dallas war gebannt. Wie würde das KUA reagieren? Wie viele würden in die Entscheidungsschlacht hineingezogen werden?

Er war seiner Aufgabe als Pressedirektor gerecht geworden, aber ohne Opfer war es nicht abgegangen. Und im weiteren Verlauf würde er vielleicht noch mehr opfern müssen. Aber er fühlte sich im Reinen mit sich. Die Unruhe und Zerrissenheit, die ihn erfüllt hatten, verflogen zusehends. Erlösende Klarheit breitete sich in ihm aus.

Hinter sich hörte er Lachen.

Eines zumindest stand fest: Die loyale Gefolgschaft, um die es ihm all die Jahre zu tun gewesen war, hatte er nicht im Kriminaluntersuchungsamt gefunden, sondern hier, in der Pressestelle.

58

Mikami verließ das Präsidium um kurz vor fünf.

Minako hatte ihn in höchster Erregung im Büro angerufen. Sie hatten einen neuen Schweigeanruf erhalten. Anders als beim letzten Mal hatte das Display eine Nummer angezeigt. Die Vorwahl war die der Präfekturhauptstadt.

Sein Instinkt sagte Mikami, dass es nicht Ayumi war. Oder weniger der Instinkt als vielmehr ein gewohnheitsmäßiger Zweckpessimismus, mit dem er sich vor Enttäuschung zu schützen versuchte. Er hatte Angst vor dem, was passieren konnte, wenn sie beide sich einer falschen Hoffnung hingaben. Sein Körper indessen sendete offenere Signale. Ein Schweißfilm bildete sich zwischen seinen Händen und dem Lenkrad. Sein Fuß trat hart aufs Gas, und mehr als einmal schoss er gerade noch bei Gelb über die Ampel.

Minako, bleich im Gesicht, wartete schon vor dem Haus. Die Haustür stand offen, damit sie das Telefon hören konnte.

»Sie ist ganz in der Nähe, ich spüre es«, sagte sie beschwörend.

»Gehen wir rein.«

Mikami nahm das Mobilteil von der Station in der Diele und trug es ins Wohnzimmer. Ohne auch nur den Mantel auszuziehen, setzte er sich im Schneidersitz auf die Tatami und tippte sich durch das Menü.

Auf dem Display erschien eine Nummer. Zehn Stellen, eindeutig eine lokale Vorwahl. Etwas daran kam ihm bekannt vor. Amamiyas Privatnummer, schoss es ihm durch den Kopf, aber er wollte Minakos Hoffung nicht aufgrund einer bloßen Vermutung zunichtemachen.

»Wieder wie beim letzten Mal?«

»Ganz genauso. Sie hat nichts gesagt und dann irgendwann aufgelegt.«

»Hast du dich mit deinem Namen gemeldet?«

»Nein. Ich habe nur abgehoben … ich habe erst gar nichts gesagt.«

Eine falsche Nummer kam damit nicht infrage. Viele Leute legten ohne Entschuldigung auf, wenn sie sich verwählten, aber dafür mussten sie erst einmal herausbringen, wen sie am Apparat hatten.

»Wie lange bist du drangeblieben?«

»Ach, ich weiß nicht. Nicht lang. Ich habe ein paarmal Hallo gesagt, und dann wurde eingehängt.«

»Sind dir irgendwelche Hintergrundgeräusche aufgefallen?«

»Geräusche? Ich glaube nicht. Nein, ich habe nichts gehört.«

»Gut, das klingt nach Privathaushalt.«

Die Nummernkennung wurde weitflächig beworben; man konnte davon ausgehen, dass die meisten mittlerweile davon gehört hatten und sie nutzten. Jemand, der ihnen einen Streich gleich welcher Art spielen wollte, hätte seine Nummer bestimmt unterdrückt.

Vielleicht war es ja doch Amamiya. So abgeschottet, wie er lebte, ahnte er wahrscheinlich nichts von der neuen Technik. Möglicherweise hatte er wegen des übermorgigen Besuchs angerufen, sich aber durch die Frauenstimme so verunsichern lassen, dass er aufgelegt hatte.

Letztlich galt das auch für Ayumi. Sie rechnete nie im Leben damit, dass ihre Eltern ein so fortschrittliches Telefon hatten. Hatte sie ihn sprechen wollen und nicht Minako? Nein. Es war dieselbe Masche wie neulich – die Schweigeanrufe waren ein Test.

Mikami nahm das Telefon wieder zur Hand.

»Ich glaube, wir sollten einfach zurückrufen.«

»Was?« Die Möglichkeit schien Minako noch gar nicht in den Sinn gekommen zu sein.

»Wir können auf Rückruf gehen. Dann finden wir heraus, wem die Nummer gehört.«

Mikamis Kiefer verspannte sich. Minakos Züge gewannen ihre Kontur zurück. Mit entschlossenem Blick sah sie ihn an, plötzlich wieder ganz sie selbst.

»Ja. Bitte.«

»Bringst du mir noch ein Glas Wasser?« Mikami lockerte den Schlips. Kaum war Minako Richtung Küche verschwunden, zog er sein Notizbuch heraus und blätterte rasch. Nein. Amamiyas Nummer lautete anders. Konnte es also wahr sein? War Ayumi hier in der Stadt?

Minako kam zurückgeeilt. Mikamis Durst war nicht gespielt gewesen. Er schüttete das Wasser gierig herunter, nahm das Telefon und drückte die Rückruftaste.

Oder war es eine Freundin von Ayumi? Am anderen Ende klingelte es. Minako kniete dicht neben ihm, den Hals gereckt. Jemand hob ab. Eine Sekunde später drang an Mikamis Ohr eine Frauenstimme.

»Hier Hiyoshi.«

Mikami verschlug es die Sprache. Der Mann von der Kriminaltechnik. Der Eremit. Die Nummer war die von Koichiro Hiyoshis Eltern.

»Hallo? Wer ist da bitte?«

»Hier ist Mikami, vom Polizeipräsdidium. Ich war vor ein paar Tagen bei Ihnen.«

Dann kam der Anruf also von ihr. War irgendetwas mit Hiyoshi passiert, dass sie sich bei ihm meldete?

Aber …

»Worum geht es?«

Ihre Reserviertheit überraschte ihn. »Wir haben Ihren Anruf verpasst. Ich rufe nur zurück.«

»Wie bitte? Das verstehe ich nicht.«

Es ist beruflich, flüsterte Mikami Minako zu, die Hand über die Sprechmuschel gelegt. »Wir haben einen Anruf bekommen, ungefähr vor einer halben Stunde. Bei unserem Telefon sieht man die Nummern …«

Sie reagierte bestürzt, als er ihr erklärte, was es mit der Nummernkennung auf sich hatte.

»Aber … ich war gar nicht da, ich war einkaufen.«

Hiyoshi hatte ihn angerufen, während seine Mutter weg war. Das war die Erklärung. Mikami hatte zwei kurze Nachrichten für ihn hinterlassen, eine vor drei Tagen, eine am Tag darauf. *Ich habe sie unter seiner Tür durchgeschoben.* Das waren ihre Worte gewesen. Mikami nickte. Hiyoshi hatte die Nachrichten gelesen. Und er hatte die Nummer angerufen, die Mikami dazugeschrieben hatte.

»Ist Ihr Sohn noch in seinem Zimmer?«

»Ich … ich glaube schon.«

»Können Sie ihn an den Apparat holen?«

»An den …? Oh …«

Sie stockte, machte gleichsam einen Bogen um das Thema. Selbst ein Albtraum wird nach vierzehn Jahren profan.

Dennoch …

»Wir sollten das als Chance sehen. Ihr Sohn muss die Nummer gewählt haben.« Mikami konnte nicht an sich halten. »Hat er das schon einmal gemacht? Hat er schon einmal versucht, jemanden anzurufen?«

»Nein, nie. Ganz sicher kann ich es natürlich nicht sagen, ich bin ja nicht immer da.«

»Ist das Telefon schnurlos?«

»Wie bitte? Ja, schnurlos.«

»Gut. Können Sie ihm dann bitte sagen, dass ich am Apparat bin, und es vor seine Tür legen? Dann schaue ich, ob ich vielleicht mit ihm reden kann.«

»Ja. Ja, natürlich.« Ihre Stimme wurde plötzlich hell. »Bitte. Wenn Sie so freundlich sein könnten. Das wäre wunderbar.«

Mikami hörte das Tappen von Pantoffeln. Eilige Schritte treppauf. Jetzt blieb sie stehen, rief nach ihrem Sohn. Ihr Ton war begütigend, durchsetzt mit Furcht. Ein Klacken, dann das sich entfernende Wetzen weicher Sohlen.

Das Schweigen, das folgte, war quälend. Er meinte das Telefon vor sich zu sehen, einsam auf dem Boden liegend. Zehn Sekunden verstrichen. Zwanzig. Dreißig. Mikami wartete, mit jeder Faser seines Wesens lauschend, damit ihm kein noch so winziger Laut entging.

Unvermittelt schob sich Minakos Kopf in sein Blickfeld. *Was ist los?* Er hob eine Hand hoch, um sie zum Schweigen zu bringen. Die Hand schlenkerte, scheuchte sie weg.

Da! Er hatte etwas gehört. Eine Tür, die sich öffnete. Genauso hatte es geklungen. Dann ein Rauschen in der Leitung. Jemand hatte das Telefon aufgehoben. Mikami presste den Hörer so fest ans Ohr, dass sich das Geräusch fast wie der Andrang von etwas Physischem anfühlte.

Die Tür, zuklappend jetzt … Ein Knarzen, Bett oder Stuhl …

Das konnte nur bedeuten, dass Hiyoshi das Telefon bei sich im Zimmer hatte. Es war so weit.

»Hiyoshi?«

Keine Antwort. Mikami wartete einen Moment. Nicht einmal ein Atemzug war zu hören.

»Hier ist Mikami. Ich bin Pressedirektor im Präfekturpräsidium. Sie haben vorhin bei mir angerufen.«

Nichts.

»Keine Sorge, die heutigen Telefone haben …«

Mikami brach ab, ihm war etwas klar geworden. Hiyoshi hatte in seiner Zeit bei der NTT mit der neuesten Technik gearbeitet. Im Zweifel war er schon lange vor seinem Rückzug aus der Welt über die Möglichkeiten der Computertechnologie im Bilde gewesen. Höchstwahrscheinlich besaß er auch seinen eigenen Computer. Das hieß, er wusste aller Voraussicht nach über die Fortschritte bei der Nummernkennung Bescheid. Er kannte sich aus und hatte seine Nummer bewusst nicht unterdrückt.

Der Anruf war ein Hilferuf gewesen.

»Haben Sie meine Nachrichten gelesen?«

Keine Antwort.

Für Hiyoshi war die Zeit stehen geblieben. Sie war im Haus der Amamiyas zum Stillstand gekommen, mit den geflüsterten Worten Urushibaras.

Wenn es zum Schlimmsten kommt, ist das Ihre Schuld.

»Alles, was ich geschrieben habe, stimmt. Nichts an der Sache war Ihre Schuld.« Er hörte ein Einatmen. »Hiyoshi …«

Schweigen.

»Hiyoshi, ich weiß, dass Sie mich hören.«

Schweigen.

Mikami merkte, wie sein Zeitgefühl ihn verließ. Aber … er war noch am Apparat. Hörte noch zu. Hielt den Atem an, wartete auf mehr. *Ich muss irgendetwas sagen.* Mikami suchte nach etwas, das ankommen würde. Das in ein Herz dringen konnte, dem die Verantwortung für den Tod eines kleinen Mädchens aufgebürdet worden war, in ein Herz, das vierzehn Jahre lang versiegelt gewesen war.

Er schloss die Augen und atmete lautlos ein.

»Es war ein schrecklicher Fall«, setzte er an. »Für das Mädchen und natürlich für die Eltern. Aber auch für ihre Freunde, für ihre Schule, für die Gegend, in der sie wohnte. Und für uns.«

Nichts.

»Ganz besonders für Sie, Hiyoshi. Es muss furchtbar gewesen sein, grauenvoll. Sie sind in Amamiyas Haus abkommandiert worden, dabei hatten Sie nicht damit gerechnet, je bei einem Einsatz mitmachen zu müssen. Das Aufnahmegerät hat nicht funktioniert, obwohl es beim Test einwandfrei gelaufen war. Und Sie hätten an keinen unangenehmeren Einsatzleiter geraten können. Der Fall war wie verflucht. Alles ging schief, was nur schiefgehen konnte. Und zum Schluss war das Mädchen tot. Ich verstehe, dass Sie sich verantwortlich fühlen. Aber Shoko ist gestorben, weil ihr Entführer sie umgebracht hat, nicht Ihretwegen.«

Immer noch keine Reaktion.

»Gut, bei dem Mitschnitt ist ein Fehler passiert. Ein folgenschwerer Fehler. Aber dazu sollten Sie wissen: Es war nicht der einzige Fehler im Zuge der Ermittlungen. Es gab jede Menge davon, der ganze Fall war gespickt mit Fehlern. Und das sage ich nicht einfach so dahin. Bei einer Ermittlung kann sich nahezu alles, was wir tun, als Fehler erweisen. Nur haben in diesem Fall die Fehler so unglücklich ineinandergegriffen, dass wir das Mädchen nicht retten konnten. Der Entführer ist bis heute auf freiem Fuß. Jeder Beamte in der Präfektur trägt mit an dieser Last. Es als die Schuld einer einzelnen Person hinzustellen wäre absurd. Es ist gut, dass Sie sich verantwortlich fühlen. Das zeigt, dass Sie ein aufrechter, mitfühlender Mensch sind. Aber es ist falsch, deshalb die Schuld aller anderen auf sich zu nehmen. So viel kann kein Mensch tragen. Es ist maßlos. Die Last muss verteilt werden. All der Schmerz und das Leiden gehören gleichmäßig unter sämtlichen Beamten aufgeteilt, die an den Ermittlungen beteiligt waren. Verstehen Sie?«

Er fühlte sich wie in einem Vakuum. Er hatte es nicht für möglich gehalten, dass es ein Schweigen geben könnte, das so absolut war. Hiyoshis Hand lag vermutlich über der Sprechmuschel, so fest, dass sie schon bald taub wurde. Er hörte zu, mit seinem ganzen Sein auf dies eine konzentriert.

»Ich weiß nicht, ob Sie sich erinnern, aber ich war damals auch dabei. Ich habe Amamiya und seine Frau kennengelernt. Ich bin hinter ihm hergefahren, als er zur Lösegeldübergabe aufgebrochen ist. Ich war da, ich habe zugeschaut, wie er den Koffer von der Brücke in den Fluss geworfen hat. Es schmerzt mich bis heute körperlich, daran zu denken. Ich brauche nur an einem der Läden vorbeizukommen, die der Entführer auf seiner Liste hatte, und Reue und Scham packen mich – die ganze Sache holt mich wieder ein. Gut, es geht vorbei. Es ist kein konstantes Gefühl, so wie bei Ihnen. Es ist nicht immer da, aber weg ist es auch nie. Ich habe nichts vergessen. Ich konnte es nicht vergessen. Und ich würde es auch nicht wollen. Wir tragen jeder unseren Teil – ich, Koda, Kakinuma. Wir dürfen uns gegenseitig nicht davon freisprechen. Shoko und ihre Eltern würden uns das nicht verzeihen. Deshalb teilen wir die Schuld stillschweigend unter uns auf. Wir werden sie bis an unser Lebensende tragen, ohne Worte darum zu machen oder nach Ausflüchten zu suchen. Wir könnten jede einzelne Sekunde darüber brüten, und es wäre trotzdem nicht genug. Shoko bleibt nur dadurch lebendig, dass wir alle gemeinsam ihr Andenken bewahren. Und darum verteilen wir die Last auf unsere Schultern.«

Immer noch nichts.

»Ich weiß nicht, ob Sie zuhören. Ich glaube, ja.«

Es kam ihm immer mehr so vor, als würde er in völlige Leere hineinsprechen. In einen tiefen Wald. In einen Ozean, in den kein Sonnenstrahl je reichte. *Ich möchte wissen, wo Sie sind. Wenn es ein Ort ist, wo ich hingelangen kann, komme ich zu Ihnen.* Die Worte aus seinem ersten Brief.

»Warum schweigen Sie jetzt? Nachdem Sie selbst die Initiative ergriffen haben.«

»...«

»Sie können mit mir reden. Ich höre zu, egal, was es ist.«

»…«

»Versuchen Sie es doch, sagen Sie etwas.«

Das Schweigen verstärkte das Gefühl von Dunkelheit noch. Mikami spürte seinen Sog. Leise Panik stieg in ihm auf.

»Vierzehn Jahre. Es sind jetzt vierzehn Jahre.«

»…«

»Niemand kann vierzehn Jahre ohne Unterbrechung im selben Raum sein. Deshalb habe ich Ihnen geschrieben. Ich wollte wissen, wo Sie sind. In welchen Sphären Sie sich aufhalten. Sind Sie im Himmel? In der Hölle? Irgendwo am Meeresgrund? Oder im Äther? Ich möchte wissen, wie Sie die Einsamkeit ertragen. Sagen Sie's mir, damit ich es verstehe. Kann gar niemand zu Ihnen gelangen? Nicht einmal Ihre Familie?«

»…«

»Ich habe die Zeilen an Sie in einem Imbisslokal geschrieben. Ich habe sehr lange überlegt, was ich Ihnen schreiben kann; was Sie bekommen haben, ist das Endprodukt. Ich habe genau das geschrieben, was ich empfinde. Ich will es wirklich wissen. Verraten Sie es mir. Wo sind Sie in diesem Augenblick?«

»…«

»Was kann ich tun, damit wir zueinanderkommen? Sagen Sie mir, wie ich Sie erreichen kann. Oder wenn das zu viel verlangt ist, lassen Sie mich wenigstens Ihre Stimme hören. Ein einziges Wort genügt schon. Irgendeines.«

Jähes Knistern in der Leitung, dann brach die Verbindung ab.

Ayumi …

Mikami erwachte wie aus einer Art Trance. Er hatte das Gefühl, seine Seele aus irgendeiner schwarzen Ferne zurückholen zu müssen.

Nein, nicht Ayumi … Oder doch …? War es möglich, dass in diesem Schweigen alle Welten miteinander verbunden waren?

Erst jetzt merkte er, dass er immer noch den Hörer ans Ohr

hielt. Er stieß einen langen, tiefen Atemzug aus. Dann nahm er sich zusammen und drückte die Wahlwiederholung. Hiyoshis Mutter hob ab. *Er hat nicht gesprochen.* Sie weinte, sie konnte ihm trotz allem gar nicht genug danken.

Er fühlte sich erschöpft. Allein schon vom Boden aufzustehen brachte ihn ans Ende seiner Kraft. Er sah Minako nicht gleich. Sie saß an dem Tisch in der Küchennische, mit dem Rücken zu ihm. Es war ein erschreckend einsames Bild. Wahrscheinlich kreisten ihre Gedanken um Ayumi. Oder um ihn, um die Frage, wie er sich mit so viel Herzblut um jemanden bemühen konnte, der nicht ihre Tochter war. Er schaute auf seine Hand hinab. Mit dieser Hand hatte er sie weggescheucht … Eine jähe Furcht griff nach ihm. Er legte das Telefon weg und ging in die Küche. Er brauchte seinen ganzen Mut, um sich ihr gegenüberzusetzen. Mit spürbarem Widerstreben hob sie den Kopf.

»Gibt es irgendwelche Probleme?«

Die Frage kam mechanisch. Mikami verzog das Gesicht, als hätte er nicht aus eigenem Antrieb gehandelt. »Das war jemand, der früher bei der Kriminaltechnik war. Er hat nach 64 bei der Polizei aufgehört. Seitdem hat er sein Zimmer nicht mehr verlassen.«

»Ach ja?«

»Seit vierzehn Jahren. Es ist eine große Belastung für seine Mutter.«

Minako sagte nichts.

»Ich dachte, ich könnte vielleicht helfen.«

»Du bist ja so ein guter Mensch«, fuhr sie ihn an und schlug gleich darauf die Hände vors Gesicht, als bereute sie ihre heftigen Worte jetzt schon.

»Minako …«

Unwillkürlich streckte er die Hand nach ihrer schmalen Schulter aus. Sie drehte sich weg, sodass er ins Leere fasste.

Er spähte hilflos in ihr Gesicht, versuchte, in den von ihrem Haar verschatteten Zügen zu lesen. Ihm fiel nichts ein, was er sagen konnte. Weil er sich keinen anderen Rat wusste, zog er seine Hand behutsam zurück. In seiner Jacke brummte das Handy. Das gedämpfte Geräusch schien den ganzen Raum auszufüllen. Entnervt holte Mikami es heraus und klappte es auf.

Es war Suwa.

»Akama ist wieder da. Er fragt nach Ihnen.«

»Verstehe.« Mikami stand auf und kehrte Minako den Rücken zu.

»Schaffen Sie es, noch mal herzukommen?«

Mikami lief ein paar Schritte. Er ging an der Küchentheke entlang und kam bis zur Spüle, bevor er sich wieder zu Minako umdrehte. Sie saß da wie die Verzweiflung selbst.

»Nein.«

»Gut. Dann gehe ich zu ihm und berichte ihm kurz. Ich sage, dass wir vollständige Offenlegung zugesichert und die Presse dazu gebracht haben, von dem Boykott Abstand zu nehmen. In die Einzelheiten gehe ich nicht.«

»Danke.«

Suwa sagte nichts, beendete aber das Gespräch auch nicht. Mikami senkte die Stimme.

»Der Anruf kam von jemand anderem. Das können Sie auch Kuramae und Mikumo sagen.«

»Ich verstehe.«

Mikami klappte das Handy zu und kehrte an den Tisch zurück, woraufhin Minako, wie in einer Gegenbewegung, aufstand, um das Abendessen zuzubereiten. Er hörte sie leise mit dem Messer hantieren. Von hinten konnte man den Eindruck gewinnen, sie sei allein, eine ältere Frau, die sich ihre Abendmahlzeit herrichtet. Sie sprachen beide nicht, weder beim Essen noch danach, als sie ins Wohnzimmer hinübergingen. Mikami schaltete den Fernseher ein. Er wählte einen Sender, auf dem eine harmlose Quizsendung lief. Aus dem Augenwinkel behielt er Minako im Blick. Sie hatte das Gesicht dem Bildschirm zugewendet, ohne ihn zu sehen. Der Anruf war nicht von Ayumi gewesen. Er wusste, dass Minako elend zumute war nach ihrer giftigen Bemerkung. Er hätte etwas sagen müssen, aber er fühlte sich gehemmt, seine Hand kribbelte noch von der Zurückweisung vorhin. Mizuki Murakushis Geschichte wollte ihm nicht aus dem Kopf. *Kann ich irgendetwas tun?* Hatte er die Worte wirklich gesagt? Langsam fragte er sich, ob sie am Ende nur eine Erfindung von Mizuki waren. Ihm selbst fehlte jedes Empfinden dafür, obwohl er Minakos Mann war. Über zwanzig Jahre waren sie jetzt zusammen, aber er erinnerte sich trotzdem nicht, weder, dass sie ihm damals bedrückt erschienen war, noch, dass er etwas Mitfühlendes zu ihr gesagt hatte.

Um elf lagen sie beide im Bett. Minako hatte ihm abrupt eine gute Nacht gewünscht; er hatte erwidert, dass er auch müde sei und gleich nachkommen werde. Instinktiv spürte er, dass er sie nicht allein lassen durfte. Er musste an ihrer Seite bleiben, das war jetzt das Allerwichtigste. Auch wenn sie beide darum beteten, dass ihrer Tochter nichts zugestoßen war – deshalb blieben sie doch zwei ganz normale Eheleute. Er glaubte fest daran, dass sich die Unsicherheiten und Empfindlichkeiten, die sie voneinander trennten, nicht wesentlich von denen anderer Paare unterschieden.

Im Schlafzimmer war es kalt. Minako knipste das Lämpchen neben ihrem Futon aus. Das weiße Schimmern des Mobilteils, das sie neben ihrem Kopfkissen liegen hatte, verschmolz mit der Dunkelheit, dann auch das Nachbild. Mikami auf seinem Futon bemühte sich, möglichst geräuschlos zu atmen. Er wagte sich kaum umzudrehen. Ganz leise hörte er Minakos Atemzüge. Ihm war eng um die Brust, als würde der Sauerstoff im Zimmer knapp.

Er fühlte sich nicht im Mindesten schläfrig. Fünf Minuten kamen ihm wie eine Stunde vor. Nach einer Weile drang von Minako, die anscheinend ebenfalls wach lag, ein kaum hörbarer Seufzer zu ihm herüber. Es klang wie ein Einlenken.

»Kannst du nicht schlafen?« Mikami nutzte das Dunkel als Verbündeten. »Der Wind hat sich gelegt.«

»Ja …«

»Irgendwie ist es schwer einzuschlafen, wenn es draußen zu still ist.«

»Mmh …«

»Es tut mir leid.«

»Was?«

»Dass ich ausgerechnet heute so lange telefoniert habe. Dass ich mich so reingekniet habe, um dem Sohn anderer Leute zu helfen.«

Minako erwiderte nichts.

»Eine Hand wäscht die andere … tu eine gute Tat, und sie findet den Weg zu dir zurück.«

Immer noch Schweigen.

»Bereust du es?«

Er spürte, wie Minako sich ihm zuwandte.

»Bereue ich was?«

»Dass du mit mir zusammen bist.«

Eine kurze Pause.

»Bereust *du* es denn?«

»Ich? Warum sollte *ich* bereuen, dass ich dich geheiratet habe?«

»Weil … ja, gut.«

»Und du?«

»Natürlich nicht.«

»Gut …«

»Wie kommst du auf so etwas? Das ist doch albern«, sagte Minako, sanften Tadel in der Stimme.

Für Mikami klang es wie eine bloße Durchhalteparole. Er hatte ihr Leben zerstört. Von allen Wegen, die ihr offen gestanden hätten, hatte er sie auf den falschesten geführt. Die Gedanken rollten heran wie Brandungswellen.

»Du hättest bei der Polizei bleiben können.«

»Was meinst du damit?«

»Du hast deinen Beruf aufgegeben, weil du mich geheiratet hast. Ist das nichts, was du bereust?«

»Warum fragst du das plötzlich?«

»Mizuki hat so etwas gesagt. Sie meinte, du hättest dich mehr reingehängt als alle anderen.«

»Ich war schon vor unserer Heirat so weit, dass ich aufhören wollte.«

»Was?«

»Ich war fehl am Platz bei der Polizei.«

Fehl am Platz? Das hörte er zum ersten Mal.

»Das ist doch Unsinn.«

»Anfangs war ich voller Elan. Ich dachte wirklich, ich könnte etwas erreichen, meinen Beitrag leisten, um die Welt zu einem besseren Ort zu machen, verstehst du?«

»Aber das hast du doch auch, ganz bestimmt.«

»Nein, das war nicht das Problem. Es hat eine Weile gedauert, aber irgendwann wurde es mir dann klar – ich bin nur zur Polizei gegangen, weil ich geliebt werden wollte.«

Mikami starrte in die Dunkelheit, seine Augen weit geöffnet.

»Ich konnte mich einfach nicht mit den Menschen anfreunden, mit der Gesellschaft. Alle diese Fälle, diese Unfälle, alle diese Egozentriker. Ich habe angefangen, all das zu hassen. Und da ging mir auf, dass ich meine Arbeit nur deshalb tue, weil ich mich geliebt fühlen will. Weil ich will, dass die Leute mir dankbar sind. Das hat mir komplett den Boden unter den Füßen weggezogen. Ich fing an, alles infrage zu stellen. Wie sollte jemand wie ich andere beschützen können? Woher nahm ich die Hybris, mich als Hüterin von Recht und Ordnung aufzuspielen? Und dann dachte ich …«

Eine lange Pause.

»Dann dachte ich, vielleicht kann ich ja eine kleinere Welt beschützen. Vielleicht kann ich eine Familie gründen und sie beschützen. Das war die Vorstellung, die ich …«

Ihre Stimme erstarb.

Mikami warf sich herum und schob die Hand unter Minakos Decke, ließ sie über die Schlafunterlage gleiten, bis er ihren schmalen Arm gefunden hatte, und nahm ihre Hand. Sie erwiderte den Druck, nur ganz schwach.

»Es ist nicht deine Schuld.«

Darauf erwiderte Minako nichts.

»Ayumi … sie leidet.«

»…«

»Vielleicht ist sie wegen mir so geworden. Ich habe nie versucht, sie kennenzulernen, nicht richtig. Ich dachte, ich muss sie nur sich selbst überlassen, dann wird sie schon von ganz allein groß.«

»…«

»Und sie hat mein Gesicht geerbt. Das war eine schwere Hypothek bei …«

»Das hat damit nichts zu tun«, fiel Minako ihm ins Wort. »Vielleicht geht es gar nicht darum, was wir richtig oder falsch gemacht haben. Vielleicht sind wir einfach die Verkehrten für sie.«

Ein unwirkliches Gefühl überkam Mikami. *Die Verkehrten für sie?*

»Was meinst du damit?«

»Es kann doch sein, dass wir sie nie richtig verstanden haben, trotz aller Mühe. Nur weil wir ihre Eltern sind, heißt das noch nicht, dass wir wissen, was in ihr vorgeht.«

Mikami spürte das Zucken, das über sein Gesicht ging.

»Wie kannst du so etwas sagen? Wir haben sechzehn Jahre mit ihr unter einem Dach gelebt. Du hast sie geboren, du hast sie aufgezogen …«

»Das ist keine Frage der Dauer. Es gibt Dinge, die versteht man eben nicht. Eltern und ihre Kinder sind unterschiedliche Menschen; es ist nicht so abwegig, dass so etwas passiert.«

»Du meinst, sie hätte nie unser Kind sein dürfen?«

»Nein, das nicht. Ich frage mich nur … ob Ayumi nicht einfach jemand anderen braucht. Jemand anderen als uns.«

»Wer soll das sein?«

»Irgendjemanden muss es geben. Jemanden, der Ayumi so nimmt, wie sie ist, der nicht versucht, sie in irgendeiner Weise zu ändern. Für den sie rundherum vollkommen ist und der einfach da ist und sie beschützt. Da ist sie am richtigen Platz. Da hat sie die Freiheit, sie selbst zu sein, zu tun, was sie will. Bei uns ist sie am falschen Ort. Deshalb ist sie gegangen.«

Er konnte ihr kaum zuhören. Wovon redete sie da? Hatte sie die Hoffnung aufgegeben? Gab sie ihm zu verstehen, dass sie bereit war loszulassen? Oder klammerte sie sich einfach an eine Idee, eine Hoffnung? Egal was, es war das Dunkel, das sie so sprechen ließ. Es hatte sich eines kleinen Gedankens bemächtigt, irgendeines dahergeflogenen Gedankens, und ihn anschwellen lassen, bis er den unendlichen Raum vor ihnen beherrschte.

»Das ergibt keinen Sinn.«

Mikami legte den Kopf auf das Kissen zurück. Ihre Hände hatten einander losgelassen, ohne dass einer von ihnen den Griff bewusst gelöst hätte.

»Doch, es ergibt Sinn. Ich weiß das, weil es mir früher genauso ging. Ich hatte nie das Gefühl, zu meinen Eltern zu gehören, nicht mal als ganz kleines Kind. Ich war von Anfang an anders.«

»Du?«

»Meine Eltern haben einen sehr glücklichen Eindruck gemacht, nicht? In Wahrheit waren sie schrecklich unglücklich miteinander. Bei meinem Vater in der Arbeit gab es ein Mädchen, mit dem er lange Zeit ein Verhältnis hatte. Meine Mutter war deshalb extrem labil. Ich weiß noch, wie du sagtest, wie gut, dass sich jemand um ihn kümmert, als er ein paar Jahre nach ihrem Tod wieder geheiratet hat. Das war das Mädchen von der Arbeit.«

Mikami schwirrte der Kopf. Noch etwas, von dem er keine Ahnung gehabt hatte. Das erklärte, warum Minako sich so gut wie nie bei ihrem Vater meldete.

Trotzdem …

»Aber so sind wir doch nicht.«

»Natürlich nicht. Aber die Probleme zwischen ihnen waren nicht der Grund, warum ich mir fremd vorgekommen bin. Von dem Ehebruch habe ich erst viel später erfahren, und die meiste Zeit waren meine Eltern sehr lieb zu mir. Aber einsam habe ich mich trotzdem gefühlt. Ich habe ihnen das nie gesagt. Und ich hatte auch nie den Eindruck, dass sie etwas merken. Ich bin einfach davon ausgegangen, dass sie es sowieso nicht verstehen würden. Frag mich nicht, warum.

Ich hatte immer den Eindruck, in ein leeres Haus heimzukommen, dabei war meine Mutter nie weg, wenn ich aus der Schule kam. *Wie war's in der Schule?* Ich konnte ihre sämtlichen Fragen vorwegnehmen und hatte meine Antworten schon parat. Es erschien alles so sinnlos. Und an dem Einsamkeitsgefühl änderte sich auch nichts, wenn mein Vater nach Hause kam. Selbst jetzt sehe ich in der Erinnerung nur Räume ohne Menschen vor mir. Ein Fenster, durch das Wind bläst oder Sonne scheint. Die abgewetzte Couch. Die Kokeshi-Puppe, die auf einem Regal Staub fängt.«

Ihre Stimme klang aus. Mikami schloss die Augen. Die Dunkelheit wurde noch tiefer. War sie eingeschlafen? Starrte sie in die

Schwärze? Sie lag ganz still. Mikami kam das Gefühl für die Zeit abhanden, sogar für den Futon unter sich, da hörte er sie plötzlich wieder sprechen.

»Der Sohn von dieser Frau. Ich hoffe, er kommt zurück zu ihr.«

»Hmm?«

»Der Mann von der Kriminaltechnik. Ich hoffe, er findet den Weg zurück.«

Den Weg zurück …

»Ja, das hoffe ich auch.«

»Weil ich dachte … vielleicht bist ja du es.«

»Bin ich was?«

»Dieser Mensch. Für ihn.«

Meinst du …?

Mikami hörte auf zu denken. Er konnte nicht mehr denken. Er atmete aus. Und wie auf Kommando trug dieser Atemstoß ihn davon ins Dunkel.

59

Am nächsten Morgen warteten Mikamis polierte Schuhe auf ihn wie immer.

Nur noch ein Tag bis zum Besuch des Generalinspekteurs. Er machte sich fertig und verließ das Haus. In den nächsten vierundzwanzig Stunden konnte nahezu alles passieren. Für den Augenblick hielten die Zeitungen keine Überraschungen bereit. In Ermangelung neuerlicher Indiskretionen seitens des Kriminaluntersuchungsamts beschränkten sich die Blätter darauf, die Knüller vom Vortag aufzuarbeiten.

Der erste Schrecken ereilte ihn gleich bei der Ankunft in der Pressestelle. Kuramae und Mikumo waren losgezogen, um Einzelheiten über ein Gutachten für den Neubau des Präsidiums in Erfahrung zu bringen; Suwa war allein und wartete auf Mikami, sichtlich düster gestimmt.

»Haben Sie's schon gehört?«

»Was gehört?«

»Das neueste Gerücht? Es hat gestern spätabends im KUA die Runde gemacht.«

»Was denn?«

»Dass die Verwaltung mit Tokio gemeinsame Sache macht, um sich den Posten des Direktors unter den Nagel zu reißen, mehr oder weniger. Jedenfalls hat es sich bei der Kripo wie ein Lauffeuer verbreitet, und jetzt wissen alle bis zur kleinsten Bezirksdienststelle Bescheid.«

Der Aufrührer. War es Arakidas Plan, noch den letzten Kriminalbeamten in Harnisch zu bringen?

»Woher haben Sie das?«

»Von einem Kripo-Beamten, der im selben Jahrgang mit mir war. Er hat mich als Verräter beschimpft, so außer sich war er.«

Bei Mikami daheim hatte niemand angerufen. Wenn schon Suwa mit seinem Verwaltungshintergrund so in die Kritik geriet, wie viel härter musste es dann ihn mit seiner KUA-Vergangenheit treffen? *Hat uns ans Messer geliefert, das Arschloch, weil er den Hals nicht vollkriegen konnte.* Sagten sie so etwas über ihn?

Er griff zum Hörer und wählte Amamiyas Nummer, fast mehr, um den Termin noch einmal bestätigt zu bekommen, als um das Prozedere für den nächsten Tag durchzugehen. Am anderen Ende hatte es bereits einige Male geklingelt, als Kuramae hereinkam, wenig später gefolgt von Mikumo.

Bei Amamiya hob niemand ab. Mikami wartete kurz und probierte es dann ein zweites Mal, aber wieder sah er vor seinem inneren Auge nur das einsame Telefon in dem leeren Wohnzimmer läuten. Zwanzig nach neun. Vielleicht lag er noch im Bett.

Mikami steckte das Notizbuch zurück in die Jacketttasche und stand auf, hielt aber inne, als der interne Apparat zu klingeln anfing. Es war Akama, der Mikami zu sich heraufbeorderte.

In Akamas Büro herrschte drückende Stille.

Ishii war ebenfalls einbestellt worden. Er saß mit hängenden Schultern ganz vorn auf der Kante eines der Sofas. Er konnte Mikamis Eintritt nicht überhört haben, aber er drehte sich nicht um.

Akama grüßte ihn mit einem knappen Blick. Ein einziger Tag hatte ihn um Jahre altern lassen. Das war Mikamis sofortiger Eindruck. Geschlaucht, dehydriert. Die Haare nicht richtig gekämmt, verlegen von der Nacht. Die Finger auf der Sofalehne nervös zuckend. Alles an ihm verriet den enormen Druck, unter dem er in Tokio zweifellos gestanden hatte.

»Ich habe gerade mit Ishii gesprochen.«

Während er Platz nahm, sah Mikami aus dem Augenwinkel zu dem Mann hinüber. Ishiis Kopf war gesenkt, sein Blick stier, der Mund halb offen. Was immer er sich hatte anhören müssen, lastete schwer auf ihm.

»Er ist hier, weil er einen Anruf vom KUA erhalten hat. Daheim. Einen Drohanruf.«

Mikami ahnte, was nun kam.

»Einen Drohanruf weswegen?«

»Jemand verbreitet Gerüchte in der Abteilung.«

»Was für Gerüchte?«

»Dass Tokio plant, im Frühjahr den Posten des Direktors zu übernehmen. Dass der Generalinspekteur morgen eine entsprechende Ansage machen wird.«

Mikami fixierte Akama schweigend.

Akama erwiderte den Blick; ganz offenkundig hoffte er, Mikamis Reaktion etwas entnehmen zu können. »Sie wussten es.«

»Ja.«

»Haben Sie auch einen Drohanruf erhalten?«

»Nein. Bei mir hat sich niemand gerührt.«

»Aber Sie stehen in Kontakt mit ihnen?«

Mikami erwiderte nichts darauf. Er spürte einen Druck über der Stirn. Akama sah weg – um es nicht zum Streit kommen zu lassen, so schien es.

»Ich will Ihnen hier keine Vorwürfe machen. Suwa hat mir schon gesagt, dass Sie die Reporter beschwichtigen konnten. Sehr verdienstvoll. Das hebt Sie gewaltig in meiner Achtung. Aber warum …«, Akama schaute wieder auf, »… warum leistet sich jemand wie Sie einen derartigen Auftritt beim Präsidenten? Nach allem, was ich höre, haben Sie kein Blatt vor den Mund genommen? Ihn sogar gedrängt, die Entscheidung bezüglich des Direktorenpostens zu überdenken?«

Mikami hatte den Blick auf Akamas Brust gesenkt. Er konnte seine gestrigen Emotionen nicht mehr nachvollziehen, nicht einmal jetzt, wo Akama ihn darauf ansprach. Ihm fiel keine einzige Erklärung ein, keine Rechtfertigung, nichts.

»Welches ist der wahre Mikami?«

Er blieb die Antwort schuldig.

»Ihre Loyalitäten müssen glasklar definiert sein. Der Generalinspekteur kommt *morgen.*« Akama beugte sich so weit vor, dass seine Krawatte ins Schaukeln kam. »Mikami, ich frage mich, ob Sie zur Gänze begreifen, was das heißt. Wir reden hier vom Vorsitzenden der Kommission für Öffentliche Sicherheit höchstpersönlich. Er ist mehr als eine Einzelperson, mehr als der oberste Leiter einer Regierungsbehörde. Er verkörpert die *Polizei in ihrer Gesamtheit.*«

»Wenn der Generalinspekteur die Polizei als Ganzes verkörpert, dann verkörpert der Direktor des KUA nicht weniger als die Polizei von Präfektur D.«

Akama nahm die Brille ab. Seine Hand zitterte leicht.

»Ist das Ihre Antwort?«

»Das sind lediglich die Tatsachen. Als Pressedirektor beabsichtige ich nicht, das KUA aktiv zu unterstützen.«

»Wenn das wirklich stimmt, dann handeln Sie entsprechend. Sie haben Einblicke. Was hat das KUA vor?«

»Ich weiß es nicht.«

»Das kann ich nicht glauben. *Etwas* müssen Sie doch gehört haben.«

»Meine Position verbietet es mir, irgendetwas zu wissen.«

»Ich habe immer große Stücke auf Sie gehalten, Mikami. Enttäuschen Sie mich jetzt nicht.«

»Ich tue das nicht für Sie.« Es war heraus, ehe ihm so recht klar war, was er da sagte.

Akamas Augen weiteten sich eine Spur.

»Sie wollen also …«

»War noch etwas?«

»Sie wollen …«

»Ich muss zu Amamiya. Noch mal sicherstellen, dass morgen alles nach Plan läuft.«

Akamas Blick schweifte einen Moment lang ab. Dann nickte er, setzte die Brille wieder auf und faltete die Hände über den Knien.

»Gut, ja. Sorgen Sie dafür, dass nichts dem Zufall überlassen bleibt.«

Mikami erhob sich und neigte den Kopf, so tief, dass ihm Akamas Augen gleichsam entgegenzuschnellen schienen. Mit gesenktem Nacken starrte der Mann zu Mikami herauf, sein Blick unverwandt wie der eines Raubtiers, das sich zum Sprung duckt.

»Wo Sie gerade hier sind – haben Sie sich das mit den Daten Ihrer Tochter überlegt? Sollen wir sie landesweit verbreiten, um die Suche zu erleichtern?«

Es kam nicht überraschend. In diesem Stadium war die Leine, die er Mikami angelegt hatte, im Zweifel seine Rettungsleine. Mikami neigte nochmals den Kopf: eine Geste, die einen Schlusspunkt hinter die vergangenen acht Monate setzte.

»Danke, ich weiß Ihre Anteilnahme zu schätzen. Und danke auch für die besondere Fürsorge, die Sie uns in dieser Sache angedeihen lassen.« Mikami hob den Kopf wieder. »Aber an eins möchte ich Sie erinnern. Wenn es – was Gott verhüte – einmal dazu käme, dass Ihre Tochter von zu Hause wegläuft, dann wären *wir* es, die nach ihr suchen. Die 260 000 Polizeibeamten, die landesweit in den Dienststellen beschäftigt sind. *Nicht* die Bürokraten in Kasumigaseki.«

Und er ging hinaus, ohne die Antwort abzuwarten. Draußen auf dem Korridor beschleunigte er seinen Schritt. Ishii kam hinter ihm her. Er steuerte auf das Präsidialbüro zu, ließ es dann aber links liegen und trabte Mikami nach.

»Mikami, wir können es nun mal nicht ändern.« Er fand kein Ventil für seinen Zorn, das war ihm deutlich anzusehen. Seine Hände waren auf Gürtelhöhe zu Fäusten geballt. »Es steht nicht in unserer Macht. Uns sind die Hände gebunden. Selbst wenn wir wollten, könnten wir nichts machen.«

Auch in Ishiis Jugend hatte es ihn gegeben, diesen Tag, an dem er seinen Eid abgelegt hatte – *ich gelobe, unser Heimatland zu beschützen …*

Mikami verbot es sich, zu nicken.

Aber statt gleich hinunter ins Erdgeschoss zu gehen, blieb er stehen und sah Ishii nach, der ermattet wie die Sonne am Ende ihres Tages durch die Tür des Präsidialbüros verschwand.

60

Yoshio Amamiya war ausgeflogen.

Die Haustür war abgeschlossen und sein Auto weg. Mikami wartete eine halbe Stunde, aber nichts tat sich. Er schrieb ihm eine Nachricht auf eine seiner Visitenkarten und schob sie durch den Briefschlitz.

Ich versuche es heute Nachmittag wieder.

Es beunruhigte ihn. Nicht so sehr aus der Befürchtung heraus, Amamiya könnte einen Rückzieher machen; seine Unruhe kam daher, dass er nicht wusste, warum Amamiya dem Besuch des Generalinspekteurs überhaupt zugestimmt hatte.

Seine Mitarbeiter saßen im Besucherareal, als er ins Präsidium zurückkam. Sie sprachen die letzten Einzelheiten für die morgige Inspektion durch, die Köpfe über Fotos und eine Karte mit der geplanten Route gebeugt. *Wie reagieren wir, wenn eins von den Fernsehteams plötzlich einen neuen Kameramann mitbringt? Sollten wir ein Signal für den Aufbruch vom Fundort der Leiche verabreden? Haben wir für den Besuch bei der Ermittlungsgruppe genügend Presseplätze einkalkuliert? Sind entlang der Strecke noch irgendwelche Straßenarbeiten angekündigt?* Suwa, ganz der Profi, ratterte die Punkte routiniert herunter; Kuramae schrieb mit, so schnell er konnte, was nicht schnell genug war. Mikumo fiel der Part der großen Schwester zu, die die relevanten Details und mehr lieferte, wann immer einer der Männer eine Frage an sie hatte.

Mikami spürte, wie seine Anspannung nachließ. Nichts an dem Anblick war neu, und doch schien ihm etwas Frisches, Einladendes davon auszugehen. An seinem Schreibtisch studierte er noch einmal den Zeitplan.

12.00: *Ankunft des Generalinspekteurs. Mittagessen mit Präsident Tsujiuchi.*
13.20: *Besuch am Fundort von Shokos Leiche in Sadacho. Blumen- und Rauchopfer.*
14.15: *Besuch der Ermittlungsgruppe im Zentralrevier. Ermutigende Worte an das Team.*
15.05: *Stilles Gedenken bei Amamiya. Rauchopfer.*
15.25: *Interview vor Amamiyas Haus.*

Die Sache nimmt Formen an …

Mikami zündete sich eine Zigarette an und schloss die Augen. Was führte das Kriminaluntersuchungsamt im Schilde? Er glaubte keine Sekunde lang, dass der Tag vorübergehen würde, ohne dass etwas geschah. Arakida hatte dafür gesorgt, dass jeder einzelne Kriminalbeamte in der Präfektur über Tokios Absichten Bescheid wusste. Er hatte alles dafür getan, um Präfektur D zu einem zweiten Dallas zu machen. Was plante er für einen nächsten – seinen letzten – Schachzug?

Der Rest des Vormittags verging irritierend langsam. Niemand rief an, und die Reporter waren die meiste Zeit unterwegs. »Alles im Griff«, hatte Suwa gesagt. »Solange nicht noch etwas dazwischenkommt.« Diesen Nachsatz hatte er sich nicht verkneifen können. Dennoch blieb im Büro alles ruhig, und auch aus Tokio verlautete nichts Besorgniserregendes.

Als die anderen Mittagessen bestellten, aß er mit. Während er hungrig seine warmen Soba-Nudeln hinunterschlang, quälte ihn wieder die Frage, ob Minako auch etwas gegessen hatte. Was mochte sie gestern Abend empfunden haben? Es gelang ihm nicht recht, ihre Unterhaltung nachts im Bett zu rekonstruieren.

Im Nachhinein schien es ihm, dass sie an einem Scheideweg gestanden hatten; gleichzeitig war es wie ein Schritt in eine andere, unwirkliche Welt.

Ich frage mich nur … ob Ayumi nicht einfach jemand anderen braucht. Jemand anderen als uns.

Warum hatte er nicht ein Bentō-Box gekauft und war damit heimgegangen? Fast machte er sich ernsthaft Vorwürfe deswegen, so ruhig, wie die Lage selbst nach Mittag noch blieb. Keine Spielchen von Arakida. Keine Anrufe von Akama. Es konnte die Ruhe vor dem Sturm sein. Oder war der Sturm bereits abgezogen, die Entscheidungsschlacht auf einer Ebene gewonnen, von deren Existenz er nichts ahnte?

Es war schon nach zwei. Zeit für den nächsten Besuch bei Amamiya. Mikami wollte gerade aufstehen, als Suwa, der kurz im Presseraum vorbeigeschaut hatte, wieder hereinkam. Er sah verwirrt aus.

»Ich gehe mal eben in den vierten Stock rauf.«

»Warum das?«

»Einer von den *Yomiuri*-Reportern wollte in Dezernat I anrufen, wegen irgendwelcher Einbruchsstatistiken … Er hat sich darüber beschwert, dass er nicht durchkommt.«

»In der Fahndungsstelle?«

»Genau. Er dachte, er probiert es bei Mikura direkt, aber da ging niemand ran.«

Unter normalen Umständen hätte Mikami sich nicht viel dabei gedacht.

»Ja, schauen Sie nach.«

Sonderbar. Nachdem er Suwa losgeschickt hatte, zog er den internen Apparat zu sich heran und wählte die Nummer der Fahndungsstelle. Besetzt. Er versuchte es erneut, diesmal auf Mikuras Anschluss. Nichts, genau wie bei der *Yomiuri*. Er probierte es noch mehrere Male, immer mit dem gleichen Ergebnis.

Irgendwas stimmt da nicht.

Selbst wenn Mikura tatsächlich nicht da war, musste doch ein Mitarbeiter es hören und abheben. Aufs Geratewohl wählte Mikami die Durchwahl von Dezernatsleiter Matsuoka. Nichts. Keine Antwort. Er ging auch den nächsten Schritt und rief bei Direktor Arakida an. Es klingelte und klingelte. Matsuoka und Arakida beide nicht da? Er ließ es weiterklingeln, zehn Mal, fünfzehn Mal, aber niemand erbarmte sich.

Ruhig bleiben, befahl er sich und rief den stellvertretenden Leiter von Dezernat II an. *Dann frage ich eben Itokawa.* Die beiden Dezernate lagen nebeneinander, gleich bei der Kriminaltechnik. Wenn in Dezernat I etwas im Gange war, würde Itokawa es zwangsläufig mitbekommen.

Itokawa hob nicht ab. Es war nicht zu fassen. *Dezernat II auch …?*

Mikami hob den Kopf.

»Schauen Sie hoch zu Dezernat II und zur Forensik. Und zum Kriminaldauerdienst.«

Kuramae und Mikumo sprangen auf, noch bevor er den Satz vollendet hatte; sie vergaßen sogar das Salutieren, so eilig hatten sie es. Mit unsicheren Fingern wählte Mikami die Forensik an. *Hier auch?* Es klingelte ins Leere. Er schlug das Adressenverzeichnis auf und versuchte es beim Kriminaldauerdienst. Er lag Dezernat II direkt gegenüber. Besetzt.

Der externe Apparat vor ihm begann zu klingeln. Es war Suwa. Er klang außer Atem.

»Irgendetwas stimmt definitiv nicht. Hier ist nur ein einziger Mensch in Dezernat I.«

»Nur einer?«

»Ein Büroarbeiter, ziemlich jung noch. Sämtliche Anrufe landen bei ihm.«

»Haben Sie bei den Ermittlern geschaut?«

»Ja. Niemand da.«

»Fragen Sie, wo alle hin sind.«

»Aber … er ist ohne Pause am Telefonieren.«

»Irgendwann kommen Sie schon dazwischen.«

Mikami legte auf und griff wieder nach dem internen Apparat. Kriminaldauerdienst West. Keine Antwort. Er stieß einen gereizten Seufzer aus, da wurde doch abgehoben.

»Kriminaldauerdienst, Einsatzgebiet West?«

Wer immer der Sprecher war, er schrie fast. Und er war jung.

»Hier ist Mikami von der Pressestelle im Präsidium. Ist Ihr Chef da?«

Eine kurze Pause. »Er ist nicht zu sprechen.«

»Warum nicht?«

»Er ist nicht da.«

»Wo ist er denn?«

»Das weiß ich nicht.«

»Sie wissen es nicht?«

»Entschuldigen Sie, da kommt ein Gespräch auf der anderen Leitung.«

Der externe Anschluss klingelte erneut. Mikami knallte den Hörer auf die Gabel und hob ab. Mikumo sprach mit gesenkter Stimme.

»Hier ist niemand außer Satake von der Daktyloskopie. Er telefoniert.«

Als Nächster meldete sich Kuramae.

»Direktor Mikami … in Dezernat II ist nur Dezernatsleiter Ochiai … er wirkt ziemlich panisch. Er schreit irgendjemanden am Telefon an und will wissen, wo seine ganzen Mitarbeiter stecken.«

Sie hatten sich alle davongemacht und ihren Karrieristenchef sich selbst überlassen.

Säumigkeit? Nein, Insubordination.

Mikami schauderte es.

Das KUA war wie leer gefegt. Dezernat I und II. Kriminaldauerdienst. Forensik. Alle waren sie spurlos verschwunden.

61

Es hatte etwas Surreales.

Mikami rannte die Treppe hinauf. Auf einem der Treppenabsätze wäre er fast mit dem herunterkommenden Ishii zusammengeprallt.

»Mikami! Stimmt das? Dezernat II ist unbesetzt?«

Mikami blieb nicht einmal stehen. Er schob Ishii zur Seite und setzte seinen Weg fort. Schwer atmend hetzte er den Korridor im vierten Stock entlang. In allen Büros klingelten die Telefone. Kuramae und Mikumo standen beide mit ratlosen Mienen auf dem Gang; offenbar hatte man sie hinauskomplimentiert. Sie eilten auf ihn zu.

»Laufen Sie runter zu den Garagen. Ich will wissen, welche Autos hier sind und welche nicht.«

Mikami erteilte seine Anweisungen im Gehen, beschleunigte dann seinen Schritt wieder und stieß die Tür zu Dezernat I auf. Zwei Köpfe nur im ganzen Raum. Der von Suwa hob sich überrascht. Er stand vor der Phalanx aus Schreibtischen, die die Fahndungsstelle bildete, aber es war etwas Zögerliches in seiner Haltung; er befand sich in Feindesland, das hemmte ihn. Der junge Beamte sprach in ein Telefon. Ein zweites hielt er in der rechten Hand, ein drittes auf einem Tisch ein Stück entfernt war ausgehängt.

»Tut mir leid, aber es gab wirklich keine Pause«, flüsterte Suwa.

Soweit er das beurteilen konnte, handelte es sich bei den Anrufen ums reguläre Tagesgeschäft. Mikami nickte und postierte sich so vor dem Mann, dass dieser ihn nicht ignorieren konnte. Hashimoto. Mikami wusste seinen Nachnamen, aber das war auch alles. Er verbarg seine Angst nur schlecht. Er sah weg, kehrte Mikami dann den Rücken. *Hallo?* Er reagierte nicht. Mikami drückte auf die Gabel des Telefons, das Hashimoto ans Ohr hielt.

»He … was zum …«

Verstört fuhr Hashimoto herum. Mikami drückte auch auf die Gabel des zweiten Telefons und beugte sich weit vor.

»Wo ist Arakida?«

»Das weiß ich nicht.«

»Und Matsuoka?

»Ich habe keine Ahnung.«

»Und alle anderen?«

»Unterwegs. Beschäftigt.«

Auf einem Schreibtisch ein Stück entfernt begann ein nächstes Telefon zu klingeln. Hashimoto machte einen Schritt in die Richtung, aber Mikami versperrte ihm den Weg.

»Bitte lassen Sie mich durch. Ich kann meine Arbeit nicht machen, wenn Sie nicht gehen.«

»Ich habe nicht den Eindruck, dass hier irgendjemand seine Arbeit macht. Arakida nicht, keiner von euch.«

»Das stimmt nicht.«

»Wo sind dann alle?«

»Ich sage Ihnen doch, das weiß ich nicht.«

»Sie werden ja wohl irgendeine Nummer haben, die Sie anrufen können, wenn etwas Wichtiges ist.«

»Nein.«

»Wie wollen Sie denn sinnvoll arbeiten ohne?«

»Das können Sie uns überlassen.«

»Schalten Sie doch Ihren Verstand ein. Selbst wenn Sie hier nur das Büro hüten, machen Sie sich trotzdem mitschuldig.«

»Mitschuldig?«, rief Hashimoto schrill. »Wenn sich jemand mitschuldig macht, dann die Verwaltung und die NPB.«

»Genau. Also lassen Sie Ihren Ärger gefälligst an uns aus. Warum zum Henker ziehen Sie die Öffentlichkeit mit rein? Das KUA leer gefegt. Sodass Verbrecher und Mörder unbehelligt bleiben. Und Sie wollen Ordnungshüter sein?«

»Ich brauche mir hier keine Belehrungen von Ihnen anzuhören.«

»Ich muss mit Arakida reden. Sagen Sie mir, wo er ist.«

»Klar.«

Nur über meine Leiche. Es stand ihm ins Gesicht geschrieben. An einem der hinteren Schreibtische klingelte das Telefon. Diesmal trat Mikami zur Seite, sodass Hashimoto hineilen konnte. Er hatte nicht die Zeit, sich mit einem kleinen Handlanger herumzustreiten. Er fasste Suwa bei der Schulter.

»Bleiben Sie an ihm dran. Früher oder später wird ihm was rausrutschen. Und rufen Sie mich an, sobald irgendwer auftaucht, der ranghöher ist als ein Inspektor.«

Sein Handy brummte. Kuramae.

»Ich habe die Garagen alle durch. Also ... die Streifenwagen sind alle weg, die meisten Einsatzfahrzeuge auch. Und der Transporter von der Kriminaltechnik.«

Das war nicht unnormal.

»Was ist mit der Chefetage?«

»Ah, einen Moment.«

Mikumo kam an den Apparat.

»Die Autos von Direktor Arakida und Chefberater Matsuoka sind noch da, die Mobile Kommandozentrale genauso. Und die Leiter von Kriminaltechnik und Kriminaldauerdienst haben ihre Wagen auch hier.«

Das hieß, sie waren noch im Präsidium.

»Warten Sie kurz.«

Ohne die Verbindung zu unterbrechen, verließ Mikami Dezernat I. Er ging den Korridor entlang und trat durch die Stahltür auf die Fluchttreppe hinaus. Direkt vor ihm, am Ende eines überdachten Verbindungsgangs, lag der Nordflügel, rechts daneben der dreigeschossige Anbau, in dem die Verkehrspolizei untergebracht war, und das rotbraune Dach des Archivs. Mikami beugte sich über das Geländer und spähte senkrecht nach unten. Zwei kleine Gestalten standen im Hof neben den Garagen – Kuramae und Mikumo.

»Sehen Sie irgendeinen Menschen?«

Er sprach in sein Handy. Mikumos Antwort kam prompt.

»Nein, niemanden.«

Da.

Drei Köpfe, näher am Anbau als an den Garagen. Sie überquerten den Hof. Sie hatten etwas geschultert. Es sah zylindrisch aus. Ein Teppich? Eine Papierrolle? Eine große Landkarte? Jetzt verschwanden sie in dem toten Winkel an der hinteren Ecke des Gebäudes. Eine Sackgasse – dort hinten kam nichts mehr, nur eine Mauer. Außer … einer Fluchttreppe, die außen am Gebäude hinaufführte. Die Verkehrspolizei belegte nur das Erdgeschoss und den ersten Stock. Im zweiten Stock war der große Versammlungssaal.

Mikami nahm das Handy wieder ans Ohr.

»Mikumo, gehen Sie zurück ins Büro. Tun Sie so, als wäre alles wie immer. Sagen Sie Kuramae, er soll rauf zu Dezernat I.«

Als Nächstes rief er Suwa an.

»Ich habe Kuramae zu Ihnen hochgeschickt. Er soll Sie ablösen, ich brauche Sie im Versammlungssaal.«

»Im Versammlungssaal? Meinen Sie, da ist …«

»Ganz genau.«

62

Belagerungszustand …

Das metallische Scheppern hallte durch Mikamis ganzen Körper, mit solcher Wucht donnerte er die Fluchttreppe hinunter. Der Aufprall auf jeder Stufe schien ihm die Beine bis unter die Schädeldecke zu stauchen.

Im Laufschritt überquerte er den Hof und betrat den Anbau durch den Haupteingang. Er hielt inne, lauschte. Von oben kamen Schritte. Er nahm den Lastenaufzug, um die Treppe zu umgehen. Ihm blieb keine Zeit zu verschnaufen. Auf der Anzeige erschien schon eine Zwei, und mit einem *Pling* glitt die Lifttür auf. Vor ihm lagen die Flügeltüren des Versammlungssaals, gesichert durch ein großes Schild, ZUTRITT FÜR UNBEFUGTE VERBOTEN, und zwei Männer, die ihn beide scharf ins Visier nahmen. Der mit dem Bart und den vorquellenden Augen war Kommissariatsleiter Ashida von der Organisierten Kriminalität. Den anderen sah Mikami zum ersten Mal: jünger, mit Bürstenschnitt und geradezu abnormal breiter Brust. Er wollte schon salutieren, als Ashida ihm etwas zuraunte, das ihn jäh innehalten ließ.

Volltreffer!

Mikami, sich seiner Sache nun ganz sicher, behielt die beiden Wächter beim Näherkommen im Blick. Ashida tat einen trägen Schritt vorwärts. Je mehr die Distanz schrumpfte, desto finsterer wurde seine Miene; schließlich hob er beide Hände zu einer einhaltgebietenden Geste.

»Hier ist Schluss, tut mir leid.«

Die Worte waren durchaus höflich, aber der drohende Unterton nicht zu überhören. Mikami blieb erst stehen, als sich die Handflächen des Mannes gegen seine Brust drückten. Ashida überragte ihn um einen halben Kopf. Er hatte jedes Mal gebückt stehen müssen, wenn er Mikamis Rat zu einem bandenmäßigen Betrug einholte. Der Mann besaß ein einzigartig kurzes Gedächtnis, Verbindlichkeiten wie auch Ressentiments waren von einem Tag auf den anderen vergessen. Im Augenblick hasste Mikami ihn dafür.

»Fragen Sie mich nicht mal, was ich will?«

»Nicht nötig.«

»Lassen Sie mich durch.«

»Unbefugte dürfen hier nicht rein. Keine Ausnahmen.«

»Wollen Sie mir die *Befugnis* absprechen …?«

»Ich kann es auch deutlicher ausdrücken.«

»Ich bitte darum.«

»Ich soll sämtliche NPB-Spione zum Teufel jagen. Dass Sie sich nicht schämen! Ich will gar nicht wissen, womit die Sie geködert haben. Uns derart in den Rücken zu fallen, nach all den Jahren, die Sie sich mit uns anderen krumm gemacht haben …«

Mikami hörte ihn, aber in Gedanken war er schon auf der anderen Seite der Tür. *Was ging da drin vor sich?* Es drang nicht das leiseste Geräusch nach draußen. Nur sechs Schritte bis zur Schwelle. Höchstens sieben. Stoppelkopf stand sprungbereit genau in der Mitte der Doppeltür.

»Ich habe keine Zeit für diesen Blödsinn. Wer ist hier zuständig? Lassen Sie mich mit ihm sprechen.«

»Vergessen Sie's.«

»Sie sind drinnen, stimmt's? Arakida. Und Matsuoka.«

»Wer weiß?«

Er zuckte die Achseln – eine Gelegenheit, die Mikami prompt beim Schopf packte. Seine noch immer verbundene Rechte schoss hinauf zu Ashidas ungeschützter Gurgel. Er packte zu, im

Ausfallschritt, sodass Ashidas mächtiger Körper rückwärts taumelte. Gleichzeitig fing seine andere Hand die von Ashida ab, die nach seinem Handgelenk zu greifen versuchte. Stoppelkopf machte einen drohenden Schritt nach vorn. Auf diesen Moment hatte Mikami gewartet. Er riss die Hand von Ashidas Hals und stieß den Stolpernden gegen seinen Partner, während er selbst nach der Seite auswich. Ein Arm wie ein Baumstamm schwang über ihm durch die Luft, als er sich wegduckte und Sekundenbruchteile später auch schon auf die Tür zusprintete und seinen geballten Schwung in einen Tritt legte, der exakt die Türmitte traf.

Die Szene prallte ihm förmlich entgegen. *Irre.* Dieses eine Wort fand den Weg von seinen Augen direkt ins Hirn, bar jeden emotionalen Inhalts.

Aufgeschreckt durch den jähen Krach, wandten sich alle Gesichter zur Tür. Es waren fünfzig … hundert. Vielleicht noch mehr. Alle zusammengepfercht. Lange Tische zogen sich von einer Seite des breiten Raums bis zur anderen, entsprechend dem enormen Personalaufgebot. Als hätte er eine Stopptaste gedrückt, unterbrachen alle, was sie gerade taten – Kisten schleppen, Whiteboards verschieben, Telefone einstöpseln, Karten auf dem Boden ausrollen –, und starrten ihn an. Nicht alle im Raum waren Kriminalbeamte. Der Chef der Forensik war da. Neben ihm der stellvertretende Leiter der Öffentlichen Sicherheit. Weiter hinten der Vizechef des Kriminaldauerdiensts. Außerdem der Leiter von Ordnungs- und Schutzaufgaben, der stellvertretende Leiter der Einsatztechnik und der Gruppenleiter der Verkehrsstreife.

Es war nicht nur das KUA. Bis auf die Verwaltung waren sämtliche Abteilungen des Präsidiums in die Vorbereitungen für die große Belagerung involviert.

Mikami fühlte sich wie unter Schock. Was sollte aus dem Rest der Präfektur werden? War die Polizei noch funktionsfähig? Könnten sie überhaupt reagieren, wenn ein neuer Fall hereinkam? Was war mit der Fußstreife? Der Fahrzeugstreife? Den Beamten in den Kōban? Den Unfallkommandos? Was ging hier vor? War dies das Fanal, das Arakida dem Präfekturpräsidium zugedacht hatte? Sabotage griff bei Weitem zu kurz. Um den Generalinspekteur zur Absage zu zwingen – um die Erschütterungen bis nach Tokio fühlbar zu machen –, hatte der KUA-Direktor die gesamte Präfektur als Geisel genommen.

Es schien der blanke Wahnsinn. Wenn Mikami es richtig sah, war dies nicht weniger als ein Staatsstreich.

Weiter in den Saal hinein kam er nicht. Ashida hielt ihn von hinten in einem doppelten Nelson. *Wagen Sie's nicht*, zischte ihm der Mann wütend ins Ohr.

»Ich hab euch alle gesehen!«, schrie Mikami in den Saal.

Nur Sekunden später hatte Stoppelkopf die Tür zugezogen und fixierte Mikami feindselig aus ein paar Schritt Entfernung.

»Sie sind vom Überfallkommando, stimmt's?«

Der andere starrte nur weiter. *Was denn sonst?*, sagte sein Blick.

»Dann melden Sie sich sofort bei Ihrer Einheit. Sie werden nicht dafür bezahlt, *uns* zu beschützen.« Mikami warf gewaltsam den Kopf hin und her. Ashidas Griff lockerte sich um keinen Millimeter. »Lassen Sie mich endlich los.«

»Ich denke gar nicht dran, Mikami. Nicht nach diesem miesen Trick von Ihnen.«

»Miese Tricks sind ja wohl eher Ihre Spezialität.«

»Mikami, nicht vor unserem Freund hier.«

»Na schön, aber lassen Sie mich los.«

»Und Sie machen auch keinen Ärger mehr?«

»Ärger, dass ich nicht …«

»Ich will kein Risiko eingehen, Mikami. Wenn Sie sich bitte ohne weiteren Widerstand entfernen würden.«

Die Schlüsselfiguren hatte Mikami nicht unter den Anwesenden ausmachen können. *Direktor Arakida. Matsuoka, Chefberater und Leiter von Dezernat I.* Waren auch sie dort drinnen gewesen? Oder waren sie …?

Auf der Treppe näherten sich Schritte. Suwa kam die Stufen heraufgerannt. Augenblicklich verfiel Stoppelkopf wieder in seine geduckte Angriffshaltung. Ashida derweil nickte dem erschrocken zurückweichenden Suwa einen lässigen Gruß zu. Mit einem Mal hatte Mikami seine Bewegungsfreiheit wieder. Zwei Hände stießen ihn in den Rücken, dass er vorwärts taumelte.

»Suwa, tun Sie mir den Gefallen und begleiten Sie Ihren Chef zum Ausgang.«

Ashidas Ton nach zu schließen, kannten er und Suwa sich entweder noch aus Schulzeiten oder von der Polizeischule her. Suwa brachte kein Wort heraus. Wie vorhin in Dezernat I wirkte er auch jetzt völlig verschüchtert. Genau deshalb hatte Mikami ihn hergerufen. Der Star der Pressestelle war unbrauchbar, wenn er vor dem KUA kuschte. Mikami winkte ihn zu sich heran, während er Schultern und Halsmuskeln lockerte. Jetzt, wo er sich wieder rühren konnte, merkte er erst, wie stark Ashidas Griff gewesen war. Die Stimmung hatte sich nicht entspannt. Stoppelkopf stand wie ein Fels, vollkommen stumm, nicht gewillt, irgendwem etwas durchgehen zu lassen. Ashida rieb sich den Nacken, aber jeder Zoll von ihm blieb alarmbereit. Er war ein Schrank von einem Mann, er war als junger Mann bei den nationalen Judo-Meisterschaften angetreten. *Dennoch …*

Mikami konnte nicht einfach unverrichteter Dinge abziehen. Sich am Schreibtisch graue Haare wachsen zu lassen … nein, dazu war er nicht bereit. Er zog Suwa dicht zu sich heran und flüsterte ihm hinter vorgehaltener Hand ins Ohr:

»Gehen Sie in den Waschraum in der ersten Etage.«

»Wie bitte?«

»Ich brauche einen Stock. Nehmen Sie einen Mopp und schrauben Sie den Stiel ab.«

Suwas ganzer Körper verkrampfte sich. Mit einem Stoß in den Rücken schickte Mikami ihn auf den Weg. Ashida entfuhr ein Schnauben, als er ihn die Treppe hinunterstolpern sah.

»Legt nur Beschwerde ein, so viel ihr wollt. Oder geht er jetzt Verstärkung holen?«

Mikami wandte sich wieder Ashida zu.

»Denken Sie, wir sind der Feind?«

Wieder ein Schnauben. »Ihr? Ihr seid doch nur kleine Fische. Die Haie in Tokio – das sind die, die alles auffressen, was ihnen in den Weg kommt. Und bei so was sehe ich rot.«

»Wer schwach ist, wird eben gefressen. Mit welchem Recht beklagen Sie sich?«

In Ashidas Augen trat ein anderer Blick.

»Meinen Sie das im Ernst?«

»Verhaftet sämtliche Mörder, die noch frei herumlaufen. Zieht alle korrupten Bürgermeister aus dem Verkehr. Räumt mit dem organisierten Verbrechen auf. Dann wird keiner kommen und eure Stellen streichen wollen.«

»Sie müssen blind vor Gier sein, Mikami, dass Sie sich als Sprachrohr der NPB hergeben.«

»Ihr macht euch alle was vor. Macht einen solchen Terz, nur wegen einer lumpigen kleinen Stellenbesetzung. Wollt ihr wirklich die 1820000 Bürger von Präfektur D im Stich lassen, um einen einzigen, unnützen Posten zu beschützen?«

»Was zum Henker reden Sie da? Seit wann lassen wir die Bürger im Stich?«

»Gehen Sie zurück auf die Polizeischule, fangen Sie noch mal von der Pike auf an. Wenn wir aufhören, Recht und Ordnung zu sichern, können wir genauso gut zu offener Gewalt aufrufen. Und wenn wir das tun, als Vertreter des Staates, dann sind wir schlimmer als die Banden, die Sie bekämpfen.«

Mikami blickte über die Schulter. Suwa kam gerade zurück. Er war blass. Sein unnatürlicher Gang verriet Mikami, dass er den Stock hinterm Rücken verbarg.

»Jetzt!«

Instinktiv gehorchte Suwa. Einen Moment später hielt Mikami den Stock in den Händen. Etwas zu lang war er. Aber das machte nichts. Und Mikami wusste jetzt, dass auf seine Rechte Verlass war. Schließlich hatte er sie an Ashidas Gurgel getestet.

»Mistkerl!«, knurrte Ashida.

Er wich schon zurück. Als ehemaliger Judoka wusste er, dass mit dem Schwert nicht zu spaßen war. Nicht so Stoppelkopf. Er wirkte ganz und gar gelassen. Offenbar machte sich sein Einsatztraining geltend. Seine Schultern waren vorgewölbt, bereit zum Angriff. Ihn auszuschalten würde kein Problem sein. Aber schaffte er es, ohne dass der Mann zu Schaden kam?

Mikami wandte sich ihm zu, fasste den Stock fester. Unversehens kam ihm Futawatari in den Sinn. Wo war er abgeblieben? Statt das Kriminaluntersuchungsamt auszubremsen, hatte er die totale Mobilmachung provoziert. Sah er keinen anderen Ausweg mehr als die Kapitulation?

»Mach ihn platt«, befahl Ashida.

Stoppelkopf presste das Kinn an den Hals und schirmte das Gesicht mit den Armen ab. Er würde sich mit dem ganzen Körper nach vorn werfen, seine Masse als Waffe einsetzen; wenn er dabei einen Hieb oder einen Stich kassierte, egal. Sein Blick war wach. Die Muskelstränge an seinen Schultern schwollen abrupt an. *Dann mal las.* Es geschah in dem Moment, in dem sich Mikami in Konzentration versenkte. Von der Tür hinter Stoppelkopf ertönte ein Klicken.

Sie öffnete sich.

Der Konflikt erhielt ein neues Gesicht. Ein Mann trat aus dem Saal – Matsuokas Stellvertreter Mikura. *Der Schneid einer Ameise* … So gebieterisch, wie er dastand, machte er keineswegs diesen Eindruck. Es wirkte nicht, als hätte ihn der Krach vor der Tür hergeführt. Er verschwendete keinen Blick an Ashida oder Stoppelkopf, sondern wandte sich direkt an Mikami.

»Wir müssen reden.«

»Worüber?«

Der Stock blieb erhoben. Mikura trat näher, hielt sich aber knapp außer Reichweite.

»Ich habe eine Nachricht vom Direktor.«

»Ich habe Sie was gefragt.«

»Die Presse muss eine Stillhaltevereinbarung unterzeichnen.«

Die Worte ergaben für ihn keinen Sinn.

»Wovon reden Sie?«

»Wir haben eine Entführung.«

»Eine Entführung?«

»Eine Entführung, ja. Wir haben einen Namen, Sato. Seine Lösegeldforderung beträgt zwanzig Millionen in bar.«

Mikami blinzelte ungläubig. *Sato. Zwanzig Millionen.* Sämtliche Farben rings um ihn nahmen plötzlich einen fahlen Sepiaton an. Vor sein geistiges Auge schob sich das Bild von Shoko Amamiyas Totenmaske. *Das Gespenst von 64.* Er wandte sich um, starrte Ashida an, den Stoppelkopf. Dann wieder Mikura. Alle drei Gesichter bestätigten es. Es war keine Belagerung. Die Kommunikationstechnik. Die Landkarten. Die schiere Anzahl von Ermittlern. Sie richteten die Sonderkommission ein. Der Versammlungssaal war zum Lageraum umfunktioniert worden.

Mit lautem Klappern fiel der Stock zu Boden. Mikamis komplettes Gedankengebäude stürzte ein wie ein Kartenhaus.

63

64. Das Gelöbnis, den Entführer zurückzuschleifen in das vierundsechzigste Jahr der Shōwa-Zeit, um ihm dort die Handschellen anzulegen. Heisei 14 war fast um und das Gelübde noch immer unerfüllt – doch nun erhob Shōwa 64 selbst seine Stimme und rief. *Sato. Zwanzig Millionen Yen.* War es ein Trittbrettfahrer? Jemand, der sich einen Jux erlaubte? Oder war es …

Mikami zog Mikura in einen kleinen Raum neben dem Versammlungssaal. Suwa konnte kaum ihre Stühle aufklappen; seine Hände gehorchten ihm nicht recht, so zitterten sie.

»Geben Sie mir die Details.« Mikami setzte sich.

Mikura lehnte den angebotenen Stuhl ab und blieb stehen. »Das Opfer ist eine Oberschülerin aus Genbu.«

Genbu. Oberschülerin. Die Ähnlichkeiten zu 64 verblassten. Das Opfer war kein kleines Mädchen – sie ging auf die Oberschule, wie Ayumi. Genbu hatte 140 000 Einwohner. Es lag in der Mitte der Präfektur, fünfzehn Kilometer östlich von D, und fiel in die Zuständigkeit von Direktion G.

»Hier.«

Mikura holte mehrere Blatt Papier aus der Innentasche seines Jacketts. Gleich als Erstes sprang Mikami der gedruckte Standard-Vermerk ins Auge:

Z. Hd.: Presseclub, Präfektur D, Polizeipräsidium
Betr.: Entwurf Stillhaltevereinbarung
11. Dezember, Heisei 14. Direktor des Kriminaluntersuchungsamts, Präfekturpräsidium.

Mikami griff danach.

Mit Beginn H14.12.11 laufen unter der Zuständigkeit von Direktion G Ermittlungen in einem Entführungsfall an (Einzelheiten s. u.). Da die Medienberichterstattung eine Gefahr für die Unversehrtheit des Opfers darstellen könnte, wird eine Stillhaltevereinbarung zu nachstehenden Konditionen vorgeschlagen. Während der Geltungsdauer der Vereinbarung wird das Kriminaluntersuchungsamt die Presse über alle Details zum Fortgang der Ermittlungen unterrichten.

Konditionen:
– Die Presse verpflichtet sich, für die Dauer der Ermittlungen von Interviews und sonstiger Berichterstattung abzusehen.
– Sollte das Opfer gefunden oder in sicheren Gewahrsam verbracht werden oder eine andere Situation eintreten, in der Presseaktivitäten nicht mehr als gefährdend für das Opfer eingestuft werden, kann ein Vertreter des Presseclubs mit dem Direktor des Kriminaluntersuchungsamts Verhandlungen über eine Beendigung der Vereinbarung aufnehmen.
– Sobald die Details einer Beendigung verhandelt sind, kann der Presseclub ein Datum für die Beendigung festsetzen.
– Im Fall einer längeren Dauer der Ermittlungen und damit der Gültigkeit der Vereinbarung wird ein Vertreter des Presseclubs im Gespräch mit dem Kriminaluntersuchungsamt bleiben, um mögliche Zusätze zur Vereinbarung auszuhandeln.

Mikami überflog den Rest der Seite, blätterte zur nächsten. Ihm ging es um die Einzelheiten, die folgten.

Details:
Erpresserischer Menschenraub in Genbu.

Alles Weitere war hastig mit der Hand niedergeschrieben.

Opfer C (17). Älteste Tochter von A (49, selbstständig) und B (42, Hausfrau). Besucht 2. Klasse einer privaten Oberschule.

Keine Namen also. Mikami fühlte einen Muskel an seiner Wange zucken.

Entführung gemeldet am 11.12., 11.27 Uhr. Vater des Opfers, A, ruft 110 an und verständigt Annahmestelle im Präfekturpräsidium von Entführung seiner Tochter.

Mikami sah auf die Uhr. Fünf nach halb drei. Schon drei Stunden seit Eingang der Meldung. Eilig glitten seine Augen weiter über das Papier.

Anrufe des Entführers:
– #1 Eingegangen 11.12., 11.02 Uhr, von Cs Mobiltelefon auf Privatanschluss der Eltern. B hebt ab. Entführer nennt keinen Namen, spricht mit verfälschter Stimme (Helium o. Ä.) und stellt Lösegeldforderung.
»Ich habe Ihre Tochter. Wenn Sie sie lebend wiedersehen wollen, halten Sie bis morgen Mittag zwanzig Millionen Yen bereit.«
B ruft A im Büro an. A ruft 110 an, meldet Entführung.
– #2 Eingegangen 11.12., 12.05 Uhr. Wie vorher. Entführer spricht mit verfälschter Stimme, benutzt Cs Mobiltelefon. A, der inzwischen heimgefahren ist, hebt ab.
»Hier spricht Sato. Ich will gebrauchte Scheine. Legen Sie das Geld in den größten Koffer, den Sie im Marukoshi kaufen können. Bringen Sie ihn zu dem Ort, den ich Ihnen morgen nennen werde, und kommen Sie allein.«

Sämtliche Ermittlungen sind angelaufen.
Ende.

Mikami war es, als griffe eine kalte Hand nach ihm. Die Parallelen zu 64 waren unerträglich: *morgen Mittag, zwanzig Millionen Yen, Sato, gebrauchte Scheine, Marukoshi, der größte Koffer, kommen Sie allein.* Selbst dass der Entführer beim ersten Anruf keinen Namen nannte und sich beim zweiten mit Sato meldete, entsprach ganz dem Muster von 64. *Eine Männerstimme, Alter Anfang dreißig bis Mitte vierzig, leicht heiser, ohne Akzent.* Das war der einzige Unterschied. Nein – nicht einmal das stand fest, weil der Entführer seine Stimme verfälscht hatte.

Derselbe Mann … eine Wiederholungstat. Keiner der Fakten schloss diese Möglichkeit aus. Trotzdem sagte ihm sein Instinkt, dass sie nicht zutraf. Nichts während 64 hatte darauf hingedeutet, dass der Entführer Befriedigung aus seiner Tat zog. Das Verbrechen war eine Verzweiflungstat gewesen, verübt allein zu dem Zweck, an den großen Geldbetrag zu gelangen, den er als Lösegeld forderte. Es ergab keinen Sinn, wenn derselbe Mann durch eine Wiederauflage auf sich aufmerksam machte. Im Gegenteil, falls der Täter von damals neuerlich zuschlug, würde er jede Ähnlichkeit zu 64 zu vermeiden suchen, um ja keine Verbindung zwischen den beiden Fällen nahezulegen.

Mikami atmete wieder freier. Hier rief nicht Shōwa nach ihnen. Der Fall gehörte in die Heisei-Zeit. Er war neu, ohne Bezug zu 64. Und die Entführung hatte erst vor wenigen Augenblicken – nein, drei Stunden waren es inzwischen – stattgefunden.

»Sorgen Sie dafür, dass die Vereinbarung ohne Zeitverlust unterzeichnet wird.«

Mikura befahl es von oben herab, völlig unbekümmert um die Wirkung seiner Worte. *Ohne Zeitverlust.* Mikami sah ihn mit hochgezogenen Brauen an.

»Sie sind gut.«

»Wieso?«

»Die Entführung ist vor drei Stunden gemeldet worden. Nach einer so langen Zeit und mit derart dürftigen Angaben – meinen Sie, da lächeln die Reporter erfreut und bedanken sich artig?«

»Ich wüsste nicht, warum nicht. Außerdem tritt meines Wissens, sowie wir sie von einer Entführung verständigen, automatisch eine vorläufige Vereinbarung in Kraft.«

»Das ist richtig.« Es war eine Sicherheitsmaßnahme, damit in dem Zeitraum zwischen Bekanntgabe und Unterzeichnung der Vereinbarung keine Informationen nach außen dringen konnten. »Aber was machen Sie, wenn sie die Zustimmung verweigern? Wenn sie die Bedingungen ablehnen und nicht unterschreiben, endet die vorläufige Vereinbarung, und sie können nach Lust und Laune berichten. Verstehen Sie nicht – die Presse wird unseren Auflagen nur zustimmen, weil wir ihnen detaillierte Informationen über die Ermittlungen zusagen, und das bei erster Gelegenheit.«

»Da haben Sie doch Ihre Informationen.«

Mikami schlug mit der Hand auf das Blatt. »Das sind gerade mal ein paar grobe Stichpunkte. Ich brauche sämtliche Einzelheiten der letzten drei Stunden – über den Fortgang der Ermittlungen und alles, was Sie sonst über die Entführung wissen. In dem Moment, in dem die Presse von der Sache erfährt, sitzen Ihnen Hunderte von Reportern und Kamerateams aus Tokio auf der Pelle. Mit so einer Haltung kriegen Sie sie nie in den Griff.«

»Das brauchen Sie mir nicht zu sagen«, gab Mikura gekränkt zurück. »Falls es nötig wird, kann ich selbst zusätzliche Informationen liefern – soweit ich über sie verfüge, heißt das.«

»Mir auch recht. Also liefern Sie. Als Erstes brauche ich die vollen Namen. Fangen wir mit dem Opfer an.«

Suwa zückte seinen Notizblock. Seine Hand mit dem Stift darin verharrte über dem Papier.

»Die Namen kann ich Ihnen nicht geben.«

»Was?« Mikami konnte seinen Ärger nicht länger bezähmen. Er hatte die Akten zur Pressearbeit bei Entführungsfällen studiert. Dass ein Präsidium anonymisierte Informationen herausgab, war noch nie vorgekommen. »Wieso das denn?«

»Es geht nicht anders.«

»Warum?«

»Weil … die Möglichkeit besteht, dass es blinder Alarm ist. Dass jemand nur vorgibt, 64 zu kopieren.«

»Blinder Alarm? Sie halten es für blinden Alarm, nur weil es Parallelen zu 64 gibt?«

»Nicht nur deshalb.«

»Dann nennen Sie mir den Grund. Die Anrufe wurden doch mit dem Handy des Opfers gemacht, oder?«

Mikami warf einen Blick auf das Informationsblatt. *Benutzt Cs Mobiltelefon.* Keine Missverständnisse möglich. Was bedeutete, dass das Festnetztelefon der Eltern mit einem Display ausgestattet war. Und dass die Ermittler die Anrufe bereits von der Telefongesellschaft bestätigt bekommen hatten.

Was wiederum hieß …

»Also gehen Sie davon aus, dass der Entführer das Telefon der Tochter gefunden oder vielleicht sogar gestohlen hat? Gibt es darauf irgendwelche Hinweise?«

Mit einem mürrischen Seufzer schüttelte Mikura den Kopf.

»Nein, so habe ich es nicht gemeint. Nur können wir im Moment nicht völlig ausschließen, dass das Mädchen selbst dahintersteckt.«

Das Mädchen selbst? Die Vorstellung war verstörend. Eine Tochter, die ihre eigene Entführung vortäuschte?

»Na ja, sie ist nicht ganz einfach. Sie kommt so gut wie nie nach

Hause, außer wenn sie Geld oder Kleider zum Wechseln braucht. Offiziell geht sie zwar noch zur Schule, aber de facto hängt sie die ganze Zeit – Tag und Nacht – nur mit irgendwelchen Freunden herum. Und seit sie vor ein paar Tagen abends das Haus verlassen hat, ist ihr Aufenthaltsort unbekannt. Unserer Meinung nach hat sie sich entweder mit einem Bekannten zusammengetan, oder jemand hat sie dazu angestiftet. Wir wissen nicht, ob es ihr wirklich um die zwanzig Millionen geht oder nur darum, ihre Eltern zu ärgern. Zuzutrauen ist ihr beides.«

Ergab das einen Sinn?

»Das Mädchen ist siebzehn. Wollen Sie sagen, der Freund einer Siebzehnjährigen kommt auf die Idee, einen vierzehn Jahre alten Fall wieder auszugraben?«

»Mit ihrem Handy könnte sie ohne Weiteres Kontakt zu jemandem aufnehmen, der über fünfzig ist, oder sogar zu den örtlichen Yakuza. Und selbst wenn der Mann jünger ist, über 64 zu recherchieren ist leicht. Geben Sie mal ›Entführungsfall‹ in den Computer ein … da kommt fast ausschließlich 64. Und unaufgeklärt bedeutet erfolgreich, deshalb wäre es nur logisch, wenn sie sich den Fall zum Vorbild nehmen.«

Mikami war nicht überzeugt. Ihm schien die Idee an den Haaren herbeigezogen, ein Konstrukt, zusammengestoppelt aus Hypothesen und Mutmaßungen.

»Und deshalb wollen Sie mir den Namen des Mädchens nicht nennen?«

»Das ist ja wohl Grund genug. Stellen Sie sich vor, ihr Name dringt an die Öffentlichkeit – vergessen Sie nicht, sie ist minderjährig –, und dann stellt sich heraus, dass es alles ein Schwindel war.«

»An die Öffentlichkeit? Damit wir uns nicht falsch verstehen, die Presse erfährt die Namen auf rein inoffizieller Basis. Solange die Stillhaltevereinbarung gilt, können sie sowieso kein Wort drucken – nicht, bis die Sperre aufgehoben ist. Und sollte sich tatsächlich alles als Schwindel entpuppen und die Vereinbarung annulliert werden, könnten sie ihren Namen trotzdem nicht abdrucken – sie würde unter Jugendstrafrecht fallen. Der Name würde also so oder so nicht bekannt.«

»So würde das aber nicht laufen. Die Reporter würden ihr Elternhaus belagern, sowie die Vereinbarung endet. Wir reden hier über eine Schülerin, die ihre eigene Entführung inszeniert hat. Da ist Geld im Spiel, Männer, eine zerrüttete Familie. So etwas ist ein gefundenes Fressen für sie. Die Gazetten werden sich darauf stürzen, das Fernsehen sowieso. Ob ihr Name nach außen dringt oder nicht, die Familie wird dem Medienrummel zum Opfer fallen.«

Mikami war es leid, diese Ausrede zu hören. Nein – er war es leid, sie selbst immer wieder vorzuschieben.

»Genau dafür gibt es die Pressestelle: um zu verhindern, dass so etwas passiert. Lassen Sie uns einfach unsere Arbeit tun.«

»Das geht nicht, dafür ist der Fall zu brisant. Das Mädchen würde im Zentrum der ganzen Aufregung stehen, die so eine Entführung auslöst – und der ganzen Empörung, falls es ein Schwindel ist.«

»Gerade weil der Fall so brisant ist, sollten Sie auf mich hören. Was ist, wenn es doch kein Schwindel ist? Dann gibt es ein Blutbad, wenn die Stillhaltevereinbarung nicht gilt.«

»Deshalb bauen wir für beide Eventualitäten vor. Wir halten ihre Identität geheim, geben aber gleichzeitig alle Informationen weiter, die wir über den Fall haben. Wie ich es Ihnen gesagt habe.«

»An den Namen führt kein Weg vorbei. Bringen Sie mich zu Arakida, wenn Sie nicht bereit sind, sie mir selber zu nennen.«

»Das ist meine Zuständigkeit. Niemand sonst wird mit Ihnen sprechen«, sagte Mikura nüchtern.

Er saß am längeren Hebel. Wenn der Fall groß genug war, wuchs offenbar sogar jemand mit dem Schneid einer Ameise über sich hinaus.

Ein Blick auf die Uhr, und Mikamis Nervosität siegte endgültig über Wut und Frustration. Ihr Stand wurde mit jeder verstreichenden Sekunde schwerer. Die Reporter wussten nicht einmal, dass eine Entführung stattgefunden hatte. Drei Stunden und vierundzwanzig Minuten seit der Meldung. Schon jetzt geriet das Ganze in verdächtige Nähe zur Vertuschung. Mikami zog die Büroklammer ab, die die beiden Blätter zusammenhielt, und drückte Suwa die Seite mit den Details in die Hand.

»Schreiben Sie das ab.«

»Verzeihung?«

»Und dann verständigen Sie den Presseclub.«

In Suwas Augen trat ein Ausdruck der Furcht. »Einfach so? Ohne die Namen?«

»Ja.«

Suwa starrte ins Leere, wo er zweifellos den Strudel des Zorns sah, in den sie hineingesogen werden würden. Das Morgen vom Vortag war schon jetzt Gegenwart. Entgegen ihrem gestrigen Versprechen setzten sie die anonymisierte Berichterstattung wieder in Kraft – und das bei erpresserischem Menschenraub, einem Fall, den die Presse einhellig als hochwichtig einstufen würde.

»Suwa.«

»Aber … Direktor Mikami …« Suwas Gesichtsausdruck war genau der von gestern.

Wenn wir so eine Zusage einmal gemacht haben, wird es nahezu unmöglich, sie wieder zurückzunehmen. Die Presse würde sich wehren, und zwar viel erbitterter, als wenn es diese Zugeständnisse nie gegeben hätte.

Wir wollen sie ja auch gar nicht zurücknehmen. Wir bleiben dabei.

Sie würden das eben geöffnete Fenster wieder schließen.

Aber die Lage war zu heikel, um länger zu warten. Und es gab noch mehr Gründe dafür, die Presse schnellstmöglich ins Bild zu setzen. Ihre Verbindungen waren nicht zu unterschätzen. Jedes Blatt besaß sein eigenes Netz von Kontakten, das die gesamte Präfektur abdeckte. Wenn irgendjemandem ungewöhnliche Vorkommnisse in Genbu auffielen … und sie herumzuschnüffeln begannen, weil sie nicht wussten, dass es um eine Entführung ging … und der Entführer ihre Aktivitäten bemerkte …

Hinter seinen geschlossenen Lidern zuckte ein Bild Ayumis auf, ihr Gesicht verschwollen vom Weinen. Wer garantierte ihnen, dass die Entführung ein Schwindel war? Es gab keinerlei Gewissheit. Das Leben eines siebzehnjährigen Mädchens stand auf dem Spiel – jede Sekunde zählte.

»Schreiben Sie's ab, jetzt. In fünf Minuten muss die Presse informiert sein und die Vereinbarung in Kraft treten.«

»Aber ohne die Namen werden sie keine offizielle Vereinbarung unterschreiben, niemals. Es wird einen Aufstand geben. Sie werden nicht einmal bereit sein, mit uns darüber zu diskutieren.«

»Sagen Sie ihnen, wir arbeiten schon an den Anschlussberichten. Tun Sie Ihr Möglichstes, um wenigstens die Pflöcke für die Vereinbarung einzuschlagen.«

»Das kann ich nicht, wenn wir nicht …«

»Sie müssen. Ich kriege die Namen raus. Ich will nur, dass Sie sie bis dahin in Schach halten. Eines Tages werden Sie der Pressedirektor sein – Sie müssen das schaffen.«

Vollständige Stille trat ein. Suwa heftete einen unsicheren Blick auf Mikami. Schließlich ließ er sich auf einen Stuhl sacken, biss sich auf die Lippe und schlug seinen Block auf, den Bericht in der anderen Hand.

Mikami sah wieder hoch.

»Ich kann ihre Namen nicht herausgeben.« Mikura nahm Mikamis Frage vorweg.

Aber Mikami verfolgte eine andere Spur, als er Stift und Notizbuch zückte. »Wissen Sie, ob der Kidnapper ein Mann oder eine Frau ist?«

»Wie bitte?«

»Das Helium. Hat die Mutter des Mädchens irgendeine Vermutung?«

»Ähm …«

»Ich habe keine Zeit für diesen Eiertanz, Mikura.«

Der Mann setzte zu einem Widerspruch an, nickte dann aber. »Sie konnte nicht erkennen, ob die Stimme einem Mann oder einer Frau gehörte.«

Mikami, noch schreibend, stellte schon die nächste Frage. »Hat sie einen Akzent bemerkt?«

»Sie war sich nicht sicher. Ich glaube nicht, dass ein Akzent durch das Helium hörbar wäre. Er müsste schon extrem stark sein.«

»Und der Entführer hat bei dem ersten Anruf keinen Namen genannt?«

»Laut der Mutter, nein. Aber sie war ziemlich aufgelöst.«

»*Wenn Sie die Polizei einschalten, stirbt sie.* Hat die Person so etwas gesagt?«

Das waren die Worte des 64-Entführers bei seinem ersten Anruf gewesen.

»Ich glaube nicht.«

Mikamis Blick wanderte zu Suwas Händen.

»Und trotzdem hat es fünfundzwanzig Minuten gedauert, bis die Eltern die Entführung gemeldet haben. Was haben sie in der Zwischenzeit gemacht?«

»Versucht, ihre Tochter übers Handy zu erreichen. Außerdem hatten sie Angst. Der Entführer hat zwar nicht explizit gedroht, aber sie waren trotzdem in Sorge, ihre Tochter zu gefährden, indem sie die Polizei involvierten. Sie mussten es erst abwägen.«

Suwa hatte seinen Block zugeklappt und stand auf. Mikami schrieb zu Ende und riss das Blatt aus seinem Notizbuch. Er gab es Suwa, zusammen mit der ersten Seite der Vereinbarung.

»Ich verlasse mich auf Sie.«

Suwa nickte feierlich, resolut. »Ich werde auf den Anschlussbericht warten«, sagte er verhalten, bevor er davoneilte.

Mikami konnte nicht ohne die Namen zurückkommen, so viel stand fest. Entschlossen drehte er sich zu Mikura um. Im selben Moment klingelte in seiner Jacketttasche das Handy. Es war Ishii.

»Mikami, konnten Sie herausbringen …«

»Es hat eine Entführung gegeben.«

»Eine Entführung?«

»Ich bin an den Einzelheiten dran. Suwa ist unterwegs in die Pressestelle. Kontaktieren Sie ihn«, befahl Mikami. Er beendete das Gespräch. Noch im Auflegen drang Ishiis Jammerschrei an sein Ohr.

Aber das heißt ja, der Generalinspekteur kann …

Mikami klappte sein Telefon zu und legte es auf den Tisch. *Der Besuch des Generalinspekteurs.* Er hatte ihn völlig vergessen. Die Entführung selbst, die Mikami so entsetzte und beschäftigte, ließ Ishii kalt. Als reiner Schreibtischbeamter und nur dem Titel nach Polizist sah er den Fall einzig und allein in seiner Verbindung zum morgigen Tag.

Ishii hatte recht. Völlig recht. Generalinspekteur Kozuka konnte unmöglich kommen, nicht unter diesen Umständen.

Sie befanden sich im Anfangsstadium einer brandheißen Entführungsermittlung. Die Vorstellung, dass in dieses Chaos der Generalinspekteur spaziert kam, um sich eines Entführungsfalls von vor 14 Jahren anzunehmen … nichts hätte absurder sein können. Was würde er also tun? Würde er trotzdem auf der Inspektion bestehen, aber sie zu einem Besuch an der Front ummünzen? Oder würde er die neue Entführung als Vorwand nutzen, um das Zepter an sich zu reißen? Würde er mit einem Team aus Tokio anrücken, das bei der Sonderkommission das Ruder übernahm, um so den Machtanspruch der NPB zu zementieren? Nein, das war zu riskant. Falls der Entführer entkam, wäre das so viel wie ein Selbstmordpakt mit dem Präfekturpräsidium. Sie würden vor der ganzen Nation das Gesicht verlieren und die Hoffnung auf eine Übernahme ein für alle Mal fahren lassen müssen. Der Besuch würde verschoben oder schlicht abgesagt werden. Er konnte nicht stattfinden – es sei denn, der Fall klärte sich umgehend auf.

Der große Gefühlssturm blieb aus. Mikamis Emotionsskala zeigte keine Enttäuschung an, keine Erleichterung, keinen Triumph. Hauptsächlich beschäftigte ihn die Ironie, die fast schon vorherbestimmte Ironie dieses Ausgangs. *Das Gespenst von 64 vereitelt die 64-Inspektion.* Die Präfektur war doch zu einem Dallas geworden, aber durch das Eingreifen Satos, nicht durch das von Präsidium oder KUA.

»Reicht das fürs Erste?« Mikura klang ungeduldig.

Mikami musterte den Mann neuerlich. Er sah ihm in die Augen, versuchte durch sie in sein Inneres zu blicken. Immer noch eine Ameise, aber eine selbstbewusste Ameise. Das war von Beginn an sein Eindruck gewesen. So gelassen, wie der Mann sich nun gab, schien es kaum vorstellbar, dass er erst vor dreieinhalb Stunden zu einem der leitenden Ermittler in einem Entführungsfall bestimmt worden war, selbst wenn sich dieser eventuell als blinder Alarm herausstellen konnte. *Rettung in letzter Minute* – die Unterstellung war böse, aber ganz von der Hand weisen ließ sie sich nicht. Die Entführung hatte das KUA vor dem Besuch des Generalinspekteurs bewahrt.

»Also, wenn Sie keine weiteren Fragen haben, würde ich ...«

»Machen Sie Witze? Und ob ich Fragen habe, schließlich sind meine Informationen seit dreieinhalb Stunden überholt«, sagte Mikami ruppig und schlug sein Notizbuch wieder auf. »Also. Die Mutter des Mädchens hat versucht, ihre Tochter auf ihrem Handy zu erreichen. Was ist passiert?«

»Sie kam nicht durch.«

»Und das ist nach wie vor so?«

»Ja. Das Telefon sendet keinerlei Signale mehr. Wahrscheinlich ist der Akku entfernt worden.«

»Was für einen Anbieter haben sie?«

»DoCoMo.«

»Konnten Sie irgendwelche Freunde von ihr kontaktieren?«

»Ihre Eltern wissen nicht mal ihre Nachnamen, deshalb ...«

Mikami blätterte um. »Rabeneltern also?«

»Eher das Gegenteil. Angeblich kam ihre Aufmüpfigkeit in erster Linie daher, dass ihre Eltern ihr in der Grund- und Mittelschule keinerlei Luft zum Atmen gelassen haben.«

»Sagt wer?«

»Ein Sozialberater, zu dem die Eltern sie irgendwann geschleppt haben.«

In Mikamis linkem Ohr begann es zu pochen.

»Warum ist sie vorgestern Abend heimgekommen?«

»Um ein paar Kleider zu holen.«

»Wie hat sie gewirkt? Irgendwelche Auffälligkeiten?«

»Sie hat nichts gesagt, was bei ihr aber offenbar der Normalfall ist.«

Erneut blätterte Mikami weiter.

»Gab es irgendwelche Warnzeichen? Vor der Entführung?«

»Sie hatten ein paar Schweigeanrufe.«

Wieder das Pochen.

»Wie viele?«

»Das weiß ich nicht. Wir sind noch dabei, die Eltern zu befragen.«

»Wann waren diese Anrufe?«

»Etwa vor zehn Tagen.«

»Und die Nummer?«

»Was?«

»Ihr Telefon zeigt die Nummern an, richtig?«

»Ach so, ja. Sie sagten, der Anruf wäre von einer Telefonzelle aus erfolgt.«

In Mikamis Innern öffnete sich eine Tür. Er musste aufpassen, dass ihm seine privaten Gefühle nicht in die Quere kamen.

»Sonst noch etwas Erwähnenswertes?«

»Die Mutter hat einmal einen schwarzen Transporter in der Nähe des Hauses bemerkt, den sie nicht kannte.«

»Wann war das?«

»Vor drei oder vier Tagen.«

»Gibt es irgendjemanden, der eine Rechnung mit ihnen offen hat?«

»Ihnen ist niemand eingefallen.«

»Was ist mit dem Handy? Wurde es irgendwo als verloren gemeldet?«

»Wie meinen Sie?«

»Von dem Mädchen? Vielleicht in einem Kōban?«

»Ich glaube, das haben wir nicht gefragt. Aber wenn sie es selbst gemeldet hätte, könnte man ja sowieso nicht von einer Entführung …«

»Haben Sie eine Anfrage an die Kōban rausgeschickt?«

»Äh, nein, wir …«

»Das müssen Sie unbedingt. Nicht nur nach Handys, möglicherweise war es ja in einer Tasche.«

Mikura nickte nur, knapp, desinteressiert.

Mikami schlug eine neue Seite auf und fuhr fort.

»Wann ist die Vor-Ort-Einheit bei ihnen angekommen? Mit wie viel Mann?«

»Die genaue Uhrzeit weiß ich nicht. Fünf Beamte.«

»Konnten Sie den zweiten Anruf mitschneiden?«

»Dazu waren wir nicht rechtzeitig da.«

»Von wo hat der Entführer angerufen?«

»Wie …?«

»Welcher Sendemast hat das Signal aufgefangen? Der Radius um jeden Masten beträgt drei Kilometer. Sie werden das doch bei DoCoMo überprüft haben.«

»Ich weiß nur, dass es innerhalb der Präfektur war.«

Er war ausgewichen. Verbarg er etwas?

»Finden Sie es heraus und sagen Sie mir Bescheid.«

»Ist gut, ich werde fragen.«

»Der Vater ist selbstständig tätig – mit welcher Art von Unternehmen?«

»Wenn ich Ihnen das sage, gebe ich ihre Identität preis.«

»Gut, also eine Branche mit wenig Konkurrenz. Eine Art Laden?«

»Ich glaube, ja.«

»Wo?«

»In Genbu.«

»Sind sie wohlhabend?«

»Sie meinten, sie müssten das Lösegeld gerade zusammenbekommen können.«

»Gibt es noch Geschwister?«

»Ja, eine jüngere Schwester.«

»Wie alt?«

»Elf. Sechste Klasse Grundschule.«

»Sechste Klasse …«

Mikami setzte den Stift ab. Der Entführer hatte sich für die Ältere der beiden entschieden statt für die Jüngere.

»Genau – das ist einer der Gründe, warum wir denken, das Mädchen selbst könnte dahinterstecken.« In seiner Stimme klang etwas wie Stolz durch.

»Vielleicht war der Entführer einfach schlecht organisiert. Oder die Tat war ursprünglich sexuell motiviert. Oder der Entführer ist jemand, den sie kennt. Da gibt es haufenweise Erklärungen.«

»Wenn Sie meinen.«

Mikura reagierte desinteressiert, genau wie eben bei der Frage nach den Verlustanzeigen. Merkwürdig. Die Entführung hatte gerade erst stattgefunden. Maßen sie dafür der Möglichkeit eines Schwindels nicht übertrieben viel Bedeutung bei? Fehlte bei Mikuras Äußerungen deshalb die echte Dringlichkeit?

Vielleicht war das nicht alles. Vielleicht hatten sie Beweise, irgendeinen handfesten Hinweis darauf, dass es sich um blinden Alarm handelte. Damit ergäbe das Ganze deutlich mehr Sinn. Und Mikuras Unaufgeregtheit käme dann nicht von seiner Erleichterung darüber, dass der Besuch des Generalinspekteurs ausfiel, sondern von seinem Optimismus hinsichtlich der Aufklärungschancen.

Mikami klappte sein Notizbuch zu.

»Warum haben Sie die Verwaltung übergangen?«

»Wie bitte?«

»Im Versammlungssaal habe ich Führungspersonal von Ordnungs- und Schutzaufgaben gesehen, von Öffentlicher Sicherheit, sogar von der Verkehrsstreife. Warum haben Sie die anderen so schnell verständigt und uns dreieinhalb Stunden lang nicht?«

»Wir mussten Prioritäten setzen«, erwiderte Mikura ohne Zögern. »Wir müssen das Überfallkommando für die Suche einsetzen können, falls sich irgendetwas findet, das dem Mädchen gehört. Die Verkehrspolizei kann so tun, als würde sie Schädlingskontrolle betreiben, während sie Autokennzeichen überprüft und Fingerabdrücke sichert. Öffentliche Sicherheit kann …«

»Was ist mit der Logistik?«, schnitt ihm Mikami das Wort ab. »Ich hätte geglaubt, so ziemlich das Erste, wenn Sie eine Sonderkommission einrichten, müssten ein Budget und die Ausrüstung sein.«

»Daran haben wir nicht gleich gedacht. Aber das lässt sich auch nachträglich regeln, anders als die Ermittlungen selbst.«

»Und das Verhältnis zur Presse, lässt sich das auch nachträglich regeln? Ist Ihnen nicht klar, wie schädlich es ist, wenn die Presse zu spät eingebunden wird? Hat Arakida das so angeordnet?«

»Das ...«

Mikura zögerte. Mikami hatte ins Schwarze getroffen.

»Sie haben uns absichtlich herausgehalten. Stimmt's?«

»Nein, das ist nicht ...«

»Wie lange hätten Sie uns noch außen vor gelassen, wenn ich nicht gekommen wäre?«

Mikura schwieg.

»Begreift ihr nicht, was ihr da gemacht habt? Eine Schülerin wird vermisst. Ihre Eltern erhalten Anrufe von jemandem, der sich als ihr Entführer ausgibt. Aber für euch haben andere Dinge Priorität als der Fall. Was für eine Heuchelei! Euch sind eure internen Machtkämpfe wichtiger als eine Entführung. Nein, ihr *benutzt* die Entführung – um euch an Tokio zu rächen? Oder als Warnung? Zur Absicherung? Wie können Sie sich für etwas so Verwerfliches hergeben?«

»Die Heuchler seid doch ihr.«

Mikami ignorierte ihn und fuhr fort. »Ihr wisst, dass es blinder Alarm ist. Nur deshalb erlaubt ihr euch so etwas.«

»Wir wissen nichts dergleichen. Wir *denken*, dass es blinder Alarm sein könnte, mehr nicht. Wir setzen alles daran, den Entführer zu ergreifen. Sie sind paranoid, wenn Sie glauben, wir schließen Sie aus. In Wahrheit haben Sie einfach nur ein Problem damit, dass Sie nicht mehr dabei sind.«

»Wenn das stimmt, warum halten Sie dann ihre Identität unter Verschluss?«

»Das habe ich Ihnen schon gesagt. Solange auch nur im Entferntesten die Möglichkeit besteht, dass es ein Teenagerstreich ist …«

»Ich meine nicht vor der Presse! Ich frage Sie, warum Sie ihre Identität vor der Verwaltung geheim halten.«

Mikamis Handy am anderen Ende des Tischs vibrierte. Ohne den Blick von Mikura abzuwenden, zog er es zu sich heran. Es war Kuramae.

»Direktor Mikami, ich weiß jetzt, wo Dezernatsleiter Matsuoka ist. Er ist mit einem von den Einsatzfahrzeugen zu Direktion G gefahren.«

»Ganz sicher?«

»Äh, ja. Fünf oder sechs Telefone haben gleichzeitig zu klingeln angefangen, also habe ich einfach bei einem abgehoben … ja, und da war eben Direktion G dran.«

»Sehr gut. Gehen Sie zurück ins Büro und greifen Sie Suwa unter die Arme.«

Mikami beendete das Gespräch. Mikura sah aus, als hätte er sich seine Antwort inzwischen zurechtgelegt.

»Also. Ich höre.«

»Wir sehen uns nicht länger imstande, wichtige Informationen an die Verwaltung herauszugeben. Ihr habt uns an Tokio verkauft.«

»Ja, und ich kann das nicht mehr hören. Wenn Sie dabei bleiben, dass die Ermittlungen keine reine Farce sind, sagen Sie mir die Namen des Mädchens und der Familie.«

Mikura stieß einen leisen Seufzer aus und sagte dann kühl: »Das geht die Verwaltung nichts an. Kein Außenstehender braucht solche Informationen.«

Mikami spürte ein schlingerndes Gefühl im Kopf. *Die Quint-*

essenz der Polizei. Ein hermetisches System. Auch Mikami hatte einmal so gedacht. In seinen vielen Jahren beim KUA war ihm diese Art der Abschottung selbstverständlich erschienen. Aber jetzt …

Jetzt sah ein Teil von ihm die Sache von außerhalb.

Das geht die Verwaltung nichts an.

Kein Außenstehender braucht solche Informationen.

Er konnte sich lebhaft vorstellen, wie ein Reporter darauf reagieren würde.

A, selbstständig tätig. B … C … Wie können wir sicher sein, dass sie überhaupt existieren?

64

Der Wind trieb den Staub durch die Luft, blies ihn Mikami ins Gesicht.

Augenreibend saß er im Auto und starrte auf die digitale Zeitanzeige. Viertel nach drei. Er rief in der Pressestelle an. Kaum stand die Verbindung, drang ihm ein Schwall wüsten Lärms ins Ohr, wütende Stimmen, die durcheinanderriefen: *Soll das ein Witz sein? Wir wollen Namen! Habt ihr uns gestern einfach ins Gesicht gelogen?* Die Reporter liefen Sturm, mit Suwa als Hauptleidtragendem. Mikami konnte sich bildhaft vorstellen, wie sie ihm auf den Leib rückten.

Mikumo hatte abgehoben. Zumindest hörte er eine Frauenstimme.

»Hören Sie mich überhaupt?«

»Hallo? Können Sie mich hören?«

»Sind alle Zeitungen verständigt?«

»Tut mir leid, Direktor Mikami, ich kann Sie kaum …«

Mikami hob die Stimme. »Ist die vorläufige Vereinbarung in Kraft?«

»Ähm … ja …« Ein raschelndes Geräusch, der Krach wurde eine Spur leiser. Es klang, als hätte sich Mikumo unter ihren Schreibtisch geduckt. »Ja, ist sie. Aber eine ganze Reihe von Zeitungen wollen sie nicht einhalten, wenn wir ihnen die Namen nicht geben. Sie drohen damit, Reporter nach Genbu zu schicken.«

»Die Vereinbarung ist bindend, ob vorläufig oder nicht. Stellen Sie sicher, dass sie nicht dagegen verstoßen.«

»Nach dreieinhalb Stunden ist es zu spät, sagen sie. Einer meinte, sie hätten schon heute Vormittag einen Mann zu Direktion G geschickt, um über einen Unfall zu berichten; jetzt wollen sie noch einen zweiten hinschicken.«

»Lassen Sie das auf gar keinen Fall zu. Kein Reporter darf auch nur in die Nähe der Direktion kommen, sagen Sie ihnen das. Das wäre eine vorsätzliche Zuwiderhandlung.«

»Kuramae versucht, sie zu beschwichtigen. Er hat ihnen gesagt, dass die Entführung eventuell nur vorgetäuscht sein könnte – dass das den Informationsfluss verzögert. Aber sie hören nicht zu. Sie sind dermaßen in Ra…«

»Ich habe ein Update. Können Sie mitnotieren?«

»Natürlich, einen Moment.« Der Geräuschpegel schoss kurz nach oben, sank dann wieder ab. »Gut, ich bin so weit.«

Mikami las ihr Mikuras Zusatzinformationen vor. Zwischen den einzelnen Sätzen drangen erboste Stimmen zu ihm durch. *Wo hat euer Chef sich verkrochen? Schafft ihn her, aber ein bisschen plötzlich!* Seine Abwesenheit goss noch mehr Öl ins Feuer.

»Das war's. Geben Sie das an Suwa weiter.«

»Direktor Mikami … haben Sie den Namen des Mädchens?«

»Noch nicht.«

Schweigen.

Ihr stummes Entsetzen teilte sich ihm selbst durchs Telefon mit. Wahrscheinlich sah sie, dass Suwa am Limit war.

»Sagen Sie ihm, ein bisschen muss er noch durchhalten.«

»Kommen Sie jetzt her?«

»Ich fahre zu Direktion G. Richten Sie Suwa das aus, aber diskret, bitte.«

»Wann kommen Sie zurück?« Es klang verzweifelt, aber er wusste, dass er keine Antwort auf ihre Frage hatte, nicht beim jetzigen Stand der Dinge. Es war ja nicht einmal gesagt, dass er Matsuoka überhaupt zu fassen bekam. »Nur ganz grob? Können Sie ungefähr abschätzen, wann …«

»Und Kuramae soll rüber in den Regierungskomplex gehen, zur Geschäftsstelle.«

»Entschuldigung, wohin?«

»Im Westflügel, oben im fünften Stock, gibt es einen Tagungsraum, in den über dreihundert Leute passen. Den brauchen wir für die Pressekonferenz. Fürs Erste kann er der Geschäftsstelle sagen, dass es um einen wichtigen Fall geht. Und wir werden Plätze in der Tiefgarage brauchen, für die Zeitungsleute aus Tokio und den Nachbarpräfekturen.«

»Ja, ich sage es ihm. Kann ich auch etwas tun?«

»Sie müssen den Reportern klarmachen, was sie alles *nicht* dürfen. Und dafür sorgen, dass sie es an ihre Hauptredaktionen in Tokio weiterleiten. Es dürfen keine Fahrzeuge mit ihrem Namen oder irgendeinem Logo drauf benutzt werden. Die Funkantennen an den Ü-Wagen müssen eingefahren sein. Sagen Sie ihnen, dass sie unter gar keinen Umständen in die Nähe von Genbu kommen dürfen. Und dass das Präsidiumsgelände als Parkplatz strikt tabu ist. Sie müssen sich unterwegs völlig unauffällig verhalten, und sie müssen die Tiefgarage der Präfekturregierung benutzen. Von da aus sollen sie den Lastenaufzug nehmen und sich zügig in den fünften Stock begeben.«

»Aber … das ist völlig unmöglich.« Sie war den Tränen nahe. »Sie hören auf nichts, was wir sagen. Und auf mich werden sie schon gar nicht hören.«

»Dann müssen Sie es jedem einzeln sagen.«

»Sie lehnen es einhellig ab, eine amtliche Vereinbarung zu unterschreiben. Sie hören nicht auf zu schreien. Sie werden auch ihre Hauptredaktionen nicht anrufen.«

»Kommen werden sie trotzdem. Alle Zeitungen werden so viele Reporter schicken, wie sie entbehren können. Wahrscheinlich sind sie schon längst unterwegs.«

Keine Antwort.

»Nachher werden Sie keine Zeit mehr zum Nachdenken haben, also tun Sie's jetzt. Das Leben eines siebzehnjährigen Mädchens steht auf dem Spiel. Wir von der Pressestelle haben nicht die Macht, den Entführer festzunehmen. Aber wir können dafür sorgen, dass die Presse nicht ihren Tod zu verantworten hat.«

Er ließ den Motor an, ohne ihre Antwort abzuwarten.

»Sie haben recht. Ich tue, was ich kann.«

Ihre Stimme wurde durch das Gelärme im Hintergrund übertönt, aber die Entschlossenheit in ihrem Ton war unverkennbar.

Mikami stieg hart aufs Gas. Totes Laub stob hinter ihm auf, als er vom Präsidiumsgelände fuhr. Er folgte der Präfekturstraße Richtung Osten. Wenn er gut durchkäme, würde er bis zu Direktion G keine halbe Stunde brauchen. *Das Leben eines siebzehnjährigen Mädchens steht auf dem Spiel.* Die Worte hinterließen einen bitteren Nachgeschmack. Nicht, weil er sie benutzt hatte, um Mikumo aus ihrer Schreckstarre zu holen. Nicht, weil ihm Cs Schicksal weniger naheging, nun, da die Möglichkeit eines Schwindels im Raum stand. Die Entführung erschien ihm real. *Ayumis Lächeln. Shokos Totenmaske. Schuluniformen. Haarschmuck, das Shichi-go-san-Fest. Mädchen auf den Straßen. Eine leuchtend rote Jacke in einem Schaufenster.* Mikamis Hirn beschwor Bilder herauf, mischte Erinnerungen und Emotionen hinein, um C eine greifbare Gestalt zu verleihen, sie mit Körperwärme und einem Puls auszustatten. Und doch …

Etwas störte das Bild.

Gibt es sie überhaupt?

Mikami schwenkte nach rechts und beschleunigte, um zwei Autos vor ihm zu überholen.

Die Ermittler versteiften sich zu sehr auf die Theorie, dass die Entführung Cs eigenes Werk war. *Sie hatten mit der Schlussfolgerung begonnen und sich von da aus rückwärts gehangelt.* Die Seelenruhe, die Mikura ausstrahlte, hatte in Mikami einen nagenden Zweifel gesät. Unter normalen Umständen hätte eine solche Ruhe bedeutet, dass er irgendein Ass im Ärmel hatte. Aber wenn sich unwiderlegbar beweisen ließ, dass es blinder Alarm war, dann gab es keinen Fall. Keine Notwendigkeit, eine Sonderkommission einzurichten. Und doch hatten sie auf so dramatische Art und Weise den Versammlungssaal in Beschlag genommen. Sie verlangten, dass die Presse eine Stillhaltevereinbarung unterschrieb, und deuteten gleichzeitig die Möglichkeit eines blinden Alarms an. *Damit können wir den Besuch des Generalinspekteurs verhindern.* Irgendjemand war auf diese Idee gekommen. Und so hatten sie C die Rolle des Aufrührers zugeschanzt und nutzten nun dieses Verbrechen, von dem sie wussten, dass es keines war, um einen möglichst großen Störfall zu verursachen.

Mikami steckte sich eine Zigarette in den Mund. Seine Hand mit dem Feuerzeug darin stockte.

Aber war das tatsächlich die Antwort?

Ein Zufall und sonst nichts?

Es passte zu perfekt. Warum gerade jetzt? Der Generalinspekteur hatte sich angekündigt und würde den Kopf des Direktors fordern. Aber einen Tag vor dem Besuch kam es zu einer Entführung. Zu einem Fall von erpresserischem Menschenraub, einem Verbrechen, wie es in einer Region vielleicht alle zehn Jahre einmal vorkam. Und der Entführer spielte 64 nach, legte den vorgeblichen Grund für den Besuch aus Tokio neu auf: *Halten Sie bis morgen Mittag zwanzig Millionen Yen bereit.* Um Mittag sollte der Generalinspekteur eintreffen. Die Worte konnten der 64-Akte entnommen sein, aber bei dem Zeitpunkt musste es sich um mehr handeln als bloßen Zufall.

Sie stellten es hin, als wäre der Schwindel Cs Werk, doch der wahre Schwindel war auf einer völlig anderen Ebene angesiedelt …

Mikami hielt an einer roten Ampel. Er zündete die Zigarette an, die ihm zwischen den Lippen steckte.

Gab es C und ihre Familie überhaupt?

Die Antwort lautete vielleicht Ja *und* Nein. Die Familie existierte, aber nicht als Opfer einer Entführung. Denkbar schien es; Mikami wusste, wozu die Polizei imstande war, wenn sie sich etwas zum Ziel gesetzt hatte. Ein Opfer herbeizuschaffen stellte keine Schwierigkeit dar. Die Ermittlungen waren reine Schau. Oder schlimmer noch … Er wollte das nicht glauben, aber der Gedanke kehrte hartnäckig wieder, einfach weil er wusste, sie *konnten* es, wenn sie es wollten.

Der Fall war eine Entführung. Der erste Schritt musste es sein, ein »Haus des Opfers« beizubringen. Da die NTT sämtliche Anrufdaten speicherte, schieden die Telefone von Polizeibeamten, ihren Angehörigen oder sonst jemandem aus ihrem Dunstkreis als »Handy des Opfers« aus. Der einfachste Weg war, jemanden zu nehmen, der ohnehin schon etwas zu verbergen hatte. Das musste niemand aus der Unterwelt sein. Besser wäre irgendein Zivilist, der in ihrer Schuld stand, jemand mit einer Schwäche, die sie sich zunutze machen konnten, jemand, den sie in der Hand hatten. Auf diese Weise brauchten sie kein doppeltes Spiel zu befürchten, sich nicht zu sorgen, dass die Wahrheit herauskam. Ideal in diesem speziellen Fall: ein Ehepaar, das nach außen hin ganz normal lebte.

Mikami dachte an den Wächter vor dem Versammlungssaal – Ashida von der Organisierten Kriminalität. Glupschauge. Ashida hatte einmal ein Paar, Betreiber eines Ryokans, davor gerettet, einen Selbstmordpakt in die Tat umzusetzen. Der Mann, der gern fremdging, war an ein Mädchen geraten, das die Yakuza als Köder eingesetzt hatten; sie begannen ihn zu erpressen. Sie vergewaltigten seine Frau, machten Fotos davon, filmten jede Einzelheit. Der Mann hatte sich privat an Ashida gewandt, der daraufhin hinter den Kulissen die Fäden zog, sodass die Yakuza ihn in Ruhe ließen – unter der Bedingung allerdings, dass Ashida weder die Erpressung noch die Vergewaltigung weiter verfolgte. Drei Monate danach fanden sich im Büro eines niederrangigen Yakuza-Mitglieds illegale Schusswaffen, und Ashida wurde vom Leiter seiner Direktion belobigt. Später war Mikami dann zu Ohren gekommen, dass Ashida sein Privatzimmer in dem Ryokan hatte und dass die Fotos und Videos von der Frau des Besitzers dort in einem Safe lagen.

So etwas war kein Einzelfall. Es gab nicht wenige Paare, die einen dunklen Fleck in ihrer Vergangenheit hatten oder vor Schulden davonliefen und die sich mit großen Unannehmlichkeiten konfrontiert sehen würden, wenn ihr Geheimnis plötzlich ans Licht käme. Je länger die Dienstzeit eines Polizeibeamten – gerade bei der Kripo –, desto größer das Netz von potenziellen »Kollaborateuren«. Die meisten Verbrechen geschahen nur deshalb, weil so viele Menschen Geheimnisse hüteten.

Doch, es wäre ganz leicht, ein Paar für die Rolle der Eltern zu finden.

Fehlte nur noch …

Mikami drückte seine Zigarette aus und fuhr wieder an. Der Verkehr war dicht; er zog an einem Laster vorbei und wieder zurück in die linke Spur.

Fehlte nur noch … eine Tochter. Ein Sohn hätte es auch getan. Wenn nötig, ging es sogar ganz ohne Kind, einfach mit drei verschiedenen Telefonen. Eins davon würde zu dem von C erklärt, und ein Ermittler rief damit als Entführer an. Und wenn es ihnen zu riskant schien, dafür einen Polizisten im aktiven Dienst zu nehmen, brauchten sie nur auf ihr Netzwerk zurückzugreifen oder auf einen Polizisten im Ruhestand.

Es gab noch ein anderes mögliches Szenario. Falls es doch eine C gab, die ihr Zuhause mied und nicht ahnte, dass ihre Eltern mit der Polizei zusammenarbeiteten, konnte der ganze Fall um ihr Verschwinden herum konstruiert worden sein. Dazu musste sie nur nach ihrem Aufbruch von daheim, vor zwei Tagen, ihr Telefon »verlegt« haben. Junge Leute waren unvorsichtig, da machte es wenig Unterschied, ob sie es an sich trug oder in ihrer Tasche; und Menschen hatten keinen so leichten Schlaf wie Tiere. Jeder Kriminalbeamte, der mit Diebstahl zu tun hatte und alle Tricks kannte, konnte problemlos an das Gerät gekommen sein. In diesem Fall hatte sie es vielleicht in einem Kōban als verloren oder gestohlen gemeldet. So oder so würde sie »entführt« bleiben, bis die Ermittler es für angezeigt hielten, die Information aktiv einzuholen.

Mikami merkte selbst, dass solche Überlegungen mit normaler Spekulation nichts mehr zu tun hatten. Dass sie ans Fantastische grenzten. Aber dennoch konnte er sie nicht einfach abtun.

Weil der Bericht anonymisiert war.

Jede Lügenmär, mochte sie noch so weit hergeholt sein, wuchs und gedieh, wenn der Vorhang der Anonymität sie deckte. Sie konnte sich frei entfalten. Jede Entwicklung war gleich plausibel. Wenn es darum ging, eine Geschichte zusammenzuspinnen, war die Anonymität nahezu allmächtig, weil sie eine unendliche Anzahl von Möglichkeiten zuließ.

Wie immer auf diesem Streckenabschnitt bremste Mikami leicht ab. Am Rand seines Blickfelds kam die Werbetafel des Café Aoi in Sicht. Der Ausgangspunkt der damaligen Verfolgungsjagd. Wenn es eine echte Entführung war und der Entführer tatsächlich 64 nachstellte, würde morgen das Café nach vierzehn Jahren erstmals wieder mit Kriminalbeamten gefüllt sein, die als Paare posierten.

War der Entführer dagegen das KUA, dann würde das Café leer bleiben. Die Entführung würde nicht ins Stadium der Geldübergabe gelangen. Sie mussten den Schein nur bis morgen Mittag wahren, der Zeit, zu der der Generalinspekteur eintreffen sollte; dann konnten sie sicher sein, dass der Besuch nicht stattfand. Noch wahrscheinlicher würde alles sogar schon vor Ablauf des heutigen Tages entschieden sein. Und war die Absage erst offiziell, würde sich der Fall im Nu ganz von selbst aufklären.

Mikami beschleunigte wieder. Fünf nach halb vier. Die Fahrt zog sich länger hin als erwartet.

Wenn das Ziel dann erreicht war, würden sie sich an die Schadensbegrenzung machen. Sie hatten die Presse benutzt und gegen sich aufgebracht; nun würden sie sie mit einer enttäuschend banalen Erklärung ruhigstellen. Als Erstes würden sie bekannt geben, dass sie C in Gewahrsam genommen hatten, dass die angebliche Entführung von ihr selbst inszeniert worden war. Hier würde sich die vorausschauend ins Spiel gebrachte Idee des falschen Alarms bewähren. Sie würden ein Kommuniqué nach dem anderen herausgeben, bis der Fall den Reportern zum Hals heraushing: *C habe aus eigenem Antrieb gehandelt; niemand habe sie gezwungen. Sie habe nur ihren Eltern eins auswischen wollen. Sie sei nach dem Muster eines alten Falles vorgegangen, den sie im Internet gefunden hatte. Sie habe die Heliumflaschen auf einer Party gewonnen, beim Bingo. Sie bereue ihre Tat und entschuldige sich dafür.*

Und so weiter und so fort …

Sie würden das Alter des Mädchens zum Vorwand nehmen, um die Anonymität der Familie beizubehalten. Die Geschichte würde es gar nicht erst in die Schlagzeilen schaffen. *Vorgetäuschter Entführungsfall führt Presse und Polizei in die Irre.* Die Zeitungen würden lustlos darüber berichten, es zur Anekdote herabstufen. Ihre Wut würde abklingen, und mit ihr der Drang, der Sache auf den Grund zu gehen. Und selbst wenn sie sie weiterverfolgen wollten, würden sie nicht wissen, in welcher Richtung sie suchen sollten. *Genbu. Ein Vater, selbstständig tätig. Eine Siebzehnjährige, die in die zweite Klasse einer privaten Oberschule ging.* Schule und

Gemeinde würden sich auf ihre Verschwiegenheitspflicht berufen und mauern. Und das Kriminaluntersuchungsamt würde der Familie nahelegen, aus der Präfektur wegzuziehen.

Vor allem jedoch hatten sie die Macht der Fiktion auf ihrer Seite. Wer sagte, dass das Alter des Mädchens oder die Angaben zu seiner Schulausbildung durch irgendeinen amtlichen Eintrag belegt waren? Seine ganze Existenz war unbewiesen.

Das geht die Verwaltung nichts an. Kein Außenstehender braucht solche Informationen.

Mikuras Worte würden zur Tatsache werden. Die Presse würde die Wahrheit nie erfahren, von der Öffentlichkeit ganz zu schweigen. Sie hatten sich für eine Entführung entschieden. Eine inszenierte Entführung. Es kam ihm immer plausibler vor. Die Öffentlichkeit würde erst davon hören, wenn alles vorbei war. Ein Tornado fegte durchs Präfekturpräsidium, doch letztendlich war es nichts als ein Sturm im Wasserglas. Niemand würde getötet werden und niemand verletzt. Es würde als Teenagerstreich hingestellt werden, sodass der öffentliche Aufschrei ausbliebe. Es war dramatisch genug, um den Generalinspekteur abzuschrecken, barg aber nicht die Gefahr, dass es später auf sie zurückfiel. Es war die einzig gangbare Option.

Das KUA rüstete zum Endspiel. Die Bürokraten in Tokio würden sich schachmatt gesetzt sehen. Das nackte Grauen würde sie packen, wenn sie erfuhren, dass sich hinter dem vermeintlichen Teenagerstreich der letzte Zug des Kriminaluntersuchungsamts von Präfektur D verbarg.

Denn sie *konnten* ja nur vorhaben, Tokio die Wahrheit zu sagen.

Die Täuschung zu verschweigen wäre so, als hielte ein Staat vor einem Feindesstaat geheim, dass ihm die Entwicklung neuer Massenvernichtungswaffen geglückt war. Die Aktion erfüllte nur dann ihren Zweck, wenn sie die NPB dazu bewog, von ihren Plänen abzusehen. Das Kriminaluntersuchungsamt würde seine Tat auf eine Art zu beichten wissen, dass Tokio nie wieder eine 64-Inspektion vorschlug. Tokio würde einen abgehackten Kopf übersandt bekommen, der keine andere Deutung zuließ. Wie würde die NPB reagieren? Würde sie den Schlag schweigend hinnehmen, die Sache begraben? Oder würde sie als Rache Arakidas Kopf fordern und ihn öffentlich ausstellen?

Mikami richtete den Blick geradeaus.

In der Entfernung wurde das Dach des Direktionsgebäudes sichtbar, obenauf die Hinomaru-Flagge, die im Wind flatterte. Zwei Minuten nach vier. Wegen der schweren Wolken war es schon jetzt nahezu dunkel.

Der Schlüssel ist Matsuoka …

Mikami murmelte die Worte. Matsuoka würde ihm helfen, in den Besitz der Wahrheit zu kommen, er würde Mikami mit einem einzigen Wort von seinem wahnhaften Spekulieren erlösen. Mit Matsuoka war eine Scheinermittlung nicht zu machen. Wie hatte er immer gesagt? *Wir sind die Hände Gottes. Wir waschen uns in unreinem Wasser, aber wir bleiben dennoch sauber. Egal, wie dringend wir eine Verhaftung brauchen, egal, wie viele Arrestzellen leer stehen, das eine, worauf wir uns niemals einlassen dürfen, sind Scheinermittlungen.*

Letzten Endes war es simpel: Wenn Matsuoka in Direktion G war und dort die Ermittlungen koordinierte und wenn er den Eindruck eines hart arbeitenden Mannes vermittelte, dann konnte Mikami die Idee der vom KUA inszenierten Entführung ad acta legen.

Er wird da sein. Er muss einfach da sein.

Matsuoka würde nach seinen persönlichen Moralvorstellungen entscheiden, ob er die Identität der Familie enthüllte oder nicht. Deshalb hatte Mikami eine Chance. Unabhängig davon, ob er Beweise für eine Täterschaft des Mädchens selbst hatte – Matsuoka war im Innersten überzeugt, dass jeder ernten musste, was er säte. Er würde C keine Sonderstellung zubilligen, nur weil sie jung war. Wenn Mikami ihn unter vier Augen fragte, offen und ehrlich, dann bestand die Möglichkeit, dass Matsuoka nachgab. Und dank seiner Position konnte er die Entscheidung allein treffen.

Mikami zündete sich die nächste Zigarette an.

Er beabsichtige nicht, den gleichen Fehler zu begehen wie vorhin. In eine Lagebesprechung in Direktion G zu platzen würde nur in einer Wiederholung des Debakels vor dem Versammlungssaal resultieren. Aber wie sollte er ein Gespräch unter vier Augen herbeiführen? Er brauchte einen Ort, an dem er den obersten Chef der Entführungsermittlungen allein erwischte. Nicht auszuschließen, dass das schwieriger sein würde, als ihn zum Reden zu bringen.

Mit gefurchter Stirn starrte Mikami geradeaus. Das Direktionsgebäude lag gleich dort vorn, aber der Verkehr war zum Erliegen gekommen. Acht Minuten nach vier. Er schaute zu, wie aus der Acht eine Neun wurde, und stieß einen entnervten Seufzer aus.

Vor seinem geistigen Auge erschien plötzlich Suwa. Es fühlte sich an wie das erste Mal, dass er jemanden aus seinem Team als Gestalt aus Fleisch und Blut vor sich sah statt nur als vage Impression.

Lass dich nicht unterkriegen …

Er drückte die noch kaum gerauchte Zigarette aus und blendete voll auf. Dann lenkte er scharf nach rechts und scherte auf die Gegenfahrbahn aus. Das Gaspedal bis zum Anschlag heruntergetreten, brauste er an den stehenden Autos vorbei.

Das Gebot vollständiger Offenlegung …

Hier ging es um mehr als nur um die Pressestelle. Mikami durfte nicht zulassen, dass die Anonymität freien Lauf hatte; sie war ein Ungeheuer, das sich von Zweifeln nährte und dem immer neue Köpfe wuchsen.

65

Mikamis Hörsinn schien überscharf.

Er konnte das Tropfen von Wasser ausmachen. Alle paar Sekunden schlug in einem der Waschbecken ein Tropfen auf, ein regelmäßiges Ticken.

Direktion G, dritter Stock. Mikami wagte kaum zu atmen, während er in einer Kabine am hinteren Ende des Waschraums lauerte. Der Winkel war ungünstig, durch den Spalt neben der Tür konnte er niemanden erkennen. Damit war er allein auf sein Gehör angewiesen. Schritte. Ein Seufzen. Ein Huster. Summen. Gespräche, wenn Leute zusammen hereinkamen. In seiner Zeit als Ermittler in Dezernat II hatte ihn ein Reporter der *Sankei* öfter auf diese Art abgepasst. Mikami hatte ihn mehrmals gefragt, woran der Mann ihn erkannte, aber der Reporter hatte immer nur gelächelt und gesagt: *Das bleibt mein Geheimnis.* Aber zuletzt, bei seinem Abschiedsbesuch, nachdem Mikamis Versetzung offiziell geworden war, hatte er seinen Trick doch verraten: *Wenn Sie sich die Hände waschen, drehen Sie den Hahn voll auf …*

Matsuoka wusch sich immer das Gesicht. Viele Leute taten das, aber bei Matsuoka ging es mit einer weiteren Gewohnheit einher: Wenn der Hahn wieder zugedreht war, schüttelte er das Wasser von den Händen ab, eine schnellende Bewegung, ein wenig so, als würde man einen nassen Schirm aufspannen. Es machte ein schnappendes Geräusch. Dieser Laut war es, auf den er nun wartete. Er hatte ihn viele Male gehört, als er mit Matsuoka in einer Abteilung gearbeitet hatte.

Er sah auf die Uhr. Fünf vor fünf. Schon eine halbe Stunde, seit er seinen Posten bezogen hatte. Die Luft in der Kabine war kalt, offenbar reichte die Wärme der Heizung nicht bis in alle Ecken der Toiletten. Mikami schlug den Kragen hoch, um die Kälte abzuwehren, und rieb sich im Wechsel die Handrücken.

Er klappte das Handy auf. Keine entgangenen Anrufe. Der Vibrationsalarm brummte zu laut in der Stille, darum hatte er auf lautlos geschaltet. Er hatte noch vom Auto aus im Büro angerufen, um das Team wissen zu lassen, dass er bis auf Weiteres nicht erreichbar sein würde. Das Telefon hatte lange geklingelt, ehe Suwa endlich abhob. Wie zuvor hatte im Hintergrund der Lärm getobt. Mikami hatte rasch Bescheid gegeben und dann eine Frage gestellt.

»Kam schon irgendeine Nachricht, dass der Besuch abgesagt wird?«

»Nein, nichts.« Suwa hatte einen schroffen Ton angeschlagen, damit die Reporter nicht merkten, wer am Apparat war. Beim Auflegen sagte er noch: »Wir brauchen diese Ersatzteile so schnell wie möglich, ja?«

Ein Geräusch.

Mikami lauschte angestrengt. Schritte auf dem Gang. Eilige Schritte. Sie kamen näher … hatten die Tür zu den Toiletten erreicht … gingen weiter … Jetzt klangen sie kürzer. Wer immer es war, stieg die Treppe hinab.

Nur fünf Männer waren in den letzten dreißig Minuten hereingekommen und in der letzten Viertelstunde gar niemand. Eine Besprechung hatte begonnen, entweder im Kommissariat selbst oder in dem Konferenzraum dahinter. Das musste die Erklärung sein.

Mikamis Theorien verloren bereits an Überzeugungskraft, obwohl er Matsuoka noch gar nicht gesprochen hatte. Sein Denken war in dem Moment zur Ruhe gekommen, als er auf den Parkplatz hinter Direktion G eingebogen war und die dichten Reihen von Limousinen gesehen hatte, für den Eingeweihten als Zivilfahrzeuge der Kripo erkennbar, höchstwahrscheinlich Verstärkung aus den Nachbarbezirken. Auf einen Blick hatte Mikami allein vier Fahrzeuge vom Kommissariat Gewaltverbrechen im Präfekturpräsidium gezählt. Und er sah keinen einzigen Klein- oder Kompaktwagen, was hieß, dass das Personal seine Privatautos hatte umparken müssen.

Der Anblick war ihm aus seiner eigenen KUA-Zeit mehr als vertraut – eine Ermittlung unter Hochdruck. Er brachte ihm außerdem zu Bewusstsein, wie schwierig es sein musste, allen Beteiligten etwas vorzumachen. Wenn die Entführung ein Schwindel war, und zwar einer unter Arakidas Regie, dann musste die Wahrheit unter Verschluss bleiben, bis der abgehackte Kopf auf dem Weg nach Tokio war. Eine Handvoll von Leuten an der Spitze der Sonderkommission würde schwer zu kämpfen haben, um das zu schaffen. Und sie würden sämtliche der hier Zusammengerufenen belügen müssen. Vielleicht hatten sie die Ermittlungen angeordnet, ohne die Identität der Familie preiszugeben. Oder sie hatten ihre Identität enthüllt, aber den Beamten verschwiegen, dass es sich um eine Scheinermittlung handelte. Beides war tabu, und beides barg beträchtliche Risiken. Kriminalbeamte waren Experten im Aufdecken von Lügen. Es bestand die Gefahr, dass der Plan zur Rettung des KUA fehlschlagen und stattdessen der Untergang der Abteilung beschleunigt würde, dann nämlich, wenn Wut und Argwohn die eigenen Reihen zu zersetzen begannen.

Konnten sie unter diesen Umständen offengelegt haben, dass die Ermittlungen eine Farce waren? Nein, das war unmöglich. Der Plan war vielleicht umsetzbar, wenn davon nur einige wenige berührt wurden … aber die gesamte Abteilung mit hineinzuziehen wäre mehr als verantwortungslos. Das musste auch Arakida klar sein. Der Fokus für jeden Kriminalbeamten – sein Ansatzpunkt, sein A und O – war der einzelne Mensch. Die Nachricht, dass Tokio den Posten des Direktors übernehmen wollte, hatte sich wie ein Lauffeuer verbreitet und alle im Zorn gegen die NPB vereint, aber als Grund, dass sich eine ganze Abteilung die Hände mit einem Betrug schmutzig machte, reichte das nicht aus. Einer nach dem anderen würden die Beamten von ihren Posten zurücktreten. Sie würden gegen ihre Schweigepflicht verstoßen. In jeder Generation von Ermittlern gab es anständige Leute, Männer wie Koda.

Die Tatsache, dass die ganze Abteilung mobilisiert war, konnte nur bedeuten …

Mikamis Blick zuckte nach der Seite.

Schritte.

Diesmal musste er seine Ohren nicht anstrengen. Es war ein ganzer Trupp. Die Besprechung war vorbei. Sie kamen alle in seine Richtung. Mit einem Knall wurde die Tür aufgestoßen. Mikami zog automatisch den Kopf ein.

Zwei. Und noch ein Dritter hinterher.

»Krawatte brauchen wir jetzt ja wohl nicht mehr.«

»Stimmt.«

Sie wechselten noch ein paar solcher Bemerkungen, aber Mikami konnte die Stimmen nicht zuordnen. Jetzt urinierten sie. Das Getrappel auf dem Gang wurde leiser, verlagerte sich ins Treppenhaus. Jemand drehte bei einem der Waschbecken den Hahn auf. Wusch sich die Hände. Aus einem zweiten Hahn begann Wasser zu strömen. Was machte der dritte Mann? Das Wasserrauschen verstummte. Zwei Paar Schritte gingen zur Tür. »Bis später.« Galt das dem Nachzügler? Mikami hörte nichts. Wenn der Mann sich auf ein Nicken beschränkt hatte, sprach das dafür, dass er höher im Rang war. Draußen entfernten sich die Schritte langsam. Dann Wasserlaufen. Jemand wusch sich die Hände. Und … das Gesicht. War es Matsuoka? Der Hahn wurde zugedreht. Mikami lauschte mit jeder Faser seines Körpers. Seine Finger umfassten schon den Riegel.

Wieder die Tür. Ein einzelner Mann diesmal. »Hallo.« Das war der Neuankömmling. Mikami konnte sich nicht rühren. Er hatte kein Händeschnappen gehört. Möglicherweise hatte das Aufgehen der Tür es übertönt. Aber selbst wenn dem so war – Mikami konnte es nicht riskieren, aus seiner Deckung zu kommen, wenn zwei Leute im Raum waren. Die Schritte des Mannes verklangen auf dem Korridor. Der zweite Mann ging wenig später.

Eine endlose Wartezeit folgte.

Sechs Uhr … halb sieben … sieben … Wie viele Male mochte er auf die Uhr geschaut haben? Niemand hatte ihn anzurufen versucht. Was war aus Suwa geworden? Hielt er dem Ansturm noch stand? Und Kuramae und Mikumo – erreichten sie etwas? Respektierte die Presse die vorläufige Vereinbarung? Warum meldeten sich Akama oder Ishii nicht bei ihm?

Wieder verließ jemand den Waschraum. Es war ein reges Kommen und Gehen gewesen, aber das Geräusch, auf das Mikami wartete, hatte er immer noch nicht gehört. Vielleicht hatte er es auch überhört. Oder Matsuoka war bereits nicht mehr im Haus. Die Zweifel verstärkten seine Unruhe. Er fror bis ins Mark. Die meiste Zeit saß er auf dem heruntergeklappten Deckel und stand nur zwischendurch auf, um Arme und Beine zu lockern. Verglichen mit dem, was er in der Vergangenheit schon beim Observieren hatte mitmachen müssen, war es harmlos, aber sein Puls raste trotzdem jedes Mal, wenn jemand den Waschraum betrat. Bisher hatte noch keiner an die Tür seiner Kabine geklopft.

Elf nach sieben. Er hatte gerade auf die Uhr geschaut, als die Tür neuerlich aufging. Er hörte Sohlen auf den Fliesen klacken. Die Schritte des Mannes waren ruhig und beherrscht, weder langsam noch hastig. Mikamis Augen öffneten sich sperrangelweit. Er hätte nicht sagen können, wie Matsuoka ging. Er hatte nie bewusst auf seinen Schritt geachtet, auf das Geräusch, das seine Füße machten. Dennoch …

Das ist er. Er wusste es instinktiv.

Das Urinal. Wieder Schritte. Der Hahn wurde aufgedreht. Er wusch sich die Hände … netzte sich das Gesicht. Der Hahn wurde zugedreht, das Wasser hörte auf zu laufen. Mikami drückte das Ohr an den Spalt neben der Tür.

Schnapp.

Mikami verließ die Kabine. Als Erstes sah er die Schultern des Mannes. Die Hände noch in der Horizontale, nach unten abgewinkelt wie Klappmesser.

»Herr Dezernatsleiter …«

Was musste passieren, damit etwas diesen Mann aus der Ruhe brachte? Als Matsuoka sich umdrehte, war seine Miene völlig entspannt; er grüßte Mikami formlos, streifte mit einem Blick die verbundene Hand. Dennoch … er war hier. Der De-facto-Leiter des KUA war hier, als der führende Mann der Ermittlung.

Mikami trat näher. Seine Knie fühlten sich schwach an, wie eingefroren.

»Ich wollte Ihnen nicht auflauern. Aber hätten Sie vielleicht Zeit für ein paar Worte?«

»Hmm. Schauen Sie sich Ihre Methoden neuerdings von der Presse ab?«

»Ich wusste nicht, wie ich Sie sonst zu fassen bekommen soll.«

Matsuoka zog aus seiner Hosentasche ein Taschentuch und tupfte sich damit das nasse Gesicht ab. »Ich bin sehr beschäftigt, wie Sie ja sicher wissen. Machen Sie's kurz.«

Mikami nickte. »Ich brauche die Namen der Familie.«

»Die darf ich Ihnen nicht sagen.«

Er hatte ohne jedes Zögern geantwortet. Aber er hatte auch nicht feindselig geklungen.

»Ich kann die Presse nicht unter Kontrolle halten, wenn die Familie weiter anonym bleibt – nicht bei einem Entführungsfall. Sie weigern sich, die Stillhaltevereinbarung zu unterzeichnen.«

»Ähm …?«

»Ja?«

»Darum geht's Ihnen? Deshalb sind Sie hier?«

»Ja.«

»Noch *habe ich meine Seele nicht verkauft*. Waren das nicht Ihre Worte?«

In seinen Augen glomm ein stählerner Funke. Er sprach von ihrer Unterhaltung in Dezernat I. KUA oder Verwaltung – für Mikami hatte sich damals alles nur um diese beiden Posten gedreht.

»Wissen Sie inzwischen, was hinter dem Besuch steckt?«

»Ja, von Arakida.«

»Und trotzdem stellen Sie sich noch in den Dienst der Verwaltung. Treiben solchen Aufwand …«

»Ich tue das weder für die Verwaltung noch für Tokio. Es ist schlicht meine Aufgabe als Pressedirektor. Wenn Sie es vielleicht so sehen könnten.«

»Mmh.«

»Ich kann verstehen, warum Sie mir nicht glauben. Ich kann Sie nur bitten, es trotzdem zu tun. Als Direktor der Pressestelle habe ich keine andere Wahl. Es ist zwingend nötig, dass die Presse im Zaum gehalten wird und die Vereinbarung unterzeichnet. Ich darf nicht ohne die Namen zurückkommen.«

Matsuoka legte den Kopf schräg.

»Eine solche Bedeutung hat das für Sie?«

»Wie bitte?«

»Ich frage, ob es eine solche Bedeutung hat, dass es Ihnen diesen Hinterhalt wert ist.«

Mikami holte tief Atem.

»Aus Kripo-Perspektive scheint unsere Arbeit lächerlich, ich weiß. Sie hat nichts mit unserer Berufung zum Gesetzeshüter zu tun. So habe ich auch immer gedacht. Polizist zu sein hieß für mich Verbrecher fangen, mit der ganzen Welt als Jagdrevier. Aber mittlerweile sehe ich das anders. Es gibt 260 000 Polizeibeamte in unserem Land, und jeder erfüllt seine Aufgabe. Die Ermittler sind nur eine Minderheit. Die Mehrzahl unserer Beamten arbeitet im Verborgenen, weit weg vom Rampenlicht. Sie sind nicht die *Hände Gottes.* Aber sie sind trotzdem stolz auf ihre Arbeit. Und ohne ihren Stolz und ihren Einsatz – an jedem einzelnen Tag des Jahres – könnte ein so gewaltiger Apparat wie der unsere nie funktionieren. Die Pressestelle hat ihren eigenen Stolz. Die Ermittler blicken auf uns herab, weil wir auf die Medien zugehen, aber daran ist nichts Verwerfliches. Vor der Verwaltung zu kuschen, sie alle unsere Verbindungen zur Außenwelt kappen zu lassen – das wäre das wahrhaft Verwerfliche.«

Matsuoka verschränkte die Arme. Er dachte nach über das, was Mikami gesagt hatte. Oder über Mikami selbst.

»Ich habe meine Seele nicht verkauft. Aber ich klammere mich auch nicht an meine Vergangenheit als Ermittler, jetzt nicht mehr. Die Unterscheidung zwischen KUA und Verwaltung ist irrelevant. Das einzig Entscheidende ist, dass ich meine Pflicht gegenüber der …«

Die Tür schwang auf. Ein Mann kam herein, vermutlich ein anderer Kriminalbeamter. Mikami vermied es, ihn anzusehen. *Es ist aus.* Während der Gedanke noch in ihm aufstieg, drehte Matsuoka sich um und sprach den Mann an.

»Würden Sie bitte unten gehen?«

»Oh – ja, natürlich.«

Der Mann salutierte, perplex. Er eilte hinaus. Mikami schaute wieder auf. Er dankte Matsuoka mit einem Blick und sprach dann weiter.

»Die Pressestelle hat in vielerlei Hinsicht einen halb privaten Charakter. Manche Situationen erfordern, dass wir uns gegen das KUA durchsetzen. Es gibt Regeln, die bei einem Entführungsfall befolgt werden müssen. Regeln für die Polizei, Regeln für die Medien. Und wir in der Pressestelle sind verantwortlich dafür, dass beide Seiten diese Richtlinien respektieren und sich an sie halten. Insofern bitte ich Sie noch einmal. Ich muss die Identität der Familie erfahren.«

Matsuoka ließ die Arme sinken. Sein Blick war bohrend, unerbittlich.

»Und deshalb die Toilette?«

Mikami nickte. Ihm war soeben noch ein weiterer Grund eingefallen.

»Ja. Aber nicht nur deshalb. Ich habe auch eine Verantwortung gegenüber meinen Mitarbeitern. Die stehen drüben im Präsidium im Kreuzfeuer, und das schon seit einer ganzen Weile.«

Matsuokas Blick schweifte ab. Eine Zeit lang stand er nur da, ließ sich das Gehörte durch den Kopf gehen. Es geschah ohne Vorwarnung. Matsuoka stellte sich mit dem Rücken zu Mikami. Er grub die Hände tief in die Hosentaschen.

Einfach laut denken …

Mikami durchfuhr es wie ein Stromstoß. *Danke.* Er formte das Wort mit den Lippen, während er sein Notizbuch hervorzog.

»Ma-sa-to Me-sa-ki«, sagte Matsuoka gedämpft. »›Masato‹ mit den Schriftzeichen für ›Wahrheit‹ und ›Person‹. ›Me‹ wie in ›Medizin‹, und ›saki‹ wie Nagasaki. Neunundvierzig.«

Masato Mesaki.

»Er hat ein Sportgeschäft in Genbu. Die Adresse ist: 2-4-6, 2 Chome, Ota-machi.«

Mikami musste sich konzentrieren, um hinterherzukommen. Seine Schrift war kaum leserlich. Er machte sich bereit für den Rest.

Aber ...

Er stutzte, sah auf. Matsuoka hatte sich ihm wieder zugewandt. Seine Hände steckten nicht mehr in den Taschen. Und weiter? Was war mit der Mutter des Mädchens? Und was – wichtiger noch – mit dem Mädchen selbst? C ... das Entführungsopfer.

»Mehr kann ich Ihnen nicht sagen.«

»Aber ... das wird nicht ...«

»Haben Sie nicht gehört?« Die Frage klang wie eine Drohung.

Aber es war zu spät für einen Rückzieher. »Bitte, denken Sie noch einmal darüber nach. Ohne den Namen des Mädchens wird die Presse die Vereinbarung nicht unterzeichnen.«

Matsuoka schwieg.

»Und ohne Vereinbarung wird es für sie kein Halten geben. Hunderte von Reportern, Fotografen. Sie werden die Ermittlungen behindern.«

Immer noch Schweigen.

»Es könnte ein Teenagerstreich sein, hinter dem das Mädchen selber steckt. Das habe ich vorhin im Präsidium jemanden sagen hören. Ich leite die Namen an die Presse weiter, aber ich betone dabei noch einmal, dass sie auf keinen Fall publik werden dürfen. Wobei das gar nicht nötig sein wird – das ist für die Reporter sowieso selbstverständlich. Sie würden nie den Namen eines jungen Mädchens abdrucken.«

»Ich kann ihn Ihnen nicht sagen.«

»Warum?«

»Manche Dinge sind für niemandes Ohren bestimmt.«

Für niemandes Ohren bestimmt? Was sollte das heißen? Matsuoka hatte defensiv geklungen. Erneut flackerten in Mikami Zweifel auf. Auch wenn er das KUA nicht mehr im Verdacht hatte, das Ganze inszeniert zu haben – noch schloss er nicht völlig aus, dass die Entführung Arakida gerade recht kam. Dass er sie als Schwindel erkannt hatte, aber die Wahrheit unter Verschluss hielt und die Ermittlungen stattdessen auf vollen Touren laufen ließ, um Tokio zum Rückzug zu zwingen. Mikami musste es fragen. Matsuoka war der namhafteste Kriminalbeamte des Präsidiums; er war wie ein älterer Bruder.

»Sie haben Beweise dafür, dass sie gar nicht wirklich entführt wurde, richtig? Können Sie es mir deshalb nicht sagen?«

Matsuoka antwortete nicht. Vielleicht *durfte* er nicht antworten.

Mikamis Puls beschleunigte sich.

»Dass Tokio das KUA unter seine Kontrolle bringen will – meinen Sie, das finde ich nicht auch schändlich? Aber wenn Sie sich hier einen Schwindel zunutze machen – was immer für Umstände dahinterstecken –, dann sind diese Ermittlungen mehr als eine Farce – dann sind sie ein Frevel.«

»Es gibt einen Spruch: Um einen Frevler zu fangen, musst du selbst einer sein.«

Mikami traute seinen Ohren nicht. Ein solcher Satz – aus dem Mund Matsuokas?

Matsuoka stieß ein leises Lachen aus. »Schauen Sie nicht so grimmig. Ja, es könnte sein, dass die Entführung nur vorgetäuscht ist. Aber wir haben keine Beweise dafür. Einige meiner Leute bieten derzeit alles auf, um das zu ändern.«

»Aber wenn dem so ist …«

»Treiben Sie's nicht auf die Spitze.« In Matsuokas Augen glitzerte es gefährlich. »Ich überlasse den Rest Ihnen. Mobilisieren Sie den Stolz, von dem Sie gesprochen haben, zeigen Sie mir, dass Ihr Büro mit der Presse fertig wird.«

Mikami streckte die Waffen. Außerstande, dem gebieterischen Blick standzuhalten, sah er stattdessen auf Matsuokas Brust. *Ich überlasse den Rest Ihnen.* Die Worte hatten ihn getroffen. Er fühlte sich, als würde ihn jemand aus einem Traum wachrütteln. *Natürlich.* Mikami hatte erreicht, wofür er gekommen war. Er hatte von Matsuoka alles erfahren, was er brauchte. Einen Namen,

Masato Mesaki. Und eine Adresse. Den Rest – die Namen seiner Frau und seiner Tochter – mochten sie selbst herausfinden. Eine Aufforderung konnte man es nicht direkt nennen, aber Matsuokas Worte hatten ihm die Entscheidung abgenommen.

Er sah auf die Uhr. Zehn nach acht. *Dann auf ein Neues …* Er musste so schnell wie möglich zurück ins Präsidium. Mikami blickte Matsuoka ins Gesicht. Er schlug die Hacken zusammen und verneigte sich.

»Ich danke Ihnen. Dann schaue ich, dass ich mich auf den Weg mache.«

»Bevor Sie gehen, habe ich auch noch eine Bitte.«

Das hatte er nicht erwartet. Eine *Bitte*?

»Ich würde mir Minako morgen gern für einen Tag ausborgen.«

Seine Verwunderung wurde immer größer.

»Ich habe nicht genug weibliche Beamte. Ich brauche eine Frau mit normalen Haaren, vom Schnitt und auch von der Länge her.«

Für die Undercover-Einheit morgen …

Mikami rang nach einer Antwort. Es stimmte, Minako sah nicht wie eine Polizistin aus, auch nicht wie eine ehemalige Polizistin. Und sie wäre nicht das erste Mal undercover. Sie war mit im Café Aoi gewesen, als Amamiya hereingestürmt war. Mikami wollte gern Ja sagen. Er wollte die Ermittlungen unterstützen. Aber die Entscheidung lag nicht bei ihm. Minako war zu so etwas nicht in der Lage, nicht in ihrer jetzigen Verfassung. Es wäre grausam, sie um Hilfe zu bitten.

Mikami suchte noch nach Worten, um das Ansuchen abzulehnen, als Matsuoka weitersprach.

»Sie geht nicht mehr aus dem Haus, stimmt das?«

Es war, als schlösse sich eine Faust um sein Herz. Seine Frau musste es ihm erzählt haben. Die es wiederum durch einen Anruf von Mizuki Murakushi erfahren haben dürfte.

»Vielleicht tut es ihr gut, einmal an die frische Luft zu kommen. Ich kann verstehen, dass sie nicht vom Telefon wegwill – aber ich könnte mir vorstellen, dass sie dazu bereit ist, wenn es bedeutet, dass sie anderen helfen kann.«

Es durchfuhr Mikami heiß. Er war tief gerührt. In aller Klarheit sah er Minakos Bild vor sich. *Anderen helfen. Jemand anderem als Ayumi.*

»Die Entscheidung liegt bei Ihnen beiden. Morgen früh Punkt sieben im Präsidium. Gruppenleiterin Nanao wird im Versammlungssaal sein.«

Mikami biss sich auf die Lippe. *Ich klammere mich nicht mehr an meine Vergangenheit als Ermittler.* Er konnte die Worte von vorhin nicht zurücknehmen, und er wollte es auch nicht. Aber es schmerzte dennoch.

Wieder für diesen Mann arbeiten zu dürfen, nur ein einziges Mal …

66

Der Tornado war weitergezogen.

Aber er hatte seine Spuren hinterlassen. In der Pressestelle standen die Schreibtische und Sofas an die Wände gerückt. Stühle waren umgestürzt. Der Boden mit Papieren übersät.

Suwa war allein im Büro. Mikami erkannte ihn kaum wieder. Seine Augen waren ungewöhnlich rot, die Brauen hochgezogen; selbst sein kurz geschorenes Haar schien gesträubt vor Zorn. Doch das waren nur oberflächliche Erscheinungen. Er hatte das Aussehen eines Mannes, den nichts erschüttern konnte, eines Mannes, dessen wahres Potenzial aus tiefem Schlaf geweckt worden war. Er sah wie ein Sieger aus, nicht wie ein Gebeutelter.

»Tolle Arbeit, Direktor Mikami.« Seine Stimme klang rau wie die eines Politikers nach einem schwer erkämpften Wahlsieg.

»Ich glaube, das sollte eher ich sagen.«

»Mesakis Name, das war der Durchbruch. Das hat die Situation gedreht.«

Mikami hatte noch vom Parkplatz von Direktion G aus angerufen. Das war jetzt fünfzig Minuten her.

»Wie stehen die Chancen für die Vereinbarung?«

»Sie beraten gerade per Telefonkonferenz. Ein bisschen dauert es sicher noch, aber wir sollten die Sache noch heute in trockenen Tüchern haben.«

»Tatsächlich?«, fragte Mikami aufrichtig überrascht. »Obwohl sie keinen anderen Namen haben als den von Mesaki?«

»Oh, sie wissen den Namen der Tochter. Sie haben selber recherchiert.«

Richtig …

»Hier sind die Namen.«

Suwa hielt ihm ein Blatt Papier hin; er habe sie über die Verwaltung von Direktion G erfragt, sagte er.

Mutsuko Mesaki (42)

Kasumi Mesaki (17)

Saki Mesaki (11)

Ka … su … mi. Mikami las den Namen laut. Es klang fast wie Ayumi. *Masato, Mutsuko, Kasumi, Saki.* So aneinandergereiht, ergaben die Namen unverkennbar eine Familie. Mikami fühlte eine neue Emotion ins Spiel kommen. *Wie wunderbar, wenn es tatsächlich falscher Alarm war.* Ihre Eltern würden voller Bangigkeit auf die erlösende Nachricht warten.

Er schüttelte den Kopf.

»Was machen Kuramae und Mikumo? Ist das mit dem Konferenzraum klargegangen?«

»Ja, Kuramae hat alles auf den Weg gebracht. Er ist jetzt dort. Wir haben zehn zusätzliche Helfer. Fünf aus dem Präsidialbüro, fünf aus der Verwaltung. Mikumo ist in der Tiefgarage und weist die Autos aus Tokio ein. Sie hat ein paar Leute von Versorgung und Personalentwicklung bei sich.«

Natürlich, ohne Zusatzkräfte ließ sich eine solche Mammutaktion gar nicht stemmen. Von Matsuoka wusste er, dass Nanao im Versammlungssaal war. Was bedeutete, dass das KUA sie aus der Verwaltung angefordert haben musste, für die Koordination der weiblichen Beamten. Die logistischen Anforderungen des Falles halfen mit, die Mauern zwischen den beiden Abteilungen einzureißen. Nach ersten Startschwierigkeiten hatte das Präsidium mit den eigentlichen Vorbereitungen für die Ermittlung begonnen.

»Haben Sie Futawatari gesehen?«

»Den Inspektor? Nein.«

»Im Konferenzraum vielleicht?«

»Kuramae hätte es sicher erwähnt, wenn er dort wäre.«

»Gut, dann …«

»Soll ich ihn suchen?«

»Nein, egal.« Mikami wechselte das Thema. »Füllt sich der Konferenzraum denn schon?«

»Aus Tokio sind bereits über hundert Reporter eingetroffen. Und das sind noch längst nicht alle.«

»Wie steht's mit unserer Truppe?«

»Unsere Truppe?«

Suwa verzog die Lippen und kicherte in sich hinein. Dann konnte er nicht mehr an sich halten und lachte laut los, mit offenem Mund. Es schien, als hätte er eine Last von sich abgewälzt. Mikami musste an den alten Kriegskameraden seines Vaters denken, an die überlaute Lache des Mannes.

Puh. Bin anscheinend bisschen aus der Übung im Lachen …

Mikami grinste schief. »Ja, ›unsere Truppe‹ war vielleicht etwas vollmundig formuliert.«

»Entschuldigung, es war nur …«, murmelte Suwa. Er rieb sich mit beiden Händen das Gesicht. »Das Fußvolk ist zum Konferenzraum unterwegs. Die dienstälteren Reporter belagern noch den Versammlungssaal. Er ist abgesperrt, deshalb kommen sie nicht rein. Es kann nicht mehr lang dauern, bis sie aufgeben und nachkommen.«

»Welcher Abstand ist für die Kommuniqués vorgesehen?«

Suwa schaute hinab auf seinen Schreibtisch. Er blätterte einen Stoß handgeschriebener Notizen durch. »Ah ja. Wenn die Vereinbarung unterzeichnet ist, alle zwei Stunden. Wenn nötig, können wir schriftliche Meldungen dazwischenschieben. Und bei einem Anruf des Entführers oder anderen dramatischen Entwicklungen soll es eine außerordentliche Erklärung geben. Das gilt auch für den Zeitraum der vorläufigen Vereinbarung.«

»Wir können doch nicht alle zwei Stunden eine Konferenz abhalten.«

»Nur bis auf Weiteres. Heute ist der erste Tag – da kommen wir nicht drum herum.«

»War das die Forderung des Presseclubs?«

»Ja. Dafür, dass wir den Namen des Mädchens geheim halten, wollen sie jedes kleinste Detail über die Entführung und den Stand der Ermittlungen wissen.«

»Da reichen zwei Stunden nicht. Wenn wir ihnen sämtliche Details referieren, sitzen wir morgen früh noch da. Erwarten sie, dass wir den Ermittlungsleiter hier unter Hausarrest nehmen?«

»Ah ja … da ist noch etwas.« Suwas Ausdruck verdüsterte sich. »Die Kommuniqués sollen von Dezernatsleiter Ochiai verlesen werden. Heißt es aus dem KUA.«

»Sind die nicht ganz dicht?«, brach es aus Mikami heraus.

Bei einem Entführungsfall verlangte es die Tradition, dass der Direktor des Kriminaluntersuchungsamts oder der Leiter von Dezernat I die Pressekommuniqués verlasen. Der Chef von Dezernat II war nicht nur niedriger im Rang, sondern auch fachfremd – was versprachen sie sich davon, ihn zu schicken? Und Ochiai war ein junger Bürokrat ohne Einsatzerfahrung. Er würde dem Ansturm der Fragen zu der Entführung nie standhalten können.

Was hatten sie vor? Würden sie ihn mit einem halbleeren Blatt vor die Presse stellen? Der Schachzug schien direkt aus Akamas Regelbuch zu stammen: *Wer nichts weiß, der kann auch nichts sagen.*

»Das funktioniert doch nie und nimmer.«

Die Reporter würden Amok laufen, Hunderte von ihnen. Das wusste Arakida, und doch warf er ihnen Ochiai zum Fraß vor. Es musste etwas geben, das er vor der Presse verbergen wollte. Etwas, von dem er befürchtete, dass es herauskäme, wenn der Druck zu groß wurde. Deshalb zog er es vor, eine Marionette zu schicken.

Aber ergab das einen Sinn?

Mikami hielt die Ermittlung nicht länger für eine Scheinoperation. Und die Idee, dass das KUA sich einen blinden Alarm zunutze machte, war ebenfalls vom Tisch, nun, da Matsuoka ihm bestätigt hatte, dass es keine Beweise in die eine oder die andere Richtung gab. Es gab nichts, das einer Überprüfung nicht hätte standhalten können – kein Bruch in der Logik.

Dennoch hatte er nicht das Gefühl, klar zu sehen. Irgendetwas war da, was er nicht zu fassen bekam – irgendetwas hakte … Deshalb konnte er auch nicht aufhören, sich Fragen zu stellen.

Aber ohne Belege, ohne einen handfesten Beweis, blieb all dies kleinliches Gekrittel. Letztlich handhabte das KUA, sah man vom Umgang mit der Presse einmal ab, die Ermittlungen bislang souverän. Sie waren sich klar darüber, dass es sich um einen Teenagerstreich handeln konnte, um einen Streich von Kasumi Mesaki selbst, zeigten sich aber dennoch in keiner Weise faul oder nachlässig. Sie hatten mit Matsuoka den Leiter von Dezernat I als Chefermittler zu Direktion G geschickt; sie hatten Experten für Gewaltverbrechen zusammengetrommelt, sie setzten Undercover-Kräfte ein und vergaßen dabei auch nicht, wo nötig, die anderen Abteilungen einzubinden. Morgen sollte die Lösegeldübergabe stattfinden. Damit traten der Fall und die Ermittlungen in die entscheidende Phase ein. Trotzdem vermisste Mikami die fieberhafte Anspannung, die zu einem solchen Stadium gehörte. *Irgendetwas stimmt da nicht.* Er fühlte sich im Ungleichgewicht, als säße er auf einem Stuhl, dem ein Bein fehlte.

Er konnte es nicht auf seinen Ermittlerinstinkt zurückführen, jetzt nicht mehr. Und es schien auch kein neu erlangtes Gespür, irgendeine aus der Pressearbeit gewonnene Erkenntnis. Trotzdem wurde er das Gefühl nicht los, dass hinter den Kulissen noch etwas anderes im Gange war.

»Ich sage Ihnen doch …« Suwa sprach ins Telefon, allem Anschein nach mit einem der kleineren Boulevardblätter. »… zu der Konferenz sind nur Mitglieder des Presseclubs zugelassen.« Offenbar sagte er es nicht zum ersten Mal.

Die Entführung hatte sich bereits herumgesprochen.

Mikami griff nach seinem Handy und rief Kuramae an, der sofort abhob.

»Direktor Mikami, das war großartige Arbeit.« Er klang erstaunlich fröhlich.

»Danke, von Ihnen auch. Wie viele sind es inzwischen?«

»Ich würde sagen, über zweihundert.«

»Irgendwelche Probleme?«

»Es gab ein paarmal Gerangel um die Plätze, aber nichts Schwerwiegenderes.«

»Können Sie bitte etwas ankündigen? Sagen Sie ihnen, dass schon etwas durchgesickert ist; sie müssen die Sicherheitsvorkehrungen erhöhen. Es muss genauestens erfasst werden, wer alles kommt und geht. Und dass bloß keiner die Idiotie besitzt, sich Essen liefern zu lassen!«

»Ja, Direktor Mikami. Ich gebe es weiter.«

Mikami sah auf die Wanduhr. Halb zehn vorbei.

»Danke, ich komme dann auch bald.«

Er legte auf. Er wollte eben bei Mikumo anrufen, als Suwa sein Gespräch beendete. Er sah aus, als hätte er Mikamis Telefonat mitgehört.

»Direktor Mikami, da Sie gerade von Essen sprachen – Sie sollten etwas zu sich nehmen, ehe Sie aufbrechen.«

Auf einem Regal im Schrank stand ein mit Frischhaltefolie abgedeckter Teller. Die Folie war beschlagen, sodass sich schwer ausmachen ließ, was darunter war – irgendeine Art gebratener Reis. Suwa sagte, Mikumo habe für alle Essen geordert. Mikami wurde klar, dass er sich ihretwegen keine Sorgen zu machen brauchte; wenn sie in solch einer Situation selbst daran noch dachte, dann wurde sie mit allem fertig, was anstand.

Durch den Fußgängertunnel waren es fünf Minuten bis zum Westflügel des Regierungskomplexes. Wenn er rannte, zwei. Mikami nahm den Teller und beschloss, die Hälfte zu essen. Der Reis war kalt und matschig, aber er füllte ihm den Magen.

»Melden Sie sich noch im ersten Stock zurück?«

»Das hat Zeit bis später.«

»Die haben ganz schön was abgekriegt. Die Presse hatte Akama eine Weile richtig in der Zange.«

»Haben sie irgendetwas wegen der Inspektion morgen gesagt?«

»Nein, bisher nicht. Aber seien wir realistisch, sie wird sowieso nicht stattfinden, unter diesen Umständen.«

»Stimmt.«

»Was für ein irrwitziges Timing«, sagte Suwa und streckte den Arm über den Schreibtisch, wo schon wieder das Telefon läutete.

Irrwitziges Timing. Es war sicher nur so dahingesagt. Er konnte keinen Hintergedanken haben. Aber auch so hielt Mikamis Löffel auf halbem Weg zum Mund inne. Eine Entführung nach dem Muster von 64, nur einen Tag, ehe der Generalinspekteur den vierzehn Jahre zurückliegenden Fall neu ins Rampenlicht rückte. Das musste der Grund für die Irritation sein, die ihn nicht loslassen wollte.

»Direktor Mikami …« Suwa hielt die Sprechmuschel zu. »Büroleiter Ishii ist am Apparat. Das Sekretariat des Generalinspekteurs hat gerade angerufen. Der Besuch ist abgesagt.«

67

Auf dem Weg die Treppe hinauf fiel Mikami unwillkürlich Futawatari ein.

Es musste das erste Mal seit seinem Einzug ins Präfekturpräsidium sein, dass Futawatari unterlegen war. Unterlegen aufgrund einer Entführung, die sich seiner Kontrolle entzog. Obwohl … letztlich war er schon vorher unterlegen. Seine Drohungen bezüglich des Koda-Memos waren wirkungslos verpufft. Er hatte kühn und ganz untypisch gehandelt, es damit aber nur geschafft, das Kriminaluntersuchungsamt unnötig zu provozieren, und sich schließlich gezwungen gesehen, mit leeren Händen den Rückzug anzutreten. Zumindest wirkte es ganz so. Wie immer die Wahrheit lautete, Mikami wusste, dass ihn der Blick von damals in Zukunft nicht mehr verfolgen würde. Er konnte sich auf seine Arbeit konzentrieren, ohne jeden Moment mit einem Angriff von hinten rechnen zu müssen.

Die Verwaltungsabteilung lag im Halbdunkel. Das grelle Deckenlicht war ausgeschaltet, sodass Vorhänge, Sofas und der Teppich im matten Orange der Wandleuchten glommen.

»Wir sind offiziell gar nicht da, müssen Sie wissen«, sagte Ishii anstelle einer Begrüßung.

Der Kampf mit den Reportern hatte ihn sichtlich mitgenommen. Teils kam es von der Beleuchtung, aber jede Falte in seinem Gesicht schien von schwärzester Erschöpfung gezogen. Akama … lag auf einem der Sofas, die Schuhe noch an den Füßen. Arme und Beine gespreizt, sein Blick leer. Er schien gänzlich desinteressiert an Mikami. Mikami ging es ebenso.

»Definitiv nicht nur aufgeschoben?« Mikami richtete die Frage an Ishii.

»Es hieß nur, abgesagt. Also de facto gestrichen, auch wenn es nicht explizit so gesagt wurde.«

War er unglücklich? Erleichtert? In seiner Stimme klang beides mit. Mikami machte sich klar, dass das auch vorhin schon der Fall gewesen war, als er ihn von der Entführung verständigt hatte. *Aber das heißt ja, der Generalinspekteur kann …*

»Ist die Vereinbarung unter Dach und Fach?«

»Ja, so gut wie.«

»Immerhin etwas. Sie haben uns nämlich ganz schön die Hölle heißgemacht. Aber was hätten wir denn tun sollen? Und wenn sie noch so rumbrüllen, dass sie den Namen des Mädchens brauchen. Ich habe ihnen gesagt, sie müssen sich ans KUA wenden, aber … sie waren so aggressiv … sie haben gar nicht mehr aufgehört zu schreien.«

»Dann sage ich der Presse also, dass der Besuch abgesagt ist.«

Mikami stand schon wieder. Er verbeugte sich schweigend in die Richtung von Akama, der nach wie vor auf dem Sofa lag, und wandte sich zur Tür.

Hinter sich hörte er eine Stimme.

»Dürfen wir uns dafür beim KUA bedanken?«

Er drehte sich um. Akama starrte mit unverändert glasigem Blick zur Decke.

Mikami durchlief ein Schauder.

»Nein, Herr Direktor«, erwiderte er, »bei einem Monster.«

68

Hinter der Tür wartete Tokio.

Es war zehn Uhr abends. Mikami betrat den Konferenzraum oben im Westflügel der Regionalregierung. Als Erstes fiel ihm der Temperaturanstieg auf. Der Saal war der größte im ganzen Gebäude, aber dennoch war er überfüllt und stickig. Zahllose Reihen von Tischen und Stühlen. Eine Fernsehkamera neben der anderen. Beinahe wäre er über ein Kabel gestolpert. Es war unmöglich, sich einen Weg zu bahnen, ohne mit Schultern, Ellbogen oder Taschen ins Gehege zu kommen. Ein Gewirr von Stimmen erfüllte den Raum, ein halblautes, aber durchdringendes Hintergrunddröhnen.

Mikami hatte Kuramae erspäht. Er trug eine Armbinde mit der Aufschrift *Pressestelle* und stand auf dem Podium an der Rückwand des Saals. Mikami brauchte mehrere Minuten, um sich bis zu ihm durchzukämpfen. Auf dem Podium war ein langer Tisch aufgebaut, mit einem eindrucksvollen Knäuel von Mikrofonen in der Mitte.

»Morgen ist abgesagt.«

Kuramaes Blick blieb vage; der Generalinspekteur war ihm offenbar vollständig entfallen. »Ach so, die Inspektion. Abgesagt?«

»Ja. Können Sie unseren Leuten Bescheid geben? Telefonisch, wenn Sie anders nicht an sie rankommen.«

»Unseren Leuten?«

»Unseren Reportern.«

»Ach so, ja, natürlich. Kein Problem.«

Er sprang vom Podium und verschwand in dem Gedränge, als wüsste er genau, wo er sie zu suchen hatte.

Mikami sah sich neuerlich im Saal um. Es war das erste Mal, dass er es mit einer solchen Anzahl von Reportern zu tun hatte. Vermutlich würde es auch das letzte Mal sein. Eine Horde von Kameraleuten hatte es sich direkt vor dem Podium gemütlich gemacht. Sie waren abgerissen gekleidet und hockten auf dem Boden – »gammelten«, musste man es fast nennen. Die Zeitungsreporter waren hinter ihnen versammelt. Ihre Köpfe, dicht an dicht hinter den langen, versetzt stehenden Tischen, bildeten einen unregelmäßigen Horizont. Nicht alle waren ernst. Manche machten fragende Gesichter, andere wirkten nonchalant oder besorgt, wieder andere aufgeregt. Mikami sah herausfordernde Mienen. Ungeduldige Münder, fest entschlossen, sich Gehör zu verschaffen. Einen alten Veteranen mit schwarz umrandeter Brille, die Arme lässig verschränkt. Einen Playboy mit langem Mantel und Schal, wahrscheinlich vom Fernsehen. Die Leute gähnten. Maulten in ihre Handys. Tuschelten sich Bemerkungen zu und kicherten dann. Manche hatten sich auf einen längeren Aufenthalt eingerichtet, mit Rucksäcken und Schlafsäcken, ein paar Gruppen sogar mit primitiven Zelten. Es waren nicht wenige Frauen darunter. Eine kommandierte in scharfem Ton einen jüngeren Mann herum. Eine andere versuchte mit freudiger Stimme jemanden auf sich aufmerksam zu machen, den sie offenbar kannte. Eine Frau mit rundem Gesicht, wohl von einem Nachrichtenmagazin, hielt einen Schminkspiegel und frischte ihr Make-up auf. Alle fühlten sich sichtlich zu Hause. Das Selbstvertrauen, die Überheblichkeit der Vielgereisten, die von einem großen Fall zum anderen tourten, manifestierte sich in einer Schamlosigkeit, derer sie sich gar nicht bewusst waren.

Die Lokalreporter waren irgendwo in dieser Menge eingekeilt. Wenn Mikami nicht Kuramaes Rücken zur Orientierung gehabt hätte, wäre es ihm kaum gelungen, sie auszumachen. Er entdeckte Tejima von der *Toyo*, der seine Visitenkarte einem nicht mehr ganz jungen Mann mit nach hinten gegeltem Haar und Daunenweste reichte, zweifellos ein Star-Reporter aus der Hauptredaktion. Tejimas Lächeln war gezwungen. Als Nächstes erspähte er Utsuki von der *Mainichi*, der sorgenvoll dreinschaute. Dann hellte sich sein Gesicht plötzlich auf. Kuramae hatte seinen Namen gerufen. Auch Takagi von der *Asahi* war da. Sie stand für sich. Die Gruppe neben ihr schienen Kollegen von ihr zu sein, aber sie beteiligte sich nicht an ihrer Unterhaltung. Er sah Kasai von der *Yomiuri*, Yamashina von der *Times*. Beide fühlten sich sichtlich unwohl. Sie waren die Einheimischen, aber sie wirkten kleinlaut. Deshalb gingen sie in dem Getümmel unter. Sobald Mikami den Blick von ihnen abwandte, verlor er sie fast in dem Meer fremder Gesichter.

Er hatte die Nähe zu den Lokalreportern, mit der Unfreiheit, die sie für beide Seiten mit sich brachte, immer als belastend empfunden. Jetzt, wo der Konferenzraum so ganz und gar von der Hauptstadt usurpiert schien, sehnte er sich regelrecht danach zurück.

Ochiai musste sich dieser Meute stellen. Mit jeder seiner Bekanntmachungen würde er sich ein Stück mehr als bloße Marionette entlarven. Mikami als Pressedirektor graute bei dem bloßen Gedanken an das Blutbad, das unausweichlich folgen musste …

Jetzt sah er Mikumo; sie stand in der Nähe des Eingangs. In ihrer Uniform war sie leicht auszumachen, selbst aus der Entfernung. Als sie seinen Blick auffing, hob sie die Hand und winkte, glücklich wie ein Mädchen, das in einer Menschenmenge das Gesicht des Geliebten entdeckt hat. Er hatte sie noch nie so erfüllt gesehen. Sie hatte sichergestellt, dass die Presse die Regeln einhielt, die bei einem Entführungsfall galten. Sie hatte jedem einzelnen ihrer Autos seinen Platz in der Tiefgarage zugewiesen. Es musste

Momente gegeben haben, in denen selbst ihr das Lächeln vergangen war. Jetzt begann sie, sich zu ihm durchzudrängen, fand sich aber unversehens umringt von einer Traube von Reportern, die ihre Armbinde bemerkt hatten. Immer mehr scharten sich um sie, nicht wenige sicher auch ihres hübschen Aussehens wegen, dachte Mikami. Er rief sie an, beobachtete, wie sie eilig abhob.

»Danke für all Ihre Hilfe.«

Ihr Gesicht leuchtete auf, ehe sie antwortete. »Nichts zu danken.«

»Haben Sie etwas gegessen?«

»Wie bitte?«

»Von dem gebratenen Reis?«

»Ich mache eigentlich gerade eine Diät, deshalb …«

»Ich bräuchte Sie noch mal kurz, und dann essen Sie etwas.«

»Natürlich. Was soll ich machen?«

»Helfen Sie Kuramae. Der Besuch des Generalinspekteurs ist abgesagt worden. Er ist dabei, die lokale Presse zu verständigen.«

»Ist gut. Wissen Sie, wo er ist?«

»Ziemlich mittendrin, Richtung rechter Eingang. Rufen Sie ihn am besten an.«

Mikumo wählte schon. Kuramae reagierte. Mikami wartete ab, bis er das Handy am Ohr hatte, trat dann vom Podium herunter. Das Bild von Mikumos Lächeln verblasste bereits.

Die Inspektion … abgesagt.

Die Reporter waren nicht die Einzigen, die informiert werden mussten.

Der Generalinspekteur ist unser höchstrangiger Beamter. Ich bin mir sicher, das Medienecho wird enorm sein. Das Fernsehen wird darüber berichten. Die Botschaft wird sehr viele Menschen erreichen.

Er ging zu einer Ecke des Saals, in der mit einer Trennwand ein kleines Areal abgezweigt war. *Polizeipräsidium Präfektur D. Kein*

Zutritt. Fünf Klappstühle waren hinter der Wand aufgestellt. Momentan war niemand dort.

... es besteht eine echte Möglichkeit, dass sich dadurch neue Hinweise ergeben.

Ein Versprechen, dachte er, wenigstens für kurze Zeit.

Er klappte sein Handy auf und rief Yoshio Amamiya an. Er sah auf die Uhr. Zwanzig nach zehn.

Niemand hob ab. Es klingelte zehn Mal. Lag er schon im Bett? Aber die Nachricht konnte nicht bis zum Morgen warten. Zwölf Mal. Dreizehn. Mit jedem Klingeln wurde ihm das Herz schwerer.

Am anderen Ende klickte es. Aber ... niemand sprach. Mikami hörte nichts als Schweigen. Er brachte die Worte nur mit Mühe hervor.

»Entschuldigen Sie bitte die späte Störung. Ich hätte gern Yoshio Amamiya gesprochen.«

»Am Apparat.« Die Stimme klang undeutlich.

»Hier ist Mikami, vom Präfekturpräsidium. Ich war vor ein paar Tagen bei Ihnen.«

»Ja. Worum geht es?«

»Der Besuch morgen. Es tut mir sehr leid, das sagen zu müssen, aber ... aufgrund unvorhergesehener Umstände ... mussten wir ihn leider absagen. Ich bitte vielmals um Entschuldigung, dass ich Sie erst so spät benachrichtige.«

Ein langes Schweigen trat ein. Es schien endlos zu dauern.

»Dann ...« Amamiyas Stimme. »Dann kommt also niemand?«

Mikami sah das sorgsam gestutzte graue Haar des Mannes vor sich. War er enttäuscht? Hatte er – zumindest ein klein wenig – gehofft, dass der Besuch des Generalinspekteurs etwas bewirken könnte?

Ein Versprechen. Für Amamiya konnten Mikamis Worte genau das bedeutet haben.

Mikami ließ den Kopf vornüberkippen.

»Ich weiß nicht, wie ich das wiedergutmachen kann. Sie haben mich angehört, obwohl ich ohne Ankündigung bei Ihnen hereingeschneit bin. Sie haben sich sogar bereit erklärt, uns zu empfangen. Und jetzt das …«

Wieder ein langes Schweigen.

Warum mussten Sie ihn absagen? Mikami wäre am liebsten weggelaufen vor Amamiyas ungestellten Fragen.

»Danke, dass Sie angerufen haben.«

Mikami beugte den Kopf immer tiefer, während er der Stimme des Mannes lauschte. Dann …

»Wie geht es Ihnen jetzt?«

Was?

»Fühlen Sie sich besser?«

Mikami fehlten die Worte. *Natürlich.* Sein beschämender Weinkrampf vor Shokos Altar. »Mein letzter Besuch … Ich weiß gar nicht, wie ich Ihnen mein … dass ich es …«

»Nicht alles ist schlecht. Es gibt auch Gutes in der Welt.«

Er sagte es behutsam. Mikami war es, als hörte er zum ersten Mal die richtige Stimme des Mannes. Amamiya hatte sein einziges Kind verloren; der Entführer war noch immer auf freiem Fuß. Wie konnte ein Mensch, der so etwas durchgemacht hatte, so sanft klingen?

Mikami entschuldigte sich nochmals und beendete das Gespräch. Er fühlte sich am Ende seiner Kraft. Er drückte zwei Finger gegen die Nasenwurzel. Wenn er noch länger am Telefon geblieben wäre, hätte er gleich wieder losgeweint.

Er atmete tief durch, schlug sich mit der Faust ans Schlüsselbein, zweimal, dreimal. Einen Anruf musste er noch hinter sich bringen. Er räusperte sich, testete seine Stimme, bis er ihr wieder traute.

»Liebling, du klingst so …«

Minako hörte es sofort.

»Nein, keine Sorge.«

»Gibt es irgendwelche Probleme?«

Die Routinefrage traf ihn heftiger als gewöhnlich.

»Sozusagen. Ich komme heute Nacht nicht nach Hause. Sperr alle Türen gut ab und bleib nicht unnötig auf. Ach ja, und …«

Fragen muss ich sie wenigstens. Mikami spannte die Bauchmuskeln an.

»Matsuoka lässt fragen, ob du vielleicht aushelfen könntest. Bei einer Ermittlung.«

»Aushelfen? Was für eine Ermittlung?«

»Es hat eine Entführung gegeben.« Mikami merkte selbst, wie belegt seine Stimme klang. »Matsuoka braucht Leute für eine Undercover-Einheit, gleich morgen früh.« Er hörte sie scharf die Luft einziehen. »Er hat volles Verständnis, wenn du sagst, es geht nicht. Es liegt ganz bei dir.«

»Wer … wer ist entführt worden?«

»Ein siebzehnjähriges Mädchen, Schülerin noch.«

Schweigen.

»Es ist völlig in Ordnung, wenn du Nein sagst; ich kann es verstehen, und Matsuoka auch. Aber …«

Wenn es bedeutet, dass sie anderen helfen kann. Mikami wollte Matsuokas Worte an sie weitergeben.

Oder vielleicht die von Amamiya … *Nicht alles ist schlecht. Es gibt auch Gutes in der Welt.*

»Minako?«

Eine Pause.

»Minako …«

»Ja, ich werde da sein.«

Mikamis Kopf hob sich mit einem Ruck. Er meinte ihren entschlossenen Ausdruck zu sehen. Sie hatte ihm zuliebe zugesagt. Aber das war in Ordnung. Es war ein Fortschritt, ein kleiner, aber immerhin. Als sein Telefon unmittelbar nach dem Auflegen zu klingeln begann, schaute er gar nicht erst nach der Nummer.

Sie hatte es sich anders überlegt …

»Hier Futawatari.«

Du hast mir grade noch gefehlt!, dachte er hitzig.

»Was wollen Sie?«

»Kann ich irgendwie helfen?«

Damit hatte Mikami nicht gerechnet. Er wartete, bis Futawatari weitersprach.

»Ich habe von der Entführung gehört. Gibt es irgendetwas, was ich tun kann?«

»Nein«, sagte er, während sein Denken allmählich wieder Fahrt aufnahm. »Haben Sie zu viel Zeit, oder wie?«

»Nicht unbedingt.«

»Sind Sie da sicher?« Mikamis Zorn flammte neu auf. »Ist nicht so ganz nach Plan gelaufen, was?«

»Wovon reden Sie?«

»Geben Sie's doch zu. Sie haben versagt. Sie haben rein gar nichts erreicht.«

Mikami hatte es als K.-o.-Schlag intendiert, aber Futawatari klang alles andere als erschüttert.

»Ich habe mich ein wenig verkalkuliert, das ist richtig.«

Verkalkuliert? Der Besuch des Generalinspekteurs war durch eine grausame Schicksalswendung vereitelt worden, die Entführung eines Kindes. Zählte das für ihn zu den Eventualitäten, die man einrechnen konnte?

»Wie selbstbewusst! Verkalkuliert … Wie zum Teufel wollen Sie so etwas einkalkulieren?«

»Immerhin ist es gut ausgegangen.«

Was?

Ein Gesicht spähte an der Trennwand vorbei: Suwa, mit einem Blick von höchster Dringlichkeit. Mikami hielt die Hand hoch zum Zeichen, dass er gleich fertig war. Dann sprach er wieder ins Telefon.

»Hier braucht Sie keiner. Wenn Sie Langeweile haben, putzen Sie doch einfach Ihr Büro.«

Suwa begann zu sprechen, kaum dass Mikami aufgelegt hatte.

»Die Presse – sie haben die Vereinbarung unterzeichnet. Die erste Presseerklärung ist für elf Uhr angesetzt.«

69

Es sollte der Auftakt zu einer langen Nacht sein.

Sie schlossen die Türen und zogen die Verdunklungsvorhänge vor, damit ja kein Licht nach draußen fiel. Zweihundertneunundsechzig – die Gesamtzahl der Reporter, die die Verwaltungsabteilung zur Konferenz zugelassen hatte.

Mikami stand mit Ochiai auf dem Podium.

Test … Test … Test. Leicht knisternd drang seine Stimme über das drahtlose Mikro aus den Lautsprechern. Kuramae hinten beim Eingang gab ein bestätigendes Handzeichen. Er wurde im ganzen Saal gehört.

»Mein Name ist Mikami, Pressedirektor des Polizeipräsidiums.«

Sobald er den Mund öffnete, brach vor ihm wildes Gleißen los. Als wollten sie eigene Tests durchführen, fingen die Kameraleute vor dem Podium alle gleichzeitig zu knispen an.

Er holte tief Atem.

»Elfter Dezember, 23 Uhr. Ich eröffne hiermit unsere erste Pressekonferenz zu dem erpresserischen Menschenraub in Genbu. Es gelten die in der Stillhaltevereinbarung aufgeführten Regeln und Bestimmungen. Kriminaldirektor Ochiai – Leiter von Dezernat II – wird die Konferenz leiten. Wir danken Ihnen im Voraus für Ihre Kooperation und Ihr Verständnis während der Gültigkeitsdauer der Vereinbarung.«

Wie? Die Stimme ertönte direkt hinter der Phalanx von Kameraleuten. *Was soll das heißen, Leiter von Dezernat II? Schafft uns den Direktor her oder den Chef von Dezernat I!*

Der Mann trug einen Spitzbart und musste etwa Mitte vierzig sein. Mikami kannte ihn nicht, aber neben ihm saß Akikawa. Auch der Kollege mit dem gegelten Haar war bei ihnen, der mit Tejima gesprochen hatte. Es war die *Toyo*.

Mikami flüsterte Ochiai zu: »Achten Sie nicht auf ihn, reden Sie einfach weiter.« Der siebenundzwanzigjährige Dezernatsleiter nickte, bevor er seinen Platz in der Mitte des langen Tisches einnahm. Seitenscheitel. Breite Stirn. Intelligente Augen. Er sah rechtschaffen aus. Das war sein einziges Plus und würde sich vielleicht als sein Rettungsanker erweisen. Mikami sah, dass er zitterte. Von Itokawa, Ochiais Stellvertreter, wusste er, dass Ochiai Druck nicht gut standhielt und zu Panikreaktionen neigte.

»Danke. Ich beginne mit der Verlesung des ersten Kommuniqués.«

Seine Stimme war etwas zu hoch. Rascheln verbreitete sich im Saal. Selbst das Geräusch des Seitenumblätterns bekam etwas Ominöses, wenn es unisono geschah. Ochiai schaute hinab auf den Zettel in seiner Hand.

»Für einen allgemeinen Überblick über die Falldaten verweise ich Sie auf die Zusammenfassung, die Sie in Händen halten. Zum gegenwärtigen Zeitpunkt sind keine weiteren Entwicklungen in Bezug auf den Fall oder die laufenden Ermittlungen zu vermelden. Sechshundert Polizeibeamte sind zur Stunde mit den Vorarbeiten zu den Ermittlungen befasst. Fünf bis sieben Kriminalbeamte sind im Haus des Opfers stationiert und arbeiten mit Hochdruck daran, den Fall aufzuklären.«

Ochiai hob den Kopf wieder. Sein Blick besagte, dass er fertig war.

Im Saal breitete sich Schweigen aus. *Das war's?* Der Ausdruck auf allen Gesichtern war der gleiche. Mikami eilte vom Rand des Podiums herbei und postierte sich hinter Ochiai.

Schmücken Sie's aus, geben Sie ihnen ein paar mehr Details. Ihm blieb keine Gelegenheit, die Worte auszusprechen.

»Danke für Ihre Aufmerksamkeit.«

Damit erhob sich Ochiai.

»Das nächste Kommuniqué ist für ein Uhr angesetzt.«

Soll das ein Witz sein? Das war der einzige Satz, den Mikami heraushören konnte. Der Boden wackelte regelrecht, der ganze Saal schien zu schwanken von dem Tumult, der Richtung Podium losbrach. Die Rufe waren so gellend, dass es in den Ohren wehtat, und sie ebbten nicht ab, egal, wie viel Zeit verstrich.

Ochiai saß wieder, die Beine hatten unter ihm nachgegeben. Alles Blut war aus seinem Gesicht gewichen. In seinem Kopf herrschte zweifellos die gleiche Leere. Mikami versuchte ihm etwas zuzuflüstern. Als keine Reaktion kam, schrie er dem Mann ins Ohr: *Lesen Sie die Kurzdarstellung!* Mit zitternden Fingern blätterte Ochiai in seinen Papieren. Mikami sah ihm über die Schulter und dann bestürzt weg. Auf den Seiten stand nichts. Alles, was sie enthielten, waren die leeren Spalten von Suwas Vorlage. Arakida hatte tatsächlich Ernst gemacht. Ochiai verfügte über keinerlei Informationen. Er war nichts als ein Strohmann.

Mikami nahm das drahtlose Mikrofon, aber es kamen keine Worte über seine Lippen. Er durfte es nicht noch schlimmer machen. Was immer er sagte, würde ihren Zorn nur weiter anfachen. Er konnte nichts tun, als hier stehen und dem Anprall der Rufe und Beschimpfungen standhalten.

Eine Hand schoss in die Höhe. Aus dem Lager der *Toyo*. Es war Akikawa. Keine aggressive Geste. Eher wirkte es wie der Versuch, zu helfen. Mikami glaubte ihn etwas sagen zu hören … *Mikrofon.* Instinktiv sprang er vom Podium und drängte sich zwischen den Kameraleuten durch, das Mikrofon vor sich gereckt wie einen Schlagstock, die Augen auf Akikawa geheftet, der ihm mit einer fast schon beängstigenden Intensität im Blick entgegensah. Akikawa schloss die Hand um das Mikro und drehte sich um, der Menge der versammelten Reporter zu.

»Mein Name ist Akikawa, ich schreibe für die *Toyo*. Wir repräsentieren den Presseclub hier in Präfektur D.« Das musste er dreimal wiederholen, bevor der Lärm abschwoll. »Ich kann Ihre Empörung gut verstehen. Die Pressestelle hier hat lange Zeit sehr zu wünschen übrig gelassen, wir haben uns regelmäßig gezwungen gesehen, Kursänderungen anzumahnen.«

Mikami sank der Mut. Wollte er noch mehr Stimmung gegen sie machen? *Ein Friedenszweig.* War das in seiner derzeitigen Geistesverfassung ein Fremdwort für ihn?

»Dass sie uns jetzt mit dem Leiter von Dezernat II abspeisen wollen, passt leider nur zu gut ins Bild. Als Vertreter des Presseclubs von Präfektur D werde ich gleich nachher Beschwerde einlegen und den Direktor des Kriminaluntersuchungsamts oder den Leiter von Dezernat I verlangen.«

Der Mann war im Adrenalinrausch. Jetzt zeigte sich das volle Ausmaß seines Egos, von dem sie bisher nur Kostproben erhalten hatten.

»Andererseits wäre es eine vertane Chance, wenn wir die erste Presseerklärung so enden ließen. Wir würden wertvolle Zeit vergeuden. Als Sprecher des Presseclubs von Präfektur D möchte ich deshalb vorschlagen, dass wir uns dieses eine Mal noch gedulden und die Gelegenheit nutzen, um ein paar unserer drängendsten Fragen loszuwerden. Wir brauchen mehr Einzelheiten zu der Entführung. Sind damit alle einverstanden?«

Seine Stimme hallte von den Wänden wider. Nach einer Pause begannen der mit dem Spitzbart und der Gelhaarige rechts und links von ihm dem Vorstoß ihres jungen Kollegen mit skeptischer Miene zu applaudieren. Das verfing, dünner Beifall verbreitete sich im Saal.

»Wunderbar.«

Akikawa wandte sich wieder nach vorn, zum Podium und zu Ochiai hin. Er sah abgekämpft aus, als litte er unter Sauerstoffmangel. Es war nicht sein Ego. Und er glaubte sich auch nicht im Besitz der Patentlösung. Er versuchte die Ehre der Lokalpresse zu retten. Aber das Risiko war zu hoch. Was immer Akikawa bezweckte, wenn aus der Presseerklärung eine Frage-Antwort-Runde wurde, dann …

»Herr Dezernatsleiter Ochiai. Ich würde gern mit einigen Fragen des Presseclubs Präfektur D den Anfang machen. Danach werde ich das Mikrofon für weitere Fragen herumreichen. Findet das Ihre Zustimmung?«

Mikami wollte einschreiten, aber er wusste nicht, wie er einen solchen Schritt hätte rechtfertigen sollen. Er hatte keine Handhabe.

Akikawa schöpfte Atem. »Wenn Sie zum Einstieg vielleicht darlegen könnten, wie das Präsidium den Fall sieht. Welche Meinung vertreten Sie zu der möglichen Verbindung zur Entführung von Shoko Amamiya vor vierzehn Jahren?«

»Ver… Verbindung?«

Die Reaktion war noch schwächer, als Mikami befürchtet hatte.

»Wir wissen, dass der Entführer bei seinem Anruf dieselben Worte gebraucht hat. Wenn man von der Möglichkeit eines Teenagerstreichs absieht, besteht Ihrer Meinung nach eine Verbindung zwischen den beiden Fällen oder nicht?«

»Wir … wir können darüber zu diesem Zeitpunkt noch nichts sagen.«

»Heißt das, Sie haben nichts in der Hand, um eine Verbindung nachzuweisen?«

»Ja, ich glaube … obwohl das nicht ganz sicher ist.«

»Gut, jetzt zu den Details.« Akikawa schwenkte das Blatt mit der Kurzdarstellung. »Das hier ist viel zu allgemein gehalten, es gibt gar nichts her. Wir brauchen konkrete Angaben zu den Eltern des Mädchens: finanzielle Situation, beruflicher Hintergrund …«

Ochiai nestelte hilflos an den Seiten in seiner Hand herum. »Äh … da liegen uns noch keine spezifischen Erkenntnisse vor.«

Im Saal brach neuerliches Murren los. Spitzbart und Gelhaar runzelten die Stirn.

Akikawa geriet zusehends ins Rudern. *Einfach nur eine echte Antwort.* Sein Gesichtsausdruck war flehend.

»Haben Sie irgendetwas über den Entführer? Ein neuer Anruf zum Beispiel?«

»Nein.«

»Woher kamen die ersten beiden Anrufe?«

Wieder senkte Ochiai den Blick auf seine Papiere. Mikami rang innerlich die Hände. *Aus der Präfektur.* Wenn Ochiai so etwas antwortete, hatten sie gleich den nächsten Aufruhr. Seine einzige Chance war es, sich darauf zu berufen, dass keine Angaben vorlagen. Mikami versuchte ihm Zeichen zu machen. Ochiai blätterte immer noch. *Hierher schauen! Zu mir!*

Akikawas Atemzüge waren deutlich zu hören. »Hier steht als Einziges ›Präfektur D‹. Wo in der Präfektur? Sie müssen die Angaben von DoCoMo doch inzwischen vorliegen haben …«

Die Frage konnte die so dringend benötigte goldene Brücke darstellen. Oder sie erwies sich als Bumerang.

Ochiai schaute auf. Sein Blick war der angsterfüllte Blick eines Mannes, dem jeder Fluchtweg abgeschnitten ist.

»Ich … ich weiß es nicht.«

Dann bringen Sie uns jemanden, der's weiß! Der Zwischenruf löste neuerliche Aggression aus. Eine Flut höhnischer Bemerkungen brach über das Podium herein. Ochiais rechtschaffenes Aussehen nützte ihm nichts mehr. Die Furcht stand ihm ins Gesicht geschrieben. *Jetzt reicht's langsam! Gib's auf, Mann!* Einige der

Rufe waren auf Akikawa gemünzt. Spitzbart musterte ihn angewidert. *Habt ihr hier denn gar nichts im Griff?*

»Eine letzte Frage!«

Akikawa weigerte sich, das Mikrofon abzugeben. Sein Hals und die Ohren waren puterrot, sein Blick verzweifelt.

»Herr Dezernatsleiter Ochiai, ist die Entführung nur vorgetäuscht?«

Auch jetzt musste er sich dreimal wiederholen. Diesmal kehrte keine Ruhe ein. *Er verschwendet unsere Zeit! Und du willst euren Club repräsentieren! Geh doch selber den Direktor holen!*

»Herr Dezernatsleiter Ochiai, es ist unerlässlich, dass Sie auf meine Frage antworten. Hat die Einsatzleitung wirklich den Verdacht, dass die Entführung nur vorgetäuscht ist? Ja oder nein?«

»Dazu kann ich zum gegenwärtigen Zeitpunkt noch …«

»Das ist nicht hinnehmbar. Sie vertreten hier das KUA – beantworten Sie die Frage! Ist das ein Streich, hinter dem Kasumi Mesaki selbst steckt?«

Die Frage war fast mehr ein Jaulen. Der Lärm ebbte ab. Alle warteten darauf, was Ochiai sagen würde.

Ochiais Blick ging ins Leere. Das Mikrofon fing ein Murmeln ein.

»Kasumi … Mesaki …?«

Akikawa erstarrte. Seine Augen weiteten sich ungläubig.

Mikami sah zur Decke empor. *Nicht zu fassen.* Der Name sagte Ochiai nichts. Der einzige Name, den man ihm mitgeteilt hatte, war C.

Das verstößt gegen die Vereinbarung! Der Lärmpegel erreichte in Sekundenschnelle ungekannte Höhen. Alle waren aufgesprungen. Nur ein Mann stand ganz still – Akikawa. Seine Schultern waren gebeugt, als würde ein Regenguss auf ihn niedergehen. Das Mikrofon hing schlaff an seiner Seite herunter.

70

Sie hatten sich ins Präsidium gerettet.

Die nächste Erklärung ist für ein Uhr angesetzt. Damit hatten sie die Flucht ergriffen. Suwa hatte die Vorhut gebildet, Mikami und Kuramae hatten Ochiai abgeschirmt, ihn auf beiden Seiten flankiert, während sie sich zum Ausgang durchkämpften. Eine von Kuramaes Jackentaschen war eingerissen; Suwa hatte seine Armbinde eingebüßt. Ochiai war in den Lageraum verschwunden, sich das zerraufte Haar mit den Händen glättend. Mikami hatten sie nicht mit hineingelassen; die Zahl der Wächter an der Tür war auf sechs angewachsen. An Matsuoka würde nicht heranzukommen sein, er war draußen an der Front. Blieb nur Arakida; er musste die Kommuniqués selbst verlesen, das war der einzige Ausweg aus der Situation. Aber Arakida beharrte eisern auf seiner Weigerung; sie wurden nicht einmal zu ihm vorgelassen, trotz aller Drohungen, die Mikami gegen Mikura ausstieß, und trotz der Versuche der Lokalreporter, durch ihre schiere zahlenmäßige Überlegenheit die Kette der Wächter zu durchbrechen.

Es lief darauf hinaus, dass Ochiai auch die Ein-Uhr-Erklärung übernahm. Möglich war ihm das nur, weil man ihm im Lageraum eine Handvoll Informationen über die Familie des Mädchens mitgab.

Masato Mesakis Ersparnisse betrugen sieben Millionen Yen. Er hatte ein Grundstück geerbt – dreißig Quadratmeter groß – und einen Zwanzig-Jahres-Kredit aufgenommen, um das Haus bauen zu können, in dem sie wohnten. Außerdem hatte er das Erdgeschoss eines Gebäudes in der Stadt gemietet und betrieb dort einen Laden für Sportartikel. Bis vor zehn Jahren hatte er als Vertreter eines Autohauses gearbeitet, das mit importierten Luxuswagen handelte.

Mutsuko Mesaki war die ältere Tochter einer gut situierten Landwirtsfamilie; sie hatte nie einen Beruf ausgeübt. Ihre Familie würde einen Teil des Lösegelds beisteuern.

Kasumi Mesaki hatte sich im ersten Halbjahr an genau dreizehn Tagen in der Schule blicken lassen, im zweiten kein einziges Mal. Am Abend des Neunten hatte sie ihr Elternhaus kurz nach acht Uhr verlassen. Sie hatte einen Leopardenmantel getragen und war seitdem von niemandem mehr gesehen worden.

In den ersten zehn Minuten ging alles glatt. Doch kaum hatte Ochiai seine Meldung verlesen, war mit ihm nichts mehr anzufangen. Nicht eine einzige Frage vermochte er sinnvoll zu beantworten. Was es noch schlimmer machte, war die Hartnäckigkeit, mit der er es vermied, die Namen zu benutzen, und von den Familienmitgliedern weiterhin als A, B und C sprach.

Das Chaos wurde zum Normalzustand. Die Parteien kamen aus dem gegenseitigen Anschreien nicht mehr heraus. Spitzbart und Gelhaar von der *Toyo* brachten den Saal immer mehr unter ihre Kontrolle. Ihr Ehrgeiz war es, Arakida vors Mikrofon zu zwingen, doch der erwies sich als erstaunlich hartleibig. Also bearbeiteten sie stattdessen Ochiai und machten ihn zu ihrem Botenjungen. Einer stellte eine Frage. Ochiai stammelte irgendetwas, woraufhin sie ihn zurück in den Lageraum scheuchten, damit er sich dort die Antwort holte. *Na los! Beeilung!* Durch einen Hagel von Zurufen lief er aus dem Saal, nahm den Lift hinunter ins Erdgeschoss, stolperte den pechschwarzen unterirdischen Gang entlang und hastete dann die Treppe zum Lageraum hinauf. Dort angekommen, erhielt er eine unverbindliche Auskunft, mit der er zurück in den Konferenzraum eilen musste. *Soll das eine Antwort auf unsere Frage sein? Laufen Sie zurück, wird's bald!* Und er zog wieder ab zum

Lift. Mikami begleitete ihn auf jedem seiner Gänge. Nachdem er Mikura vergeblich beschworen hatte, Erbarmen zu zeigen und Ochiai durch Arakida zu ersetzen, packte er den Mann schließlich beim Revers, rammte seinen Kopf gegen die Wand und verbaute sich so den einzigen noch offenen Verhandlungsweg.

Drei Uhr früh. Wie von Mikami befürchtet, war die Konferenz zum Dauerzustand geworden, Ochiais Hin-und-her-Gehetze zur ständigen Übung.

Bündeln Sie Ihre Fragen doch bitte, dann versuchen wir, sie Ihnen alle auf einmal zu beantworten. Mikami hatte an Spitzbart appelliert, war damit aber abgeblitzt. Seine und Gelhaars Taktik zielte darauf ab, Arakida aus seiner Deckung zu zerren. Und dafür konnte Ochiais Martyrium gar nicht oft genug vorgeführt werden. Der Mann war schon völlig aufgerieben. Seine Augen waren trüb, die Beine kraftlos; im Lift sackte er immer wieder kurz zu Boden. Mikami begriff den Sinn hinter Arakidas Strategie nicht. Sein Hass auf alle Karrierebeamten war offenkundig so groß, dass er Ochiai mitleidlos der Lächerlichkeit preisgab. Wollte er an ihm ein Exempel statuieren? Selbst das traute Mikami ihm mittlerweile zu. Und dennoch …

Die Ein-Uhr-Erklärung war auch um halb fünf noch in vollem Gange. Die Hardliner im Saal meldeten sich zu Wort, sooft Ochiai wieder aufgebrochen war, und drängten darauf, die Vereinbarung für null und nichtig zu erklären. Der Vorschlag setzte sich nur deshalb nicht durch, weil viele Reporter sich wegen der Konsequenzen sorgten. Was würde geschehen, wenn eine so große Gruppe wie sie unkontrolliert loszog, um zu berichten? Eine Entführung war und blieb eine Entführung, egal, wie die Polizei mit ihnen umsprang, und Beweise dafür, dass das Mädchen alles nur inszeniert hatte, fehlten nach wie vor. Das brachte die Warnlampen zum Blinken. Was, wenn sie ohne die Direktiven der Polizei alle aufs Geratewohl berichteten und dann irgendeine

Wendung eintrat, die zum Tod des Mädchens führte? Es eignete sich als Druckmittel, das ja, aber der Vereinbarung tatsächlich zuwiderzuhandeln stand auf einem anderen Blatt. Sodass es vielleicht doch klüger war, die Sache nicht zu hoch zu hängen, sich keine Blöße zu geben … Es war eine Zwickmühle. Die Unsicherheit schürte ihren Zorn und ihre Reizbarkeit noch weiter; sie konnten nicht vor und nicht zurück.

Fünf Uhr, und noch immer kein Ende in Sicht. Ochiai war dem Zusammenbruch nahe. Die Erschöpfung machte seine Bewegungen schleppend und seine Gedanken zunehmend wirr. Selbst die heißen Tücher und Energydrinks, die Mikumo bereithielt, halfen nicht mehr. Suwa und Kuramae wechselten sich jetzt darin ab, ihn zum Lageraum und zurück zu begleiten. Meist kehrte Ochiai mit so gut wie nichts wieder, worauf gleich das nächste Bombardement einsetzte. Spitzbart und Gelhaar sandten ihren Laufjungen erbarmungslos auf einen Botengang nach dem anderen. *Bald haben wir sie so weit. Bald sind sie weichgekocht.* Immer öfter kamen Mikami solche Kommentare zu Ohren. Akikawa hatte er schon eine Weile nicht mehr gesehen. *Er könnte helfen.* Das glaubte Mikami wirklich.

Suwa wurde immer stiller, und schuld daran war nicht nur Erschöpfung. Das Ausmaß der Sache hatte ihn überwältigt, die schiere Anzahl der Reporter aus Tokio. Er vermochte ihnen nicht mehr die Stirn zu bieten. Der Schrecken darüber untergrub sein Selbstvertrauen, seine Funktionsfähigkeit als Pressebeamter. Kuramae wirkte wie betäubt. Er hatte dichtgemacht, sich wieder ganz in die Rolle des biederen Schreibtischbeamten verkrochen. Mikumos Fokus war zu eng. Vor lauter Besorgnis um Ochiais Befinden verlor sie alle anderen Belange aus dem Blick. Sooft Ochiai seinen Gang in den Lageraum antrat, malte sie sich ein Kreuzchen auf die Handfläche. *Wir dürfen das nicht länger zulassen. Wenn das nicht aufhört, stirbt er noch …*

Zwanzig vor sechs. Nachdem Ochiai und Suwa sich wieder einmal auf den Weg gemacht hatten, ging Mikami zur Toilette. Draußen war es noch stockdunkel. Eine jähe, lähmende Müdigkeit befiel ihn, mehr durch das Gefühl der Ohnmacht ausgelöst als durch irgendetwas sonst. Seine Gedanken schweiften zu Minako. Zu Yoshio Amamiya. Zu Ayumi …

Habe ich irgendetwas in meinem Leben richtig gemacht?

Sein Nacken versteifte sich, sobald er in den Korridor hinaustrat. Neben der matt erleuchteten Lifttür hatte sich eine Gruppe von Menschen versammelt, wie ein Hinterhalt sah es aus. Zehn Gestalten. Zwanzig.

Im Näherkommen begriff er.

Ushiyama, Utsuki, Sudou, Kamata, Horoiwa, Yanase, Kasai, Yamashina, Tejima, Kadoike, Takagi, Kakei, Kiso, Hayashiba, Tomino, Namie …

Sie sahen ihm alle entgegen. Auch Akikawa war bei ihnen, schweigend lehnte er an der Wand.

»Was ist hier los?«

Ushiyama attackierte ihn als Erster, ohne jeden Versuch, seine Frustration zu kaschieren. *Können Sie das nicht beenden? Tun Sie endlich was!* Die anderen fielen ein.

Statt einer Antwort seufzte Mikami nur. Er bahnte sich einen Weg zwischen ihnen hindurch und ging weiter. Enttäuschung machte sich in ihm breit. *Genau! Heult nur immer mit den Wölfen!*

»Es geht zu weit, es geht wirklich zu weit«, zischte Yamashina.

Tejima hatte die Fäuste geballt.

»Wir können das nicht mehr mitansehen … die Art, wie dieses Pack Sie behandelt. Es ist unerträglich.«

Die Worte waren von Madoka Takagi gekommen. Es traf Mikami wie ein Blitz. In Takagis Augen glitzerte es. *Natürlich.* Sie waren keine Touristen. Sie beschwerten sich nicht darüber, in die zweite Reihe verwiesen worden zu sein. Mit einem Mal verstand Mikami, was in ihnen vorging. Der erste Posten war etwas ganz Besonderes. Es war der Ort, an dem man als junger Mensch erstmals auf eigenen Füßen stand. An dem man sein Handwerk lernte, an dem man die Straßen erkundete, die Geschäfte. Man schlug sich durch, man aß, man schlief, man litt. Man tat die ersten Schritte in der realen Welt. Man begann zu entdecken, wer man wirklich war. Es war ein Ort, der mehr Heimat war als die Heimat selbst. Und nun wurde diese Heimat mit Füßen getreten. Es tat ihnen weh. Und es machte sie wütend.

Mikami ging weiter, ohne etwas zu sagen. Er hätte nicht gewusst, wie er dem gerecht werden sollte, was sie – seine Reporter – von ihm zu hören hofften. Aber er war gerührt. Wenn er schon sonst nichts tun konnte, wenigstens das wollte er Akikawa wissen lassen. Der junge Mann schaute zu Boden. Er sah hundemüde aus. Er hatte seinen Mut zusammengenommen und das Wort ergriffen, aber er hatte Schiffbruch erlitten damit. Er hatte sein Bestes getan, und das auf der größten nur denkbaren Bühne. Er war ihr Sprecher; sein Stolz hatte es ihm geboten, sein Verantwortungsgefühl. Und auch der Wunsch, zu helfen, daran zweifelte Mikami nicht.

Ohne stehen zu bleiben, berührte er Akikawa kurz an der Schulter.

Du hast dich gut geschlagen. Jetzt muss ich *ran …*

71

Die Wende kam unverhofft.

Ochiai hatte seinen toten Punkt überwunden. Es war halb sieben Uhr morgens. Bei der Rückkehr in den Konferenzsaal sah er deutlich anders aus als bei seinem Aufbruch zum Lageraum. Um einiges zuversichtlicher. Er war immer noch wacklig auf den Füßen, als er das Podium bestieg, aber er schaffte es ohne Suwas Hilfe. Als er saß, hielt er sich gerade und nahm die Menge in den Blick. Er hatte eine brauchbare Information an die Hand bekommen. Vielleicht mehr als das. Nichts an seinem Ausdruck deutete darauf hin, dass das Mädchen tot war. Sie war wieder aufgetaucht, heil und gesund. Der Entführer war festgenommen worden. Beides hieße, dass die Stillhaltevereinbarung umgehend aufgehoben werden konnte. Sie würden diesen schauerlichen Raum mit seinen Verdunklungsvorhängen verlassen dürfen.

Mikami stand seitlich neben den Kameraleuten. Er sah zu seinen Mitarbeitern hinüber. Suwa nickte bestätigend. Kuramae und Mikumo traten näher. Sie wirkten unruhig. Sie sehnten beide ein Ende herbei. Hoffnung malte sich auf ihren Gesichtern.

Die übrigen im Saal Versammelten, denen Ochiais Verwandlung ebenfalls aufgefallen war, hatten zu murmeln begonnen. Gespannte Erwartung griff um sich, die Reporter beugten sich über die Tische nach vorn, damit ihnen auch ja kein Wort entging.

Lichtpunkte zeigten laufende Fernsehkameras an. Der Rest der Kameraleute rangelte um Plätze, Auslöser klickten. Spitzbart nahm das Mikrofon in die Hand. Er schaute reservierter drein als die anderen Reporter – nicht direkt verärgert, aber es war klar zu sehen, dass ihn Ochiais plötzlicher Aufschwung nicht freute.

»Sollen wir mit Ihren Hausaufgaben beginnen? Wie oft hat der Entführer bei der Familie angerufen? Wann? Wie lang jeweils? Waren im Hintergrund irgendwelche Geräusche auszumachen?«

»Darüber habe ich noch keine Angaben.«

Ochiai erwiderte es mit einem Lächeln. Spitzbarts Gesichtsausdruck veränderte sich.

»Gibt es neue Entwicklungen? Konnten Sie das Mädchen in Gewahrsam nehmen? Ist der Täter gefasst?«

Alle hielten den Atem an.

»Äh, nein. Das auch noch nicht.«

»Gut, was denn dann?« Spitzbart verlor schon wieder die Geduld.

Ochiai lächelte weiter unbeirrt.

»Ich habe neue Informationen bezüglich der Anrufe, etwas, wonach Sie schon mehrmals gefragt haben. Ich kann Ihnen jetzt sagen, von wo sie erfolgt sind. Beide Anrufe – der erste wie auch der zweite – wurden innerhalb von Genbu getätigt.«

Die Information war wichtig, keine Frage. Aber wie er sie übermittelte, war verkehrt. Ochiai hatte Hoffnungen geweckt, die Erwartungen in die Höhe geschraubt, und so verfehlte die Enthüllung ihre Wirkung. Der ganze Saal schnappte gleichsam nach Luft.

Was sagt man zu so einem Idioten?

Spitzbart meinte die Antwort zu wissen.

»Wo in Genbu?«

»Wie bitte?«

»Das Signal lässt sich doch auf einen Drei-Kilometer-Radius einengen, oder? Wir brauchen Details, wie oft denn noch? Konkrete Angaben.«

Ochiai brachte nur ein Krächzen heraus.

»Also noch mal von vorn!«, rief Gelhaar von seinem Platz neben Spitzbart wie ein Lehrer, der einen schlechten Schüler abkanzelt, und entfesselte damit bei den enttäuschten Reportern umso heftigeres Hohngeschrei.

Hat man schon mal so einen Trottel gesehen? Der lernt's nie. Zu blöd zum Scheißen, der Kerl.

Ochiai starrte ins Leere. Sein Gesicht war ausdruckslos. Es sah aus wie das eines Toten, jeder einzelne Muskel darin schien erschlafft. Zweifellos war er weinend zu Arakida gelaufen. Hatte ihn um eine Information angefleht, die die Presse zufriedenstellen würde. Und es schließlich geschafft, ihm dieses eine Detail abzuringen: den Ausgangspunkt der Anrufe. Auf dem Rückweg hatte er sich dann ausgemalt, wie die Presse ihn für seine Tüchtigkeit loben würde.

Und stattdessen …

»Was ist? Keine Müdigkeit vorschützen! Und bring uns zur Abwechslung mal eine Neuigkeit mit, die den Namen verdient.«

Ochiai blieb sitzen. Seine reglose Gestalt begann vornüberzusacken … seine Stirn schlug auf der Tischplatte auf. Die Ellbogen rutschten langsam rechts und links weg, bis sein ganzer Oberkörper flach auf dem Tisch lag.

Vergebt mir. Es wirkte wie eine Bitte um Absolution.

»Er braucht einen Krankenwagen!«

Der Ruf war von Mikumo gekommen. Spitzbart brüllte mit doppelter Lautstärke zurück.

»Ihr verdrückt euch jetzt nicht! So leicht kommt ihr nicht davon.«

Mikumo hielt ihre mit Kreuzchen übersäte Handfläche hoch. »Neunundzwanzig Mal. So oft habt ihr ihn hin und her gehetzt. Er ist seit siebeneinhalb Stunden hier drin, er hat keine Sekunde geschlafen.«

Spitzbart beachtete sie kaum. Sein Blick durchbohrte weiter den Mann auf dem Podium.

»Wir auch nicht. Siebeneinhalb Stunden ohne Pause. Wir sind den ganzen Weg von Tokio gekommen und haben auch nicht geschlafen. Wir sind hier zusammengequetscht wie die Sardinen, wahrscheinlich gehen wir alle mit einer Thrombose hier raus. Neunundzwanzig Mal hin und her? Der Glückliche. Durfte sich wenigstens mal die Beine vertreten!«

Gelhaar stieß ihn von der Seite an.

»Sollen sie ihn ruhig ins Krankenhaus bringen, dann müssen der Direktor oder der Ermittlungsleiter ran.«

»Aber wenn sie uns noch mehr solche Luschen wie den hier schicken?«, fragte Spitzbart und sah wieder zu Ochiai.

»Wenn Sie ins Bett wollen, reden Sie mit dem Direktor. Werfen Sie sich vor ihm auf den Boden und betteln so lang, bis er Sie ablöst.«

Suwa und Kuramae waren derweil zu Ochiai hinübergelaufen, Mikumo mit Wasserkocher und Handtuch hinter ihnen her. Sie hievten seine zusammengesunkene Gestalt hoch. Er hing schlaff zwischen ihnen. Offenbar hatte er noch die letzte seiner Energiereserven verbraucht. Ein Speichelrinnsal lief ihm aus dem Mundwinkel.

»Reiß dich zusammen, Mann! Du bist eh unten durch. Wenn du bei so was schon zusammenklappst, vergiss es!«

»Das reicht«, sagte Mikami. Die Worte kamen von irgendeinem Punkt tief in seinem Innern.

Spitzbart drehte sich nach ihm um, mit einem Gesicht, als müsste er sich wohl verhört haben.

»Sie haben es weit genug getrieben!« Diesmal hob Mikami die Stimme. »Sie sind ein Lynchmob und sonst nichts. Die Konferenz ist beendet.«

»Wie war das?« Spitzbart drängte sich in seine Richtung durch, den Arm ausgestreckt, und hielt Mikami das Mikrofon vor den Mund. »Könnten Sie das bitte noch mal sagen?«

»Ich hole Ihnen keinen Ersatzmann, wenn Sie ihn doch wieder nur auflaufen lassen. Ab sofort sind alle Pressekommuniqués ausgesetzt.«

Zu Hunderten trommelten Hände auf Tische, alle im Saal sprangen auf. Der Boden dröhnte, wütende Protestrufe gellten durcheinander. Mikamis Mitarbeiter auf dem Podium starrten entgeistert. Selbst Ochiais halb geschlossene Augen schwammen in seine Richtung. Spitzbart fuchtelte mit dem Mikrofon in der Luft herum. *Überlasst das mir.*

Das Geschrei erstarb nur langsam. Ein unterdrücktes Geraune hielt sich. Die Reporter warteten Mikamis nächste Äußerung ab, nur zu bereit, sich in die Schlacht zu werfen.

»Ein Lynchmob, sagen Sie?« Spitzbart maß Mikami mit herausforderndem Blick. »Sie wollen hier Pressedirektor sein. Vielleicht kapieren Sie nicht, was da abgeht. Uns wird dieser Mann vorgesetzt, der Leiter von Dezernat II, der nicht mal den Namen des entführten Mädchens weiß. Wer immer bei Ihnen das Sagen hat, opfert hier einen seiner Lakaien und rettet die eigene Haut. Wer lyncht da wen, frage ich Sie.«

Mikami rief Richtung Podium: »Bringt ihn zur Sanitätsstation.«

Mikumo verzog ängstlich das Gesicht.

»He, Sie, Hackfresse. *Sogenannter* Pressedirektor. Haben Sie nicht gehört?«

Hackfresse. Mikami hatte bereits mitbekommen, dass die beiden Männer ihm diesen Namen verpasst hatten.

»Die Kommuniqués sind ausgesetzt, sagen Sie? Heißt das, die Polizei verstößt gegen ihre eigene Vereinbarung?«

»Wir halten um acht eine nächste Sitzung ab. Sollte sich in der Zwischenzeit etwas ergeben, unterrichten wir Sie in Schriftform.«

»Sagt der Mann mit der Gruselvisage, der selbst keinen Durchblick hat.«

Genau! Eine neuerliche Welle von Geschrei brandete gegen ihn an. *Schluss mit den faulen Tricks! Bringt uns den Direktor des Kriminaluntersuchungsamts.*

»Wissen Sie, unfähige Polizisten begegnen uns auf Schritt und Tritt«, fuhr Spitzbart fort. »Aber so eine Versagertruppe wie hier habe ich noch nirgends erlebt.« Beim Sprechen starrte er Mikami mit bohrendem Blick an. Seine Augen waren bemerkenswert, schön eigentlich. Mikami überlegte kurz, ob diese gläserne Klarheit von all den Jahren herrührte, die der Mann schon für das kämpfte, was er als die gerechte Sache ansah.

»Schaut, dass ihr ihn irgendwie hier rausschafft!«, rief Mikami zum Podium hinüber.

Suwa und Kuramae legten sich Ochiais Arme um die Schultern, halfen ihm auf die Füße.

»Ach ja? Und dann was?«

»Wie meinen Sie das?«

»Wer soll seinen Platz einnehmen, wenn der Doktor ihn krankschreibt?«

»Ich kümmere mich um einen passenden Ersatz.«

»Den Direktor. Geben Sie uns Ihr Wort. Und zwar jetzt!«

Er hat recht! Er hat recht! Die zustimmenden Rufe füllten den Raum, als kämen sie aus Lautsprechern. *Den Direktor! Geben Sie uns Ihr Wort darauf!*

Mikami biss die Zähne zusammen und sagte nichts.

»Glauben Sie nicht, Sie können einfach dastehen und schweigen. Wir fordern nur eine *normale* Pressekonferenz. Warum können Sie uns nicht den Direktor herbringen? Was versuchen Sie hier zu verbergen?«

Ochiai, von den beiden Männern gestützt, kam vom Podium herunter. Sie traten ihren Weg durch den vollgestellten Saal an.

Mikami rief Mikumo zu sich herüber, sie schien ihm zu gefährdet bei den anderen, die sich nun durch das Gewühl schoben, im Zickzack den Hindernissen auswichen. Ochiais Füße schleiften über den Boden. Allein hätte er nicht einen Schritt zustande gebracht. Es sah aus, als würden Suwa und Kuramae einem verwundeten Soldaten durch ein Minenfeld helfen.

Lasst sie nicht raus! Eine scharfe Stimme gellte von irgendwo in der Saalmitte. *Wir können sie nicht einfach gehen lassen. Erst muss er uns sein Wort geben.*

Mikami fluchte. Eine Mine war hochgegangen – und löste eine Welle weiterer Explosionen aus.

Haltet ihn auf!

Eine Gruppe jagdlustiger Reporter sprang auf und verstellte Ochiai den Weg. Noch mehr drängten von beiden Seiten herzu.

Er muss es versprechen. Wir tauschen ihn nur gegen den Direktor aus.

Der Kreis zog sich um Ochiai zusammen. Die Gesichter von Suwa und Kuramae waren verzerrt. Mikami hörte Mikumo hinter sich aufschreien.

»Rührt ihn nicht an, oder ich nehme euch wegen Nötigung fest!«

Mikami lauschte dem Hallen seiner Stimme nach. Er hatte in das Mikrofon gerufen, das er Spitzbarts Griff entrissen hatte. Stille trat ein. Alle zweihundertneunundsechzig Augenpaare waren auf ihn gerichtet. Er schloss die Lider. An seinem Trommelfell vibrierte ein durchdringendes Schrillen, so laut, dass er nicht sagen konnte, ob es eine Stimme war oder bloßer Lärm. Jetzt nahm ihm jemand das Mikrofon weg. Nicht Spitzbart. Es war Gelhaar – er hatte es ihm einfach aus den Händen gepflückt.

»Spar dir das Imponiergehabe, Hackfresse. Diese Einschüchterungstaktik beeindruckt höchstens eure Jungspunde hier.«

Spitzbart starrte ihn immer noch an. Er nahm das Mikrofon

wieder an sich. Der Kämpfer für die gerechte Sache. Aus seinen glasklaren Augen loderte ein heiliger Zorn.

»Bis jetzt haben wir brav alles mitgemacht. Wir haben es als Argument gelten lassen, dass es sich bei der Entführung um einen Teenagerstreich handeln könnte. Wir haben Verständnis für die Umstände gezeigt, und wir haben diesen Affenzirkus um die Identität der Familie akzeptiert. Aber jetzt reicht es uns.« Unvermittelt schlug seine Wut durch. »Wir lassen uns nicht länger für dumm verkaufen. Diese Pressekonferenz ist eine Farce. Ihr verstoßt ganz klar gegen die Vereinbarung. Ihr verschleiert die Wahrheit, während ihr die ganze Zeit weiterermittelt. Das lassen wir uns nicht länger bieten. Wir stimmen jetzt ab.«

Er drehte sich zu dem Rest der Menge um.

»Als Erstes melden wir diese grotesken Zustände an Tokio. Dann beantragen wir die Einsetzung von jemand Geeigneterem, jemandem von der Kriminaluntersuchungsbehörde, der die Ermittlungen in die Hand nimmt, einschließlich allem, was uns, die Presse, betrifft. Irgendwelche Gegenstimmen?«

»Moment!«, rief Mikami. »Ich garantiere Ihnen, dass Sie ab jetzt brauchbare Kommuniqués erhalten. Wir geben alles an Sie weiter, was wir wissen. Das ist doch das, was Sie wollen!«

»Bisschen spät für so was, oder? Genau das verweigern Sie uns doch die ganze Zeit, sonst hätten wir diesen Ärger ja nicht.«

»Ich kann Sie verstehen. Wir haben unsere Pflichten schleifen lassen. Geben Sie mir etwas Zeit, damit ich das korrigieren kann. Ich brauche nicht lange.«

»Bringen Sie uns den Direktor?«

»Ich bringe Ihnen den Leiter von Dezernat I.«

Es funktionierte. Der Großbrand, der im Saal gewütet hatte, erlosch binnen Sekunden. Seine Worte hatten die Hitze der Flammen widergespiegelt. Er hatte die letzten Reserven an Löschschaum benutzt, Reserven, die er nie hätte anrühren dürfen.

»Die nächste Erklärung beginnt um acht Uhr.«

Er befahl der nach wie vor hinter ihm stehenden Mikumo: »Bleiben Sie dicht bei mir«, und setzte sich in Bewegung. Es fühlte sich wie der reinste Spießrutenlauf an. Auf halber Strecke legte er Ochiai die Hand in den Rücken. Der Schaum tat seine Wirkung, aber im Raum schwelte es noch immer, von Normalität konnte keine Rede sein.

Sie erreichten den Korridor. Die Lifttür. Selbst dort spürte Mikami noch die durchdringenden Blicke im Nacken.

»Danke«, ächzte Ochiai.

Mikami nahm ihn bei der Schulter. Sie fasste sich ähnlich zerbrechlich an wie die von Akikawa. Zu fünft stiegen sie in den Lift. Sobald die Türen sich geschlossen hatten, wandte Mikami sich an Suwa.

»Ich fahre noch mal zu Direktion G.«

Suwa sah zu Boden. Es war ihm so klar wie allen anderen: Mikami würde nicht in der Lage sein, Matsuoka – den Leiter des gesamten Einsatzes – mit hierherzubringen.

»Ich muss es versuchen. Er wird vielleicht nicht persönlich herkommen können, aber es besteht eine Chance, dass ich Ihnen verwertbare Informationen liefern kann.«

Suwas Kopf blieb gesenkt. Mikami konnte sich unschwer vorstellen, was er dachte.

Ich bringe Ihnen den Leiter von Dezernat I.

Die Worte ließen sich nicht zurücknehmen. Herbeizaubern würden sie Matsuoka dennoch nicht. Und Mikami würde nicht einmal vor Ort sein, um die Verantwortung zu übernehmen. Für Suwa mit seinem angeschlagenen Ego war es beklemmende Realität: Er würde sich wehrlos den Reportern stellen müssen.

Trotzdem …

»Ich muss es versuchen«, wiederholte Mikami, wie um sich selbst auf seinen Kurs einzuschwören.

»Ja, Sie sollten fahren.« Das war Ochiai. »Ich kann … ich kann noch ein bisschen durchhalten. Ich schaff's schon irgendwie.«

Mikami fasste wieder seine Schulter, drückte sie. Sagen konnte er nichts. Er wollte Suwa nicht in Zugzwang bringen.

»Suwa.«

Keine Antwort.

»Futawatari hat vorhin angerufen, um zu fragen, ob er helfen kann. Ich kann ihn bitten zu kommen.«

Mit einem kurzen *Pling* kam der Lift zum Stehen. Die Türen öffneten sich. Niemand machte Anstalten, auszusteigen. Kuramae und Mikumo wandten den Blick nicht von Suwa. *Wir stehen hinter dir, wie immer du dich entscheidest*, signalisierten diese Blicke ihm.

Die Türen begannen zuzugleiten. Einen Moment bevor sie sich schlossen, drückte Suwa die Taste zum Öffnen.

»Das wird nicht nötig sein. Wenn der Personalchef mich für einen Schwächling hält, bringe ich es nie zum Pressedirektor.«

72

Draußen schien die Sonne.

Auf dem Weg zu seinem Wagen blieb Mikami einen Moment stehen, um das Gefühl von Weite auszukosten. Er hielt das Gesicht der Morgensonne entgegen, atmete tief ein und aus. Er dehnte Arme und Beine.

Suwas Blick hing ihm immer noch nach. Trotzdem … er hatte den Mut zum Weiterkämpfen gefunden. Er hatte sich einen Ruck gegeben, war wieder in den Ring gestiegen.

Mikami setzte sich hinters Steuer und sah auf die Uhr: 7.22. Eine Runde war drin, sagte er sich und fuhr langsam einmal um den Parkplatz. Er hielt nach Minakos Kompaktwagen Ausschau. Die Undercover-Einheit hatte sich um sieben treffen sollen. Wenn es bei ihrem Entschluss geblieben war, dann musste sie jetzt dort drin sein. Er trat hart aufs Gaspedal und fuhr vom Gelände. Er hatte ihr Auto nicht gesehen, aber es gab noch andere Stellen, wo sie geparkt haben konnte. Bestimmt war sie da. Sie hatte sich aus dem Haus gewagt – in dieses selbe, blendende Sonnenlicht.

Auf der Präfekturstraße war dichter Verkehr.

Mikami versuchte gar nicht erst, aufs Tempo zu drücken. Bis zum Acht-Uhr-Kommuniqué schaffte er es ohnehin nicht. Und das nächste – das für zehn Uhr anberaumt war – musste er sich auch aus dem Kopf schlagen. Die Feuerprobe würde das Kommuniqué zur Mittagszeit sein. Dann endete die Frist für die Beschaffung des Lösegeldes. Und dann erst kam alles Weitere zum Tragen. Wie nahe er bis dahin an die Ermittlungen herangekommen war. Wie viele aktuelle Informationen er hatte zusammenbringen und in den Konferenzraum übermitteln können. Einzig das würde über ihren Erfolg oder Misserfolg entscheiden. Nun, da er dem Saal entronnen war, sah er das völlig klar. Er wusste genau, was zu tun war.

Im Konferenzraum war ihm jeder Augenblick kritisch erschienen. Jede Sekunde ihres mehr als achtstündigen nächtlichen Marathons hatte Mikami absolviert wie ein Sprinter. Aber die Wahrheit war, dass nichts vorwärts gegangen war. Ochiais neunundzwanzig Spurts hin und her, der unermüdliche Beistand von Suwa und den anderen – all das war nicht mehr als eine Aufwärmübung gewesen. Der eigentliche Wettkampf stand noch bevor. Damit die Presse wirklich die Zähne zeigte und alle Register zog, musste erst Bewegung in den Fall selbst kommen.

Ein Zivilfahrzeug der Polizei fuhr vorbei. Die metallic-silberne Karosserie fädelte sich in den Verkehrsstrom ein, die Geschwindigkeit nicht zu langsam, nicht zu schnell.

Mikami steckte sich eine Zigarette zwischen die Lippen und zündete sie an.

Ich bringe Ihnen den Leiter von Dezernat I.

Die Zusage war nicht einzuhalten. Aber das hatte er von Anfang an gewusst – er durfte sich nicht zum Sklaven seiner Worte machen. Gleichzeitig war ihm klar, dass ein Abrücken von dem Versprechen, das er vor allen zweihundertneunundsechzig versammelten Reportern abgegeben hatte, unweigerlich den Ruf nach einem Einschreiten der NPB zur Folge haben musste.

Seine einzige Chance, das zu verhindern, war es, ihnen Informationen zu liefern, die den gleichen Wert hatten wie Matsuokas persönliches Erscheinen.

Eine Strategie nahm Gestalt an.

Das KUA verbarg etwas. Wenn er irgendwo ansetzen konnte, dann da. *Arakida und der Lageraum. Matsuoka und die operati-*

ven Kräfte. Schon jetzt war offenkundig, dass sie in Sachen Geheimhaltung unterschiedliche Auffassungen vertraten. Matsuoka hatte ihm Mesakis Namen genannt, obwohl er wusste, dass er an die Presse gelangen würde; Arakida sprach noch immer von A. Und Mutsuko und Kasumi waren immer noch B und C, obwohl ihre Namen schon vor geraumer Zeit bekannt geworden waren. Matsuoka hatte mit Letzteren zwar hinterm Berg gehalten, aber das war mehr persönlichen Erwägungen geschuldet gewesen als dem Bestreben, ihre Identität zu verschleiern. Arakida verbarg *alles*, um *etwas* verbergen zu können. Matsuoka verbarg nur das, was verborgen bleiben musste. Der Unterschied war entscheidend.

Er bedeutete, dass Matsuoka ihm alle Auskünfte geben würde, die er nicht für vertraulich hielt. Es war nicht seine Art, eine Stillhaltevereinbarung zu missachten, und seine Reaktion, als Mikami ihn in der Toilette von Direktion G angegangen war, hatte Einfühlung in Mikamis Situation und Sicht der Dinge erkennen lassen. Mikamis Chancen standen nicht schlecht, solange er nicht darauf insistierte, alles zu erfahren. Es würde schwierig sein, bestimmte Punkte aussparen zu müssen, aber verglichen mit dem Hexenkessel des Konferenzraums ein Leichtes. Er würde so viel von Matsuoka in Erfahrung bringen, wie er nur konnte. Auf diese Weise würden die Informationen, die er weitergeben konnte, ähnlich viel Gewicht haben, als stünde der Mann selbst auf dem Podium. Denn auch wenn Matsuoka in Person da wäre, würde er gewisse Dinge für sich behalten. Er hätte der Presse Mesakis Namen verraten, aber nicht den von Mutsuko oder Kasumi, ganz gleich, wie sehr sie ihn bedrängten. Wie waren seine Worte gewesen: *Manche Dinge sind für niemandes Ohren bestimmt.*

Eine eigenartige Empfindung überkam Mikami, ein Gefühl zwischen Argwohn und Bangigkeit.

War es das?

Die Identität der Familie? War das alles, was das Kriminaluntersuchungsamt zu verbergen suchte? Unmöglich. Es konnte nichts so Banales sein. Sie mussten etwas anderes verbergen, etwas von zentraler Bedeutung für die Entführung, vielleicht sogar für den Einsatz selbst. Etwas, das Arakida keine andere Wahl ließ, als die Information zu unterdrücken, auch wenn er sich dadurch die gesamte Presse zum Feind machte; ein Geheimnis von ähnlicher Explosivität wie das Koda-Memo.

Mikamis einziger Anhaltspunkt war die Tatsache, dass Matsuoka als Einsatzleiter ihm die Namen von Mutsuko und Kasumi verweigert hatte. Das war alles.

Bei Kasumi war es zu verstehen. Dafür gab es eine ganz normale Erklärung. Sie war minderjährig, und sie stand im Verdacht, die Entführung nur inszeniert zu haben. Matsuoka war kein Mann, der Jugend als Entschuldigungsgrund ansah, doch man konnte ihm schlecht einen Strick daraus drehen, dass er ihren Namen zurückhielt.

Aber wie stand es mit Mutsuko?

Der Gedanke kam ihm zum ersten Mal. Warum hatte sich Matsuoka geweigert, den Namen von Kasumis Mutter herauszugeben? Weil sie eine Frau war? Weil sie litt? Weil ihre Tochter entführt worden war oder ihr Vertrauen missbrauchte? Spielten solche Erwägungen eine Rolle?

Es fühlte sich nicht richtig an.

Also … nein.

Was sonst konnte der Grund sein? Vielleicht hatte er einfach nur helfen wollen. Möglicherweise hatte er anfangs nicht vorgehabt, ihm überhaupt etwas zu sagen, aber dann gesehen, in welcher Verfassung Mikami war, und ihm aus Mitleid wenigstens Masatos Namen genannt.

Nein.

Manche Dinge sind für niemandes Ohren bestimmt.

Masatos Namen hatte er gesagt. Aber nicht die Namen von Mutsuko und Kasumi. Aus Anstand.

Mikami kam schon wieder ins Schleudern.

Enthielten Matsuokas Worte eine versteckte Botschaft? Oder waren sie nur so dahingesagt? *Wenn* sie etwas zu bedeuten hatten …

Eine Mutter, eine Tochter …

Die Kombination weckte nur negative Assoziationen. Ein weiteres Zivilfahrzeug kam ihm entgegen. Die ganze Präfektur war mobilisiert worden. In wenigen Stunden würden sie die Verfolgung aufnehmen und dem Lösegeld bis zum Übergabeort folgen. Eine Menschenjagd am helllichten Tage. Gut möglich, dass es darauf hinauslaufen würde.

Die Aoi-Werbetafel glitt ins Bild. Das Café war bestimmt bereits für das Morgengeschäft geöffnet. Ob es auch diesmal die erste Station sein würde? Mikami versuchte durch die Scheiben Minakos Gesicht zu erspähen. Hatte man sie wieder hier eingesetzt? Und wenn ja, saß sie am selben Platz wie vor vierzehn Jahren?

Eine jähe Angst durchfuhr ihn, als hätte er seine Frau einem dunklen, bodenlosen Strudel überantwortet.

Etwas würde passieren. Er wusste es, auch wenn das Wissen durch nichts begründet war. Aber das war die Wurzel aller Panik – grundlose Furcht.

Es gibt einen Spruch: Um einen Frevler zu fangen, musst du selbst einer sein.

Matsuokas Worte klangen unheilverkündend in ihm nach. Mikami hatte einen derartigen Spruch nie gehört. War es etwas, das sich Matsuoka selbst ausgedacht hatte? Um irgendeine Idee in Worte zu kleiden? Wenn ja, waren sie dann eine Art Platzhalter? Ein verkappter Fingerzeig darauf, was es war, das verborgen bleiben musste?

Über die Windschutzscheibe strich der Schatten eines Vogels.

Mikami fuhr in der Sekunde an, in der die Ampel auf Grün schaltete. Er musste Matsuoka in die Augen sehen und Gewissheit haben, nicht nur um der Pressestelle willen.

73

Der Wind frischte auf.

Ein Stück vor ihm parkte ein Viertonner mit dem Logo eines Herstellers von Erfrischungsgetränken. Vor drei Jahren war es noch das Logo einer Zigarettenmarke gewesen. Und davor, meinte Mikami sich zu erinnern, das einer Firma, die industriell verarbeitete Lebensmittel vertrieb. Es war die Mobile Kommandozentrale der Präfektur, angeschafft im Jahr nach der 64-Entführung, auf die, quasi als Kompensation, eine sprunghafte Erhöhung des Budgets gefolgt war. In den dreizehn Jahren seitdem war das vollcomputerisierte Fahrzeug seines Wissens nie eingesetzt worden.

Mikami saß im Auto. *Der Parkplatz einer Fahrschule, einen halben Kilometer von Direktion G entfernt.* Er hatte Genbu dreimal umrunden müssen, um darauf zu stoßen. *Ein Beamter auf dem Fahrersitz. Ein zum Beifahrerfenster herausstehender Ellbogen.* Und drinnen, in dem glitzernden Silbercontainer, der den hinteren Teil des Fahrzeugs bildete, saßen vermutlich noch einige mehr.

Der Motor lief nicht, aber in das Fahrgestell war eine Vielzahl von Batterien eingebaut, sodass Klimaanlage, Kommunikationstechnik und sämtliche digitalen Komponenten auch unabhängig vom Motor funktionierten.

Fünf nach zehn. Die Konferenz musste bereits begonnen haben. Oder, wahrscheinlicher noch, die Acht-Uhr-Konferenz dauerte noch an. Dadurch durfte er sich nicht ablenken lassen. Er wartete auf Matsuoka. Jeder andere Dezernatschef würde im Lageraum bleiben und die Operation von dort aus leiten, aber ein Jäger wie Matsuoka, das wusste Mikami, würde sich damit nie begnügen. Er würde sich jedes Instrument zunutze machen, auf das er Zugriff hatte. Wenn es ein Kommandofahrzeug gab, dann fuhr er dort mit. Für Mikami hieß es nun, die Augen offen halten und ihn nicht verpassen.

Er war jetzt seit achtundzwanzig Stunden wach. Er fühlte sich nicht schläfrig, aber von früheren Observierungen her wusste er, dass das ein gefährliches Zeichen war. Man sackte einfach weg. Und wenn das passierte, wachte man erst wieder auf, wenn einem die Zielperson eins über den Schädel gab. Matsuoka würde das Kommandofahrzeug um halb elf besteigen. Allerspätestens um elf. Bis dahin musste Mikami bei Sinnen bleiben.

Er zündete sich eine Zigarette an und klappte, ohne das Fahrzeug aus den Augen zu lassen, sein Handy auf, um seinen alten Kollegen zurückzurufen, Mochizuki. Niemand hob ab. Vielleicht saß er im Auto. Während der Fahrt hatte Mikami das Telefon auf lautlos geschaltet gehabt und es deshalb nicht klingeln gehört. Jetzt stand er und klingelte seinerseits bei Mochizuki ins Leere; wahrscheinlich lieferte der Mann gerade Blumen aus.

Futawatari war schon wieder bei mir.

Irgendetwas in der Art musste es sein. Es wühlte keine Emotionen in ihm auf. Es war ein Punkt, der abgehakt werden musste, mehr nicht. Der Inspektionsbesuch war Schnee von gestern. An seine Stelle war die Entführung getreten und ließ für nichts anderes Raum.

Mikami drückte die Zigarette im Aschenbecher aus.

Futawatari hat vorhin angerufen, um zu fragen, ob er helfen kann. Ich kann ihn bitten zu kommen.

Er hatte Suwa nicht auf die Probe stellen wollen. Er hatte einfach nach einem Ausweg gesucht. Wie wäre Futawatari mit der Situation umgegangen? Was hätte er getan, um sie zu entschärfen? Diese Fragen kamen ihm jetzt, nach Mochizukis verpasstem Anruf, aber vorhin im Lift hatte er nichts dergleichen gedacht. *Ein Retter für Suwa und Ochiai.* Futawataris Name war der erste, der ihm eingefallen war.

Er schlug sich mit der flachen Hand auf die Wangen. Ein Blick auf die digitale Zeitanzeige hatte ihn aufgeschreckt: 10.25. Seine Armbanduhr zeigte dasselbe an. Die Zeit schien einen Sprung nach vorn gemacht zu haben. *Ich brauche nur zu blinzeln, schon bin ich weg.* Angst stieg in ihm auf. Er beugte sich dicht zum Lenkrad vor und starrte auf das Kommandofahrzeug.

Alles wie gehabt. Es stand genauso da wie zuvor. Nichts hatte sich getan. Mikami atmete auf und wollte sich gerade in seinen Sitz zurücklehnen, als …

Matsuoka.

Ein Konvoi von drei viertürigen Limousinen bog in die Straße vor der Fahrschule ein. Mikami erhaschte einen Blick auf Matsuokas Profil. Er saß im Fond des vordersten Wagens. Die Autos rollten weiter bis in den Schatten des Kommandofahrzeugs; Bremsen knirschten.

Mikami war schon aus dem Wagen gesprungen und rannte auf sie zu. Durch das Geräusch alarmiert, drehte sich der eben aussteigende Fahrer der hintersten Limousine um. *Aizawa.* Er erkannte Mikami nicht gleich, seine Hand zuckte nach dem Saum seiner Jacke. Für einen Sekundenbruchteil wurde sein Pistolenhalfter sichtbar. *Würde er die Waffe ziehen?* Mikami nahm beide Hände hoch, lief jedoch weiter. Als er sah, dass es Mikami war, sein ehemaliger Chef bei den Sonderermittlungen, rief Aizawa dem nach ihm Aussteigenden etwas zu, blieb aber selbst sprungbereit. *Sieht nach Komplikationen aus …*

Auf Abstand bedacht, schlug Mikami einen Bogen zur Vorderseite des Kommandofahrzeugs. Er spürte die scharfen Blicke schon auf sich, bevor der Rest der Truppe auch nur in Sicht kam. Sieben, acht, neun … Neun Mann bildeten einen Kreis um Matsuoka, jeder von ihnen mit einer verborgenen Schusswaffe an Hüfte oder Brust. Einer wie der andere waren sie hochrangige Polizeioffiziere, unter ihnen Ogata von Gewaltverbrechen, Kommissariat 1, und Minegishi von den Sonderermittlungen. Es waren Matsuokas beste Leute – alle schon lange in führenden Positionen –, die in der nächsten Generation die Leitung des KUA übernehmen würden. Sie standen da, drohend, während sie aus Mikamis Absichten schlau zu werden versuchten, aber immerhin wahrten sie die Form und nickten ihm schweigend zu.

Auch diesmal zeigte Matsuoka keine Anzeichen von Überraschung. Nostalgische Gefühle stiegen in Mikami auf, als wären sie nach langer Trennung wieder vereint und hätten sich nicht gestern erst in der Toilette von Direktion G gesehen. *Das ist nicht der Blick eines Frevlers.* Jede weitere Prüfung erübrigte sich. Es waren die Augen eines Mannes, der an der Aufklärung eines Falls arbeitete: gesammelt, die Lider verengt vor Konzentration. Wenn die Zeit gekommen war, dann würden sie mit einem Schlag weit offen stehen, die Brauen buschig hochgewölbt wie bei den Masken der Kongōrikishi, der muskelbepackten Torwächter in den Tempeln.

»Na, lauern Sie mir schon wieder auf, Mikami?«

Wie zweifellos von Matsuoka bezweckt, baute die lässige Bemerkung etwas von der Spannung ab und senkte die Alarmbereitschaft seiner Leute eine Spur. Auf Mikami hatte sie diese Wirkung nicht. Seine Nerven waren nach wie vor dem Zerreißen nahe.

»Lassen Sie mich mit Ihnen mitkommen. In meiner Funktion als Pressedirektor.«

Die neun Polizeioffiziere schienen alle gleichzeitig nach Luft zu schnappen. Vor der Elite des KUA hatte Mikami nicht klingen wollen, als buhlte er um Mitleid. Er musste an seine Zukunft denken. Was immer sie von ihm persönlich hielten, er durfte sein Amt nicht unter Wert verkaufen, indem er sich vor diesen eingefleischten Ermittlern kleinmachte. Nicht, dass er die Zeit dazu gehabt hätte. Und Matsuoka ebenso wenig. Sein Einsatz wartete auf ihn. Es hieß alles oder nichts.

Matsuoka öffnete den Mund und sprach.

»Ich muss mich bei Ihnen bedanken. Nanao hat mich heute früh angerufen.«

Um ihm was zu sagen?

»Minako. Sie ist gekommen.«

»Verstehe.«

Sie war also bei ihrem Entschluss geblieben.

»Ja, sicher. Steigen Sie ein.«

Wie?

»Wenn Sie die Kontrolle über die Presse verlieren, dann verlieren wir die Kontrolle über den Einsatz. Ich möchte, dass Sie sie mit Informationen abfüllen, bis sie einschlafen.«

Die anderen Männer schauten entgeistert genug, aber der wahrhaft Sprachlose war Mikami. Er hatte den Vorschlag zur Güte schon auf der Zunge gehabt: *Wenn nicht im Kommandofahrzeug, dann wenigstens in einem der Observierungs- oder Zugriffswagen.*

»Aber …«

Ogata verbiss sich den Protest, zu dem er hatte ansetzen wollen. Jeder, der schon einmal unter Matsuoka gearbeitet hatte, wusste, weshalb. Was Ogata verstummen ließ, war nicht Matsuokas Dienstrang oder sein Titel – ob als Chefberater oder als Leiter von Dezernat I. Es waren Vertrauen in und Respekt vor Matsuokas Entscheidungen, die ihn davon abhielten, mit einem unbedachten Einwand herauszuplatzen. Er musste außerdem wissen, dass an einem Entschluss Matsuokas, wenn er einmal gesprochen hatte, nicht mehr zu rütteln war.

»Die Bedingung«, fuhr Matsuoka fort, »ist, dass Sie mindestens zwanzig Minuten warten, bevor Sie irgendetwas, was Sie drinnen hören, weitergeben. Die Ermittlung muss sich einen zeitlichen Vorsprung vor der Presse bewahren.«

Als Bedingung konnte das kaum bezeichnet werden. Er hatte Mikami die Erlaubnis erteilt, Informationen direkt aus dem Kommandofahrzeug an die Presse durchzugeben. Zwanzig Minuten blieb völlig im Rahmen der ganz normalen administrativen Prozesse. Bei den Entführungsfällen der Vergangenheit hatte die Presse nicht selten eine halbe oder sogar eine ganze Stunde warten müssen, ehe sie auf den neuesten Stand gebracht worden war.

»Selbstverständlich, Herr Dezernatsleiter. Kein Problem.«

»Sie machen Ihre Arbeit, wir machen unsere.«

Keine Einmischung in unsere Ermittlung. Er hatte Mikamis Adrenalinschub gespürt. Aber so sehr Mikami auch unter Strom stand, es war nicht das Jagdfieber, das da in ihm erwachte, nicht der Kripo-Mann, wie Matsuoka zweifellos vermutete.

Mit einem metallischen Klacken entsperrten sich die Hecktüren; die Flügel schwangen auf. Seine Nase meldete einen Geruch von früher: *seine Hände nach den Klimmzügen an der Stange* … Trüb glimmende orangefarbene Deckenlichter. Der Raum war viel enger, als das Äußere vermuten ließ; Mikami musste an einen Unterwassertunnel denken, den er einmal in einem Film gesehen hatte. Beide Seitenwände entlang zogen sich Tische mit Bildschirmen und Konsolen. Sieben Hocker waren in einer Zickzacklinie am Boden festgeschraubt. Zwei Männer saßen schon da, beide mit Kopfhörern. Der eine saß vor einem Telefon, das am Tisch befestigt war; er war stark behaart, vierschrötig. Der andere war eine Bohnenstange mit Adlernase und Mittelscheitel, ganz und gar kein Kripo-Typ. Er hatte zwei Computer vor sich, was die Vermutung nahelegte, dass seine Funktion eine ähnliche war wie die von Koichiro Hiyoshi bei 64.

Es stiegen nur Matsuoka und die beiden Kommissariatsleiter ein, Ogata und Minegishi. Dazu Mikami, als Gast des Chefs. Damit waren sie zu sechst, aber obwohl es sieben Hocker gab, blieb kein Platz, sich zu bewegen. Ellbogen und Knie kamen einander ins Gehege, als sie sich setzten.

»Achtung, Türen schließen.«

Ogata fasste die Griffe beider Türen, die von innen zugezogen werden mussten; mit einem stählernen Dröhnen rasteten sie ein. Schlagartig waren sowohl die Aussicht als auch jedes verbleibende Licht ausgesperrt, die Luft verdickte sich gleichsam. Mikami spürte einen Druck auf der Brust. Es gab eine Klimaanlage, aber keine Fenster. Der Blick aus dem Fahrzeug – nach vorne, hinten, links und rechts – wurde auf vier verschiedene Monitore projiziert, die in die Wände eingelassen waren.

Minegishi nahm ein Funkmikrofon zur Hand.

»Sonderermittlungen, hier ist MKZ.«

»Hier Sonderermittlungen. Sprechen Sie.«

»Bitte Empfang bestätigen. Ende.«

»Gut. Fünf Balken. Alle Tests in Ordnung. Bitte kommen.«

»Verstanden. Einsatzleiter mit fünf Mann an Bord. Bitte kommen.«

»Verstanden.«

»MKZ, Ende.«

Die Bildschirme auf der rechten Seite zeigten eine schnelle Abfolge von Bewegungen, Autotüren, die sich schlossen. Die Beamten draußen stiegen wieder in ihre Wagen. *Zugriff 6. Zugriff 7. Zugriff 8.* Minegishi testete ihre Funksignale. Aufgabe der Zugriffseinheiten würde es sein, sich unauffällig an den Stellen zu postieren, an denen am ehesten mit einem Auftauchen des Entführers zu rechnen war, und bei Bedarf einzuschreiten. Wenn das Profiling darauf aufbaute, dass es sich um einen Trittbrettfahrer handelte, würden die Autos nahe oder an den Zielen eingesetzt werden, die der Entführer vor vierzehn Jahren genannt hatte. Als Punkte, die zusammen eine Linie ergaben. Außerdem ... doch, ja ... in der Gegend der gestrigen Anrufe. Mikami zückte sein Notizbuch. Er saß so dicht bei Matsuoka, dass er dessen Atem spüren konnte.

»Weiß man inzwischen, wo in Genbu die Anrufe gestern getätigt wurden?«

»Der erste in Tokiwamachi. Der zweite irgendwo zwischen Sumamachi und Nagimachi.«

»Können Sie mir die Gegend ungefähr beschreiben?«

»Das sind die Viertel westlich und östlich des Genbuer Hauptbahnhofs. Tokiwamachi liegt im Westen, es ist ein zentrumsnahes Viertel, das rund um eine Einkaufsarkade entstanden ist. Bars, Kinos et cetera. Sumamachi und Nagimachi liegen auf der Ostseite, beides Rotlichtbezirke. Animierlokale, Sexshops, Stundenhotels, Spielhallen, was immer Sie suchen.«

Matsuokas Antwort war spontan und detailliert genug, um jeden Restverdacht zu zerstreuen, er könnte doch etwas verbergen. Mikami sah auf die Uhr: 10.38. Er las sich seine Notizen durch. *Tokiwamachi, Sumamachi, Nagimachi. Beide Anrufe in Bahnhofsnähe getätigt.* Einzelheiten. Genau das, worauf er gewartet hatte. Wenn er damit anrief, würde Ochiai überglücklich sein. Suwa, der Rest der Truppe – sie alle würden vor den übrigen Reportern ganz anders dastehen. Das Embargo galt bis 10.58 Uhr. Mikami starrte auf den Minutenzeiger der Wanduhr, als könnte er ihn dazu bringen, schneller vorzurücken. Zwanzig Minuten konnten lang werden an einem Ort wie diesem. Wer auf einem Nagelbett saß, dem kamen zwanzig Minuten wie ein Tag vor, wie eine Ewigkeit.

Er konnte ihnen noch mehr liefern. Wenn er keine Zeit verlor, konnte er um 10.58 alles in einem Aufwasch durchgeben.

»Das Geld – haben sie die zwanzig Millionen beisammen?«

Von Ogata und Minegishi trafen ihn kalte Blicke.

»Da ist alles bereit. Wir haben die Seriennummern, und die Scheine sind markiert.«

»Hat sich der Entführer noch einmal gemeldet?«

»Nein.«

»Und Ihre Beamten – haben Sie Leute zu den neun Stationen der 64-Entführung geschickt?«

»Natürlich.«

Wo ist Minako? Der Gedanke streifte ihn, aber jetzt war nicht die Zeit, nach ihr zu fragen.

»Und flussaufwärts, am Futago?«

»Ja. Wir haben Beamte bei der Kotohira-Brücke und bei der Angler-Lodge Ikkyu.«

Weiter kam er nicht. Das ganze Fahrzeug erbebte, als der Motor ansprang.

»Fahren wir als Erstes zum Haus«, sagte Matsuoka.

Minegishi nickte. Er duckte sich seitlich und schob eine Luke auf, die den rückwärtigen Teil mit dem Führerhaus verband. *Erstes Ziel: Mesakis Haus.*

Das Fahrzeug setzte sich langsam in Bewegung.

»Hier MKZ, wir fahren.« Ogata gab die Information per Funk an den Lageraum weiter.

»Verstanden.«

Die Lautsprecher verstummten. Nur noch Fallrelevantes. Nichts anderes war erlaubt.

Sie bogen in eine Hauptstraße ein. Die vier Wandmonitore ermöglichten ihnen die Sicht nach allen vier Seiten. Mikami wusste, dass das Fahrzeug jährlich weiter aufgerüstet wurde, dass es die Computer und Monitore – die jetzt eine hochauflösende Aufnahme und Wiedergabe zuließen – noch nicht allzu lange gab und dass auch die Richtmikrofone um vieles sensibler geworden waren. Mittels Schaltern am Heck des Fahrzeugs waren sie in der Lage, den vollen 360-Grad-Radius abzudecken. Zur Kommunikationstechnik gehörten auch neun Mobiltelefone, alle auf einem kleinen Tisch mit erhöhtem Rand, sodass sie nicht herunterfallen konnten. Jedes Telefon hatte einen Aufkleber: *Sondererm., Dir. G, Vor-Ort-Team, Zugriffseinh., Mobile Einsatzgr., Sonst. Kräfte, Standorte, Techn.-Operative Einh., Kitou.* Die Nummern waren aufgesplittet, damit nicht alle Anrufe auf ein- und demselben Gerät landeten. Kitou war der Chef von Gewaltverbrechen, Kommissariat 2. Er würde in dem Wagen mit Masato Mesaki und dem Lösegeld versteckt sein. Mikami fragte sich allerdings, warum die technisch-operativen Einheiten involviert waren. Wahrscheinlich deshalb, weil die Mehrzahl der Aufgaben, die eine Entführungsermittlung mit sich brachte, auch in ihr Ressort fallen konnten.

Matsuoka hatte Bohnenstange beiseitegeschoben und teilte seine Aufmerksamkeit zwischen zwei Bildschirmen auf. Der eine zeigte eine Karte des Stadtgebiets von Genbu, der andere einen Stadtplan von D. Beide waren mit blinkenden grünen und roten Lichtpunkten übersät, die entweder die im Einsatz befindlichen Fahrzeuge anzeigen mussten oder Polizeibeamte. Der bei Weitem größere Teil der Punkte leuchtete in D. Natürlich war D die ungleich weitläufigere Stadt, aber selbst dann schien die Konzentration auf D erstaunlich. Mesaki wohnte in Genbu, und die Anrufe des Entführers waren von dort gekommen, was unter normalen Umständen nicht D zum logischen Schwerpunkt des Einsatzes hätte machen müssen, sondern Genbu. Die Aufteilung legte eine höhere Gewichtung der 64-Elemente nahe, aber es hatte etwas von einem Hasardspiel an sich. Mikami hätte gern den Grund erfahren, doch Matsuoka wirkte zu beschäftigt.

Das Fahrzeug ruckelte. Anscheinend war die Federung schlecht, denn es gab jedes Mal, wenn sie über einen Höcker oder eine Rille in der Fahrbahn fuhren, einen heftigen Schlag.

Minegishi sprach über eins der Handys mit der Vor-Ort-Einheit; sie gingen die Einzelheiten der Übergabe durch. Über Kasumis Kontaktliste hatte der Entführer mit Sicherheit auch Mesakis Handynummer. Wenn er Mesaki mitsamt dem Geld nach dem Muster von 64 von einem Ziel zum nächsten zu schicken gedachte, würde er ihn vermutlich direkt anrufen anstatt in den Läden am Weg. Darum hatten sie Mesakis Handy mit einem drahtlosen Mikrofon ausgestattet …

»Ich schalte jetzt auf die Lautsprecher«, sagte der Vierschrötige zu Minegishi. Die Stimme des Mannes von der Vor-Ort-Einheit schallte durch das Wageninnere.

»Test, Test, Test. Stellen Verbindung zum Handy der Zielperson her. Wiederhole. Stellen Verbindung zum Handy der Zielperson her.«

»Laut und deutlich«, sagte Minegishi, das Mikro dicht am Mund.

Mesakis Festnetzapparat hatten sie mit einer ähnlichen Vorrichtung versehen. Wenn ein Anruf einging, würden sie ihn in Echtzeit vom Kommandofahrzeug aus mithören können. Die Zeiten hatten sich geändert. Jetzt brauchten sie niemanden mehr, der die Anrufe mit einem Funkgerät meldete, wie es Mikami vor vierzehn Jahren vom Beifahrersitz des Observierungswagens aus getan hatte.

Er verspürte kein Bedauern. So wie er auch kein Bedürfnis verspürte, mit der Gegenwart zu konkurrieren. Er hätte schlecht behaupten können, dass er hier, im Kreis aktiver Ermittler, nicht wieder fasziniert gewesen wäre von ihrer Tätigkeit, ihrem Geschick – aber als Teil der Jagd fühlte er sich nicht. Sein Wettlauf war der gegen die Zeit. Noch sechs Minuten, dann endete die Sperrfrist.

»Wir sind fast da, Herr Dezernatsleiter«, sagte Ogata. Er zeigte auf die Ecke eines der Bildschirme. Sein Finger wanderte von dem Monitor mit Blick nach vorn zu dem mit Blick nach rechts. Ein durchschnittlich aussehendes Einfamilienhaus mit zwei Geschossen, Stein und Holz, davor eine kleine Fläche, auf der Kinder spielen konnten. Das Haus der Familie Mesaki.

»Sehr gut«, sagte Matsuoka, den Blick auf das Bild gerichtet. »Behalten wir einfach die relative Lage des Hauses im Kopf. Dann fahren wir jetzt auf die Präfekturstraße, Richtung D.«

Ogata nickte. Diesmal gab er dem Fahrer die Anweisungen per Funkgerät durch.

Nach D fuhren sie? Wollte sich der Leiter des Einsatzes, der Oberbefehlshaber der Truppen, allen Ernstes aus Genbu entfernen? In Genbu stand das Haus der Mesakis. Aus Genbu waren die Anrufe des Entführers gekommen, von östlich und westlich des Hauptbahnhofs. Gerade das Viertel östlich des Bahnhofs passte perfekt, mit seinen Animierlokalen, Sexshops, Stundenhotels und Spielhallen. War das nicht exakt die Art von Gegend, die sich ein Entführer als Versteck aussuchen würde?

Etwas an dem Gedanken hakte. *Natürlich* … Rotlichtbezirke zogen nicht nur zwielichtige Typen an, sie lockten auch trotzige Teenager beiderlei Geschlechts. Was war aus der Theorie des Schülerstreichs geworden? Mikamis unerwarteter Einlass ins Zentrum des Geschehens, zusammen mit der Tatsache, dass diese Alternative von niemandem mehr erwähnt worden war, hatte sie völlig aus seinem Blickfeld verschwinden lassen.

Aber …

Mikami sah auf die Uhr. Noch zweieinhalb Minuten. Matsuoka hatte sich von den Computerbildschirmen abgewendet und fixierte jetzt den vorderen Monitor, mit einem Ausdruck, als würde es allmählich ernst.

»Herr Dezernatsleiter?«

»Mmm. Was denn?«

»Haben Sie mit der Suche nach Kasumi Mesaki begonnen?«

Matsuoka wirkte unangenehm berührt von der Frage, was Mikami wunderte. Hatte er etwas falsch gemacht? *Ach so* … Er hatte Kasumis Namen verwendet, der offiziell noch gar nicht bekannt gegeben war.

»Schließen Sie die Möglichkeit einer Scheinentführung inzwischen aus?«, fragte er, ohne den Fauxpas von eben zu wiederholen.

»Nein, definitiv nicht.«

»Suchen Sie im Rotlichtbezirk nach ihr?«

»Wir befinden uns mitten in einer Entführung, wir können nichts unternehmen, wodurch wir auffallen könnten.«

Für Matsuoka war das eine reichlich ausweichende Antwort. Zu den Errungenschaften moderner Polizeiarbeit, ob nun Schutzpolizei oder Kripo, gehörte schließlich die Fähigkeit, im großen Stil und dennoch unbemerkt zu fahnden.

»Wissen Sie, wo sie überall verkehrt hat?«

»Nein.«

»Beide Anrufe wurden ja von Vierteln mit extrem vielen Geschäfts- und Freizeitbetrieben aus getätigt. Angenommen, es ist kein Schülerstreich, wäre es dann nicht sehr wahrscheinlich, dass sie sich noch in Genbu aufhält?«

»Mikami«, sagte Ogata mit einem warnenden Blick. Minegishi verschränkte unwillig die Arme.

Mikami nickte, aber er musste es trotzdem fragen.

»Warum fahren wir nach D?«

»Machen Sie lieber Ihre Arbeit«, sagte Matsuoka mit einem Seufzen. Er wies mit dem Kinn zu der Wanduhr hinauf.

Der Minutenzeiger stand fast senkrecht: 10.58. Mikami war beeindruckt. War das Timing Zufall, oder hatte auch Matsuoka die zwanzig Minuten exakt im Blick behalten?

»Darf ich mal kurz?«

Mikami trat stolpernd den Weg ans hintere Ende des Raums an, wo der breite Rücken des Vierschrötigen ihn abschirmte. Er zog sein Handy heraus und klappte es auf; geduckt, um die Hintergrundgeräusche möglichst auszusperren, wählte er Suwas Nummer.

Es klingelte sehr lange. Als Suwa endlich abhob, ging der Krach auf Mikamis Trommelfell nieder wie ein Hammer. Mit einem Schlag war er wieder im Konferenzsaal. Die Lautstärke war unglaublich, sie bedrängte ihn geradezu körperlich. Suwa war kaum zu hören, seine Stimme drang nur in kurzen Schüben durch. Offenbar versuchte er sich einen Weg in Richtung Korridor zu bahnen. Die Verbindung riss ab, noch ehe Mikami den Gedanken zu Ende denken konnte. Er drückte augenblicklich die Wahlwiederholung, aber niemand meldete sich. Ihm blieb nichts übrig, als zu warten, bis Suwa einen halbwegs ruhigen Ort gefunden hatte und zurückrief.

Erst fünf Minuten später begann das Handy, das er fest umklammert hielt, zu vibrieren.

»Entschuldigen Sie. Ich musste noch kurz etwas erledigen.«

Mikami wusste nicht, was er sagen sollte. Suwa hatte sich zweifellos einen anderen Platz gesucht, aber der Lärmpegel war so ziemlich der größte, den er je durch ein Telefon gehört hatte – abgesehen vom Anruf von gerade eben.

»Probleme?«

Noch während er es sagte, wurde ihm bewusst, dass das fast Minakos Frage war. Vermutlich kannte sie das Gefühl nur zu gut: diese Gereiztheit, die der Ohnmacht entsprang, dem verzweifelten Drang zu helfen, ohne dazu in der Lage zu sein. Die Regung fand kein Ventil, und so wurde die Frage mechanisch.

Suwa berichtete, dass Ochiai nach wie vor durchhielt. *Der Stopp in der Sanitätsstation hat ihm gutgetan; er ist erstaunlich zäh.* Aus Suwas Stimme klang Bewunderung. Er sagte allerdings auch, dass die Lage immer prekärer wurde. Die Reporter hatten getobt, als Matsuoka nicht zum Acht-Uhr-Kommuniqué erschienen war.

Sie hatten sich bei der NPB beschwert und verlangt, dass die Kriminaluntersuchungsbehörde einen Führungsbeamten schickte. Das war kategorisch abgelehnt worden. Tokio hatte die gleiche Haltung eingenommen wie beim Besuch des Generalinspekteurs: Wozu sich ohne Not dem Risiko eines zweiten Dallas aussetzen? Außerdem sahen sie keinen echten Grund vorliegen; von der Behandlung der Presse abgesehen, hatte sich das KUA bei dem Einsatz nichts zuschulden kommen lassen.

»… also laufen sie jetzt erst recht Sturm. Sie mögen es nicht, wenn man sie so brüskiert. Sie haben Ochiai schon das fünfzigste Mal ins Präsidium zurückgehetzt, und Arakida verweigert ihm nach wie vor jede brauchbare Auskunft.«

»Hören Sie« – Mikami schlug sein Notizbuch auf – »ich bin in der Mobilen Kommandozentrale. Ich darf die eingehenden Informationen an Sie durchgeben. Hier sind schon mal ein paar für den Anfang. Schreiben Sie mit.«

Mikami übermittelte alles, was er von Matsuoka erfahren hatte. Schon an Suwas bestätigenden Hmms war seine Erleichterung zu merken. Nach einer Nacht der Demütigungen gewann er seine Stimme zurück. Mikami hätte gern auch die Stimmen von Kuramae und Mikumo gehört. Er fragte, wie sie sich hielten.

»Sehr gut. Sie sind härter im Nehmen als ich, das steht jedenfalls fest«, sagte Suwa. »Aber keine Sorge«, fügte er hinzu, seine Stimme um eine Oktave heller als zuvor, »wir gewöhnen uns immer mehr dran.«

Sie schwiegen beide. *Niemand sollte sich an so etwas gewöhnen müssen.* Mikami sah auf seine gekritzelten Notizen hinab. Die Informationen, die er durchgegeben hatte, würden nicht lange vorhalten. Er musste den Reportern mehr zukommen lassen, sie füttern, bis sie genug hatten, den Informationsfluss strömen lassen, bis sie nichts mehr aufnehmen konnten. Es war der einzige Weg, der Hölle im Konferenzraum ein Ende zu bereiten.

»Suwa, hören Sie …« *Wechseln Sie sich ab, damit Sie zum Schlafen kommen. Und wenn es nur eine Viertel- oder halbe Stunde ist.* Mikami setzte gerade zum Sprechen an, als er unterbrochen wurde.

»Eingehender Anruf. Mesakis Festnetzanschluss.«

Die Stimme kam von innerhalb des Fahrzeugs. Mikami begriff kaum, wie ihm geschah.

»Ich stelle durch, Stand-by.«

Die haarige Hand des Vierschrötigen betätigte einen Schalter.

Mikami saß kerzengerade. Konnte das der Entführer sein? Dafür war es zu früh. Die Uhr zeigte 11.13. Sie hatten noch fast fünfzig Minuten, bis die Frist für das Lösegeld ablief.

Ogata und Minegishi standen jetzt hinter dem Vierschrötigen, sodass sie Matsuoka halb verdeckten. Ein gedämpftes Schnurren drang aus den Wandlautsprechern. Das Klingeln eines Telefons. Einmal, zweimal … Bohnenstange zog sich die Kopfhörer halb vom Ohr und drehte sich um.

»Wir haben die Nummer. Das Handy von Kasumi Mesaki.«

Der Entführer. Niemand rührte sich. Niemand atmete.

Dreimal. Viermal. Ein Klicken. Jemand hatte abgehoben.

– *Ha… Hallo? Hier Mesaki. Hallo …?*

Die Stimme von Masato Mesaki. Angstvoll.

– *Hallo? Hören Sie mich? Hallo?*

– *Haben Sie das Geld?*

Mikami lief es kalt über den Rücken. Die Stimme des Entführers, durch Helium verfremdet, hallte von den Innenwänden des Fahrzeugs wider.

– *Ja … ich habe es. Es ist alles bereit. Bitte lassen Sie mich die Stimme meiner Tochter hören. Ich flehe Sie an. Nur für eine Sekunde …*

– *Brechen Sie jetzt auf, nehmen Sie das Geld und Ihr Handy mit. Fahren Sie zum Café Aoi in D, Aoi-machi, und seien Sie spätestens um 11.50 Uhr dort.*

Das Aoi. Der Entführer hatte tatsächlich vor, die Route von 64 nachzustellen.

– Gut … 11.50. Im Café Aoi. Ich glaube, das kenne ich. Doch … ja … ich glaube, ich habe eine Werbetafel dafür gesehen. An der Hauptstraße … neben einer Buchhandlung. Ich breche sofort auf. Ich bringe das Geld mit. Aber lassen Sie mich doch …

Piep piep piep piep.

Am anderen Ende war aufgelegt worden.

Niemand rührte sich. Sie warteten. Matsuokas Augen waren geschlossen. Er sah aus, als meditierte er.

»Direktor Mikami, hören Sie mich?«

Die Stimme drang aus dem Telefon in Mikamis Hand, die er hatte sinken lassen. Sie holte ihn aus seiner Trance; er nahm das Handy wieder ans Ohr.

»Was ist, Direktor Mikami? Ist etwas passiert?«

Es geht los.

Mikami war drauf und dran, es zu sagen. Einen Moment lang schien ihm das völlig in Ordnung. Suwa musste es nur zwanzig Minuten für sich behalten …

Aber …

Aussteigen. Ein Wort von Matsuoka genügte, und es war aus.

Mikami notierte sich die Zeit: 11.16 Uhr.

»Ich rufe in exakt zwanzig Minuten wieder an. Versuchen Sie bis dahin, ein bisschen zu schlafen.«

74

»Tempo jetzt!«, befahl Ogata durch die Luke zum Führerhaus. Der Motor dröhnte auf, der Wagen beschleunigte rasant. Sie hatten die ersten Ausläufer von D erreicht. Meldungen gingen hin und her. Ogata sprach über Funk, Minegishi größtenteils über die Mobiltelefone. Beide standen in stetem Kontakt mit dem Lageraum und den Einsatzfahrzeugen.

»Setzt die Phonetiker auf die Hintergrundgeräusche an, und zwar gleich.«

»Position halten, bis wir den Ausgangsort des Anrufs wissen. Ich wiederhole, Position halten.«

»Mesaki klingt ziemlich durch den Wind. Sagen Sie ihm, bevor er den nächsten Anruf entgegennimmt, soll er stehen bleiben. Nicht, dass er noch einen Unfall baut.«

Es war eindrucksvoll, sie machten ihrem Ruf als zukünftige Lenker der Abteilung alle Ehre. Sie schienen Matsuokas Gedanken zu lesen, übermittelten seine Wünsche mit präzisen Anweisungen, verarbeiteten die eingehenden Informationen akkurat und blitzschnell. Vor allem aber waren sie perfekt aufeinander eingespielt. Sie machten nichts doppelt, kamen sich nie in die Quere, stimmten jeden einzelnen Schritt miteinander ab. Es war, als beobachtete man einen Drachen mit zwei Köpfen dabei, wie er in einer Sardinenbüchse tanzte.

Außerhalb des Kommandofahrzeugs ging es hektischer zu.

Wie an der Kommunikation zwischen Lageraum, Direktion G und Einsatzfahrzeugen ersichtlich, waren die Beamten überrumpelt worden; Verwirrung und Panik herrschten. Hatte der Entführer die Frist zu diesem Zweck vorverlegt? Oder war sein Plan aus dem Ruder gelaufen?

»Ich will Grün für ihn, auf der ganzen Strecke.«

Das war Matsuokas erste explizite Anweisung gewesen: Die Ampeln mussten so geschaltet sein, dass Mesakis Wagen es rechtzeitig schaffen konnte. Mesaki war um Viertel nach elf zu Hause losgefahren, unmittelbar nachdem der Entführer aufgelegt hatte. Damit blieben ihm fünfunddreißig Minuten bis zum vorgegebenen Zeitpunkt. Bis nach D und Aoi-machi brauchte man selbst bei leeren Straßen vierzig Minuten, mit Verkehr konnte die Fahrt über eine Stunde dauern. Einer der Bildschirme im Kommandofahrzeug lieferte fortlaufend die Daten des Verkehrsmanagements. Staus gab es keine, aber für die gesamte Präfekturstraße war mittleres bis hohes Verkehrsaufkommen angezeigt. Matsuoka hatte seinen Befehl erteilt, sowie die Berechnung von Bohnenstange vorlag; Mesaki würde zwölf bis dreizehn Minuten zu spät ankommen. Die Leute, die sich um die Ampeln kümmern sollten, standen schon bereit; Beamte der Verkehrspolizei waren an jeder Kreuzung entlang der Strecke postiert, alle in den Overalls der Tokioter Elektrizitätswerke. Sie wurden per Funk benachrichtigt, wenn Mesakis Wagen sich näherte, um dann, möglichst unauffällig, den Schaltkasten zu öffnen, die Ampel auf Grün zu stellen und sie zu ihrem normalen Rhythmus zurückkehren zu lassen, sobald Mesaki durch war. Auf diese Weise konnte die grüne Welle die Präfekturstraße entlangrollen, ohne den normalen Verkehr zu sehr zu beeinträchtigen.

»MKZ, hier Obs 1.«

»Hier MKZ, sprechen Sie.«

»Grünes Licht an der Kreuzung Kuwabara. Mesaki ist durch.«

»Verstanden.«

Kuwabara lag nur drei Kreuzungen hinter der Mobilen Kommandozentrale. Sie hatten die Ampel keine zwei Minuten vorher selbst passiert. Der Abstand verringerte sich. Ab hier war die Straße zweispurig. Mesaki würde an Tempo gewinnen. Er würde im Nu zu ihnen aufgeschlossen haben.

Mikami klappte sein Buch gar nicht mehr zu. Sooft eine Information einging, machte er eine Notiz und vermerkte daneben die Uhrzeit. Dann rechnete er zwanzig Minuten dazu und vermerkte auch die Zeit, zu der die Sperrfrist auslief. Um 11.51 Uhr würde er der Presse melden können, dass Mesaki Kuwabara passiert hatte. Bis dahin war er selbst wahrscheinlich schon beim Aoi angelangt. Aber nach dem Wissensstand der Reporter saß Mesaki noch immer zu Hause. Noch fünf Minuten, bis er den Anruf des Entführers durchgeben durfte. Mikami hatte keine Ruhe. Die zwanzig Minuten zogen sich noch länger hin als gedacht.

Sie erreichten die Stadtgrenze. Die Gebäude wurden schon höher.

»Wir wissen jetzt, woher der Anruf kam.« Der Vierschrötige hatte sein Gespräch mit DoCoMo beendet. »Sendemast Yuasa. Genbu. Stadtteile: Yuasa-cho und Asahimachi.«

»Wieder Genbu«, murmelte Mikami beim Mitschreiben. Der Entführer war immer noch in Genbu. Zu welchem Zweck schickte er Mesaki dann nach D? So wie der Mann durch eine grüne Ampel nach der anderen brauste, konnte der Entführer das Aoi unmöglich vor ihm erreichen. Außerdem müsste er auf der Schnellstraße zweimal die elektronischen Schranken des N-Systems passieren, das automatisch die Autokennzeichen erfasste. Vielleicht wollte er gar nicht nach D selbst, sondern fuhr stattdessen direkt zu einem anderen Ziel, das er bereits als den endgültigen Übergabeort festgelegt hatte. Oder er hatte einen Komplizen, der irgendwo in der Nähe des Aoi postiert war.

Trotzdem, es ging nicht auf. Es war unsaubere Arbeit, ob der Entführer nun allein vorging oder als Teil einer Gruppe. Schon die ersten zwei Anrufe waren aus Genbu erfolgt. Und nun, trotz der Tatsache, dass er das Handy überall hätte benutzen können, kam noch ein dritter Anruf von innerhalb des Stadtgebiets. Es ergab keinen Sinn. Die Anrufe ließen sich räumlich eingrenzen. Der Kreis zog sich enger.

Und wenn sich der Entführer über die Gefahr nicht im Klaren war? Das war denkbar, wenn Kasumi selbst dahintersteckte. Sie hasste ihren Vater, und nun stand er Todesängste aus. Wahrscheinlich genoss sie jede Minute. Sie würde gar nicht die Absicht haben, das Geld zu nehmen … für sie war es nicht einmal Betrug, sondern einfach ein Jux.

Nein …

Der Entführer ist keine Frau. Das hatte Mikami intuitiv gewusst, sobald er die Heliumstimme hörte. Ihr Klang allein erlaubte keine Aussage über das Geschlecht, aber aus der Sprechweise, diesem aggressiven, aber dabei gemessenen Ton, der Mischung aus Drohung und Zurückhaltung, ging zweifelsfrei hervor, dass es kein siebzehnjähriges Mädchen sein konnte. Wenn es ein Scherz war, ein Streich, den sie spielte, dann musste sie einen erfahrenen – männlichen – Spießgesellen haben.

»Lassen Sie mich sehen.«

Über Matsuokas Schulter hinweg erhaschte Mikami einen Blick auf einen der Bildschirme, der den ungefähren Ausgangsort des Anrufs zeigte, die Gegend um Yuasa-cho und Asahimachi. Bohnenstange zoomte näher heran. Yuasa-cho schien überwiegend eine Wohngegend zu sein. Ganz anders Asahimachi. Es lag direkt neben Nagimachi, von wo aus am Vortag der zweite Anruf erfolgt war – kein Rotlichtbezirk, aber ähnlich überlaufen. Entlang der Ausfallstraße lagen riesige Supermärkte, Baumärkte, Bowlinghallen, Outletcenter und ein paar der großen landesweiten Ketten, die Bürokleidung und Schuhe verkauften.

Alles Vergnügungsviertel. Auf den ersten Blick schienen die drei Bezirke die Theorie eines Schwindels zu stützen. Es gab natürlich andere Erklärungen. Der Entführer versteckte sich im Gewimmel. Er blieb in Bahnhofsnähe, um im Notfall leichter entfliehen zu können. Mikami konnte sich nicht entscheiden. War es eine Scheinentführung? Oder eine echte? Die Fakten ließen kein schlüssiges Urteil zu.

»Da kommt er«, sagte Ogata. Sein Finger zeigte auf den Monitor mit Blick nach hinten. Ein weißes Coupé mit leichtem Drall in Richtung Straßenmitte. Fünfzig Meter hinter ihnen. Noch zu weit weg, um das Gesicht hinterm Steuer auszumachen.

»Fahren Sie nach rechts rüber«, instruierte Minegishi den Fahrer über Funk.

Das Fahrzeug zog sauber zum Mittelstreifen hinüber. Der Grund für das Manöver wurde einen Moment später ersichtlich: Da die Überholspur versperrt war, scherte Mesaki aus, um links zu überholen; auf diese Weise war die Fahrerseite dem Kommandofahrzeug zugewandt – sie würden ihn von Nahem sehen können.

Alle Augen richteten sich auf den Monitor mit Blick nach links. Das weiße Coupé war noch kaum neben ihnen aufgetaucht, da ließ es sie auch schon hinter sich.

Trotzdem …

Die Zeit hatte für einen klaren Blick auf Mesakis Profil gereicht.

Er saß vornübergekrümmt, dicht zum Lenkrad gebeugt, das Gesicht fast an der Windschutzscheibe. *Vorwärts. Vorwärts.* Seine Augen schienen einen Punkt in weiter Ferne zu fixieren. Die fest zusammengebissenen Zähne waren gebleckt, hellrot leuchtete das Zahnfleisch hervor. Er war ein Mann auf dem Kriegspfad, ein rasender Flächenbrand. Der Gegensatz zu Yoshio Amamiya hätte größer nicht sein können; Amamiya hatte gewirkt, als wäre ihm jeder Tropfen Blut in den Adern gefroren.

Mikami erschauerte, als hätte der Fall die Hand nach ihm ausgestreckt. Mesaki war ein Geschoss, das auf sein Ziel zuraste. Das Café Aoi.

»Herr Dezernatsleiter …«

Matsuokas Augen waren noch immer auf den Monitor geheftet. Als Nächstes zogen Obs 1 und Obs 2 am Kommandofahrzeug vorbei. Die Kamera erfasste den flüchtigen Blickkontakt.

»… ist Minako im Aoi?«

»Nein.«

»Wo ist sie postiert?«

»Das kann ich Ihnen nicht sagen.«

»MKZ, hier Obs 1.«

»Warum nicht?«

»Hier MKZ, bitte kommen.«

»Sie ist für einen Spezialeinsatz eingeteilt.«

Mikami fuhr zurück. Minako bei einem Spezialeinsatz?

»Grünes Licht an Kreuzung Katayama-cho 3-chome. Mesaki ist durch.«

»Verstanden.«

»Was macht sie da?«

»Das ist ein Spezialeinsatz, ich kann es Ihnen nicht sagen.«

»Ich bin ihr Mann.«

»Das spielt keine Rolle.«

»Ist es gefährlich?«

»Nein, keine Angst.«

Mikami bereute die Frage schon. Seit er Kasumis Namen gebraucht hatte, war Matsuoka merklich abgekühlt. Andererseits … vielleicht nicht nur ihm gegenüber. Er reagierte zunehmend kurz angebunden, auch bei den anderen. Und er hatte seit der Sache mit den Ampeln keine Anweisungen mehr erteilt. Er schien in stummes Grübeln versunken, fast in eine Art Lethargie, die meiste Zeit mit geschlossenen Augen. War er krank? Dann wurde Mikami klar: Nein, Matsuoka fing an, sich Sorgen zu machen.

Er schrak zusammen, als er die Uhrzeit sah. 11.35. An dem Vierschrötigen vorbeizukommen dauerte jedes Mal, deshalb verlor er besser keine Zeit. Er bewegte sich zügig, schob sich vorwärts und um den Mann herum, der den Gang blockierte. Er klappte sein Handy auf und drückte die »Wählen«-Taste in dem Moment, in dem die Digitalanzeige auf 11.36 umsprang. Suwa hatte offenbar schon gewartet; er meldete sich, ehe es auch nur klingelte.

Im Hintergrund war auch diesmal Lärm zu hören, aber sie konnten sich in normalem Ton unterhalten.

»Der Entführer hat zum dritten Mal bei den Mesakis angerufen«, begann Mikami ohne Vorrede.

»Ah! Um wie viel Uhr?«

»Vor zwanzig Minuten. Oder … warten Sie. Nein. Der Anruf kam um 11.13.«

Während er die Angaben in seinem Notizbuch überprüfte, spürte Mikami, wie ihm das Blut zu Kopf stieg. *Ich verdammter Esel. Warum habe ich ihm nicht gleich die korrekte Zeit genannt?*

»Hallo? Direktor Mikami?«

»Entschuldigung. Hier sind die Einzelheiten. Sind Sie so weit?«

»Ja.«

Mikami gab ihm die Details durch. *Helium. Das Geld und ein Handy. Café Aoi bis spätestens 11.50.*

»Aber … 11.50? Das haben wir doch gleich. Es ist schon sieben nach halb.«

»Ich weiß.«

»Dann ist Mesaki also schon unterwegs?«

»Genau. Er hat das Haus um 11.15 Uhr verlassen.«

»Wo ist er jetzt? Ist er in D?«

Mikami konnte sich gerade noch zurückhalten. »Das darf ich nicht sagen. Ich muss zwanzig Minuten warten.«

»Zwanzig Minuten? Das verstehe …«

»Es muss ein zeitlicher Vorsprung bleiben. Das war die Bedingung, unter der ich mitdurfte.«

»Ach so, ja … gut. Aber mir können Sie es doch sagen, oder?«

»Eingehender Anruf. Mesakis Handy.« Das war wieder der Vierschrötige. »Der Anrufer benutzt … Kasumis Handy. Ich stelle durch.«

»Direktor Mikami?«

»Ich muss Schluss machen. Ich melde mich.«

Der vierte Anruf des Entführers. Das Klingeln hallte durch das Wageninnere. Mesaki hob augenblicklich ab.

– Hier Mesaki. Ja?

Die Stimme fast ein Schreien.

– Biegen Sie an der Kreuzung Katayama-cho 3-chome nach rechts auf den Ring.

Mikami traute seinen Ohren nicht. Die Kreuzung hatten sie gerade eben passiert. Was bedeutete, dass Mesakis Wagen …

– 3-chome? Aber da … da bin ich schon durch!

Eine Pause.

– Dann wenden Sie, jetzt sofort.

– Ich soll wenden? Ja, gut …

Hoffte der Entführer, sie aus dem Konzept zu bringen, indem er jetzt, wo die Polizei von einem Nachahmungstäter ausging, plötzlich einem neuen Drehbuch folgte? Oder war etwas geschehen, das ihn zu einer kurzfristigen Planänderung zwang? So oder so war er nicht darauf gefasst gewesen, dass Mesaki derart schnell unterwegs sein könnte. Das kurze Schweigen auf Mesakis Antwort hin hatte seine ungläubige Überraschung verraten.

»Eilig, eilig. MKZ, hier Obs 1. Mesaki hat gerade gewendet. Setzen Verfolgung fort.«

»Obs 1, nicht weiter folgen. Fahren Sie rechts und dann noch mal rechts und bei der nächsten Kreuzung links auf den Ring. Obs 2, biegen Sie dreimal links ab.« Ogata beendete das Gespräch und sah Matsuoka an. »Herr Dezernatsleiter, was soll ich durchgeben?«

»Wir folgen Obs 1.«

»Jawohl.«

Ogata übermittelte die Anweisung per Funk an den Fahrer. Minegishi neben ihm hatte das Handy mit dem Aufkleber *Kitou* am Ohr. Der Vierschrötige stöpselte Kabel um, mit einer Behändigkeit, die nicht recht zu seiner Statur passen wollte.

»Sorgen Sie dafür, dass Mesaki die Nerven behält.«

»Das geht gerade nicht.« Die Stimme klang weit weg. Kitou kauerte unter einer Decke im Fußraum hinter den Vordersitzen. »Er ist noch am Telefon. Ich komm nicht an ihn ran.«

»Wie schnell fährt er jetzt?«

»Moment. Hundertdreißig ... nein, eher hundertfünfunddreißig.«

»Stupsen Sie ihn mit Ihrem Schlagstock an. Nur ganz zart, als ob er ein Pfirsich wäre.«

– Haben Sie gewendet?

Die Heliumstimme unterbrach sie.

– Ja! Und jetzt einfach auf den Ring, richtig?«

– Genau. Biegen Sie an der Kreuzung von vorhin nach links – 3-chome.

»Da kommt er!«, schrie Bohnenstange.

Der Monitor mit Blick nach vorn. Das weiße Coupé raste auf der Gegenfahrbahn auf sie zu. Mesaki hatte das Telefon ans Ohr gepresst. Wagen und Mann schossen an ihnen vorbei. Er wiegte sich wild vor und zurück beim Fahren, wie ein wütender kleiner Junge am Steuer eines kaputten Tretautos.

»Alle Zugriffseinheiten in D, hier MKZ. Zugriff 1, Position halten. Zugriff 2, 3, 4 und 5, dichter aufrücken. Ogata! Mesaki verunglückt, wenn er so weiterrast.«

»... stoppt die grüne Welle auf der Präfekturstraße. Keine grünen Ampeln mehr auf der Präfekturstraße. Mesaki kriegt das gebacken, er hat früher Importwagen verkauft.«

»… wir können nicht dichter aufrücken. Drei Kilometer südlich, da brauchen wir die Zugriffsfahrzeuge. Und Mesaki fährt hundertvierzig, einhändig!«

»Hier MKZ. Verstanden. In Ordnung, bringen wir ihn runter auf hundertzehn. Nehmt zwei Wagen, die ihn ausbremsen – geht das?«

Mikami fühlte sich hibbelig. Ogata und Minegishi hielt es nicht mehr auf ihren Hockern, beide standen sie jetzt, Rücken an Rücken gepresst, um das Gleichgewicht nicht zu verlieren. Das Kommandofahrzeug scherte heftig aus, erst nach einer Seite, dann nach der anderen, wechselte die Spur, bevor es nach rechts abbog. Die Straße war schlecht, sodass das Gerüttel noch zunahm.

»Eingehender Anruf. DoCoMo. Der Ausgangsort des Anrufs ist … unverändert. Sendemast Yuasa. Genbu. Stadtteile: Yuasacho und Asahimachi.«

Der Entführer war also immer noch dort. Vielleicht nicht mehr am selben Fleck, aber in derselben Gegend.

»Lässt sich der Standort denn nicht eingrenzen?«, fragte Mikami Bohnenstange.

»Geht nicht. Nicht ohne mehr Sendemasten. Oder ein Handy mit GPS.«

»Ein Handy mit GPS?«

»Ja. Ein paar von den neuen Modellen haben GPS-Antennen. KDDI hat letztes Jahr welche auf den Markt gebracht. Fantastische Geräte, aber sie haben sich nicht durchgesetzt …«

Einen Moment lang schien der Mann alles andere um sich vergessen zu haben. Er hatte lange Wimpern, hübsche Augen. Mikami seufzte. Er fühlte sich wie ein Zaungast. Und mehr als ein Gast war er ja auch nicht. Aber Matsuoka erwies ihm keine Gastfreundschaft, seit er ihn zum Mitkommen eingeladen hatte. Statt Kissen hatte man ihm einen harten, pilzförmigen Hocker gegeben. Und er musste Ogata und Minegishi bei der Ausübung ihres meisterlichen Könnens zusehen. Demütigung war es nicht, was er empfand, aber angenehm war es auch nicht. Andererseits konnte er natürlich von Glück sagen, dass er überhaupt mit im Kommandofahrzeug sein durfte … Von Glück sagen konnte er …

Das Fahrzeug tat einen neuerlichen Satz. Mikami schreckte auf. Er brauchte einen Augenblick, um sich zu orientieren. Fast wäre er eingenickt. Nein – er *war* eingenickt. Die Bodenwelle hatte ihn wieder zur Besinnung gebracht. *Nicht zu fassen.* Er war hier an vorderster Front, im Hauptquartier des wahren Chefs im KUA, ganz oben in der Nahrungskette. Und doch war der Sandmann gekommen und hatte diesen winzigen Moment des Abschlaffens abgepasst, um ihn in sein Reich zu locken, indem er das Gefühl der Privilegiertheit in Behagen verwandelte, in ein Hochgefühl fast.

Er zwickte sich in die Innenseite des Schenkels, drückte zu, bis der Schmerz ihm die Lippen auseinanderzwang.

»Eingehender Anruf. Forensik. Vorabanalyse der Anrufe auf Mesakis Festnetz hat ein leichtes Hallen ergeben. Mögliche Entsprechungen sind Badezimmer, unmöblierte Ateliers, öffentliche Toiletten in Regierungs- oder Gewerbegebäuden, die mit Stahlbeton gebaut sind.«

Öffentliche Toiletten …

Mikami musste an den vergangenen Abend denken, als er auf die Schritte gelauscht hatte. Er sah wieder den Stadtplan von Asahimachi vor sich. Große Gewerbebauten entlang einer Hauptstraße …

Erst einmal musste er die neuen Informationen festhalten. Er schlug sein Buch auf und erstarrte. Ein Detail fehlte. Er hatte nicht notiert, um wie viel Uhr der Entführer Mesaki befohlen hatte, auf den Ring aufzufahren. Er hatte Suwa am Telefon gehabt.

Dann fiel es ihm ein: Suwa hatte die Uhrzeit erwähnt. *Es ist schon sieben nach halb.* Der Anruf war direkt danach eingegangen: 11.37. Mikami schrieb die Zeit auf, ergänzte dann die Einzelheiten. Die Anweisungen des Entführers. Ihr möglichst genauer Wortlaut.

Er drückte zu fest auf, stach durch das Papier. *Du Vollidiot. Was machst du da? Reiß dich zusammen!*

»MKZ, hier Obs 1. Sichtkontakt zu Mesakis Auto bestätigt. Er fährt vor uns auf dem Ring, östliche Richtung.«

»Verstanden. In welchem Tempo?«

»Hundertfünfunddreißig, -vierzig.«

»Das ist zu schnell. Obs 1 und Obs 2, überholen Sie und bremsen Sie ihn runter auf unter hundertzehn.«

»Obs 1, verstanden.«

»Obs 2, verstanden.«

»MKZ Ende.«

– *Aaaahh … aaaahh.*

Von Mesaki kam ein winselndes Stöhnen. Der Entführer war immer noch in der Leitung. – *Bitte … geben Sie mir Kasumi zurück …*

Herzzerreißend, das war das einzige Wort, das es traf. Schuldbewusst regelte der Vierschrötige die Lautstärke eine Spur herunter.

– *Wohin soll ich denn? Sagen Sie es mir doch endlich. Ich muss Kasumi sehen. Bitte, ich flehe Sie an …*

Die Frage war nur zu berechtigt – wohin wollte der Entführer ihn lotsen? Bohnenstange scrollte die Landkarte auf dem Bildschirm herunter. Es war zu früh, um das Café Aoi auszuschließen. Der Ring führte hier schnurgerade nach Norden, bis er vier Kilometer weiter die Staatsstraße querte. Wenn man dort bei Isogai links abbog, kam man nach Süden und zurück Richtung Innenstadt und Aoi-machi. Ab da war die Strecke die 64-Route in umgekehrter Reihung. Mesaki würde als Erstes Atari Mahjong passieren und dann Four Seasons Fruits, ehe er schließlich die erste Station von 64 erreichte, das Café Aoi.

Nur dauerte es so viel länger als auf dem direkten Weg die Präfekturstraße entlang. Mesaki war lediglich von einer Hauptstrecke auf eine andere umgeleitet worden, Zweck der Übung konnte also nicht gewesen sein, etwaige Verfolgerautos abzuschütteln. Und der Entführer war so weit gegangen, ihn wenden zu lassen … hatte er vielleicht das Industriegebiet ein Stück weiter östlich im Sinn? Oder würde er Mesaki von der Staatsstraße nach rechts und dann von der Präfekturstraße nach links abbiegen lassen und ihn so zurück nach Norden und auf die ursprüngliche Route lenken, die Straße von vor vierzehn Jahren, die nach Neyuki führte und sich dann durch die Berge schlängelte … zur Brücke von Kotohira … zu den Bogenlampen …?

Mikami drehte den Kopf hin und her. Er hatte das Gefühl, zu schwimmen. Jetzt war es mehr als nur Schläfrigkeit. Das Fahrzeug rüttelte ihn immer wieder wach, und Adrenalinschübe wechselten sich mit toten Punkten ab. Beides kam ohne Vorwarnung. Er fuhr hoch und stieß einen Fluch aus. *11.51!* Schon über zwanzig Minuten, seit Mesaki die Kuwabara-Kreuzung passiert hatte.

Mit unsicheren Fingern klappte er sein Handy auf, ließ die Hand dann sinken. *Warte. Kuwabara …?* Das war absurd. Mesaki hatte gewendet und raste jetzt den Ring entlang. Sollte Mikami behaupten, er sei nach wie vor auf der Präfekturstraße, unterwegs zum Aoi? Damit legte er doch nur eine falsche Fährte, führte sie an der Nase herum wie bei einem makabren Scherz. *Das kann ich nicht.* Er würde die Meldung unter den Tisch fallen lassen und erst dann anrufen, wenn er durchgeben durfte, dass der Entführer Mesaki befohlen hatte, zu wenden und auf den Ring aufzufahren. Die Nachricht, dass er Kuwabara passiert hatte, war wertlos …

Nein … Moment …

Das stimmte so nicht. Das war nicht der Punkt. Über den Wert einer Information hatte nicht er zu entscheiden. Darüber entschieden die Menschen da draußen. War das nicht die Lektion, die er gelernt hatte?

Die Polizei war nicht das A und O. Sie war nicht der Nabel der Welt. Außerhalb des Kommandofahrzeugs stand die Zeit still. Mesaki hatte das Haus verlassen … aber er war seitdem nicht einen Meter vorangekommen. Mikami musste ihn in Bewegung setzen. Außer ihm konnte es keiner.

Er rief Suwa an. Er gab ihm die Information über die Kuwabara-Kreuzung durch, versprach, sich wieder zu melden, und beendete das Gespräch. »Langsam fühlt es sich fast wie eine normale Pressekonferenz an«, hatte Suwa vor dem Auflegen noch gesagt. Die Worte beflügelten ihn. *Ich bin hier mehr als nur ein fünftes Rad am Wagen.* Mit seinen Augen und Ohren würde er alles, was geschah, mitverfolgen. Und er würde vor den Menschen da draußen Zeugnis davon ablegen.

75

»MKZ, hier Obs 1. Mesaki fährt jetzt hundertfünfzehn. Noch fünfhundert Meter bis zur Staatsstraße.«

Die Observierer hatten sich zurückfallen lassen, nachdem sie Mesaki erfolgreich heruntergebremst hatten.

»Verstanden. Fahren Sie so, dass Sie an ihm dranbleiben können, egal, wie er weiterfährt.«

– *Sind Sie bei der Staatsstraße?*

Die Heliumstimme. Sie ging Mikami durch Mark und Bein, jedes Mal wieder.

– *Ich bin fast dort. Soll ich abbiegen? Oder weiter geradeaus?*

Die Luft im Fahrzeug knisterte förmlich vor Spannung. Wie würde die Antwort lauten?

– *Biegen Sie rechts ab.*

Nach Norden also. Damit war das Industriegebiet weiter östlich gestorben. Der Entführer wollte der Originalroute von 64 folgen.

»Eingehender Anruf. DoCoMo. Anrufer immer noch im Raum Yuasa.«

Das hieß, dass alles auf einen Komplizen hindeutete.

Er würde einen brauchen, wenn der Übergabeort wie bei 64 in der Nähe von Neyuki sein sollte. Die Straßen zwischen Neyuki und Genbu waren schlecht ausgebaut. Ein paar Wege gab es, die über die Dörfer und durch Wald führten, aber über sie würde es der Entführer niemals rechtzeitig schaffen, selbst wenn er sofort aufbrach. Mesaki würde jeden Augenblick auf die Staatsstraße abbiegen und nordwärts hetzen; es bestand keine Chance mehr, vor ihm anzukommen.

»Gibt es um den Sendemast irgendwelche Hubschrauberlandeplätze?«, fragte Mikami Bohnenstange.

»Nicht, dass ich wüsste.« Miene und Stimme des Mannes waren wieder ganz geschäftsmäßig.

Er musste einen Komplizen am Übergabeort haben. Aber wo? Das war eine schwierige Frage. Der Entführer hatte das Café Aoi angepeilt, es dann aber übersprungen, und die nächsten beiden Stationen der 64-Route gleich mit. Es war nicht einmal klar, ob er immer noch 64 nachspielte. Würde er Mesaki den Koffer von der Kotohira-Brücke werfen lassen? Ihn in der Drachenhöhle einsammeln? Wartete etwas völlig anderes auf sie, etwas, woran bisher keiner von ihnen gedacht hatte, ein noch viel raffinierterer Plan als der hinter 64? Die ganze Situation fühlte sich unwirklich an. Sie fühlte sich konstruiert an. Lag das daran, dass Mikami in einem Winkel seines Innern argwöhnte, dass es eben doch keine echte Entführung war?

»MKZ, hier Obs 1. Mesaki ist nach rechts auf die Staatsstraße abgebogen. Er fährt nach Norden.«

– Ich bin jetzt abgebogen … wie fahre ich weiter? Erst mal geradeaus?

– Kennen Sie sich in der Gegend aus?

– Hier? Nein … gar nicht.

– Fahren Sie geradeaus. Ich sage Ihnen dann schon Bescheid.

– Wohin fahre ich?

– Geben Sie Gas. Sie haben nicht mehr viel Zeit.

– Äh – ja …

»MKZ, hier Obs 1. Mesaki wird wieder schneller. Hundertdreißig. Hundertvierzig. Hundertfünfundvierzig …«

– Ich will einfach nur Kasumi zurück. Ich tue alles. Wenn ich sie nur zurückbekomme!

– Wenn Sie sie wiedersehen wollen, befolgen Sie haargenau meine …

Sämtliche Zuhörer fuhren hoch. Die Stimme hatte sich verändert, war schon bei »wiedersehen wollen« tiefer geworden, um bei »haargenau meine« fast völlig normal zu klingen. Eine Männerstimme. Mikami hatte sich nicht getäuscht.

Die Verbindung brach ab. Das Helium wirkte nicht mehr.

»Kitou! Das ist die Chance für Sie. Sagen Sie Mesaki, er soll sich beruhigen und vor allem vom Gas gehen. Und denken Sie daran, den Kopf unten zu halten.«

»Verstanden.«

»Die Phonetiker sollen mit der Stimmenanalyse anfangen.«

»Verstanden.«

Mikami stemmte beide Füße in den Boden, um dem Schlingern besser standzuhalten. Er hätte freilich auch so einer Stütze bedurft, so tief saß ihm der Schrecken in den Gliedern. Es war noch nicht die normale Sprechstimme des Mannes gewesen. Eine minimale Verfremdung hatte das Helium bis zuletzt noch bewirkt.

Trotzdem …

… ihm war, als hätte er sie endlich gehört … *die Stimme des 64-Entführers*. Die Stimme des Mannes Mitte dreißig bis Mitte vierzig, leicht heiser, ohne die Spur eines Akzents. Die Stimme, die vor all den Jahren keiner der Ermittler gehört hatte. Der 64-Entführer, der sein eigenes Verbrechen nachstellte. Bisher hatte er das nicht für denkbar gehalten. Und letztlich tat er es immer noch nicht. Es fühlte sich nur alles irgendwie irreal an. Als dränge ein Laut von einem Ort an sein Ohr, an dem von Rechts wegen niemand sein durfte. Aber jemand *war* da, deutlich vernehmbar. Die raunende Ungewissheit, die ihm den Kopf vernebelt hatte, gewann Kontur und nahm die definierte Klarheit von Tritten an.

»Stimmenanalyse angefordert. Geräuschanalyse von dem langen Gespräch eben eingegangen. Kein Echo feststellbar. Sonstige

Hintergrundgeräusche durch den hohen Lärmpegel in Mesakis Auto nicht bestimmbar.«

»Mesaki. Sie dürfen nicht den Kopf verlieren. Fahren Sie langsamer.«

Kitous Stimme drang aus den Lautsprechern. Dann Mesakis panisch hervorgewimmerte Antwort.

– *Was soll ich denn verdammt noch mal tun? Wo schickt er mich hin?*

»Mesaki … Mesaki! Halten Sie erst einmal an. Wir sollten den nächsten Anruf abwarten.«

»Eingehender Anruf. Mesakis Handy.«

Wieder das Klingeln. Alle Augenpaare wie gebannt auf die Lautsprecher gerichtet.

»Wir haben die Nummer. Kasumis Handy.«

Der fünfte Anruf: 11.56 Uhr.

– *Fahren … Sie … geradeaus weiter.*

Mikami zuckte zusammen. Die Stimme war erstickt, geborsten, das Krächzen eines Mannes, der sich mit aller Kraft die Luftröhre abdrückt. Ihm war das Helium ausgegangen. Er würgte sich. Das Bild war drastisch.

Die größere Überraschung stand noch aus.

– *Fahren … Sie … zum Caf… Café Kirschblüte … links, einen Kilometer nach … der Kreuzung in Ishida-cho.*

Das war eine Abkürzung, die Mesaki wieder auf Kurs bringen würde. Scheinbar willkürlich schickte der Entführer ihn zum Café Kirschblüte, der vierten Station der 64-Route.

– *Ein Kilometer nach der Ampel … gut. Café … Kirschblüte. Ich finde es schon.*

Würde er von jetzt an bei der 64-Route bleiben? Das Café lag außerhalb des Stadtgebiets, schon in Yasugi. Von dort aus hatte damals ihr Weg nach nur einem Kilometer an einer Kreuzung nach rechts geführt, zum Friseursalon Ai'ai an der Hauptstraße.

Dann an der nächsten Ampel links und wieder auf die Präfekturstraße Richtung Norden. Lebensmittelgroßhändler Furusato … Ozato Grill … Miyasaka Kunsthandwerk. Und als Letztes die Angler-Lodge Ikkyu.

– Schneller … wenn Sie … Ihre Tochter … lebend wiedersehen wollen. Schneller!

– Ahhhhhhh!

Zeitgleich mit Mesakis seelenzermarterndem Jammerschrei klappte Mikami sein Handy auf. Er hatte die Zeit nicht aus dem Blick verloren. 11.57. Er sprach rasch, brachte Suwa auf den neuesten Stand, soweit erlaubt: die Aufforderung an Mesaki, auf den Ring abzubiegen, eine 180-Grad-Wendung zu machen. Mesakis Umkehr, die Abfahrt von der Präfekturstraße.

Dabei musste er es belassen.

Jemand beobachtete ihn.

Es war Matsuoka. Seine Miene war nach wie vor die des ganz auf seinen Fall konzentrierten Ermittlers. Ansonsten war sie undurchdringlich. Wollte er sich vergewissern, dass Mikami sich an die Abmachung hielt? Oder war da Mitleid in seinem Blick? Vielleicht fühlte er sich wirklich nicht ganz auf dem Posten. So wie er die meiste Zeit dagesessen hatte, mit geschlossenen Augen, schien der Gedanke nicht völlig abwegig. Matsuoka überließ die ganze Arbeit Ogata und Minegishi. Sie waren gut, daran konnte es keinen Zweifel geben. So gut, dass sich in Mikami der Neid regte. Aber echte Jagdlust, so wie er sie von früher kannte, herrschte im Kommandofahrzeug nicht. Die Männer leiteten die Operation mit beeindruckendem Geschick, aber solange Matsuoka sich so zurücknahm, fehlte der übliche fiebrige Drang, den Täter zur Strecke zu bringen.

Ging er also doch von einem Schwindel aus? Mikami fragte sich insgeheim, was für ein Gesicht er wohl machen würde, falls sich herausstellen sollte, dass das Mädchen tot war.

An einer Armbanduhr begann ein Wecker zu fiepen. Zwölf Uhr. Während es noch piepste, breitete sich hinten im Wagen Unruhe aus. Dann drehte der Vierschrötige sich zu ihnen um. Die Kinnlade war ihm heruntergeklappt, seine Augen blinzelten wie im Schock. Mikami, noch halb in seinen Überlegungen von eben befangen, spürte, wie ihm das Blut aus dem Gesicht wich.

»Das war Direktion G. Kasumi wurde in Genbu in Gewahrsam genommen. Sie ist in Sicherheit.«

76

Das Kommandofahrzeug machte einen scharfen Schwenk.

Sie waren auf die Staatsstraße aufgefahren. Die Gefühle im Wageninneren schwankten zwischen befreiter Verblüffung und einem abgeklärten »Wir wussten es ja«. *Erst die Einzelheiten abwarten.* Matsuokas Warnung tat ein Übriges. Für kurze Zeit achteten sie kaum noch auf die Funksignale. Ogata und Minegishi bewegten sich verlangsamt, als wäre die Präzisionsarbeit, die sie bis dahin geleistet hatten, eine Fata Morgana gewesen.

»Jetzt kommt was rein«, verkündete Bohnenstange dann und zog sich einen Kopfhörer vom Ohr. »Kasumi Mesaki ist … sie ist festgenommen worden. Wegen Ladendiebstahl. Drei Kosmetikartikel. Bei Strike, einem der Firmenoutlets in Genbu, Asahimachi. Das Outlet hat den Diebstahl an ein Kōban in West-Asahimachi gemeldet. Der diensthabende Beamte hat sie mit auf die Wache genommen und erst während der Vernehmung gemerkt, wer sie ist. Nach ihrer Aussage hat sie ihr Handy gestern in den frühen Morgenstunden verloren. Sie hätte im Freien übernachtet, sagt sie, neben einem Lokal mit Livemusik. Als sie wach wurde, war das Telefon weg.«

Ladendiebstahl. Festnahme. Handy verloren. Mikami stieß einen langen Atemzug aus. Da lag sie zutage, die Wahrheit, wie das Innere einer halbierten Wassermelone. Kein Teenagerstreich. Keine Entführung. Nur eine List, um Lösegeld zu erpressen, geboren aus Kasumis Herumtreiberei.

Der »Entführer« hatte darauf spekuliert, dass Kasumi sich kaum je zu Hause blicken ließ. Er hatte ihr Handy an sich gebracht, darüber die Anrufe mit der Lösegeldforderung getätigt, ihren Eltern weisgemacht, dass er Kasumi in seiner Gewalt hatte. Und unterdessen hatte er sich an Kasumis Fersen geheftet. Wenn sie den Verlust in einem Kōban anzeigte … Wenn sie nach Hause ging … In jedem dieser Fälle hätte er sich seinen Plan abschminken können. Deshalb waren seine Anrufe auch alle aus der überlaufenen Gegend um den Hauptbahnhof gekommen – weil er ihr von Laden zu Laden gefolgt war. Und dann, heute Vormittag, hatten sich seine Befürchtungen auf unvorhergesehene Weise bewahrheitet. Kasumi hatte Waren gestohlen, in einem Firmenoutlet in Asahimachi. Er hatte sie dabei beobachtet und gleich geahnt, dass sie auffliegen würde. Also hatte er die Flucht nach vorn angetreten und die Übergabe kurzerhand vorverlegt. Er war in die Ladentoilette geeilt, hatte sich vergewissert, dass niemand in der Nähe war, etwas von dem Helium eingeatmet, das er in seiner Tasche bei sich trug, bei Mesaki zu Hause angerufen und ihn mit dem Geld losgeschickt. Wie erwartet, war Kasumi erwischt worden. Wahrscheinlich hatte man sie aufgefordert, mit in eins der Büros zu kommen. Das hatte der Entführer gesehen und die Sache entsprechend abzukürzen versucht. Statt Mesaki sämtliche 64-Stationen abklappern zu lassen, angefangen mit dem Aoi, hatte er ihn über den Ring auf die Staatsstraße dirigiert. Und nachdem er einmal umdisponiert hatte, musste er die übrigen Anweisungen von seinem Auto auf dem Parkplatz vor dem Laden aus erteilt haben. Deshalb auch das fehlende Echo. Niemand durfte seine heliumverfremdete Stimme hören, darum konnte er nur vom Auto aus sprechen. Und es gab noch einen anderen Grund, warum es der Parkplatz sein musste …

Er musste den Eingang des Ladens im Auge behalten. Wenn das Outlet den Diebstahl anzeigte, würde die Polizei kommen. Er hatte versucht, ruhig zu bleiben, hatte auf Kasumis Kampfgeist gezählt. Sie war eine Streunerin, die ohnehin halb auf der Straße lebte. Sie würde ihre Tat nicht einfach zugeben. Sie würde sich dumm stellen, lügen, in Tränen ausbrechen. Selbst wenn man ihr das Diebesgut vor die Nase hielt, würde sie darauf bestehen, dass sie es ja hatte bezahlen wollen und nur versehentlich an der Kasse vorbeigegangen war. Auch ihr Name würde ihr nicht so leicht zu entlocken sein. Ihr Handy mit all ihren persönlichen Daten war gestohlen worden. Und sie war nicht der Typ Mädchen, das seinen Schülerausweis bei sich trug. Die ganze Zeit, während er Mesaki übers Telefon seine Anweisungen erteilte, hatte der Entführer auf die Ladentüren gestarrt, inständig hoffend. Und Kasumi hatte ja auch gekämpft. So verbissen, dass Mesaki in der Zeit noch viele Kilometer zurückgelegt hatte.

Schließlich jedoch war ein uniformierter Beamter von einem nahe gelegenen Kōban vor dem Laden vorgefahren. Selbst da war der Entführer noch nicht bereit gewesen, alle Hoffnung aufzugeben. Die Polizei war sicher nur deshalb geholt worden, weil Kasumi sich hartnäckig weigerte, ihren Namen zu nennen. Und es war ja nur Ladendiebstahl, da würden sich die Beamten nicht zu sehr ins Zeug legen. Ihre Identität würde herauskommen, es war lediglich eine Frage der Zeit, aber – Mikami dachte an sein eigenes Embargo hier im Kommandofahrzeug – bis sie bei den zuständigen Stellen ankam, war mit einiger Verzögerung zu rechnen. Der Entführer hatte alles auf diese eine Karte gesetzt. In der Hoffnung, es zu Ende bringen zu können, während die administrativen Mühlen noch mahlten, hatte er beschlossen, die Sache durchzuziehen. Deshalb hatte er Mesaki so zur Eile getrieben. Der endgültige Übergabeort musste ganz nahe sein. Aber …

Es war aus.

Gut, entführt oder gar getötet hatte er niemanden, aber die Angst und Panik, die er verursacht hatte, wogen schwer genug.

»MKZ, hier Obs 1. Mesaki hat die Kreuzung in Ishida-cho passiert. Noch fünfhundert Meter bis zum Café.«

Mikami klappte sein Handy auf. Er wollte schon Suwas Kurzwahlnummer drücken, als eine Stimme ihn abhielt. Matsuoka. Sein Blick war drohend.

»Wen rufen Sie da an?«

»Ich muss die Stillhaltevereinbarung aufheben.«

»Haben Sie die Bedingung vergessen?«

»Die kann jetzt ja nicht mehr gelten, wo …«

»Seit wann entscheiden Sie das?«

»Aber der Fall ist doch abgeschlossen.«

»Noch nicht.«

Vielleicht meinte er den Einsatz. Das stimmte, aber Matsuoka selbst hatte Mikami schließlich beim Losfahren befohlen, seine Arbeit zu tun.

Mikami stand auf.

»Das ist eine Sache von Treu und Glauben. Die Vereinbarung tritt dann in Kraft, wenn Menschenleben in Gefahr sind. Ich kann sie nicht künstlich verlängern, nur weil es der Ermittlung dient.«

»Wenn Kasumi tot wäre, hätten Sie recht. Aber ihr fehlt nichts – was ändert es also, wenn die Presse das erst in zwanzig Minuten erfährt? Daran stirbt sie nicht.«

Mikami traute seinen Ohren kaum. Hatte Matsuoka die Worte wirklich gesagt?

Durch das Fahrzeuginnere kreischten Bremsen. Das Geräusch schallte über die in die Wand eingelassenen Lautsprecher herein.

– Ich bin da. Café Kirschblüte. So hieß es doch, oder? Was mache ich jetzt? Soll ich reingehen …?

– Fahren Sie … weiter.

– Was?

– Fahren Sie … weiter … wenn Sie nicht wollen, dass Ihre Tochter stirbt.

– Ahhhhhh!

»Was ist mit den Eltern des Mädchens?« Mikami zeigte auf

einen der Lautsprecher. »Schadet es denen auch nichts, noch zwanzig Minuten zu warten?«

»Es ist zu früh zum Feiern.«

»Wieso zu früh?«

»Das Mädchen, das die Kosmetikartikel gestohlen hat, *nennt* sich Kasumi Mesaki. Das ist alles, was wir wissen. Es ist nicht bestätigt, dass sie es tatsächlich ist.«

»Darum kann es doch jetzt nicht gehen.«

»MKZ, hier Obs 1. Mesaki beschleunigt wieder. Er fährt viel zu schnell.«

Mikami sah Ogata an. Er sah Minegishi an.

»Und ihr beide schaut zu! Was ist, wenn er verunglückt? War das nicht vor ein paar Minuten noch eure Befürchtung?«

Beide wichen Mikamis Blick aus. Aber sonderlich schuldbewusst wirkte keiner von ihnen.

»Ach so. Euch war nur bange um euren *Köder*, stimmt's? Ihr wolltet ihn nicht als *Köder* verlieren. Nicht, solange ihr den Scheißentführer nicht am Haken habt.«

– Wo … wo soll ich hinfahren?

– Egal … Beeilung.

»Ihr verdammten Flachwichser. Wollt ihr immer noch warten, bis er anbeißt? Die Ermittlung kommt nicht zum Stillstand, nur weil der Köder ein bisschen zappelt. Warum schnappt ihr euch dieses heliumgedopte Arschloch nicht einfach? Jetzt braucht ihr ja keine Rücksicht mehr auf das Mädchen zu nehmen. Was ist mit dem Zugriffswagen, der bei der Fahrschule geblieben ist? Schickt den zu dem Outlet! Der Kerl sitzt im Auto. Er hat die Hand an der Gurgel. Er spricht in ein Handy. Greift ihn euch und quetscht ihn aus, bis er den Standort seines Komplizen ausspuckt.«

– Bitte, sagen Sie mir doch … Sagen Sie mir, wo ich hinsoll …

– Fahren Sie geradeaus … drei Kilometer.

– Geradeaus?

– Da ist ein Friseurladen … der Salon Ai'ai. Seien Sie in zehn Minuten dort, oder … Ihre Tochter stirbt.

– A … aber …

»Ruft Kitou an. Sagt ihm, dass Kasumi gefunden wurde. Starrt hier keine Löcher in die Luft, erlöst den armen Mann aus diesem Albtraum!«

»Eingehender Anruf auf Mesakis Handy. Umgeleitet auf die Anklopffunktion. Der Anrufer ist …«, die Stimme des Vierschrötigen wurde lauter, »… das ist Mesakis Frau. Mutsuko. Vom Handy. Ich stelle jetzt durch.«

Endlich. Mikami drückte sich die Faust an die Brust. *Natürlich … natürlich.* Mutsuko rief an, um Mesaki Bescheid zu geben. Ihm zu sagen, dass Kasumi in Sicherheit war.

Es klingelte immer noch.

Er nahm den Anruf nicht an. Warum nahm er ihn nicht an?

Mikami atmete scharf ein.

Natürlich nahm er ihn nicht an. Er hatte ja den Entführer in der Leitung. Er konnte die Verbindung nicht abreißen lassen, nicht einmal für den Bruchteil einer Sekunde. Es war vollkommen logisch. Darauf setzte auch der Entführer. Deshalb blieb er am Telefon – damit Mesaki nicht mit seiner Frau sprach.

Mikami knirschte mit den Zähnen. Sein Arm streckte sich aus, griff nach einem der Handys. *Kitou.* Er ging auf Wahlwiederholung und drückte die zuletzt gewählte Nummer. Hielt sich das Telefon ans Ohr.

Jemand packte sein Handgelenk. Matsuokas Gesicht schob sich in sein Blickfeld, füllte es aus. Die Augen blitzend, bis zum Anschlag geöffnet. Die Brauen zu furchterregenden Wülsten gewölbt.

Matsuoka hatte ihn bewegungsunfähig gemacht.

Er musste es sagen. *Sag es!*

»Die Ermittlung ist eine Farce … das hier ist ein Frevel!«

»Pfuschen Sie uns nicht ins Handwerk.«

»MKZ, hier Obs 1. Mesaki fährt nach rechts. Wiederhole, nach rechts, Usami-Gabelung.«

Eine ungeheure Kraft zwang ihm den Arm nach unten. Er versuchte freizukommen, aber vergebens. *Ja? Hier Kitou?* Die Stimme wurde leiser, als sein Arm hinab zu seinem Bein gedrückt wurde. Ogata bog ihm die Finger auf. Minegishi nahm ihm das Handy weg. Mikami fühlte sich gedemütigt. Machtlos. Er ging in die Knie.

»Begreift ihr denn nicht?« Es war ein Aufschrei aus tiefster Seele. »Wie endlos einem jeder Augenblick vorkommt, wenn man sein Kind vermisst? Jede Minute, jede einzelne Sekunde ... Wie verzweifelt man darauf wartet, es wiederzubekommen. Sein Gesicht zu sehen. Es in den Armen zu halten ... so schnell es nur irgend geht. Begreift ihr das nicht? Wie wollt ihr Ermittler sein, wenn ihr das nicht begreift?«

Das einzige Geräusch war das Brummen des Motors.

Die vier Monitore zeigten winterliche Felder, rötlich braun, einen Block von Wohnhäusern mit leuchtend kobaltblauen Dächern.

Matsuoka hob den Kopf und verharrte eine Weile so, ehe er ihn wieder senkte. Ganz kurz fing er Mikamis Blick ein. Dann wandte er sich ab, stieß die Hände in die Hosentaschen.

»Wir ermitteln hier nicht wegen einer vorgetäuschten Entführung.«

Was?

Matsuoka machte schon Anstalten, die Hände herauszuziehen, schob sie dann zurück in die Taschen. Noch tiefer diesmal.

»Darauf gekommen sind wir durch einen Hinweis von Ihnen. Das hier ist die Kommandozentrale für 64.«

Mikami fühlte sich, als hätte jemand ein großes weiches Tuch über ihn geworfen.

Seine Welt drehte sich im Kreis. Er war wie vor den Kopf geschlagen.

64 …? Ein Hinweis von Ihnen …?

An seiner Schuhspitze vibrierte etwas. Sein aufgeklapptes Handy lag an seinem Fuß, leise brummend. Richtig. Nach dem Anruf bei Suwa hatte er versucht …

Er rappelte sich hoch und hob das Telefon auf, aus dem ihm eine Männerstimme entgegenklang.

»Tut mir leid, dass ich so schwer zu erreichen war …«

Es war Mochizuki.

»… ist irgendwas passiert?«

»Wieso?«

»Ich hatte gestern einen Anruf von Matsuoka. Er wollte wissen, ob ich in letzter Zeit irgendwelche Schweigeanrufe hatte. Ich war völlig unvorbereitet, deshalb hab ich nur Nein gesagt und das Gespräch beendet. Aber bei so was kommt man natürlich ins Grübeln. Ein Anruf von Chefberater Matsuoka persönlich. Hast du eine Ahnung, worum es ihm ging?«

Nein.

Nicht die geringste.

Mikami legte auf und ließ sich auf einen der Hocker fallen.

Im selben Moment schien das weiche Tuch von ihm herunterzugleiten, fältelte sich kurz zu seinen Füßen, ehe es ganz verschwand.

Er war aufgewacht.

Er konnte etwas sehen …

Ein Hinweis von Ihnen. Jetzt wusste er es. Als er bei Matsuoka zu Hause gewesen war, hatte er Matsuokas Frau, Ikue, von den Schweigeanrufen erzählt. Später hatte er dann erfahren, dass Matsuokas Eltern ebenfalls einen solchen Anruf erhalten hatten. Genau wie Mizuki Murakushi. Die in ihrer Sorge um Minako wiederum bei Ikue angerufen hatte, und bei diesem Telefonat hatten sich die beiden erinnert, dass Mikumo von einem Schweigeanruf bei ihren Eltern erzählt hatte. Keiner dieser Anrufe lag lange zurück. Und Minako hatte die Daten akribisch festgehalten, sodass auch die zeitliche Abfolge klar war. Matsuokas Elternhaus. Das Haus von Mikami. Mikumos Elternhaus. Mizukis Wohnung. In dieser Reihung waren die Anrufe erfolgt. Und es hatte noch mehr gegeben, wie Mikami wusste. Mesaki hatte vor der Entführung mehrere erhalten. Mikami nahm an, dass es mit dem Anruf auf Meikawas Anrufbeantworter die gleiche Bewandtnis hatte.

Alles ergab plötzlich einen Sinn. Noch während er sich die Namen der Reihe nach vorsagte, richteten sie sich aus wie Planeten in ihrer Bahn.

Ma, Mi, Mu, Me … Me …

Es war die M-Reihe der japanischen Silbentabelle. Nur die letzte Silbe fehlte – *Mo*.

Mikami hob den Kopf. Er sah Minegishi an.

»Ihre Eltern, Ihre Verwandten, haben die irgendwelche Schweigeanrufe erhalten?«

Minegishis Blick machte die Antwort überflüssig. *Ja*.

Mikami wandte sich an den Vierschrötigen.

»Und Sie? Wie heißen Sie mit Nachnamen?«

»Shi… Shiratori.«

Mikami konnte ein leises Auflachen nicht unterdrücken – ein anmutiger weißer Vogel, wie passend. Aber die Reaktion blieb oberflächlich. Er zwang sie hinunter und drehte sich zu Bohnenstange um.

»Und Sie?«

»Morita.«

»Haben Sie Schweigeanrufe erhalten?«

»Nein.«

»Hat Matsuoka Sie angerufen, um sicherzugehen?«

»Dazu kann ich nichts …«

»Ja, habe ich«, antwortete Matsuoka an seiner Stelle, wie um der Fragerei ein Ende zu machen, die Qual abzukürzen.

Mikami sah wieder den schwarz angelaufenen Zeigefinger vor sich.

Ja …

Es war nicht sie gewesen. Nicht Ayumi.

Alles wurde in dem Moment klar, in dem er sich diese eine Tatsache eingestand. Er hatte sich so lange gegen die Wahrheit gewehrt. Das Begreifen brachte ein Gefühl immensen Verlusts mit sich. Er hob die Hände vors Gesicht, ballte sie zu Fäusten, presste sie an seine Stirn.

Die Lösung lag direkt vor ihm …

Er sah sie jetzt …

A, I, U, E, O.

Ka, Ki, Ku, Ke, Ko.

Sa, Shi, Su, Se, So.

Ta, Chi, Tsu, Te, To.

Na, Ni, Nu, Ne, No.

Ha, Hi, Fu, He, Ho.

Ma, Mi, Mu, Me …

Es war unfassbar. Es sprengte jedes Maß. 580 000 Haushalte. Fast zwei Millionen Menschen. Und das alles im Alleingang. Hinter all den Schweigeanrufen steckte ein einziger Mann. Er hatte bei A angefangen, und erst jetzt, nach so langer Zeit, war er bei M angelangt.

Wann mochte er begonnen haben? Vor drei Jahren? Fünf? Noch früher? Jeden Tag, morgens, mittags und abends, hatten seine Finger das Telefonbuch durchblättert, die Tasten an seinem Apparat gedrückt. Selbst als ihm die Fingerkuppe dick wurde, sich eine Blutblase bildete, selbst als Haut und Nagel sprangen, hatte er unbeirrt weitergewählt.

Alles, um die Stimme ans Telefon zu bekommen. Die Stimme des Entführers, die er bei den Anrufen damals gehört hatte.

Wenn ich sie höre, erkenne ich sie. Das hatte Amamiya zum Zeitpunkt der Entführung erklärt. Er hatte sein Vertrauen in die Ermittlungen gesetzt, aber seine Hoffnungen waren enttäuscht worden. Er hatte die Wahrheit erfahren, die schändliche Vertuschung. Acht Jahre später war seine Frau von einem Schlaganfall ereilt worden. Wahrscheinlich war das der Anfang gewesen. Während er sie umsorgte, hatte er mit den Anrufen begonnen. Mit seinem Gehör als einziger Orientierung hatte er sich auf die Suche nach dem Entführer gemacht. *Solange Toshiko noch lebt.* Vielleicht war das sein Ansporn gewesen. Stimmen wandelten sich mit der Zeit, aber er war sich sicher gewesen, dass er sie erkennen würde. Die Stimme eines Mannes Mitte dreißig bis Mitte vierzig, leicht heiser, ohne jede Spur eines Akzents. Nein. Die Stimme seines Peinigers, die Stimme, die er daheim und in neun verschiedenen Ladenlokalen gehört hatte, die Stimme, die ihm ins Ohr gesprochen und ihn zu lebenslanger Qual verurteilt hatte.

Schon die bloße Vorstellung war schwindelerregend. Das Telefonbuch von Shōwa 63. Sie waren in der Provinz, niemand hier hatte seinerzeit etwas dabei gefunden, im Telefonbuch zu stehen. *Präfektur D, Mitte bis Ost.* Es war ein Monstrum an Dicke gewesen, mit den Namen sämtlicher Einwohner der Hauptstadt und dreier weiterer Städte, beginnend bei den Aikawas, den Aizawas, Aokis, Aoyamas, Aoyanagis … Zur Mitte hin waren dann die Massennamen zu bewältigen gewesen, die Satos, Suzukis, Takahashis, Tanakas … Und er hatte es ja nicht bei einem Anruf pro Haushalt belassen können. Das dürfte in den wenigsten Fällen möglich gewesen sein. Wenn sich eine Frauenstimme meldete, musste er so lange anrufen, bis ein Mann abhob. Wenn die Stimme männlich war, aber zu jung oder zu alt klang, musste er davon ausgehen, dass bei ihrem Besitzer auch jemand im Alter des Entführers lebte, und es weiter versuchen. Bei manchen Nummern war wahrscheinlich gar niemand ans Telefon gegangen, ganz gleich, wie oft er anrief. Von alledem hatte er sich nicht entmutigen lassen. Selbst nach Toshikos Tod hatte er sich geweigert aufzugeben. Aus Rachedurst. Aus Vaterpflicht. Aus dem Gedenken an seine Frau und sein Kind heraus. Alle möglichen Empfindungen mussten ihn dazu getrieben haben. Und dann, endlich, hatte er sie vernommen – die Stimme von jenem Tag vor vierzehn Jahren.

– Da, jetzt sehe ich die Tafel!

Mesakis Stimme gellte aus den Lautsprechern.

– Der Ai'ai-Salon, oder? Das ist doch richtig?

Neunundvierzig. Vom Alter her passte es. Er sprach ohne erkennbaren Akzent. Er strapazierte seine Stimmbänder seit Stunden, deshalb ließ sich unmöglich sagen, ob seine Stimme normalerweise heiser klang. Aber auch so hätte keiner der Beamten sie erkennen können. Niemand von ihnen hatte damals die Stimme des Entführers gehört. *Einige meiner Leute bieten derzeit alles auf …* Matsuokas Worte von gestern Abend. Er hatte die Ms abgeklopft. Er hatte sämtliche Beamten mit entsprechenden Nachnamen kontaktiert und sie gebeten, bei Familie und Verwandtschaft herumzufragen. Er hatte anderen aufgetragen, bei Bekannten anzurufen, deren Namen mit M begannen. Die Beamten lebten alle in Polizeiunterkünften; keiner von ihnen stand im Telefonbuch. Das Ergebnis dürfte für eine Überraschung gesorgt haben, da Schweigeanrufe etwas waren, worüber man nicht unbedingt sprach. Bis zum Morgen mussten sie einen Berg von Bestätigungsmeldungen beisammengehabt haben. Dazu einen nicht zu kleinen Stoß von Negativ-Befunden: *Mochizuki, Mogi, Mori, Morikawa, Morishita, Morita.* Niemand, dessen Familienname mit »Mo« begann, der letzten Silbe der M-Reihe, hatte einen Anruf erhalten. Oder wenn doch, dann waren das die Ausnahmen, die die Regel bestätigten.

»MKZ, hier Obs 1. Mesaki hält vor dem Zielort an.«

»Verstanden. Gibt es freie Parkplätze?«

»Ja, für ein, zwei Autos reicht es.«

Matsuoka konzentrierte sich auf jedes Wort. In seinen Augen lag ein Ausdruck grimmiger Entschlossenheit. Er war sich seiner Sache sehr sicher gewesen, als er von der Kommandozentrale für 64 gesprochen hatte; das legte nahe, dass er schon vor Besteigen des Kommandofahrzeugs die angrenzenden Reihen der Silbentabelle überprüft hatte. Die M-Anrufe waren alle kürzlich erfolgt und darum noch frisch im Gedächtnis, weshalb sie auch eher Erwähnung fanden. Nur so war er ja auf die Verbindung aufmerksam geworden. Aber hier hatten sie es mit Matsuoka zu tun. Ihm war es zweifellos zu riskant erschienen, seine Nachforschungen auf M zu beschränken. Falls der Anrufer auf diesen Buchstaben, diese Reihe allein fixiert gewesen war, dann machte das Mesaki noch nicht zum 64-Entführer. Also hatte sich Matsuoka auch das Ende der vorangehenden H-Reihe und den Anfang der nachfolgenden Y-Reihe vorgenommen. Sicher hatte er eine ansehnliche Liste von H-Namen ausfindig gemacht, Horita und Hori und Honda, und das gleiche Resultat wie bei der M-Reihe erhalten. Und bei Y hatte er nichts gefunden. Die Schweigeanrufe hatten mit »Me« geendet.

Aus früheren Ermittlungen wusste er sicher schon, dass niemand in Präfektur D einen Familiennamen trug, der mit »Re« begann. Und dass es nur eine Handvoll von Namen mit »He« oder »Me« gab. Wenn man dann noch diejenigen ausschloss, die wie Meikawa aus anderen Gegenden zugezogen waren, blieb auf der Liste nur ein einziger Name übrig: Mesaki.

– Gut, ich bin da. Ich habe vor dem Haus angehalten. Was soll ich jetzt tun? Reingehen?

»Hier Obs 1. Wir fahren gerade vorbei.«

– Was soll ich tun? Sagen Sie mir endlich, was ich tun soll!

– Holen Sie ... den Koffer heraus.

Mikami schloss die Augen und lauschte der Stimme.

Sie gehörte Kazuki Koda.

Am Klang konnte er es nicht erkennen. Aber er war sich trotzdem sicher. Handys an sich bringen. Jemandem durch den Rotlichtbezirk folgen. Amamiya wäre zu so etwas nicht in der Lage. Und in der Briefablage in Amamiyas Wohnzimmer war ein Brief von Koda gewesen. Außerdem wusste Mikami von Kakinuma, dass Koda es nie versäumte, an Shokos Todestag ihr Grab zu besuchen. Koda musste Amamiya alles gebeichtet haben. Er hatte ihm gesagt, was in seinem Memo stand, und sich bei ihm für die Verlogenheit seiner Kollegen entschuldigt. Sie waren in Kontakt geblieben, selbst nach Kodas Ausscheiden aus dem Dienst.

Sagen Sie mir, was ich tun kann. Lassen Sie mich Ihnen helfen.

Koda war ein Mann, der zu seinem Wort stand, und zutiefst ehrlich. Zweifellos war er es nicht müde geworden, sein Anerbieten zu wiederholen, ganz gleich, wie viel Zeit vergangen war.

»Hier Obs 2. Fahren vorbei. Mesaki holt den Koffer heraus.«

Und die Verpflichtung, die er fühlte, entsprang vermutlich nicht nur seinem Gerechtigkeitssinn. Von den Amamiyas und Hyoshi abgesehen, war niemand so aus der Bahn geworfen worden oder hatte so viel durchmachen müssen wie Koda. Sein Hass auf den Entführer musste größer sein als der irgendeines anderen. Das hatte Amamiya gewusst. Deshalb hatte er ihn ins Vertrauen gezogen. Und darum war Koda von Kakinumas Radarschirm verschwunden und untergetaucht. Darum hatte er einen Job hingeworfen, den er sich auf Knien hatte erbetteln müssen, hatte Frau und Kind und dem so hart erkämpften Stückchen Normalität den Rücken gekehrt und sich zum Werkzeug von Amamiyas Rachefeldzug gemacht. Gemeinsam hatten sie die Grenze überschritten – sich außerhalb von Recht und Gesetz gestellt. *Um einen Frevler zu fangen, musst du selbst einer sein.* Sie gaben Mesaki die Qualen zu kosten, die sie selbst durchlitten hatten. Sie hatten das Leben seiner Tochter zu einem gefährdeten Gut gemacht und zerfleischten so seine Seele.

Aber …

Wie planten sie die Sache zu beenden?

Worauf wollte Amamiya hinaus? Welche Rolle hatte er Koda dabei zugedacht?

Die Autos, die bei der Fahrschule zurückgeblieben waren – Zugriff 6, 7 und 8 –, hatten Koda mit Sicherheit längst umzingelt. Und Koda wusste das zweifellos, aber dennoch blieb er in der Leitung.

– *Wo soll ich das Geld hinbringen?*

– *Auf der … Rückseite ist ein … leeres Grundstück.*

– *Ein leeres … ja, jetzt sehe ich es. Soll ich dahin gehen?*

– *Beeilung!*

Das Kommandofahrzeug bog nach rechts. Offenbar fuhren sie auf direktem Weg zum Ai'ai-Salon. Ogata griff nach dem Handy mit dem Aufkleber *Standorte.* Der Vierschrötige stöpselte ein Kabel ein.

»Yoshikawa, berichten Sie.«

»Jawohl. Mesaki zieht den Koffer hinter sich her und rennt damit einen Pfad neben dem Gebäude entlang.«

Seine Stimme war ein Flüstern.

»Können Sie sehen, was hinter dem Gebäude ist?«

»Ein leeres Stück Land. Alte Autoreifen, ein Kühlschrank, eine Waschmaschine, ein paar Haufen mit anderem Schrott. Der Friseurladen benutzt es anscheinend als eine Art Müllhalde. Da kommt Mesaki. Er schaut sich um. Er hat das Handy am Ohr.«

– *Ich bin da. Auf dem leeren Grundstück. Und jetzt?*

– *Sehen Sie … das Ölfass?*

– Das Ölfass? Ah, ja … ich sehe es.

– Holen Sie das Geld … aus dem Koffer und … stecken Sie es rein.

– Wie? In das Fass?

– Für Fragen ist … keine Zeit.

– Entschuldigung. Bekomme ich sie zurück, wenn ich es da reinstecke? Lassen Sie Kasumi dann frei?

– Los jetzt!

»Ich bin um das Haus herumgegangen. Ich habe Mesaki im Blick. Der Koffer ist offen, und … er stopft das Geld in ein Ölfass.«

Minegishi studierte eine Landkarte, die er auf einem der Bildschirme aufgerufen hatte. Er schlug Matsuoka vor, sich von hinten zu nähern, und schob die Luke dann auf, um den Fahrer zu instruieren.

»Bei der nächsten Kurve biegen Sie nach der Lawson-Filiale links ab. An der Kreuzung dann rechts.«

»Ist der Weg breit genug?«

»Müsste reichen.«

– Das Geld ist drin. Ich hab es alles reingesteckt.

– Schauen Sie auf Ihre Füße.

– Was?

– Da steht … ein runder Behälter.

– Ja, ich sehe ihn …

– Darin finden Sie Benzin und Streichhölzer. Zünden Sie in dem Fass ein Feuer an.

Mikami schnappte nach Luft.

Nein!, stöhnten Ogata und Minegishi im Chor.

– Ein Feuer? Ich soll das Geld verbrennen?

– Wird's bald!

– Aber … aber … wenn ich es verbrenne, was ist dann mit Kasumi? Geben Sie sie mir wirklich zurück?

– *Tun Sie's, wenn ihr Leben Ihnen lieb ist.*

– *Ist gut … ich mach's schon. Moment. Ich mach's.*

»Mesaki gießt etwas in das Fass. Aus einer Plastikflasche. Sekunde … *Scheiße!* Er hat das Ding angezündet. Das Ölfass brennt!«

Es hatte etwas von einem Fanal. Schwarzer Rauch strudelte in die Luft empor und verdunkelte die Monitore des Kommandofahrzeugs.

– *Ich hab's gemacht. Ich habe das Geld angezündet. Es verbrennt alles. So wie Sie es wollten. Ich habe alles gemacht, was Sie gesagt haben. Und jetzt geben Sie mir meine Tochter zurück. Wo ist sie? Bitte. Wo ist sie?*

– *Unter dem Behälter.*

– *Unter dem …?*

Es klickte mehrmals.

»Der Entführer hat das Gespräch beendet.«

»… Mesaki hält jetzt den Behälter hoch. Er schaut darunter. Er hat etwas … ein Blatt Papier. Ziemlich klein. Notizblockgröße. Er starrt es an. Er … jetzt fällt er auf die Knie. Mesaki hat sich auf die Knie geworfen. Er hat den Kopf auf den Boden gesenkt und streckt die Hände mit dem Zettel von sich weg. Er … knüllt ihn zusammen. Er wimmert. Schreit. Den Namen seiner Tochter. ›Kasumi, Kasumi!‹«

Was stand auf dem Zettel? Dass seine Tochter tot war?

War das Amamiyas Botschaft an ihn?

Jetzt weißt du, was es heißt, eine Tochter zu verlieren. Dieser Augenblick wird nie vorübergehen.

»Eingehender Anruf. Mesakis Handy. Der Anrufer ist … Mutsuko, seine Frau. Ich stelle durch.«

– *Endlich! Wo bist du? Kasumi … sie ist in Sicherheit. Unsere Tochter ist in Sicherheit!*

– *Sie – ihr fehlt nichts?*

– Nein! Sie war gar nie entführt. Niemand hat sie geraubt. Niemand hat sie auch nur angerührt, sie hatte überhaupt keine Ahnung von der Sache. Ich bin so froh, dass ich dich erreicht habe … es ist alles gut.

– Sie … Sie war nicht entführt?

– Nein. Sie ist heil und gesund. Sie will nicht mit uns reden, aber ihr fehlt überhaupt nichts. Ihr ist nichts geschehen, Liebling, ist das nicht wunderbar? Komm heim, so schnell du kannst.

– …

– Was hast du? Ist dir etwas passiert? Liebling?

»Ich stelle Yoshikawa über den zweiten Lautsprecher durch.«

»Mesaki faltet ein Blatt Papier auseinander und blickt darauf. Es ist das Papier von eben. Er schaut es misstrauisch an. Er sitzt völlig reglos. Er ist wie erstarrt.«

Vom Kommandofahrzeug aus kam jetzt das Stück Brachland in Sicht. Der Monitor mit Blick nach vorn zeigte die ganze Szene. Eine der Friseurinnen war herausgekommen und stand am Hintereingang des Ladens. Wahrscheinlich hatte der Tumult draußen sie aufgeschreckt. Eine Kundin spähte bang zu einem der hinteren Fenster heraus, Blättchen aus Alufolie im Haar. Noch mehr Leute kamen aus den umliegenden Geschäften und Häusern gelaufen, herbeigelockt durch Mesakis Wehgeheul. Sie eilten alle auf ein- und denselben Punkt zu – das Ölfass, aus dem immer noch Schwaden von Qualm quollen, und Mesaki, der verstummt war und mit gekreuzten Beinen danebensaß.

»Zoom.«

»Jawohl.«

Die Kamera holte Mesaki näher heran. Sein Bild wuchs, bis es die volle Höhe des Monitors einnahm. Sie hatten direkten Blick auf das Gesicht des Mannes. Sein Kopf war gesenkt. Seine Augen waren auf einen Punkt am Boden gerichtet. Etwas Ruhevolles ging von ihm aus, trotz seiner Fahrt zur Hölle und zurück. Nur in seinen Schläfen schien es zu pochen. Ein zuckender Nerv? Nein. Die Bewegung war auf beiden Seiten gleichmäßig. Der Kiefer verriet ein vorsichtiges Auf und Ab.

»Er hat ihn im Mund!«, rief Minegishi. »Diese Kanaille isst den Zettel auf.«

»Nein, da. Seht!« Ogata zeigte auf etwas.

Der Zettel war in seinen Händen. Er hatte ihn noch. *Allerdings …* Notizblockgröße, hatte Yoshikawa gesagt. Dafür schien das Papier zu schmal. Es war viel breiter als lang, mehr ein Streifen als ein Blatt. Er aß es tatsächlich. Er hatte eine Hälfte abgerissen und sich in den Mund gesteckt.

Es war zu spät. Sein Kiefer bewegte sich jetzt seitwärts, nicht mehr auf und ab. Er kaute mit den Backenzähnen, zermahlte das Papier zu Brei.

»Yoshikawa, konnten Sie sehen, wie er das gemacht hat?«

»Ich … nein, wie er den Zettel zerrissen hat, nicht. Ich habe ihn die Hand ans Gesicht heben sehen, aber ich dachte, er reibt sich einfach das Kinn.«

Es ergab Sinn. Er hatte sorgfältig darauf geachtet, dass niemand das Papier in seinen Mund wandern sah. Er hatte die Polizei im Schlepptau, er wusste, dass die Beamten ihn beobachteten. Und er wusste, dass er später nach dem Zettel gefragt werden würde. Deshalb hatte er einen Teil übrig gelassen. Die Hälfte, die er jetzt herunterkaute, war die, die keiner sehen durfte. Höchstwahrscheinlich die mit der Botschaft von Amamiya.

Mesakis Gesichtsmuskeln stellten ihre Bewegungen ein. Kiefer und Schläfen verharrten reglos. Einen Augenblick später hob sich sein Adamsapfel und senkte sich dann. Mikami meinte das Schluckgeräusch fast zu hören.

»Verdammt!«

Ogata schlug mit der Faust auf den Rahmen des Monitors. Minegishi hieb gegen die Wand. Die rechte Seite des Monitors verschwamm leicht, färbte sich hellbraun. Einer der Schaulustigen hatte die Sicht verstellt. Eine zweite Figur, unscharf und blassblau, füllte den verbleibenden Platz zur Linken. Mesakis Gestalt verschmälerte sich, wurde gleichsam aus dem Bild gequetscht, bis von ihr nichts mehr zu sehen war.

»Das war's?«, fragte Minegishi, die Handteller flach abgespreizt. »Warum belässt er's dabei? Er hätte doch viel mehr rausholen können. Ihm ein Geständnis abpressen, ihm drohen, dass er Kasumi umbringt, wenn er nicht gesteht.«

»Das war viel zu glimpflich«, pflichtete Ogata ihm bei.

»Fährt da solche Geschütze auf – hetzt den Kerl durch die Gegend, zwingt ihn, das Geld abzufackeln –, und alles, was rauskommt, sind zwanzig verbrannte Millionen. Gut, da war dieses eine Mal, während der Fahrt … Aber weit kommen wir damit nicht. Und den Scheißzettel hat Mesaki verschluckt. Warum ist er nicht aufs Ganze gegangen, am Handy? Da hätte der Kerl wenigstens Farbe bekannt.«

Mikami öffnete schon den Mund. Zorn stieg in ihm auf. Ihre Kommentare schienen ihm ein bedeutsames Geschehnis zu entweihen.

Matsuoka schaltete sich ein. »Was hätten wir uns mehr erhoffen können?« Sein Blick ging zwischen den beiden Beamten hin und her. »Yoshio Amamiya hat uns einen Verdächtigen geliefert. Jetzt sind wir am Zug. Er hatte nichts als eine Stimme am Telefon. Egal, was in seiner Botschaft stand, für eine Verhaftung hätte es nie ausgereicht. Amamiya verdient einen Orden – er hat Mesaki etwas gegeben, das *kein* schlüssiger Beweis war, und ihn dazu gebracht, es aufzuessen. Vergessen Sie das nie. *Das war Mesakis Geständnis.* Jetzt wissen wir, dass er der Typ ist, der Panik bekommt und gesteht, auch wenn kein definitiver Beweis gegen ihn vorliegt.«

Ogata und Minegishi standen kerzengerade, stramm wie zwei junge Kripo-Anwärter, die den echten Ermittlern nur den Tee bringen dürfen. Shiratori nickte in Richtung Wand. Mit einem tiefen Atemzug fuhr Morita den Zoom zurück. Eine riesige Menge von Zuschauern hatte sich um das leere Grundstück versammelt.

Mesaki war ihren Blicken entzogen. Sie sahen als Einziges die Rauchsäule, die jetzt schmal und ganz weiß war. Der Wind hatte sich gelegt, sodass sie fast senkrecht aufstieg. Warum hatte das Geld brennen müssen? Für die verlorenen Yen würde Amamiya doch wohl keine Rache gewollt haben. Es war eine zweite Botschaft – das musste es sein. Eine Botschaft, die Shoko und Toshiko vom Himmel herab sehen konnten. Die Rauchsäule sollte seine Stimme zu ihnen emportragen.

Ich habe es getan. Mehr stand nicht in meiner Macht.

»Jetzt«, sagte Matsuoka ins Funkgerät. »Ziehen Sie Mesaki raus. Sagen Sie, es ist, um ihn vor der Presse zu schützen. Ich will, dass er unter Bewachung gestellt und aufs Zentralrevier gebracht wird.«

Mikami nickte. Matsuoka hatte recht. Jetzt waren sie am Zug.

Diesmal war der Schlusspunkt ein echter. Mikami klappte sein Telefon auf und drückte Suwas Kurzwahlnummer.

»Direktor Mikami?«

»Kasumi Mesaki ist in Polizeigewahrsam und unverletzt. Die Stillhaltevereinbarung ist mit sofortiger Wirkung aufgehoben.«

77

Das Telefonhäuschen kam in Sicht, ein Lichtpunkt im Dämmer.

Mikami hatte den Taxifahrer gebeten, auf der Hügelkuppe zu warten, und ging das Stück bis zum Uferpark zu Fuß. Der Pfad fiel sacht ab. Leises Wasserrauschen drang ihm entgegen. Es war noch vor sechs, aber um seine Füße zog sich die Dunkelheit immer dichter zusammen. Die Gaslaternen des Parks brannten noch nicht, sodass der bläuliche Schein des Telefonhäuschens das einzige künstliche Licht im Umkreis war.

Nach seinem Aufbruch aus dem Kommandofahrzeug war Mikami um drei wieder im Präsidium eingetroffen. Zu diesem Zeitpunkt war von der bizarren Atmosphäre, die oben im Westflügel des Regierungskomplexes geherrscht hatte, nichts mehr zu merken gewesen, auch wenn der Konferenzsaal einem Schlachtfeld glich. Der leer gefegte Raum hatte Mikami an die Wall Street nach dem Schwarzen Freitag denken lassen oder an die Nachwehen einer Parade zur Feier eines aus dem All wiedergekehrten Astronauten. Die Reporter waren davongeeilt, hatten sich mit Aufhebung der Vereinbarung in alle Winde zerstreut. Die Hälfte von ihnen war kurzerhand nach Tokio zurückgereist, nun, da sie Kasumi außer Gefahr wussten. Die Verbleibenden hatten sich teils zu dem Stück Brachland hinter dem Friseursalon aufgemacht, teils zu Mesakis Haus in Genbu.

Die Pressekommuniqués waren auf einen Drei-Stunden-Takt heruntergefahren worden. Beim Vier-Uhr-Kommuniqué – zu dem weniger als fünfzig Reporter kamen – hatte Ochiais Gesicht schon wieder etwas Farbe. Da die Vereinbarung nicht mehr galt, stand die Polizei auch nicht mehr unter dem Zwang, die Presse mit Echtzeit-Updates zu versorgen. Man gab so viele Informationen weiter wie möglich, ließ aber die Tatsache, dass Mesaki in Gewahrsam genommen worden war, tunlichst unerwähnt. Der Aufenthaltsort seiner Frau und Tochter – Mutsuko und Kasumi – blieb ebenfalls geheim. Matsuoka hatte sie persönlich abgeholt und in Schutzhaft nehmen lassen; gemeinsam mit Kasumis kleiner Schwester waren sie anonym in die angrenzende Präfektur in ein Heim der Nachbarschaftshilfe gebracht worden. *Manche Dinge sind für niemandes Ohren bestimmt.* Jetzt verstand Mikami, was Matsuoka damit gemeint hatte. Wenn Masato Mesaki verhaftet wurde, dann würde Mutsuko die Frau und Kasumi die Tochter eines Kindesentführers und Mörders sein. Um ihretwillen musste alles nur Erdenkliche getan werden, um zu verhindern, dass ihre Namen an die Öffentlichkeit gelangten. Das war das Fazit, das Matsuoka gezogen hatte.

Sie müssen unbedingt schlafen. Fahren Sie heim und ruhen sich aus. Wir konnten uns hier abwechseln. Wir haben genug geschlafen. Suwa und Mikumo hatten nicht lockergelassen, während Kuramae kurzerhand das Taxi bestellt hatte. Die Idee mit dem Abstecher zum Park war Mikami ganz plötzlich gekommen; schon auf halbem Weg nach Hause hatte er den Fahrer umdirigiert. Yoshio Amamiyas Haus lag im Dunkeln. Auch sein Auto war fort. Wo war er jetzt? Wo war er gewesen, als Masato Mesaki das Geld verbrannt hatte? Mikami zog die Tür des Telefonhäuschens auf. Sie war alt, aber sie öffnete sich leicht und geräuschlos. Der Apparat in der Zelle war von einem stumpfen Grün, ausgeblichen und pockig. Die Tasten schwärzlich vom langen Gebrauch, aber in der Mitte, wo der Finger am stärksten aufdrückte, zu einem matten Silber poliert. *Kein Wunder, nach solcher Beanspruchung.*

Mikami seufzte tief auf.

Von hier aus hatte Amamiya seine Anrufe getätigt.

Auch bei Mikami hatte er sicher von hier angerufen. Irgendwann nach acht, am Abend des vierten November. Eine Frauenstimme hatte sich gemeldet. Also hatte er es gegen halb zehn wieder versucht. Wieder die Frauenstimme. Den dritten Vorstoß hatte er kurz vor Mitternacht unternommen – und endlich die Stimme eines Mannes gehört. Er hatte sich auf ihren Klang konzentriert und dann eingehängt und den Namen *Moriyuki Mikami* von seiner Liste gestrichen. Der Name war der von Mikamis Vater, der bei Erscheinen des Telefonbuchs noch gelebt hatte. Wenn Amamiya eine spätere Ausgabe benutzt hätte oder wenn Mikami in einer Polizeiunterkunft gewohnt hätte, wäre es zu den Anrufen bei ihm nie gekommen.

Zu Anfang hatte er sicher sein eigenes Telefon benutzt. Dann hatte er von der Einführung der Nummernkennung gehört. Wie nicht wenige ältere Menschen hatte auch er womöglich nur ungenau verstanden, was es mit der Funktion auf sich hatte, und daher nicht gewusst, dass sich Nummern auch unterdrücken ließen. Also war er auf die Telefonzelle ausgewichen.

Vielleicht hatten auch noch andere Gründe mit hineingespielt.

Der Park lag nicht weit von seinem Haus. Es gab einen Kinderspielplatz. Ganz bestimmt war er mit Shoko hier gewesen, als sie noch klein war, mit Shoko und Toshiko: Vater, Mutter, Kind. Nach 64 hatten Familien mit kleinen Kindern den Park eher gemieden, nicht zuletzt, weil nie geklärt worden war, wo Shoko ihrem Entführer begegnet war. Es schien ironisch, dass gerade dieser Umstand Amamiya einen Ort beschert hatte, wo er lange Zeit am Stück eine Telefonzelle belegen konnte, tags wie nachts, ohne dabei gesehen zu werden.

Das ist er. Das ist der Platz.

Mikami schloss die Augen und lauschte. Stille. Kein Laut drang zu ihm in die Zelle. An dem Abend des vierten November war das zweifellos anders gewesen. An diesem Tag war der Norden der Präfektur, ganz ungewöhnlich für die Jahreszeit, von sintflutartigen Regenfällen heimgesucht worden. Vielerorts hatte es Erdrutsche gegeben, Flüsse waren angeschwollen, hatten laut tosend Schlammmassen stromab gewälzt. Was er gehört hatte, war kein Großstadtrauschen gewesen, nicht das Brausen von Verkehr. Die Telefonzelle stand in einem Park am Flussufer, mitten in einem Überschwemmungsgebiet. Das war die Wahrheit hinter dem »anhaltenden« Geräusch, das seine Ohren ausgemacht hatten.

Ayumi? Ich weiß, dass du das bist, Ayumi.

Das hatte er zu dem Anrufer gesagt.

Ayumi! Wo bist du? Komm nach Hause. Alles wird gut, komm einfach nur nach Hause, jetzt gleich.

Amamiya hatte den Grund für Mikamis Tränenstrom vor dem Hausaltar gekannt.

Fühlen Sie sich besser?

Amamiyas Frage gestern Abend am Telefon.

Nicht alles ist schlecht. Es gibt auch Gutes in der Welt.

Wo um Himmels willen steckte er jetzt?

Hatte am Ende er, Mikami, mit seinem Besuch den Stein ins Rollen gebracht? Zum ersten Mal war er vor einer Woche bei Amamiya gewesen. Aber die Anrufe bei Mesaki lagen zehn Tage zurück; zur Zeit von Mikamis Besuch musste Amamiya die Stimme des Entführers längst identifiziert gehabt haben. Wahrscheinlich hatte er mit sich gehadert, ob er zur Polizei gehen sollte oder nicht. Andererseits, dass bereits drei Tage verstrichen waren, ganz gleich, wie kurz dieser Zeitraum scheinen mochte, zeigte schon die Tiefe seines Misstrauens. Sämtliche Ermittler, mit denen er es zu tun gehabt hatte, hatten ihm versichert, dass der Mörder seiner Tochter gefasst werden würde, aber er war nicht gefasst worden, in den gesamten vierzehn Jahren nicht. Amamiya allein hatte geschafft, was Zigtausenden von Kriminalbeamten, nahm man die Polizei als Ganzes, nicht gelungen war. Und warum? *Weil es ih-*

nen letzten Endes egal war. Zu diesem Schluss musste er gelangt sein. Die Polizei hatte ihre eigene technische Panne vertuscht. Ein siebenjähriges Mädchen war entführt worden und auf tragische Weise zu Tode gekommen, und die Polizei hatte nur sich selbst zu schützen versucht. Sie hatten systematisch jeden Hinweis auf einen dritten Anruf getilgt. Kein Wunder, dass er den Glauben verloren hatte. Selbst wenn er Mesakis Namen meldete, wer sagte, dass sie ihm zutrauen würden, nach vierzehn Jahren eine zweifelsfreie Identifikation vorzunehmen? Und überhaupt: Gaben sie sich nicht eine Blöße, wenn sie es zuließen, dass der Vater des Opfers erfolgreich war, wo sie versagt hatten? Das wäre ihnen übel aufgestoßen, hätte sich vielleicht sogar negativ auf die Ermittlungen ausgewirkt; möglicherweise hätten sie ihm nach ein paar flüchtigen Nachforschungen schlicht gesagt, er habe sich geirrt. Dennoch, ohne Hilfe hatte Amamiya keine Chance gegen den Mörder seiner Tochter. Er konnte den Mann aufsuchen, ihn unter Druck setzen – aber ihm zu sagen, dass er seine Stimme für die des Entführers hielt, würde Mesaki nicht zu einem Geständnis bringen.

An diesem Punkt seiner Überlegungen war Mikami auf der Bildfläche erschienen.

Ganz gewiss hatte Amamiya seine Stimme erkannt. Er hatte so viele Stimmen gehört, aber Mikamis Reaktion musste einen Eindruck hinterlassen haben. Und der Name auf seiner Karte begann mit *Mi.* So frisch, wie ihm der Anruf im Gedächtnis sein musste, konnte er nur eine Schlussfolgerung gezogen haben. *Seine Tochter ist weggelaufen. Er schwebt in tausend Ängsten um sie.* Vielleicht hatte er geglaubt, ein echtes Band schmieden zu können, Hoffnung geschöpft, dass der Mann vor ihm zu der Handvoll von Beamten zählte, die in der Lage waren, seinen Schmerz zu verstehen – den Schmerz eines Vaters, der seine Tochter verloren hatte. Wenn Mikami irgendein anderes Thema angeschnitten hätte, dann hätte Amamiya ihm womöglich anvertraut, dass er die Stimme des 64-Entführers identifiziert hatte.

Aber …

Was hatte Mikami stattdessen gesagt? Bei dem bloßen Gedanken daran wurde ihm elend. Er hatte Amamiyas Zustimmung zum Besuch des Generalinspekteurs gewollt. Ganz ungeniert hatte er versucht, ihn für eine PR-Veranstaltung einzuspannen. Er hatte auf eine Antwort gedrängt, ihn damit geködert, dass der Besuch hilfreich sein könnte, dass sich daraus eventuell eine neue Spur ergab. Amamiya hatte seine sämtlichen Befürchtungen bestätigt gesehen. *Nichts hat sich geändert.* Vierzehn Jahre, und der Polizei bedeutete das Leid der Opfer nach wie vor nichts; im Gegenteil, sie versuchten daraus sogar noch Kapital zu schlagen, um ihre eigene Position abzusichern.

Ich weiß das Angebot zu schätzen, aber es wird nicht nötig sein. Es besteht kein Grund für eine so hochgestellte Persönlichkeit, sich hierherzubemühen.

Damit hatte es begonnen. Mikamis Besuch war das Zünglein an der Waage gewesen. Dessen war er sich jetzt sicher.

Amamiya hatte beschlossen, Mesaki selbst zur Strecke zu bringen. Er hatte sich an Koda gewandt, seinen Leidensgefährten. Gemeinsam hatten die beiden Männer, jeder auf seine Art Opfer der Polizei, ein Komplott geschmiedet. Sie wollten sich an Mesaki rächen und gleichzeitig der Polizei eins auswischen. Deshalb die Wahl des Zeitpunkts: Beim Besuch des Generalinspekteurs würden sie die Polizei am härtesten treffen. Dann aber hatte die eine Variable, über die sie keine Kontrolle hatten – Kasumis Stippvisiten zu Hause –, sie dazu gezwungen, das Ganze um einen Tag vorzuverlegen. An dem Timing war nie etwas Zufälliges gewesen. Die vermeintliche Laune des Schicksals, der sich die Nachahmungstat einen Tag vor der 64-Inspektion und damit die Absage verdankte, war in Wahrheit weder Schicksal noch waren es die Ränke des KUA, sondern allein Kodas und Amamiyas erbarmungsloser Racheplan. Mikami hatte dem noch unschlüssigen Amamiya den entscheidenden Anstoß geliefert. Mit dem Besuch des Generalinspekteurs hatte er ihnen ein Datum an die Hand gegeben, das sie gebrauchen konnten. Amamiyas Gang zum Friseur war Ausdruck seiner neuen Entschlossenheit gewesen.

Seine Worte gestern Abend am Telefon – jetzt schienen sie Mikami nicht nur auf ihn allein gemünzt. *Nicht alles ist schlecht. Es gibt auch Gutes in der Welt.*

Dennoch …

Amamiya und Koda hatten eine Grenze überschritten.

Und sie würden die Konsequenzen tragen müssen. Bei Amamiya wog die Last besonders schwer. Unrecht bleibt Unrecht; es gibt keine Abstufungen. Egal, wie gute Gründe er haben mochte, er hatte die Entführung eines Mädchens inszeniert. Er hatte in Kauf genommen, dass die Mutter des Mädchens, Mutsuko Mesaki, Todesängste um das Leben ihres Kindes ausstand. Und das, obwohl er Toshikos Qualen bei der Entführung ihrer Tochter mitangesehen hatte – Qualen, die sich in nichts von seinen eigenen unterschieden. Amamiya hatte sich von der Moral abgekehrt. Um seinen persönlichen Rachedurst zu stillen, hatte er das unschuldige Herz einer Mutter unter den Füßen zermalmt.

Und mehr als jedem anderen musste ihm die Tragweite seines Tuns bewusst sein. Deshalb war er nicht zurückgekommen. Konnte es sein, dass er …?

Ein Hupen drang an Mikamis Ohr.

Es kam von der Hügelkuppe.

Das Taxi gehörte einem unabhängigen Unternehmer, der regelmäßig Fahrten für das Präsidium machte; es war unwahrscheinlich, dass er fürchtete, Mikami könnte ihn anschwindeln oder ihn um sein Fahrgeld prellen wollen. Andererseits sah man Mikami die sechsunddreißig Stunden ohne Schlaf deutlich an. Er musste einen extrem desolaten Eindruck gemacht haben; vielleicht hatte der Mann Angst, er könnte sich in den Fluss stürzen. Mikami sah ihn in der Entfernung, schon ein paar Schritte vom Auto weg. Er lehnte sich aus dem Telefonhäuschen und schwenkte den Arm.

Ich brauch nicht mehr lang.

Er zog die Tür zu und klappte das Handy auf. Er wollte gerade Matsuokas Nummer tippen, da ergriff ihn ein unwiderstehlicher Drang, den Hörer vor ihm von seiner Gabel zu nehmen. Das Knistern in der Leitung schien direkt aus der Vergangenheit zu kommen. Sein Anruf wurde gleich auf die Mailbox umgeleitet. Da er bezweifelte, dass ein Schweigeanruf aus einer Telefonzelle gut ankommen würde, nannte Mikami Namen und Nummer und kündigte an, es später wieder zu versuchen. Er hängte ein. Sein Gefühl sagte ihm, dass Matsuoka ihn zurückrufen würde. Es gab noch so vieles zu sagen und zu fragen.

Was war aus Kazuki Koda geworden?

Dass Matsuoka ihn einfach laufen ließ, war schwer vorstellbar. *Diebstahl. Morddrohungen. Erpressung.* Sein Vorgehen war unleugbar kriminell. Dennoch war sein Name während der ganzen Zeit, die Mikami mit im Kommandofahrzeug gesessen hatte, mit keiner Silbe erwähnt worden, weder von Matsuoka noch über Funk. War er den Zugriffseinheiten entkommen? Hatten sie ihn absichtlich entwischen lassen? Matsuoka musste von Koda kontaktiert worden sein. Wenigstens einen anonymen Hinweis musste er vorab von ihm erhalten haben. Es gab zu vieles, das sich anders nicht erklären ließ.

Matsuoka hatte Amamiyas schwarzen Finger nicht gesehen. Wie sollte er da ohne Hilfestellung von außen den Zusammenhang zwischen den M-Anrufen und der Entführung erkannt haben?

Trotzdem … es gab wichtigere Themen. *War* Mesaki der Drahtzieher hinter 64? Das war die drängendste Frage.

Matsuoka schien davon überzeugt zu sein. Aber Amamiyas Aussage allein reichte nicht aus als Basis für eine Anklage, die vor Gericht Bestand haben würde. Ohne ein Geständnis oder handfeste Beweise würde sich an Mesakis Status nichts ändern, und er blieb weiter ein Mann »unter Polizeischutz«.

Vorausgesetzt, er war der 64-Entführer, hatte er das gut verborgen gehalten, nachdem er in seinem weißen Coupé von daheim losgefahren war. Er war krank vor Sorge um seine Tochter gewesen, das hatte in dem Fall sicher geholfen. Nur gegen Ende war ihm ein Fehler unterlaufen. Einen kurzen Augenblick lang hatte seine Fassade einen Riss bekommen, bei einer unbedachten Reaktion auf einen von Kodas Befehlen. Sie war ihm herausgerutscht, als Koda ihn vom Café Kirschblüte aus auf der Staatsstraße nach Norden geschickt hatte. Darauf hatte Ogata angespielt mit seinem: *Da war dieses eine Mal, während der Fahrt …*

– Bitte, sagen Sie mir doch … Sagen Sie mir, wo ich hinsoll …

– Fahren Sie geradeaus … drei Kilometer.

– Geradeaus?

– Da ist ein Friseursalon … der Salon Ai'ai. Seien Sie in zehn Minuten dort, oder … Ihre Tochter stirbt.

– A… aber …

Mikami war es beim nochmaligen Hören der Aufnahme auch aufgefallen. Koda hatte Mesaki übertölpelt. Ob er sich in der Gegend auskenne, hatte er von ihm wissen wollen, bevor er ihn auf die Staatsstraße auffahren ließ. Mesaki war gezwungen gewesen zu sagen: *Hier? Nein … gar nicht.* Als der 64-Entführer hatte er nicht zugeben können, dass er mit der Route vertraut war. Und nachdem er sein Nichtwissen beteuert hatte, war ihm von Koda befohlen worden, drei Kilometer geradeaus zu fahren. Ehe ihm noch recht klar war, was er da tat, hatte Mesaki nachgefragt: *Geradeaus?* Um zum Friseursalon zu kommen, musste er an der nächsten Kreuzung, die einen Kilometer entfernt lag, rechts abbiegen. Aber an diesem Punkt hatte Koda den Namen Ai'ai noch gar nicht erwähnt gehabt. Durch seinen Einwand hatte Mesaki verraten, dass er mit dem Friseursalon als nächstem Ziel rechnete.

Der Kilometer bis zur Kreuzung musste ihm wie eine Ewigkeit vorgekommen sein. Er war angewiesen worden, geradeaus zu fahren, aber gleichzeitig musste er den Ai'ai-Salon erreichen. Sollte er abbiegen? Sollte er geradeaus fahren? Beide Optionen mussten ihm gleich beängstigend erschienen sein. Auf dem Boden hinter seinem Sitz lag ein Kriminalbeamter versteckt. Der Anruf wurde aufgezeichnet. Zwar glaubte er nicht, dass die Beamten ihn als den 64-Entführer verdächtigten, aber wenn er abbog, würden sie merken, dass er den Weg zum Friseursalon kannte. Also musste er sich geradeaus halten. Aber das konnte er nicht. Was würde passieren, wenn er nicht zur geforderten Zeit am Übergabeort anlangte? Der Entführer hatte gedroht, dass seine Tochter sterben würde, wenn er nicht in zehn Minuten dort war. *Sind Sie ganz sicher, dass ich geradeaus fahren muss?* Die Worte mussten ihm auf der Zunge gebrannt haben, aber sie auszusprechen wäre einem Geständnis gleichgekommen. Nachdem er sämtliche Möglichkeiten wieder und wieder durchdacht hatte, war er abgebogen. Er hatte das Leben seiner Tochter gewählt.

Das wahre Dilemma jedoch hatte ihn ganz zum Schluss erwartet: die Botschaft auf dem Zettel.

Entgegen ihren Erwartungen hatte doch eine mit Füller geschriebene Nachricht auf dem Stück Papier gestanden, das Mesaki der Polizei übergeben hatte. Waagerecht, eine einzige Zeile nur.

Mikami schauderte.

Eine Tochter. Ein Kindersarg.

Nachdem er die Nachricht am Boden des Behälters gefunden und gelesen hatte, war Mesaki weinend auf dem Boden zusammengesunken. Er hatte seinen Schmerz laut herausgeheult. *Kasumi ist tot.* So hatte er die beiden Sätze ausgelegt. Dann hatte Mutsuko angerufen und ihm gesagt, dass seine Tochter wohlbehalten und in Sicherheit war. Er hatte die Nachricht erneut gelesen. Und ein Detail wahrgenommen. Dass es »Kindersarg« hieß und nicht einfach »Sarg«. Da musste es ihm aufgegangen sein: Die Botschaft bezog sich nicht auf Kasumi, sie bezog sich auf Shoko Amamiya.

Seit den ersten Anrufen des Entführers, die so akribisch sein eigenes Verbrechen nachzeichneten, musste Mesaki die Möglichkeit in Betracht gezogen haben, dass die Entführung in irgendeinem Bezug zu den Amamiyas stand. Gleichzeitig hatte er sich sicher damit getröstet, dass kein Amateur – ob nun aus der Familie Amamiya oder nicht – ihm auf die Spur kommen konnte, wenn es die Profis in vierzehn Jahren des Ermittelns nicht geschafft hatten. *Zufall, alles reiner Zufall.* Diese Worte musste er wie ein Mantra wiederholt haben, um seine Furcht niederzuzwingen.

Aber der »Kindersarg« hatte ihn unerbittlich mit der Wahrheit konfrontiert. Er hatte keinen Raum mehr für Zweifel gelassen. Die Botschaft stammte von jemandem aus Shokos unmittelbarem Umfeld. Das war ihm klar geworden, und doch hatte er sie der Polizei ausgehändigt. Was war es dann, was er gegessen hatte?

Mikami konnte nur mutmaßen. Der Riss verlief oberhalb der Nachricht. Die Worte waren im westlichen Stil geschrieben, horizontal, was hieß, dass Mesaki den Anfang der Botschaft verschluckt hatte. Genauer gesagt, zwei Fünftel des Blattes. Die Nachricht, die sie zu sehen bekommen hatten, hatte die untere Hälfte eingenommen, die nachfolgenden drei Fünftel.

Die oberste Zeile enthielt für gewöhnlich den Namen des Adressaten. Es schien plausibel. *Masato Mesaki.* Aber nein. Amamiya hatte gewusst, dass das Blatt in die Hände der Polizei gelangen würde. Deshalb musste klar werden, dass Mesaki Shokos Mörder war. Mesakis Stimme war so gut wie identisch mit der des Entführers vor vierzehn Jahren. Mehr als das konnte er nicht geltend machen. Und vielleicht hatte er ja genau das geschrieben: *Masato Mesaki. Leicht heisere Stimme, keinerlei Akzent.*

Bewiesen war dadurch gar nichts. Aber Mesaki hatte sich den Teil des Blattes dennoch in den Mund gesteckt. Weil er der 64-Entführer war.

Wie sollte er am schlauesten mit der Tatsache umgehen, dass die Polizei ihn nach der Nachricht fragen würde? Mesakis Hirn musste fieberhaft gearbeitet haben. Wenn er sie nicht herausgab, machte er sich verdächtig. Die Beamten würden den logischen Schluss ziehen, dass jemand eine Rechnung mit ihm zu begleichen hatte – dass er ihnen etwas verheimlichte. Aber ihnen die Nachricht so auszuhändigen, wie sie war, konnte er sich nicht leisten. Die erste Zeile stellte eine Verbindung zwischen ihm und Shokos Mörder her. Und er hatte kein ganzes Jahr mehr bis zur Verjährung. Er würde die obere Hälfte in seinen Mund manövrieren, so geschickt, dass niemand es sah, und die untere Hälfte unberührt lassen. Das war der Entschluss, den er fasste. Den Teil aufzuessen, der ihn zum Verdächtigen machte, und nur den Teil übrig zu lassen, der ihn als Opfer eines Verbrechers auswies, eines Entführers, der ihm sein Kind ermordet hatte. Die Wortwahl dürfte ihm schwerlich zum Fallstrick werden. *Ein Kindersarg.* Aus Sicht der Eltern blieb ein Kind immer ein Kind.

Vorsichtig hatte er das Papier entzweigerissen. Vorsichtig hatte er sich die eine Hälfte in den Mund gesteckt. Vorsichtig hatte er zu kauen begonnen. Jetzt war er nicht mehr der Vater, der um das Wohl seiner Tochter bangte. Er war zu der Bestie von damals geworden, dem Mann, der – obgleich selbst Vater einer Dreijährigen – ein Lösegeld kassierte, nachdem er ein siebenjähriges Mädchen entführt und ermordet hatte.

Warum haben Sie das Papier aufgegessen?

Was stand darauf?

Anfangs hatte Mesaki es abgestritten, darauf beharrt, gar nichts gegessen zu haben. *Wir haben es alles auf Video. Wir können den Zettel von einem Spezialisten untersuchen lassen.* Er war rasch auf einen anderen Kurs umgeschwenkt. *Vielleicht ein kleines Eckchen. Ich stand völlig neben mir. Ich hatte seit gestern keinen Bissen gegessen. Aber das hier ... mehr stand da nicht. Doch, das weiß ich ganz sicher.* Blanke Wut hatte Mikami gepackt, als er mithörte, wie Matsuoka darüber Meldung erhielt. Er verstand inzwischen, warum Ogata und Minegishi so außer sich geraten waren. Wieso *hatten* Koda und Amamiya ihm nicht stärker zugesetzt? Sie hatten so viel Zeit gehabt. Sie hätten sie nutzen können, um Mesaki Informationen über 64 zu entlocken, ihn Millimeter für Millimeter in die Enge zu treiben. Sie hätten damit drohen können, Kasumi zu töten, wenn er nicht gestand. Koda war Kriminalbeamter gewesen. Wenn schon kein volles Geständnis, so hätte er ihm doch etwas abringen können, das einem Geständnis nahekam.

Aber er hatte es nicht getan. Er hatte auf ein Geständnis Mesakis verzichtet.

Das Endergebnis entsprach exakt Matsuokas Worten. Amamiya hatte ihnen einen Verdächtigen geliefert. Nicht mehr, nicht weniger. Es würde Mesaki nicht schwerfallen, glaubwürdig zu versichern, dass er den Ai'ai-Salon selbst nicht kannte. *Mir ist nur der Weg wieder eingefallen, darum bin ich abgebogen ... ich habe den Namen vor ewigen Zeiten auf einer Anschlagtafel gesehen, deshalb ... Ich war in Panik. Keine Ahnung, was ich gedacht habe ...* Er brauchte sich nur auf so etwas herauszureden, und die Vernehmung verlief im Sande.

Warum war alles an Amamiyas Vorgehen so indirekt? Je länger Mikami über den Plan nachgrübelte, desto weniger bekam er ihn zu fassen. Und je weniger er ihn zu fassen bekam, desto mehr erschien ihm genau das der Punkt. Amamiya hatte sich bewusst darauf beschränkt, ihnen einen Verdächtigen zu liefern, und dann den Ball zu ihnen hinübergespielt. *Überführen müsst ihr ihn.*

Fiel das, was er getan hatte, wirklich noch unter Rache?

Wieder hupte es. Diesmal eindringlicher. *Ich komme ja schon.* Das Bild blitzte vor ihm auf, als er gerade die Hand heben wollte – der rote Stab. Er sah wieder Koda in seiner Parkwächteruniform, wie er auf dem Parkplatz in Tokumatsu die Autos einwies.

Koda war der Grund!

Koda, der Einzige, der Amamiya nicht enttäuscht hatte. Als Mitglied der Vor-Ort-Einheit hatte er klaglos die Nacht durchgearbeitet. Er war gegen die Vertuschung angegangen. Er hatte sich gegen seine Vorgesetzten gestellt und darüber seinen Posten verloren, aber selbst dann hatte er Amamiyas Sache nicht verraten. Und nun hatte er ihm bewiesen, dass auf sein Wort Verlass war. *Wir werden dafür Gesetze übertreten müssen.* Koda war schon vorher an den Rand der Gesellschaft gedrängt worden. Bestimmt hatte er sich unschwer vorstellen können, was es heißen würde, eine Haftstrafe abzusitzen und danach mit Frau und Kind einen Neubeginn zu versuchen. Dennoch hatte er willig geholfen. Er hatte sich bereit erklärt, zum Entführer zu werden. Das war der Moment gewesen, in dem Amamiya erkannt hatte: Es gab bei der Polizei noch immer redliche Männer, Männer wie Koda.

Koda hatte es auf sich genommen, den Plan auszuarbeiten. Es musste ihn hart angekommen sein, da war Mikami sich sicher. Der Plan zielte auf die Demütigung der Polizei ab. Sie würden den 64-Entführer entlarven, den Mann, den das Präfekturpräsidium in vierzehn Jahren nicht vor Gericht zu bringen vermocht hatte. Was wäre passiert, wenn Koda Mesaki ein Geständnis abgepresst hätte? Wären Ogata und Minegishi dann in Triumphgeheul ausgebrochen? Koda hätte bestimmt viel dafür gegeben, die Gesichter der beiden sehen zu können. Er wusste, dass er das Präfekturpräsidium empfindlich treffen würde, aber gleichzeitig musste die Aussicht darauf, seine alte Abteilung vorzuführen, furchtbar für ihn gewesen sein. Keiner der Kollegen hatte sich bei seiner Entlassung groß für ihn verwendet, aber dennoch war ein Teil von ihm außerstande, sie dafür zu hassen. Die Polizei war nach wie vor seine Heimat, mochte sie noch so korrupt sein. Tief drinnen blieb man immer Polizist, selbst wenn man den Dienst quittierte. Darum hatte er den Gedanken an 64 und Amamiya nicht abschütteln können. Auch nach dem Ausscheiden hatte er nicht aufgehört, Kriminalbeamter zu sein. Seine Berufung war ihm geblieben, als letzte Bastion seines Stolzes.

Das war der Grund, warum sie vor der letzten Konsequenz zurückgescheut waren. Amamiya hatte es so entschieden, weil er nicht ertrug zu sehen, wie Koda sich quälte.

Mikami trat aus dem Telefonhäuschen.

Die Arbeit ist leicht. Kinderleicht. Was würde Koda zu so einer Behauptung sagen?

Jeder Fall stellte einen neu auf die Probe, wieder und immer wieder. Mikamis Schritt war schwer, als er durch die Dunkelheit zurückging.

78

Der Betrag auf dem Taxameter war in die Höhe geschossen. Die Winterreifen grollten hörbar auf dem Asphalt, aber verglichen mit dem Kommandofahrzeug glitt das Taxi traumhaft weich dahin.

»Das war sicher bitterkalt da draußen.«

Der Fahrer hatte gerade ein Gespräch angeknüpft, als in Mikamis Jacketttasche das Handy vibrierte. Es war Matsuoka. Mikami bat den Fahrer, das Radio anzuschalten, ehe er abhob.

»Haben Sie sich jetzt auch auf Telefonzellen-Anrufe verlegt, Mikami?«

»Ich bin rein zufällig an einer vorbeigekommen, deshalb …«

»Ist das irgendeine Art Spiel?«

»Ich sitze im Taxi.«

»Weshalb hatten Sie angerufen?«

Mikami ließ den Fahrer das Radio lauter drehen und wölbte die Hand um den Mund. »Was passiert mit Mesaki?«

»Bis jetzt ist er noch in Gewahrsam. Wir entlassen ihn morgen.«

Mikami nickte. Wenn Mesaki gehen wollte, konnten sie ihn nicht gegen seinen Willen festhalten.

»Hat er irgendetwas gesagt?«

»Dass wir das Schwein verhaften sollen, das ihm das angetan hat.«

Die Dreistigkeit.

»Gut, vielleicht ist das ja eine Option. Dann könnten Sie Amamiyas Aussage benutzen, um …«

»Nein, das machen wir nicht. Wir buddeln über Mesaki aus, was wir können. Über die ganzen vierzehn Jahre hinweg. Wir kriegen genug Indizien zusammen, um den Kerl lebendig zu begraben.«

Mikami nickte wieder.

»Ich habe mich an etwas erinnert, das Sie interessieren könnte, ein mögliches Motiv für die Entführung. Hat mit dem Importwagenhandel zu tun.«

»Ja, lassen Sie hören.«

»Das ist jetzt elf oder zwölf Jahre her …«

Als er am Vortag Ashida – Glupschauge – vor dem Versammlungssaal gesehen hatte, war Mikami wieder eingefallen, dass der Mann einmal einen Rat zu einer Verhaftung in einer Betrugssache von ihm gewollt hatte. Ein Importeur von Luxusautos hatte sich erhängt. Seine Frau war mit der Geschichte zu Ashida gekommen. Der Mann hatte einen deutschen Wagen – im Wert von rund 16 Millionen Yen – an die örtliche Yakuza liefern sollen. Nachdem der Eingang der Zahlung auf dem Firmenkonto bestätigt war, wollte er das Auto zur vereinbarten Zeit, ein Uhr mittags, übergeben. Vor dem Gebäude erwartete ihn ein junger Mann mit rasiertem Schädel. Der Wakagashira – die Nummer zwei – sei nicht da, sagte er, aber er habe seinen persönlichen Stempel für die Unterschrift. Der Verkäufer ließ sich den Erhalt mit dem Stempel quittieren und fuhr zurück in sein Büro. Abends um sechs rief der Wakagashira an: *Wo ist mein Wagen?* Der Verkäufer erbleichte. *Ich habe ihn einem Ihrer Leute übergeben, einem jüngeren Mann.* Der Verkäufer beschrieb das Äußere des Mannes und bekam zur Antwort, so jemanden gebe es bei ihnen nicht. Er wusste natürlich, dass das gelogen war, aber da er mit einem Mitglied der Yakuza sprach, wagte er nicht zu insistieren. Der Wakagashira hieß Hagiwara. Und auf dem Stempel, das sah der Verkäufer jetzt erst, stand Ogiwara. Damit war es amtlich:

16 Millionen Yen Schulden. Die Crux war, dass der Anruf erst um sechs gekommen war. Fünf Stunden reichten aus, um den Wagen zum Japanischen Meer oder zum Pazifik zu bringen. Dort hatte man ihn zerlegt oder die Nummernschilder ausgetauscht, und nun befand er sich auf einem Containerschiff irgendwohin. Als Mikami Glupschauge gesagt hatte, die einzige Möglichkeit sei es, nach dem jungen Mann mit dem Stempel zu fahnden, hatte Ashida gemurmelt, dass das schwierig sei, weil die Yakuza für die Entgegennahme der Lieferungen meist Leute aus Kansai einsetzten.

»Das könnte nützlich sein, danke. Ich lasse meine Leute nachforschen, ob 64 etwas Ähnliches vorausgegangen ist.«

»Und noch eine Sache. Wegen der Anrufe …«

Handys hatte es zur Zeit der 64-Entführung zwar noch kaum gegeben, aber Autotelefone waren schon weit verbreitet gewesen. Es war denkbar, dass ein Importeur von Luxusautos einen Vorrat an noch nicht eingebauten Modellen hatte.

»Von den technischen Details verstehe ich nicht genug, aber angenommen, es war möglich, das Telefon samt Batterie und Antenne mitzunehmen, dann hätte der Entführer sich in der Nähe der Drachenhöhle befinden können, als er bei der Angler-Lodge anrief.«

»Sprich, er hätte allein handeln können.«

»Genau.«

»Gut, ich habe Leute, die der Sache mit den Autotelefonen nachgehen können. War es das?«

»Führt sein Sportgeschäft Artikel, die mit Wassersport zu tun haben?«

»Nicht viele – keine Schlauchboote jedenfalls. Anscheinend verkauft er hauptsächlich Grillausstattungen. Sonst noch etwas?«

Mikami atmete tief durch.

»Darf ich Ihnen eine Frage stellen?«

»Nur eine?«

»Ähm …«

»Ich hab viel zu tun. Wenn es mehr sind, sagen Sie's besser gleich.«

»Gut … zwei Fragen.«

»Fragen Sie.«

»Koda und Amamiya. Sind sie noch am Leben?«

Sind sie in Gewahrsam? Und wenn nicht, haben Sie irgendeine Ahnung, wo sie sein könnten?

»Natürlich.«

Die Antwort kam wie aus der Pistole geschossen. Aber …

»Warum sollte ein Mensch, der sich so einer Mission verschrieben hat, sterben wollen, ehe er ihren Ausgang erfährt?«

Mikami war verwirrt.

»Sie haben nicht vor, sie zu verfolgen?«

»Keine Angst. Wenn wir Mesaki haben, kommen sie schon von allein.«

»Aber …«

»Sie haben uns das Messer an die Kehle gesetzt. Da gehört es sich, dass wir erst 64 abschließen. Wenn wir die Reihenfolge umkehren würden, täten wir ihnen schwer unrecht.«

Der Respekt des Kriegers? Das sicher auch. Aber reichte das?

Mikami entschloss sich zu seiner zweiten Frage.

»Die Wahrheit hinter der ganzen Sache. Wie sind Sie darauf gekommen?«

Er musste es fragen. Wie hatte Matsuoka ohne Amamiyas Hilfe und mit keinem anderen Indiz als den M-Anrufen die Verbindung zu 64 herstellen können? Er war im Kommandofahrzeug mitgefahren, weil er den Ablauf vorausgesehen hatte. Vielleicht war er ja doch von Koda vorgewarnt worden – dann wäre er über alles im Bilde gewesen und hätte nur den Beobachter gespielt. Falls dem so war, schien es sogar denkbar, dass er von Anfang an mit Amamiya und Koda konspiriert hatte, eine groß angelegte Operation, um den 64-Entführer hinter Gitter zu bringen.

»Gestern, in seinem Haus. Als ich ihn gesehen habe.«

Die Antwort kam unerwartet.

»Mesaki?«

Mikami glaubte den Mann in sich hineinlachen zu hören. »Das ist die Frage, die meine Augen jedem stellen, den ich treffe: Bist du der Dreckskerl, der hinter 64 steckt?«

»Aber er …«

»Niemand gibt das einfach zu. Aber Mesaki … Ihm war anzumerken, dass er mehr Angst vor der Polizei hatte als vor dem Entführer.«

Endlich konnte Mikami ausatmen.

Jedem, den er traf. So also hatte Matsuoka die letzten vierzehn Jahre verbracht. Sein Blick hatte erbarmungslos im Gesicht eines Mannes geforscht, dem die Tochter geraubt worden war. Da war sein Alter gewesen. Die leicht heisere Stimme. Er hatte Nervosität ausgestrahlt, sich verdächtig verhalten, selbst wenn man ihm die Panik zugutehielt. Seine Augen hatten die der Beamten gemieden. Er war das Opfer eines Racheakts, einer Nachahmungstat … weil das Originalverbrechen von ihm selbst verübt worden war. Matsuoka hatte seine Hypothese aufgestellt und sich von da rückwärts gearbeitet. Das musste der Punkt gewesen sein, an dem er die Verbindung zu der Reihe von Schweigeanrufen hergestellt hatte, den M-Anrufen, die ihm bereits im Hinterkopf herumspukten.

Das erinnerte Mikami an etwas.

»Den ersten Anruf des Entführers hat Mesaki der Polizei nicht sofort gemeldet, richtig?«

»Richtig. Erst nach fünfundzwanzig Minuten.«

Der Entführer hatte darauf verzichtet, sich der Standardphrase zu bedienen: *Schalten Sie auf keinen Fall die Polizei ein.* Eine solche Ausrede für sein Zaudern hatte Koda Mesaki nicht gegönnt. Dennoch waren fünfundzwanzig Minuten verstrichen. Was mochte Mesaki gesagt haben, als Mutsuko ihm von dem Anruf des Entführers berichtete? Was immer es war, sein Blut – das des Vaters *und* des Mörders – war ihm zweifellos in den Adern gefroren. Hätte Mesaki die Polizei überhaupt verständingt, fragte Mikami sich unwillkürlich, wenn der Entführer ihn explizit davor gewarnt hätte?

»Der Mann muss halb irre geworden sein vor Angst. Das ganze Haus voll von den Leuten, die er mehr fürchtete als irgendetwas sonst.«

Und vor ihm Matsuoka.

Bist du der Dreckskerl, der hinter 64 steckt?

Mesaki hatte Schweigen bewahrt, aber er hatte sich trotzdem verraten.

Ja.

»Mikami, wenn Sie Minako noch mal meinen Dank ausrichten könnten.«

»Ja, natürlich. Konnte sie Ihnen denn helfen?«

»Sehr sogar.«

»Wo hatten Sie sie eingesetzt?«

»Wie gesagt, es war ein Spezialeinsatz.«

»Ach ja, sicher ...«

Wieder glaubte er Matsuoka lachen zu hören. »Nein, denken Sie sich nichts, ich sage es Ihnen. Sie war ganz in Ihrer Nähe.«

»Wie?«

»Ich habe alle aus der Undercover-Einheit, die bei 64 im Aoi waren, im Friseursalon verteilt. Um Leute dabeizuhaben, die Amamiya erkennen.«

»Und, war er ...?«

»Ja. Mitten unter den Schaulustigen. Hat mit ihnen Mesaki beobachtet.«

Dann hatte Amamiya also …

»Minako hat ihn als Erste entdeckt. Sie hat angerufen, um es zu melden, gleich nachdem Sie mit den Observierern zurück zum Präsidium aufgebrochen waren.«

»Oh, das wusste … Wo ist er jetzt?«

»Ich wollte nur sichergehen, dass er da ist. Ich wüsste nicht, wozu wir ihn brauchen sollten, jedenfalls fürs Erste nicht.«

Dafür, dass er viel zu tun hatte, war Matsuoka recht gesprächig. Machte das das Hochgefühl, weil die Aufklärung von 64 endlich in Reichweite rückte? Oder war es die Kehrseite der Beklommenheit, die er zweifelsohne ebenfalls empfand? Mikami konnte nicht anders, er musste es fragen. Austesten, wie weit Matsuokas Entschlossenheit reichte. Es war schließlich etwas, das auch die Pressestelle betraf.

»Herr Dezernatsleiter … Ihnen ist klar, dass Dezernat I dafür nicht nur Lob ernten wird, selbst wenn Sie einen Schlussstrich unter 64 ziehen können?«

Die Botschaft kam an, das konnte er spüren.

»Sie wissen davon?«

»Ja, ich weiß, was im Koda-Memo steht.«

»Gut, dann sind Sie im Bild.«

Die 64-Ermittlung war zu einem zweischneidigen Schwert geworden. Wenn Mesaki festgenommen wurde und ein volles Geständnis ablegte, würde die Tatsache, dass er dreimal bei Amamiya angerufen hatte, fast unausweichlich ans Licht kommen. Die glorreiche Pressekonferenz anlässlich der Verhaftung würde zugleich zum Ground Zero für die Bombe werden, deren Detonation das KUA vierzehn Jahre lang verhindert hatte. Nach einer wohlerwogenen Pause hörte Mikami Matsuokas gedämpfte Stimme.

»Jemand hat mir einmal etwas gesagt, vor langer Zeit …«

Jemand. Für einen Ermittler vom KUA reichte das, um zu wissen, dass Matsuoka von Michio Osakabe sprach, dem früheren Direktor.

»›Lassen Sie sich nicht davon unterkriegen. Nutzen Sie es als Instrument zur Wahrheitsfindung.‹«

Mikami nickte. Doch, er begriff. Es hatte eine Zeit gegeben, da hatte das Wissen Matsuoka schwer zu schaffen gemacht. Wütend und verbittert über das, was er erfahren hatte – das dunkle Geheimnis im Herzen der Abteilung –, hatte er den pensionierten Direktor persönlich aufgesucht. Und Osakabe hatte die erlösenden Worte gesprochen, ihm gesagt, dass der Aufzeichnungsfehler auch eine wertvolle Waffe war, die sie zur Überführung des Täters nutzen konnten.

Die Stillhaltevereinbarung war aufgehoben worden, sobald Shokos Leichnam entdeckt worden war. Damals hatten andere Sitten geherrscht. Vor vierzehn Jahren hatte die Polizei ihren Teil der Abmachung getreulich erfüllt und die Presse von jedem Ermittlungsschritt unterrichtet. Durch die Presse waren die Informationen zum Allgemeinwissen geworden. Aber in keiner der Zeitungen hatte etwas von einem dritten Anruf gestanden, dem Anruf, den die Polizei vertuscht hatte. Wenn ein Verdächtiger ihn bei der Vernehmung erwähnte, dann offenbarte er damit Täterwissen.

Behalten Sie das immer im Blick, wenn Sie weiterermitteln. Nutzen Sie jedes, aber auch jedes verfügbare Mittel, um den Täter der Gerechtigkeit zuzuführen, und wenn Sie dadurch Gefahr laufen, die Abteilung zu Fall zu bringen.

So oder ähnlich hatte Osakabes Gebot gelautet.

Und Matsuoka hatte es befolgt. Er hatte sich das Geheimnis der Abteilung zu eigen gemacht, sich der Verantwortung gestellt. Das musste der Moment gewesen sein, in dem er zum De-facto-Leiter des Kriminaluntersuchungsamts geworden war.

Arakida war der Herausforderung nicht gewachsen. Seit über

einem Tag ließ er von sich nichts mehr sehen oder hören – es war, als gäbe es ihn nicht mehr. Er war auf Tauchstation gegangen. Matsuoka hatte ihn davon in Kenntnis gesetzt, dass eine Verbindung zu 64 bestand. Und Arakida war von der Angst gepackt worden, dass die Bombe, die ein Direktor seit acht Generationen mit spitzen Fingern an den nächsten weitergab, während seiner Amtszeit hochgehen könnte. Er selbst würde binnen Jahresfrist wegversetzt werden. Sein nächster Posten stand schon fest. Also hatte er sich aus der Gefahrenzone gestohlen, die Ermittlung zur alleinigen Zuständigkeit Matsuokas erklärt und der Presse Ochiai in den Rachen geworfen. Wenn er sich von allem fern genug hielt, so seine Hoffnung, dann würde er von der Druckwelle verschont bleiben. Doch auch vorher hatte er die Last nicht allein zu tragen vermocht, sonst hätte er Matsuoka nicht in das Geheimnis eingeweiht. Das Amt des Direktors war ihm von Anfang an ein paar Nummern zu groß gewesen.

»Da fällt mir ein, Ogata und Minegishi stehen immer noch unter Schock.«

»Wieso das?«

»Wegen Ihrem Ton vorhin. Sie haben sie ›Flachwichser‹ genannt. Hat sie schwer getroffen.«

»Oh. Sagen Sie ihnen, dass es mir leidtut. Sie waren fantastisch, alle beide.«

»Sie *sind* fantastisch.«

»Das einzige Problem, das ich mit ihnen hatte … ich fand es ein bisschen schwer, sie auseinanderzuhalten.«

»Ach ja?«

»Wenn ich die Augen zu hatte, konnte ich nicht unterscheiden, wer von ihnen Ogata war und wer Minegishi.«

Diesmal entfuhr Matsuoka ein lautes Lachen. Er verbiss es sich, sagte dann: »Mikami, wie fänden Sie es, wieder für mich zu arbeiten?«

Eine jähe Hitze durchsiedete Mikami. Er nahm auf seinem Sitz Haltung an.

»Wenn es dazu noch einmal käme, wäre mir das eine große Ehre.«

79

Die Lichter brannten, als Mikami zu Hause ankam.

Während er wie gewohnt Ausschau nach einer Box vom Lieferservice hielt, zog etwas seinen Blick an: weiße Blüten dicht an der Mauer des Vorgartens, der zu klein war, um den Namen zu verdienen. Mikami kannte sich mit Blumen nicht aus, dennoch wunderte es ihn, dass sie im Dezember blühten. Die Stängel waren gebogen, sodass die Blüten fast die Erde berührten. Noch halb geschlossen, ähnelten sie den geballten Fäustchen eines Kindes.

Minako sah aus wie immer, als sie ihm die Tür öffnete. *Die Anrufe waren nicht von Ayumi.* Er würde irgendeinen Weg finden müssen, das Thema anzuschneiden.

Er bat sie, ihm ein Schälchen Ramen-Nudeln zu machen, und setzte sich an den Küchentisch. Es war zwanzig nach sieben. Die nächste Pressekonferenz musste angefangen haben. Er fühlte sich bleiern, nicht müde, aber mit einer angespannten Schwere hinter der Stirn.

»Diese Blumen draußen, was ist das?«

»Stimmt, ja, die blühen jetzt«, sagte Minako von der Anrichte her.

»Weißt du, wie sie heißen?«

»Christrosen. Ich hatte sie kurz vor dem Tod deines Vaters gepflanzt. Sie haben jetzt ein paar Jahre nicht geblüht, aber sie sind zäh.«

Doch, sie wirkte aufgeräumter als sonst. Vielleicht hatte es ja tatsächlich damit zu tun, dass sie einmal wieder aus dem Haus gekommen war, sich der Luft und der Sonne ausgesetzt hatte – dass sie anderen hatte helfen können.

»Und du hast Amamiya gesehen?«

»Oh … äh …«

Mikami grinste. »Keine Angst. Spezialeinsätze enden, sobald du heimkommst und die Schuhe ausziehst.«

»Ach ja?«

»Ja. Wie sah er aus?«

Minako brachte ihm seine Schale Nudeln, blieb einen Moment stehen und setzte sich ihm dann gegenüber.

»Älter eben. Nicht im schlechten Sinn.«

Mikami begann, mit seinen Stäbchen nach den Nudeln zu fischen.

»Er stand vollkommen still, mit einer ungeheuren Intensität im Blick. Er hat diesen Mann angestarrt.«

»Hasserfüllt?«

»Ja, wohl schon. Aber dann hat er …« Ihre Augen verschleierten sich. »… dann hat er von ihm weggeschaut, in den Himmel.«

»In den Himmel?«

»Aus dem Ölfass ist Rauch aufgestiegen. Er hat dem Rauch nachgeschaut.«

Genau. Rauch, der zum Himmel aufstieg.

»Unsere Blicke haben sich getroffen, ganz kurz nur.«

Mikamis Stäbchen verharrten in der Luft. »Wirklich?«

»Ja. Ich hatte auch die Rauchsäule beobachtet. Und als ich wieder in seine Richtung schaute, merkte ich, dass er mich ansah. Und als unsere Blicke sich trafen, verneigte er sich ganz leicht.«

»Er hat sich vor dir verneigt?«

»So sah es für mich aus. Wobei er mich ja eigentlich nicht erkannt haben kann. Das mit dem Café ist vierzehn Jahre her, und er ist damals nur rein- und sofort wieder rausgestürzt, er kann mich gar nicht wahrgenommen haben.«

»Was ist dann passiert?«

»Ich habe mich reflexartig auch verneigt. Das habe ich hinterher auch Chefberater Matsuoka gesagt und mich dafür entschuldigt, aber er meinte, ich bräuchte mir deshalb keine Sorgen zu machen. Er sagte, auf genau so etwas hätte er gehofft.«

Mikami stieß den Atem aus. Alle Augen waren auf Mesaki gerichtet gewesen. Nur zwei Menschen – Amamiya und Minako – hatten dem Rauch nachgeschaut.

»Hast du gesehen, wie der Mann das Geld angezündet hat?«

»Das Geld? Kam der Rauch daher?«

»Ja, er hat das Lösegeld verbrannt.«

»Aber das verstehe … Warum das denn?«

»Der Mann, den du gesehen hast – das war der Entführer von Shoko.«

Minako verschlug es den Atem.

»Dieser Mann? Im Ernst. Aber er hat doch geweint.«

»Er hat gelacht.«

Mikami grub seine Stäbchen in die Nudeln. Minako ließ ihn jedes Mal erst herunterschlucken, ehe sie die nächste Frage stellte. Dennoch geriet die Unterhaltung allmählich in ein schwieriges Fahrwasser. Er musste ihr sagen, wie es Amamiya gelungen war, Mesaki als den Entführer zu identifizieren – nur auf diesen Punkt steuerte er ja die ganze Zeit hin. Bis zum Morgen würde sein Mut ihn verlassen haben, das wusste er.

Es musste jetzt sein.

»Minako, ich muss dir etwas erzählen.«

Er ließ die restlichen Nudeln stehen und schob die Schale beiseite. Sie saß nahe genug, dass er ihre Wangen oder Hände berühren konnte, wenn er den Arm ausstreckte. Es war wichtig, dass er ihr nah war.

»Amamiya hat den Entführer über den Klang seiner Stimme entlarvt.«

So ging er die Sache an. Er berichtete ihr alles, methodisch, ohne Auslassungen und ohne Hast. Besonders ausführlich wurde seine Schilderung, als er zu den Anrufen vom vierten November kam. Er wollte sichergehen, dass sie verstand, warum es drei separate Anrufe gewesen waren. Minakos Hand blieb an ihre Brust gedrückt. Sie hatte ihn stumm angehört, ohne Fragen, ohne Tränen, beherrscht bis zum Schluss.

»Danke«, sagte sie.

Ihre Stimme war ein Flüstern. Ihr Blick hatte sich getrübt, sie war sichtlich getroffen, aber sie verlor nichts von ihrer Haltung. Sie saß unverändert aufrecht. Dabei war sie weder vorbereitet gewesen noch haderte sie merkbar noch versuchte sie die Wahrheit zu leugnen – keine dieser Kategorien griff. Von der Verbissenheit, mit der sie darauf bestanden hatte, dass die Anruferin Ayumi gewesen war, schlug in ihrer Reaktion nichts durch. Ihre Augen waren auf Mikamis Brust geheftet. Aber sie wirkte nicht gebrochen. Sie hatte zu einer Heiterkeit gefunden. So sah es für Mikami aus.

Weil sie noch immer getragen wurde, dachte er. Von einem Glauben, der zu unerschütterlich war, um zu schwinden, selbst ohne die Anrufe.

Ich frage mich nur … ob Ayumi nicht einfach jemand anderen braucht. Jemanden anderen als uns.

Minakos Worte, gewispert im Dunkel des Schlafzimmers.

Irgendjemanden muss es geben. Jemanden, der Ayumi so nimmt, wie sie ist, der nicht versucht, sie in irgendeiner Weise zu ändern. Für den sie rundherum vollkommen ist und der einfach da ist und sie beschützt. Da ist sie am richtigen Platz. Da hat sie die Freiheit, sie selbst zu sein, zu tun, was sie will.

Er hatte das als Zeichen genommen, dass Minako aufgegeben hatte. Dass sie keine Kraft mehr besaß, zu warten und sich das Hirn mit Vermutungen zu zermartern. Jetzt wusste er es besser. Sie hatte die Bedingungen für Ayumis Überleben umrissen.

Ayumi hatte kaum Geld bei sich gehabt. Sie konnte mit niemandem reden. Ihre größte Angst war es, dass andere Leute sie sehen und über sie lachen könnten. Damit sie überlebte, musste jemand die Hand ausgestreckt und sie gerettet haben. Damit sie überlebte, musste jemand gekommen sein, der ihr zur Seite stand. Der ihr ein Dach überm Kopf bot und ihr zu essen gab, ohne nach ihrem Namen zu fragen oder nach ihren Eltern zu suchen. Jemand, der kein Interesse daran hatte, sie der Polizei oder den Behörden zu übergeben, jemand, der sich geduldig bereithielt und wartete, bis sie sich aus ihrem Schneckenhaus wagte – einen solchen Jemand *musste* es geben, damit Ayumi atmen konnte, damit ihr Herz schlug, damit sie den Blick hinausrichtete in die Welt. Zu diesem Schluss war Minako gekommen.

Also hatte sie losgelassen. *Es ist genug, dass sie lebt. Sie muss nicht unsere Tochter sein.* Das war es, was Minako sich im Dunkeln gesagt hatte.

Nicht hier, nicht bei uns. Deshalb ist sie gegangen.

Mikami fielen die Augen zu.

Es fühlte sich wie eine Welle an, die ihm Sand von den Füßen leckte. Minako hatte keineswegs aufgegeben. Und sie war keine Sekunde vor der Wahrheit zurückgescheut. Sie hatte dem Tod ins Gesicht gesehen, ihn nach den Voraussetzungen für das Überleben ihrer Tochter befragt und war so auf die Idee eines vagen »Jemand« verfallen, durch den diese Voraussetzungen erfüllt wären. In ihrem Herzen hatte sie eine Welt erschaffen, in der Ayumi nicht sterben konnte. Selbst wenn der Preis dafür war, dass sie ihre Rolle als Ayumis Mutter abtrat.

Und was habe ich getan?

Mikami hatte gekniffen. Er hatte die bittere Realität, in die er hineingestellt worden war, als gegeben hingenommen. Statt sich im felsenfesten Elternglauben zu üben, hatte er sich an den Pragmatismus gehalten, an seine Erfahrungen als Kripo-Mann.

Die Anrufe waren nicht von Ayumi.

Das hatte er von Anfang an befürchtet, ohne es sich freilich einzugestehen. Minako hatte um ihren Glauben gerungen. Sie hatte nach Gründen gesucht, warum sich die Anrufe von den übrigen abhoben – *er* hatte das Thema in den hintersten Winkel seines Denkens verbannt. Aus Angst, beim falschen Ergebnis zu landen, hatte er den Kopf in den Sand gesteckt. Heute Nachmittag, als ihm nichts mehr übrig geblieben war, als die lang gefürchtete Wahrheit endlich zu akzeptieren, war es ein Akt der Resignation gewesen. *Es war doch nicht Ayumi …* In die Enge getrieben, hatte er damit begonnen, die Bedingungen für ihren Tod zu umreißen.

Wie Minako hatte er sich zunächst auf die Voraussetzungen für ihr Überleben besonnen. Er hatte sogar die Existenz dieses »Jemand« erwogen. Aber er hatte die Vorstellung nicht zulassen können, hatte nicht glauben mögen, dass es einen so wahrhaft guten und selbstlosen Menschen gab, und lieber unterstellt, dass nur ein Verbrecher sie mit zu sich nehmen konnte. Und weil der Gedanke zu sehr schmerzte, hatte er die Welt, in der Ayumi noch lebte, vollständig ausgeblendet. Um seines eigenen Seelenfriedens willen hatte er aufgehört, ihr Überleben in Betracht zu ziehen, und sich ganz auf ihren Tod eingestellt.

Er hatte sich gewappnet. War es das? Er hatte den Glauben aufgegeben, dass seine Tochter noch lebte.

Seine Hand wanderte zu seinem Ohr hinauf. Was war aus dem Schwindel geworden? All diese Anfälle – und jetzt? Blieben sie aus, weil er aufgegeben hatte? Weil er nicht mehr davonzulaufen versuchte? Er hatte die Realität akzeptiert – hatte das die Entkoppelung von Herz und Hirn beendet?

Und dann sein Äußeres. Er hatte es völlig vergessen, obwohl es doch unauflöslich mit Ayumi verbunden war. Er hatte nichts empfunden, als Spitzbart und Gelhaar sich über ihn mokiert und ihn Hackfresse genannt hatten. Die Reporter ringsum waren in Gelächter ausgebrochen. Nicht einmal das hatte etwas in ihm ausgelöst. Er hatte nicht an Ayumi gedacht.

War das Band zwischen ihnen zerrissen? Hatte er selbst es durchtrennt?

Papa, Papa! Du, Papa ...!

Absurd. Er hatte sie nicht aufgegeben. Wie könnte er das je?

Er wollte sie wiedersehen. Aus tiefster Seele wollte er das. Er hoffte, dass sie noch am Leben war. Sie *musste* noch am Leben sein. Er *wusste*, dass sie es war. Bald würde sie nach Hause kommen. Sie brauchte nur Zeit. Doch, sie würde heimkommen, mit dem »Jemand« an ihrer Seite.

»Lieber, du ...«

Minakos Hände legten sich um sein Gesicht. Er hatte die Zähne zusammengebissen. Er kniff mit aller Macht die Augen zu, um nur ja die Tränen zurückzuhalten.

Er spürte ihre Hand an seiner Wange.

Die Geste hätte von ihm kommen müssen. Er hätte derjenige sein sollen, der ihre Wange berührte, der mit dem Daumen die Tränenspur wegwischte, diese Worte aus einer anderen Zeit wiederholte.

Kann ich irgendetwas tun?

»Wir stehen das durch. Ihr geht es gut, ganz bestimmt.«

Sie rieb seine Handgelenke.

Du bist es. Minako war sein »Jemand«. Das wusste er schon lange. Von Anfang an hatte er es gewusst. Aber er hatte so getan, als bemerkte er es nicht. Und indem er immer weiter so tat, hatte er tatsächlich aufgehört, es zu bemerken. Er war ein Idiot. Er hatte es völlig falsch angepackt. Er kannte jedes schmutzige Detail seiner Arbeit auswendig, aber was für ein Leben war das, wenn man seine eigene Frau nicht wahrnahm?

Er wollte auch an sie glauben, an diese Welt in Minakos Kopf.

Die Welt, in der ihr »Jemand« existierte. Die Welt, in der Ayumi heil und gesund war.

»Du bist erschöpft. Willst du dich nicht ein bisschen hinlegen?«

Ihre Hand wanderte zu seiner Stirn, als wollte sie prüfen, ob er Fieber habe. So hatte ihm seine Mutter früher immer die Stirn gefühlt. Eine kindische Scham wallte in ihm auf. Er wischte sich mit den Fingern über die Augen, um die Tränen wegzudrücken, dann stand er auf.

»Wir müssen ihn gießen …«

»Wie bitte?«

»Den Rosmarin.«

»Die Christrose?«

»Ach so, ja.«

»Jetzt?«

»Ich meine … morgen, übermorgen. Wir sollten sie jeden Tag gießen.«

»Wirklich? Es ist Winter.«

»Doch. Sie lebt schließlich.«

»Gut, wenn du meinst.«

»Wir könnten noch andere Blumen kaufen – etwas mehr Leben in den Garten bringen.«

»Jetzt hört euch das an!« Minako lachte, was ihn noch zusätzlich anspornte.

»Wenn es in der Arbeit ruhiger wird, können wir zu Mochizuki fahren und bei ihm einkaufen. Mochizuki kennst du doch, oder?«

»Ja, ich glaube. Er ist im Ruhestand und Gärtner geworden, stimmt das?«

»Es ist eindrucksvoll. Er hat riesige Treibhäuser, da kriegen wir sicher noch welche von diesen …« Der Name der Blume entglitt ihm schon wieder. »Wie auch immer, wir sollten noch mehr kaufen. Du suchst aus.«

Eine Pause trat ein. Mikami sah auf die Uhr. Kurz nach halb neun. Die Pressekonferenz musste inzwischen vorüber sein.

»Ich muss noch kurz telefonieren.«

»Irgendwelche Probleme?«

Er sah ihr ins Gesicht. Ihr Ausdruck war besorgt, teilnahmsvoll. *Noch nicht, das kommt erst,* dachte er. Er erwiderte ihren Blick.

»Nein, keine Probleme. Keine richtigen«, sagte er.

Er nahm den Apparat im Wohnzimmer und rief im Büro an. Er fühlte sich klarer im Kopf, fröhlich fast.

»Pressestelle?«

Es war Suwa.

»Ist der Direktor zu sprechen?«

»Netter Versuch, Direktor Mikami. Wieso sind Sie noch auf?«

»Wie lief die Sieben-Uhr-Konferenz?«

»Furchtbar. Die Reporter waren eine echte Pest, sie wollten nicht ohne Mesakis Adresse gehen.«

»Das ist nicht unsere Zuständigkeit. Was ist mit Ochiai? Wie hält er sich?«

»Der ist putzmunter. Und jetzt wissen wir auch, warum. Es liegt an Mikumo … Mikumo!«

Hört endlich auf mit dem Unsinn! Mikumo im Hintergrund klang ernstlich erzürnt. Mikami lächelte. Er gab Suwa noch ein paar Instruktionen und beendete dann das Gespräch.

Er wählte die nächste Nummer. Die von Koichiro Hiyoshi. Als seine Mutter abhob, bat Mikami sie, mit dem Telefon in den oberen Stock zu gehen wie beim letzten Mal. Ab da schien sich die Zeit ins Unendliche zu dehnen. Mikami bekam schon Angst, einzuschlafen.

Tu eine gute Tat, und sie findet den Weg zu dir zurück.

Nein, Vater. Das ist nicht der Grund, warum ich …

Minako, mit einer Gießkanne über die Blumen gebeugt. Die geballten Fäustchen geöffnet nun. Rötlich, gelblich, bläulich. Der Vor-

garten liegt im Schatten, nur auf die Blumen zeigt ein einzelner, leuchtender Lichtfinger.

Telefon …

Keine Sorge, ich geh schon. Alles in Ordnung, ich geh ran …

Mikami schreckte auf. Ein Schlurfen war zu hören. Jemand holte den Apparat ins Zimmer.

»Hier ist Mikami. Ich komme gleich zur Sache, in Ordnung?«

»…«

»Hiyoshi, wir haben den Entführer. Shokos Mörder.«

»…«

»Da staunen Sie, was? Es wird nicht so bald in der Zeitung stehen, aber wir haben den Kerl. Ich habe sein Gesicht gesehen. Und ein Techniker-Kollege von Ihnen, Morita, hat es auch gesehen. Und dieser Mann, der Shiratori heißt … Sie würden lachen, wenn Sie ihn sehen könnten, so ein Bär von einem Mann, und dann dieser Name. Wir alle haben einen langen, gründlichen Blick auf sein Gesicht werfen können.«

»…«

»Und Amamiya auch. Nach vierzehn Jahren hat er endlich das Gesicht des Entführers gesehen. Ich glaube, er fühlt sich jetzt viel ruhiger. Und dankbar gegenüber all den Leuten, die sich damals so bemüht haben.«

»…«

»Hiyoshi, ich hoffe, Sie haben zugehört. Wahrscheinlich sind Sie müde. Ich bin auch müde. Noch zehn Minuten, dann habe ich einen neuen Rekord erreicht … neununddreißig Stunden ohne Schlaf. Der Rekord, den ich mit fünfundzwanzig aufgestellt habe, gehört langsam mal gebrochen, dachte ich.«

»…«

»Jedenfalls werde ich ab und zu bei Ihnen anrufen. Sie haben ja Zeit, oder? Ich auch. Ich muss die Nächte nicht mehr durcharbeiten, jetzt, wo ich nicht mehr bei der Kripo bin.«

80

Die Woche flog vorbei.

Die Pressekonferenzen fanden nur noch zweimal täglich statt. Die Mehrzahl derer, die dazu noch erschienen, waren die lokalen Reporter, die vertrauten Gesichter, obwohl von dem Gefühl des An-einem-Strang-Ziehens nicht mehr viel übrig war. Akikawa war wieder ganz der Alte. Auch die anderen hatten zu ihrer fordernden Art zurückgefunden und kamen nach jedem Kommuniqué zu ihnen ins Büro gestampft.

»Ihr habt ihnen eine neue Identität verschafft, gebt es zu. Es ist verrückt, wir haben es mit allen Tricks probiert und finden trotzdem keine Spur von ihnen.«

»Ach, sind wir jetzt auch noch an eurer Unfähigkeit schuld?«

»Wenigstens ein paar mehr Fakten über die Familie des Mädchens! Das war Teil der Stillhaltevereinbarung. Ihr habt die Pflicht, uns zu informieren.«

»Die Vereinbarung ist nicht mehr in Kraft. Ich kann keine internen Informationen herausgeben.«

Die Mesakis mieteten jetzt ein Haus in einer Stadt im Norden der Präfektur. Mesaki hatte für sein Sportgeschäft eine Vertretung angeheuert und war dabei, ihr altes Haus zu verkaufen. Seit er aus dem Polizeigewahrsam entlassen worden war, lautete sein offizieller Status »unter Beobachtung«. Obwohl er als Opfer tagelang befragt worden war, hatte er nichts preisgegeben, das sich gegen ihn verwenden ließ. Das einzig Neue war, dass er bei den Beamten nun »der Ehrenwerte« hieß, was sich teils durch das erste Schriftzeichen seines Vornamens erklärte, das »Wahrheit« bedeutete, teils durch die Frustration der Ermittler über seine Gabe, immer haargenau das Richtige zu sagen.

Sie hatten »Gegenüberstellungen« mit Aufnahmen seiner Stimme abgehalten. Unter den Vorgeladenen waren die Inhaber der neun Geschäfte, in denen Amamiya angerufen worden war, sowie die Leute, die seinerzeit dort gearbeitet hatten; die Ermittler hatten außerdem mehrere Angestellte aus Amamiyas Konservenfabrik angeschrieben, darunter Motoko Yoshida. Letztere saß mittlerweile in einer geschlossenen psychiatrischen Abteilung; der behandelnde Arzt hatte ihr den Ausgang verweigert, und so hatte man auf sie verzichten müssen. Einige der verbleibenden »Zeugen« waren ebenfalls nicht erschienen, sodass sich letzten Endes nur sieben Personen die Aufnahmen anhörten. Fünf bestätigten, dass die Stimme ähnlich klinge, davon waren drei überzeugt, dass es sich um denselben Mann handele. Von den übrigen zwei Personen gab eine an, sie erinnere sich nicht, während die andere fand, es sei nicht dieselbe Stimme. Ein Indiz war es, aber natürlich nur ein Bruchteil dessen, was sie brauchen würden, um Mesaki, in Matsuokas Worten, lebendig zu begraben. Sie hatten sonst nichts von damals, das ihnen helfen konnte, den Täterkreis auf Mesaki einzuengen. Bis der »Ehrenwerte« vor dem Richter stand, würde es noch eine Weile dauern.

»Wir können auch die Klatschpresse und die Freischaffenden ins Boot holen, wenn euch das lieber ist.«

Diesmal belagerten die Reporter Suwa.

»Ständig beruft ihr euch auf den Club, als hättet ihr dadurch irgendwelche heiligen Rechte gepachtet. Wie wär's, wenn wir bei der nächsten Konferenz *allen* dieselben Informationen geben? Und dann sehen wir ja, wer das Rennen macht. Wenn die Revolverblätter euch schlagen, fühlt ihr euch vielleicht mal bemüßigt, an euren journalistischen Fähigkeiten zu arbeiten.«

»Sehr witzig. Von uns kriegt ihr schließlich auch Informationen! Ihr stellt uns als die Bösen hin, aber das wahre Problem war doch schon immer die Art, wie euer Verein mit uns Kleinen umgeht. Ihr spannt uns für eure Propagandazwecke ein, ihr liefert uns kein brauchbares Nachrichtenmaterial – unsere paar Privilegien sind hart erkämpft! Diese ›heiligen Rechte‹, über die ihr die Nase rümpft? Die sind das Ergebnis der Schlachten, die unsere Vorgänger geschlagen haben, hier genauso wie in Tokio.«

»Die könnt ihr aber nicht *euch* ans Revers heften. Schon möglich, dass eure Vorgänger viel geleistet haben, aber ich rede vom Hier und Jetzt. Ihr mault uns die Ohren voll, wollt Informationen und noch mehr Informationen, und dabei sitzt ihr im Presseraum und legt die Füße hoch. Dazu gehört nicht viel.«

Suwa war reifer geworden. Er hatte weniger Angst davor, die Reporter zu verärgern. Kalkül und Liebedienerei spielten keine so große Rolle mehr, und er zeigte mehr Ecken und Kanten.

Auch bei den Reportern zeichneten sich gewisse Veränderungen ab. Dass sie bei einem so wichtigen Fall erst verspätet zum Zug gekommen waren, wurmte sie nach wie vor, und das machte sie rebellisch, ließ sie noch mehr in das Horn Tokios stoßen, aber sie nahmen sich jetzt, wo nötig, auch zurück. Sie ritten so gern mit der Meute wie zuvor, bestanden aber nicht jedes Mal darauf, ihr Wild zu Tode zu hetzen. Sie stürzten sich in Scharmützel, aber sie reichten dem Gegner hinterher die Hand. Vereinzelt zeigten sie sogar altruistische Anwandlungen.

Trotzdem …

… die wahre Bewährungsprobe stand noch aus. Vor zwei Tagen hatte Mikami sein Team in einem der engen Besprechungsräume im Keller versammelt. *Das bleibt unter uns.* Mit dieser warnenden Präambel hatte er ihnen die Wahrheit über die Ermittlung enthüllt. Er hatte die Verbindung zu 64 erläutert, und er hatte sie von der Vertuschungsaktion im KUA unterrichtet.

Unsere Beziehung zur Presse bricht mit dem Tag zusammen, an dem Mesakis Verhaftung gemeldet wird. Das waren seine exakten Worte. *Was wir jetzt brauchen, sind Ideen für ihren Wiederaufbau, wenn es so weit ist.*

Für Suwa war es ein richtiger Schock gewesen. Er hatte das Tauziehen um die anonymisierte Berichterstattung gemeistert, er hatte an vorderster Front gekämpft, um die Vereinbarung unterzeichnet zu bekommen. Er hatte an Selbstvertrauen gewonnen und sich darauf eingestellt, den Kampf fortzusetzen; umso unübersehbarer war nun seine Entgeisterung. Dennoch machte sich Mikami seinetwegen keine Sorgen. Sein Einsatz war ungebrochen – so souverän, wie er die Presse am Vortag abgefertigt hatte und sie auch weiterhin abfertigte. Er würde der nächste Pressedirektor werden. Sein schlummerndes Potenzial war geweckt.

Kuramae hatte mit bedrückter Miene zugehört, aber vollends geknickt hatte er erst gewirkt, als Mikami zu Amamiyas Schweigeanrufen gekommen war. Mikami hatte ihm hinterher die Hand auf die Schulter gelegt. *Das heißt ja noch nicht, dass das auch für den Anruf bei Meikawa gelten muss.* Ihm ging es wie Kuramae. Er wollte daran glauben, dass der Anrufer jemand aus Meikawas Heimat gewesen war.

Mikumo, flammend rot im Gesicht, hatte als Einzige eine Meinung geäußert.

»Wenn ich etwas aus all dem gelernt habe, dann, dass unser Verhältnis zur Presse immer wie Öl und Wasser sein wird. Wenn man fest genug rührt, dann verbinden wir uns, aber nur für einen Moment. Ich glaube, der Schlüssel ist es, so viele solcher Momente zu schaffen wie möglich.«

»Und wie gelingt uns das?«

»Wir müssen ihnen die Hand reichen, immer und immer wieder. Wir dürfen nicht aufgeben, selbst wenn die Beziehung am Boden liegt, selbst wenn sie sie aufkündigen. Wir müssen immer weiter an ihre Tür klopfen, und wenn sie uns noch so oft abweisen. Nur aufgeben dürfen wir niemals …«

Unmittelbar danach war Mikumo zum Arzt gegangen, wegen Halsschmerzen, wie sie sagte. Als sie zurückkam, erhaschte Suwa einen Blick auf ihr Medikament und sah, dass es gegen Blasenentzündung war. Sie hatte während der gesamten Dauer der endlosen Horrorkonferenz nicht zur Toilette gehen können. Mikami empfand Mitgefühl, einen kleinen Stich der Sorge sogar, aber ihm rutschte doch ein Kichern heraus, als Kuramae spontan ausrief:

Und ich dachte die ganze Zeit, Mikumo könnte genauso wenig lügen wie Ken Takakura.

Jetzt saßen Kuramae und sie nebeneinander und tippten jeder auf einem Computer. Die Pressestelle hatte im Nachgang zum Fall Mesaki einen zweiten Rechner bekommen. Akama hatte sogar durchblicken lassen, dass eine Zeit nicht mehr undenkbar war, in der alle Mitarbeiter ein eigenes Gerät hätten.

»Ich gehe kurz nach oben«, sagte Mikami und stand auf.

Suwa war noch von den Reportern umzingelt, aber er warf Mikami einen raschen Blick zu.

Erster Stock? Vierter Stock?

Noch höher.

81

Übers Dach fegte ein böiger Wind.

Mikami sah auf die Uhr. 14.02 Uhr, zwei Minuten nach der vereinbarten Zeit, und von Futawatari noch keine Spur.

Vielleicht beabsichtigte er gar nicht zu kommen. Das hätte Mikamis Theorie nur bestätigt: Auch Futawatari hatte zu den Aufrührern gehört.

Nun, da er Zeit gehabt hatte, alles in Ruhe zu überdenken, den Sachverhalt mehrmals im Kopf durchzugehen, war sich Mikami ganz sicher. Tokios Pläne zur Annexion des Direktorenpostens. Es musste Maejima gewesen sein – Maejima, der derzeit nach Tokio abgeordnet war und darum an der Quelle saß –, der Arakida als Erster gewarnt hatte. Nichts deutete darauf hin, dass Futawatari im Auftrag von Tsujiuchi oder Akama gehandelt hatte – und doch war er unverzüglich tätig geworden. Die logische Schlussfolgerung war, dass Maejima, ein Altersgenosse und enger Freund Futawataris, neben Arakida auch ihn von der drohenden Gefahr in Kenntnis gesetzt hatte.

Was mochte sich ein eingefleischter Kriminalpolizist wie Maejima von Futawatari erhofft haben? Die Antwort lag auf der Hand. Dass er den Schlag abwendete. Dass er den Besuch des Generalinspekteurs vereitelte, ihn daran hinderte, die Entscheidung ex cathedra zu verkünden.

Wenn Mikami diesen Zusammenhang nachweisen konnte, dann wäre damit wenigstens Futawataris mysteriöses Vorgehen erklärt. Er war das Ass der Verwaltungsabteilung, der heimliche Drahtzieher bei den Personalentscheidungen, der ausschließlich hinter den Kulissen wirkte, aber hier hatte er dreist einen Ermittler nach dem anderen aufgesucht und eine Schneise der Furcht hinterlassen. Wie ein echter Brandstifter hatte er Flammen des Hasses entfacht und sie in Richtung der Verwaltung getrieben. Er hatte alle Alarmglocken zum Schrillen gebracht. Mit dem Ziel, einen Putsch anzuzetteln.

Und das KUA hatte reagiert und zu den Waffen gegriffen. Es hatte den Eisernen Vorhang niedergehen lassen und der Presse Hinweise auf Dienstvergehen zugespielt. Es war nicht einmal vor der Drohung zurückgeschreckt, in Tokio eine »Briefbombe« zu zünden, quasi als letzte Warnung. Womit, fragte Mikami sich, hätten sie beim Besuch des Generalinspekteurs aufgewartet, wenn nicht die »Entführung« dazwischengekommen wäre?

Aber Futawataris Machenschaften waren noch weitergegangen. Auch die Presse hatte er ins Visier genommen. Ein Aufstand der Kripo war ihm nicht ausreichend erschienen, um Präfektur D zu einem zweiten Dallas zu machen, darum hatte er auf eine Doppelstrategie gesetzt. Das Verhältnis zur Presse war ohnehin schon zerrüttet gewesen. Der Streit um die anonymisierte Berichterstattung hatte die Reporter zu ihrer Boykottdrohung getrieben. Futawataris Ziel war es nun, all jenen das Handwerk zu legen, die den Boykott mittels Deeskalation abzuwenden versuchten. Sprich, der Pressestelle. Er hatte sich Mikami als Pressedirektor zur Zielscheibe gewählt. Ja, sie waren Figuren auf demselben Brett gewesen, aber ihre wiederholten Begegnungen hatten sich nicht dem Zufall verdankt. Für gewöhnlich liefen sie sich nicht mehr als ein-, zweimal pro Jahr über den Weg. Futawatari hatte jedes ihrer Zusammentreffen vorsätzlich herbeigeführt, um Mikami zu reizen. Und als Mikamis Zorn auf die NPB auf dem Höhepunkt war – nachdem er von den Übernahmeplänen erfahren hatte –, hatte Futawatari seinen letzten Trumpf ausgespielt und Mikami bei seiner Kripo-Ehre gepackt.

Regen Sie sich ab. Niemand hat irgendwelche Nachteile zu befürchten. Im Gegenteil, die Folge wird eine Effizienzsteigerung sein.

Sie nehmen das alles zu ernst. Es ist ein Symbol. Wer tatsächlich da sitzt, ist zweitrangig. Die Kriminalbeamten tun ihre Arbeit, egal, wer das Amt leitet. Oder?

Was hatte er noch gesagt?

Sie sind das beste Beispiel, Mikami.

Das Präsidialbüro kann stolz auf Sie sein. Das finden alle.

Fassen Sie das nicht falsch auf. Es war als Kompliment gemeint.

Futawatari hatte Mikami dazu bringen wollen, in Position zu gehen. Er wusste, dass ihn jeder für einen Handlanger der NPB halten würde, und diese Fehleinschätzung hatte er ausgenutzt. Er setzte darauf, dass sich Mikami trotz seines Verwaltungspostens mit dem KUA solidarisieren würde. Mikami, so seine Schlussfolgerung, würde seine Pflichten als Pressedirektor hintanstellen und seiner ehemaligen Abteilung beispringen, indem er den Boykott zuließ und einem Dallas damit Tür und Tor öffnete. Alle Winkelzüge Futawataris hatten nur darauf abgezielt, Mikami zum Handeln zu treiben. So und nicht anders tickte der Mann. Trotzdem, waren wirklich alle diese Worte – jedes einzelne ein glühender Schürhaken – vonnöten gewesen, um sein Ziel zu erreichen? Als er seine Niederlage nicht mehr leugnen konnte, da hatte er sie nicht etwa eingestanden, sondern seine Überraschung darüber, dass Mikami den Boykott abgewendet hatte, mit einem einzigen Satz überspielt: *Ich habe mich ein wenig verkalkuliert, das ist richtig.*

Letztlich war es ihm von Anfang an um die Rettung des KUA zu tun gewesen. Er hatte das Präfekturpräsidium zu beschützen versucht. Aber Mikami war nicht zu Lob oder gar Dank aufgelegt. Futawatari hatte seine Pflicht als Verwaltungsbeamter erfüllt. Nicht weniger und nicht mehr.

Immerhin ist es gut ausgegangen. Das waren seine Worte gewesen. Nach all dem Intrigieren und Ränkeschmieden hatte die Entführung ihn um den Showdown gebracht. Dennoch, wenn Mikami alles zu seinem Ausgangspunkt zurückverfolgte, dann war es Maejima, den er vor sich sah, ein lächelnder, winkender Maejima. Er empfand keinen Zorn mehr. Alle Faktoren hatten so zusammengewirkt, dass sie sich gegenseitig nivellierten; Mikamis emotionales Barometer stand auf null.

Aber …

Ein Rätsel blieb. Eine Sache begriff er immer noch nicht. Das Druckmittel, dessen Futawatari sich bedient hatte. Wie hatte er Wind vom Koda-Memo bekommen? Gewiss nicht durch Maejima. Die Information war hochgeheim, nur Matsuoka und die letzten Direktoren des KUA hatten Zugang zu ihr. Urushibara, Koda, Kakinuma, Hiyoshi … Mikami war sich sicher, dass Futawatari sein Wissen von keinem der vier Mitglieder der Vor-Ort-Einheit in Amamiyas Haus haben konnte. Wer blieb damit übrig?

Wenn er sich auf einen Namen festlegen müsste …

Mikami hob den Kopf. Dann überprüfte er die Uhrzeit. Dreiundzwanzig Minuten zu spät. Er sah wieder auf. Die schmale Gestalt des Herannahenden schien den Wind gleichsam zu spalten.

»Und, alles schön sauber aufgeräumt?«, rief Mikami mit dem Wind. Das war der Spruch, den er sich schon vorher ausgedacht hatte.

Futawatari blieb in gut drei Metern Abstand stehen, die Hand an die Panoramasäule gelegt. Niemand kam je herauf, um die Säule zu bewundern, aber in ihren Beton waren Lage und Richtung sämtlicher Städte in der Präfektur eingeritzt.

»Nicht alles, noch nicht. Die Leute hinterlassen die Dinge gern unordentlich.« Seinem Gesichtsausdruck nach zu urteilen hakte er in Gedanken schon den nächsten Punkt ab. »Warum wollten Sie mich sprechen?«

»Keine Entschuldigung für die Verspätung?«

»Sie werden den Grund bald genug erfahren.«

»So, so.«

Mikami trat einen Schritt näher und legte ebenfalls eine Hand an die Säule. Futawatari hielt das Gesicht vom Wind abgewandt.

Wenn er sich auf einen Namen festlegen müsste …

… dann wäre es Michio Osakabe. Mikami hatte Futawatari mit eigenen Augen ins Haus des Direktors hineingehen und wieder herauskommen sehen. Er konnte sich keine zwei Männer vorstellen, die gegensätzlicher wären, aber einen Berührungspunkt gab es: Über kurz oder lang würde Futawatari das KUA leiten. Sie hatten von Direktor zu Direktor gesprochen, über die Schranken der Zeit hinweg. Und dabei mussten sie …

Mikami wusste, dass Futawatari es nie zugeben würde, selbst wenn er ihn auf den Kopf zu fragte. Außerdem war das nicht der Grund, weshalb er ihn hergebeten hatte.

»Sitzen Sie schon an den Versetzungsplänen fürs Frühjahr?«

Von Futawatari kam keinerlei Reaktion. Genauso hätte Mikami gegen eine Wand reden können. So etwas lernte man wahrscheinlich mit den Jahren. Eine Mauer hochzuziehen, sowie jemand das Thema anschnitt.

»Sie haben mich ja ganz schön ins Schwitzen gebracht.«

»Ach ja?«

Futawatari hob den Blick. Mikami starrte mitten hinein in diese Augen. Schwarz und Weiß, gleichmäßig verteilt.

»Ich bin im Zickzack gehetzt wie ein Karnickel.«

»Mmh.«

»Dafür habe ich was bei Ihnen gut, finde ich.«

»Ich nehme von niemandem Gefälligkeiten an, und ich bin niemandem etwas schuldig.«

»Ich weiß noch genau, dass ich Ihnen mal Geld für eine Fahrkarte geliehen habe.«

»Das habe ich zurückgezahlt.«

»Als die Giants damals in der Eastern League gespielt haben und wir hingefahren sind …«

»Definitiv zurückgezahlt, gleich am nächsten Tag.«

»Egal, stellen Sie sich schon langsam aufs Frühjahr ein?«

Futawataris Mundwinkel hoben sich. »Vielleicht konzentrieren Sie sich besser darauf, wie sich Matsui diese Saison schlägt.«

Mikami stieß ein schnaubendes Lachen aus.

»Und ich hatte Sie immer für einen Ichirō-Fan gehalten …«

Ha! Diesmal war es Futawatari, der auflachte. Er setzte zu einer Erwiderung an, brach aber noch vor dem ersten Wort ab.

»In New York soll es ja ziemlich kalt werden.«

Futawatari antwortete nicht.

Das Gespräch war beendet. Sie standen da, Seite an Seite, aber nicht zusammen. Futawataris Augen waren schmal, sein Kinn ein Stück angehoben. Vielleicht genoss er den Wind auf seinem Gesicht. Vielleicht brütete er über einer Lösung für das nächste Problem auf seiner Liste.

Die Leute, die es bis an die Spitze schafften, die *Durchkommer*, waren die, die ihre Geheimnisse für sich behielten. In dem Moment, in dem man sie preisgab, ob nun die eigenen oder fremde, hatte man schon verloren. Darauf lief es hinaus, dachte Mikami, während er hier mit Futawatari stand.

Dennoch …

Noch hatte sich Futawatari nicht wegbewegt. Er schien tief in Gedanken, die Hand nach wie an der Panoramasäule. Mikami warf einen Blick auf die Schuhe des Mannes. Makellos. Neu waren sie nicht, aber das sauber polierte schwarze Leder spiegelte eins zu eins die stumpfe Helle des verhangenen Himmels wider.

»Vielleicht hab ja nicht ich etwas bei Ihnen gut. Wie wär's, wenn zur Abwechslung mal Sie was bei mir guthätten?«

Die scharfen Züge des Mannes wandten sich Mikami zu, als hätte er nur auf diese Worte gewartet.

»Ich will nirgendwo anders hin. Versetzen Sie mich nicht aus der Pressestelle weg.«

Die 64-Ermittlung würde weitergehen, in jedem Fall über die nächste Versetzungsrunde hinaus. Aber früher oder später würde der Moment kommen, wo die Vergangenheit in Gestalt von Shōwa 64 ihr Recht forderte und die gesamte Presse gegen das Präsidium Sturm lief. Dann wollte Mikami zur Stelle sein, um die Wogen zu glätten. Als Pressedirektor würde er zum Zeitpunkt der Bekanntmachung neben Matsuoka stehen.

Futawatari entfernte sich schon. Er hatte kein Wort gesprochen, keine Miene verzogen, nur den Kragen seines Jacketts gegen den Wind hochgeklappt.

Seine schmächtige Gestalt verschwand durch die Tür. Mikami wartete, bis er nicht mehr zu sehen war, ehe er ihm folgte. Ihre Schuhe waren wie Ebenbilder gewesen. Gleiches galt zweifellos für das Gewicht ihrer Überzeugungen.

Mikami schirmte die Augen mit der Hand ab. Er sah zum Himmel hinauf.

Ein paar Schneeflocken kamen herabgetaumelt.

Ihr Weiß erinnerte ihn wieder an die Christrose.

Bentō-Box: Lunchboxen aus unterschiedlichen Materialien und in unterschiedlichen Formen

Bokutō: Holzschwert, das im Kendō verwendet wird

Dōjō: Übungshalle für die japanischen Kampfkünste

Do-uchi: scharfer Schlag gegen den Bauch im Kendō

Futon: Schlafstätte, bestehend aus einer Schlafunterlage, die auf den Tatami-Matten ausgelegt wird, und einer Bettdecke

Go: strategisches Brettspiel

Heisei-Zeit: Äraname für die Zeit seit dem 8. Januar 1989 unter der Regierungsdevise »Friede überall« von Kaiser Akihito

Hinomaru: japanische Staatsflagge mit dem Sonnensymbol

Kasumigaseki: Verwaltungsviertel in Tokio

Kendō: moderne Art des Schwertkampfs

Kōban: rund um die Uhr besetzte Polizeihäuschen in urbanen Gegenden

Kokeshi: traditionelles, handwerklich hergestelltes Holzspielzeug

Kokkai: das japanische Parlament, das aus zwei Kammern besteht

Kongōrikishi: Tempelwächter

Kotatsu: beheizter Tisch

Mahjong: chinesisches Spiel für vier Personen

Monomi: Gitterschutz an der Maske beim *Kendo*-Sport

Mama-san: mütterliche Barfrau

Hideki Matsui: Baseballspieler, der in der japanischen Liga und der amerikanischen Major League spielte

Pachinko: Geldspielautomat

Ryokan: traditionelles Hotel

Seiza: traditionelle Sitzhaltung, bei der man kniend auf den Fersen sitzt, den Rücken gerade aufgerichtet

Shichi-go-san-Fest: jedes Jahr am 15. November stattfindendes Fest für Kinder, die ein bestimmtes Alter erreicht haben

Shōchū: hochprozentiges alkoholisches Getränk, hergestellt durch Destillation aus Reis, Gerste, Süßkartoffeln, Zuckerrohr o. a.

Shōgi: japanische Variante des Schachspiels

Shōwa-Zeit: Äraname (dt.: Ära des erleuchteten Friedens) für die Zeit vom 25. Dezember 1926 bis zum 7. Januar 1989 unter der Regierung von Kaiser Hirohito

Soba: dünne Nudeln aus Buchweizen

Sumō: japanische Form des Ringkampfs

Taishō: Kapitän einer Kendō-Mannschaft

Taishō-Zeit: Äraname für die Zeit vom 30. Juli 1912 bis zum 25. Dezember 1926 unter der Regierungsdevise »Große Gerechtigkeit« des Taishō-Kaisers Yoshihito

Ken Takakura: Schauspieler, der »japanische Clint Eastwood« genannt

Tatami: Matte aus Reisstroh

Udon: dicke Nudeln aus Weizenmehl

Wakagashira: zweiter Mann in der Yakuza-Hierarchie, unterhalb des Oyabun

Yakuza: Oberbegriff für kriminelle Organisationen; »japanische Mafia«

Zashiki: traditionell gestaltetes Zimmer, in dem man Gäste empfängt und unterhält; Separee in einem Lokal

Hideo Yokoyama, geboren 1957 in Tokio, arbeitete zwölf Jahre als investigativer Journalist, bevor er sich dem Schreiben von Kurzgeschichten und Kriminalromanen widmete. Heute ist er einer der erfolgreichsten Kriminalautoren Japans, der mit zahlreichen Preisen ausgezeichnet wurde. Er schrieb zehn Jahre an dem Thriller *64*, der sich bis heute über 1,5 Millionen Mal verkaufte, Platz 1 der japanischen Bestsellerliste eroberte und als bester japanischer Kriminalroman des Jahres 2013 ausgezeichnet wurde. In der Folge wurde *64* auch in Großbritannien und in den USA zu einer Sensation.

Sabine Roth, geboren 1963, übersetzt aus dem Englischen und hat u. a. Werke von Agatha Christie, John le Carré, Jane Austen, V. S. Naipaul, Elizabeth Strout und Lemony Snicket ins Deutsche übertragen. 2009 wurde sie mit dem Bayerischen Übersetzungsstipendium ausgezeichnet. Sie lebt in München.

Nikolaus Stingl, Jahrgang 1952, übersetzt aus dem Englischen und hat u. a. Werke von Cormac McCarthy, William Faulkner, William H. Gass, Eric Ambler, George Orwell und Thomas Pynchon ins Deutsche übertragen. Er erhielt u. a. den Heinrich Maria Ledig-Rowohlt-Preis, den Paul-Celan-Preis und den Übersetzerpreis der Kunststiftung NRW. Er lebt in Flensburg.

Deutsche Erstausgabe
3. Auflage 2018

Die Originalausgabe erschien 2012 unter dem Titel
64 bei Bungeishunjū Ltd., Tokio

Aus dem Englischen von Sabine Roth und Nikolaus Stingl
Lektorat: Claudia Jürgens, Berlin
Umschlaggestaltung: Hauptmann & Kompanie Werbeagentur, Zürich,
unter Verwendung zweier Fotos von © Hidehiko Sakashita/
Getty Images und © Amana Images Inc/Getty Images
Satz: Greiner & Reichel, Köln
Druck und Bindung: GGP Media GmbH, Pößneck
Printed in Germany
ISBN 978-3-85535-017-9

www.atrium-verlag.com